Tigres de guerre

David Gibbins

Tigres de guerre

Traduit de l'anglais par Anne-Carole Grillot

FIRST
Editions

Titre original : *The Tiger warrior*

ISBN : 978-2-7540-1513-4
Dépot légal : 4e trimestre 2009

Edition : Anne-France Hubau
Correction : Joanne Dasoul et Jacqueline Rouzet
Mise en page : Olivier Frenot

Imprimé en France

Éditions First
60, rue Mazarine
75006 Paris – France

Tél. : 01 45 49 60 00
Fax : 01 45 49 60 01

E-mail : firstinfo@efirst.com
Internet : www.editionsfirst.fr

« Plus loin, en direction de l'est, l'océan étant sur la droite, lorsqu'on navigue au large des terres qui s'étendent sur la gauche, on arrive à hauteur de la terre du Gange ; dans cette région coule un fleuve, également appelé Gange, qui est le plus grand de tous les fleuves de l'Inde, et qui croît et décroît comme le Nil. Non loin de ce fleuve, dans l'océan, il est une île, sous le soleil levant, qui est la dernière partie du monde habitée en Orient. On l'appelle Chrysê, la Terre d'or. Au-delà de cette terre, en direction du point le plus au nord, où la mer finit quelque part dans la bordure extérieure, se trouve une grande ville intérieure, appelée Thina. De là, la laine, le fil et les étoffes de soie sont transportés par voie de terre par la Bactriane jusqu'à Barygaza et par le Gange jusqu'à Limirikê. Cette ville du nom de Thina est d'accès difficile, car on en vient rarement et seulement en petit nombre. Elle est située sous la Petite Ourse et on dit qu'elle est à la hauteur de la mer Noire et de la mer Caspienne. Ce qui se trouve au-delà de cette région du monde, par la violence des tempêtes, la rigueur du froid et l'impénétrabilité du terrain, et par quelque pouvoir surnaturel des dieux, n'a pas été exploré. »

Le Périple de la mer Érythrée

Auteur grec anonyme d'Égypte, env. Ier siècle.

« Le neuvième mois, on enterra Shi Huangdi dans la montagne Li. Dès le début de son règne, Shi Huangdi avait fait creuser et arranger la montagne Li. Puis, quand il eut réuni dans ses mains tout l'empire, les travailleurs qui y furent envoyés furent au nombre de plus de sept cent mille ; on creusa le sol jusqu'à l'eau ; on y coula du bronze et on y amena le sarcophage ; des palais, des bâtiments pour toutes les administrations, des ustensiles merveilleux, des joyaux et des objets rares y furent transportés et enfouis et remplirent la sépulture. Des artisans reçurent l'ordre de fabriquer des arbalètes et des flèches automatiques ; si quelqu'un avait voulu faire un trou et s'introduire dans la tombe, elles lui auraient soudain tiré dessus. On fit avec du mercure les cent cours d'eau, le Kiang, le Ho, et la vaste mer ; des machines le faisaient couler et se le transmettaient les unes aux autres. En haut étaient tous les signes du ciel ; en bas toute la disposition géographique.

Quand le cercueil eut été descendu, quelqu'un dit que les ouvriers et les artisans qui avaient fabriqué les machines et caché les trésors savaient tout ce qui en était et que la grande valeur de ce qui avait été enfoui serait donc divulguée ; quand les funérailles furent terminées et qu'on eut dissimulé et bouché la voie centrale qui menait à la sépulture, on fit tomber la porte à l'entrée extérieure de cette voie et on enferma tous ceux qui avaient été employés comme ouvriers ou artisans à cacher les trésors ; ils ne purent pas ressortir. On planta des herbes et des plantes pour que la tombe eût l'aspect d'une montagne. »

Mémoires historiques, Sima Qian
IIe siècle av. J.-C.

Prologue

Lac Yssyk-Köl, Asie centrale, automne de l'an -19.

Un soleil menaçant pesait sur le ciel d'orient, rougi par un tourbillon de poussière venu du désert. Arrivé au sommet de la colline, l'homme rajusta l'armure sur ses épaules et rejeta la lourde épée derrière son dos. À ses pieds, le rivage tapissé de galets bordait une vaste étendue d'eau qui semblait s'étirer à l'infini. L'eau avait un goût bien peu salé. Ainsi, ils n'avaient pas atteint l'océan et l'horizon devant eux n'était pas le bout du monde. Les yeux plissés, l'homme fixa l'espace où le lac allait rétrécissant jusqu'à d'imposantes montagnes aux cimes enneigées, le col qui conduisait de l'autre côté, sous le soleil levant. Bien que le marchand lui eût décrit tout cela, il était pétri de doutes. Étaient-ils déjà morts ? Avaient-ils franchi le Styx ? Cette contrée était-elle l'Élysée ? Pour la première fois, il éprouva une pointe d'angoisse. Les morts savaient-ils qu'ils étaient passés de l'autre côté ?

— Licinius ! appela une voix d'en bas. Ramène-toi par ici !

L'homme esquissa un sourire fatigué et fit signe de la main à ses compagnons. Ils l'attendaient au-delà du torrent glacé qu'il avait passé à gué pour venir jusqu'ici. L'eau douce alimentant le lac dévalait le redoutable canyon qu'ils avaient traversé la veille. À l'aube, le marchand avait indiqué l'endroit où le bateau était caché. Le marchand... Licinius sentait encore son odeur, l'odeur de la peur. Il l'avait enchaîné à un rocher derrière la colline. Ce ne serait plus long désormais. Il se rappelait les paroles incessantes et désespérées de cet homme qu'ils avaient traîné derrière eux: le plus grand trésor du monde, la tombe d'un empereur, le plus puissant que la terre ait jamais porté, quelque part au-delà de l'horizon oriental, il leur montrerait le chemin, ils connaîtraient la richesse des rois, ils vivraient comme des empereurs, chacun d'entre eux, ils atteindraient l'immortalité, l'immortalité!

Si Licinius s'était montré sceptique, ses compagnons avaient été galvanisés. C'était ce qu'ils voulaient entendre, l'appât qui avait précipité la mort de tant d'entre eux le long de cette route. Mais Licinius n'était pas convaincu. Il scruta de nouveau l'horizon, puis regarda vers le sud. Avait-il pris la bonne décision?

Au bord du lac, se trouvait le camp qu'ils avaient établi la veille. Rectangulaire, il était entouré de pieux effilés pointant vers l'extérieur. Le sol était cuit par le soleil et dur comme du roc. Fourbus au-delà de l'épuisement, ils avaient pourtant creusé un fossé et élevé un rempart de terre rocailleuse, comme ils avaient appris à le faire. Ils n'avaient pas eu le choix. Car ils avaient un nouvel ennemi, terrifiant, qui s'en était pris à eux après l'attaque menée contre les Sogdiens et l'enlèvement du marchand. Un ennemi qu'ils avaient entendu mais à peine vu, contre lequel ils avaient lutté dans l'effroyable obscurité tourbillonnante du canyon, la nuit précédente. Un ennemi qui avait exigé d'eux toute la force et toute l'ingéniosité dont ils étaient capables en tant que soldats. En tant que légionnaires romains…

Cela faisait maintenant des semaines qu'ils marchaient sans relâche. Quarante kilomètres par jour, lorsque le terrain était praticable. Mais le cauchemar avait commencé une éternité auparavant, à trois cents kilomètres à l'est de la côte méditerranéenne, sur le champ de bataille de Carrhae. De là, ils avaient parcouru six cents kilomètres jusqu'à la forteresse parthe de Merv, enchaînés et fouettés par leurs ennemis. Quiconque chancelait était décapité sur-le-champ. Seuls les plus résistants avaient survécu. Et aujourd'hui, trente-quatre ans plus tard, après avoir pris la fuite, ils marchaient encore. Ils avaient arpenté mille cinq cents kilomètres de désert et de montagne, dans une chaleur accablante comme dans le froid le plus saisissant, battus par des tempêtes de poussière et de neige qui avaient jeté un voile sur leur passé comme sur une cité fantôme. Ils avaient suivi les traces d'Alexandre le Grand. Au bout de la plaine désolée, au-delà de la Margiane, ils avaient atteint le dernier de ses autels, une immense table qui délimitait la frontière orientale de sa conquête. Sans plus rien craindre des dieux, ils avaient profané les lieux à la recherche d'un trésor. Ils n'avaient trouvé que quelques pièces, rien de plus. Plus loin, ils avaient vu un imposant mur de montagnes, puis la route des caravanes. D'autres prisonniers de la forteresse de Merv s'étaient enfuis dans cette direction, près de vingt ans auparavant. Depuis lors, on racontait – la rumeur s'étant répandue comme une traînée de poudre parmi leurs frères d'infortune – que de grandes armées sévissaient au-delà de ces montagnes. Des armées prêtes à payer à prix d'or, comme mercenaires, les soldats qui avaient jadis combattu pour Rome.

Mais ce n'était plus seulement pour cette raison qu'ils marchaient. Licinius ne cessait de penser à ce qu'avait dit le marchand : une vaste tombe, ensevelie sous une pyramide de terre, bâtie par soixante-dix mille esclaves ; la tombe du plus grand empereur du monde, le plus puissant de tous les temps, qui leur ferait oublier Alexandre ; il l'ouvrirait pour eux ; elle contenait toutes les richesses de la terre ; ils n'auraient qu'à se baisser pour les ramasser ; là-bas, ils seraient traités comme des dieux.

Ils étaient cinquante lorsqu'ils s'étaient échappés de la forteresse, chargés de tout l'or qu'ils avaient pu emporter, après avoir ouvert une brèche dans les murs. La moitié d'entre eux était tombée avant qu'ils ne soient hors de danger. La route des caravanes, la route des marchands, était sinueuse, imprévisible et multiple. À plusieurs reprises, ils s'étaient engagés dans une impasse, montant de plus en plus haut, traversant des défilés de plus en plus étroits, jusqu'à des sommets enneigés si élevés qu'un aigle n'aurait pu les atteindre. Ils avaient vu le feu brûler d'une flamme blême ; ils avaient respiré avec difficulté. En s'immisçant dans le royaume des dieux, ils avaient pris conscience de leur propre mortalité. Alors ils étaient redescendus. Jamais ils n'avaient cessé de marcher, malgré l'absence de guide et de nourriture. Tenaillés par la faim, ils ne s'étaient pas montrés plus dignes que les chiens sauvages qui, dans ces contrées, encerclaient les voyageurs pour s'abattre sur les retardataires et les mourants. Le destin avait frappé un premier homme, puis un second. Ils avaient été attaqués par d'autres, des bandes de pillards qui se jetaient sur les caravanes. Mais des ombres plus inquiétantes les suivaient désormais. Elles les pourchassaient depuis qu'ils avaient ordonné au marchand d'ouvrir la route et de leur trouver un moyen de sortir de ce cauchemar.

Licinius vit Fabius gravir la colline. Il regarda les autres avancer dans l'eau jusqu'au bateau en portant le butin dans des sacs, tandis que Marcus, le constructeur naval d'Aquilée, tentait de maintenir l'embarcation à flot. Il palpa son propre sac et son mystérieux contenu. Il l'avait arraché au marchand lorsque celui-ci s'était trouvé sur leur chemin. Il y avait un deuxième sac, identique, qu'il avait donné à Fabius. Le marchand les avait suppliés de ne pas les ouvrir et de ne pas les mettre ensemble. Ils s'étaient soumis à sa volonté, car ils avaient besoin de lui. Licinius ne savait toujours pas ce qui se trouvait à l'intérieur de son sac. Il l'ouvrirait dès qu'il aurait réglé son compte au marchand et trouvé un endroit où dormir pour la nuit.

Le reste du butin avait été dérobé à des Sogdiens qui traversaient la plaine en direction de l'ouest, avec des chameaux chargés de sacs remplis de pierres précieuses, de tissus et d'étoffes chatoyantes appelées *serikōn*. Ils les avaient tous tués, sauf un. Les légionnaires tuaient tous ceux qui croisaient leur route. C'était ainsi. Ensuite, ils avaient élevé un immense bûcher en entassant les corps, les étoffes, tout. Et ils s'étaient repus. Affamés, ils avaient rongé les os comme des chiens. Ils avaient trouvé du vin, des dizaines d'outres. L'ivresse aidant, ils avaient fabriqué des fers à marquer, à partir de restes de chameaux. Ils s'étaient marqués au fer rouge… Licinius sentait encore l'odeur de la chair brûlée.

Prologue

Il regarda son avant-bras, le pinça et vit le sang suinter et se coaguler. Il aurait une cicatrice qui fendrait toutes les autres, celles laissées par le fouet et les coups, les vieilles cicatrices de guerre. La douleur était insoutenable, mais il aimait la souffrance. Elle l'aidait à rester concentré sur son objectif. C'était ainsi qu'ils avaient été entraînés. Et c'était ainsi qu'ils avaient survécu, après trente-quatre ans d'esclavage passés à bâtir la forteresse parthe, fouettés le jour et enchaînés la nuit. La plupart d'entre eux étaient morts. Il ne restait que les plus résistants. Licinius serra le poing de toutes ses forces et poussa un grognement satisfait. La marque du fer était un nombre gravé au plus profond de leur âme : XV. La XVe Apollinaris. La légion perdue. Une légion de revenants. Leur légion.

Leur âme semblait claquemurée à l'intérieur d'eux-mêmes, figée depuis trente-quatre ans. Dix mille hommes avaient réchappé du champ de bataille de Carrhae. Désormais, ils n'étaient plus que neuf, un de moins que la veille.

— *Frater*, murmura Licinius en pensant à Appius. *Ave atque vale.* Salut et adieu. Nous nous reverrons dans l'Élysée.

Ils avaient passé la nuit dans un endroit effrayant, un dédale de gorges et d'impasses déchirées par les plaintes et les râles des esprits qui y étaient tapis. Le ciel s'était obscurci et strié d'éclairs, comme si Zeus lui-même avait balafré les cieux. Le vent avait hurlé derrière eux, tel un dragon crachant le feu dans les canyons et dont le souffle venimeux chercherait à les atteindre en s'insinuant dans les moindres recoins. Assaillis par des trombes d'eau et un déluge de flèches lancées par l'ennemi, ils s'étaient réunis en *testudo*, la formation de la tortue, comme ils avaient appris à le faire, sous des boucliers carrés qu'ils s'étaient fabriqués. Devenu à moitié fou, Appius avait crié à leurs attaquants de se montrer, de combattre comme des hommes. Il était sorti et une flèche l'avait fauché. Licinius l'avait ramené à l'abri, gargouillant, les yeux grands ouverts, et l'avait tenu contre lui d'une main de fer même après qu'il avait expiré, secoué de convulsions. Mort au combat… C'était vrai, contrairement à ce qu'il avait jadis sculpté dans la pierre pour ses mécènes de Rome. Il avait failli sombrer dans la folie à son tour.

Après avoir maculé son corps de sang, il avait fait tomber l'archer de sa monture en hurlant de rage et de chagrin. Puis il avait tordu le cou et arraché les yeux à l'attaquant. « Ce sont des hommes ! » avait-il crié. « Pas des démons ! » Et si c'étaient des hommes, ils pouvaient être vaincus. Il lui avait arraché sa longue épée sanguinolente, munie d'un gantelet en forme de tigre, et son armure d'écailles, qu'il avait immédiatement enfilée. Il lui avait coupé la tête en la prenant par ses longs cheveux retenus par un nœud et l'avait emportée avec lui. Mais les autres légionnaires étaient déjà partis avec le corps d'Appius. En essayant de les rattraper, il avait glissé et lâché la tête dans une cascade vertigineuse.

Des heures plus tard, il avait rejoint ses compagnons et le marchand enchaîné au bord du lac. Ils avaient trouvé des rochers ornés d'étranges motifs, sur lesquels ils avaient allongé Appius avec son arme, une dague-hache cassée en bronze. Puis ils avaient déposé des pièces sur les yeux du défunt, l'une provenant de l'autel d'Alexandre le Grand, l'autre, insolite, percée d'un trou carré, volée aux Sogdiens. Ils n'avaient pas pu prendre le risque d'allumer un bûcher en raison de la fumée, mais Licinius, ancien sculpteur, avait gravé quelques mots sur un rocher situé à côté de la dépouille, à l'aide d'un ciseau qu'il avait fabriqué lui-même. Il avait inscrit le nombre sacré de leur légion dans la pierre, afin que Charon sût où conduire Appius lorsque celui-ci se présenterait devant lui pour rejoindre ses compagnons de l'ombre, la légion fantôme.

Fabius arriva en haut de la colline et s'assit, le regard tourné vers l'est. Licinius s'installa auprès de lui en poussant l'épée derrière son dos ; le gantelet métallique en forme de tigre étincelait au-dessus de son épaule. Fabius était originaire des Alpes. Grand, les yeux bleus, il avait une barbe grise dans laquelle on devinait encore quelques poils roux. Ils gardèrent le silence un moment. Ils étaient frères de sang, les derniers survivants du *contubernium*, les huit hommes qui, après avoir répondu à l'appel aux armes de Jules César pour marcher sur la Gaule, avaient mangé, campé et combattu ensemble lorsque la légion était au sommet de sa gloire. Appius aussi en faisait partie…

Licinius regarda l'endroit où le corps avait été déposé, une vaste mer de rochers. Puis il sortit un objet d'une bourse qu'il portait à son ceinturon et le tendit à Fabius. C'était une petite pierre lisse, légère et creuse. Fabius la prit et l'observa.

— Elle a la couleur du miel, dit-il. Il y a quelque chose à l'intérieur. Un moustique.

— Je l'ai prise sur la dépouille d'Appius, déclara Licinius. Il en avait hérité de sa mère. Il disait que c'était une « pierre ardente » ramassée au bord de la mer située au nord de la Germanie. Tu te souviens des motifs qui décoraient les boucliers des Gaulois, à Alésia, de ces animaux entrelacés ? Il y a les mêmes sur cette pierre. La mère d'Appius était germaine, tu sais. Il m'avait expliqué que c'était une pierre destinée aux enfants afin de leur porter chance. Il espérait fonder une famille, un jour. Je lui avais promis de la prendre si je lui survivais. Malgré toutes ces années dans les carrières, il avait réussi à la garder.

— Je préfère ne pas savoir où il la cachait, mais je m'en doute un peu, car il ne se laissait pas botter le cul !

— Il va nous manquer.

— Jusqu'à l'Élysée.

Licinius referma sa bourse.

— Garde-la. Nous sommes vieux, mais pas trop vieux. Un jour, peut-être que tu t'en sortiras et que tu trouveras une femme qui te donnera un enfant. Pour moi, il est trop tard. J'ai déjà eu un enfant, un fils dont les cheveux doivent désormais être gris, mais je n'en aurai pas d'autre. Garde-la, en souvenir d'Appius. En souvenir de moi, *frater*. De nous tous, ici.

Fabius ne répondit rien mais accepta la pierre. Licinius le contempla un instant. Macrobius, le tanneur, leur avait confectionné des sandales en cuir de chameau, de bonnes sandales de marche, solides, lacées sur leurs mollets nus jusqu'aux genoux. Ainsi chaussés, ils pourraient aller n'importe où.

En dehors de ce signe distinctif, ils avaient l'air de barbares. Fabius était vêtu d'une armure parthe qu'il avait volée en chemin, une tunique de cuir rigidifiée par le sang séché, sur laquelle étaient grossièrement cousus quelques lambeaux de cotte de mailles. La cotte, en usage à Rome, résistait mieux à l'épée, mais l'assemblage de carrés de métal dont Licinius s'était emparé arrêterait peut-être quelques flèches et le protégerait du vent. Fabius avait la plus belle arme du butin, une courte épée d'estoc en bronze, ornée de motifs complexes représentant dragons, tigres et démons. Elle ressemblait au *gladius* romain, parfait pour les combats rapprochés. L'épée de taille que Licinius portait derrière le dos avait, quant à elle, une longue lame tranchante. Aussi effilée que l'herbe des marais, elle avait décapité l'adversaire d'Appius comme s'il avait eu une tête de chou. Mais en frappant de taille, on avait le corps exposé, ce qui était contraire à la pratique romaine. Licinius se dit qu'il demanderait à Rufus, le ferronnier, de réduire la taille de la lame et se souvint qu'il était mort, lui aussi. De toute façon, cela n'avait plus d'importance maintenant. Il déplia ses bras nus et ouvrit les paumes.

— Regarde ce que nous sommes devenus, murmura-t-il. Je ne sens presque plus le froid. Ma peau ressemble à du cuir de chameau. Et désormais, quand je tue un homme, je le fais à mains nues.

— Peut-être que nous nous transformons en dieux, risqua Fabius.

— Les dieux, ce sont nos frères, ceux qui sont tombés avant nous.

Fabius avait encore la voix d'un homme jeune mais, lorsqu'il le regarda, Licinius vit un homme ravagé par les années, le poil blanchi, déjà en partance pour l'Élysée. La veille, ivres morts et fraîchement marqués au fer rouge, ils s'étaient coupé les cheveux et la barbe en vue de la bataille ultime. Convaincus qu'ils ne survivraient pas à cette nuit dans le canyon, ils avaient voulu soigner leur apparence avant de rejoindre leurs compagnons dans l'Élysée.

Prologue

Licinius se massa le cuir chevelu. Celui-ci était rêche, dur comme toute la surface de son corps, tel le marbre brut qu'il caressait jadis dans son atelier, à Rome. Il passa le doigt sur les zébrures qu'il avait autour des poignets. Elles étaient aussi épaisses qu'une peau d'éléphant. Trente-quatre ans de chaînes… C'étaient des survivants, mais il avait l'impression qu'ils n'étaient que des morts vivants, de pauvres hères dont l'âme s'était envolée ce jour-là, sur le champ de bataille brûlant de Carrhae.

— Tu penses à la bataille ? demanda Fabius à voix basse.

— Sans cesse.

L'expédition avait été vouée à l'échec dès le départ. Leur général, Crassus, se considérait comme l'égal de César. Licinius ricana. Crassus le banquier ! Celui que seul l'or intéressait ! Ils n'avaient eu que mépris pour lui et l'avaient haï encore plus que l'ennemi parthe. Lorsqu'ils avaient franchi l'Euphrate, ils avaient entendu le tonnerre, la foudre, les hurlements du vent, aveuglés par un brouillard tourbillonnant proche de l'ouragan. Puis l'aigle sacré de l'étendard de la légion s'était retourné de lui-même pour faire demi-tour. De lui-même… Et pourtant, ils avaient continué à avancer.

Ce n'était pas la défaite qui était insupportable, c'était le déshonneur. Crassus, trop faible pour mourir par le fil de sa propre épée, avait dû être tué par les siens. Le pauvre Caïus Paccianus, *primus pilus* de la première cohorte, qui avait le malheur d'être celui qui ressemblait le plus à Crassus, avait été contraint par les Parthes de défiler dans une robe de femme rouge, précédé de joueurs de trompette et de licteurs montés sur des chameaux tandis que dégoulinaient, suspendues à des haches, les têtes des victimes romaines. Les Parthes lui avaient ensuite versé de l'or fondu dans la bouche pour se moquer de Crassus, qui avait cru que la solde et la promesse de l'or étaient les seules garanties de la loyauté des soldats.

Mais ce n'était pas le pire. Le pire avait été de perdre l'aigle, arraché de son mât et emporté par l'ennemi. Depuis, les vivants comme les morts n'étaient que des fantômes.

— Le marchand t'a donné des nouvelles de Rome ? s'enquit Fabius. Tu es le seul à parler grec et il m'a semblé reconnaître les sonorités de cette langue lorsqu'il nous suppliait.

— Il est allé très souvent à Barygaza, un port de la mer Érythrée où des marchands viennent depuis l'Égypte, répondit Licinius. C'est là que la caravane sogdienne se dirigeait et qu'il a appris le grec.

Ne sachant pas comment Fabius accueillerait la nouvelle, il hésita un instant avant de poursuivre.

— Il y a du nouveau à Rome, *frater*, annonça-t-il.

— Ah ! s'exclama Fabius en se penchant vers lui. Quelque glorieux exploit, j'espère !

— D'après le marchand, les guerres sont finies depuis longtemps. Rome connaît une nouvelle période de paix.

Licinius posa la main sur l'épaule de Fabius.

— Selon lui, continua-t-il, elle est désormais dirigée par un empereur.

— Un empereur ? répéta Fabius en le fixant d'un regard étincelant. Jules César ! Le vrai général ! Le seul ! Ça ne peut être que lui.

Licinius secoua la tête.

— César n'est plus depuis longtemps, souffla-t-il. Toi et moi, nous le savons au fond de notre cœur. Et s'il était devenu empereur, il serait venu nous chercher. Non, c'est quelqu'un d'autre. Rome a changé.

Fabius sembla abattu.

— Alors c'est moi qui irai chercher César dans l'Élysée, décréta-t-il. Je ne servirai aucun autre empereur. J'ai vu en Parthie ce que font les empereurs. Nous, nous sommes des citoyens-soldats.

Licinius regarda de nouveau ses mains, noueuses, couvertes de cicatrices et d'une couche de crasse et de sang séché, amputées de deux phalanges.

— Des citoyens ! se lamenta-t-il. Il y a trente-cinq ans, peut-être. Ces mains sont-elles toujours celles d'un sculpteur ?

Fabius se pencha vers lui sur un coude.

— Tu te souviens de Quintus Varius, que les Parthes avaient nommé contremaître du secteur sud de la forteresse ? l'interrogea-t-il. C'était le premier centurion de la troisième cohorte. Il avait été maçon dans la baie de Naples avant de rejoindre l'armée, et le béton n'avait pas de secret pour lui. Il a réussi à persuader le vizir parthe que la poussière qui nous a étouffés pendant toutes ces années était l'ingrédient de base du ciment, comme la poussière volcanique de Naples. Bien sûr, c'était complètement faux. Varius a été exécuté il y a des années pour un détail insignifiant, mais nous avons toujours fait notre mortier avec cette poussière. Les murs que nous avons passé trente-quatre ans à bâtir ne dureront pas dix ans de plus. Tu verras ! Ils tomberont en poussière. Voilà ce qu'est un citoyen-soldat ! Un soldat qui exploite au mieux son savoir-faire de civil.

— Et qui peut retourner à la vie civile, ajouta Licinius.

— Tu as une idée derrière la tête ?

— Le marchand a également dit autre chose.

— Je t'écoute, Licinius.

— Il a dit que l'empereur avait négocié la paix avec les Parthes. Qu'il avait vu une nouvelle pièce célébrant cette paix comme un grand triomphe. Que les aigles avaient été rendus.

— Impossible ! objecta Fabius avec colère. Il t'a raconté des fables. Il savait qui nous étions. Il savait que nous avions pillé le trésor parthe. Il avait dû entendre parler de nous sur la route des caravanes. Il a voulu nous amadouer et il a cru que cette histoire d'empereur nous ferait plaisir. Eh bien, il s'est trompé. On aurait dû le massacrer avec les autres !

— Si nous l'avions fait, nous ne serions jamais arrivés jusqu'ici. Il nous a guidés tout au long du canyon.

— Nous serions morts au combat. Avec honneur.

— Si les aigles sont rentrés, nous pouvons rentrer nous aussi, avec honneur.

Fabius réfléchit.

— Les aigles représentent le triomphe de cet empereur, pas le nôtre, jugea-t-il. Nous serions une source d'embarras.

Il scruta Licinius du regard.

— Mais je te connais trop bien, mon frère, reprit-il. Je sais à quoi tu penses : tu veux revoir ton fils.

Licinius plissa les yeux dans le soleil qui s'élevait au-dessus de l'horizon oriental en projetant une lueur orangée sur la surface chatoyante du lac. Son fils ne le connaissait pas... Ce n'était qu'un nourrisson lorsqu'il était parti. Il avait dû reprendre ses affaires, comme cela s'était fait de génération en génération. Licinius repensa à ce que Fabius avait dit : « J'ai vu ce que font les empereurs. » Mais les empereurs ne faisaient pas que terroriser les peuples pour les réduire en esclavage. Ils bâtissaient des palais, des temples. Il devait y avoir du travail pour un sculpteur dans cette nouvelle Rome.

— Ne te fais pas d'illusions, conseilla Fabius. Si le marchand a dit vrai, le monde a changé. Rome nous a oubliés. Nous ne pouvons compter que sur nous-mêmes, sur nos frères d'armes. Le reste n'existe plus.

— Mon fils est peut-être encore en vie, envisagea Licinius.

— Ton fils est probablement dans l'Élysée à l'heure qu'il est. Il est peut-être devenu citoyen-soldat, lui aussi. Il a peut-être combattu et péri avec honneur. Penses-y.

Un cri étouffé se fit entendre derrière la colline. Comme Fabius saisissait la poignée de son épée, Licinius arrêta son geste.

— Ce n'est que le marchand, dit-il. Je l'ai enchaîné.

— Je croyais que tu étais venu ici pour le tuer, s'étonna Fabius.

— Je voulais être sûr qu'il m'avait dit la vérité, que le bateau n'était pas une vieille épave.

— Redis-moi ce qu'il a dit. Il faut qu'on parte, maintenant. Le jour s'est levé.

— Il a dit que là où le grand orbe se lève, étincelant, se trouve Chrysê, la Terre d'or. Pour y parvenir, il faut d'abord traverser le lac, franchir un col, puis parcourir le désert, un lieu de souffrances encore plus inhospitalier que tout ce que nous avons connu, qui engloutit les hommes à tout jamais. Ensuite, en suivant les caravanes de chameaux, on arrive à une grande cité appelée Thina. Et là, les braves parmi les braves trouveront l'empire des cieux. Toutes les richesses du monde attendent les vainqueurs des démons qui ont suivi le marchand, leurs nouveaux gardiens.

Le marchand en avait trop dit. Il leur avait révélé tout ce qu'ils avaient besoin de savoir. Il n'avait plus d'atout en main. Grave erreur... Il n'avait pas l'habitude de négocier avec les Parques.

Pendant que Licinius l'enchaînait, il lui avait également fait une autre révélation. En direction du sud, plein sud, il y avait une autre route. D'abord, d'immenses montagnes, puis le royaume de Bactriane et, au-delà, un fleuve majestueux, celui qu'Alexandre le Grand avait traversé. À partir de là, toujours vers le sud, s'ouvrait une route interminable qui traversait la jungle, longeait la côte et menait jusqu'à un endroit appelé Ramaya, où se trouvaient des Romains. Les dangers étaient grands. « Attention au tigre ! » avait dit le marchand. Mais là-bas, comme à Barygaza, les marchandises, les richesses de Chrysê et de Thina, le *serikōn*, les pierres précieuses, le jade, la cannelle et le malabathre étaient expédiés par bateau de l'autre côté de la mer Érythrée. Par conséquent, de là, on pouvait regagner Rome. Rome...

Licinius serra fermement la main de Fabius, de toutes ses forces ; c'était le lien qui les unissait depuis que, jeunes recrues, ils avaient fait des bras de fer ensemble. Ils relâchèrent la pression et s'embrassèrent, avant de se repousser brutalement. Déjà vieux, ils jouaient encore comme des enfants. Licinius saisit le sac qu'il avait volé au marchand et montra du doigt celui que Fabius portait à son ceinturon.

— Avant de partir, puisque ce n'est plus la peine de faire des promesses au marchand, on pourrait peut-être regarder ce qu'il y a là-dedans, proposa-t-il.

Fabius se leva d'un bond et serra son ceinturon pour réduire le poids de la cotte de mailles sur ses hanches.

— On aura tout le temps de le faire plus tard, répondit-il.

Il se tourna vers la rive où leurs compagnons, assis en face des rames, leur faisaient signe.

— Le bateau est prêt, lança-t-il.

— Le bateau qui mène de l'autre côté nous attend depuis longtemps, mon frère, murmura Licinius.

— Je ne te parle pas de Charon, idiot ! Je te parle de notre bateau. Du bateau qui mène à la liberté. À d'insoupçonnables richesses. Nous partons vers l'est, vers Chrysê !

— Pars devant. Je dois m'occuper du marchand. Son heure est venue.

— *Ave atque vale, frater.* Dans ce monde ou le suivant.

Licinius regarda Fabius dans les yeux. Il avait compris...

Fabius dévala la colline sans se retourner. Licinius se leva à son tour et s'en alla rejoindre le marchand dans la direction opposée. À l'ouest, le ciel s'assombrissait de nouveau au-dessus du canyon qu'ils avaient traversé. Parcouru d'éclairs, il laissa tomber les premières gouttes de pluie. L'air était étrangement immobile, comme avant le tourbillon de vent, la veille. Les hommes seraient pris dans la tempête s'ils ne partaient pas immédiatement. Fabius ne traînerait pas, et les autres le suivraient. C'était leur centurion et il savait qu'il n'y avait pas de temps à perdre. Licinius en avait parfaitement conscience. Il devait y avoir d'autres bateaux, cachés par d'autres voyageurs, comme celui qu'ils avaient trouvé. Et puis on pouvait faire le tour du lac à pied. L'ennemi se déplaçait à cheval, donc très rapidement. Les parois irrégulières du canyon se découpaient dans la lumière des éclairs. La pluie redoubla subitement d'intensité. Licinius dérapa dans la pente. Il ne voyait plus le bateau, désormais dissimulé par la colline ; au sud, il ne discernait que les contreforts brumeux des montagnes. Il se dirigea vers le trou où il avait attaché le marchand et le trouva étendu sur le sol, les bras enchaînés au-dessus de la tête autour d'un rocher.

Il sortit la longue épée retenue par des lanières de cuir le long de son dos, glissa la main dans le gantelet doré en forme de tigre et saisit la barre transversale. Il contempla un instant le tigre. Puis après l'avoir essuyée sur son avant-bras, il enfonça la lame dans une fissure et la fit ployer jusqu'à ce qu'elle casse, pour ne laisser au bout du gantelet qu'un appendice déchiqueté d'environ soixante centimètres. C'était déjà mieux, plus proche du *gladius* romain. Licinius se tourna vers le marchand. L'homme avait pensé qu'il avait une chance de rester en vie. Il avait guidé les Romains jusqu'ici, tout au long du canyon. Mais désormais, il savait que tout était fini. Licinius s'agenouilla à côté de lui, si près qu'il sentit l'odeur de ses aisselles, de son haleine, celle des animaux acculés, pris au piège. Il posa la pointe cassée de la lame contre sa poitrine. Il voyait son cœur battre à tout rompre.

Ici, il n'y avait ni bien ni mal.

Ici, on tuait. C'était ainsi.

L'homme leva les yeux. Licinius pensa à son fils. Il avait l'impression de voir un enfant, démuni et impuissant. Mais c'était différent. Le marchand avait le souffle court. Haletant, défiguré par la terreur, il avait l'écume aux lèvres. Une puanteur nauséabonde émana d'en bas. Écœuré, Licinius détourna la tête. Puis il se redressa pour mettre tout son poids derrière l'épée et, pour la première fois, remarqua que l'homme qu'il allait tuer était différent des autres Sogdiens. En effet, le marchand avait les yeux moins bridés, les pommettes plus hautes, une fine moustache au-dessus des lèvres. Sa peau était celle d'un citadin et non d'un nomade du désert. Tout à coup, Licinius se souvint de ce qu'il lui avait dit : il venait lui-même de là-bas, des confins de l'Orient, de cette grande cité au milieu des terres ; il connaissait la tombe ; il savait comment y entrer ; il en était le gardien. Un gardien qui avait révélé son secret, dans l'espoir d'être épargné.

L'homme essaya de parler en regardant en direction du sac que Licinius lui avait volé. Il avait la voix rauque et un accent si marqué que les paroles qu'il prononçait en grec étaient à peine compréhensibles.

La plus grande étoile des cieux… Son père l'avait vue et s'en était emparé.

Son père, âgé de deux cents ans, avait gardé le secret.

Lui, Liu Jian, l'avait prise pour la remettre à sa juste place, mais il avait été poursuivi.

— Maintenant, c'est toi qu'on poursuivra, dit-il.

Il essaya de soulever un peu la tête. Ses paroles devinrent brusquement plus claires, comme s'il savait que ce serait les dernières qu'il pourrait jamais prononcer.

— Tu as pris le joyau céleste, prévint-il. Il doit briller au-dessus de la tombe de l'empereur. Il est en deux parties : l'une en lapis-lazuli des montagnes de Bactriane ; l'autre en péridot de l'île de la mer Érythrée. Tu dois aller déposer ce que tu possèdes dans les mines de lapis-lazuli et le cacher là-bas. C'est le seul endroit où le pouvoir de la pierre ne se fera pas sentir. Les deux pierres ne doivent jamais être réunies pour reconstituer le joyau. Seul l'empereur doit jouir de l'immortalité. Ceux qui nous suivent te traqueront sans relâche. Ils ne doivent jamais avoir le pouvoir.

L'homme se laissa aller sur le sol, les lèvres tremblantes. Licinius demeura immobile. Il venait de comprendre. Le trésor dont le marchand avait parlé la veille, celui de la tombe de l'empereur, ne se trouvait pas au-delà de l'horizon oriental. Il était ici. Licinius palpa le sac accroché à son ceinturon. Sans perdre une seconde de plus, il remonta au sommet de la colline et scruta la surface du lac. Il était trop tard. Ses compagnons étaient déjà loin, au large, et ramaient pour leur propre survie. Ils avaient vu venir la tempête. Fabius ne saurait jamais... Licinius retourna auprès du marchand. Il se sentait vide, désorienté. Avait-il vraiment renoncé au plus grand trésor de tous les temps, aux appâts de l'immortalité, dans l'espoir vain de retrouver son fils ?

Il sonda l'obscurité menaçante. Le vent d'est, chargé d'une poussière rouge qui semblait tourbillonner autour du lac, lui piquait les yeux et fouettait frénétiquement le front orageux au-dessus du canyon. Par-delà le grondement du tonnerre, Licinius entendit un bruit sourd pareil au sang qui irrigue les tympans, d'abord à peine perceptible, puis insistant, de plus en plus sonore : un battement de tambour. Il se rappela la nuit précédente, les chevaux cabrés, des chevaux noirs aux yeux jaunes, la poussière rouge qui tournoyait dans leurs naseaux, leur souffle chaud. Des chevaux poisseux de sang, de leur propre sang, comme d'autres auraient été couverts de sueur. Ils étaient attelés à des chars qu'occupaient des archers presque invisibles, précédés d'auriges en armure, dont les visages étaient cachés par une peau de bête et encadrés de crocs féroces.

Ils étaient là !

Licinius se pencha vers le marchand et lui enfonça l'épée dans le corps en lui broyant la colonne vertébrale. L'homme mourut les yeux grands ouverts. Le sang propulsé par le dernier battement de cœur gicla à travers la plaie. Le corps se convulsa et les muscles enserrèrent la lame. Licinius se leva et posa un pied sur le cadavre pour retirer l'épée. Debout, son arme dégoulinante, il pénétra de nouveau l'obscurité du regard, entre les gouttes de pluie. Puis, sur une hauteur, il distingua une silhouette tournée dans sa direction. Cheval piaffant, peau rouge et luisante, tête rageuse et crocs acérés en avant, l'ennemi tenait au-dessus de sa tête une longue épée étincelante.

Le marchand l'avait appelé « le guerrier-tigre ».

Licinius se mit à courir.

Vers le sud.

Chapitre I

Mer Rouge, de nos jours.

— Jack, tu ne devineras jamais ce que j'ai trouvé !

La voix venait de quelque part dans le bleu, derrière un récif où un filet argenté de bulles remontait vers la surface de la mer, près de cinquante mètres plus haut. Après avoir jeté un dernier coup d'œil à l'ancre incrustée de coraux, Jack Howard injecta de l'air dans son compensateur de flottabilité et vit s'éloigner l'épais tapis de corail mou qui ployait dans le courant comme l'herbe haute dans le vent. Il se propulsa à l'aide de ses palmes, puis ouvrit les bras et les jambes comme un parachutiste et se laissa retomber sur le récif. La vue était époustouflante. Tout au long du versant du récif, il avait repéré des fragments de poteries anciennes, islamiques, nabatéennes, égyptiennes, mais là, il était remonté à la source. Depuis des années, il entendait dire qu'il y avait un cimetière d'épaves sur le côté, au vent du récif, mais ce n'étaient que des rumeurs, des bruits qui couraient. Et cette année, au printemps, des courants de marée extraordinairement forts avaient balayé le plateau et mis au jour ce qui se trouvait devant lui. En outre, on racontait qu'une épave romaine, parfaitement préservée, gisait encore sous le sable. Jack avait immédiatement saisi la balle au bond. En voyant les poteries émerger des sédiments, des couches et des couches d'amphores anciennes dont les grandes anses rejoignaient un col large, il poussa un long soupir, ce qui le fit s'enfoncer un peu plus dans l'eau. Une pointe d'excitation familière l'envahit. « Veinard ! » pensa-t-il.

La voix grésilla de nouveau à travers l'interphone :

— Depuis quinze ans que je plonge avec toi, je croyais avoir tout vu. Mais là, c'est le bouquet !

Jack regarda de l'autre côté du plateau. Costas flottait immobile devant une tête de corail, de la taille d'un petit camion. Les pousses s'élevaient à plusieurs mètres au-dessus de lui. Plus bas, deux autres têtes formaient une rangée avec la première mais, au-delà, la profondeur était trop importante pour que le corail puisse se développer. Jack voyait le versant sablonneux du récif se précipiter dans l'abysse. Il alluma sa lampe frontale et nagea jusqu'à Costas. Dans les derniers mètres, il s'arrêta et observa le lit marin. Le faisceau lumineux de sa lampe fit apparaître une infinité de couleurs, des éponges rouge vif, des anémones de mer, des coraux mous en pleine expansion, accueillant des poissons-clowns qui s'élançaient dans les recoins et les fissures. Une anguille sortit d'un trou, la lippe pendante, les yeux rivés sur Jack, puis retourna d'où elle venait. À travers un voile ondulant de coraux mous, Jack discerna des fragments d'amphores, si profondément incrustés qu'on les distinguait à peine. En observant de plus près, il aperçut un spécimen doté d'une grande anse arquée et d'un col caractéristique. Il se tourna vers Costas et éclaira le casque jaune de son ami, ainsi que le *backpack* à profil hydrodynamique contenant ses bouteilles de trimix.

— Jolie trouvaille ! lança-t-il. J'ai vu des tessons comme ceux-là en remontant le long du récif. Amphores à vin rhodiennes, IIe siècle av. J.-C.

— Éteins ta lampe, lui conseilla Costas, sans détourner les yeux. Regarde bien. Et oublie les amphores.

Impatient de nager jusqu'à l'épave qu'il avait vue dans le sable, Jack demeura néanmoins devant la tête de corail et fixa attentivement la profusion de couleurs et de mouvements. Il n'avait pas oublié les recommandations du professeur Dillen, malgré les nombreuses années qui s'étaient écoulées depuis sa formation à Cambridge : « L'archéologie repose sur des détails, mais ceux-ci ne doivent pas gêner la vue d'ensemble. » Du reste, il l'avait toujours su depuis que, encore adolescent, il s'était mis en quête d'artefacts pour la première fois. Et puis, c'était son don. C'était comme ça qu'il finissait toujours par trouver. « Veinard ! » Il ferma les yeux et, après avoir éteint sa lampe frontale, les rouvrit. Il avait l'impression d'avoir été subitement projeté dans un autre univers. La myriade de couleurs avait disparu derrière un bleu monochrome ; les pourpres et rouges vifs étaient réduits à de simples nuances de tons. C'était comme si les couches de peinture et les glacis d'un tableau avaient été retirés pour ne laisser qu'un croquis au fusain obligeant l'œil à se concentrer, non pas sur les détails, mais sur les formes, le motif global. La vue d'ensemble.

Et Jack vit l'impossible.

— Incroyable... murmura-t-il.

Il cligna des yeux et regarda de nouveau. Il n'y avait pas de doute possible. Elles étaient deux. Surgissant du sable, elles se recourbaient vers le haut de part et d'autre de la tête de corail, symétriques, d'un blanc étincelant après des siècles d'enfouissement dans les sédiments. Jack songea à l'endroit où il se trouvait : la mer Rouge, l'extrémité orientale de l'Égypte, le bout du monde gréco-romain. Au-delà, s'étendaient des terres légendaires, à la fois terrifiantes et attrayantes, qui abritaient des trésors fabuleux, des périls redoutables, des races de géants et de Pygmées, et de lourdes bêtes imposantes, des bêtes de chasse et de guerre que seuls les plus braves parvenaient à apprivoiser, des bêtes qui pouvaient faire d'un homme un roi.

C'étaient des défenses...

— J'attends, Jack ! le pressa Costas. Comment est-ce que tu l'expliques, celle-là ?

Jack sentit son cœur s'emballer, mais s'efforça de répondre d'une voix posée.

— C'est un *elephantegos*, annonça-t-il.

— Un quoi ?

— Un *elephantegos.*

— D'accord, un éléphant. Une statue d'éléphant.

— Non, un *elephantegos.*

— Bon, alors quelle est la différence ?

— Un papyrus stupéfiant a été trouvé dans le désert égyptien. Maurice Hiebermeyer m'en a envoyé une copie par e-mail ; je l'ai reçue alors que nous venions ici à bord du *Seaquest II.* Je lui ai demandé si le texte faisait référence à une épave ; c'est une lettre. J'ai l'impression qu'il se doutait de ce qu'on allait trouver.

— Ce ne serait pas la première fois, fit remarquer Costas. C'est un drôle de type, mais je dois lui reconnaître ça.

Jack se perdait déjà en conjectures. Il tendit la main et caressa la pointe de la défense la plus proche. Elle était d'une douceur soyeuse, mais friable comme de la craie.

— La lettre fait mention d'une épave, poursuivit Jack. Elle fait partie des très rares documents anciens qui évoquent la présence d'une épave dans la mer Rouge. Maurice savait que nous avions l'intention de plonger ici, avant de nous rendre au chantier de fouilles qu'il dirige à Bérénice.

— Et alors ? s'impatienta Costas.

— Cette lettre relate le naufrage d'un navire en provenance de Bérénice. Elle devait être envoyée à Ptolémaïs Thérôn, ou « Ptolémaïs des Chasses », un port situé au sud d'ici, sur la côte de l'Érythrée. C'était là que les Égyptiens se procuraient des bêtes sauvages. En raison du naufrage, Ptolémaïs Thérôn n'a pas reçu le chargement de céréales expédié. La lettre explique qu'un autre *elephantegos* est en construction à Bérénice et qu'il sera bientôt mis à flot avec toutes les marchandises attendues.

— Un *elephantegos*... Tu veux dire...

— Un navire transporteur d'éléphants. Un porte-éléphants.

— Jack, j'ai encore cette drôle de sensation, celle que j'ai toujours quand je plonge avec toi. Je crois que c'est de l'incrédulité...

Chapitre I

— Est-ce que tu as regardé plus loin ? Il y a deux autres têtes de corail. Exactement de la même taille. Trois têtes bien alignées, ce qui semble logique. Ils sont tels qu'ils devaient être enchaînés et arrimés dans la coque…

— Tu es en train de me dire que ce truc, là, en face de moi, est un éléphant. Un véritable éléphant, pas une statue !

— On sait que l'ivoire se conserve lorsqu'il est enseveli sous l'eau. On a retrouvé des défenses et des dents d'hippopotame dans la Méditerranée. Et ici, le corail pousse très vite, en moins de temps qu'il n'en faut à un squelette d'éléphant pour se désagréger. Il n'y a peut-être plus d'ossements à l'intérieur, mais le corail a préservé les formes.

— Un instant, Jack. Je ne suis qu'un simple ingénieur. Laisse-moi le temps d'analyser la situation. C'est peut-être l'unique découverte archéologique qui ait un sens pour moi. Jack, je crois que je vais pleurer…

— Ça va aller, mon vieux.

Jack recula et contempla cette étrange apparition, la chose la plus incroyable qu'il ait jamais vue sous l'eau. Il ralluma sa lampe frontale.

— Ces défenses ne vont pas se conserver très longtemps, prévint-il. Elles doivent être ensevelies de nouveau. Mais avant, il faut faire venir une équipe de tournage jusqu'ici, et vite. Il y a de quoi faire les gros titres.

— Je m'en occupe, Jack, proposa Costas. Je suis en communication avec le *Seaquest II*.

Jack consulta sa montre-ordinateur.

— Il nous reste sept minutes, dit-il. Je voudrais aller voir de plus près les amphores que j'ai aperçues dans le sable. Je resterai à portée de vue.

— Moi, j'ai eu mon compte d'excitation, déclara Costas.

— Je te rejoins au palier de demi-profondeur.

— D'accord.

Jack rebroussa chemin au-dessus du plateau sablonneux et se laissa emporter par le courant. Celui-ci s'était intensifié au cours de leur plongée et soulevait une fine couche de limon qui, suspendu à environ un mètre du lit marin, dissimulait les amphores. Un banc de poissons de verre ondoya comme un voile diaphane et se divisa pour laisser apparaître un requin de récif nageant paresseusement le long du versant. Jack entendit le rugissement étouffé du Zodiac, qui fit ronfler ses moteurs hors-bord et décrivit un grand arc de cercle pour se mettre en position. Un son sourd indiqua aux plongeurs qu'il ne leur restait que cinq minutes. Costas, environ vingt mètres plus loin, ne voyait peut-être plus son partenaire mais pourrait distinguer clairement les bulles qui s'échappaient de sa soupape d'expiration. Jack descendit dans les sédiments en suspension. Concentré sur son objectif, il regardait devant lui, bras tendus et mains jointes, en faisant de lents mouvements de brasse avec les jambes. Il contrôlait parfaitement sa flottabilité. Soudain, il repéra une rangée de quatre amphores, intactes, couchées sur le sable, puis une autre qui émergeait à peine, juste derrière. Il expira pour se vider les poumons, conscient d'être à la merci de son équipement qui lui fournirait sa prochaine bouffée de gaz. C'était ce sentiment que sa vie ne tenait qu'à un fil qui avait fait naître chez lui cette passion pour la plongée. Il poursuivit sa descente et inspira juste au-dessus du lit marin pour retrouver une flottabilité neutre. Les amphores étaient recouvertes de fines particules, étincelantes dans la lumière du soleil qui filtrait à travers quarante-cinq mètres d'eau.

Jack discerna d'autres rangées de poteries, puis une sorte de tunnel sous lequel se dressaient des poutres noircies.

— Ça alors ! s'exclama-t-il, le souffle coupé.

— Tu as trouvé quelque chose ? demanda Costas par l'interphone.

— Juste une autre épave ancienne.

— Une broutille à côté d'un *elephantegos*, de mon *elephantegos* !

— Il ne reste que quelques vieux pots.

— Mais c'est dans les vieux pots qu'on fait les meilleures soupes, ironisa Costas. Je t'ai déjà vu vider l'or pour garder le pot. Tu n'es pas archéologue pour rien !

— C'est parce que c'est dans les vieux pots que repose l'Histoire.

— Tu ne changeras jamais ! Personnellement, j'échangerais bien un vieux pot contre un sac de doublons. Alors, c'est quoi exactement ?

— Des amphores à vin, répondit Jack. Elles sont postérieures d'environ deux siècles aux amphores rhodiennes que nous avons vues près de l'*elephantegos*. Elles datent de l'époque d'Auguste, le premier empereur romain, et viennent tout droit d'Italie.

Gagné par l'ivresse de la découverte, il se rapprocha de la rangée de poteries.

— Elles ont été expédiées pour être livrées quelque part, affirma-t-il. Cela ne fait aucun doute. Les couvercles sont encore scellés par du mortier, sur lequel on distingue l'estampille des États italiens d'où elles proviennent. C'est du vin de Falerne, un excellent cru. Je crois qu'on a mis dans le mille, mon vieux !

Il se retourna. Costas avait déjà quitté la tête de corail pour nager jusqu'au palier de demi-profondeur et se trouvait à plusieurs mètres du lit marin.

— Faut y aller, Jack ! lança-t-il. Il ne nous reste que deux minutes.

— Message reçu, dit Jack en regardant fébrilement autour de lui pour profiter au maximum des derniers instants qu'il lui restait avant que l'alarme ne sonne. Chacune de ces amphores valait le prix d'un esclave. Et il y en a des centaines. Ce navire était un grand cargo, une sorte d'*Indiaman* romain.

— Il faisait le voyage des Indes ! s'écria Costas, qui alluma sa lampe frontale et fit surgir toutes les couleurs du lit marin autour de Jack. N'est-ce pas synonyme de trésor, de lingots ?

Jack caressa une des amphores et fut parcouru d'un frisson, comme à chaque fois qu'il posait la main sur un artefact qu'aucun autre homme n'avait touché depuis l'Antiquité. Les épaves étaient toujours les découvertes les plus exaltantes. Ce n'étaient pas les rebuts d'une civilisation, de simples décombres, mais des organismes vivants, perdus lors d'une catastrophe, à l'aube d'une grande aventure. Toute aventure comportait des risques, et celle-ci avait mal tourné. Ce navire se dirigeait vers un avenir périlleux et s'apprêtait à parcourir des milliers de kilomètres à travers l'océan Indien. Jack comprenait cette attirance pour l'Orient. Ses ancêtres avaient eux aussi navigué jusque-là à l'époque de la Compagnie anglaise des Indes orientales. Ce qui fut appelé « l'Entreprise des Indes » avait été la plus ambitieuse de toutes les aventures humaines, où l'abondance de trésors n'avait eu d'égale que l'ampleur du danger. Mais dans l'Antiquité, les enjeux étaient encore plus élevés : cette expédition menait au bout du monde. Et pourtant, là, à la lisière du gouffre, se déployaient des richesses que même un puissant empereur ne pouvait imaginer, car elles donnaient accès à d'insoupçonnables secrets, à des élixirs sacrés, à l'alchimie, à l'immortalité.

L'alarme retentit, un son métallique insistant qui semblait venir de toutes parts. Jack prit une profonde inspiration et s'éleva de quelques mètres au-dessus des amphores, avant de nager jusqu'à Costas. Ils feraient des fouilles. La plupart du temps, l'archéologie prenait corps sous le radar de l'Histoire, dans les vestiges triviaux de la vie quotidienne. Mais cette fois, il s'agissait peut-être d'une découverte magistrale. Ce navire avait peut-être représenté un tournant de l'Histoire, un élément clé dans les espoirs de domination de Rome au-delà de l'océan Indien. Jack leva les yeux vers Costas qui regardait fixement le lit marin à travers le puits de lumière de sa lampe frontale. Il consulta son ordinateur de plongée et se tourna de nouveau vers son ami, qui semblait figé sur place. Intrigué, il suivit son regard.

Le sable était jaune, étincelant. Un fantastique mirage... Jack cligna des yeux, puis souffla et sombra de nouveau jusqu'à ce que ses genoux se posent sur le lit marin. Il n'arrivait pas à y croire. Puis un souvenir lui revint à l'esprit, celui des regrets formulés par un empereur romain, deux mille ans auparavant : « Ces pierreries pour lesquelles on transporte chez des peuples étrangers ou ennemis les trésors de l'empire. »

Le lit marin était tapissé d'or...

Jack ramassa une pièce scintillante et la tint fermement entre ses doigts. C'était un *aureus* neuf, qui n'avait jamais été mis en circulation, à l'effigie d'un jeune homme robuste, confiant, convaincu que Rome pouvait dominer le monde : l'empereur Auguste.

— Bon sang ! s'exclama Costas. Dis-moi que je ne suis pas en train de rêver.

— Tu ne rêves pas, murmura Jack d'une voix rauque. Le voilà, ton trésor !

— Ce site est sous notre responsabilité, déclara Costas en fermant un des interrupteurs de son casque. Toutes les communications radio vers l'extérieur doivent être interrompues. Personne ne doit entendre ce que nous disons. Il y a suffisamment d'or pour financer un djihad.

— Tu as raison, reconnut Jack en fermant son interrupteur à son tour.

Il savoura cet instant, la pièce d'or dans la main, les yeux rivés sur le tapis scintillant qui précédait la rangée d'amphores. Il avait beau être archéologue et non chasseur de trésors, s'il avait parcouru le monde, c'était aussi dans l'espoir de faire une découverte comme celle-ci. De l'or... un bon vieux trésor, celui d'un empereur romain.

Au-dessus de sa tête, Jack vit le Zodiac et perçut la silhouette plus sombre du *Seaquest II*, quelques centaines de mètres plus loin. Le pouce levé, il indiqua à Costas qu'il était prêt à remonter. Les deux hommes commencèrent leur ascension, côte à côte. Jack ne quitta pas des yeux le lit marin qui reculait petit à petit. Les détails se perdaient dans le sable et les amphores se fondaient avec la roche et le corail. Depuis des années, il rêvait de trouver une épave qui lui fasse revivre la plus grande aventure de l'Antiquité, cette quête de trésors inestimables qui attiraient aujourd'hui encore bon nombre d'explorateurs. Il était au comble de l'excitation. C'était la plongée de sa vie. Il venait de découvrir le premier trésor de l'époque romaine. Il vit Costas le regarder à travers son masque, les yeux plissés dans un sourire. Et il se dit encore une fois : « Sacré veinard ! »

Chapitre II

Trois heures plus tard, l'hélicoptère Lynx décollait de l'hélistation du *Seaquest II*. Jack maintint l'appareil dans les airs un moment, le temps de programmer l'ordinateur de navigation pour gagner la côte de l'Égypte, à environ trente-cinq milles marins au nord-ouest. Ils voleraient à basse altitude. Leur système sanguin contenait encore de l'azote qui risquait de former des bulles et de provoquer la maladie des caissons.

Jack se tourna vers Costas, assis à ses côtés, et contempla le *Seaquest II*. Sur la poupe, il discerna le mot « Truro », le port d'attache le plus proche du campus de l'Université maritime internationale, en Cornouailles, en Angleterre. Au-dessous, flottait le drapeau de l'UMI, un blason avec une ancre, inspiré des armoiries de la famille de Jack. Le *Seaquest II* était un navire de recherche bâti spécialement pour ce genre d'expéditions. Il remplaçait le premier *Seaquest*, perdu moins de deux ans auparavant en mer Noire. De loin, il ressemblait à un bateau de support.

Sur le pont avant, Jack aperçut quelques hommes en combinaison blanche à côté du canon rétractable, un Breda de quarante millimètres, sorti de son habitacle pour des exercices d'entraînement en situation réelle. Plusieurs d'entre eux étaient d'anciens membres du Special Boat Service, une unité des forces spéciales britanniques, que Jack avait rencontrés à la Royal Navy. Les côtes de la Somalie, où la menace de piraterie était omniprésente, n'étaient pas loin. De plus, dans quelques jours, le *Seaquest II* mettrait le cap vers le Sri Lanka, une île déchirée par la guerre. Mais c'était avant tout un navire de recherche conforme à l'état de l'art, qui disposait des dernières innovations technologiques en matière de plongée et de fouille archéologique. Il pouvait accueillir, dans ses cabines et laboratoires, une équipe de trente personnes. Il était né de la collaboration d'experts qui avaient conçu, forts de dizaines d'années d'expérience, un prototype du navire idéal. Jack remercia en silence son mécène, Efram Jacobovich, magnat de l'industrie du logiciel, passionné de plongée, qui avait cru en son potentiel et finançait toutes ses expéditions autour du monde.

— Nous sommes arrimés, plaisanta Jack. Prêt ?

— *Go !* cria Costas, le doigt pointé vers l'horizon.

Un large sourire aux lèvres, Jack poussa le manche cyclique et le Lynx piqua du nez. Une fois le pilotage automatique enclenché, l'appareil prit de la vitesse. Jack se tourna vers l'aileron de passerelle du navire et vit Scott Macalister, le capitaine du *Seaquest II*, ancien capitaine de garde-côte canadien. À côté, une jeune fille grande et élancée, aux longs cheveux bruns balayés par le souffle de l'hélicoptère, lui faisait signe, la main en visière pour se protéger du soleil.

— Rebecca s'en sort plutôt bien, observa Costas.

— Pour une première expédition, elle est étonnamment à l'aise, répondit Jack. Je pourrais presque lui confier les rênes. Impressionnant, pour une fille de seize ans !

— Elle doit avoir ça dans le sang…

Ils voyaient le récif désormais, le bleu profond de l'abysse, qui se déclinait dans des teintes turquoise jusqu'aux têtes de corail, visibles en haut du versant, presque à fleur d'eau. Ils survolèrent les silhouettes jaunes ondoyantes de deux submersibles Aquapod qui s'apprêtaient à plonger en direction du cimetière d'épaves, cinquante mètres plus bas. D'ici quelques heures, les Aquapod auraient effectué un levé laser et photogrammétrique du site. À ses débuts, lorsque les mesures étaient prises à la main par des plongeurs, Jack aurait dû attendre des semaines pour obtenir le même résultat.

Chapitre II

Après sa plongée avec Costas, de retour à bord du *Seaquest II*, il avait immédiatement organisé une vidéoconférence avec les autorités des Antiquités égyptiennes, la Marine égyptienne et le personnel de l'Institut archéologique d'Alexandrie, dirigé par son ami Maurice Hiebermeyer. Le *Seaquest II* ayant été affecté, des mois auparavant, à un voyage dans le Pacifique, un autre navire de l'UMI prendrait le relais et une frégate égyptienne resterait sur place pendant toute la durée des fouilles. Celles-ci viendraient compléter une série de recherches menées par l'UMI au cours de ces dernières années sur des épaves anciennes : un navire minoen de l'âge du bronze découvert en Égée et celui de saint Paul, retrouvé au large de la Sicile. Jack espérait être de retour à temps pour participer aux fouilles mais, pour l'heure, il se réjouissait d'avoir initié le processus.

Il s'adossa à son siège et se détendit en expirant l'excès d'azote qui encombrait son système sanguin. Il sentait son corps recouvrer peu à peu ses forces après la plongée. Épuisé, mais ravi, il était impatient d'arriver à destination et de découvrir ce que Hiebermeyer voulait lui montrer depuis des mois sur son chantier de fouilles, dans le désert égyptien.

— Regarde un peu cette île ! s'exclama Costas en montrant un affleurement rocheux accidenté d'environ deux kilomètres de long, qui se prolongeait en une cime de plusieurs centaines de mètres au-dessus du niveau de la mer.

La roche, d'un blanc immaculé, semblait dépourvue de toute végétation et hostile à toute forme de vie.

— C'est Zabargad, indiqua Jack, également connue sous le nom d'île Saint-Jean. Les Grecs anciens l'appelaient Topazos, l'île de la Topaze.

— Je vois des stériles rocheux, déclara Costas, d'anciennes exploitations minières sur le pourtour de la montagne.

— Dans l'Antiquité, c'était le seul gisement de péridot, ou olivine, une pierre précieuse d'un vert translucide. Cette île, engendrée par un soulèvement de la croûte terrestre, est le paradis des minéralogistes. Les Chinois vénéraient le péridot car, comme le jade, c'était une pierre sacrée à leurs yeux. Ils lui prêtaient des propriétés curatives. Les gemmes les plus prisées étaient les trésors des empereurs.

— Les mines étaient exploitées par des forçats ?

— Absolument ! Zabargad fut la mère de toutes les colonies pénitentiaires. Pour la plupart des bagnards, cet endroit était le bout du monde.

— Ça me rappelle Alcatraz.

— Il faut plus longtemps pour regagner la côte que dans la baie de San Francisco. Et il y a plus de requins.

— Y a-t-il eu des fugitifs ?

— Avant que j'essaie de répondre à cette question, jette un coup d'œil à ça, proposa Jack en sortant un petit sachet de sa poche avant.

Costas retourna le sachet au-dessus de la paume de sa main pour en recueillir le contenu. C'était la pièce d'or que Jack avait ramassée sur le lit marin. Elle était si étincelante qu'on aurait pu croire qu'elle venait d'être frappée.

— Jack… commença Costas.

— C'est un emprunt, se défendit Jack, un échantillon. Il fallait bien que j'aie quelque chose à montrer à Maurice. Depuis qu'on est gosses, il me répète sans cesse que rien ne vaut les trésors des tombes égyptiennes.

— Le docteur Jack Howard, le plus grand archéologue sous-marin du monde, pille le site qu'il a découvert ! Que vont dire les autorités égyptiennes quand je vais leur annoncer ça ?

— Les autorités ? Tu veux dire *herr professor* Maurice Hiebermeyer, le plus grand égyptologue de la profession ? Il va probablement me regarder avec pitié et me montrer une momie incrustée de joyaux.

— Je croyais que vous ne vous intéressiez qu'aux vieux pots cassés ! lança Costas en tenant la pièce entre deux doigts. Bon, alors pourquoi tu me montres ça ?

— Sur l'avers, il y a un portrait d'Auguste, le premier empereur de Rome. Mais regarde le revers.

Chapitre II

Costas retourna la pièce et vit deux étendards de part et d'autre d'un bouclier. Celui de droite était surmonté d'un orbe, emblème de la domination de Rome sur le monde. Celui de gauche arborait l'*aquila*, l'aigle sacré pour lequel les légionnaires n'hésitaient pas à combattre jusqu'à la mort. C'étaient les *signa militaria*, les enseignes militaires de la légion romaine. Jack signala l'inscription gravée au milieu.

— Lis ce qui est écrit, intima-t-il à Costas.

Costas plissa les yeux.

— « *Signis Receptis* », lut-il.

— Cela signifie « enseignes restituées », précisa Jack. C'est une des pièces les plus importantes d'Auguste, frappées vers -19, quelques années avant qu'il ne devienne empereur. À ce moment-là, Auguste cherchait à consolider l'empire, après des dizaines d'années de guerre civile. Son fils, Tibère, venait de conclure un traité de paix avec les Parthes qui dominaient la région correspondant actuellement à l'Iran et à l'Irak. Les Parthes avaient accepté de restituer les étendards dont ils s'étaient emparés lors de la défaite des légions romaines, des années auparavant. Auguste a fait de cette restitution son triomphe personnel et organisé une procession pendant laquelle les étendards ont été exhibés à travers Rome. Une grande opération de propagande... Malheureusement, il était trop tard pour venir en aide aux hommes qui avaient combattu sous ces étendards et n'avaient pas eu la chance de mourir sur le champ de bataille.

— Et quel est le rapport avec nos forçats ? demanda Costas.

— Remontons le temps jusqu'en -53. Rome est une république, que dirige le triumvirat formé par Jules César, Pompée et Crassus. Les rivalités et les ambitions personnelles qui vont conduire à la guerre civile se font déjà sentir. Ce qui compte, c'est le prestige militaire. Pompée a débarrassé la mer des pirates. Jules César mène campagne en Gaule. Et Crassus fait figure d'intrus. Il décide donc de partir pour l'Orient, où il se met en quête de gloire et d'or. Le problème, c'est que Pompée et César sont des généraux accomplis, alors que Crassus est un simple banquier.

— J'imagine ce qui s'est passé.

— La bataille de Carrhae, près de l'actuelle Harran, dans le sud de la Turquie, a été l'une des pires défaites essuyées par l'armée romaine. Crassus était un général incompétent, mais ses légions combattaient pour Rome, et pour leur propre honneur. Elles se sont battues jusqu'au bout, écrasées par la cavalerie parthe. Au moins vingt mille hommes ont été massacrés ; et les blessés ont tous été exécutés. Crassus a été tué, mais les Parthes ont fait passer un soldat romain pour lui et l'ont forcé à boire de l'or fondu.

— Belle fin pour un banquier…

— Au moins dix mille soldats romains ont été faits prisonniers. Ceux qui n'ont pas été exécutés ont été envoyés à la forteresse parthe de Merv, où ils ont probablement été réduits en esclavage et affectés à la construction du mur d'enceinte. Voilà le rapport ! Mines, carrières et esclavage. C'était le lot des prisonniers de guerre dans l'Antiquité. Merv n'était pas isolée par la mer comme l'île Saint-Jean mais perdue au milieu du désert aride de ce qui correspond aujourd'hui au Turkménistan. À l'époque, pratiquement personne ne savait ce qui se trouvait au-delà des terres conquises par Alexandre le Grand au IVe siècle av. J.-C., de l'autre côté de l'Afghanistan et de l'Indus.

Jack déploya entre les deux sièges l'écran de l'ordinateur intégré au cockpit et fit apparaître une image à l'aide de la souris. Il s'agissait de ruines sillonnées d'allées poussiéreuses et entourées d'un vaste mur d'enceinte délabré, réduit par endroits à de simples monticules de pierres.

— Voilà ce qu'il reste de Merv, annonça Jack. Ce sont les remparts de la forteresse parthe de la Margiane.

— On dirait un mur de terre plutôt que de la maçonnerie, observa Costas.

— C'est du pisé. De nouveaux murs ont été régulièrement bâtis sur les vestiges érodés des précédents mais, à un moment donné, les maçons ont dû faire une expérience malheureuse en matière de mortier. L'un d'eux s'est effondré et nous avons pu nous rendre compte qu'il comportait une substance poudreuse blanchâtre. Une sorte de ciment qui n'aurait pas pris.

— Quand t'es-tu rendu sur place ?

— Lors du congrès de la Transoxiane, en avril. L'Oxus, tel qu'on le nommait dans l'Antiquité, est le fleuve qui va de l'Afghanistan à la mer d'Aral. Les Grecs et les Romains anciens le considéraient comme la frontière de leur monde. Le congrès avait pour thème les contacts entre l'Asie occidentale et l'Asie centrale.

— La route de la Soie ?

— L'époque où des marchands originaires de Chine et d'Asie centrale ont été vus pour la première fois dans des lieux comme Merv, peu après le passage d'Alexandre le Grand.

Costas regarda l'image de plus près.

— Attends une minute ! s'exclama-t-il. C'est qui, là ? Mais, je la connais !

— Elle est juste là pour indiquer l'échelle.

— Jack ! C'est Katya !

— Elle présidait la séance à laquelle j'ai participé. Le congrès avait lieu juste à côté de chez elle. Elle étudie depuis longtemps les inscriptions découvertes le long de la route de la Soie. Et elle m'a invité. Comme on n'avait prévu aucune plongée en avril, je ne pouvais pas refuser.

— Jack, on ne me la fait pas ! Tu revois Katya, voilà la vérité. Pourquoi Jack Howard, éminent archéologue sous-marin, se rendrait-il sur un tas de poussière au milieu d'un désert, au Turkménistan ? Pour un chercheur d'épaves, tu n'as rien trouvé de plus loin ?

— J'aime bien garder contact avec mes anciens collègues, répliqua Jack en souriant, avant de refermer l'écran.

— Enfin… soupira Costas. Et ces Romains, prisonniers de guerre, je te demandais si certains avaient réussi à s'échapper.

— De l'île Saint-Jean ? J'en doute. Mais de Merv, c'est une possibilité. Presque aucun des légionnaires de Crassus ne devait être encore en vie lorsqu'Auguste a récupéré les étendards, plus de trente ans après la bataille. Mais des rumeurs ont circulé à Rome, pendant plusieurs générations.

— Quel genre de rumeurs ?

— Le genre qu'on entend, mais dont on ne connaît jamais l'origine. À propos d'une bande de fugitifs. Des légionnaires qui avaient été faits prisonniers à Carrhae. Et qui ne seraient pas allés vers l'ouest, où plus personne ne les attendait, mais vers l'est.

— Et tu y crois ?

— S'ils ont survécu à toutes ces années de labeur dans la forteresse parthe, ce devait être les plus résistants. Et il s'agissait de légionnaires romains. Ils savaient ce que c'était que de marcher pendant des heures.

— Voyons… réfléchit Costas, vers l'est, c'est-à-dire vers l'Afghanistan, l'Asie centrale ?

— Certaines de ces rumeurs viennent de beaucoup plus loin, des annales des empereurs de Chine. Mais nous en rediscuterons plus tard ; nous sommes presquc arrivés.

Jack pointa le doigt vers un grand promontoire qui avançait dans la mer Rouge.

— Voilà Ras Banas, montra-t-il. On dirait une tête d'éléphant, ça devrait te plaire.

— Ah ! mon *elephantegos…* murmura Costas. Jamais je n'aurais imaginé trouver des éléphants antiques sous l'eau.

— Quand on plonge avec moi, tout est possible !

— À condition que je fournisse le matériel.

— Touché !

Jack abaissa le levier de pas collectif et le Lynx amorça sa descente.

— Je vois le chantier de fouilles ! s'écria-t-il. Je vois même Maurice. Ce short dont il ne se sépare jamais est un véritable pavillon de signalisation ! Je vais nous poser sur une zone rocheuse au bord du littoral pour éviter de déclencher une tempête de poussière. Accroche-toi !

Lorsqu'ils descendirent de l'hélicoptère, ils découvrirent un paysage désolé, d'immenses étendues désertiques consumées de soleil, que seule la mer scintillante arrêtait. Malgré toutes ses précautions, Jack avait provoqué un tourbillon de sable en atterrissant et la vue était voilée par un rideau de poussière rouge, qui réfractait la lumière de sorte que même l'air semblait étinceler. À l'ouest, en direction du Nil, une petite chaîne montagneuse délimitait le désert côtier ; à l'est, la péninsule déchiquetée de Ras Banas se courbait dans la mer. Tout au bout de la baie, à quelques centaines de mètres de là, Jack aperçut les baraquements délabrés de l'avant-poste douanier et, au-delà, la lagune d'environ un kilomètre que refermait une fine langue de terre recouverte de sable. Il avait le sentiment d'être dans une sorte d'antichambre de l'existence humaine, baignée par les rayons brûlants du soleil d'Égypte.

Costas, affublé d'un chapeau de paille et d'une paire de lunettes de soleil profilée aux couleurs criardes, essuya la poussière et la sueur qui lui collaient au visage.

— Le voilà, dit-il en voyant une silhouette corpulente descendre d'une petite colline et traverser d'un pas lourd le nuage de poussière, la main déjà tendue.

Maurice Hiebermeyer était plus petit que Jack et un peu plus grand que Costas. Mais, si Costas avait hérité de ses ancêtres grecs un torse puissant et musculeux, l'égyptologue donnait l'impression que son corps était une sorte de saucisse à la choucroute. Cela dit, Jack savait que c'était juste une illusion, car son ami ne tenait pas en place et déployait l'énergie d'une armée.

— Il a encore le short en berne, à ce que je vois, murmura Costas.

— Pas de remarques désobligeantes, le pria Jack. Souviens-toi que c'est moi qui lui ai offert ce short. C'est une pièce inestimable de notre patrimoine archéologique. Un jour, il sera à la Smithsonian.

Il jeta un coup d'œil au caleçon et à la chemise bariolée de Costas.

— Et puis, ajouta-t-il, tu es mal placé pour te moquer. On dirait que tu joues dans *Hawaï police d'État*.

— Je me prépare pour notre voyage dans le Pacifique, se défendit Costas. Tu te souviens ? On part en vacances. Mais j'aurais pu directement mettre mon équipement de plongée.

— Ça, tu l'as dit !

Hiebermeyer déboula brusquement et donna une poignée de main à Costas, puis à Jack.

— Venez ! s'exclama-t-il en faisant de grands gestes et en continuant à dévaler la colline sans vraiment s'arrêter.

— Quel charmant accueil ! fit remarquer Costas avant de vider une bouteille d'eau.

— Ça fait des mois qu'il veut me montrer ce qu'il a découvert, expliqua Jack en jetant son vieux sac kaki décoloré sur son épaule pour suivre Hiebermeyer. J'ai hâte de voir ça !

— D'accord, d'accord, soupira Costas.

Il jeta la bouteille dans l'hélicoptère et suivit les deux hommes, qu'il rattrapa à environ cinquante mètres du rivage. Hiebermeyer retira ses petites lunettes rondes et les essuya.

— Bienvenue dans l'ancienne Bérénice, la station estivale du bout du monde ! lança-t-il en ouvrant grand les bras.

Il désigna le sommet de la colline.

— Là-haut, reprit-il, se trouvait le temple de Sérapis et ici, la voie principale, orientée est-ouest, le *decumanus*. C'est Ptolémée II, fils du général d'Alexandre le Grand et roi d'Égypte au IIIe siècle av. J.-C., qui a fondé cette ville à laquelle il a donné le nom de sa mère. Elle a connu l'apogée de sa grandeur sous le règne de l'empereur Auguste, avant de sombrer dans le déclin.

— Alors, où est l'amphithéâtre ? demanda Costas. Je ne vois rien.

— À nos pieds, répondit Hiebermeyer.

Costas frotta le sol de la pointe de sa chaussure.

— Mais... il n'y a que quelques tessons de poterie !

— Venez ! Descendons un peu plus bas.

Hiebermeyer entraîna ses compagnons quelques mètres plus loin en direction du rivage, jusqu'à un chantier de fouilles de la taille d'une grande piscine. Le sol semblait avoir été pelé comme une orange. Des murs de décombres contenant du corail et du grès formaient des allées et de petites pièces. C'étaient les fondations d'une cité ancienne. Il ne s'agissait pas d'une ville au plan typiquement romain, comme Pompéi ou Herculanum, mais d'un endroit sans prétentions architecturales, où des murs et des pièces avaient clairement été ajoutés en fonction des besoins.

Hiebermeyer sauta avec une agilité surprenante sur le caillebotis posé en travers d'une tranchée. Puis il bondit de l'autre côté et retira une grande bâche, avant de se retourner avec un air triomphant.

— Et voilà, Jack! fanfaronna-t-il. J'étais sûr que ça te plairait.

C'était une rangée d'amphores romaines, tout à fait semblables à celles que Jack et Costas avaient vues sur l'épave le matin même, à la différence près qu'elles étaient usées et, pour beaucoup, cassées au niveau du col.

— Elles sont toutes de deuxième main, comme vous pouvez le constater, précisa Hiebermeyer. À mon avis, elles ont été transportées jusqu'en Inde pleines de vin, puis ramenées ici vides, avant d'être réutilisées pour stocker de l'eau. L'eau est une denrée précieuse dans le désert. La source la plus proche se trouve au pied des montagnes, à des kilomètres d'ici. Nous n'avons même pas d'électricité. Nos ordinateurs fonctionnent à l'aide de panneaux solaires. Et nos vivres transitent par la vallée du Nil, comme dans l'Antiquité. Ça aide à être en phase avec le passé!

— On dirait une colonie sur la Lune, murmura Costas.

Hiebermeyer remit la bâche en place et en retira une autre, juste à côté, sous laquelle se trouvait un tas de pierres sombres de la taille d'un ballon de football.

— Du lest! annonça-t-il. Du basalte, une roche d'origine volcanique qu'on ne trouve pas dans la région.

— Du lest? s'étonna Costas. Pourquoi?

— Un navire chargé d'or et de vin navigue sans problème mais, s'il revient avec une cargaison de grains de poivre, il va danser sur l'eau comme un bouchon de liège. Il a besoin de lest. Ces pierres proviennent du sud de l'Inde.

— Maurice ! s'écria Jack en lui donnant une tape dans le dos. On va faire de toi un archéologue maritime !

— De l'Inde, dit Costas. J'ai dû rater quelque chose.

— Pendant des millénaires, expliqua Jack, les anciens Égyptiens ont importé des marchandises en provenance de territoires situés au-delà de la mer Rouge, mais ils passaient toujours par des intermédiaires. Puis Alexandre a conquis l'Égypte et les premiers marchands grecs ont gagné ce rivage. Ensuite, les Égyptiens et les Grecs ont appris à traverser l'océan Indien en se servant de la mousson. Ils partaient avec la mousson du nord-est et revenaient avec la mousson du sud-ouest. Ils effectuaient ainsi un aller et retour par an. C'était dangereux et terrifiant, mais les vents étaient aussi prévisibles que les saisons. Ce fut le début d'une grande ère de découvertes maritimes. Les premiers marchands grecs sont arrivés en Inde peu après la fondation de Bérénice. Et lorsque l'Égypte est tombée sous la domination romaine, en -31, tout s'est accéléré. À l'époque d'Auguste, trois cents navires quittaient le port de Bérénice chaque année. Cela représentait un investissement énorme, très risqué, tout comme le commerce de l'Europe avec les Indes orientales, mille cinq cents ans plus tard. Les marchands emportaient de l'or, de l'argent, du vin, et ramenaient des pierres précieuses, des épices et du poivre.

— Et ce n'est pas tout, intervint Hiebermeyer en sautant hors du chantier, avant d'essuyer la sueur qui perlait sur son front. Vous allez voir ce que vous allez voir ! Suivez-moi en haut de la colline !

Une bourrasque irritante leur piqua les yeux. Penché en avant, Costas remonta péniblement la pente, derrière ses deux collègues.

— Avant d'arriver, on parlait de la bataille de Carrhae, des légions perdues de Crassus, dit Jack.

— Je suis toujours ravi d'entendre parler d'une défaite romaine, avoua Hiebermeyer en souriant à Jack.

— Tu exagères ! Les Romains n'ont pas si mal gouverné l'Égypte. Et s'ils n'avaient pas été là, tu ne serais pas en train de te faire bronzer au bord de la mer Rouge. Bérénice est un site romain.

Chapitre II

— Je préférerais être dans la Vallée des Rois.

— La bataille de Carrhae m'a fait penser à une autre défaite, une des plus cruelles que Rome ait essuyées : celle de Varus dont les légions ont été écrasées dans la forêt de Teutoburgerwald en l'an 9.

Hiebermeyer s'arrêta net.

— C'est en cherchant le site de cette bataille que j'ai commencé à m'intéresser à l'archéologie, quand j'étais gosse, révéla-t-il. Ma famille possédait une maison à proximité, dans la banlieue d'Osnabrück, en Basse-Saxe.

Une main en visière, Jack se retourna vers Costas.

— Les Romains repoussaient les frontières de Rome jusqu'en Germanie, résuma-t-il. Auguste était au sommet de sa gloire et tout semblait possible. Mais la roue a tourné. Varus, comme Crassus, manquait d'expérience. Il a conduit trois légions dans un territoire inconnu, où elles sont tombées dans une embuscade tendue par les Germains. Au moins vingt mille hommes ont péri.

— Où est-ce que tu veux en venir ? demanda Hiebermeyer en se remettant à gravir la colline.

— Au déclin de Bérénice après le règne de l'empereur Auguste. À un moment où l'économie romaine était florissante. Étrange, non ? C'est comme si le gouvernement britannique s'était subitement détourné de la Compagnie des Indes orientales à la fin du XVIIIe siècle, alors que d'immenses fortunes étaient en train de se faire.

— La défaite de Varus a mis un coup d'arrêt à l'expansion romaine en Germanie, dit Hiebermeyer. Le Rhin est devenu la frontière de l'empire. Et Auguste a failli devenir fou en apprenant la perte de ces légions.

— Exact, confirma Jack. Et je me demande si cela ne l'a pas fait réfléchir. Il s'est tourné vers l'est, l'Arabie, l'Inde, toutes les terres qui s'étendaient au-delà de la mer Rouge et ne demandaient qu'à être conquises, mais il a renoncé. L'empire était assez grand. Rome ne pouvait pas se permettre de subir une autre défaite. Car ici, les conséquences d'un nouvel échec auraient été dramatiques.

— Et pas uniquement d'un point de vue militaire, dit Costas.

— À quoi penses-tu ? l'interrogea Jack.

— Des fortunes considérables étaient en jeu. Des cargaisons entières d'or et d'argent. Cela signifie que seuls les investisseurs les plus riches, dont l'empereur, étaient impliqués. Or, quels étaient les risques de naufrage ? Trente pour cent, vingt-cinq pour cent ? Imaginons qu'une catastrophe ait bien eu lieu. L'empereur a perdu une grande partie de sa fortune. De sa fortune personnelle. Échec d'un investissement à haut risque ; pertes humaines importantes. C'en était trop. Auguste a préféré laisser tomber l'Inde.

Jack s'arrêta.

— C'est une idée brillante, reconnut-il.

— Je te la vends pour une bière fraîche, dit Costas en s'épongeant le front.

— Trouve-moi une épave remplie de pièces d'or flambant neuves dans le coin et je te croirai peut-être ! le nargua Hiebermeyer en continuant à avancer avec détermination.

Décontenancé, Costas regarda Jack, qui sourit et se tourna de nouveau vers Hiebermeyer pour lui emboîter le pas.

— À propos d'épave, merci pour le tuyau, Maurice, lui cria Jack en essayant de le rattraper.

— Hein ? marmonna Hiebermeyer.

— La traduction que tu m'as envoyée par e-mail. Des archives de Coptos. L'épave antique. L'*elephantegos*.

— Ah oui !

— Nous en avons trouvé un.

— Ah ! Bien.

— Nous avons trouvé un *elephantegos*.

— Ah oui ! Bien.

Hiebermeyer s'arrêta, visiblement absorbé dans ses pensées, hocha la tête avec componction et se remit à marcher. Quelques secondes plus tard, il s'arrêta de nouveau, comme paralysé, et fixa Jack d'un air ébahi, bouche bée. Jack coula un regard en coin à Costas et les deux hommes poursuivirent leur ascension comme si de rien n'était. Hiebermeyer se précipita derrière eux et les rejoignit devant un autre chantier, qui monopolisa aussitôt toute son énergie. Il fit signe à un groupe d'étudiants et d'ouvriers égyptiens. Une Égyptienne s'approcha de lui. Les cheveux noués au-dessus de la nuque sous un chapeau saharien, elle sortit du chantier et lui chuchota quelques mots en allemand. Il acquiesça en silence.

— Tu te souviens d'Aysha ? demanda-t-il à Jack. Elle a participé aux fouilles de la nécropole du Fayoum. C'est elle qui les dirige désormais, mais je l'ai fait venir ici dès que nous avons commencé à trouver ce que je vais te montrer.

— Félicitations pour ton doctorat ! lança Jack à la jeune femme en lui serrant la main chaleureusement.

— Et pour l'assistance de direction à l'Institut d'Alexandrie, compléta Costas.

— Il fallait bien que quelqu'un se dévoue pour s'occuper de Maurice, plaisanta Aysha.

Jack sourit intérieurement. Deux ans auparavant, Aysha n'était encore que la meilleure étudiante de Hiebermeyer. Naturellement douée pour les fouilles, elle avait toujours eu plus de patience que son professeur pour les tâches minutieuses. Elle pouvait passer des heures à étudier un morceau de bandelette de momie, une opération qui avait le don d'énerver Maurice. Elle ne se comportait jamais de façon servile avec lui et contrôlait discrètement la situation. Quant à lui, il l'appréciait et n'était jamais pontifiant. Jack les imagina ensemble un instant, mais chassa rapidement cette pensée de son esprit. C'était impossible. Rien ne pouvait distraire Maurice.

— New York doit te manquer, dit Costas. J'y retourne à chaque fois que je peux.

— Dès que la saison sera terminée, j'irai y prendre des vacances, répondit Aysha. Quand j'ai fini mes études à Columbia, j'ai gardé mon appartement. C'est là que Rebecca, avec l'accord de ses tuteurs, a rencontré Jack pour la première fois. Ils y ont passé quelques jours au printemps.

— Merci encore, Aysha, lui glissa Jack en souriant. Tu sais que Rebecca est avec nous à bord du *Seaquest II*?

— Bien sûr! s'exclama-t-elle. Elle m'a envoyé un e-mail ce matin. Un commentaire détaillé des plaisanteries épouvantables de ton ami.

— Quand tu seras de retour dans le Queens, passe le bonjour à mon coiffeur, lui demanda Costas avec nostalgie. Il est à l'angle de la 14e et de la 22e. Il m'a coupé les cheveux pendant dix ans, quand j'étais gosse. Cinq dollars la coupe! C'est lui qui m'a rasé pour la première fois. Il m'a tout appris…

— J'y penserai la prochaine fois que je prendrai un rendez-vous, ironisa Aysha en levant les yeux au ciel.

— C'est sans rendez-vous! Il suffit de passer.

Jack éclata de rire et se rendit compte que Hiebermeyer tapait du pied impatiemment.

— Bon, Maurice, qu'est-ce que tu voulais nous montrer? s'enquit-il.

Hiebermeyer fit un signe de tête à Aysha, qui invita tout le monde à s'avancer au bord du chantier.

— C'est une villa romaine, déclara-t-elle, ou plutôt, ce qui tenait lieu de villa dans cet endroit. Le propriétaire a utilisé les meilleurs matériaux qu'il avait à sa disposition et n'a pas regardé à la dépense. Les murs se composent de blocs de corail fossile, le principal matériau de construction de la région, mais sont recouverts de plaques de gypse qui ont dû être acheminées par des caravanes de chameaux depuis le Nil. Les petites colonnes sont en granit gris égyptien, extrait des montagnes situées à l'ouest. Mais surtout, il y a un plancher en bois poli, ce qui ne correspond absolument pas aux usages romains. Il s'agit de teck provenant du sud de l'Inde, recyclé à partir de la membrure d'un navire.

— Et je vois qu'il y avait tout le confort moderne, observa Jack en indiquant l'angle du chantier que les ouvriers étaient en train de fouiller.

Chapitre II

— C'est une citerne d'eau, taillée dans le roc et enduite de ciment étanche. À côté, on a trouvé une version minimaliste des thermes romains. Le propriétaire s'est construit un frigidarium, avec une isolation en terre cuite et un système ingénieux de régulation de l'hygrométrie.

— Il a dû passer le plus clair de son temps là-dedans, grommela Costas, le visage couvert de sueur. Je ne comprends pas comment on peut supporter cette chaleur.

— Il ne vivait ici que la moitié de l'année, affirma Aysha. Cette villa était inoccupée pendant des mois, entre la période où les navires quittaient le port pour profiter de la mousson du nord-est et celle où ils revenaient avec la mousson du sud-ouest. Je pense que ce type était un marchand et qu'il voyageait beaucoup. Cet endroit était sans doute son pied-à-terre en Égypte, mais il devait avoir une autre propriété, en Inde.

— En Inde ! s'exclama Costas.

— Aysha, montre-leur, tu veux ? proposa Hiebermeyer, qui semblait se délecter de cet instant.

Aysha acquiesça et conduisit ses collègues sous une tente, située à côté du chantier. Des tas d'objets découverts sur place, essentiellement des fragments de poterie, étaient disposés sur une table à tréteaux.

— Certaines de ces poteries sont indiennes, de style tamoul, précisa la jeune femme en tendant à Jack un tesson dans un sachet en plastique. Celle-ci porte une inscription en tamoul, qui semble correspondre au mot « Ramaya ». Il pourrait s'agir du nom du marchand, mais je pense que c'est plutôt celui que les Indiens donnaient à la communauté romaine présente dans le sud de l'Inde.

— Tu crois que ce marchand était indien ? l'interrogea Costas.

— Lui, ou sa femme, répondit-elle. Regardez ça !

Aysha s'approcha d'une plaque de grès d'environ trente centimètres d'épaisseur, très érodée mais ornée d'un bas-relief encore clairement visible. Celui-ci représentait une femme aux hanches et à la poitrine fortement marquées, qui semblait tourner sur elle-même comme si elle dansait, entre deux piliers à cannelures spiroïdales surmontés d'une architrave décorative.

— Lorsqu'on l'a trouvée, dit Aysha, mon assistante britannique l'a appelée la « Vénus de Bérénice ». Un point de vue typiquement occidental. Pour moi, elle est indienne. Le mouvement et la décoration sont caractéristiques du sud de l'Inde. Ce n'est pas une déesse classique mais une *yaksi*, un esprit féminin indien. On aurait pu la trouver dans un temple troglodyte du Tamil Nadu, la région la plus éloignée que les marchands romains aient atteinte sur la côte de l'Inde, dans le golfe du Bengale.

— Et jetez un coup d'œil là-dessus ! s'écria Hiebermeyer en signalant une caisse hermétique équipée d'un thermostat. C'est de la soie !

— De la soie ? s'étonna Costas. De Chine ?

— C'est ce que nous pensons, confirma Aysha. Nous sommes convaincus que la soie ne transitait pas uniquement *via* la Perse, par les terres, mais également par la mer, *via* les ports de l'Inde. Les marchands devaient quitter la route de la Soie quelque part en Asie centrale et se diriger vers le sud en traversant l'Afghanistan et l'Indus, ou bien le Gange, pour atteindre les ports et confier leurs marchandises à des marins. Cette hypothèse rapprocherait la Chine du monde romain.

— C'était peut-être là-bas que tout cet or était expédié, risqua Costas. En échange non pas de poivre, mais de soie.

— Autre idée intéressante, murmura Jack.

— Si vous trouvez l'épave d'un navire affecté à ce commerce, un *Indiaman* antique, je reconnais que ça vaudra la peine de faire des fouilles, admit Hiebermeyer.

— À ce propos, je crois qu'on a une longueur d'avance sur toi, mon vieux, répliqua Costas en donnant un coup de pied désinvolte dans une pierre.

Mais Hiebermeyer était déjà parti chercher une caisse en aluminium qu'il ramena avec précaution, le visage désormais dégoulinant de sueur. Costas se baissa et ramassa la pierre. C'était une pierre précieuse, non taillée, d'un bleu profond avec des mouchetures d'or. Il l'observa à la lumière du soleil.

— Regardez ça ! s'exclama-t-il.

Aysha leva les yeux et resta pétrifiée.

— Du lapis-lazuli ! reconnut-elle aussitôt. Maurice, regarde ! Costas a trouvé un morceau de lapis-lazuli !

Hiebermeyer posa la caisse et prit la pierre des mains de Costas. Il souleva ses lunettes et fixa l'échantillon en l'essuyant et en le retournant dans tous les sens.

— Ça alors… murmura-t-il. Du lapis-lazuli de qualité supérieure. C'est une pierre qui vient d'Afghanistan. Voilà une pièce de plus au puzzle. Le lapis-lazuli faisait aussi l'objet d'un commerce avec les Romains. Et il valait une fortune.

— Des mois de fouilles minutieuses, et tu n'aurais jamais trouvé cette pierre sans moi ! se vanta Costas.

— Puis-je savoir où tu l'as trouvée ?

Costas pointa le doigt vers le sol en souriant.

— Il suffit de savoir où regarder !

Hiebermeyer poussa un grognement et posa la pierre sur un plateau.

— Apparemment, le flair de Jack a déteint sur toi, en conclut-il. Et maintenant, le véritable trésor !

— Quoi, ce n'est pas tout ? lança Jack.

Hiebermeyer tapota la caisse en aluminium.

— J'attendais que le *Seaquest II* arrive, expliqua-t-il. Nous avons besoin de matériel de laboratoire, de lumière infrarouge et d'un système d'imagerie multispectrale. Nous devons examiner ça correctement, pas ici, dans ce four. Nous en avons terminé pour cette saison. Il fait trop chaud ici. Mon contremaître égyptien va fermer le site. Aysha et moi avons déjà pris congé de l'équipe. Nous avons fait nos bagages. Nous sommes prêts !

— Vous voulez partir dès maintenant ? s'écria Jack.

— Il reste des cabines libres, non ?

— Bien sûr ! Il me suffit de prévenir le capitaine par radio. Vous pouvez vous joindre à nous pour notre croisière sur l'océan Indien.

Costas regarda Hiebermeyer d'un air sceptique.

— Tu as le pied marin ? lui demanda-t-il. Nous allons peut-être rencontrer la mousson.

— Oh ! ne t'inquiète pas pour moi. C'est plutôt à Jack qu'il faut demander ça.

— C'était il y a des années, Maurice ! se défendit Jack. On était jeunes. Et on était à bord d'un dériveur. Que tu avais construit toi-même... en dépit du bon sens !

Aysha écarquilla les yeux, l'esquisse d'un sourire sur les lèvres.

— Ai-je bien entendu ? plaisanta-t-elle. L'illustre Jack Howard a le mal de mer ?

— C'est ce qu'il appelle la « Nelson *touch* », précisa Costas. Lord Nelson, le plus grand amiral d'Angleterre, était malade comme un chien à chaque fois qu'il prenait la mer.

— Je n'ai pas le mal de mer, j'éprouve de l'empathie pour mes héros, rectifia Jack.

— Tant mieux, se réjouit Hiebermeyer, car vu ce qui se trouve dans cette caisse, tu n'auras pas vraiment le temps de fixer l'horizon. Alors c'est d'accord, tu nous emmènes à Arikamedu ?

— Où ça ? s'inquiéta Costa en jetant un regard suspicieux à Jack. Tu as un air coupable...

Jack, mal à l'aise, se racla la gorge.

— Là où débarquaient les Romains qui partaient d'ici, répondit-il, dans le sud-est de l'Inde. C'est un site époustouflant, où l'on a retrouvé des poteries romaines. Le service archéologique de la Survey of India envisage de nouvelles fouilles. Je suis le consultant officiel de l'unité sous-marine et j'ai promis que je passerais la prochaine fois que le *Seaquest II* traverserait l'océan Indien. Maurice et Aysha ne sont jamais allés là-bas. Ça serait dommage qu'ils viennent avec nous et qu'on ne s'y arrête pas. J'ai déjà appelé notre contact à Arikamedu pour le prévenir. Il est impatient de nous voir.

Chapitre II

— Je croyais qu'on allait tester mon nouveau submersible au large d'Hawaï, se plaignit Costas. Et se prélasser sur une plage agrémentée d'un joli petit bar bordé de palmiers.

— C'est juste un petit détour.

— Tu parles d'un détour !

Après avoir admiré une dernière fois le bas-relief de la danseuse indienne, Jack observa le tesson sur lequel était gravé le mot « Ramaya ». Il le reposa sur la table et se tourna vers ses compagnons.

— Bon, si vous êtes prêts, on peut y aller. Moins on tardera à partir, plus tôt on saura ce qui se trouve dans cette caisse.

Hiebermeyer prit la mystérieuse caisse en aluminium ; Jack et Costas hissèrent sur leurs épaules les deux sacs à dos posés à l'entrée de la tente ; et Aysha emporta un porte-documents et un petit sac. Ils firent signe de la main à l'équipe qui travaillait au chantier et se dirigèrent vers l'hélicoptère. Hiebermeyer semblait de nouveau perdu dans ses pensées. Tout à coup, il s'arrêta et posa la caisse à ses pieds.

— L'anecdote du dériveur et notre voyage vers le sud de l'Inde me fait penser à une chose, Jack, lâcha-t-il de but en blanc. Ta famille a une histoire là-bas, non ? Ton arrière-arrière-grand-père, le soldat, avait trouvé quelque chose dans la jungle, au XIXe siècle. Tu n'arrêtais pas d'en parler quand on était à l'école. Tu disais toujours que tu rêvais de suivre ses traces. Si je me souviens bien, c'était quelque part au Tamil Nadu, dans les Ghâts orientaux. Une fois à Arikamedu, tu n'en seras pas loin.

Jack hocha la tête, les yeux brillants.

— J'ai toujours eu envie d'essayer d'en savoir plus là-dessus. Ça me passionne et l'occasion est trop belle ! On en aurait pour un jour ou deux, pas plus. Je pense que je peux mettre le service archéologique de la Survey of India dans le coup. Il y a un rapport avec les Romains, j'en suis sûr ! J'en ai vraiment l'intuition.

— Oh ! une intuition, s'exclama Costas en s'arrêtant à côté d'eux. C'est du sérieux…

Jack posa le sac à dos qu'il portait et fouilla dans son propre sac pour en sortir un petit sachet. Il prit la main de Hiebermeyer, l'ouvrit et y déposa la pièce d'or. Aysha n'en crut pas ses yeux. Hiebermeyer observa l'effigie de l'empereur sur l'avers, dans les rayons éblouissants du soleil.

— J'étais sûr que tu avais trouvé quelque chose comme ça, Jack. C'était clair comme de l'eau de roche ! Je te connais, tu sais.

Il regarda la pièce de nouveau.

— Fantastique, murmura-t-il. Les ruines, ces vestiges de l'ancienne Bérénice, nous racontent un pan de l'histoire de l'humanité. Mais cet endroit vaut surtout par ce qui y transitait : d'incroyables richesses, celles de tout un empire. Pour comprendre ce qui se passait ici, il faut tenir ceci entre ses mains : une part du trésor, car ce trésor d'une ampleur inimaginable était le fluide vital de cette cité.

— Et la mer en a pris une cargaison dans ses filets, dit Costas.

— Il y a d'autres pièces comme celle-ci ? s'étonna Hiebermeyer.

— Des milliers ! exulta Jack. Comme si elles venaient d'être frappées. De l'or impérial.

— Ce n'est qu'un spécimen, expliqua Costas.

Hiebermeyer se détendit tout à coup et posa la main sur l'épaule de Jack avec un large sourire.

— Félicitations, Jack ! Tu te souviens de ce que je te disais toujours, quand on était gosses ? Jack, tu es un sacré veinard !

Il rendit la pièce à son ami, reprit la caisse et entraîna Costas en bas de la colline poussiéreuse.

— Bon, maintenant, raconte-moi cette histoire d'éléphants.

— Tu ne vas pas me croire, le prévint Costas.

— Dis toujours.

Chapitre III

Trois jours plus tard, appuyé sur la rambarde de la passerelle supérieure du *Seaquest II*, Jack fixait l'horizon en direction du levant. Pour la première fois depuis qu'ils avaient quitté la mer Rouge, le soleil s'était levé dans un ciel sans nuages et se reflétait dans l'eau en irradiant une douce chaleur. Ces trois jours n'avaient pas été de tout repos. Ils avaient rencontré la mousson dès qu'ils avaient contourné l'Arabie et mis directement le cap sur la pointe sud de l'Inde pour traverser l'océan loin des côtes. Heureusement, avec le vent en poupe, le *Seaquest II* filait à vingt nœuds.

Jack comprenait difficilement comment les marins grecs et égyptiens avaient pu faire cette traversée, ballottés par la houle, à des centaines de milles de la terre, et contraints de suivre la direction du vent. Il avait dû leur falloir beaucoup de courage, d'autant que naviguer en haute mer sans voir la terre devait être leur pire cauchemar. Surtout s'ils avaient le mal de mer. Jack s'efforça d'oublier les soixante-dix-huit heures qui venaient de s'écouler. Il avait évité le pire, mais il n'était pas passé loin.

Exténué, il avait l'impression d'avoir été terrassé par une maladie grave et se sentait revivre. Cramponné pendant des heures à la rambarde, fouetté par le vent et l'écume, les yeux cherchant constamment la ligne d'horizon dans le tumulte de la houle et les ténèbres vacillantes, il avait tout de même eu le sentiment de vivre quelque chose de grisant.

Le capitaine apparut sur la passerelle, une tasse fumante à la main.

— Nous entrons dans le détroit de Palk, annonça-t-il. Un pilote local va venir nous aider à le franchir. J'ai mis le navire en état d'alerte. La Marine sri lankaise a ouvert le feu sur les embarcations des Tigres tamouls, au large de la pointe nord de l'île, et nous serons à portée de tir.

— D'accord, dit Jack, merci.

Il prit la tasse avec gratitude et se tourna de nouveau vers l'océan. Puis il regarda la vedette s'approcher et ajuster sa vitesse à celle du navire avec expertise, tandis que son pilote actionnait le treuil. Désormais, il voyait la terre des deux côtés, la pointe sud de l'Inde et la côte nord-ouest du Sri Lanka.

Le détroit faisait partie des nombreux obstacles auxquels les marins de l'Antiquité avaient été confrontés. Seuls les autochtones connaissaient les hauts-fonds et les récifs à éviter. Mais une fois de l'autre côté, les Romains savaient que la fin du voyage était proche, qu'ils rencontreraient bientôt des marchands venant de l'est, de Chrysê, la Terre d'or semi-mythique, le bout du monde connu des Occidentaux.

Jack consulta sa montre. Maurice avait promis qu'il révélerait sa découverte dans la matinée, avant qu'ils n'atteignent le site romain d'Arikamedu. Aysha et lui avaient passé la traversée cloîtrés au laboratoire, sous les ponts, avec la caisse qu'ils avaient ramenée du chantier de fouilles égyptien. Jack était impatient de les rejoindre. Maintenant qu'une descente sous les ponts s'annonçait moins traumatisante que ces derniers jours, il le ferait dès qu'il aurait fini son café.

Une main se posa sur son bras. C'était Rebecca. Elle portait un jean et un tee-shirt de l'UMI.

— Ça va mieux ? demanda-t-elle.

Jack hocha la tête en souriant. Elle avait l'accent américain et sa voix était en train d'acquérir la profondeur qu'il avait trouvé si séduisante chez sa mère. Elle avait les cheveux noirs, comme Elizabeth, mais les yeux bleus de Jack. Il y avait quelque chose de triste dans son regard. Jack savait que cela ne changerait jamais.

Il éprouvait beaucoup de compassion pour cette enfant qui avait perdu sa mère et grandi loin de ses véritables parents. Il n'avait appris qu'il en était le père qu'un peu avant la disparition et la mort tragique d'Elizabeth à Naples, moins d'un an auparavant. Celle-ci l'avait quitté seize ans plus tôt, après avoir cédé à la pression de sa famille, qui avait souhaité la voir revenir à Naples. Jack avait compris qu'elle ne s'était rendu compte de sa grossesse qu'une fois happée par la pègre, dont elle n'avait jamais réussi à s'échapper. Refusant d'élever sa fille au sein de la mafia italienne, elle l'avait envoyée à New York. Rebecca avait donc grandi dans l'insouciance sous la garde d'amis de sa mère. Lorsqu'Elizabeth lui avait expliqué ses raisons, elle les avait acceptées comme seule une enfant pouvait le faire, accaparée par les joies et les peines de sa propre vie. Mais la mort de sa mère l'avait anéantie et, après avoir rencontré Jack pour la première fois à New York, elle s'était attachée à l'équipe de l'UMI, qui était devenue une deuxième famille pour elle.

Jack l'avait accompagnée à Naples, où ils avaient assisté à une commémoration organisée par le personnel de la Surintendance archéologique du Vésuve. Elizabeth avait reçu l'hommage de ses collègues sur le volcan qui surplombait à la fois le site romain sur lequel elle avait travaillé durant toute sa carrière et la ville nouvelle, dont les redoutables tentacules lui avaient arraché la vie. Jack savait que ceux qui l'avait exploitée, poussée à bout, y compris au sein de sa propre famille, étaient encore là. Mais il n'y aurait pas de châtiment, car la vendetta était précisément le poison qui l'avait tuée. Il avait préféré, ce qu'Elizabeth aurait voulu par-dessus tout, s'en aller et emmener sa fille avec lui. Ce qu'il avait offert à Rebecca, c'était un nouvel environnement, afin que le passé soit définitivement derrière elle et ne la rattrape jamais. Il ne saurait jamais si Elizabeth avait eu l'intention de lui dire qu'il avait une fille, mais il ne pouvait pas faire comme si de rien n'était. Il était désormais responsable du bonheur de Rebecca.

— Je me sens bien, assura-t-il en posant les mains sur celles de sa fille. J'avais juste besoin de faire un break.

— Pendant trois jours ? ricana Rebecca. Toi, papa ?

Elle commençait tout juste à l'appeler papa.

— C'est moi, tu te souviens ? Ce n'est pas la peine de jouer les héros.

— C'est quoi, ce livre ? s'enquit Jack en regardant ce qu'elle tenait entre les mains.

— C'est un bouquin d'un certain Cosmas Indicopleustès. Ça veut dire « Cosmas, le voyageur des Indes ». C'est un moine égyptien qui est venu ici au VIe siècle. Je m'informe, comme tu me l'as demandé, puisque je suis ton assistante de recherche. J'ai trouvé ça dans ta bibliothèque.

— Que dit-il à propos du Sri Lanka ?

Elle ouvrit le livre et lut :

— « Étant, de fait, dans une position centrale, l'île est très fréquentée par les navires provenant d'Inde, de Perse et d'Éthiopie, et beaucoup partent également de ses côtes. Elle reçoit des pays les plus éloignés, comme Tzinitza, de la soie, de l'aloès, du girofle et autres marchandises qu'elle revend sur des marchés de ce côté. Et l'île reçoit des marchandises importées de tous ces marchés que j'ai mentionnés et les transporte vers les ports les plus éloignés, le tout en exportant ses propres marchandises dans les deux directions. Plus loin, se trouve le pays du girofle, puis Tzinitza qui produit la soie. Au-delà, il n'y a pas d'autre pays, car elle est bordée par l'océan à l'est. »

Elle referma le livre.

— Voilà ! lança-t-elle. Tzinitza est la Chine et le pays du girofle, l'Indonésie. Ce qu'il dit, c'est que le Sri Lanka était une sorte de plaque tournante située à mi-chemin entre deux mondes. Le capitaine Macalister m'a suggéré de jeter un coup d'œil sur la carte de l'amirauté. Le détroit est traître, un vrai piège à rats pour les gros navires ! Donc, ce que Cosmas dit, c'est que les bateaux en provenance d'Égypte venaient jusqu'ici, déchargeaient leurs marchandises sur de petites embarcations appartenant aux autochtones et attendaient. Les petites embarcations naviguaient aisément sur les hauts-fonds et se rendaient de l'autre côté, où les marchandises étaient chargées à bord de bateaux provenant du golfe du Bengale, d'Indonésie et même de Chine. Et c'était la même chose dans l'autre sens. On imagine ça très bien d'ici. Les navires romains à grosse coque se trouvaient là où nous sommes en ce moment ; toute la camelote chinoise était là-bas, de l'autre côté ; et il y avait des tas de canoës et de catamarans entre les deux. C'est cool, non ?

— Oui, c'est cool ! répéta Jack en souriant. Cosmas écrit cinq cents ans après l'apogée de Bérénice, mais c'est ce qui s'est passé pendant des siècles, jusqu'à ce que la conquête arabe du Moyen-Orient et de l'Afrique du Nord ferme les routes maritimes à destination de l'Inde. C'est le récit le plus détaillé dont nous disposions sur le commerce qui s'est développé sur cette île pendant l'Antiquité. Bon travail, chère assistante de recherche !

— Il suffit de prendre un peu de recul. C'est ce qu'oncle Costas me dit toujours.

— Oncle Costas !

— Hiemy dit que je te ressemble beaucoup. Je ne sais pas si je dois le prendre comme un compliment...

— Qui ça ?

— Hiemy, tu sais, ton vieux copain, *herr professor* Hiebermeyer. C'est comme ça qu'Aysha l'appelle.

— Ah oui ! Hiemy !

— Aysha est amoureuse de lui, tu sais.

— Attends une minute ! Chaque chose en son temps.

— Je te résume les épisodes que tu as ratés, c'est tout. Ça fait trois jours que tu es dans le coltar !

Jack éclata de rire.

— J'attends que Hiemy se décide à me montrer ce qu'il a découvert, se défendit-il. Il s'est enfermé dans le labo dès que nous sommes montés à bord du *Seaquest II.* Il fait toujours ça. Il m'appelle pour me dire qu'il a trouvé quelque chose ; il insiste pour que je vienne ; et quand j'arrive, il se rend compte qu'il a encore besoin de temps avant de me mettre au parfum. Donc, avant d'aller le voir, j'attends qu'il m'ait sollicité personnellement au moins trois fois. Je sais, c'est tout un art...

— J'ai juré de garder le secret. Je pourrais te dire de quoi il s'agit, mais je n'en ai pas le droit. C'est la condition qu'il a posée avant de m'autoriser à l'assister au labo.

— Ça aussi, ça fait partie du jeu.

Jack regarda sa fille dans les yeux et resta songeur un instant.

— J'ai beaucoup pensé à ta mère ces derniers jours, lui confia-t-il. La dernière fois que je l'avais vue, tu n'étais même pas née. Et quand nous nous sommes croisés sur le site archéologique d'Herculanum, ça n'a duré que quelques minutes. Mais je me souviens parfaitement d'elle, à l'époque où nous étions ensemble, il y a des années, comme si nous avions tous deux joué dans un vieux film qui ne changera jamais. Maintenant, tu es dans ce film toi aussi. Nous formons une famille. Tu tiens beaucoup d'elle.

— Quand elle m'a parlé de toi la dernière fois que je l'ai vue, elle m'a dit la même chose à ton propos. Elle avait l'intention de prendre contact avec toi après mon seizième anniversaire. Elle voulait le faire lorsque je serais suffisamment âgée pour me débrouiller seule. Elle a disparu juste un mois avant mon anniversaire...

Rebecca fixa Jack d'un regard impénétrable et passa les bras autour de son cou en posant la tête sur son épaule. Jack la serra contre lui.

— Elle avait peut-être raison, murmura-t-il. Il y a peut-être bien une part de moi en toi.

— Pas celle qui a le mal de mer, j'espère !

— Je n'ai pas le mal de mer.

— C'est ça !

Chapitre III

Rebecca se retourna et se mit à crier en direction du pont :

— Le docteur Jack Howard, célèbre archéologue sous-marin et ancien commando, a le mal de mer !

— Je ferais bien de te renvoyer à l'école, maugréa Jack.

— Ha ! Nous sommes en haute mer. Je me suis renseignée là-dessus aussi. Ici, aucune loi n'est applicable.

Une main lui enserra l'épaule. Scott Macalister s'était avancé derrière elle en souriant à Jack.

— Jeune demoiselle, claironna-t-il, sachez que seule une loi s'applique : celle du capitaine ! Toute personne recrutée avant l'âge de dix-huit ans est sous ma responsabilité personnelle.

Il tendit à Rebecca un vieux sextant en cuivre.

— Cours de navigation à 16 heures tapantes ! annonça-t-il.

À cet instant, une traînée blanche traversa le ciel à quelques centaines de mètres par tribord avant.

— Des obus traçants ! déclara-t-il. Tout le monde à l'intérieur !

Il fit entrer Jack et Rebecca dans la passerelle et referma la porte derrière lui, avant de tirer une plaque d'acier devant la fenêtre. Se munissant de ses jumelles, il observa l'horizon à travers la baie vitrée blindée.

— La bataille navale a lieu à plusieurs milles d'ici, estima-t-il, mais mieux vaut être prudent.

— Ben m'a appris à me servir d'un 22 long rifle, précisa Rebecca.

— Je ne pense pas que tu puisses affronter les Tigres tamouls avec un 22 long rifle, murmura Macalister, les yeux toujours rivés sur ses jumelles.

— J'espère que tu portais une protection auditive, s'inquiéta Jack.

— Je sais ce que j'ai à faire, répliqua Rebecca.

Puis elle tourna les talons et arpenta la passerelle en direction des laboratoires.

— J'ai bien peur qu'elle tienne effectivement de moi, souffla Jack à voix basse en coulant un regard contrit à Macalister. Ah ! Les ados.

— Amène-toi, p'pa ! cria Rebecca. Ils t'attendent au labo. C'est ce que j'étais venue te dire. J'ai aidé Aysha à rassembler les derniers éléments du puzzle. Tu vas adorer. C'est mon cadeau pour te remercier de m'avoir délivrée de l'école.

Jack fut subitement parcouru d'un frisson.

— Bon, Scott, préviens-moi lorsqu'on aura franchi le détroit, dit-il au capitaine. Et fais préparer un Zodiac. La réunion avec les responsables du service archéologique de la Survey of India, à Arikamedu, est à 9 heures demain matin. Je ne veux pas prendre de retard.

— Ce sera fait, Jack, lui assura Macalister avant de hocher la tête vers le fond de la passerelle. Tu ferais bien de suivre le patron !

Situé au-dessous des cabines et au-dessus de la salle des moteurs, le laboratoire principal du *Seaquest II* était aussi vaste qu'une salle de classe. Le nettoyage humide et la conservation des artefacts s'effectuaient dans une pièce juste derrière, équipée de cuves de dessalement destinées aux objets trop délicats pour être sortis directement de l'eau.

Jack considérait le complexe comme un hôpital de campagne, consacré à la stabilisation des artefacts qui allaient ensuite être transférés pour un traitement de longue durée au musée de l'UMI à Carthage, dans le Bassin méditerranéen, ou sur le campus de l'université, en Angleterre. Le laboratoire était un espace de nettoyage à sec pour les autres artefacts qui, comme la poterie, pouvaient être retirés de l'eau sans risques pendant de courtes périodes. Plus loin, se trouvaient différentes salles affectées à l'analyse basée sur l'imagerie multispectrale, la pétrologie sur lame mince et la spectrométrie de masse. L'ensemble du complexe avait été conçu dans le but d'apporter des réponses rapides aux questions de base qui pouvaient se poser lors des fouilles.

Jack suivit Rebecca. Quatre longues tables, dont les pieds étaient arrimés au sol, avaient été rassemblées pour former un grand plan de travail. Des lampes au tungstène les baignaient d'une lumière inoffensive. Aysha et Hiebermeyer étaient tous deux penchés au-dessus d'un trépied surmonté d'un appareil photo. Aysha mettait délicatement un objet en place sur la plaque noire située sous l'appareil photo, tandis que Hiebermeyer se tenait au-dessus du viseur, la télécommande de l'obturateur à la main. Ils semblaient sur le point de s'étreindre. Rebecca les désigna à Jack d'un air entendu, comme si elle tenait une preuve. Ils attendirent en silence que Hiebermeyer ait appuyé sur la télécommande et qu'Aysha ait reposé l'objet sur la table.

— Jack ! s'exclama Hiebermeyer.

Dans la lumière au tungstène, il avait les yeux rouges et semblait fiévreux.

— Désolé de t'avoir tenu à l'écart pendant tout ce temps. Je voulais être tout à fait sûr.

Rebecca fit le tour de la table et s'assit sur un tabouret, devant tous les livres et carnets qu'elle avait accumulés au cours des jours précédents. Costas, qui avait été appelé lui aussi, franchit la porte à son tour. Jack et lui s'approchèrent de la table. Des centaines de fragments de poterie étaient étalés devant eux. Certains, minuscules, ne mesuraient qu'un centimètre ou deux, tandis que d'autres avaient la taille d'une petite soucoupe.

— On fait un puzzle ? demanda Costas.

Jack sentit son pouls s'emballer.

— Des *ostraca* ! s'écria-t-il.

— Ce mot grec signifie « tesson de poterie », expliqua Aysha en invitant Costas à s'asseoir. Mais les archéologues l'utilisent pour désigner plus précisément les tessons qui comportent des inscriptions, la terre cuite ayant été utilisée comme support d'écriture. Dans l'Antiquité, le papyrus était un matériau de valeur, que l'on utilisait uniquement pour les copies importantes. Quand on avait besoin d'un support pour un usage quotidien, pour prendre des notes, écrire des lettres, faire des brouillons, on prenait une vieille amphore et on la brisait en morceaux.

Jack fit le tour de la table en scrutant fébrilement les tessons, l'esprit en ébullition.

— Ce sont des fragments d'amphores romaines, italiennes, du Ier siècle av. ou apr. J.-C., estima-t-il. Du même type que celles que nous avons vues à Bérénice. Les inscriptions sont en grec, ce qui est tout à fait logique pour l'époque. Le grec était la *lingua franca* depuis qu'Alexandre avait conquis l'Égypte. Toutes les inscriptions semblent être de la même main. Je suppose que vous avez trouvé l'ensemble de ces tessons dans la maison du marchand.

— C'est une découverte stupéfiante ! s'exclama Hiebermeyer, le visage rayonnant. Je n'arrive toujours pas à y croire.

Il regarda Jack dans les yeux.

— Tu es prêt ? Alors voilà : ce que tu as sous les yeux est la seule version antique connue du *Periplus Maris Erythraei*. La seule qui soit d'époque.

Jack se figea. *Le Périple de la mer Érythrée*... Le plus grand récit maritime de l'Antiquité. C'était tout à fait ce qu'on pouvait espérer trouver à Bérénice, un port situé en bordure de l'empire. Pas une grande œuvre littéraire, une histoire oubliée, ou un recueil de poésies, mais un guide de voyage, un itinéraire à suivre à l'usage des capitaines de navires et des marchands.

— Copie ou brouillon ? demanda Jack d'une voix rauque.

— Brouillon, répondit Hiebermeyer sans hésiter.

Jack poussa un long soupir. Un brouillon... C'était encore plus extraordinaire. Il pouvait contenir des informations supprimées du texte définitif, toutes sortes de notes qui n'avaient pas été retenues pour la version finale. Des mots précieux.

— J'ose à peine te le demander, mais as-tu repéré quelque chose de nouveau ? risqua Jack.

— Dès le début des fouilles à Bérénice ! jubila Hiebermeyer. Tu te rappelles quand j'ai essayé de t'en parler à Istanbul ? À ce moment-là, je ne savais pas encore combien de tessons on trouverait ni combien de temps il faudrait pour reconstituer le puzzle. Il a fallu beaucoup de patience. Sans Aysha, je n'y serais jamais arrivé.

Chapitre III

Il se tourna vers son assistante qui hocha la tête, puis pianota sur une console. L'écran plasma fixé au mur à côté de la table fit apparaître une reproduction des tessons en images de synthèse.

— Voici où les *ostraca* se trouvaient quand nous les avons découverts, annonça-t-il. On a appelé cet endroit « la salle des archives », mais c'était plutôt une sorte de bureau. Après avoir écrit tout le texte sur de gros tessons d'amphore, l'auteur l'a recopié sur un papyrus. Puis il a jeté les tessons dans un coin. Certains sont encore presque intacts et d'autres se sont brisés en éclats. J'ai su tout de suite que si on voulait avoir une chance de reconstituer le puzzle, il fallait garder une trace de l'agencement de toutes les pièces. C'est Aysha qui s'en est chargée. Elle a été merveilleuse !

— J'aimerais bien qu'on m'explique, intervint Costas.

— Le *Periplus Maris Erythraei* fait référence à la mer Érythrée, que l'on peut traduire par « mer Rouge », expliqua Aysha. Seulement, dans l'Antiquité, ce nom englobait toutes les mers situées à l'est de l'Égypte : la mer Rouge, l'océan Indien et au-delà. *Periplus,* qui signifie « naviguer », était le terme employé pour désigner un guide maritime, un itinéraire.

— Le guide maritime de la mer Érythrée, murmura Costas.

— C'est l'un des documents les plus fantastiques qui soient parvenus jusqu'à nous ! se réjouit Jack. Ce n'est pas un aristocrate, comme Claude ou Pline l'Ancien, qui a écrit le *Périple*, mais un homme qui travaillait et avait les pieds sur terre. Et pourtant, la traversée qu'il raconte est bien plus passionnante que les voyages légendaires d'Ulysse et d'Énée. C'est un authentique récit d'exploration et d'échanges commerciaux à la lisière des enfers du monde antique. On a d'ailleurs eu du mal à y croire, jusqu'à ce que des archéologues commencent à retrouver des vestiges grecs et romains là où nous nous trouvons actuellement, dans le sud de l'Inde.

— Alors le type qui habitait dans la villa, le marchand, est l'auteur de ce texte ? demanda Costas.

— J'en suis absolument convaincu, déclara Hiebermeyer.

Il appuya sur une touche de la console pour passer à une autre image, une vue aérienne de la villa de Bérénice, dans laquelle ils se trouvaient trois jours plus tôt, au bord de la mer Rouge.

— Si on se base sur la date indiquée sur une pièce romaine que nous avons trouvée dans les fondations, la salle des archives a été bâtie peu après -10, affirma Hiebermeyer. Et la villa a été abandonnée vers l'an 20. Étant donné que les tessons n'ont pas été retirés de la salle, nous supposons que l'auteur a écrit le texte juste avant d'abandonner sa maison, dans les premières années du règne de l'empereur Tibère.

— Quand le commerce a commencé à décliner ? l'interrogea Costas. Quand les Romains ont préféré mettre un terme aux échanges avec l'Est depuis le port de Bérénice ?

— Exact, confirma Hiebermeyer. Mais je ne crois pas que la villa ait été abandonnée pour cette raison. Tout indique que le marchand était un vieil homme. Mais je préfère laisser la parole à Aysha.

— Par chance, commença la jeune femme, nous avons beaucoup d'informations sur lesquelles nous appuyer. Jusqu'à aujourd'hui, la version la plus ancienne du *Périple* était une copie médiévale datant du xe siècle, dont la traduction a été étudiée à partir du xixe siècle. Notre découverte confirme les thèses de nombreux experts mais, surtout, elle ajoute une toute nouvelle dimension. Premièrement, il est clair, d'après le vocabulaire, les analogies, que l'auteur de ce texte était un Grec d'Égypte. Deuxièmement, il ne fait aucun doute qu'il a lui-même emprunté les routes maritimes qu'il décrit. Il a longé les côtes de l'Afrique jusqu'au Zanzibar, contourné l'Arabie, gagné le nord-ouest de l'Inde et utilisé la mousson pour naviguer jusqu'au sud de l'Inde. Et il l'a fait suffisamment souvent pour acquérir de nombreuses connaissances en matière de navigation mais, de toute évidence, c'était un marchand et non un capitaine. Dans le *Périple*, il s'est appliqué à nommer les ports, à indiquer comment les atteindre et à énumérer les marchandises qui y étaient troquées. Dans le sud de l'Inde, Rome échangeait essentiellement des métaux précieux, c'est-à-dire des pièces d'or et d'argent, contre du poivre et des tas d'autres épices et produits exotiques, dont une partie était transbordée à partir de navires en provenance de terres encore plus éloignées.

— Et quelle était la spécialité de notre marchand ? s'enquit Costas.

— Tu te souviens de la soie qu'on vous a montrée sur le chantier, on pense que c'était l'objet de son commerce. Il devait avoir des contacts avec les membres les plus éloignés du marché, qui effectuaient eux-mêmes la moitié du parcours, soit en longeant les rivages de la mer de Chine méridionale et en franchissant le détroit de Malacca, soit en suivant la route de la Soie jusqu'à la Bactriane, l'actuel Afghanistan, qu'ils traversaient en direction du sud.

— Je crois que j'ai compris, dit Costas. Il a écrit ce bouquin quand il a pris sa retraite, il a claqué, la maison a été mise en vente, mais il n'y a pas eu d'acheteur.

— Joliment dit, comme toujours, ironisa Hiebermeyer en remontant ses petites lunettes rondes le long de son nez. Sur ses vieux jours, il n'est pas allé s'installer à Alexandrie ou à Rome, comme n'importe quel marchand de la mer Érythrée aurait pu le faire. Apparemment, il est resté à Bérénice, qui avait sans doute été son port d'attache pendant toute sa vie active. Peut-être exerçait-il une fonction administrative pendant la morte-saison, lorsque le port était presque désert. Il se peut qu'il ait été *duovir*, par exemple, préfet de la ville. Mais d'une façon générale, les hommes riches qui avaient les moyens de s'offrir une villa n'avaient aucune envie de vivre à Bérénice. De plus, la maison n'avait pas d'attraits particuliers, d'autant que le commerce était en perte de vitesse.

— Il n'est peut-être pas mort là-bas, risqua Rebecca.

Elle regarda Aysha, qui l'encouragea à parler.

— Aysha pense qu'il avait une femme, poursuivit-elle, et qu'elle était indienne. Un nom féminin indien est inscrit sur un des tessons : « Amrita ». J'ai vu des photos de ce qui se trouvait dans la maison. Il y avait d'autres tessons comportant des inscriptions en tamoul, des morceaux de tissus indiens, des poteries provenant du sud de l'Inde.

Le *Périple* était peut-être une sorte de testament professionnel. Après l'avoir rédigé, le marchand est peut-être parti définitivement en Orient avec sa famille.

— Bien vu, admit Costas en se frottant le menton. Il avait passé tant d'années en Inde qu'il a peut-être souhaité y finir ses jours.

Jack était absorbé dans la contemplation d'une série de tessons, qui étaient visiblement des éclats de deux grands *ostraca* brisés.

— Regardez ça ! s'écria-t-il. C'est fascinant ! « Ptolémaïs Thérôn », Ptolémaïs des Chasses. C'est le port des éléphants dont je t'ai parlé, Costas, sur la mer Rouge ! Et là, Rebecca, on lit distinctement « Taprobanê ». C'était le nom qu'on donnait au Sri Lanka, cinq cents ans avant que Cosmas Indicopleustès ne s'y rende.

Il se redressa et fixa Hiebermeyer avec insistance.

— Bon, reprit-il, tout ça est fantastique, mais je te connais, ce n'est pas ce que tu voulais me montrer à tout prix.

— Allez, crache le morceau, Hiemy ! s'exclama Costas.

Hiebermeyer le fusilla du regard et se tourna ostensiblement vers Jack.

— Nous avons ici un peu moins d'un tiers du *Périple*, annonça-t-il, soit environ mille mots. Le texte est très proche de la copie du Xe siècle. Il n'y a que des différences mineures en matière de formulation et de syntaxe. À une exception près.

— Je t'écoute, dit Jack.

Hiebermeyer désigna un gros tesson posé en face de Rebecca, autour duquel tout le monde se ressembla. C'était une pièce de la taille d'une assiette, qui comportait quinze lignes d'une écriture fine. Par endroits, l'encre était à peine visible sous la patine blanchâtre de la poterie. Mais le texte n'était pas interrompu sur les bords.

— Il s'agit d'une section intacte, comme un paragraphe, se réjouit Hiebermeyer. C'est le passage où le marchand décrit son voyage entre le golfe Persique et le port de Barygaza, à l'embouchure de l'Indus.

— C'est-à-dire celui où il joue les archéologues… murmura Jack.

Hiebermeyer acquiesça.

Chapitre III

— En général, poursuivit-il, l'auteur ne s'autorise des digressions que lorsqu'elles présentent un intérêt pratique. Par exemple, il indique une terre où vit une tribu à éviter, ou bien il décrit une région pour donner une idée de l'endroit d'où proviennent certaines marchandises. Mais on note deux exceptions, qui concernent toutes deux Alexandre le Grand. D'abord, il affirme qu'au marché de Barygaza, près de l'embouchure de l'Indus, on trouve des pièces, de vieilles drachmes mises en circulation à l'époque de souverains ayant régné après la conquête d'Alexandre.

— Apollodote et Ménandre, les premiers rois séleucides, précisa Jack.

— Les marchands occidentaux qui allaient en Inde devaient bien connaître l'histoire d'Alexandre, conjectura Hiebermeyer. Et les Indiens ont dû voir dans les pièces séleucides un moyen de s'enrichir facilement en les présentant comme des reliques. Alexandre a vécu au IVe siècle av. J.-C., trois cents ans avant la rédaction du *Périple*, mais son histoire était encore très présente dans les esprits. Les hommes qui sont venus ici ont dû avoir l'impression que la conquête était encore toute fraîche. Notre marchand, qui savait négocier, prévient ses lecteurs au sujet de ces soi-disant reliques. Il n'était pas du genre à se faire avoir. Et c'est précisément ce qui m'incite à prendre sa seconde référence à Alexandre le Grand au sérieux. Regardez ce tesson.

— J'ai repéré le mot « Alexandros », mais mes connaissances en grec ancien s'arrêtent là, se lamenta Costas.

— Voici ma traduction, proposa Hiebermeyer en prenant une feuille de papier qu'il avait noircie de son indéchiffrable écriture: « Juste après Barakē, se trouvent le golfe de Barygaza et le rivage de la terre d'Ariakē, où commencent le royaume de Manbanos et l'ensemble du territoire de l'Inde. La région intérieure, qui borde la Scythie, s'appelle Abēria; la région côtière s'appelle Syrastrēnē. L'endroit est très prospère et produit des céréales, du riz, de l'huile de sésame, du *ghî*, du coton et les vêtements indiens qui en sont faits, lesquels sont d'une qualité extraordinaire. On y voit de nombreux troupeaux de bétail et les hommes sont très gros et bruns de peau. À ce jour, subsistent encore des traces de l'expédition d'Alexandre : des autels archaïques, les fondations de campements et d'immenses puits. »

— Des autels archaïques, répéta Jack. Cela correspond à ce qui est dit dans le texte que nous connaissons.

— Mais pas la phrase suivante, dit Hiebermeyer.

Il marqua une pause, remonta ses lunettes, puis reprit sa lecture :

— « Et de la Margiane, la forteresse parthe située au nord d'ici, les légionnaires romains faits prisonniers à Carrhae se sont enfuis vers l'est, et ont emporté le trésor parthe vers Chrysê, la Terre d'or. »

Jack chancela comme s'il avait reçu un coup.

— C'est incroyable, souffla-t-il. Cette phrase ne figure pas dans le *Périple*.

— Est-ce qu'il s'agit de ce dont tu m'as parlé dans l'hélicoptère ? l'interrogea Costas. Des légions perdues de Crassus ?

— Ce n'étaient que des rumeurs, murmura Jack. Jusqu'à aujourd'hui.

Il respira profondément et se tourna vers Rebecca.

— Après la défaite des Romains à Carrhae en -53, expliqua-t-il, des milliers de légionnaires, peut-être dix mille, ont été faits prisonniers par les Parthes. Leur sort a fasciné les Romains pendant des générations. Le poète Horace y fait référence dans une de ses odes. Il se demande si les vétérans romains ont épousé des autochtones et combattu comme mercenaires pour un souverain étranger. Puis Tibère, le fils d'Auguste, a négocié la paix avec les Parthes et les étendards des légionnaires ont été restitués. Pour Auguste, ce fut un grand triomphe, qui a clos le chapitre de la défaite.

— Jack t'a montré la pièce que nous avons trouvée sur notre épave, n'est-ce pas Rebecca ? dit Costas. Elle commémore la restitution des aigles, les étendards sacrés des légionnaires.

— Le seul autre texte romain qui fasse allusion à cet épisode, précisa Jack, est l'*Histoire naturelle* de Pline l'Ancien. Il y est seulement dit que les légionnaires faits prisonniers par les Parthes avaient été emmenés à la Margiane, dans l'actuel Turkménistan.

— C'est ce qui donne du crédit au *Périple*, fit remarquer Hiebermeyer, sans parler de la référence à Alexandre. L'auteur ne mentionne que ce qu'il a vu de ses propres yeux. Or, on sait qu'Alexandre a fait élever des autels au fur et à mesure de sa conquête. Il est donc possible qu'il y en ait eu au nord, puisqu'il a conduit son armée vers l'Asie centrale *via* le désert du Turkménistan.

— Bien sûr ! s'exclama Jack. Alexandre a traversé la Margiane. Et si des prisonniers se sont échappés de la forteresse de Merv, ils ont pu voir ces autels tandis qu'ils fuyaient vers l'est en direction de l'Asie centrale. Tout concorde !

— Mais pourquoi l'auteur du *Périple* aurait-il supprimé ce passage ? demanda Costas.

— Il devait savoir que cette histoire était vraie, mais n'avait aucune preuve pour l'étayer, dit Aysha. On peut tenir une pièce entre ses doigts, voir un autel, mais une histoire reste intangible. La fuite des légionnaires lui avait peut-être été rapportée par un marchand, un intermédiaire bactrien ou sogdien qui lui fournissait de la soie. On peut imaginer qu'il a perdu contact avec cet intermédiaire, que celui-ci a disparu sans laisser de traces, comme cela arrivait si souvent sur la route de la Soie. Vers la fin de sa vie, il a peut-être fini par se méfier de sa propre mémoire. Cette histoire de trésor sur la route de la Soie avait des airs de légende bonne pour les aventuriers. Au bout du compte, le doute l'ayant emporté, il a préféré tirer un trait sur cette phrase et jeter le tesson au rebut. Cette anecdote se prêtait davantage au bouche-à-oreille. Elle parviendrait peut-être un jour à un encyclopédiste, comme Pline l'Ancien, qui lui donnerait sa place dans un bric-à-brac de faits historiques et de rumeurs tel que l'*Histoire naturelle*.

— C'est peut-être ce qui s'est passé, mais certaines informations ont été perdues, observa Jack. Pline fait référence aux prisonniers de Merv mais ne rapporte aucune fuite vers l'est.

— Mais c'est toi-même qui m'en as parlé dans l'hélicoptère, Jack ! s'écria Costas. Tu m'as dit que ces légionnaires romains étaient peut-être allés jusqu'en Chine. Qu'il y avait des indices dans les annales de la Chine.

— J'y pense depuis plusieurs mois, depuis que j'ai vu Katya.

— Au congrès de la Transoxiane ? l'interrogea Hiebermeyer.

— Katya est la nouvelle copine de mon père, annonça Rebecca à Aysha sur le ton de la conversation. Enfin, pas vraiment nouvelle. Il l'a rencontrée quand il cherchait l'Atlantide, en mer Noire. Mais elle a eu besoin de prendre un peu de recul. Après, papa a plus ou moins vu une autre fille, mais elle a été traumatisée parce qu'un autre type qu'elle voyait s'était fait sculpter un aigle dans le dos ou quelque chose comme ça. Enfin bref, elle aussi, elle a eu besoin de prendre du recul.

Costas toussota. Jack, le nez dans ses chaussures, s'efforça de garder son sang-froid et se racla la gorge.

— Comme je le disais, reprit-il en décochant un regard glacial à Rebecca, il existe d'autres indices. Dans les années cinquante, un chercheur d'Oxford a publié une théorie selon laquelle des mercenaires romains auraient été enrôlés par les Huns de Mongolie dans une guerre frontalière avec la Chine des Han, une dynastie qui a régné à l'époque du *Périple*. Cette théorie s'appuie sur une référence à une formation militaire qui ressemble au *testudo* romain, « la tortue », qui consiste pour les légionnaires à emboîter leurs boucliers au-dessus de leur tête. La bataille dont il est question a eu lieu en -36. En outre, les annales des Han laissent entendre que des Romains faits prisonniers lors de cette bataille ont été rassemblés dans une ville du Gansu, dans les derniers kilomètres de la route de la Soie en direction de Xian. Quelqu'un a remarqué qu'aujourd'hui le village abrite un certain nombre de personnes aux traits occidentaux. Il n'en a pas fallu davantage pour faire enfler la rumeur concernant la présence de légionnaires romains en Chine.

— Existe-t-il des indices archéologiques ? demanda Costas.

Chapitre III

— Rien de précis, répondit Jack, mais ce n'est pas surprenant. Après des dizaines d'années d'emprisonnement, ces légionnaires ne devaient pas avoir beaucoup d'objets typiquement romains sur eux. On peut imaginer qu'ils se sont fabriqué des sandales pour marcher et peut-être des boucliers en bois rectangulaires, puisque c'est sur ce point que se fonde la théorie du *testudo*. Mais en dehors de cela, ils ont dû récupérer ce qu'ils pouvaient en cours de route. Leurs armes, leurs armures et leurs vêtements pouvaient être parthes, comme bactriens, sogdiens ou chinois. En revanche, ils ont très bien pu graver des inscriptions sur la pierre. Et c'est ce à quoi Katya s'est intéressée. Les Romains aimaient laisser des jalons, des balises, des traces de leur passage pour marquer leur autorité dans les territoires nouvellement conquis. C'est là que l'archéologie entre en jeu. Il y a quelques années, une inscription latine a été découverte dans un complexe de grottes du sud de l'Ouzbékistan, à trois cents kilomètres à l'est de Merv, près de la frontière de l'Afghanistan.

Jack sortit un bloc-notes de sa poche.

— Katya me l'a notée ici, indiqua-t-il.

Il montra l'inscription à ses collègues.

LIC
AP.LG

— Fascinant… murmura Hiebermeyer. La première ligne correspond à un prénom, probablement Licinius. La seconde est l'abréviation de *Apollinaris Legio*, c'est ça ? Il s'agit de la légion dédiée à Apollon. La XVe légion, formée par Auguste, si je ne me trompe.

— Pas mal pour un égyptologue, le félicita Jack. Je me rappelle que tu te passionnais pour la conquête de la Germanie par l'armée romaine quand tu étais gamin, mais Auguste n'était pas encore empereur à l'époque. Il n'était encore qu'Octave, l'hériter adoptif de Jules César. La XVe légion date de -41, peu après l'assassinat de César, c'est-à-dire douze ans après la bataille de Carrhae. Au cours des trois siècles suivants, elle a passé le plus clair de son temps à combattre les Parthes aux frontières orientales de l'empire. Aussi, certains experts pensent que l'inscription est l'œuvre d'un légionnaire fait prisonnier par les Parthes et envoyé comme garde-frontière à l'extrême est de l'Empire parthe.

— Mais… intervint Costas.

— Je n'ai jamais été convaincu par l'idée qu'un prisonnier de guerre ait pu devenir garde-frontière et laisser une inscription, avoua Jack. Katya et moi nous sommes rendus au pied des remparts de Merv, un jour, et une autre idée nous est venue. La phrase qui a été supprimée du *Périple* va dans le sens de notre hypothèse.

— Accouche ! s'impatienta Costas.

— À l'époque de Crassus, expliqua Jack, la plupart des légions étaient formées pour des campagnes spécifiques et généralement dissoutes au bout de six ans. Nous connaissons très peu de ces légions par leur numéro et par leur nom. De plus, le même numéro peut avoir été utilisé plusieurs fois. Plutarque et Dion Cassius, les principaux auteurs qui mentionnent Carrhae, n'indiquent pas le nom des corps d'armée impliqués. Mais certaines légions, celles qui avaient servi sous Jules César en Gaule et en Bretagne, avaient déjà acquis une renommée légendaire avant la bataille de Carrhae. Plusieurs d'entre elles ont perduré jusqu'à devenir les plus célèbres de l'armée impériale. Auguste y tenait beaucoup, car elles étaient associées à César. Il y avait, par exemple, la VIIe Claudia, la VIIIe Augusta, la Xe Gemina.

— Et tu penses que la XVe en faisait partie ?

— La XVe a été fondée en -41, quelques années après l'assassinat de César. Le jeune Octave essayait de s'imposer et récupérait tout ce qui pouvait rappeler son illustre père. Les historiens affirment que lors de la bataille de Carrhae, la cavalerie comptait un millier de vétérans des campagnes de César. Alors pourquoi pas une de ses légions ? Notre hypothèse est la suivante : la XVe Apollinaris n'a pas été fondée, mais refondée en -41. Octave a reconstitué une des légions prestigieuses de César, celle qui avait été honteusement perdue en raison de l'incompétence de Crassus. C'est une démonstration éclatante de confiance et un hommage solennel à la gloire passée de Rome, ce qui correspond tout à fait à l'état d'esprit d'Octave.

— Pas très loyal envers les légionnaires survivants, prisonniers à Merv, fit remarquer Costas. Cela revient à faire une croix sur eux.

— Pour eux, c'était trop tard, de toute façon, estima Hiebermeyer. Même s'il était de notoriété publique que la défaite avait été causée par l'incompétence de Crassus, les survivants n'auraient pas pu revenir la tête haute. Ils devaient déjà se considérer comme des morts vivants. Sans doute n'espéraient-ils plus que mourir avec honneur, afin de rejoindre leurs frères d'armes dans l'Élysée.

— Mais Jack semble penser qu'un prisonnier qui se serait enfui vers l'est aurait pu éprouver le besoin de laisser une trace en inscrivant le nom de sa légion dans une grotte, rappela Costas.

— Le nom de la légion, malgré la perte de l'aigle sacré, a dû demeurer le lien indéfectible qui unissait les survivants, dit Jack.

— Donc, ils sont restés fidèles à Rome.

— Ils avaient combattu pour eux-mêmes, pour leurs compagnons, comme tous les soldats. Ils étaient fiers d'être des citoyens-soldats, d'avoir un métier dans le civil. Fiers de se battre pour leur chef, s'il était un des leurs, *primus inter pares*, et inspirait le respect. Ils avaient combattu pour César. Pour leur famille. Mais auraient-ils combattu pour Rome en tant qu'empire ? Rien n'est moins sûr.

— Et la légion ?

— La légion était sacrée, répondit Hiebermeyer. C'était à elle que leur loyauté allait en priorité. Et au sein de la légion, ils étaient fidèles à la cohorte, à la centurie, puis au *contubernium*, un groupe de dix ou douze hommes qui s'appelaient mutuellement *frater*, « frère »...

— Alors la perte de l'aigle, c'était la cata ! le coupa Rebecca.

— C'était ce qu'il y avait de pire pour eux, confirma Hiebermeyer. Une bataille, ils pouvaient la perdre. Crassus, c'était le cadet de leurs soucis. Mais perdre l'aigle... Une légion sans son aigle n'était plus rien. Ils ne pouvaient plus jamais reparaître à Rome. Y compris devant leur famille.

— Tu crois que ce sont eux qui ont liquidé Crassus ? l'interrogea Costas.

— Crassus a signé son arrêt de mort dès lors qu'il les a envoyés au combat, une sorte de suicide assisté pour ainsi dire.

— S'ils ont vraiment survécu et réussi à s'échapper, ces hommes devaient être sacrément résistants ! s'exclama Aysha.

— Il y en a toujours qui échappent à l'exécution, survivent aux coups, à la torture, et trouvent la force de résister, murmura Jack. Et certains des légionnaires de Crassus avaient été recrutés cinq ans auparavant pour combattre en Gaule aux côtés de César. S'il s'agissait de citoyens-soldats, ils comptaient néanmoins parmi les tueurs les plus impitoyables du monde. Ils tuaient à la lance, à l'épée et à mains nues.

— De plus, la légion n'était plus qu'un lointain souvenir pour eux et ils étaient livrés à leurs pulsions, renchérit Costas.

— Ceux qui ont servi à la fin de la république ont été beaucoup plus aguerris que les légionnaires professionnels de l'empire. Leur vie civile, leur métier n'étaient plus qu'un mythe. Or, quand on a passé toute son existence à tuer, où se situent les limites ? À quel moment cesse-t-on d'être un soldat pour redevenir un citoyen ?

— C'est une question vieille comme le monde, souffla Hiebermeyer.

— S'ils se sont vraiment enfuis, la nouvelle a dû se répandre comme une traînée de poudre sur la route de la Soie, supposa Jack. Leur réputation a dû les précéder, même dans les contrées les plus dangereuses. Personne ne devait avoir envie de croiser leur chemin.

— Et sur la route de la Soie, demanda Costas, y a-t-il d'autres inscriptions ?

— Katya a passé les deux dernières saisons à parcourir les montagnes et les cols de l'Asie centrale, répondit Jack, mais une grande partie du territoire reste inexplorée.

Chapitre III

— D'autant que c'est toujours une région dangereuse, précisa Hiebermeyer.

— Je crois me souvenir que Katya sait se servir d'une kalachnikov, dit Costas.

Jack rouvrit son bloc-notes.

— Il y a quelques mois, elle a trouvé quelque chose sur le site de Cholpon Ata, sur la rive occidentale du lac Yssyk-Köl, au Kirghizistan. Ce site se trouve à des centaines de kilomètres à l'est de la grotte abritant l'inscription de la XVe légion, sur la route nord de la Soie, juste avant les monts Tian shan et le col qui conduit au désert du Taklamakan, puis à la Chine. Les archéologues le connaissent depuis des années. Il est couvert de rochers, sur lesquels on peut voir des centaines, peut-être même des milliers de pétroglyphes représentant des bouquetins ou d'autres animaux, ainsi que des chasseurs. Ce sont des nomades scythes qui ont gravé la plupart de ces motifs dans la pierre. Mais ce site devait être un point de ralliement pour les marchands de la route de la Soie, qui avaient survécu au voyage depuis l'Occident. Ils devaient s'y retrouver avant d'embarquer ensemble sur des bateaux et de traverser le lac pour poursuivre leur périple en direction de la Chine.

— Il est grand comment ce lac ? demanda Rebecca.

— C'est le plus grand lac de montagne du monde, après le lac Titicaca. On raconte qu'il abrite des cités englouties, des trésors... Il y a sans doute beaucoup de choses à y découvrir. Les Soviétiques s'en servaient pour tester leurs sous-marins et leurs torpilles.

— On peut y aller ? réclama Rebecca. J'aimerais bien rencontrer Katya.

— Il y a de grandes chances pour qu'on y aille, répondit Jack en souriant. L'an dernier, Katya est tombée sur un rocher sur lequel il pourrait y avoir une inscription. Il était presque entièrement enterré et elle n'a obtenu l'autorisation d'effectuer des fouilles que quelques jours avant le congrès. Elle est sur place en ce moment.

— Pas toute seule, j'espère ! s'écria Aysha.

— Elle bénéficie de la collaboration des Kirghiz qui ont mis un type et un vieux tracteur usé à sa disposition, d'après ce que je sais.

— Tu as eu de ses nouvelles récemment ? demanda Costas.

— Ce matin.

— Alors on va peut-être avoir une nouvelle piste.

— À vrai dire, il y a autre chose, une possibilité absolument fascinante.

— On t'écoute.

— Eh bien, cette nouvelle piste ne mène peut-être pas uniquement vers l'est, mais aussi vers le sud.

— Montre-nous ça sur une carte, tu veux ?

Aysha déroula une mappemonde contre le mur.

— La route de la Soie va d'ouest en est, commença Jack en montrant l'itinéraire sur la carte, de Merv, en Parthie, à Xian, en Chine, en passant par les montagnes de l'Asie centrale. Le lac Yssyk-Köl se trouve à l'extrémité nord-est de ce massif, dont un seul col mène à la Chine. Mais on peut aussi quitter la route en chemin et bifurquer vers le sud. Si on la quitte au pied du lac Yssyk-Köl, on doit traverser d'immenses montagnes, très inhospitalières, dans l'est de l'Afghanistan. Mais ensuite, on arrive dans le nord du Pakistan et dans les jungles de l'Inde. De là, le monde romain du Ier siècle av. J.-C. est de nouveau accessible.

— Est-ce que tu es en train de dire que des prisonniers romains ont fui dans cette direction ? s'étonna Costas.

— Katya m'a parlé d'un certain Hai-Chen, un chercheur indépendant qui vit à Xian. Toute sa vie, il a étudié les liens de la Chine avec Rome. C'est lui qui a encouragé Katya à explorer le Kirghizistan et à observer les pétroglyphes du lac Yssyk-Köl. Il croit dur comme fer à l'histoire des légionnaires perdus de Crassus, mais il a une théorie très personnelle. Linguiste de formation, il a longuement analysé les mythes fondateurs et la mythologie des peuples à forte tradition orale. Dans sa jeunesse, il a passé plusieurs années dans le Chitral, une sorte de Shangri-La située dans le nord-est du Pakistan. C'est la région dans laquelle on débouche après avoir franchi les montagnes, au nord.

— Et dont les habitants pensent descendre d'Alexandre le Grand... murmura Hiebermeyer.

— Les mythologies du Chitral – védique, hindoue, bouddhique – mentionnent toutes de nombreux voyageurs venus de loin, des princes, des pèlerins, des sages en quête d'ailleurs et de spiritualité, qui vivent parfois une véritable transformation, comme le Bouddha lui-même. Dans notre culture, nous avons les *Contes de Canterbury*, sir Gauvain et le chevalier vert, les douze travaux d'Hercule et Moïse dans le désert. Dans certains cas, l'arrivée du voyageur accomplit une prophétie locale et celui-ci devient roi.

— Fa-hian n'a-t-il pas franchi ces montagnes ? demanda Hiebermeyer.

Jack hocha la tête et se tourna vers Costas.

— Fa-hian est un moine bouddhiste chinois qui s'est rendu en Inde au début du ve siècle dans l'espoir de trouver les textes sacrés de sa religion. Son *Relation des royaumes bouddhiques* est l'un des premiers grands récits de voyage. Il est allé au Gandhara, une région de tradition bouddhique située au nord de l'Inde. Mais ce n'était pas sur ses traces que le collègue de Katya s'était lancé. Hai-Chen avait entendu parler d'un autre voyageur : un *yavanas*, c'est-à-dire un Occidental. Et ce *yavanas* n'était pas un moine, mais un guerrier, doté d'une main d'or. Il avait vécu dans le Chitral pendant une courte période, puis il était parti. Plus au sud, Hai-Chen a ensuite découvert une autre légende, celle d'un dieu-roi appelé *Haljit Singh*, « Main de tigre », qui avait lui aussi fini par partir en direction du sud.

— Où veux-tu en venir ? demanda Costas.

— Après avoir franchi les montagnes de l'Afghanistan et traversé le Chitral, on peut regagner l'Occident. Il suffit de suivre la vallée de l'Indus en direction du sud-ouest pour atteindre le rivage de l'océan Indien, le port de Barygaza, à côté de l'actuelle Karachi, au Pakistan. De là, on peut prendre un navire pour l'Arabie. Ensuite, il n'y a plus qu'à traverser la mer Rouge. Mais il existe une autre option. Si on veut rencontrer d'autres *yavanas* – des Romains vivant en Inde –, on a aussi la possibilité de se diriger vers le sud-est et de suivre la vallée du Gange jusqu'au golfe du Bengale. On arrive ainsi dans la jungle de l'Inde orientale. C'est la route que Fa-hian a prise, avant de monter à bord d'un navire et de longer la côte vers le sud jusqu'au Sri Lanka. Le *Périple* décrit le même itinéraire, mais dans l'autre sens.

Jack prit l'édition moderne du *Périple* sur la table et la feuilleta jusqu'à ce qu'il tombe sur la page qu'il cherchait.

— Écoutez ça : « Plus loin, en direction de l'est, l'océan étant sur la droite, lorsqu'on navigue au large des terres qui s'étendent sur la gauche, on arrive à hauteur de la terre du Gange ; dans cette région coule un fleuve, également appelé Gange, qui est le plus grand de tous les fleuves de l'Inde, et qui croît et décroît comme le Nil. »

Jack montra le hublot, derrière lequel se détachait le littoral.

— N'oublions pas que l'auteur du *Périple* se plaçait de son point de vue habituel, rappela-t-il, au large de la pointe sud de l'Inde, tourné vers le nord. Il n'est sans doute jamais allé plus loin, mais il a dû rencontrer des hommes qui venaient de là-bas, peut-être des intermédiaires indiens de Gandhara, ou même des marchands venant d'Asie centrale, des Bactriens, des Sogdiens ou des Han occidentaux.

— Le genre de marchand qui pourrait avoir indiqué à notre *yavanas*, notre Romain en fuite, l'itinéraire à suivre, suggéra Costas.

— En tout cas, il n'aurait pas survécu s'il avait voulu le conduire jusque-là, estima Jack. À partir du moment où ils pouvaient voir le soleil et les étoiles, les légionnaires romains n'avaient besoin que d'une paire de sandales solides pour marcher. Un marchand n'aurait jamais pu suivre notre homme.

— C'est une histoire de mousson, c'est ça ?

— Que veux-tu dire ?

— Eh bien, c'est pour ça qu'un légionnaire à la recherche de compatriotes ne pouvait pas choisir d'aller à l'embouchure de l'Indus, à Barygaza, dit-il en montrant la carte. C'était plus près de l'Égypte.

Chapitre III

Mais les navires allaient et venaient depuis la mer Rouge tout au long de l'année, en suivant la côte, ou en naviguant en haute mer pendant la mousson. Barygaza ne nécessitait donc pas une présence occidentale permanente pour entretenir le port pendant la morte-saison. Les marchands locaux étaient là pour s'en occuper. En revanche, dans le sud de l'Inde, c'était une autre histoire ! Je suppose que les marins d'Égypte ne faisaient l'aller et retour que pendant la mousson en traversant directement l'océan Indien.

— En effet, confirma Jack. Suivre la côte occidentale de l'Inde était bien trop dangereux. L'auteur du *Périple* le dit clairement. C'était comme longer la Côte des Squelettes, hérissée de récifs et infestée de pirates, au large de l'Afrique occidentale.

— Donc, pendant la moitié de l'année, à Arikamedu et dans les autres ports du sud de l'Inde, l'activité était au point mort. Mais ces ports devaient à tout prix être opérationnels pendant la saison de navigation. Les Romains avaient donc besoin d'hommes pour les entretenir pendant la morte-saison, d'hommes en qui ils avaient confiance, c'est-à-dire des compatriotes. C'est là que je voulais en venir. Si notre fugitif voulait retrouver des Romains en Inde, il fallait qu'il aille vers le sud et non vers l'ouest. C'est ce qu'on a dû lui dire. C'était un vieux légionnaire aux cheveux gris. Il avait peut-être trop honte pour retourner chez lui ; et pourtant, il avait le désir, l'espoir de retrouver des compatriotes quelque part.

— Il avait peut-être fondé une famille à Rome, dit Aysha, des années plus tôt, avant de partir en campagne. C'était un citoyen-soldat. Il avait eu une vie avant de rejoindre les rangs de l'armée.

— Nous ne pouvons qu'émettre des hypothèses, soupira Jack. Il avait peut-être un rêve, qu'il avait nourri pendant ses longues années de captivité. À Barygaza, il aurait pu prendre un bateau pour l'Égypte, mais il ne savait pas à quoi s'attendre là-bas. Il aurait été confronté à une réalité qu'il n'avait peut-être pas voulue. En revanche, dans le sud de l'Inde, à Arikamedu, il aurait été directement en contact avec d'autres Romains, qui lui auraient parlé des guerres civiles, du nouvel ordre, de la disparition de tout ce qui avait existé à son époque, de la fin de la Rome qu'il avait connue. Il avait peut-être déjà appris tout cela de la bouche de marchands qu'il avait croisés sur la route de la Soie, mais il fallait qu'il en ait le cœur net. Sans doute savait-il qu'un retour à Rome n'était plus qu'une chimère porteuse de désillusions. Cependant, il devait éprouver le besoin de communiquer ; et il ne pouvait le faire qu'avec ceux qui venaient du même monde que lui.

Hiebermeyer scruta Jack.

— On dirait bien que le collègue de Katya a suivi cette piste, déclara-t-il. Est-il allé plus au sud ?

Jack se mordit les lèvres.

— Il envisageait d'aller à la rencontre des peuples tribaux de l'Inde orientale. D'après Katya, il avait découvert un élément en rapport avec Rome concernant un personnage de la mythologie hindoue. Il semblait savoir précisément où aller pour en savoir plus, mais s'est montré très secret. Il n'a pas voulu impliquer Katya dans cette affaire. Néanmoins, elle pense qu'il s'est rendu près du delta du Godavari, au nord d'Arikamedu, sur la côte est de l'Inde. Il devait assister au congrès de la Transoxiane, mais il n'est jamais revenu. C'était il y a près de quatre mois.

— Certains de ses travaux ont-ils été publiés ? s'enquit Hiebermeyer.

— Non. Comme je l'ai dit, il était très secret. D'après Katya, il semblait toujours craindre d'en avoir trop dit. Il se méfiait de tout le monde, mais pas uniquement parce qu'il avait des idées peu orthodoxes qui bousculaient les théories généralement admises au sein de la profession. Il agissait comme s'il détenait un grand secret. Il pensait qu'il était suivi et donnait toujours l'impression d'essayer de brouiller les pistes. Katya dit qu'elle l'a toujours connu comme ça.

— Alors pourquoi croirions-nous ce qu'il lui a révélé ? demanda Hiebermeyer.

— Parce que c'est son oncle, répliqua Jack.

Chapitre III

— Son oncle ! s'exclama Costas. Cette histoire devient de plus en plus mystérieuse. Les oncles parlent à leur nièce, non ? Et puis, ils sont archéologues et linguistes tous les deux. Il a bien dû lui faire quelques révélations. Katya ne t'a vraiment rien dit d'autre ?

— Elle a dit que, comme les premiers explorateurs de la route de la Soie, il semblait être en quête d'un trésor insaisissable qu'il ne parvenait pas à trouver.

— Quel trésor, Jack ? insista Costas.

Jack marqua un temps d'arrêt.

— Tu as raison, admit-il, Katya en sait plus qu'elle ne le prétend, mais je n'ai pas voulu la brusquer. Cela dit, il s'est passé quelque chose d'étrange quand nous étions au congrès. À l'hôtel, elle m'a montré les travaux de son oncle sur le Chitral. Il s'agissait d'une thèse de doctorat, un des seuls documents qu'il ait écrit. Il y avait une partie qu'elle n'avait pas encore lue, à propos de la légende d'un dieu-roi appelé *Haljit Singh*, « Main de tigre ». Lorsqu'elle l'a lue, elle a pâli. Puis je lui ai parlé d'un artefact que j'ai en ma possession et je lui ai dit d'où il venait. À ce moment-là, elle a failli s'évanouir. Et elle n'a plus rien dit. Pas un mot de plus. Mais elle était très troublée. Je pense que des forces obscures sont à l'œuvre pour arrêter son oncle, car c'est à partir de ce moment-là qu'elle a commencé à s'inquiéter pour lui.

— Est-ce pour cette raison que tu veux nous emmener dans la jungle, en réalité ? Pour retrouver l'oncle de Katya ? Et découvrir ce qu'il cherchait ? Ce mystérieux trésor ?

Jack se concentra un instant sur la mappemonde, puis regarda sa cabine par la porte ouverte du laboratoire.

— Pas seulement, avoua-t-il. C'est beaucoup plus compliqué que ça. Nous sommes attendus à Arikamedu demain matin et, avant, j'aimerais vous montrer quelque chose : mon petit trésor à moi.

Chapitre IV

La grande porte de bronze de la pièce se referma brusquement, laissant derrière elle la chaleur et l'odeur du désert. L'homme appuya sur le bouton de la télécommande et un puits de lumière étroit éclaira la grande surface noire de la table, ainsi que les recoins du plafond. Puis l'obscurité l'enveloppa de nouveau, une obscurité si profonde qu'elle semblait annihiler tout son être, comme s'il ne faisait qu'un avec la force primitive qui l'entourait. Il était assis sur le sol de marbre frais, dans la position du lotus, les paumes tournées vers le haut. Sa tunique de soie glissait sur sa peau lorsqu'il tendait les mains vers la console. Depuis des années, il jouait, créait des univers sur un écran, avec le désir secret d'entrer à l'intérieur et, désormais, il contrôlait tout un monde d'images et de sensations proches de l'existence céleste qui serait bientôt la sienne.

Il avait déjà lancé la séquence afin de se préparer à ce qui l'attendait. Elle l'aiderait à se purifier et à se concentrer, comme à chaque fois qu'il venait ici. Un ruissellement, puis le chuchotement d'une petite cascade vinrent étouffer le bruit de sa respiration, pour lui ôter toute conscience de soi. Il sentit la force se répandre à travers lui, la *shuide*, la « vertu de l'eau ». Il ferma les yeux et, cette fois, s'imprégna des cinq vertus, *wu de*: la terre, le bois, le métal, le feu et l'eau. Chacune triomphait de la précédente, tout comme la dynastie des Qin avait triomphé des Zhou. La vertu de l'eau anéantissait la vertu du feu. Et avec la vertu de l'eau, étaient venues les ténèbres, un temps de chaos, d'hiver, de mort, qui avait balayé tout ce qui avait été jusqu'alors. Et dans ce vide, était venu Shi Huangdi, le Premier Empereur, l'Un céleste. Il avait refait l'Univers à son image, afin que sa volonté trouve un écho dans toute forme d'existence et que personne ne puisse y échapper. À présent, les membres de la confrérie, la soixante-sixième génération depuis que la tombe avait été fermée, se préparaient pour le jour où l'univers céleste de Shi Huangdi se fondrait dans la réalité, pour le retour des guerriers de chair du Premier Empereur. Mais il leur restait une dernière tâche à accomplir. Et c'était pour cette raison qu'ils avaient prévu de se réunir ici, aujourd'hui.

L'homme ouvrit les yeux. Un souffle d'air frais fit parvenir jusqu'à lui un doux parfum de fleurs de montagne. Une faible lumière crépusculaire avait triomphé de l'obscurité. Il avait l'impression de s'élever dans le ciel, d'être en lévitation. Un paysage montagneux, projeté autour de lui, apparut devant ses yeux. Des pointes rocheuses érodées émergeaient de la mer de nuages qu'il surplombait. Au loin, des collines vert olive et brun pastel étaient tapissées d'arbres aux feuilles d'émeraude, sous lesquels se lovaient villas, cours intérieures et pagodes, comme autant de saillies naturelles de la roche. C'était ce que le Premier Empereur avait vu. Shi Huangdi, qui avait gravi les plus hauts sommets de son royaume, avait fait de cet espace entre le ciel et la terre son domaine. Il avait gravé ses exploits dans la pierre et proclamé sa supériorité sur la terre et le cosmos. Le paysage s'effaça derrière une inscription, des lignes de symboles chinois, blancs sur un fond noir. L'homme prononça les paroles sacrées, l'expression même de la vertu :

« *La vertu du souverain empereur*
a maintenu et affermi les quatre extrémités du monde.
Il a exterminé les rebelles et il a supprimé les méchants ;
il a fait fleurir ce qui est profitable et il a rendu très grande la prospérité.

Chapitre IV

Son action modératrice s'exerce en observant les saisons;
toutes les productions abondent et se multiplient.
Les têtes noires jouissent du calme et du repos;
on ne se sert plus des armes offensives ni des armes défensives.
Les six degrés de parenté se protègent mutuellement;
en définitive il n'y a plus de brigands ni de voleurs.
Avec joie on reçoit ses enseignements;
partout on connaît les lois et les règles.
Tout ce qui est compris dans les six directions
est la terre du souverain empereur. »

L'homme répéta le dernier vers: « Tout ce qui est compris dans les six directions est la terre du souverain empereur. » Son accent, cette façon d'avaler les consonnes et de faire résonner les voyelles, était en parfaite adéquation avec le message: chaque chose était en ordre, à sa place et sous contrôle. Il inspira lentement et tout son être se relâcha. Il avait à peine besoin de respirer. Il sentait son sang couler dans ses veines. La vertu était en lui, la vertu de la *shuide*. Il eut de nouveau l'impression d'être en lévitation, loin au-dessus des nuages et des sommets, aux confins de l'espace. Entre la terre et le ciel, juste à la frontière. Au-dessus de lui, un million d'étoiles étincelantes éclaira subitement les ténèbres; les constellations se mirent à tournoyer d'un mouvement lent. Au loin, la Terre n'était plus qu'une sphère lisse. Mais lorsqu'il se pencha vers elle, la surface se fendilla pour laisser surgir des cours d'eau, des rivières de mercure. Les cent rivières, le fleuve Jaune et le Yang-Tseu-Kiang, puis les mers tout autour. Des étincelles fusèrent de mille palais et temples, d'un million de trésors inestimables.

L'homme se sentit redescendre d'un seul coup pour flotter au-dessus d'un ruisseau brumeux, au milieu des oies et des cygnes, des grues et des hérons. Puis le paysage disparut et les guerriers vinrent se rassembler tout autour de lui. Leurs rangs s'étendaient à perte de vue. Ils attendaient. Certains tenaient une lance; d'autres portaient une armure. Les généraux précédaient des unités de fantassins, tandis que les cavaliers retenaient leurs chevaux. Les protecteurs de l'Univers... L'armée Qin. Elle se mobiliserait de nouveau et marcherait vers la victoire dès que le ciel et la terre seraient enfin réunis, dès que la vertu de la lumière viendrait remplacer la vertu de l'eau. L'homme inspira sereinement. C'était de lui qu'émanerait cette nouvelle vertu.

Il se figea, sachant ce qui allait se passer. Un flot aveuglant de lumière verte, puis bleue, jaillit devant lui comme si les rayons du soleil avaient traversé un immense prisme qui tournait sur son axe dans l'obscurité céleste. Les deux couleurs fusionnèrent en un blanc éblouissant. Les rivières de mercure, scintillantes, se mirent de nouveau à couler. Des roseaux d'un vert vif, frémissants de vie, poussèrent d'un coup sur leurs berges. Des oiseaux s'élancèrent vers le ciel pour se rapprocher de la lumière.

L'armée prit vie à son tour : le gris se teinta de couleurs pastel, qui s'affirmaient de seconde en seconde pour illuminer la chair, colorer les tuniques d'un bleu vif et faire briller les amures. Les bannières blasonnées d'un tigre doré rugissant, qui ondoyaient et bruissaient comme les roseaux des rivières, s'empourprèrent avec éclat. L'homme était baigné de chaleur. Il tendit les mains, jubilant.

Puis plus rien. Il était de nouveau assis dans la pièce sombre, seul, devant une table basse pareille à une pierre tombale. Il laissa ses mains retomber sur le marbre froid, dur, résolument ancré dans la réalité. Tout ce qu'il avait vu n'était qu'un fantasme. Un fantasme qu'il avait lui-même créé. Mais c'était une prémonition de ce qui allait arriver. Le joyau céleste brillerait de nouveau...

L'homme regarda la table dont la surface polie reluisait. Il admira les personnages chinois sculptés devant les places des membres, six d'un côté, six de l'autre : Xu, Tan, Ju, Zhongli, Yunyan, Tuqiu, Jiangliang, Huang, Jiang, Xiuyu, Baiming, Feilian. Il laissa ses doigts courir sur les courbes impeccablement découpées au laser dans le marbre. Ils étaient douze au sein de la confrérie. Fidèles protecteurs de Shi Huangdi, le Premier Empereur, ils attendaient son retour.

Chapitre IV

Une place resterait vide, celle de Huang. Il serra les poings de colère. Huang s'était égaré. Il s'était mis en quête du joyau afin de le garder pour lui-même. Il avait succombé à sa propre cupidité et s'était écarté du droit chemin. Ils l'avaient traqué, comme avaient été traqués tous ceux qui n'avaient pas suivi la voie de Shi Huangdi.

L'homme desserra les poings et ferma les yeux, empli de la vertu omnipotente des Qin. Bientôt, la place vide serait de nouveau occupée. Ils avaient trouvé un autre homme. Celui-ci descendait lui aussi des guerriers qui, munis d'armes et d'armures, avaient traversé les steppes jusqu'à Xian, aux côtés du futur Shi Huangdi. Il avait été initié au *jian shu*, l'art de l'épée des Qin. Et il avait appris à instiller la peur dans le cœur des ennemis de Shi Huangdi, pour mieux les vaincre. Il accomplirait bientôt la tâche meurtrière qui lui assurerait sa place autour de la table. La place du guerrier-tigre.

L'homme pianota sur la console et un cône de lumière jaillit pour faire apparaître devant lui une paire d'épées croisées. Les deux lames étincelaient comme si elles avaient été incrustées de mille joyaux. Il glissa les mains dans les gantelets scintillants et referma les doigts autour des barres transversales. La force des lames qui prolongeaient les tigres rugissant autour de ses poings l'envahit. Il se raidit. Il était là-bas, au milieu des coursiers célestes qui parcouraient la steppe au grand galop, blanchis d'écume, en répandant autour d'eux des jets de sang, le suintement luisant de leur propre sang. Il éprouva l'exaltation du guerrier qui sait que tout sera détruit sur son passage. Il se mit à crier. Il ne voyait plus que du rouge, n'entendait plus que des halètements, des hennissements, des trépignements.

L'image disparut. Il se rassit en laissant retomber les épées qu'il brandissait. Bientôt, il y aurait une sixième vertu : la vertu de la lumière. De même que l'eau avait vaincu le feu, la lumière vaincrait les ténèbres. L'homme inspira profondément et reposa les épées sur la table. Cette lumière, issue du joyau céleste, était celle de son âme, car il était l'empereur réincarné.

Un rai de lumière se faufila par l'entrebâillement de la porte. Des silhouettes indistinctes entrèrent les unes après les autres et prirent place autour de la table. La confrérie était réunie. Le joyau serait retrouvé. Le guerrier-tigre serait bientôt de retour.

Jack était assis dans sa cabine de jour, sous la passerelle de commandement du *Seaquest II.* Les mains derrière la tête, il contemplait la vieille malle en bois appuyée à la cloison. Il avait retiré la planche avec laquelle il l'avait retenue pendant la mousson et ouvert le troisième tiroir. Cette malle de voyage en camphrier, qui avait appartenu à un officier du XVIIIe siècle et était encore imprégnée d'un léger parfum d'Orient, était un de ses biens les plus précieux. Pendant des générations, ses ancêtres l'avaient emportée en mer. Les marchands aventureux qui avaient fait la fortune de la famille Howard, dès les premières années d'existence de la Compagnie des Indes orientales, l'avaient léguée à leurs descendants, jusqu'au grand-père de Jack qui l'avait gardée avec lui pendant toute la Seconde Guerre mondiale. Depuis, elle avait passé plus de quarante ans à terre. Or, il n'y avait jamais eu de naufrage chez les Howard avant la perte du premier *Seaquest* en mer Noire, deux ans plus tôt. C'est pourquoi Jack avait pris la décision d'embarquer cette malle à bord de son nouveau navire. Mais ce n'était pas uniquement un porte-bonheur. Elle recelait la clé d'une quête dans laquelle il rêvait de se lancer depuis son enfance, depuis que son grand-père lui avait montré le contenu du troisième tiroir.

Jack regarda la malle avec une pointe d'excitation. Au-dessus, sur le mur, étaient accrochés un vieux mousquet de la Compagnie des Indes orientales et un *tulwar*, un sabre indien à lame recourbée, doté d'une garde et d'un pommeau de forme circulaire. Ils avaient tous deux appartenu à un membre de la famille Howard qui avait été le premier à vivre en Inde, en tant que colonel d'un régiment de l'armée du Bengale, à l'époque des guerres napoléoniennes.

Chapitre IV

Au-dessous du sabre, se trouvaient deux photos de l'époque victorienne. La première représentait une femme et un enfant. La seconde était un portrait d'un jeune homme élégant, à la peau brune, aux lèvres charnues et au regard malicieux, qui avait hérité ses traits de sa grand-mère juive portugaise, l'épouse du colonel de l'armée du Bengale. Le portrait était complété par une légende, écrite d'une plume raffinée : « Académie militaire royale 1875, lieutenant John Howard, Ingénieurs royaux. » C'était la photo de diplôme d'un jeune homme débordant d'une confiance toute victorienne, prêt à se lancer dans la plus grande aventure de sa vie. Pourtant, quatre ans plus tard, un événement avait transformé à jamais ce regard pour lui donner la profondeur insondable que Jack retrouvait parfois chez sa propre fille. Et d'aussi loin qu'il s'en souvienne, Jack avait toujours voulu savoir ce qui était arrivé à son arrière-arrière-grand-père.

Il baissa les yeux vers le tiroir ouvert. Quelques livres reliés en cuir et un carnet, annotés de la même main sur le dos, étaient empilés à gauche ; à droite, étaient posées deux boîtes contenant divers documents, lettres, manuscrits dans lesquels il n'avait pas vraiment pris le temps de se plonger. Et au milieu se nichaient les artefacts qu'il venait de déballer.

Il sortit une petite caisse rouge qui contenait une longue-vue télescopique en cuivre, entourée d'une couche d'ivoire usée par le temps. Pour la millième fois depuis son enfance, il déploya la longue-vue, qui ne mesurait que quelques centimètres, et la porta à ses yeux. Comme à chaque fois, il essaya d'imaginer ce que John Howard avait vu à travers l'oculaire en ce jour funeste, dans la jungle. Il ferma les yeux, pour s'extraire du présent, puis les rouvrit, mais la vue resta la même. Malgré tout, il savait qu'il touchait au but. Car il était désormais tout près de l'endroit où s'était déroulée l'histoire qu'il avait essayé de reconstituer pendant toutes ces années.

— Cool, ta longue-vue ! s'exclama Rebecca qui était entrée sans bruit dans la cabine.

Jack lui fit signe d'approcher afin qu'elle regarde à son tour à travers l'oculaire.

— C'était à ton arrière-arrière-arrière-grand-père, annonça-t-il. Il l'a rapportée d'Inde, après l'avoir utilisée lors d'une guerre qui a eu lieu dans la jungle, non loin du site romain où nous allons nous rendre demain matin.

Rebecca se pencha vers les photos.

— C'est lui et sa famille ? Tu lui ressembles. Il me suffit de tenir sa longue-vue pour sentir sa présence. Quand on visite des musées à l'école, j'ai toujours envie de toucher à tout. Ça m'a attiré de sacrés problèmes une fois, au Musée métropolitain. Même les plus petites choses me ramènent au passé. Il ne s'agit pas forcément de grandes œuvres d'art.

Jack lui sourit.

— Regarde autour de toi. Il y a dans cette pièce des artefacts provenant de presque toutes les expéditions auxquelles j'ai participé. Comme tu le dis, ce ne sont pour la plupart que de petits objets, des tessons de poterie, de vieilles pièces usées. Mais c'est ce qui donne de la substance au passé. Quand je m'assois ici pour écrire, j'ai presque toujours quelque chose entre les mains.

— Oncle Costas dit que tu es un collectionneur invétéré, un véritable chasseur de trésors.

Elle rendit la longue-vue à son père et passa son doigt sur les armoiries sculptées de la malle, un blason avec une ancre sous lequel figurait une devise en latin : *depressus extollor.*

Jack éclata de rire.

— Oncle Costas ferait bien de faire attention à ce qu'il dit.

— Il dit aussi que, sans lui, tu naviguerais à bord d'un canot et que tu n'irais nulle part.

— Et lui, sans moi, il serait enfermé dans un bureau, dans je ne sais quel parc technologique de Californie.

— D'après lui, il serait en vacances à Hawaï.

Chapitre IV

— Depuis que nous avons prévu ce voyage dans le Pacifique, il ne pense qu'à Hawaï. Le reste, l'Égypte, l'Inde, il le tolère uniquement parce que je suis son partenaire de plongée et qu'il m'arrive de lui sauver la vie.

— Nous en avons parlé ensemble. Il a dit qu'il te donnait deux jours et qu'ensuite il se ferait déposer à l'aéroport international le plus proche. Il doit partir une semaine avant nous pour préparer les tests qu'il veut effectuer sur son submersible.

— Dis plutôt qu'il a besoin d'une semaine pour tester les transats de Waikiki. C'est une vraie bête de plage !

À cet instant, Costas bondit dans la cabine, vêtu d'une chemise et d'un caleçon à fleurs du dernier kitch, ses lunettes de soleil profilées au-dessus du front.

— *Aloha !* lança-t-il.

— *Aloha !* répondit Rebecca en se tournant vers Jack avec un sourire malicieux.

— Bon, je ferais bien de me préparer, moi, dit Costas. Nous n'aurons peut-être pas le temps de nous changer.

— Message reçu, déclara Jack.

Costas aperçut l'objet que Jack venait de déballer.

— Un éléphant ! Ça commençait à me manquer…

Jack lui tendit l'objet, qu'il examina avec précaution à la lumière.

— Il est en lapis-lazuli, comme le caillou que tu as trouvé à Bérénice. Même qualité et même origine : les mines d'Afghanistan. On voit des mouchetures de pyrite dans les couches de bleu. Il a été beaucoup manipulé. Mon arrière-arrière-grand-père l'avait reçu en cadeau quand il était petit. Il avait l'intention de le donner à son fils aîné, lorsque celui-ci aurait deux ans. Malheureusement, il n'a pas pu le faire.

— C'est magnifique ! s'extasia Rebecca en prenant l'éléphant et en lui caressant la trompe. Je peux le garder ? Enfin, l'emprunter et le mettre dans ma cabine ? C'est dommage de le laisser au fond de cette vieille malle.

— Attention à ce que tu dis à propos de cette malle, l'avertit Costas. Elle suit ton père partout. Elle lui donne l'impression d'être un vieux loup de mer. Quand il n'a pas le moral, il vient s'asseoir auprès d'elle…

Hiebermeyer et Aysha entrèrent à leur tour et tout le monde prit place sur des chaises que Jack avait disposées en arc de cercle autour de la malle. Costas jeta un coup d'œil dans le tiroir et montra du doigt un autre objet : un vieux revolver.

— Une relique du Far West ? demanda-t-il en le sortant du tiroir pour le voir de plus près.

— Bonne époque, mauvais continent, répondit Jack. Dans les années 1870, il y a eu beaucoup de conflits internationaux : la guerre franco-prussienne qui a failli détruire l'Europe tout entière ; la guerre afghane, véritable bras de fer entre la Grande-Bretagne et la Russie. Mais la situation était également explosive dans les colonies. Songez au dernier combat de Custer aux États-Unis, à la guerre des Zoulous en Afrique du Sud, à la rébellion indienne. Et dans tous les cas, on ne sait pas vraiment qui s'en est sorti le mieux.

— Ton ancêtre, John Howard, était officier dans l'armée britannique, c'est ça ? s'enquit Aysha.

— Oui, confirma Jack. Et maintenant que nous sommes tous ici, j'aimerais vous parler un peu de lui. En 1879, il était lieutenant dans le corps des ingénieurs royaux. Il avait été affecté en Inde en tant qu'officier subalterne au sein d'une des compagnies d'élite de l'armée indienne : la Compagnie du génie des sapeurs et mineurs de Madras. Basée à Bangalore, dans le sud de l'Inde, celle-ci effectuait des expéditions dans tout le pays. Géomètres et bâtisseurs, les soldats du génie avaient aussi reçu un entraînement de fantassins et faisaient donc partie des troupes les plus précieuses de la région. En général, les compagnies disposaient de deux officiers britanniques et de plusieurs sous-officiers, également britanniques, mais tous les membres de la Compagnie du génie étaient madrasiens, y compris les officiers – les *jamadars* et les *soubadars* – et les sous-officiers – les *havildars* et les *naiks*. Les Madrasiens étaient des hommes d'honneur, issus d'une caste de guerriers. Pour un jeune officier britannique, servir à la tête du génie de Madras était une expérience extrêmement valorisante. Les lieutenants dirigeaient les compagnies et ceux qu'on appelait les capitaines subalternes avaient les responsabilités qu'aurait un commandant aujourd'hui. Tous les officiers du corps des ingénieurs royaux avaient suivi une formation en ingénierie avant d'être envoyés en Inde.

— Ils ont dû avoir des difficultés à s'adapter au climat de l'Inde après avoir vécu dans un pays froid et brumeux, dit Costas.

— Pas John Howard, déclara Jack. Il avait été formé en Angleterre, mais il était né en Inde en 1855, juste avant la révolte des Cipayes, dans les dernières années d'administration de la Compagnie des Indes orientales, avant que la couronne britannique ne prenne le pouvoir. Son père était planteur d'indigo dans le Bihar, au pied de l'Himalaya, près du Tibet. Et son grand-père était colonel dans l'armée de la Compagnie des Indes orientales. Il avait l'Inde dans le sang. Cela explique qu'il ait survécu dans la jungle lors du premier déploiement de son régiment.

— La jungle où tu veux nous emmener… soupira Costas.

— Après la révolte des Cipayes, reprit Jack, la paix s'est installée pour une vingtaine d'années. Puis la guerre a de nouveau éclaté en Afghanistan, pour la première fois depuis près de quarante ans. La plupart des officiers du génie de Madras ont été envoyés sur le front, mais pas Howard. En 1879, un autre conflit, une rébellion tribale, faisait rage dans la jungle du nord de la présidence de Madras, sur les contreforts des Ghâts orientaux, le long du Godavari.

Jack montra la région sur la carte fixée au-dessus de son bureau.

— Depuis la révolte des Cipayes, poursuivit-il, le gouvernement indien réprimait avec fermeté le moindre soulèvement. Un corps d'expédition de la taille d'une brigade, dont deux compagnies de sapeurs, fut donc envoyé dans la jungle. Mais les rébellions étaient considérées comme des troubles civils et les officiers y gagnaient peu de gloire malgré la rigueur des campagnes. De plus, cette rébellion, dite « du Rampa », d'après le nom de la région où elle avait été fomentée, a duré près de deux ans, c'est-à-dire plus longtemps que toute la campagne d'Afghanistan. Howard est resté là-bas pratiquement du début à la fin.

— L'environnement a dû être pestilentiel pendant la mousson, dit Hiebermeyer.

— La rébellion du Rampa a présenté toutes les difficultés d'une guerre en pleine jungle, comme les campagnes du siècle suivant en Birmanie, en Malaisie et au Viêtnam. Le paludisme a fait des ravages. Quelques années plus tard, sir Ronald Ross a été affecté au génie de Madras en tant que médecin-chef. C'est lui qui a prouvé que le paludisme était transmis par les moustiques. Mais au moment de la rébellion, cette idée n'était pas encore répandue et les hommes tombaient comme des mouches. Les origines indiennes de John Howard se sont donc révélées utiles. Il résistait mieux que les autres à la fièvre et c'est sans doute pour cette raison qu'il est resté sur place pendant toute la rébellion. Il était le seul officier à pouvoir remplir cette mission.

Costas soupesa le vieux revolver, long et fin, qui avait pris une couleur lie-de-vin aux endroits où le bleu du métal avait disparu.

— Colt Navy 1851, fabriqué à Londres. Mon oncle du Vermont, qui était un adepte de la poudre noire, m'a appris à tirer avec une arme comme celle-ci.

Il retourna le pistolet et passa la main sur une série de lettres et de chiffres gravés sur la crosse en bois.

— Une inscription militaire ? suggéra-t-il.

— UC est l'abréviation de *Upper Canada*, le Haut-Canada, expliqua Jack. La lettre « A » correspond à l'escadron Frontenac, numéro 50. C'était un des revolvers achetés à la fabrique Colt, à Londres, pour armer la cavalerie de la milice canadienne, basée à Kingston, au bord du lac Ontario. Le médecin des sapeurs de Madras, le docteur Walker, avait grandi à Kingston et servi dans la milice. Il avait fait l'acquisition de cette arme lorsqu'elle avait été vendue comme surplus militaire dans les années 1870, après que la milice était passée aux revolvers à cartouches. Quand il est allé en Inde, il l'a offerte à Howard. Celui-ci avait hérité d'un revolver identique, que son père avait utilisé pendant la révolte des Cipayes, et les deux armes se complétaient utilement. Il fallait si longtemps pour recharger les revolvers à percussion qu'il valait mieux en avoir deux.

— Où est l'autre ? demanda Costas.

— Howard l'avait avec lui lorsqu'il a disparu, répondit Jack.

— Disparu ?

— Un jour, des années plus tard, il a pris ses affaires et il est parti. Il n'est jamais revenu. Personne ne sait ce qui s'est passé. Mais cela m'obsède depuis la première fois que j'ai entendu cette histoire. Quand j'étais gosse, lorsque je lisais Kipling et les aventures des explorateurs de la route de la Soie, je l'imaginais en aventurier. Je pense toujours à lui pendant mes expéditions. Maintenant que nous sommes aux portes de la jungle et que nous avons la possibilité de suivre ses traces, j'aimerais vraiment avoir le fin mot de l'histoire. Mais nous en reparlerons plus tard. Ne brûlons pas les étapes.

— J'ai trouvé quelque chose à propos de la rébellion, déclara Rebecca, qui avait pris dans le tiroir le carnet agrémenté d'une couverture victorienne et d'une étiquette faite à la main avec une encre désormais décolorée.

Elle lut les quelques lignes figurant sur l'étiquette :

— « Expédition au Rampa, 1879, lieutenant John Howard, Ingénieurs royaux. »

— C'est le journal de mon arrière-arrière-grand-père, le seul récit personnel dont nous disposions à propos de la rébellion. Tout le reste, je l'ai reconstitué à partir d'archives de l'India Office, à la British Library, notamment en consultant les rapports militaires du gouvernement de Madras, qui supervisait les opérations dans la jungle. Cette rébellion a été éclipsée par la guerre afghane et totalement oubliée.

Rebecca ouvrit le carnet au hasard.

— « Les difficultés de la géodésie commencent lorsqu'on s'enfonce dans un pays inconnu et, en particulier, lorsque les géomètres sont tenus de rester avec les troupes et que leur vision est fréquemment entravée par le mauvais temps », lut-elle.

— La géodésie était sa spécialité, précisa Jack. Il venait de sortir de l'École du génie militaire de Chatham, où il avait suivi une formation intensive de deux ans. On sent l'enthousiasme de la jeunesse dans les premières pages du journal, mais ça ne dure pas longtemps.

Rebecca lut un autre passage, situé à la fin du carnet :

— « Les causes de la reprise des combats ont été largement décrites. L'administration était défaillante, nos officiers faisaient la sourde oreille face aux plaintes d'un peuple opprimé, et l'habitude ancestrale de prendre l'épée s'est imposée parmi une vaillante race de solides montagnards. Face au renouveau de cette tradition, nous sommes contraints de faire campagne dans un environnement hostile où règne le paludisme – personne ne peut dire combien de temps va durer cette guerre mesquine ni quels troubles insidieux vont nous frapper. Tout ce que nous pouvons prévoir, c'est que l'ennemi se laissera rarement voir, que la fièvre envahira les hôpitaux militaires et que, lorsqu'enfin viendra la paix, ce sera celle de la désolation. Tout ce que ces clans montagnards attendent de nous, c'est que nous les protégions afin qu'ils puissent jouir sereinement des rares biens qu'ils ont acquis : la liberté individuelle et le bien-être personnel, sources principales de leur bonheur. »

— Quelle plume ! s'exclama Costas.

— Ce passage résume bien la situation, estima Jack. Des années plus tard, le mouvement nationaliste indien a essayé de faire croire que cette rébellion participait d'un soulèvement général contre les Britanniques, mais c'est du révisionnisme à l'état pur. Ces combattants de la jungle ne désiraient qu'une seule chose : qu'on les laisse tranquilles. La plupart d'entre eux n'avaient jamais vu un visage européen avant la rébellion. Les seules personnes avec lesquelles ils avaient des contacts étaient les habitants des plaines environnantes, les agents de police indiens corrompus et les marchands qui les escroquaient. Il n'y avait guère d'intérêts économiques en jeu dans la jungle. Les Britanniques y ont donc envoyé leurs fonctionnaires les moins compétents, lesquels prenaient rarement la peine de s'aventurer sur le terrain. Puis il y a eu la loi forestière indienne, qui allait à l'encontre de la tradition de culture sur brûlis ayant cours dans la jungle. Mais ce qui a mis le feu aux poudres, c'est le refus d'un petit fonctionnaire de Calcutta d'exempter les peuples montagnards de l'impôt *abkari* sur les boissons alcoolisées. Dans la jungle, la consommation d'alcool de palme était très élevée pendant la mousson, lorsqu'il n'y avait rien d'autre à faire.

— Je vois, murmura Costas. Ce n'était pas une guerre très glorieuse. Rien à voir avec les enjeux géopolitiques en Afghanistan.

— Mais c'était tout de même une guerre, fit remarquer Jack. Et sachant qu'il n'y a pas d'objectifs stratégiques importants, on se pose encore plus de questions. Les officiers du génie n'étaient pas ces personnages fermés et arrogants qu'on décrit parfois de façon caricaturale. Le corps des ingénieurs royaux attirait des hommes intelligents, curieux de tout. Aujourd'hui, ils pourraient être scientifiques, ingénieurs civils ou explorateurs. Nous leur devons une grande partie de ce que nous savons sur l'anthropologie et l'histoire naturelle de l'Inde. Car l'essentiel de leur mission ne consistait pas à se battre, mais à cartographier les régions et à construire des routes, des ponts, des barrages, des aqueducs et des systèmes d'irrigation, des chemins de fer, des monuments officiels, toute l'infrastructure dont la nation dispose aujourd'hui. Et puis pour être efficace, il fallait parler la langue des Indiens. Beaucoup d'officiers étaient doués pour les langues et conversaient avec leurs soldats et le peuple qui les entourait. Cette réalité ressort clairement dans le journal. Le ton peut paraître un peu hautain aujourd'hui, mais les types comme Howard voyaient des êtres humains au bout de leur fusil et non des primitifs. C'étaient des soldats qui tuaient sans hésitation, car leur fidélité à la couronne britannique était sans faille. Mais ils ne prétendaient pas être au-dessus de la mêlée.

— On trouve une référence à un livre ici, à la dernière page du journal, observa Rebecca, mais il y a une traînée noire sur le papier.

Elle porta le carnet à ses narines.

— Ça sent l'œuf pourri, déclara-t-elle en faisant la grimace.

— C'est un résidu de poudre noire, indiqua Jack. Howard devait en avoir sur les mains lorsqu'il a écrit cette phrase. Il venait de se servir de son arme. Regarde la date : 20 août 1879.

— C'est difficile à lire, dit Rebecca, mais il a écrit : « Campbell, *Tribus sauvages du Khondistan*, page 177. » Et ensuite : « Seigneur, aidez-moi ! »

Jack sortit du tiroir un des deux livres reliés en cuir et l'ouvrit à une page marquée.

— Voici le livre en question. Il l'avait avec lui lorsqu'il a écrit cette dernière phrase de son journal. Dans la marge, il a noté : « Capitaine Frye, officier admirable, orientaliste de haut rang, qui a mis beaucoup de zèle à apprendre la langue des Khonds. » De toute évidence, cette note est antérieure à la rédaction de son journal. Elle date peut-être de la première fois où il a lu ce livre, avant d'aller dans la jungle. Mais le passage auquel elle se rapporte est entouré avec l'encre qu'il a utilisée pour écrire sa dernière phrase et on retrouve les mêmes traînées noires. Howard a dû le relire ce jour-là, dans la jungle. Écoutez ça : « Il arriva une curieuse affaire à cet excellent officier, tandis qu'il se trouvait dans les montagnes. Un jour, il fut informé qu'un sacrifice était sur le point d'être consommé ; la victime était une jolie jeune fille de quinze ou seize ans. Sans une once d'hésitation, il se hâta vers l'endroit indiqué avec un petit groupe d'hommes armés. Lorsqu'il arriva, il trouva les Khonds déjà rassemblés autour de leur prêtre sacrificateur et la future victime préparée pour le premier acte de la tragédie. Il exigea qu'elle lui soit livrée sur-le-champ ; les Khonds à demi aliénés par l'excitation hésitèrent un moment, mais, ayant vu le petit groupe armé prêt à intervenir, ils livrèrent la jeune fille. Devant la violence sauvage et la colère des Khonds, le capitaine Frye jugea très prudemment que l'occasion n'était pas la meilleure pour discuter avec eux ; aussi rebroussa-t-il chemin avec celle qu'on lui avait livrée jusqu'à son vieux campement. »

— Un sacrifice humain ! s'écria Costas, horrifié. En Inde ? En 1879 ?

— Ce livre a été publié en 1864, répondit Jack. Quinze ans avant la rébellion du Rampa. Le titre complet est *Journal de mes treize années de service parmi les tribus sauvages du Khondistan en vue de l'abolition des sacrifices humains*. L'auteur, John Campbell, était un officier de l'armée chargé de cette tâche. Il était assisté par Frye.

— Et il a échoué, conjectura Costas.

Jack se mordit les lèvres.

— Il a réussi, officiellement en tout cas. D'une manière générale, les Britanniques ne se mêlaient pas des rituels pratiqués en Inde, mais ils avaient fixé une limite : les sacrifices humains et les infanticides féminins. Au bout du compte, ils n'ont fait que plonger ces deux pratiques dans la clandestinité. Qui pouvait savoir ce qui se passait au fin fond de la jungle, à l'abri des regards indiscrets ? Aujourd'hui encore, les rituels sacrificiels subsistent chez les peuples tribaux, bien que, d'après ce que l'on sait, les poules aient remplacé les êtres humains.

— Et en 1879 ? demanda Costas.

— Chendrayya, le chef des rebelles, a ouvertement exécuté plusieurs policiers indiens qu'il avait faits prisonniers en donnant aux exécutions l'apparence d'un sacrifice pour défier les Britanniques. Il a tué une de ses victimes avec un sabre, probablement un *tulwar* comme celui qui est accroché au mur.

Jack montra la gravure du frontispice du livre. Elle représentait une femme à demi nue, attachée à un poteau, et entourée d'un prêtre et d'une foule qui brandit des couteaux.

— Mais des indices montrent que de véritables sacrifices humains étaient également perpétrés, reprit Jack. En vue d'un sacrifice, ou *Mériah*, un homme, une femme ou même un enfant, était acheté comme esclave par la tribu sacrificatrice. La future victime était bien nourrie et bien traitée pendant des mois, puis abreuvée d'alcool de palme et attachée à un poteau.

— Et qu'est-ce qu'on lui faisait? demanda Rebecca d'une voix faible.

— C'est assez horrible. La foule la dépeçait à mains nues ou au couteau. Chacun emportait un morceau de chair et le mettait en terre devant sa maison, avant la tombée de la nuit, à titre d'offrande à la Fertilité.

Rebecca pâlit brusquement. Costas s'empara du livre.

— Pourquoi faisaient-ils ça ? Qui était leur dieu ?

— J'y arrive, dit Jack.

— Et cette date ? l'interrogea Costas. Le 20 août 1879 ?

— C'est la date clé de la rébellion. Et d'une certaine façon, c'est là que la vie de John Howard a basculé. Il s'est passé quelque chose ce jour-là, quelque chose que j'essaie de comprendre depuis mon enfance.

Il prit le journal.

— Voilà ce que je sais, dit-il. Le 20 août 1879, un détachement de trente sapeurs est tombé dans une embuscade tendue par quatre cents rebelles, armés d'arcs et de flèches empoisonnées, de mousquets à mèche, et de vieux mousquets de la Compagnie qu'ils avaient volés à la police. Les sapeurs se sont repliés dans la jungle, jusqu'au fleuve. Ce fut l'une des plus grandes batailles de la rébellion, qui fit des dizaines de morts et de blessés. Un représentant britannique a été tué. C'était un fonctionnaire responsable de la région, qui accompagnait les troupes. L'événement a eu suffisamment de retentissement pour être rapporté dans le *Times* de Londres et le *New York Times*, qui ont cité le nom de l'officier à la tête du détachement : le lieutenant Hamilton. Celui-ci a fait un récit des combats, publié dans les *Opérations militaires de Madras*. Il n'existe à ce jour aucun autre témoignage de ce qui s'est passé ce jour-là. Mais je suis sûr qu'il est arrivé autre chose.

— Une exécution ? murmura Costas. Un sacrifice ?

Chapitre IV

Jack se pencha vers le livre.

— Les sapeurs se trouvaient à bord d'un bateau à vapeur, le *Shamrock*, qui avait remonté le fleuve jusqu'à un endroit où ils s'apprêtaient à tailler une route dans la jungle. Le lieutenant Howard supervisait l'ensemble de la mission en tant qu'officier subalterne. Outre les lieutenants Howard et Hamilton, il y avait un autre officier du génie, Robert Wauchope, un Américain d'origine irlandaise. Ami proche de Howard, il venait d'arriver d'Afghanistan. Le docteur Walker, le Canadien, était également présent, les cas de paludisme devant être nombreux. J'ai repéré l'endroit d'où le détachement de Hamilton est parti et où le *Shamrock* devait se trouver. C'était près d'un village où les rebelles s'étaient rassemblés pour tendre leur embuscade, un traquenard sans doute très impressionnant. Howard, lui, a dû rester à bord du bateau. Et il a dû voir quelque chose, ou faire quelque chose, qui l'a profondément bouleversé pour le reste de ses jours.

— C'est-à-dire ? insista Costas.

Jack réfléchit un instant.

— Il était premier de sa promotion à l'Académie militaire royale, se rappela-t-il. Il faisait partie des officiers promis à un bel avenir. Il aurait pu devenir commandant en chef, comme lord Kitchener, également issu du corps des ingénieurs royaux. Mais après cet épisode, il semble avoir tout fait pour éviter de faire campagne. Il avait été affecté à Khaybar, en Afghanistan, où il devait rejoindre les forces de campagne, mais il est resté au Rampa jusqu'au bout. Ensuite, il a quitté les sapeurs de Madras pour le service des Travaux publics de l'Inde. Puis il est retourné en Angleterre, où il a passé dix ans à enseigner la géodésie à l'École du génie militaire, dont il était aussi rédacteur en chef du journal. C'est une carrière respectable pour un officier des ingénieurs royaux mais il semble que, dans un premier temps, il ait eu beaucoup plus d'ambition. Même lorsqu'il est retourné en Inde en tant qu'ingénieur au sein d'une garnison, dans les années 1890, il a fui toute occasion de prendre part aux opérations. Ce n'est qu'à la fin de sa carrière qu'il a pu faire campagne de nouveau, à la frontière afghane, vingt-cinq ans après la rébellion du Rampa.

— Et sa famille ? s'enquit Rebecca. C'est peut-être aussi pour elle qu'il a fait ces choix.

Jack regarda la vieille photo accrochée au-dessus de la malle, celle où l'on voyait une femme en robe noire, le visage penché au-dessus d'un bébé qu'elle tenait dans ses bras.

— Howard s'est marié jeune, dit-il en se tournant vers Rebecca, dès sa sortie de l'Académie. Sa femme et lui ont eu un petit garçon, qu'ils adoraient. Ils vivaient au cantonnement militaire de Bangalore, le quartier général des sapeurs de Madras. L'enfant est mort pendant que son père était dans la jungle, quelques mois après ce jour d'août. Il a été pris de convulsions un matin et enterré le soir même. Howard ne l'a appris que des semaines plus tard. Sa femme ne s'en est jamais remise, bien que le décès de ce bébé ait été suivi de trois autres naissances. Howard était tout dévoué à ses enfants. Il leur a expliqué que s'il acceptait ce poste à l'École du génie militaire, en Angleterre, c'était pour les préserver de la maladie qui avait emporté leur frère et être auprès d'eux pendant leur scolarité.

— Il a placé sa famille avant sa carrière, dit Aysha. Il n'y a pas de mal à cela.

— Mais ce n'était pas la seule raison, déclara Jack. Quand il est retourné en Inde, lorsque ses enfants étaient plus grands, il a laissé passer toutes ses chances. Je suis persuadé qu'il est arrivé quelque chose ce jour-là, le 20 août 1879.

— Quelque chose qui l'a traumatisé apparemment, murmura Costas.

— Et ce n'est pas tout, annonça Jack en se penchant pour ouvrir le dernier tiroir de la malle. Vous vous souvenez de l'artefact dont j'ai parlé à Katya lorsqu'elle et moi avons découvert que son oncle faisait référence à *Haljit Singh*, « Main de tigre », dans sa thèse ? Katya a failli défaillir en apprenant que je l'avais en ma possession. Eh bien, le voici !

Chapitre IV

Jack sortit un objet en cuivre étincelant, presque aussi long que son avant-bras, et le posa sur la table. C'était un artefact semi-cylindrique, dont une extrémité se terminait par une tête avec des oreilles dressées et une gueule redoutable.

— Howard a ramené ça du Rampa, indiqua Jack. Cet objet, le revolver, la longue-vue télescopique, et quelques armes primitives confisquées aux rebelles sont à peu près les seuls artefacts qui puissent être rattachés à la campagne. Une idée de ce que ça peut être ?

Hiebermeyer remonta ses lunettes le long de son nez et examina l'objet avec précaution.

— Eh bien, il s'agit visiblement d'une pièce d'armure destinée à protéger l'avant-bras et la main. Il y a une barre transversale au creux de la tête et la gueule est fendue pour laisser passer une lame. À mon avis, c'était un gantelet de dague ou d'épée.

— Gagné ! lança Jack. Ceci était fixé à une longue lame flexible pour former une épée de taille et non d'estoc. Cette arme devait être difficile à manier quand on n'en avait pas l'habitude mais, le gantelet et la barre remplaçant avantageusement la poignée classique, la lame devenait un véritable prolongement du bras. En donnant un grand coup de taille, on pouvait facilement trancher un homme en deux. C'était une arme redoutable, qu'on utilisait uniquement à cheval.

Rebecca posa la main sur la tête du gantelet.

— Ces yeux ont quelque chose de chinois, remarqua-t-elle.

— C'est une *patta*, une épée à gantelet, précisa Jack. Elle est unique et il n'en existe que quelques autres en cuivre. Les Marathes, les princes guerriers que les Britanniques ont combattus dans le sud et le centre de l'Inde au XVIIIe siècle, utilisaient des *pattas* en acier. Mais les chercheurs britanniques affirment que les premières épées à gantelet sont apparues beaucoup plus tôt, chez les ancêtres tatars des Mongols, dans le nord de la Chine. Elles pourraient avoir été introduites en Inde par les envahisseurs mongols, par Timour le Grand au XIVe siècle, ou par Gengis Khān. Mais une de ces armes pourrait avoir atterri en Inde encore plus tôt, *via* la route de la Soie. Elle aurait ensuite été copiée. La plupart des *pattas* indiennes des XVIIe et XVIIIe siècles sont en acier et non ornées d'une tête comme celle-ci. À mon avis, ce gantelet est bien plus ancien et date peut-être même de l'Antiquité.

— Et quel rapport avec ton arrière-arrière-grand-père ? demanda Costas.

— Tu me demandais tout à l'heure qui était le dieu au nom duquel on faisait des sacrifices dans la jungle, répondit Jack, il y en avait plusieurs, notamment une sorte de déesse de la Terre et un dieu de la Guerre. Mais nous ne connaissons qu'un seul temple et celui-ci est dédié à Rama, le dieu qui a donné son nom au territoire des rebelles. La légende du prince Rama s'est fondue dans la mythologie hindoue, mais le culte de Rama dans la jungle était bien distinct et ses origines sont peut-être même antérieures. Le temple est mentionné dans les archives de la rébellion du Rampa, car le chef des rebelles, Chendrayya, y a sacrifié deux agents de police. Il se trouve juste en face de l'endroit où le *Shamrock* attendait le lieutenant Hamilton et les sapeurs pris en embuscade dans la jungle. Et je crois que c'est là que mon ancêtre a trouvé sa *patta*. C'était le seul bâtiment érigé dans la jungle en dehors des huttes éphémères des villageois. Il n'y a que là qu'un objet aussi insolite a pu être conservé, voire vénéré.

— Et tu veux y aller pour en avoir le cœur net, devina Costas.

— J'ai besoin de voir ce que mon arrière-arrière-grand-père a vu. De savoir s'il en reste quelque chose.

— Rama… murmura Hiebermeyer en tambourinant sur la table.

— Quoi ? l'interrogea Costas.

— Rien. Je réfléchissais tout haut.

Costas prit le gantelet et observa la tête située à l'extrémité.

— Qu'est-ce que c'est ? Un dieu ?

— C'est un tigre, dit Jack.

— Un dieu-tigre ? suggéra Costas.

Jack passa la main dans le gantelet et saisit la barre transversale.

— Non, pas un dieu-tigre, répondit-il. Ce n'est pas ce que mon grand-père m'a dit quand j'étais petit. C'est son propre grand-père,

John Howard, qui avait dû lui dire ce dont il s'agissait. C'est ce qui a fait frémir Katya quand je le lui ai décrit : le guerrier-tigre...

Le lendemain matin, tout le monde était rassemblé sur l'aileron de passerelle et fixait l'horizon à l'avant. Le *Seaquest II*, qui avait franchi le détroit de Palk entre l'Inde et le Sri Lanka, naviguait à seulement quelques nœuds dans le chenal périlleux. Le pilote venait de débarquer et de remonter à bord de la vedette. La pointe nord du Sri Lanka reculait peu à peu par tribord arrière et le capitaine avait réduit l'état d'alerte à mesure que le navire s'était enfoncé dans les eaux territoriales indiennes. Le canon Breda avait été rétracté sous le pont avant et l'équipe de sécurité abaissait les deux mitrailleuses arrimées de part et d'autre de la passerelle. Droit devant, les eaux miroitantes du golfe du Bengale semblaient s'étendre à l'infini. La mer était si calme qu'il était difficile de la distinguer du ciel.

Jack était déjà en proie à l'excitation qui avait dû saisir les premiers Occidentaux venus explorer cette région du monde. L'Orient, plein d'attraits, avait en outre le charme du risque, qui rendait l'aventure encore plus palpitante. Ici, deux mille ans auparavant, les Romains avaient repoussé les limites de l'inconnu. C'était là que l'auteur du *Périple* avait tracé une frontière entre ce qu'il avait vu et le reste du monde. Au-delà des côtes, s'étendaient des terres presque fantasmées, qu'il connaissait uniquement par le biais des marchandises qui en provenaient : soie, lapis-lazuli, épices et plantes médicinales, autant de trésors convoyés par-delà les montagnes et les déserts jusqu'à la mer. Les marchands qu'il avait rencontrés n'avaient pas dû lui dire grand-chose et le peu qu'ils lui avaient révélé avait sans doute eu pour seul but de le décourager d'aller lui-même aux sources. Mais l'exagération était inutile. Les dangers étaient bien réels, même aujourd'hui. Jack se rappela les dernières lignes du *Périple* : « Ce qui se trouve au-delà de cette région du monde, par la violence des tempêtes, la rigueur du froid et l'impénétrabilité du terrain, et par quelque pouvoir surnaturel des dieux, n'a pas été exploré. »

Costas s'approcha de son ami.

— Rebecca veut venir avec nous, Jack, murmura-t-il. Il lui reste trois semaines de vacances avant de reprendre l'école.

— Elle peut aller sur le site romain d'Arikamedu, mais pas dans la jungle. C'est très dangereux ici. Cet endroit fourmille de terroristes maoïstes. La situation s'est envenimée depuis que le gouvernement indien a autorisé la spéculation minière étrangère dans la jungle. De plus, les maoïstes ont ameuté les tribus.

— D'accord, je te laisse le soin de le lui dire…

— J'ai l'impression qu'elle t'écoute plus que moi.

— Elle est déjà au courant, intervint Aysha en rejoignant ses collègues. Je le lui ai dit.

— Ah ! Merci Aysha, dit Jack.

Un spectacle magnifique attira brusquement son attention. Visible depuis plusieurs milles par bâbord avant, le littoral oriental de l'Inde était désormais illuminé par le soleil du matin qui s'élevait au-dessus de la brume. La vue était extraordinaire : une fine bande de plage bordée de palmiers orangés donnait l'impression qu'un canal de feu consumait le rivage en remontant vers le nord.

Jack songea à l'Inde de 1879, date de la rébellion dans la jungle. C'était l'Inde de l'opulence moghole et de la civilité coloniale, mais aussi celle, plus sombre, du désespoir, de la cruauté, de la faim et de la maladie, un fléau qui emportait la moitié des enfants d'une famille et triomphait de ses victimes en une seule journée. Vingt ans avant la rébellion du Rampa, le pays avait été déchiré par la mutinerie des troupes indiennes au sein de l'armée du Bengale de la Compagnie des Indes orientales, une orgie de sang et de barbarie. Et trois ans avant la rébellion, en 1876, une horrible famine avait fait des millions de victimes dans le sud du pays. L'Inde incarnait de nombreuses tentations, mais la mortalité imprévisible ancrait les vies dans le présent. Les derniers mots du journal de John Howard revinrent à l'esprit de Jack : « Seigneur, aidez-moi ! » Ils avaient été écrits non loin d'ici, quelque part dans la jungle, au-delà de la côte qui se consumait à l'horizon. Pourquoi ?

Une douce brise enveloppa le *Seaquest II*, qui prenait de la vitesse. Jack descendit les escaliers et entra dans sa cabine en laissant la porte ouverte. Quelques minutes plus tard, Rebecca vint le retrouver.

— J'ai lu un des bouquins que tu avais mis de côté pour moi, annonça-t-elle en se laissant tomber sur la banquette. *L'homme qui voulut être roi* de Rudyard Kipling, publié en 1888. Il a appartenu à ton arrière-arrière-grand-père, qui a signé sur la première page : « Lieutenant John Howard, Ingénieurs royaux. »

— Bien, se réjouit Jack. Et alors ?

— C'est l'histoire de deux aventuriers britanniques, d'anciens soldats, qui se mettent en quête d'un royaume perdu au nord de l'Afghanistan. Ils le trouvent et l'un d'entre eux devient roi. Il règne comme un dieu. Mais il se coupe accidentellement. Quand le peuple voit son sang couler et se rend compte qu'il est mortel, ça finit mal pour lui. J'ai également trouvé *Horizon perdu* de James Hilton, publié en 1933. C'est un roman à propos de Shangri-La, un lieu mythique où les hommes étaient presque immortels, qui se trouve quelque part dans les montagnes au nord-est de l'Inde.

— Deux merveilleuses légendes modernes ! s'exclama Hiebermeyer en entrant à son tour dans la cabine avec Aysha.

Ils tenaient tous deux des tasses fumantes de café et Costas fermait la marche. Rebecca rebondit aussitôt sur la remarque de Hiebermeyer en montrant un livre posé sur le bureau. Sur la couverture, deux images étaient superposées : celle d'un volcan en éruption au-dessus de la mer, et celle d'un escalier englouti menant à une porte entourée de mystérieux symboles. Le titre se résumait à un seul mot : *Atlantis*.

— Ma mère m'a envoyé ce roman l'an dernier, dit Rebecca. Le premier chapitre parle de Platon. *Atlantis* est aussi une légende moderne, mais il y a un fond de vérité dans cette histoire.

— Alors tu crois que nous sommes sur le point de découvrir le royaume perdu de Shangri-La ? demanda Hiebermeyer avec un air sceptique.

Rebecca observa une statuette en terre cuite représentant un soldat chinois, que son père utilisait comme presse-papiers.

— J'ai repensé à ce guerrier…

— J'entends déjà les rouages de la pensée latérale façon Howard, murmura Costas.

— P'pa, tu te souviens de l'exposition sur les guerriers de terre cuite que nous avons vue au British Museum, à Londres, le lendemain de notre départ de New York ?

Elle se tourna vers Aysha, tout excitée par le souvenir de cette exposition.

— C'est dingue ! s'exclama-t-elle. Le premier empereur de Chine s'est fait enterrer avec tout ce qui l'entourait, absolument tout, sous une colline de la taille d'une pyramide égyptienne ! Elle n'a pas même encore été fouillée, incroyable non ? Mais elle a été décrite par un historien de la Chine ancienne. Il y avait une sorte de représentation du monde à l'intérieur, avec des rivières de mercure. Il y avait même les cieux, avec des pierres précieuses pour les étoiles. Et autour de la colline, des milliers de guerriers de terre cuite, grandeur nature. C'est un truc de fou !

Hiebermeyer se mit à tambouriner sur la table.

— Où veux-tu en venir, Rebecca ?

— Je pense qu'il y a une histoire d'immortalité là-dessous.

— Comme dans toutes les tombes ! lança Hiebermeyer, qui tambourinait toujours. On équipait les défunts pour l'au-delà.

— Je ne te parle pas de l'au-delà, ni de la vie après la mort, s'impatienta Rebecca, mais de l'immortalité. C'était une véritable obsession chez le Premier Empereur. Tu te souviens, p'pa ? À l'expo, on a vu qu'il avait envoyé des hommes à la recherche d'îles légendaires du Pacifique, les îles des Immortels. Je t'ai même demandé si tu les avais déjà cherchées.

Chapitre IV

Costas, le regard dans le vague, se mit à fredonner le générique de *Hawaï police d'État.*

— Je crois que je sais où elles se trouvent, déclara-t-il.

— Tu ne me prends pas au sérieux ! s'indigna Rebecca.

— Le concept chinois de vie après la mort est proche de celui d'immortalité, expliqua Jack en regardant la statuette. Les défunts n'allaient pas au ciel, comme on peut le croire dans notre culture. Ils restaient dans une sorte d'univers parallèle qui ressemblait au monde réel. Shi Huangdi, empereur de Chine au IIIe siècle av. J.-C., n'envisageait pas que l'au-delà puisse lui offrir davantage que ce qu'il avait sur terre. L'armée de terre cuite est une reproduction de celle qu'il dirigeait de son vivant.

Rebecca garda le silence et baissa les yeux en se tordant les doigts. Aysha se pencha vers elle.

— Je crois que je comprends ce que tu veux dire, dit-elle. Tu veux parler de la fascination des hommes pour l'Orient, c'est ça ? De ce qui les poussait à venir jusqu'ici ? Et tu crois que cela pourrait expliquer la disparition de John Howard. Pour certains, l'Orient, c'était Shangri-La, le royaume perdu, le ciel sur la terre, un paradis terrestre dans lequel on pouvait vivre hors du temps. Pour d'autres, c'était la terre qui détenait le secret de l'immortalité, de la vie éternelle, le plus grand de tous les trésors.

— Et nos légionnaires romains ? rappela Costas. Est-ce vraiment cela qui les a attirés jusqu'ici ? Je croyais que tout ce qui les intéressait, c'était de mourir avec honneur et de rejoindre leurs frères d'armes dans l'Élysée.

— Là-bas, sur la route de la Soie, tandis qu'ils marchaient vers l'est, ils avaient peut-être déjà l'impression d'avancer dans les ténèbres, aux côtés de leurs frères défunts, dit Jack. Pourtant, ils étaient toujours vivants et nous ne devons pas sous-estimer l'instinct de l'homme, qui le pousse à aller de l'avant. L'immortalité était peut-être le seul espoir de ceux qui rêvaient encore de retourner à Rome.

— Comment pouvaient-ils savoir ce qu'ils allaient trouver au bout du chemin ? murmura Aysha. Qu'est-ce qui les tenait en haleine ?

— C'est là que je voulais en venir, dit Rebecca. La tombe du Premier Empereur était au bout de la route de la Soie. Remplie de trésors, comme elle l'est encore aujourd'hui. Si des marchands venus de la route de la Soie ont pu dire à l'auteur du *Périple* que des légionnaires s'étaient enfuis de l'Empire parthe et se dirigeaient vers l'est, d'autres ont pu parler à ces mêmes légionnaires de la tombe légendaire du Premier Empereur. Un marchand en danger a pu vendre la mèche pour sauver sa peau, par exemple.

— Cette quête n'était peut-être pas aussi mystique que tu le crois, intervint Costas.

— C'est-à-dire ?

— Ton idée est bonne. Seulement, à mon avis, ce n'était pas l'immortalité que les légionnaires cherchaient, mais un bon vieux trésor.

— Papa dit que tu te trompes à son sujet. Il est archéologue, pas chasseur de trésors.

— Mais moi, je n'ai pas peur d'appeler un chat un chat ! s'exclama Costas en souriant et en se levant de sa chaise. Bon, le Zodiac est prêt. Tu sais, je ne plaisantais pas tout à l'heure. Hawaï, c'est vraiment le paradis. Sur la côte ouest de Kauai, il y a une plage somptueuse bordée de palmiers, juste à côté de Hanalei. Et un petit bar très sympa.

— Papa dit que tu es une bête de plage !

— Alors tu sais pourquoi je tiens à y aller.

— Continue de lire le journal de John Howard, dit Jack à sa fille. Quelque chose m'a peut-être échappé. Et félicitations pour ton raisonnement ! On va bientôt pouvoir t'engager. Il ne te reste plus qu'à apprendre à plonger.

— Ce sera bientôt fait, déclara Costas. Je l'emmène au large de Kauai la semaine prochaine.

— Elle n'en a peut-être pas envie. Elle préfère peut-être apprendre à piloter un hélicoptère.

Chapitre IV

— Je ferais n'importe quoi pour oncle Costas ! s'exclama Rebecca en brandissant un manuel de plongée, tandis qu'elle suivait Hiebermeyer et Aysha en direction du Zodiac.

Jack, resté seul avec Costas, retrouva son sérieux.

— Je suis épuisé, avoua-t-il, mais j'ai hâte d'y être.

Il désigna du menton des rangers et un treillis, sur lequel était posé l'étui de son Beretta automatique 92.

— Il y a longtemps que je n'ai pas porté ça, souffla-t-il.

— Trop longtemps, estima Costas. Il ne faut pas qu'on perde la main.

Jack éprouva une pointe d'excitation. Il s'était passé des tas de choses en vingt-quatre heures et son esprit était en ébullition. Ensemble, ils avaient trouvé quelques pistes, qui semblaient montrer que son instinct ne l'avait pas trompé. Des images se bousculaient dans sa tête : un soldat romain, le visage buriné, l'éclat du soleil dans une lame couverte de sang, puis un valeureux guerrier. Il se tourna vers les photos accrochées au-dessus de la malle, celles d'un officier britannique, de sa femme et de son enfant. Il eut l'impression d'entrer à l'intérieur de ces photos et de rejoindre son ancêtre dans un endroit qu'il avait toujours voulu connaître. Il respira profondément, prit son étui et leva les yeux vers Costas.

— On y va ?

— On y va.

Chapitre V

Godavari, Inde, 20 août 1879.

Le soleil donnait directement sur le pont du bateau à vapeur et il faisait une chaleur torride. Le lieutenant John Howard retira son casque colonial et s'essuya le front. L'insigne en cuivre de la Compagnie du génie des sapeurs et mineurs de Madras, que son ordonnance avait respectueusement astiqué le matin même, était étincelant – une cible idéale pour un tireur embusqué dans la jungle. Howard le souilla de sa main sale et replaça son casque sur sa tête. Il posa la main sur la plaque métallique qui protégeait la roue à aubes. Encore à l'ombre, elle était pourtant déjà brûlante. Il donna un coup de pied désinvolte dans un morceau de charbon qui venait de rouler sur le pont. Au moins, ils avaient réussi à garder le combustible au sec. Dès qu'il avait constaté la présence de sulfure de fer dans les grains, il s'était immédiatement rappelé la démonstration impressionnante de combustion spontanée du charbon humide dont il avait été témoin à l'École du génie militaire. Pour sa première campagne en tant qu'officier subalterne, il rêvait d'une fin plus glorieuse que l'immolation par le feu au fin fond de la jungle de l'Inde orientale, sans avoir pu tirer ne serait-ce qu'une seule fois sous le coup de la colère. Mais il commençait à comprendre qu'il n'y avait rien d'autre à attendre de cette guerre.

Un crocodile, visiblement insensible au drame qui se jouait sur les rives du fleuve, longea paresseusement le bateau. Howard se tourna vers le pont avant. Il fit glisser son ceinturon Sam Browne pour pousser son étui derrière son dos et prit soin de garder la tête au niveau de la plaque de fer qu'ils avaient dressée pour se protéger des coups de feu au port de Rajahmundry. Il regarda le nom du bateau : *Shamrock*. Ses hommes, une dizaine de sapeurs madrasiens, étaient à genoux derrière la plaque de blindage, étuis à cartouches ouverts et fusils Snider-Enfield en bandoulière. Derrière eux, un canon de sept trônait à côté de quelques boîtes de mitraille et d'un boutefeu.

Le colonel Rammell avait demandé qu'on leur envoie d'urgence des fusils de montagne pouvant être transportés par les mulets, mais ils avaient reçu deux pièces d'artillerie de campagne fixes se chargeant par le canon, qui n'étaient d'aucune utilité dans la jungle. À la dernière minute, les sapeurs avaient néanmoins chargé l'une d'elles à bord du bateau à vapeur et conçu un palan pour maîtriser le recul.

Derrière le canon, les marins lascars essayaient vainement de haler le bateau sur une ancre à jet. Cela faisait près de deux jours qu'ils étaient enlisés sur une barre de sable. Dans la nuit, un autre bateau était venu déposer un nouvel officier et avait emporté quelques sapeurs frappés par la fièvre, mais il n'y avait pas eu moyen de déloger le *Shamrock*. Une raison de plus d'espérer le retour de la mousson. Avec la crue du fleuve, le bateau serait de nouveau à flot et ils pourraient reprendre leur périple à destination de Wuddagudiem, où ils étaient censés tailler une route dans la jungle.

Les mulets attendaient patiemment sous le vent du rouf, à côté de sacs remplis de pics et de haches. Un lascar était étendu sur un brancard auprès d'eux, inconscient. Ses cris et ses gémissements avaient rendu la nuit précédente cauchemardesque. La veille, quand les matelots avaient jeté l'ancre, le malheureux se tenait au cabestan ; la haussière avait cédé et lui avait lacéré les jambes. Le docteur Walker lui avait administré du cognac et du laudanum, mais il n'avait pas pu faire grand-chose d'autre. Le lascar était leur seul blessé depuis le début de l'expédition. Trop fatigué pour subir de nouveau une mauvaise nuit, Howard espérait qu'il ne passerait pas la journée.

Chapitre V

Une plainte aiguë déchira le ciel et s'acheva dans un bruit sourd et un nuage de fumée sur la rive d'en face. Un gaillard copieusement moustachu sortit du rouf et vint se planter derrière la ligne de fusiliers, les mains derrière le dos, son revolver Adams dégainé. Il se tourna vers Howard qui, sous son casque colonial, lui lança un regard injecté de sang.

— On leur envoie une salve, lieutenant ? Pour leur flanquer la frousse à ces sales sauvages ?

— Sergent O'Connell, dois-je vous rappeler que le gouvernement attend de nous que nous ouvrions des négociations avec les rebelles, afin d'obtenir la libération des agents de police indiens que ceux-ci ont capturés.

— Balivernes ! lieutenant, si je puis me permettre.

— Vous pouvez mais, en attendant, gardez vos munitions.

— Bien, lieutenant ! céda le sergent en remuant la moustache.

Howard sortit une longue-vue télescopique en cuivre et en ivoire qu'il portait à son ceinturon, leva légèrement la tête au-dessus du blindage et observa la rive d'en face. Ils étaient des dizaines, désormais, à affluer depuis le village, maigres, sombres de peau, en pagne, armés d'arcs et de flèches ou de mousquets à canon lisse. Certains emportaient avec eux des tambours de peau et des trompettes de cuivre. Le long du fleuve, aux portes de la jungle, quelques hommes enfonçaient dans le sable trois poteaux de bambou devant de grandes fosses. Ils avaient allumé de grands feux et une fumée noire cachait la vue par intermittence. Il était impossible de voir ce qu'ils préparaient. À tout instant, ils pouvaient sauter dans leurs canoës et passer à l'attaque.

— Ils ont tiré en l'air, indiqua Howard au sergent. Il se passe quelque chose d'étrange là-bas. Ils se sont postés au bord du fleuve, comme s'ils voulaient nous narguer. S'ils tirent sur nous, vous pourrez ouvrir le feu. À mon commandement.

— Bien, lieutenant.

Howard regarda de nouveau à travers sa longue-vue. Une semaine auparavant, cet endroit, alors saturé de pluie, était d'une beauté saisissante. La grande gorge du Godavari serpentait entre les collines verdoyantes qui s'élevaient à au moins cent cinquante mètres au-dessus du fleuve et s'étiraient vers les sommets des Ghâts orientaux. Mais désormais, l'atmosphère était chargée de miasmes émanant des eaux quasi stagnantes. Le fleuve semblait pourtant être le seul refuge possible. Ailleurs, même le soleil ne parvenait pas à percer. C'était un monde de peur, de superstition, habité par les centaines de dieux et de démons auxquels les habitants de la jungle croyaient.

La première fois qu'il s'y était aventuré, Howard s'était senti très nerveux, et pas seulement à cause des rebelles embusqués. Il y avait autre chose. Une force obscure avait exclu cette terre reculée et isolée de la marche du progrès qui avait gagné le reste du continent. Howard comprenait pourquoi les porteurs indiens des plaines côtières craignaient et méprisaient cet endroit, et refusaient d'accompagner les soldats au-delà de Rajahmundry. Il observa le village aux toits de roseaux, puis la foule de plus en plus importante qui dansait autour des feux sur la rive sablonneuse du fleuve. Il se tourna vers l'officier indien qui se tenait à côté de lui, un Madrasien au regard perçant coiffé d'un turban.

— *Jemadar*, vous voulez bien prévenir Wauchope ? lui demanda-t-il en hindi.

— *Sahib.*

Quelques instants plus tard, une longue silhouette sortit du rouf. Wauchope approcha, un livre à la main. Il portait une tenue d'un kaki poussiéreux, la couleur des officiers de la frontière nord-ouest, et des bandes molletières coupées dans un tissu afghan coloré. Nu-tête et bronzé, il avait une épaisse chevelure noire et une grosse barbe. Howard ne lui avait parlé que quelques minutes lorsqu'il était arrivé la nuit précédente avec les renforts. Il avait hâte de connaître les dernières nouvelles d'Afghanistan. Mais Wauchope était rapidement allé se coucher dans ce qui faisait office de carré des officiers, sous une moustiquaire, à côté du rouf. Howard se réjouissait d'avoir un nouvel officier à bord, d'autant que celui-ci était réputé pour son flegme.

Chapitre V

C'était exactement ce qu'il leur fallait pour ne pas se laisser gagner par les ténèbres et la sorcellerie de cet endroit.

Wauchope scruta la rive d'en face, se mordit les lèvres et baissa les yeux vers Howard en hochant la tête. Il avait le regard acéré, comme le *jemadar*, mais un brin malicieux.

— Je cherchais le saloon, déclara-t-il avec un accent traînant. Mais je vois que nous ne sommes pas sur un vapeur du Mississippi…

— Je n'ai jamais compris pourquoi tu avais quitté l'Amérique, Robert.

— Ma famille est irlandaise, ne l'oublie pas ! répliqua Wauchope qui s'appuya contre la rambarde en sortant sa pipe. Mes ancêtres étaient de riches propriétaires irlandais d'origine anglaise. Mon père nous a emmenés en Amérique parce qu'il s'est senti terriblement impuissant pendant la famine. Ensuite, il n'a pas trouvé la force de revenir. Les Wauchope servaient dans l'armée depuis des générations et, pour moi, c'était soit West Point soit l'Académie militaire royale. Quand j'étais gosse, j'ai connu la guerre civile. Je n'ai pas supporté l'idée de me retrouver en face de mes frères sur le champ de bataille. Alors j'ai préféré chercher la gloire à l'étranger.

— Tu sais, j'étais ici, en Inde, pendant la révolte des Cipayes, confia Howard. J'étais encore au berceau. Je ne m'en souviens pas et ma mère ne m'a jamais dit ce que j'avais vu, mais je faisais des cauchemars. C'est fini, maintenant.

Il fit un signe de tête en direction du livre.

— Qu'est-ce que tu lis ?

Wauchope frotta adroitement une allumette d'une seule main et alluma sa pipe. Il aspira une bouffée de tabac, jeta l'allumette pardessus bord et montra le dos du livre à Howard.

— *L'Anabase d'Alexandre le Grand*, d'Arrien, répondit-il. Nous avons trouvé des ruines antiques de l'autre côté de l'Indus et je suis sûr qu'il s'agit d'autels grecs.

— C'est ton instinct de pionnier qui parle, Robert ! plaisanta Howard.

— J'ai postulé au Service géodésique des Indes. Il y a un poste vacant à la Commission des frontières. Je rentrais de la campagne d'Afghanistan pour régler mes affaires avec le régiment de Bangalore lorsque j'ai été transféré ici pour un remplacement.

— Les hommes tombent comme des mouches, ici. Dès qu'un officier met les pieds dans la jungle, il est prostré au bout d'une semaine. C'est la fièvre la plus meurtrière que j'aie jamais vue.

— Tu sembles y avoir survécu.

— Je suis né ici. Quand un enfant survit à son premier été dans le Bengale, il est paré pour la vie.

— Ross, le médecin-chef de Bangalore, pense que la fièvre a un rapport avec les moustiques.

— J'en suis convaincu, déclara Howard en se donnant une claque sur la nuque.

Il regarda le ciel. De l'autre côté des collines, des nuages noirs s'étaient accumulés. Un éclair les illumina brusquement.

— Nous ne sommes plus à l'abri des moustiques sur le fleuve, se plaignit Howard. La mousson les remonte sur nous comme un drap pestilentiel.

— Dommage ! lança Wauchope en tirant sur sa pipe. Si tu étais frappé par la fièvre, tu serais invalidé et envoyé en Afghanistan. Il n'y a que là-bas qu'on peut faire une carrière. Il n'y aura pas de médailles pour les autres.

— J'ai été affecté à Khaybar. Il paraît que la guerre n'est pas finie là-bas. Mais j'ai préféré rester auprès d'Edward et Helen, à Bangalore. Le colonel Prendergast a été très compréhensif.

— Comment va ton petit gars ? s'enquit Wauchope en posant la main sur le bras de Howard.

— Mal, soupira Howard. Il a été mal en point toute l'année. Tu sais ce que ça signifie ici…

— Les autres officiers de Bangalore l'aiment beaucoup, tu sais.

Chapitre V

— C'est un enfant très affectueux, dit Howard, la voix étranglée par l'émotion. Il est tout pour moi. La pauvre Helen est dans tous ses états.

Il détourna le regard, cligna des yeux et regarda de nouveau par-dessus le blindage.

— Qu'est-ce qui se trame, à ton avis ? demanda-t-il à Wauchope en lui tendant la longue-vue.

Wauchope posa un regard inquiet sur son ami et observa la rive à son tour.

— Seigneur ! s'exclama-t-il. Ils sont au moins cinq cents.

La foule grouillait autour des feux ; des gourdes passaient de main en main ; l'alcool de palme coulait à flots. Des hommes aux cheveux tressés brandissaient des bâtons, avec lesquels ils décrivaient des spirales et des huit dans les airs. Les tambours résonnaient de façon désordonnée, puis s'unissaient dans un battement monotone. Soudain, dix hommes coiffés de grandes cornes de bison recourbées apparurent derrière la fumée. Vêtus d'une peau de tigre, ils avaient le visage enduit de poudre *kumkum* rouge. Lorsqu'ils s'approchèrent, la foule se mit à pousser des cris stridents qui firent grincer Howard des dents. Ils avançaient en ligne vers le fleuve, reculaient, avançaient de nouveau, s'agenouillaient et frappaient le sol du pied comme des taureaux de combat.

— Je crois qu'ils invoquent le dieu rouge sang de la Guerre, Manecksorou, murmura Howard. Ils lui demandent de transformer les haches en épées, les arcs et les flèches en poudre à canon et en boulets.

— Ils ont aussi de vrais taureaux, remarqua Wauchope en rendant la longue-vue à Howard.

— Alors c'est ça... souffla Howard en regardant la scène, interloqué.

Il referma la longue-vue et s'adossa contre la plaque de blindage.

— Ils vont sacrifier un taureau. C'est pour ça qu'ils ont creusé des fosses. Ils vont mélanger le sang avec des céréales et jeter le tout dans des clairières pour rendre le sol fertile. Cela peut durer des heures, jusqu'à ce qu'ils soient abrutis par l'alcool.

— Je croyais que les sacrifices avaient été abolis, s'étonna Wauchope.

— Les sacrifices humains, mais pas les sacrifices d'animaux, bien que ceux-ci soient également réprouvés.

Howard s'affaissa, subitement rattrapé par la fatigue.

— Ces idiots du Bureau des recettes ne comprennent vraiment rien, dit-il. J'ai apporté le livre de Campbell sur l'abolition des sacrifices humains. Tu peux le lire, si tu veux. Campbell dit qu'on ne peut pas convaincre un peuple de renoncer à des coutumes ancestrales en invoquant le sens moral. Notre sens moral ne signifie rien pour ces hommes. On doit leur montrer que leur vie s'en trouvera améliorée, c'est tout. Si, en plus, on leur retire leur plus grand plaisir, ils retourneront aussitôt à leurs anciennes coutumes. Pour rompre le cercle vicieux, il faut leur montrer que le sol peut être fertile sans sacrifices. Mais les décisions qui se prennent à Calcutta ne tiennent pas compte de cette réalité. La menace grondait et, désormais, ces hommes veulent exprimer leur colère. On ne peut pas leur en vouloir.

— Que sais-tu d'eux ?

— Ce sont des Kóya, des descendants du peuple dravidien de l'Inde, qui vivait ici à l'époque d'Alexandre le Grand. Mais ils n'ont rien à voir avec les Mongols ou les sikhs. Ils s'apparentent davantage aux Peaux-Rouges d'Amérique. Ils chassent dans la jungle et brûlent des terres pour faire des cultures. Pour la plupart, ils n'ont pas la moindre idée de ce qui se passe à l'extérieur.

— Ce n'est peut-être pas plus mal, murmura Wauchope. Est-ce qu'on connaît leur langue ?

— J'ai quelques notions de vocabulaire, mais nous avons un interprète qui me parle souvent de leurs coutumes.

Howard désigna du menton un petit homme malingre et sans âge, assis en tailleur sur le pont avant. La peau tannée par le soleil, le visage flétri, il était vêtu d'un pagne blanc. Il avait les cheveux bruns, presque auburn, et frisés comme les poils épars de sa barbe. D'une main, il tenait un arc et des flèches et, de l'autre, une baguette de bambou d'environ trente centimètres de long. Il avait pour seule parure une chaîne en or, du haut de l'oreille au lobe, à laquelle était suspendu un petit pendentif. Le regard vitreux, il fumait un *cheroot*.

— Il est imbibé d'alcool de palme, expliqua Howard. On n'y peut rien. C'est un véritable mode de vie ici, pendant la mousson. Et c'est la cause de la rébellion. Le colonel Rammell t'a mis au courant de la situation ?

Wauchope hocha la tête.

— Non, j'ai juste eu le temps d'annoncer mon arrivée au quartier général de Dowlaishweram. Le bateau transportant les renforts m'attendait. Du reste, Rammel et son adjudant-major étaient terrassés par la fièvre. Comme quasiment tous les autres officiers.

Howard soupira.

— Eh bien, voici le nœud de l'affaire. Si un imbécile du Bureau des recettes n'avait pas décidé de taxer l'alcool de palme, nous n'en serions pas là aujourd'hui. Des policiers indiens ont été capturés. Depuis des mois, les agents de police et les habitants des plaines sont les seuls à s'aventurer ici. Le surintendant de police et le commissaire divisionnaire ne viennent presque jamais. Ils ont peur de la fièvre. Les agents de police peuvent donc intimider et exploiter à loisir le peuple de la jungle, comme les habitants des plaines l'ont toujours fait. Et maintenant que nous avons besoin d'eux, ils ne sont plus là pour nous aider. Les rebelles en ont capturé une demi-douzaine. Bon débarras, si tu veux mon avis.

Une salve retentit au-dessus de la rive, mais aucune balle ne traversa le fleuve.

— Ils tirent en l'air, sergent, précisa Howard à l'intention de O'Connell. Ne tirez pas.

Wauchope regarda par-dessus la plaque de métal.

— Où se procurent-ils de la poudre ? s'enquit-il.

— Lors de ma première incursion dans la jungle, répondit Howard, j'ai fouillé un village et confisqué les armes, des mousquets à mèche. Les femmes faisaient du salpêtre en urinant dans des sacs de fumier qu'elles suspendaient au-dessus de casseroles, dans lesquelles le liquide ainsi filtré se cristallisait. Ingénieux, non ? Les hommes brûlent sans cesse des portions de jungle pour faire des cultures. Ils ont donc beaucoup de charbon de bois. Ils n'ont plus qu'à acheter du soufre auprès de marchands. Leur poudre n'est pas très riche, mais suffit à abattre le petit gibier. Certains achètent également des munitions aux prêteurs sur gages qui les maintiennent dans l'endettement. Mais je crains qu'ils ne disposent désormais d'autres sources d'armement.

Un bruit métallique résonna contre la cheminée du bateau à vapeur et une terrible détonation se fit entendre.

— Quand on parle du loup… murmura Howard en regardant de nouveau à travers sa longue-vue. Mousquet à percussion de la Compagnie des Indes orientales, arme de la police locale. Certains agents de police ont acheté leur sécurité auprès des rebelles en leur fournissant des armes et des munitions. Ce sont des incapables ! On ne peut pas leur faire confiance. Ils sont insubordonnés. Mais le gouvernement veut que l'on travaille avec eux. Voilà ce qui se passe lorsqu'une guerre est dirigée par des fonctionnaires de Calcutta ! Le colonel Rammell a été contraint de désobéir. De plus, dans les régiments d'infanterie déployés sur le terrain, il y a des officiers cipayes qui ne savent toujours pas utiliser les cartes correctement, même les plus rudimentaires, que nous avons réalisées exprès pour eux. Et sans repères, on est perdu dans la jungle. En revanche, tous nos sapeurs savent parfaitement lire une carte. Voilà comment la Compagnie du génie des sapeurs et mineurs de Madras s'est retrouvée ici ! Nous faisons le travail de la police et de l'infanterie. C'est vraiment lamentable.

— Et les cartes officielles ? Elles sont fiables ?

— C'est la cerise sur le gâteau ! ricana Howard. Nous dressons les cartes nous-mêmes au fur et à mesure que nous avançons. Lorsque le lieutenant George Everest est venu ici, en 1809, avec le Grand Institut trigonométrique, à peine avait-il planté son premier poteau trigonométrique sur les collines que tous ses hommes étaient terrassés par la fièvre. La moitié d'entre eux a péri. Et Everest n'est jamais revenu. Cet endroit est un véritable trou noir au milieu de l'Inde. On se croirait au Baluchistan ou au fin fond de l'Asie centrale.

Il se tourna vers le pont avant et vit O'Connell le fixer fébrilement, les lèvres tremblantes.

— Très bien, sergent, lança-t-il. Que vos hommes se tiennent prêts. Encore une balle dans notre direction et vous pourrez ouvrir le feu. Tirez d'abord au-dessus des têtes. Et attendez mon commandement.

— Bien, lieutenant.

Le sergent aboya aussitôt ses ordres en hindi. Les soldats alignèrent leurs fusils au-dessus de la rambarde et les armèrent en faisant cliqueter les chiens. O'Connell piaffait et respirait bruyamment comme un taureau prêt à charger.

— J'ai observé ton interprète quand je suis arrivé à bord, dit Wauchope en désignant l'homme de sa pipe. Le pendentif qu'il porte à l'oreille est une pièce romaine. Quand nous étions élèves officiers, je t'avais emmené à la Salle des monnaies du British Museum. Tu te souviens ? C'est une pièce très usée, mais je crois qu'elle date de la République, peut-être de l'époque de Jules César.

— On trouve des pièces romaines un peu partout autour de Bangalore et plus au sud, déclara Howard. L'*ayah* d'Edward en a une, en or. J'ai entendu dire que les Romains troquaient leurs pièces de monnaie contre du poivre.

— Et notre ami kóya, qui est-ce ?

— C'est un *muttadar*, un des chefs locaux de Rampa, le village qui a donné son nom à la région. Il en veut à Chendrayya, le fomenteur de la rébellion. Les *muttadar* agissent dans leur propre intérêt mais, une fois qu'ils ont obtenu satisfaction, ils travaillent et donnent de leur temps sans compter, lorsqu'ils sont suffisamment sobres, en tout cas.

Howard baissa la voix.

— Il est aussi *vezzugada*, c'est-à-dire sorcier, poursuivit-il. Les Kóya ne connaissent pas la religion hindoue. Ils vénèrent leurs propres divinités, d'anciens dieux dravidiens, des dieux et des déesses animistes, des tigres, des hyènes, des buffles. Certaines créatures peuvent être possédées par une divinité. Ce sont des *konda devata*. Le peuple accomplit des sacrifices au nom du dieu Ramaya. La baguette de bambou que notre interprète a entre les mains est censée abriter une sorte d'idole, le « suprême *vélpu* ». Cet objet porte le nom de Lakkála Ramu et serait doté d'yeux d'olivine et de lapis-lazuli. Personne n'a jamais pu le regarder. Il se trouvait dans une grotte sacrée, dans un temple, près du village de Rampa, selon la volonté de la divinité. C'est le *muttadar* qui l'en a retiré lorsqu'il a fui Chendrayya pour venir nous rejoindre. Mais désormais, la divinité veut que le Lakkála Ramu soit redéposé au temple. Notre part du marché consiste à aider le *muttadar* à le remettre à sa place.

— Et vous allez tenir votre promesse ?

— Bien sûr. Nous devons nous faire craindre des rebelles et gagner la confiance de ceux qui sont bien disposés envers nous.

— Très juste.

Soudain, l'écoutille de la cale s'ouvrit. Il en émergea une odeur indescriptible, suivie d'un grand gaillard, torse nu sous un tablier horriblement taché. L'homme jura. Il n'avait que quelques années de plus que les deux officiers subalternes, le même âge que le sergent O'Connell. Et comme O'Connell, il portait les longs favoris qui avaient été à la mode une génération plus tôt.

— Docteur Walker, comment ça va dans la cale ? demanda Howard avec sollicitude.

— La plupart des hommes souffrent d'accès paludéens à répétition et sont extrêmement affaiblis.

Il avait un accent dur, marqué par son enfance à Kingston, dans le Haut-Canada, et les six années qu'il avait passées à l'Université royale de Belfast.

Chapitre V

— Les complications sont multiples, poursuivit-il : humeur noire, anémie, paralysie partielle, émaciation extrême, troubles stomacaux et intestinaux, et autres symptômes graves. Beaucoup d'hommes atteignent le paroxysme de la fièvre ; leur souffrance et leur détresse font peine à voir.

— Et cette odeur infecte ?

— De singulières efflorescences putrides, dit Walker en essuyant ses mains sur son tablier. Je suis remonté prendre une bouffée d'air frais. Le lieutenant Hamilton est-il revenu ?

— Non, répondit Howard en sortant sa montre de gousset. Cela fait vingt-quatre heures qu'il est parti maintenant. Et il n'a pas de quoi tenir plus longtemps.

Il se tourna vers Wauchope.

— Un des hommes du *muttadar* nous a informés que Chendrayya avait été vu dans le village de Rampa, à environ sept kilomètres au nord d'ici, expliqua-t-il. J'ai envoyé Hamilton sur place avec ce qui reste de la compagnie G, soit vingt-deux hommes. C'était risqué mais, jusqu'à aujourd'hui, lorsqu'on rencontrait des rebelles, ils n'étaient pas plus de dix ou vingt.

— Espérons que Hamilton ne se trouvera pas nez à nez avec la foule rassemblée au bord du fleuve, murmura Wauchope.

— Si seulement il n'était pas parti avec ce satané Bebbie…

— Qui ça ?

— L'adjoint au commissaire des provinces centrales.

Howard essaya de garder son calme.

— Le gouvernement ayant décidé, dans sa grande sagesse, de mener une action policière, reprit-il, toutes nos incursions dans la jungle sont censées être dirigées par des officiers civils. Certains de ces officiers sont de bons bougres, mais monsieur Bebbie n'en fait décidément pas partie. Il a tenu un long discours avant notre départ pour nous expliquer que le climat empêcherait toujours cette région de devenir le berceau d'une industrie prospère ou d'un commerce florissant. Que les Kóya appartenaient à une race dégénérée, abîmée dans les profondeurs de l'ignorance et de la superstition. Qu'il était de son devoir d'enseigner à ce peuple la valeur de l'engagement moral, et du nôtre de ne pas lui reprocher son passé mais de le conduire vers un avenir meilleur. Une brillante démonstration d'éloquence, émaillée d'une odieuse déformation des faits. Car ce discours n'a pas suffi à dissimuler la vérité, à savoir que ce monsieur n'a jamais daigné mettre les pieds dans cette jungle, qui fait pourtant partie de sa juridiction. Je n'ai jamais vu un responsable aussi vain et incompétent!

— Je suis sûr que Hamilton saura le remettre à sa place, murmura Wauchope dans un sourire, avant de rallumer sa pipe.

— Notre *muttadar* est désormais convaincu que Chendrayya se trouve parmi les hommes rassemblés sur la rive. Si c'est le cas, Hamilton est parti pour rien. Et Bebbie a dû l'entraîner dans un nid de vipères. Je lui ai dit de ne pas se fier à son guide, mais il n'écouterait pas même Dieu, alors encore moins un officier subalterne du génie.

Howard ferma les yeux et se rappela un article qu'il avait lu à Londres: « *L'Inde, en paix et prospère depuis la révolte des Cipayes, sous l'autorité de Sa Majesté impériale.* » Une deuxième balle heurta la cheminée. Howard fit un signe de tête au sergent O'Connell et leva le bras gauche. Puis, voyant l'eau du fleuve se rider, il s'empressa de regarder à travers sa longue-vue.

— Ne tirez pas, cria-t-il. Je crois que je vois Hamilton.

Tous les hommes suivirent son regard. Une demi-heure plus tôt, il avait ordonné que le canot du bateau à vapeur sillonne le fleuve en vue de ramener le détachement à bord. La frêle embarcation contournait un promontoire et ne pouvait être vue depuis le village. Quatre lascars ramaient vigoureusement contre le courant. Un groupe de sapeurs madrasiens débraillés étaient assis entre eux, baïonnette au fusil, et le casque colonial d'un officier britannique dépassait à l'arrière.

Derrière, sur le promontoire sablonneux, des hommes en pagne armés de mousquets à mèche sortirent de la jungle. Des cris et des coups de feu retentirent. Une fumée blanche rejoignit la brume au-dessus du fleuve et dissimula brièvement le canot ainsi que les rebelles. Le temps qu'elle se dissipe, les rebelles étaient déjà partis. Howard put juste voir le dernier courir le long de la rive pour rejoindre la foule en poussant des hurlements.

Quelques instants plus tard, le canot était à l'abri du bateau à vapeur. Les hommes débarquèrent et se hissèrent sur le pont, avant de s'effondrer sous la rambarde. Visiblement épuisés, ils empestaient la sueur et le soufre. Hamilton fut le dernier à monter à bord. Il rejoignit Howard, dégaina son revolver et ouvrit le barillet pour éjecter les douilles vides. Il avait les mains tremblantes et le visage couvert de traînées de poudre. Les traits tirés, il semblait néanmoins agité. C'était le plus jeune officier subalterne de Madras et c'était la première fois qu'il se frottait à la réalité du terrain.

— Nous avons campé à la tombée de la nuit, au milieu de la jungle, rapporta-t-il en s'accroupissant pour recharger son revolver.

À bout de souffle, il s'efforça de reprendre sa respiration.

— Notre guide nous a indiqué qu'environ cent rebelles se trouvaient dans un village voisin, poursuivit-il. Nous sommes partis à 3 heures du matin pour les surprendre à l'aube. Notre guide nous a conduits jusqu'à une petite clairière, en face du village, et nous avons été repérés. Ensuite, il a disparu ; nous ne l'avons jamais revu. Nous avons été la cible de plusieurs coups de feu, cinq ou six d'affilée. J'ai rassemblé les hommes et ordonné d'ouvrir le feu sur les rebelles. Ceux-ci se sont rapidement dispersés. À partir de là, ils ont eu un net avantage sur nous, car ils connaissent la jungle dans ses moindres recoins. Si seulement ils combattaient en terrain découvert, il ne nous faudrait pas plus d'une semaine pour mettre fin à cette rébellion.

— C'est ce qui se passe à chaque fois, murmura Howard à Wauchope. Continuez.

— Nous étions à court de munitions. Et ils nous incitaient à nous enfoncer encore plus loin dans la jungle. J'ai décidé de battre en retraite. Au bout d'un moment, ils nous ont suivis et attaqués. Parfois, nous les voyions voltiger d'un arbre à un autre et nous en avons abattu quelques-uns. Nous nous sommes arrêtés deux fois pour tirer à feu nourri sur les attaquants, mais ils se réfugiaient toujours derrière les arbres. Nous avons utilisé plus de mille balles et, à notre connaissance, tué seulement dix hommes. Les pertes du côté des rebelles ont été minimes. Si nos hommes avaient eu des cartouches de chevrotine, ils auraient été plus efficaces.

— Très bien, indiquez-le dans votre rapport.

— Des blessés de notre côté ? s'enquit Walker.

— Leurs mousquets à mèche ne portent guère au-delà de cinquante mètres, répondit Hamilton, mais un des sapeurs a une balle dans le crâne.

— Allons voir ça ! s'exclama Walker avec un sourire macabre. Enfin une vraie blessure après le marasme puant de la cale !

Il ouvrit un sac d'instruments accroché à sa ceinture, sortit la pince la plus grande et l'essuya sur son tablier. Hamilton lui désigna le blessé, qui portait un bandage ensanglanté autour de la tête, et se tourna de nouveau vers Howard et Wauchope, les yeux brillants de fièvre.

— Nous avons remporté une petite victoire, malgré tout, reprit-il.

Il fit un signe au sapeur qui se tenait derrière lui et celui-ci posa aux pieds de Howard un sac contenant quelque chose de lourd.

— Tamman Dora, annonça Hamilton. Nous l'avons abattu dans le village hier. Nous avons un Ghorka parmi les sapeurs et il possède un couteau *kukri*. En voici la preuve.

— Seigneur ! s'exclama Wauchope en se bouchant le nez avec un mouvement de recul. Ça pue comme de la viande pourrie. Débarrassez-vous-en !

Hamilton poussa le sac sur le côté et s'accroupit.

— Apparemment, il faisait également partie des fomenteurs de la rébellion. Si nous le montrons à la foule rassemblée sur la rive, tout le monde verra qu'on ne plaisante pas.

— Qui vous a dit que c'était un des chefs rebelles ? demanda Howard à voix basse. Votre guide ?

Chapitre V

— Oui, il en était convaincu. Et l'homme s'est battu jusqu'au bout. Il avançait encore vers nous alors que j'avais vidé mon revolver sur lui.

— Le guide qui vous a conduits dans une embuscade ? Et s'il s'agissait d'un simple règlement de comptes ? Peut-être s'est-il servi de vous.

Troublé, Hamilton regarda le sac nerveusement.

— Votre *muttadar* sera à même de l'identifier.

— Ça m'étonnerait qu'on puisse identifier quoi que ce soit dans ce sac à l'heure qu'il est, déclara Wauchope.

— Je maintiens que nous avons abattu un des chefs rebelles, insista Hamilton.

Howard se mordit les lèvres.

— Très bien, dit-il, vous rédigerez un compte-rendu des faits. Je le glisserai dans le rapport que je remettrai au colonel Rammell lorsque nous aurons enfin dégagé le bateau de cette barre de sable.

Il observa les sapeurs, puis son regard se posa sur le canot vide.

— Au fait ! s'écria-t-il. Il manque quelqu'un. Où est Bebbie ?

— J'allais vous en parler. Il a été frappé par le choléra.

— Il vit encore ?

— À peine. Vous savez que ça peut aller très vite. Il était au plus mal lorsque nous sommes arrivés à proximité du village de Rampa. Puis il s'est passé quelque chose d'extrêmement étrange. Il a pris une des flèches des Kóya et se l'est enfoncée dans le corps. Nous avons pensé que cette blessure allait l'achever. Mais la flèche était enduite non pas de poison mais d'une sorte de pâte. Au bout d'une demi-heure, Bebbie était de nouveau sur pied. Le peuple de la jungle doit s'immuniser contre la maladie. Mais plus tard dans la nuit, le remède a cessé de faire effet et Bebbie s'est mis à délirer. Lorsque nous nous sommes mis en route pour le village de Rampa, il a essayé de nous retenir. Il voulait parlementer avec les chefs. Je lui ai laissé quatre sapeurs en lui promettant de revenir. C'était tout ce que je pouvais faire.

— Que le diable l'emporte ! maugréa Howard avec colère. S'il avait parlementé avec eux il y a six mois, nous n'en serions pas là.

Il s'efforça de garder son sang-froid.

— Il faut retourner là-bas, murmura-t-il. Je n'abandonnerai aucun de mes sapeurs dans la jungle. Dites à votre *havildar* de sortir une autre caisse de munitions et donnez de l'eau à vos hommes.

— Bien, dit Hamilton en cherchant des yeux son *havildar*, qui avait compris et s'exécutait déjà.

— Si vous devez y retourner, faites-le maintenant, conseilla Wauchope en pointant sa pipe vers la rive. Personne ne vous remarquera là-bas. L'alcool de palme coule à flots.

— L'un de nous deux va vous accompagner, déclara Howard.

— J'aimerais que vous veniez tous les deux. C'est l'occasion pour Wauchope d'aller sur le terrain, mais j'aimerais vous montrer quelque chose. Wauchope, vous vous intéressez aux antiquités, non ? Et vous, Howard, aux langues anciennes ?

— Vous avez trouvé quelque chose ? demanda Wauchope, avide d'en savoir plus.

— Dans le temple. J'ai juste jeté un coup d'œil depuis l'entrée, mais il faut que vous voyiez ça.

Soudain, ils entendirent une détonation. Ce n'était pas un coup de feu. Howard sortit sa longue-vue et scruta la rive. Les Kóya dansaient autour d'un feu en jetant dans les flammes des baguettes de bambou, qui éclataient lorsque l'air emprisonné entre les nœuds se dilatait. Ce fut bientôt un véritable feu d'artifice. Howard croisa le regard de O'Connell et secoua la tête vigoureusement. Soudain, la foule se mit à pousser des cris. Howard regarda de nouveau à travers sa longue-vue. Toutes les personnes rassemblées dansaient désormais frénétiquement au rythme des tambours et au son des cornes de buffle. Un homme nu, le corps couvert de taches blanches et noires, conduisait un buffle vers une des fosses. La bête beuglait et tapait du pied. Derrière eux, les danseurs s'écartèrent pour laisser passer un autre homme, vêtu d'un pantalon ample et armé d'un sabre brillant.

Chapitre V

— Chendrayya ! s'écria Howard. Il est exactement comme le *muttadar* me l'a décrit.

— Il a un *tulwar*, constata Wauchope.

Chendrayya brandit la lame recourbée que les soldats britanniques redoutaient tant et qui pouvait couper un homme en deux. Le sabre, étincelant d'un côté et de l'autre, fendit l'air. L'espace d'une seconde, le silence revint. Puis un terrible beuglement déchira la vallée. Le bufflon était tombé à côté de ses pattes, restées plantées de façon grotesque dans le sable. Le sang jaillit des membres tranchés. Les danseurs sautèrent sur l'animal comme des hyènes enragées et le dépecèrent à mains nues ou au couteau. Le sang remplissait la fosse. Bien qu'arraché de la cage thoracique, le cœur de la victime palpitait encore.

Les battements de tambour reprirent, lents, insistants. Les danseurs reculèrent, la tête et les bras couverts de sang, emportant avec eux leurs trophées dégoulinants, et se mirent en cercle.

Sur le pont avant, le *muttadar* marmonna de façon incompréhensible. Puis il se borna à répéter le même mot, encore et encore, dans la langue kóya. Il bavait et se frappait la tête en détournant le regard de la rive.

— Qu'est-ce qu'il dit ? demanda Wauchope.

— *Mériah*, répondit Howard dans un murmure.

— *Mériah* ? Cela signifie un sacrifice humain, non ? Seigneur…

Trois hommes furent poussés au bord de la fosse. Sombres de peau, ils étaient vêtus d'un pantalon en loques, semblable à ceux qu'on portait dans les plaines. Les mains attachées derrière le dos, ils semblaient drogués, incapables de se tenir debout. L'homme au corps peint les fit tomber à genoux. Howard comprit avec horreur qui étaient les futures victimes. Les agents de police capturés ! Mais il ne pouvait rien faire.

— Lieutenant ! aboya O'Connell.

— Attendez ! lui cria Howard. Il y a des femmes et des enfants là-bas. Ne tirez pas !

Le *tulwar* étincela de nouveau dans la lumière du soleil. Deux têtes voltigèrent et le sang jaillit dans la fosse. Le troisième agent hurla et tomba en avant. L'homme peint sauta sur lui, l'attira dans la fosse et le tint fermement dans le bourbier de sang jusqu'à ce qu'il y reste, immobile. Après quelques secondes de silence, il se redressa, les mains tendues vers le ciel, les bras enduits de sang et de mucosités qui glissaient sur sa peau.

— Ça, c'était pour attirer notre attention, comprit Howard. Lors d'une véritable *Mériah*, la victime est soumise à un rituel précis. Ces agents de police ont été exécutés. Seul le bufflon a été véritablement sacrifié.

— Ils sacrifient aussi des êtres humains ? demanda Wauchope, atterré.

— On raconte qu'ils dépècent leur victime au couteau et qu'ils suspendent la tête à un poteau. Mais aucun Européen n'en a jamais été témoin.

Les battements de tambour reprirent. Dans la fosse, l'homme peint se couvrit les épaules d'un vêtement ensanglanté. C'était une peau de tigre. Les premières gouttes de pluie éclaboussèrent le pont du bateau. Dans le feu, la vapeur se mêlait aux gaz émanant de la dépouille du buffle. Chendrayya regarda le bateau et sembla fixer Howard. Puis il se dirigea vers les trois poteaux plantés dans le sable. Les danseurs s'écartèrent sur son passage et laissèrent apparaître autour d'un des poteaux un groupe de femmes vêtues de blanc. Howard plissa les yeux pour voir à travers la brume qui tourbillonnait au-dessus du fleuve. Il discerna un coq, sculpté sur le poteau, tête en bas. Écœuré, il se rendit compte qu'il allait y avoir trois autres victimes, une sur chaque poteau : à l'ouest, au centre, à l'est ; au levant, au zénith et au couchant.

— Ça va être long, souffla Wauchope à l'oreille de Howard.

Un homme fut conduit devant les femmes. Les cheveux tondus, orné de guirlandes de fleurs, il portait un vêtement blanc. Il avait la nuque maintenue par une fourche de bambou et semblait déjà à moitié mort, par strangulation ou surdose d'alcool. Les danseurs tendaient avidement les mains pour recueillir la salive qui tombait de sa bouche et l'étaler sur leur visage enduit de curcuma. Il fut traîné jusqu'au poteau le plus éloigné, hors de vue de la foule. Le lent battement de tambour s'accéléra brusquement et les femmes rassemblées autour du poteau central s'écartèrent. Howard eut un haut-le-cœur.

Un enfant!

Un petit garçon, à peine plus vieux que son fils, était attaché au poteau. Sa tête pendait lamentablement, mais son corps frissonnait. Il était vivant. Quatre femmes lui tenaient les bras et les jambes.

L'homme à la peau de tigre s'approcha et prit une sorte de manche de hache. Il frappa d'abord l'enfant à la tête, puis aux membres. Howard, pétrifié, vit la scène au ralenti. Les quatre petits membres craquèrent et se rompirent comme des branches de bois sec. Les femmes lâchèrent la victime et le petit corps resta suspendu, telle une poupée de chiffon, au bout d'une chaîne qui le maintenait par le cou. Quelqu'un tira sur une corde et le coq sculpté se mit à tourner. Les robes des femmes tourbillonnèrent à leur tour et les lames des couteaux étincelèrent. Le petit garçon redressa la tête. Howard eut la certitude de l'entendre pleurer. Les sanglots de cet enfant sans défense, qui aurait pu être le sien, le bouleversèrent.

C'était insupportable. Howard arracha à l'un des sapeurs de Hamilton un fusil Snider-Enfield. Endommagée et réparée à l'aide d'une pièce de bois, l'arme semblait néanmoins solide. Il ouvrit le bloc de culasse et fit tomber la douille vide. Puis il cracha dans sa main, introduisit ses doigts dans la chambre pour la décrasser, et les essuya sur la rambarde. Il s'empara de la dernière cartouche du sapeur. Il agissait sans réfléchir, franchissant chaque étape de façon mécanique. Il enfonça la cartouche dans la culasse et referma le bloc. Il épaula et pointa le canon quelques centimètres au-dessous de sa cible. Il arma le fusil, posa l'index sur la détente. Il ferma l'œil gauche, leva le canon jusqu'à ce que le guidon soit aligné avec le cran de mire. Lentement, presque imperceptiblement, il appuya sur la détente, l'œil rivé sur sa cible.

C'était une cible, rien de plus.

Le fusil recula contre son épaule. Pourtant, Howard n'entendit aucun son, comme si ses sens étaient restés figés dans l'instant précédent. Il n'eut conscience que d'une course vertigineuse, comme s'il était lui-même projeté à trois cent cinquante mètres par seconde vers sa cible. Il cligna des yeux. Ses oreilles bourdonnaient. Cette fois, il vit un nuage de fumée au bout de son fusil. Il lâcha son arme et se laissa tomber lourdement sur un genou. Il entendit O'Connell aboyer un ordre et la ligne de fusiliers tirer une salve. Puis il s'aperçut que le sergent, rouge de colère, s'adressait à lui :

— Celle-là, ils ne l'ont pas volée, lieutenant ! Sales cannibales !

Howard regarda autour de lui et vit Wauchope le fixer. Il devait garder le contrôle de la situation. Il se redressa et se tourna vers O'Connell.

— Sergent, ça va barder si nous causons un massacre. Les autorités civiles vont nous sortir de là les chaînes aux pieds. Nous ne devons ouvrir le feu que s'ils tirent les premiers. Je compte sur vous pour faire preuve de modération.

— Vous avez abrégé les souffrances de ce pauvre gosse, lieutenant, dit O'Connell. Vous avez fait preuve d'un courage hors du commun. Que Dieu vous bénisse.

Howard, sur le point de défaillir, se cramponna à la rambarde. Wauchope sortit son revolver et fit tourner le barillet pour s'assurer qu'il était chargé. Après l'avoir rengainé, il posa la main sur l'épaule de Howard.

— C'est le moment d'aller chercher nos sapeurs et Bebbie, souffla-t-il. Les fusiliers ont abattu les monstres qui torturaient l'enfant, mais le chef des rebelles et ses hommes de main étaient déjà en train de s'occuper des deux autres victimes. Je crains que le sacrifice n'ait commencé. Et les rebelles sont trop imbibés d'alcool pour nous repérer.

Walker, qui venait d'opérer le sapeur blessé, approcha en s'essuyant les mains dans son tablier.

— Ceux qui ne sont pas ivres morts vont rentrer chez eux avec leur morceau de chair, annonça-t-il. Pour que le sacrifice soit efficace, ils doivent enterrer leur offrande avant la tombée de la nuit. Ils vont se disperser dans leurs villages.

Hamilton se tourna vers Howard.

— Alors ?

Howard regarda la rive. La bouche sèche, le cœur battant, il se demandait s'il n'avait pas seulement fait un mauvais rêve. Il inspira profondément.

— Bien, déclara-t-il. Le *jemadar* et le sergent peuvent rester seuls ici.

Il jeta un coup d'œil sur le pont, où le *muttadar* tenait son bambou, recroquevillé à côté du canon de sept.

— Nous emmenons le *muttadar* et son précieux bien, ajouta-t-il. Si nous ne pouvons plus rien pour Bebbie, au moins nous acquitterons-nous de notre part du marché.

Il leva les yeux vers les nuages noirs qui s'étaient accumulés au-dessus d'eux et laissa la pluie lui baigner le visage.

— Allons remettre cette idole sacrée à sa place et sortons nos sapeurs de cet enfer ! lança-t-il.

Chapitre VI

Le lieutenant John Howard souleva son épée, s'adossa contre la souche brûlée d'un tamarinier et vida sa bouteille d'eau. Les sapeurs madrasiens avaient pris position autour de la clairière. Il pouvait donc se détendre un moment. Il écrasa un moustique qui venait de le piquer à travers le coton de son uniforme. Il était trempé de sueur et ne savait pas si la tache de sang qu'il avait sur la jambe venait de sa piqûre de moustique ou d'une coupure. La végétation lui avait lacéré les bras et le visage. Heureusement, le docteur Walker lui avait conseillé de se protéger les chevilles et les mollets avec des bandes molletières en tissu épais. Malgré tout, ici, toute plaie ouverte comportait un risque. Howard espérait qu'ils seraient de retour à bord du bateau à vapeur avant que des germes virulents ne s'installent. Il sortit sa montre de gousset. Il leur restait quatre heures avant le coucher du soleil. Encore une heure et ils rebrousseraient chemin. S'ils passaient la nuit dans la jungle, ils n'en ressortiraient pas vivants. Il en avait l'intime conviction.

Il rangea sa montre. Sa main droite, celle qui avait appuyé sur la détente moins d'une heure auparavant, tremblait encore. Il dégaina son revolver et ouvrit le barillet pour s'assurer que les capsules fulminantes étaient encore bien logées dans les chambres.

— Tu devrais te procurer un revolver à cartouches, suggéra Wauchope, qui le regardait avec inquiétude, accroupi à côté de lui.

Howard comprit qu'il avait dû voir ses mains trembler.

— Mon père n'avait que cette arme pour nous défendre pendant la révolte des Cipayes et il s'en est sorti. Je dois être un peu superstitieux...

— Si je n'avais pas peur qu'on se fasse repérer, je serais tenté d'utiliser la mienne pour abattre ces chiens. En Afghanistan, j'ai vu une meute de chiens sauvages dépecer un blessé en quelques secondes.

Howard rengaina son revolver et balaya la clairière du regard. Celle-ci avait été abandonnée par les Kóya lorsque la terre était devenue trop pauvre, et la jungle avait commencé à reprendre ses droits. De temps à autre, cinq ou six chiens venaient s'asseoir en silence autour d'eux. C'étaient de longues bêtes maigres, comme celles que le régiment utilisait pour le *shirkar*, la chasse au petit gibier, dans les collines du cantonnement de Bangalore. Elles les avaient suivis depuis la rive, au fur et à mesure qu'ils s'étaient enfoncés dans la jungle, sous des tamariniers de près de trente mètres de haut, entourés de plantes rampantes dégoulinantes de condensation. Ils avaient avancé dans un silence lugubre, comme si les bêtes sauvages et les oiseaux attendaient de savoir si un orage de mousson allait éclater et les obliger à se mettre à l'abri ou s'ils pouvaient s'adonner à leur traditionnelle cacophonie assourdissante. Le *muttadar*, quant à lui, avait expliqué ce silence par la présence d'esprits maléfiques, qui se tapissaient dans la jungle après un sacrifice et n'étaient satisfaits que lorsque les offrandes étaient enterrées.

Howard se sentait en proie à une imagination débordante, qu'il peinait à contrôler, proche de la déraison. Il ferma les yeux. Peut-être étaient-ce les premiers symptômes de la fièvre, qu'il n'avait jamais ressentis jusqu'alors. Il regarda de nouveau les chiens. C'étaient des charognards de la pire espèce. Leurs mâchoires luisaient encore de sang. La foule en délire leur avait laissé les os et les nerfs de ses victimes et ils avaient lapé le sang de la fosse. L'espace d'un instant, Howard eut l'impression qu'ils étaient là pour lui, qu'en appuyant sur la détente, il n'avait pas mis fin mais, au contraire, participé à l'ignoble rituel, tel un prêtre sacrificateur offrant un extra à la foule.

— Ça ne sert à rien, déclara Wauchope. J'ai cru voir un signal héliographique, mais ça devait être un rayon de soleil sur la végétation mouillée. On n'y arrivera plus maintenant.

Il se mit à plier l'instrument qui se trouvait en face de lui, un trépied en bois surmonté d'un petit miroir qui s'inclinait à l'aide d'un levier pour envoyer des signaux en morse.

Howard revint à la réalité et consulta sa boussole. L'extraordinaire qualité de l'air que le lieutenant Everest avait remarquée soixante ans auparavant ne s'observait qu'après le déluge. Lorsqu'ils s'étaient arrêtés dans la clairière, dix minutes plus tôt, il leur avait encore semblé possible d'envoyer des signaux héliographiques, car le sommet des collines était encore visible à travers la brume de la vallée. Mais désormais, un épais brouillard les enveloppait ; l'humidité s'insinuait partout et se condensait au bout des fusils des sapeurs.

— Nous avons maintenu notre altitude, indiqua Howard, et, sans cette prodigieuse végétation, le *Shamrock* serait encore en vue. Mais d'après Hamilton, nous allons descendre dans la jungle le long d'une rivière jusqu'à ce que nous atteignions le village. Tu ferais mieux de cacher l'héliographe ici. Nous n'en aurons plus besoin.

Hamilton s'approcha d'eux et ramassa quelque chose sur le sol. Il avait les yeux rougis de fatigue. Howard se demandait s'il avait bien fait de le renvoyer ici, alors qu'il venait tout juste d'échapper aux rebelles. En repensant à Bebbie, il se laissa de nouveau envahir par la colère et cette émotion l'aida à retrouver des forces. Si l'adjoint au commissaire était resté seul dans la jungle, il l'aurait abandonné aux tigres et aux hyènes, mais quatre sapeurs étaient auprès de lui et il devait tout faire pour essayer de les secourir.

Hamilton se laissa tomber aux côtés des deux autres officiers et jeta une poignée de cartouches Snider vides.

— C'est bien là, affirma-t-il. C'est là que nous nous sommes arrêtés pour riposter. Nous en avons abattu trois, peut-être quatre, mais ils ont emmené leurs blessés et se sont enfuis dans la jungle.

Il se tourna vers Howard avec un regard étrange, brillant, fiévreux.

— Nous avons des fusils et des baïonnettes longues comme des hallebardes, dit-il d'une voix rauque, le souffle court. Nous déployons des stratégies d'infanterie conçues pour le champ de bataille de Waterloo. Il nous faut des carabines à canon lisse, de la chevrotine, des revolvers, des couteaux. Nous devons pouvoir les suivre dans la jungle, les traquer, les tuer comme une bête tue sa proie. Il faut qu'on joue leur jeu et qu'on devienne meilleurs qu'eux, qu'on laisse notre instinct bestial prendre le dessus. Qu'on devienne des sauvages.

Howard soutint son regard un instant.

— Pour l'instant, nous devons trouver Bebbie et sortir de là, murmura-t-il. Vous dites que vous ne savez pas quelle piste vous avez suivie ?

— Nous étions attaqués et je viens seulement de me rendre compte que trois pistes débouchent dans cette clairière. Nous allons devoir faire confiance au *muttadar*.

Hamilton désigna du menton l'homme assis à demi nu à la lisière de la clairière. Coiffé d'un turban bordeaux que Bebbie lui avait offert en tant que représentant de l'autorité gouvernementale, le *muttadar* tenait fermement son précieux bambou. Howard observa Hamilton, ses yeux jaunes et ses joues blêmes. Il se demanda s'ils n'étaient pas tous en train de devenir fous à cause de la fièvre. Il se rappela que le docteur Walker avait parlé d'une forme maligne et latente de fièvre. Soudain, il fut parcouru d'un énorme frisson. Sa main n'avait pas cessé de trembler. Il espérait que c'était seulement de la nervosité.

— Bien, souffla-t-il, dites au *havildar* de poster les hommes à cinq pas d'intervalle. Qu'ils se tiennent prêts à tirer. Les rebelles peuvent nous prendre en chasse comme des tigres.

Chapitre VI

Une demi-heure plus tard, les officiers se trouvaient au bord d'une rivière asséchée, en pleine jungle. Depuis qu'ils avaient quitté la clairière, ils s'étaient enfoncés dans un tunnel de végétation obscur, qui dissimulait complètement le ciel. C'était un enfer pestilentiel, infesté de moustiques qui formaient des nuages au-dessus des eaux stagnantes. Des araignées de la taille d'oiseaux sautaient dans les cheveux des hommes dès que ceux-ci retiraient leur casque. Des sangsues, tapies dans les recoins humides, se collaient sur les moindres parcelles de peau nue. Le ciel, noir et strié d'éclairs, devint enfin visible par endroits.

Howard s'essuya le visage et enfonça sa bouteille d'eau dans la rivière. Soudain, il entendit un coup de feu. Il lâcha sa bouteille et dégaina son revolver. Quelques mètres plus loin, Hamilton tenait son arme pointée vers le sol. Un cobra géant avait traversé la piste et il avait eu la mauvaise idée de tirer. Howard maudit le lieutenant en silence pour avoir fait du bruit. De plus, le cobra était seulement blessé. Il se redressa, se contorsionna comme un danseur en délire et s'enroula autour de la jambe d'un des sapeurs. L'homme cria et s'effondra, inconscient. Hamilton dégaina son épée et décapita le serpent. Le *muttadar* disparut dans la jungle et revint rapidement en mâchant une substance verte, qu'il enfonça dans la bouche du sapeur. Quelques secondes plus tard, le sapeur ouvrit les yeux, s'assit brusquement et commença à s'hyperventiler. Maintenu par deux autres soldats, il reprit progressivement une respiration normale.

Howard observa la scène avec stupéfaction et, une fois rassuré, rengaina son revolver et remplit de nouveau sa bouteille. Lorsqu'il le vit faire, le *muttadar* se précipita vers lui et lui poussa la main hors de l'eau. Puis il montra le couteau *kukri* qu'un des sapeurs portait à la ceinture. Howard le regarda, étonné, puis fit un signe de tête au *havildar*, qui pointa son gros pistolet à percussion sur le *muttadar* avant de l'autoriser à prendre le *kukri*. Après s'être emparé de l'arme, l'homme se dirigea vers un bosquet de bambous situé au bord de la rivière. Avec l'arrière de la lame, il tapota sur une des tiges au-dessus du premier nœud; un clapotis se fit entendre. Il recula et coupa le bambou en biseau pour éviter de faire des échardes. Un filet d'eau claire comme du cristal s'écoula sur le sol. Les sapeurs s'approchèrent aussitôt en tendant leur gourde au *muttadar*, qui coupa habilement les bambous les uns après les autres.

— Faites d'abord boire le sapeur Narrainsamy, ordonna Howard en hindi. Il faut qu'il puisse marcher.

Le *havildar* donna une gourde au sapeur, appuyé contre une racine de tamarinier. Howard regarda autour de lui avec angoisse. Le coup de feu et le cri avaient réveillé la jungle. Les jacassements prudents et discrets s'étaient transformés en une cacophonie explosive de cris, de glapissements et de hurlements. Quelque part au loin, le grondement rauque d'un tigre s'amplifia jusqu'à devenir un effroyable rugissement. Tous les hommes se mirent à trembler. Les chiens qui les avaient suivis s'enfuirent en aboyant frénétiquement. Les sapeurs lâchèrent leur gourde et empoignèrent leur arme. Le *muttadar* tomba à genoux sur le sol et gémit avant de chanter un mantra. Howard reconnut des mots qu'il lui avait déjà entendu prononcer.

— Il dit que c'est une *konda devata*, une femme possédée qui a pris l'apparence d'un tigre, murmura-t-il à Wauchope. Quiconque se trouve dans la forêt après un sacrifice sera dévoré. C'est elle qui aurait dû laper le sang des victimes sacrificielles, pas les chiens.

— C'est un tigre, déclara Wauchope, son revolver à la main. Et c'est déjà bien assez.

— Sorcellerie et superstition, dit Howard en hindi sur un ton catégorique pour rassurer les sapeurs.

Il se rappela sa propre nervosité dans la clairière mais s'efforça de l'oublier. Ses hommes comptaient sur lui.

— Reconnaissez-vous cet endroit? demanda-t-il à Hamilton.

— Oui, nous avons laissé Bebbie et les sapeurs à moins d'un kilomètre d'ici, en amont. La rivière était presque à sec lorsque nous sommes passés, mais ce sera un véritable torrent avec la pluie. Or, nous ne pouvons pas nous enfoncer dans la jungle, ni d'un côté ni de l'autre.

Chapitre VI

Nous devons suivre le lit de la rivière. Le ciel est noir. Il faut qu'on se dépêche.

Howard prit la tête du détachement. Au début, la pente était faible et le sol, assez stable. Par endroits, de gros rochers recouverts de mousse et de fougères leur barraient la route et les obligeaient à escalader la rive avant de redescendre dans le lit de la rivière. Peu à peu, celui-ci se creusa en un ravin qui s'enfonçait entre deux parois de grès d'au moins six mètres de haut.

Lors de la précédente mousson, un torrent rageur avait déraciné des arbres et charrié des rochers. Les rives étaient désormais inaccessibles et Howard savait que si la mousson éclatait, ils n'auraient aucune chance de s'en sortir. Les éclairs continuaient à déchirer le ciel ; les grondements du tonnerre étaient encore lointains. Les bêtes sauvages semblaient hurler de concert avec les éléments, parfois de façon dissonante, parfois au même rythme, tel un orchestre diabolique en train de s'accorder.

Howard s'efforça d'ignorer sa peur et poursuivit son chemin, avec quelques mètres d'avance sur les autres. Comme il contournait un rocher, il vit quelque chose rouler devant lui. C'était une gourde de la taille d'une tête d'homme. Il la poussa machinalement du pied et remarqua d'étranges taches. Il la retourna, puis l'enfonça rapidement du pied dans la boue avant que les sapeurs ne la voient. C'était une représentation grossière d'un homme pendu à une potence. Il savait qu'il ne s'agissait pas d'un simple avertissement. Le *muttadar* lui en avait déjà parlé. C'était un signal envoyé à la *konda devata*, destiné à attirer l'esprit démoniaque, comme l'odeur de la viande morte attirait les hyènes.

Howard scruta le mur impénétrable de végétation, au-dessus de la rive, et cligna des yeux sous la pluie. Il ne vit rien mais eut la conviction qu'ils n'étaient pas uniquement suivis par un tigre. Ils n'étaient plus loin du village ; des silhouettes voltigeaient autour d'eux. Il regarda les rochers, qui seraient bientôt immergés par une cascade, et crut voir un enfant vêtu d'un châle tendant les bras vers lui. Cela ne pouvait être qu'une hallucination… Le souffle coupé, il se souvint de ce qui s'était passé le long du fleuve, de ce qu'il avait fait, puis l'image disparut.

Il reprit sa marche. L'eau, dont le niveau avait déjà beaucoup monté, était rougie par le grès. Deux arbres récemment tombés de part et d'autre de la rivière se vidaient de leur sève sur les rives. Howard avait l'impression d'avancer dans un flot de sang. Il se demandait s'il n'était pas attiré dans un monde de sorcellerie et d'horreur, dont il avait ouvert les portes lorsqu'il avait appuyé sur la détente. Tout à coup, il s'enfonça jusqu'à la taille et faillit tomber en avant. Wauchope et Hamilton se précipitèrent à son secours et le rattrapèrent juste à temps.

— J'aurais dû vous en parler, se lamenta Hamilton. À cet endroit, le torrent a fait remonter le limon de la rivière. On se croirait dans des sables mouvants. Nous avons eu un mal de chien à traverser cette zone. Sous ce tapis de feuilles et de cendre se dissimule un redoutable piège à rats.

— Nous sommes encore loin ? demanda Howard en essayant de rester calme.

— Au sommet de la cascade, il y a un pont qui mène à la piste allant du village au temple. Nous avons laissé Bebbie et les sapeurs dans une clairière, juste à côté.

— Nous sommes suivis, annonça Howard.

— Tu dis ça à cause de la gourde ? l'interrogea Wauchope. J'ai vu que tu la regardais.

— Pourquoi est-ce qu'ils ne nous tuent pas ? s'étonna Hamilton. Ils pourraient nous tirer comme des lapins.

Howard se tourna vers le *muttadar*, qui avait escaladé les rochers avec une aisance naturelle et s'était matérialisé sans bruit à côté d'eux, son cher bambou à la main.

— Je crois que c'est grâce à lui. Il est sorcier et, bien qu'ils sachent qu'il les a trahis, les rebelles n'osent peut-être pas lui faire de mal.

— À cause de l'idole ? suggéra Wauchope.

Chapitre VI

— Oui, c'est pour cette raison qu'il est ici avec nous et qu'il nous a conduits aussi loin. Comme les autres, il redoute les démons de la jungle, la *konda devata*, mais je crois qu'il sait qu'il arrivera au temple sain et sauf pour pouvoir rendre ce qu'il a pris. Quant à nous, nous avons eu l'audace de nous introduire dans la jungle, parmi les esprits qui la hantent après un sacrifice. Par conséquent, les Kóya pensent peut-être que nous avons, nous aussi, des pouvoirs surnaturels.

— Ce sont d'irrécupérables sauvages ! maugréa Hamilton, le visage désormais rouge de fièvre. Le seul pouvoir surnaturel dont nous disposions, c'est celui de leur envoyer une bonne volée de plombs !

— Tiens ça, dit Wauchope à Howard en lui tendant l'extrémité d'une corde qu'il avait prise dans le havresac d'un des sapeurs.

Il repoussa son épée derrière son dos et se mit à escalader les rochers en laissant courir la corde. Une fois arrivé au sommet, environ dix mètres plus haut, il fit signe aux hommes de le suivre. Il était à peine visible dans la brume. Dix minutes plus tard, pieds nus et leur fusil derrière le dos, tous les sapeurs l'avaient rejoint. Un petit pont en bambou traversait la rivière. Ils le franchirent et débouchèrent dans une clairière entourée de roseaux. Cinquante mètres plus loin, la jungle continuait, dressée vers le ciel. Soudain, le *havildar* fit un geste. Un des sapeurs se mit à courir vers un petit groupe d'hommes postés près d'un rocher de l'autre côté de la clairière. L'un d'eux hurla quelque chose en hindi pour le prévenir. Trop tard… Le sapeur disparut sans un cri. Hamilton et Howard avancèrent prudemment.

— Mon Dieu, non, murmura Hamilton. Je savais qu'il y avait un piège ici. J'aurais dû en avertir les hommes. Je ne suis pas dans mon état normal.

Un horrible gargouillis se fit entendre, puis plus rien. Howard se pencha en avant, au bord de la nausée. C'était un piège à tigre. Le trou était profond d'au moins trois mètres. Des piquets de bambou durci par le feu étaient plantés dans le sol. Le sapeur était tombé en position assise ; un pieu lui avait transpercé la nuque et le crâne pour ressortir, couvert de sang, environ trente centimètres au-dessus de son turban. La force de l'impact l'avait presque décapité et sa nuque s'allongeait de façon grotesque. Le reste de son corps avait été traversé de part en part par les autres bambous.

Howard se ressaisit et recula pour laisser la place à ses hommes. Il prit le *havildar* à part et lui dit quelques mots à voix basse, en hindi, avant de se tourner vers Wauchope et Hamilton.

— Je lui ai demandé de récupérer le fusil et les munitions. Les hommes vont vouloir le sortir de là et l'enterrer.

— Cela va être une tâche horrible, murmura Wauchope.

— Ils ne le laisseront pas ici comme ça, affirma Howard.

Il se dirigea vers l'autre bout de la clairière, en proie à une colère grandissante. Bebbie aurait bien des comptes à rendre ! Mais il s'aperçut qu'il était trop tard. Les quatre sapeurs que Hamilton avait laissés à son chevet étaient à genoux autour d'un palanquin en bambou, sur lequel reposait un corps noyé de sueur, à demi recouvert, sans vie. Howard savait que le choléra pouvait faire des ravages, mais ce spectacle était particulièrement morbide. Le visage était gris. La bouche, grande ouverte, était pleine de sang coagulé. Mais il y avait quelque chose d'étrange. Les yeux étaient visiblement sortis de leur orbite avant d'avoir été grossièrement remis en place. Howard s'approcha en se bouchant le nez pour ne pas sentir l'odeur des selles et comprit ce qui s'était passé. Bebbie avait un large trou au milieu du front.

Le *havildar* rejoignit les quatre sapeurs et leur tendit sa gourde d'eau. Les hommes parlèrent tour à tour. Howard les écouta attentivement. Malgré le spectacle sinistre dont il était témoin, sa colère était toujours palpable.

— Cet imbécile leur a ordonné de se rendre au village de Rampa pour parlementer avec les rebelles, traduisit-il à l'intention de Hamilton et Wauchope, en désignant le cadavre du regard. Le guide lui avait dit que Chendrayya était là. Un des sapeurs est parti en reconnaissance. Il a vu au moins quatre cents rebelles rassemblés dans le village, peut-être plus. Je suppose que ce sont ceux que nous avons vus rejoindre la foule au bord du fleuve. Le sapeur est revenu faire son rapport. Les quatre hommes savaient ce que les rebelles avaient fait aux agents de police capturés. Mais leur exécution, à laquelle nous avons assisté depuis le bateau, a été suivie d'une autre. Les rebelles en ont tué deux de plus sous les yeux des sapeurs la nuit dernière, juste devant le temple. Bebbie a tout de même ordonné aux hommes de retourner au village.

— Il devait délirer, dit Wauchope.

— Tu ne sais pas quel genre de type c'était ! lança Howard. Ils ont été attaqués avant d'avoir le temps de se mettre en route. Des coups de feu ont été échangés. Bebbie a été tué.

Wauchope s'agenouilla à côté du corps et examina le trou béant au milieu du front. Il souleva la tête ; une nuée de mouches noires s'envola. L'arrière de la tête avait été perforé et des fragments de crâne étaient collés au sol.

— Ce n'est pas une balle de mousquet qui a fait ça, déclara Wauchope. C'est une balle de Snider. J'ai vu les ravages que font nos fusils en Afghanistan.

Howard observa la plaie, la gorge serrée. Sa main droite tremblait toujours. Il réfléchit un instant et se tourna vers le *havildar*.

— Il n'a pas eu de chance, lui dit-il en hindi, mais il serait mort du choléra de toute façon. Dites aux hommes de l'enterrer sur place. Et qu'ils se rassurent, ils n'auront plus à parlementer avec l'ennemi.

— *Sahib*, répondit le *havildar*.

Il donna les ordres aux quatre sapeurs, qui firent un signe de tête à Howard et sortirent leur pelle pliante de leur sac à dos. Howard regarda de nouveau le corps avec mépris.

— S'il avait fait son travail, cette rébellion n'aurait jamais eu lieu, affirma-t-il.

— On finira par apprendre qu'il a été tué, murmura Hamilton.

— Par une balle de mousquet, décréta Howard d'un ton ferme. C'est ce que les sapeurs ont dit. Ils ont été attaqués. Et c'est ce qui sera indiqué dans le rapport.

— Si toutefois tu as la possibilité d'en faire un, dit Wauchope. Que fait-on maintenant ?

Howard fut subitement pris d'une grande lassitude. Il retira son casque, se frotta la barbe et leva les yeux vers le ciel, de plus en plus bas.

— Nous partons dans vingt minutes, annonça-t-il en remettant son casque. Les sapeurs devront avoir terminé leur tâche d'ici là. Hamilton, je compte sur vous pour les motiver. Je vais aller voir ce temple avec Robert. Vous dites que vous avez vu quelque chose, des inscriptions ? Pour l'instant, tout ce qui m'intéresse, c'est de remettre ce foutu *vélpu* à sa place et de sortir d'ici. Je pense que le *muttadar* ne nous laissera pas partir tant que nous ne nous serons pas acquittés de notre part du marché.

Accompagnés du *muttadar*, Howard et Wauchope se dirigèrent vers le nord, où la rivière s'incurvait pour passer sous une autre cascade. À travers le rideau d'eau, ils discernèrent trois gros rochers, dont l'un formait une sorte de toit sur les deux autres. L'entrée était bloquée par une dalle. Le *muttadar* retira aussitôt son turban, puis s'assit par terre en murmurant un mantra en kóya, les yeux remplis de terreur. Howard s'agenouilla à côté de lui pour essayer de comprendre ce qu'il disait.

— Cet endroit le terrifie, expliqua-t-il. Il n'ira pas plus loin.

— Je croyais que c'était lui qui voulait y aller, s'étonna Wauchope.

— Il sait qu'il doit rendre l'idole, mais il redoute la colère de la *konda devata*, l'esprit du tigre. Il veut que nous y allions à sa place.

— Mais quand il n'aura plus son bambou, il sera sans défense. Les rebelles le tueront.

— Apparemment, il craint plus les esprits que la mort.

Howard essaya de raisonner le *muttadar*. Immobile, les yeux dans le vague, l'homme semblait en transe. Soudain, les mains tremblantes, il sortit une gourde et se mit à boire de l'alcool de palme comme si c'était de l'eau. Howard lui arracha le bambou des mains. Celui-ci était fermé aux deux extrémités par un bouchon en bois recouvert d'une substance résineuse. Wauchope l'observa, intrigué.

— On l'ouvre ? proposa-t-il. Il sera bientôt trop ivre pour s'en rendre compte.

Howard regarda le temple. Il eut l'impression de voir une tête de tigre dans les rochers, des yeux et des oreilles dans les replis de la pierre.

— Finissons-en. Je lui ai fait une promesse. Je refuse de traiter ces gens comme des sauvages.

Ils avancèrent et aperçurent, à gauche de l'entrée du temple, une alcôve rocheuse. Deux gros bambous maintenaient une toiture faite de baguettes de bois et de feuilles de palmier pour former une sorte de véranda. Howard et Wauchope découvrirent une rangée de pieux surmontés de crânes blancs, dont certains étaient énormes : éléphants, tigres, sangliers. Derrière, deux pieux plus grands étaient ornés de plumes désordonnées. Entre les deux, à mi-hauteur, se trouvaient deux masses noircies, dégoulinantes, suppurantes. Howard avait remarqué l'odeur, mais il pensait qu'elle venait de Bebbie. Il comprenait désormais que cette puanteur nauséabonde était celle d'une putréfaction plus avancée. Il s'agissait des deux agents de police… Des couteaux suspendus à des cordes sous les cadavres tournaient lentement dans le vide. Les victimes avaient la tête fracassée et scalpée, les yeux arrachés. Howard perçut un mouvement sur le sol et vit un rat repu détaler en traînant derrière lui un morceau de chair subtilisé sur un des pals. Il s'écarta aussitôt, sur le point de vomir, et rejoignit Wauchope devant la dalle qui condamnait l'accès au temple.

— Il faut qu'on parte d'ici, murmura-t-il d'une voix rauque en s'appuyant contre la roche humide, la tête lourde.

— Attends, regarde ça ! s'exclama Wauchope en passant le doigt sur une fissure de la dalle. Il y a une inscription dans la pierre. Qui a pu faire ça ?

— Essaie de pousser la dalle, suggéra Howard.

Wauchope posa les mains à plat sur la pierre, qui pivota immédiatement. Ils entrèrent côte à côte en baissant la tête et s'engagèrent prudemment dans l'obscurité. Howard ouvrit un cylindre en cuivre qu'il portait à son ceinturon et en sortit un briquet à silex en acier. Une gerbe d'étincelles enflamma une cordelette enduite de pétrole lampant, qu'il utilisa pour allumer une petite bougie. Juste devant lui, il repéra un lingam gravé grossièrement, un phallus. Il leva la bougie un peu plus haut. Les murs étaient recouverts de symboles, de personnages semblables à celui qu'il avait vu sur la gourde.

Ils s'enfoncèrent un peu plus dans le passage. Ils entendaient le bruit de la cascade à travers les rochers. Soudain, Wauchope trébucha. Howard tendit la main pour le rattraper et lâcha le bambou. Lorsque Wauchope eut retrouvé l'équilibre, il ramassa l'objet, dont l'une des extrémités s'était fendue en éclats. Il sentit quelque chose comme du papier à l'intérieur. Puis il s'accroupit et s'aperçut que Wauchope avait trébuché sur un bassin en pierre rempli de liquide, qui dégageait une odeur métallique.

Il approcha la bougie et vit le reflet de son visage, qui semblait entouré d'une aura rouge foncé. Cette fois encore, il se rappela ce que le *muttadar* lui avait révélé : les prêtres lisaient l'avenir dans une mare de sang. Il scruta la surface mais, ne voyant plus que la lueur vacillante de la bougie, il changea de position. Terrifié, il lâcha de nouveau le bambou et laissa tomber sa main droite dans le liquide. Celui-ci était épais, chaud et se coagulait. Il retira sa main et la secoua fermement en envoyant des glaires rouges sur les murs.

— J'ai eu d'horribles visions, confia-t-il en s'essuyant sur son uniforme. Des tigres, des démons, des scorpions !

— Ils sont sur le plafond, juste au-dessus de toi, dit Wauchope.

Howard tendit la bougie au-dessus de sa tête. Bien sûr… C'étaient d'autres motifs gravés dans la pierre, dont il avait vu le reflet. Il inspira profondément pour se détendre.

— On dirait qu'il y a une sorte d'autel au centre, remarqua-t-il. C'est sans doute le sanctuaire du temple.

Chapitre VI

Il ramassa de nouveau le bambou et enjamba le bassin avec précaution. Dans la faible lumière de la bougie, il discerna des personnages plus arrondis, des sculptures en relief, des masques et des démons dansants.

— Je les reconnais ! s'écria-t-il. Quand j'étais petit, mon *ayah* m'emmenait dans des temples troglodytes comme celui-ci, dans le Bihar. C'est Parvati, la femme de Shiva. Et là, c'est Vishnu, qui triomphe d'un démon.

Il entra dans la pièce principale. Les murs étaient à peine perceptibles à la lueur de la bougie.

— Ici, les personnages sont encore différents, observa-t-il. Ils ressemblent à des guerriers. Il faut que je les voie de plus près.

— Passe-moi la bougie une minute, dit Wauchope.

Il était accroupi à côté d'une structure taillée dans le roc, rectiligne et surélevée, qui ressemblait à un autel. Lorsque Howard lui eut donné ce qui restait de la bougie, il la tint tout près de la pierre.

— Mon Dieu… murmura-t-il.

— Qu'y a-t-il ?

— Une inscription. Elle est lisible.

— En quelle langue ?

Wauchope ne répondit pas. Howard regarda l'orbe de lumière jaune se déplacer le long de la pierre, puis revenir en arrière. Il ne voyait que des formes, des caractères sculptés. Au milieu de la quatrième ligne, la bougie s'éteignit. Ils étaient de nouveau dans la quasi-obscurité. Seul un rai de lumière pâle filtrait à travers le passage depuis l'entrée.

— Vite ! s'écria Wauchope. Allume ton briquet ! Je crois que je peux lire une des lignes.

Howard posa le bambou à côté de l'autel et s'empressa de sortir son briquet. Il frotta le silex à plusieurs reprises dans l'air humide, jusqu'à ce qu'une étincelle enflamme la cordelette. Il nourrit la flamme dans le creux de sa main et tendit le briquet à son ami. Wauchope éclaira la pierre en se déplaçant le plus rapidement possible. Mais il se brûla les doigts et laissa échapper le briquet en poussant un cri. La cordelette s'éteignit dans un crépitement en heurtant le sol humide et les plongea définitivement dans le noir.

— C'est fichu, déclara Howard. Alors ?

Wauchope garda le silence. Howard voyait la silhouette de cet homme imposant, qui se tenait les doigts endoloris et fixait aveuglément la pierre. Lorsqu'il se tourna vers lui, il vit à peine les traits de son visage.

— C'est du latin. *Sacra iulium sacularia.* « Gardien du joyau céleste. » C'est tout ce que j'ai pu déchiffrer.

— Cela me rappelle quelque chose, souffla Howard. Lorsque j'étais enfant, mon *ayah* m'a parlé d'un joyau céleste, le joyau de l'immortalité.

Un grondement grave précéda un immense coup de tonnerre. Un éclair illumina l'intérieur du temple et fit apparaître, l'espace d'un instant, une vague déferlante de personnages qui semblait s'abattre sur eux : des dieux et des déesses, des démons, des tigres menaçants, des visages déformés par la peur et l'agonie, des hommes à cheval, terrifiants, semblables aux cavaliers de l'Apocalypse. Howard crut voir des Romains. Des légionnaires romains... Il éprouva le même malaise que lorsque les bêtes s'étaient mises à pousser des cris dans la jungle. Il porta une main à son front ; celui-ci était brûlant et sa main tremblait toujours.

Les deux hommes rebroussèrent chemin. Le bruit de la cascade était plus fort et d'énormes gouttes de pluie éclaboussaient le passage. Mais Howard se rendit compte qu'il entendait aussi autre chose : des battements de tambour, venant de toutes parts, désordonnés puis réguliers, en rythme, semblables à ceux qui avaient résonné au bord du fleuve le matin même. Tenaillé par la peur, il chercha le *muttadar* des yeux. Il le trouva criblé de flèches, effondré dans une mare de sang et de boue. Le corps pulvérisé par la pluie, l'homme semblait disparaître dans la terre. Howard et Wauchope reculèrent dans la pièce principale et sortirent leur revolver. Ils se serrèrent la main.

— Que Dieu soit avec toi, dit Howard.

Chapitre VI

— Si nous nous en sortons, cet endroit devra rester notre secret, déclara Wauchope. J'ai vu autre chose dans cette inscription.

— Si nous courons vers le rocher où nous avons laissé les sapeurs, nous arriverons peut-être sains et saufs.

Dans l'obscurité, Howard passa la main sur l'autel et s'empara d'un objet qu'il avait repéré quelques secondes auparavant. C'était une épée rouillée avec un gantelet de cuivre en forme de tête de tigre. Il glissa la main dans le gantelet et referma les doigts autour de la barre transversale. La tête de tigre, gueule ouverte et regard perçant, ressemblait à celle qu'il avait vue sur les murs du temple.

— Tout ce qu'ils redoutent, ce sont les tigres, dit-il. Si cet objet a été déposé dans le temple, il doit être sacré. Il pourrait bien leur flanquer une frousse bleue.

— J'ai une meilleure idée, murmura Wauchope en ramassant le bambou. Tu as respecté ta part du marché. Tu as aidé le *muttadar* à remettre l'idole à sa place. Maintenant qu'il n'en a plus rien à faire, nous pouvons l'emprunter. S'ils voient que nous l'avons, les rebelles se tiendront peut-être tranquilles, comme ils l'ont fait jusqu'à présent.

Derrière le roulement de la pluie et des tambours, ils entendirent un coup de feu provenant d'un Snider. Au moins, les rebelles ne pourraient pas utiliser leurs mousquets à mèche sous les gouttes. Soudain, un grondement d'une ampleur extraordinaire parvint jusqu'à eux et leur fit perdre l'équilibre. Cette fois, ce n'était pas le tonnerre, mais la réplique d'un tremblement de terre. Ils se cramponnèrent de toutes leurs forces. Des rochers tombèrent le long de la cascade et celui qui servait de toit au temple sembla bouger. Howard se rappela le rugissement du tigre et se demanda si la bête les guettait au-dehors. Il pensa à son fils. À ce qu'il avait fait… Il arma son revolver et brandit l'épée devant lui. Pendant une fraction de seconde, il eut l'impression de sortir de son corps et de se voir disparaître derrière le voile de pluie pour entrer dans l'Histoire. Il se tourna vers Wauchope.

— Allons-y ! lança-t-il.

Chapitre VII

Golfe du Bengale, Inde, de nos jours.

Jack ramena la barre du hors-bord vers lui pour longer la côte et réduisit l'arrivée des gaz. Quelque part au-delà du littoral, se trouvait le site romain d'Arikamedu. Des Romains, dans le sud de l'Inde… Dans cet environnement aux antipodes de l'image classique de l'Antiquité latine, cela paraissait presque inconcevable. Une vague vint s'écraser contre le Zodiac en bouillonnant d'écume. Balancé par la houle du golfe du Bengale, Costas était assis sur le plat-bord, en face de Jack. Hiebermeyer et Aysha se cramponnaient à l'avant, derrière Rebecca, qui tenait l'amarre de la proue, les cheveux ébouriffés par le vent. Ils portaient tous une combinaison de survie orange de l'UMI et un gilet de sauvetage.

Jack regarda la plage bordée de palmiers, quelques centaines de mètres plus loin, et observa la hauteur de la houle sur les hauts-fonds. Il accéléra ; le moteur Mariner de soixante chevaux souleva le canot sur la crête d'une vague. La silhouette grise du *Seaquest II* s'éloigna un peu plus, tandis que l'équipe se dirigeait vers le sud, parallèlement à la côte.

— Ça doit être par là, cria Costas en tenant son GPS d'une main et la corde du plat-bord de l'autre. On approche de l'embouchure du fleuve.

Jack hocha la tête et ralentit de nouveau pour tourner en direction du littoral. Il manœuvra habilement entre deux rangées de brisants, qui indiquaient la présence d'un récif à environ deux cents mètres au large de la côte. La mer devint plus calme.

— Tout devrait bien se passer si nous restons entre les bouées, mais ouvre les yeux, dit Jack à sa fille, toujours postée à la proue.

Rebecca se retourna, le pouce levé. Pour la première fois depuis qu'ils avaient quitté le *Seaquest II*, Jack pouvait se permettre de se détendre et de regarder autour de lui. Ils avaient dépassé le port de Pondichéry et l'ancien fort de la Compagnie des Indes orientales environ vingt minutes auparavant. Ils naviguaient au large de la frange verte qui s'étendait sur trois cents kilomètres jusqu'à la pointe sud de l'Inde et au détroit de Palk, franchi plus tôt dans la matinée.

Jack accéléra un peu. Ils passèrent à côté d'un bateau à voile latine et d'un pêcheur, qui les suivit du regard en jetant son filet à l'eau. Voyant Rebecca lever le bras à tribord, Jack vira à bâbord pour éviter un rocher. Il était presque impossible de distinguer l'embouchure du fleuve du reste du littoral. Et pourtant, ce fleuve menait à l'un des sites archéologiques les plus extraordinaires de l'Inde. Jack, qui rêvait de ce moment depuis son enfance, était en proie à une excitation grandissante. Il se retourna vers le bateau à voile, désormais seul au milieu du golfe du Bengale. Le soleil donnait une teinte métallique à l'eau, indolente, lourde comme du mercure. Seul le reflet du bateau à voile vacillait lentement, témoin des derniers sursauts de la houle.

Jack confia la barre à Costas et se tourna vers l'est, les yeux plissés et le visage tendu vers le soleil. Quelque part au loin, s'étendait Chrysê, la Terre d'or. Deux mille ans auparavant, l'auteur du *Périple* était venu jusqu'ici et s'était, lui aussi, tourné vers l'est en se demandant ce qui se trouvait au-delà de l'horizon. Jack regarda de nouveau le bateau à voile. Qu'avait-il vu, ce marchand grec d'Égypte qui avait navigué le long de ces côtes ? Avait-il vu de ses yeux les *kolandiophônta* mentionnés dans le *Périple*, ces grands bateaux qui descendaient le Gange ? Avait-il vu des navires en provenance de Chrysê, admiré leurs voiles immenses et leur proue en forme de dragon, rencontré des émissaires de cet empire guerrier, aussi puissant que Rome, qui transportaient des balles de soie d'une finesse indescriptible ?

— Je coupe le moteur, annonça Costas. Je me méfie de ces hauts-fonds.

La vase du fleuve se mêlait désormais à l'eau claire de l'océan. Jack acquiesça et jeta un coup d'œil à la carte plastifiée sur laquelle était indiqué l'emplacement du site archéologique.

— C'est à environ deux cents mètres en amont du fleuve, précisa-t-il, sur la rive sud.

Costas prit une rame de son côté du canot. Jack se saisit de l'autre et l'enfonça dans l'eau boueuse. Ils n'entendaient plus que le rugissement lointain des vagues sur les brisants et le bruissement du vent entre les palmiers. Ils arrivèrent à une langue de terre qui marquait l'embouchure du fleuve, large de moins de cinquante mètres. La rive était un véritable patchwork de rouge et de vert, une explosion de bougainvilliers et de cocotiers, auxquels se mêlaient quelques palétuviers et citronniers.

Il se mit soudain à faire une chaleur intense, sèche, et les deux hommes posèrent leur rame pour retirer leur combinaison jusqu'à la taille, comme l'avaient déjà fait Hiebermeyer et les deux filles.

Ils passèrent devant une rangée de bateaux à voile, sur lesquels des poissons accrochés au gréement étaient en train de sécher, puis croisèrent un groupe de femmes et de buffles d'eau, qui se baignaient sans se soucier des crabes violonistes et des périophthalmes qui s'ébattaient autour d'eux. Dans cette langueur, le temps semblait suspendu. Ce monde fragile et éphémère, exposé aux cyclones et aux tsunamis, était resté à l'écart des progrès de la civilisation.

Jack repensa au *Périple* et essaya de se mettre à la place de l'auteur. Celui-ci avait dû être intrigué par ce qui se trouvait plus à l'est, mais la vue au-delà de la frange de palmiers, en direction des terres, offrait aussi son lot de tentations et d'angoisses. Comme les premiers explorateurs européens, les Grecs et les Romains arrivés jusqu'ici s'étaient trouvés aux portes de l'inconnu, face à des milliers de kilomètres de jungle et de désert. Tout ce qu'ils savaient, c'était que, quelque part au nord, s'étendaient des terres foulées par Alexandre le Grand. Mais eux, ils n'étaient pas venus conquérir ni coloniser, mais faire du commerce, comme le feraient les Portugais, les Français et les Britanniques mille cinq cents ans plus tard avec des civilisations aussi anciennes et avancées que celles de l'Égypte et de l'ensemble du Bassin méditerranéen.

Jack dirigea le Zodiac vers l'autre rive et ils arrivèrent le long d'un appontement en bois. Un homme maigre, en sandales, vêtu d'un short et d'une chemise kaki ornée de l'écusson de la Survey of India, les attendait. Deux autres hommes approchèrent et prirent l'amarre que Rebecca leur tendait, avant d'aider la jeune fille, ainsi qu'Aysha et Hiebermeyer, à sortir du canot. Les trois membres de l'UMI retirèrent intégralement leur combinaison de survie et, sans un mot, Hiebermeyer bondit vers une tranchée en remontant son short trop grand pour lui. Rebecca se retourna vers son père, qui lui fit signe d'avancer, et rejoignit Hiebermeyer en compagnie d'Aysha. Jack et Costas montèrent à leur tour sur l'appontement.

— Il faut excuser mon collègue, dit Jack. Son champ de vision rétrécit lorsqu'il voit un nouveau chantier de fouilles.

L'homme fit claquer ses talons et tendit la main.

— Commandant Howard, c'est un honneur de faire votre connaissance.

— Je ne suis que réserviste ! Et je préfère qu'on se tutoie. Appelle-moi Jack. Capitaine Pradesh Ramaya, je présume ?

Les deux hommes se serrèrent la main.

— Corps des ingénieurs de l'armée indienne. J'ai été affecté à la Survey of India. C'est moi qui dirige les fouilles sous-marines.

— Merci de m'avoir envoyé la carte par e-mail, dit Jack en retirant à son tour sa combinaison de survie.

Chapitre VII

Il prit son vieux sac posé dans une caisse à l'avant du canot et le jeta sur son épaule en prenant garde de ne pas montrer l'étui de son revolver. Puis il se tourna vers son ami pour le présenter.

— Costas Kazantzakis, ingénieur également, dans la marine.

— Ah ! s'exclama Pradesh. Dans quel secteur ?

— Robotique sous-marine, répondit Costas en lui serrant la main. Seulement quelques années. Ensuite, j'ai rencontré Jack... Quant à la marine, je n'ai quasiment jamais porté l'uniforme.

— Sauf quand tu as livré une canonnière à l'embouchure du Chatt-al-Arab pendant la première guerre du Golfe, précisa Jack.

— On m'a mis sur un porte-avions ! Je n'ai servi à rien. Je n'ai fait que tuer le temps.

— Et gagner une croix de la marine.

— Tu peux parler ! Réserviste ? Tu n'as pas fait partie des forces spéciales ? Voyons que je me souvienne de tous ces rubans de campagne sur ton uniforme. Atlantique Sud, golfe Persique, Adriatique...

— Ah ! Ces bouts de tissu bouffés aux mites ! C'est de l'histoire ancienne.

— C'est un plaisir de rencontrer d'aussi illustres guerriers, déclara Pradesh en souriant.

— Nous sommes archéologues, rectifia Jack.

— Enfin, lui, pas moi, répliqua Costas. Je ne suis que son acolyte. Moi, je suis juste là pour le trésor !

Il retira sa combinaison. En voyant son ensemble hawaïen bariolé, Pradesh ne put s'empêcher de le fixer.

— Vous êtes d'ici ? lui demanda Costas.

— Je suis de la région du Godavari, où nous irons après avoir visité le chantier, répondit Pradesh. C'est à environ trois cents kilomètres au nord.

— Quand j'ai appelé depuis l'Égypte pour organiser notre visite, expliqua Jack, je ne savais pas encore qu'on pourrait associer les deux. Mais quand Pradesh m'a envoyé un e-mail en m'indiquant qu'il faisait partie du corps des ingénieurs de Madras, basé à Bangalore, je lui ai parlé de mon arrière-arrière-grand-père.

— Le portrait du colonel Howard est en bonne place au mess du régiment, affirma Pradesh.

— Du colonel ? s'étonna Costas. Je croyais qu'il était lieutenant.

— Je t'expliquerai plus tard, dit Jack.

— Et le colonel Wauchope est un de nos grands héros, continua Pradesh. Son travail au sein de la Survey of India, l'ancien Service géodésique des Indes, dans les années 1880 et 1890, a permis d'établir la frontière avec l'Afghanistan. C'est un honneur de t'assister, Jack. Au mess, les officiers leur portent toujours un toast lors de l'anniversaire de leur disparition.

— De leur disparition ? s'écria Costas. Ils ont disparu tous les deux ?

— Je t'expliquerai, répéta Jack.

Il désigna l'équipement de plongée qui se trouvait sous l'auvent d'une tente, au bord du fleuve.

— Je suis impatient de voir le site ! lança-t-il. Nous n'avons qu'une heure et demie devant nous avant que l'hélicoptère ne vienne nous chercher.

Trois quarts d'heure plus tard, sous l'auvent, Jack se leva et posa son crayon sur la table. Il avait fait une visite rapide du chantier terrestre en compagnie de Costas. Ils avaient aperçu Hiebermeyer et les filles à genoux dans la boue séchée, une truelle à la main, au milieu d'un groupe d'étudiants en archéologie. Puis ils s'étaient dirigés vers la tente, où Jack avait tracé un plan du site.

— Les vestiges romains s'érodent près du fleuve, dit-il à Pradesh. Ce que Hiebermeyer est en train de mettre au jour ressemble à un grand entrepôt en pisé, mais je pense qu'il en manque au moins la moitié. Il y a deux ou trois mètres d'eau et, au-dessous, une grande couche de sédiments ensevelis. Celle-ci doit contenir de nombreux artefacts mais n'est pas stratifiée. Avec l'équipement que tu as, ton équipe va avoir beaucoup de mal à faire des fouilles. Sur ce point, nous allons pouvoir t'aider.

— Nous avons essayé d'utiliser une pompe, mais le trou se remplit aussitôt et les plongeurs ne voient rien, reconnut Pradesh.

— Costas ? appela Jack.

Costas, debout devant la tente, coupa son récepteur radio et s'approcha en retirant ses lunettes de soleil.

— C'est bon, déclara-t-il s'essuyant le front. Ils vont prendre le grand canot du *Seaquest II* pour nous apporter le matériel.

Jack se pencha au-dessus de son plan.

— Je te suggère de faire un caisson flottant, un coffrage, pour clore la zone du fleuve qui se trouve contre le site terrestre, expliqua Jack. Cela te permettra de décharger les sédiments passés au crible à l'extérieur du caisson, de sorte que l'eau devienne transparente à l'intérieur. Nous disposons d'un engin conçu par Costas. Nous l'avons utilisé pour la première fois en mer Noire. C'est une sorte d'énorme coupe-biscuit de cinq mètres carrés qu'on place sur la zone à fouiller. Il est équipé d'une pompe et peut se déployer au fur et à mesure qu'on creuse. Un tuyau rejette sur la rive les sédiments, qui sont ensuite passés au crible. Je demanderai à quelques-uns de nos techniciens de rester sur place tant que ton équipe aura besoin d'eux.

— Parce que Jack et moi, on va à Hawaï, murmura Costas.

Pradesh jeta un coup d'œil à sa chemise et se mit à tousser.

— Ah ! Je vois... Vous prenez des vacances ?

— Non, c'est pour le travail, répondit Jack.

Pradesh se tourna vers le fleuve.

— Merci de votre aide, reprit-il. Ici, même la plus petite découverte peut valoir son pesant d'or. Le lit du fleuve recèle peut-être un véritable trésor. Je vais immédiatement annoncer la nouvelle à l'équipe.

Il se dirigea vers des plongeurs occupés à rassembler leur équipement sur l'appontement. Jack repensa à l'auteur du *Périple* et se demanda de nouveau ce que celui-ci avait vu ici, deux mille ans auparavant. Aujourd'hui, le site n'était qu'une clairière, plus petite qu'un terrain de football, au milieu de la jungle. Jack imagina des murs de pisé, des ruelles étroites, des entrepôts, des rangées d'amphores romaines le long d'un quai, des caisses de poteries italiennes vernies. Arikamedu, comme Bérénice, au bord de la mer Rouge, était une cité purement fonctionnelle, sans temples ni mosaïques, une plate-forme commerciale par laquelle transitaient pourtant des biens d'une valeur inestimable. Ici, le moindre tesson de poterie était une preuve unique de l'une des aspirations les plus extraordinaires du monde antique.

— Jack ! cria Hiebermeyer en se précipitant vers lui, suivi d'Aysha et de Rebecca. Tu te souviens de la place des Marchands, sur le port d'Ostie, à Rome ? De ses petits bureaux ? Cet entrepôt est construit de la même façon, comme une écurie. Chaque marchand avait son propre étal. Et tu ne devineras jamais sur quel bureau nous sommes tombés ! C'est Aysha qui l'a repéré.

Un étudiant indien les rejoignit avec un plateau, qu'il tendit à Aysha. Celle-ci prit un petit sachet en plastique et en sortit un tesson de poterie usé.

— Poterie locale, annonça-t-elle, fabriquée dans le sud de l'Inde à la fin du Ier siècle av. J.-C.

— Je vois une inscription, murmura Jack.

— C'est du tamoul, confirma Aysha, qui avait du mal à cacher son enthousiasme. Une découverte absolument fantastique ! C'est un nom, le même que celui que nous avons vu sur un des tessons de la maison du marchand, à Bérénice. Un nom de femme, « Amrita ».

— Et regarde les autres tessons, intervint Hiebermeyer, qui en prit un autre pour le montrer à Jack. Ils viennent d'une amphore à vin du centre de l'Italie. Tu vois ce qui est écrit ?

— Des chiffres… souffla Jack. Ce sont des livres de comptes, comme tu le soupçonnais.

Il discerna également quelques mots en grec.

— Je reconnais ce style d'écriture ! s'exclama-t-il. L'inclinaison des lettres ! On dirait que ce texte a été écrit de la même main que celui du *Périple*, sur les tessons de Bérénice !

Chapitre VII

Hiebermeyer hocha la tête frénétiquement et pointa le doigt en direction du chantier de fouilles.

— Voilà comment je vois les choses, dit-il. Nous ne connaissons pas le nom de ce marchand, mais appelons-le Priscus. Il est assis là-bas dans son bureau, avec sa femme, Amrita. Ils travaillent ensemble. Elle est indienne ; elle a donc des contacts ici et sa famille garde un œil sur leur bureau lorsqu'ils sont en Égypte. Nous pensions que notre homme troquait de la soie et, accessoirement, des pierres précieuses. Eh bien, regarde ce qui est écrit : *serikōn*, « soie ». Les chiffres doivent correspondre aux différentes qualités, aux quantités et aux prix. Et là : *sappheiros*. Ce mot signifie « lapis-lazuli » en grec. C'est celui qu'utilise l'auteur du *Périple* pour faire référence à cette pierre. Dans l'Antiquité, il ne pouvait s'agir que du lapis-lazuli extrait dans les montagnes du Badakhshan, en Afghanistan.

— Comme ce truc-là ? s'enquit Costas en sortant une pierre d'un bleu éblouissant de la poche de son short.

— C'est la pierre que tu as trouvée à Bérénice ! s'exclama Hiebermeyer. On ne peut vraiment t'emmener nulle part ! Ah ! Ces plongeurs...

— Jack le fait aussi, rapporta Costas d'un air pince-sans-rire. Je l'ai simplement empruntée. Pour me porter chance, jusqu'à ce qu'on soit à Hawaï. Ensuite, je te la rendrai.

— Autre chose, Maurice ? demanda Jack en réprimant un sourire.

Hiebermeyer maugréa et se tourna vers Rebecca.

— Eh bien, ta fille vient de gagner ses lettres de créance. Nous n'avons passé que quelques minutes sur le chantier, mais elle semble avoir de la chance.

— Elle tient de moi.

Rebecca ouvrit la main et lui montra une pierre vert olive, non taillée mais étincelante dans la lumière du soleil.

— Du péridot de l'île Saint-Jean, près de Bérénice ! s'écria Jack en prenant la pierre. Costas et moi avons survolé cette île de la mer

Rouge il y a quelques jours. Alors notre marchand exportait des pierres précieuses d'Égypte ?

— Et les troquait contre de la soie, ajouta Aysha. Regarde ! On comprend que le péridot ait fasciné les Chinois. On dirait du jade, en plus pur.

— L'empire guerrier... murmura Jack, qui tendit la pierre dans les rayons du soleil et regarda la lumière verte projetée sur sa main.

— De quoi tu parles ? l'interrogea Costas.

— Je pense aux navires chinois, répondit Jack, à ces guerriers venus de l'Est. Cette pierre vient confirmer notre théorie.

— La boucle est bouclée, déclara Hiebermeyer. Rome, l'Égypte, l'Inde, le lapis-lazuli des mines d'Afghanistan, la route de la Soie, la cité légendaire de Xian. Plus de sept mille kilomètres parcourus pour relier les deux plus grands empires que la terre ait jamais portés.

Costas prit le péridot, tandis qu'il tenait encore le lapis-lazuli de l'autre main. La lumière traversa les deux pierres, qui semblèrent étinceler ensemble, comme enveloppées d'une même aura incandescente. Il les rapprocha, puis sursauta en les éloignant brusquement l'une de l'autre.

— Ça brûle !

— Probablement un effet de convergence, suggéra Pradesh en rejoignant le groupe. Comme une loupe, qui concentre la lumière. Cet effet est connu depuis longtemps chez d'autres pierres précieuses. C'est une conséquence plausible de la réfraction. Un de mes professeurs à l'université de Roorkee s'est spécialisé dans ce domaine. Mais je n'avais jamais entendu parler d'une quelconque interaction entre le péridot et le lapis-lazuli, *a fortiori* entre des pierres non taillées. C'est un sujet de recherche intéressant.

— Tu es le bienvenu au labo du service ingénierie de l'UMI ! lança Costas, avant de rendre le péridot à Rebecca et de remettre le lapis-lazuli dans sa poche. Mais les pierres précieuses finiraient par t'ennuyer. En ce moment, je travaille sur un dispositif de robotique sous-marine incroyable. Les applications militaires sont innombrables. Je suis sûr que ça t'intéresserait.

— De quoi s'agit-il exactement ? l'interrogea Pradesh.

— Vous aurez tout le temps d'en discuter plus tard, intervint Jack.

La main en visière, il regardait l'hélicoptère du *Seaquest II* survoler le littoral.

— Tout le monde est prêt ? demanda-t-il.

Pradesh hocha la tête. Il désigna deux hommes vêtus d'un simple tee-shirt sur un jean et néanmoins équipés d'un sac à dos militaire et d'un fusil automatique G3.

— Voici deux de mes sapeurs, annonça-t-il. Entrer dans la jungle avec des soldats ne ferait qu'aggraver les tensions tribales, mais les insurgés maoïstes représentent une véritable menace. Je ne veux pas être responsable de la disparition de l'archéologue sous-marin le plus renommé du monde !

— Et de son acolyte, ajouta Costas.

Rebecca jeta un regard suppliant à son père, le péridot à la main.

— Hiemy a dit que j'avais gagné mes lettres de créance. Je peux venir avec vous ?

— Pas cette fois, répondit Jack. Mais Hiemy te laissera peut-être ramener le Zodiac jusqu'au *Seaquest II*. Lentement.

— Oh, cool ! s'exclama Rebecca en reposant la pierre sur le plateau.

Jack sourit et fit tournoyer son doigt en l'air.

— On y va ? demanda-t-il à Costas.

— On y va.

Chapitre VIII

Trois heures après avoir quitté le site romain d'Arikamedu, Jack était assis auprès de Costas et de Pradesh à l'avant d'un canot qui remontait l'immense Godavari en direction de l'ouest. Il était au comble de l'excitation. Son rêve allait enfin se réaliser. Il allait marcher sur les pas de son ancêtre, découvrir ce que le lieutenant John Howard avait vu dans la jungle ce jour d'août 1879. Il était prêt. L'hélicoptère qui était venu les chercher à Arikamedu avait longé la côte de l'Inde vers le nord jusqu'au port de Kakinada puis viré à l'intérieur des terres pour atteindre le sommet du delta du fleuve. Il avait survolé des kilomètres de paddy et de cannes à sucre, traversé des nuages tourbillonnants de ferment, là où le sucre était transformé en *jaggery*. À Dowlaishweram, à environ quarante kilomètres de la côte, il avait atterri sur le grand barrage qui assurait la fertilité du delta.

Pradesh avait montré aux membres de l'UMI l'endroit où les sapeurs de Madras avaient été basés pendant qu'ils construisaient le barrage, dans les années 1860. Puis les trois hommes étaient montés à bord du canot de la Compagnie de navigation à vapeur du Godavari, de l'autre côté du barrage, pour s'enfoncer dans la jungle. Grâce à trois mille kilomètres de canaux d'irrigation, la surface cultivable avait été multipliée par cinq. C'était un des grands accomplissements des Britanniques en Inde. Mais au fur et à mesure que le canot remontait le courant, les traces de la domination de l'homme sur la nature s'amenuisaient pour céder la place à l'acceptation, à l'adaptation, comme sur la côte d'Arikamedu. Tels les grands fleuves qui connaissaient des crues, à l'instar du Nil ou du Mississippi, le Godavari ne se laissait dompter que pour une période éphémère et pouvait balayer les plus grandes créations de l'homme en un instant.

— Le Godavari est le fleuve le plus sacré de l'Inde, après le Gange, déclara Pradesh. Je voulais vous faire parcourir les vingt derniers kilomètres du voyage par bateau, afin que vous puissiez vous mettre dans la peau des soldats de 1879. Ceux-ci sont arrivés ici en bateau à aubes sans avoir la moindre idée de ce qui les attendait.

— À part les moustiques, précisa Costas en se donnant une claque sur la jambe.

— À la fin de la campagne du Rampa, les quatre cinquièmes des hommes étaient atteints de paludisme et beaucoup sont morts. Les Kóya jouissent d'une certaine immunité. Ils ont pensé que la fièvre était une vengeance de la *konda devata*, l'esprit du tigre, le démon le plus redoutable de la jungle.

Costas leva les yeux vers l'est, en direction des collines, à peine visibles dans la brume.

— Où se trouve la source du fleuve ? demanda-t-il. Là-haut ?

— Non, beaucoup plus loin, à l'ouest. D'après la tradition, le fleuve coule de la bouche d'une idole sacrée de Bombay. Certains pensent même qu'il est relié au Gange par un canal souterrain.

— Ils prennent leurs désirs pour la réalité... dit Jack.

— L'ingénieur qui est en moi est d'accord avec toi, reconnut Costas, mais c'est une idée à creuser, si je puis dire. En Inde, tout semble toujours circuler du nord vers le sud. Les envahisseurs, comme les Mongols. Les religions, comme le bouddhisme. Mais rien n'a jamais filtré à travers les collines de la jungle. La région du Rampa, où nous nous rendons, n'a pas été cartographiée avant 1928. À l'époque de la rébellion, en 1879, il y avait un grand blanc sur la carte. Aujourd'hui encore, des centaines de kilomètres carrés de ce territoire n'ont été foulés que par les Kóya et autres chasseurs tribaux. Même des missionnaires ne mettraient pas les pieds ici.

Pendant près d'une demi-heure, ils continuèrent à remonter le courant en silence, en regardant le fleuve rétrécir peu à peu entre les rives boueuses, pour passer de près de deux kilomètres de large à seulement quelques centaines de mètres. Entre les rangées de cocotiers, ils virent des bœufs labourer des rizières. Ils croisèrent des femmes qui se baignaient en sari ou battaient du linge sur les rochers au risque de se faire emporter par le courant. Des hommes en pagne, appuyés contre leur bateau, laissaient pendre leurs jambes dans l'eau pour se rafraîchir. Tout était délabré ou réparé, sans qu'on voie vraiment la différence. Il était difficile d'imaginer, dans cette sérénité absolue, la violence de la mousson et de la crue, qui balaieraient tout sur leur passage.

Les vestiges de vieux filets à poissons, accrochés à une rangée de poteaux en bois, dansaient dans le courant. Jack eut l'impression qu'ils étaient là pour attraper l'Histoire, les fragments de passé qui tombaient de la jungle. Il s'efforçait de s'adapter à l'archéologie fluviale. Les rivières pouvaient recéler des trésors comparables aux pépites d'or que l'on trouvait dans les rus de montagne. Mais c'était une forme d'archéologie insaisissable, qui n'offrait pas les mêmes certitudes qu'une épave. Ici, l'empreinte de l'homme était fragile, sans cesse renouvelée. Pourtant, un édifice pérenne apparut au milieu du fleuve. C'était un magnifique temple blanc, bâti sur une île.

Pradesh ralentit, attrapa un récipient et jeta une poignée de pétales de fleurs dans l'eau.

— C'est Vishnu, endormi sous le serpent à cinq têtes, Shesha, annonça-t-il en montrant une sculpture peinte. Le bleu foncé, celui du lapis-lazuli, est la couleur de Vishnu, celle de l'éternité, de l'immortalité.

— Le peuple de la jungle est hindou ? demanda Costas.

Pradesh accéléra de nouveau.

— Non, répondit-il en élevant la voix par-dessus le bruit du moteur. Plus loin, il y a une colline appelée Shiva, juste à l'entrée de la jungle.

Ce nom, c'est un peu comme si on mettait une croix chrétienne sur un ancien temple romain, sauf qu'ici il n'y a eu ni prosélytisme ni tentative d'éradiquer les croyances traditionnelles. L'hindouisme est pareil à un site archéologique. Il suffit de retirer les couches supérieures pour constater que les anciens dieux et les anciennes religions sont encore là. Mais là où on va, il n'y a aucun vernis. Ce temple est un des derniers bastions du peuple des plaines, dont même les dieux n'ont osé s'aventurer dans la jungle.

Ils virent de moins en moins d'hommes et de femmes le long des rives, puis plus personne. Les rizières disparurent au profit des broussailles, et de la jungle. Un dense feuillage vert descendait le long des collines et enveloppait le fleuve. Borasses et cocotiers se penchaient sur de petites plages argentées. La brume s'élevait au-dessus des arbres et retombait sur les rives pour ne laisser au canot qu'un passage étroit. Bientôt, les collines se dressèrent à trois cents mètres au moins d'altitude de part et d'autre du fleuve. Les sommets les plus hauts, à peine visibles, se découpaient en bleu-vert sur le ciel.

Une longue embarcation plate surgit au détour d'un virage. Le moteur fut coupé aussitôt. Elle était chargée de noix de coco et de tronçons de bois de tamarinier et d'acajou. Un homme vêtu d'un vieil uniforme kaki était allongé à l'arrière. Armé d'un fusil Lee-Enfield, il regarda le canot passer avec suspicion. Pradesh lui fit un signe amical.

— La police n'a jamais été la bienvenue ici, expliqua-t-il. Les Kóya considèrent qu'elle protège les intérêts des habitants des plaines. Or, ceux-ci ont acquis des concessions forestières et viennent couper leur précieux bois. Et on imagine mal ce type tenir tête aux terroristes maoïstes, mais ça, c'est un autre problème. Si on militarise la police, on se met les Kóya à dos. Et si on envoie l'armée affronter les maoïstes, on risque de se retrouver dans la même situation qu'en 1879. Les sapeurs constituent donc la meilleure option, car les Kóya les voient faire des choses utiles : construire des routes, des cliniques, des écoles. Ce sont des soldats, eux aussi, mais pas du même genre.

— En effet, dit Jack en souriant.

Chapitre VIII

Pradesh ralentit et dirigea le canot vers la rive sud. Le ronronnement du moteur ne tarda pas à être étouffé par les cris et les jacassements d'une bande de singes langurs à face blanche, qui les regardaient passer depuis la cime des arbres. Après un virage, les trois hommes aperçurent des sentiers qui menaient d'une plage à une clairière, puis quelques maisons, dont les toits en feuilles de palmier étaient ombragés par des manguiers et de vieux tamariniers noueux. Pour la première fois, ils virent des Kóya, des hommes fins et musclés à la peau sombre, vêtus d'un simple pagne. L'un d'eux arborait une peau de léopard et portait une plume de paon autour du cou.

— C'est le village de Puliramanaguden, annonça Pradesh à voix basse. Cela signifie « Terre du dieu-tigre ».

— Il y a des tigres ici, murmura Costas. Et des éléphants ?

— Très peu, mais il y a beaucoup de gaurs, une espèce de bison. Les Kóya appellent cette zone de la jungle *Pappikondalu*, « collines des Bisons ». Les gaurs ont la taille de petits éléphants. Je les ai déjà entendus pousser des cris pendant la nuit. Ils grondent et soufflent comme des créatures mythologiques. On ne voit que le blanc de leurs yeux. Même les tigres les évitent.

— L'UMI a toujours d'excellentes idées de destination pour les vacances, soupira Costas.

Ils poursuivirent leur chemin au milieu de la brume et arrivèrent à un autre virage. Pradesh resta le long de la rive jusqu'à ce qu'ils ne soient plus qu'à quelques mètres du point d'inflexion. Puis il immobilisa le canot et attendit que le courant les attire au milieu du fleuve.

Jack aperçut une femme assise sur les racines enchevêtrées d'un banian. Elle était très vieille et aveugle. Ses yeux semblaient appartenir à une statue ancienne, dont la peinture aurait disparu pour ne laisser que deux taches blanches. Pourtant, Jack eut l'impression qu'elle le regardait. Elle ressemblait à une pietà, à une mère portant le deuil d'un enfant perdu. Jack se rappela la photo victorienne accrochée au-dessus de la vieille malle, dans sa cabine, celle d'une mère avec son enfant, son arrière-arrière-grand-mère portant son premier-né.

Il leva les yeux vers l'immense voûte végétale et discerna derrière la brume les collines sombres adossées au ciel. L'espace d'une seconde, cet endroit lui sembla tout à fait familier. Soudain juste après un virage, un buffle d'eau attaché à un pieu fit un mouvement brusque et violent en avant. Jack sursauta. Pradesh accéléra et la vieille femme disparut dans la brume.

Peu à peu, le fleuve s'élargit et la brume se dissipa. Jack sut aussitôt où ils se trouvaient. L'endroit correspondait parfaitement à la description que son arrière-arrière-grand-père en avait faite dans son journal. Pradesh ramena le canot vers la rive sud et l'échoua sur la plage. Jack jeta un coup d'œil sur la rive d'en face. Une barre de sable de plusieurs centaines de mètres, formée de sédiments charriés par le courant, s'étendait le long d'un autre virage. Elle était traversée par le lit asséché d'une rivière provenant de la jungle.

— Voilà ! s'écria Pradesh. C'est là que c'est arrivé.

— Je sais, murmura Jack. C'est exactement comme je l'imaginais.

— Ne t'attends pas à trouver des vestiges de 1879 sur la rive. Cette barre de sable est balayée par les eaux de crue pendant la mousson et se renouvelle chaque année. Nous devons aller jusqu'au village qui se trouve à la lisière de la jungle.

— On te suit.

Pradesh consulta sa montre.

— L'hélicoptère va arriver dans une heure pour nous emmener au cœur de la jungle. Je n'ai pas autorisé mes deux sapeurs à remonter le fleuve avec nous de peur de déclencher l'hostilité des Kóya. Mais ils seront à bord de l'hélicoptère. Nous ne pouvons pas nous aventurer dans la jungle sans eux – sans vouloir mettre en cause l'efficacité de ton Beretta, Jack.

— Tu l'as repéré…

— Cache-le bien. Cet endroit est une véritable poudrière. Si un Kóya qui ne me connaît pas nous prend pour des représentants du gouvernement, ce sera fichu. On n'obtiendra pas la moindre information.

Chapitre VIII

On va faire une pause avant d'aller au village. Cela va peut-être vous paraître étrange, étant donné la chaleur, mais je boirais bien un thé.

Pradesh sortit une vieille bouilloire et un réchaud de la caisse du canot, tandis que Costas s'éclipsait discrètement. Jack resta assis seul et regarda autour de lui. Ils avaient laissé la brume derrière eux, entre les collines, et pénétré dans une oasis de lumière, comme si l'air avait été purifié. Sur la rive d'en face, la plage avait une forme d'épée et le sable étincelait comme de l'or. Derrière, de grands troncs et d'immenses rochers de grès avaient été décapés par les crues. Et plus loin, la voûte végétale surplombait la grande gorge du Godavari dans une myriade de nuances de vert.

— Là-bas, indiqua Pradesh en tendant un verre de thé à Jack, où la gorge rétrécit, le fleuve ne mesure plus que deux cents mètres de large. En revanche, il atteint une profondeur de près de cent mètres et les collines s'élèvent à plus de huit cents mètres de chaque côté.

Jack admira les falaises recouvertes de végétation, à la fois attrayantes et inquiétantes, comme un col de montagne promettant une vallée luxuriante mais terriblement dangereux à franchir. Pour les premiers Indiens qui s'étaient hasardés jusqu'ici, ce lieu mystérieux était la demeure des Immortels, la « Cité céleste ». Pour les premiers explorateurs européens, c'était le royaume de Golconde, la « Montagne de lumière », d'où avait été extrait le diamant *Koh-i-noor*. Mais jusqu'à l'arrivée des bateaux à vapeur, le voyage s'était arrêté ici. Incapables de résister au courant, les petites embarcations n'avaient pas pu aller plus loin et s'étaient vues contraintes de retourner vers la civilisation.

Jack se pencha vers l'eau. Elle n'était ni transparente ni boueuse, mais sombre. Elle semblait engloutir les rayons du soleil. Les parois de la gorge auraient dû s'y refléter; pourtant, il ne voyait rien. C'était déconcertant. Le fleuve ressemblait à une sorte de trou noir qui absorbait la réalité. Aussi, Jack se demandait si la rive embrumée, presque trop proche de l'image qu'il en avait eue dans son enfance pour être réelle, n'était pas une sorte de fantasme. Il sortit de sa rêverie en voyant

Costas traverser les broussailles à toute allure et bondir dans le canot, la mine défaite et le short à peine remonté.

— Ta virilité aurait-elle été mise en péril ? demanda-t-il.

— Des araignées ! s'exclama Costas, haletant, en examinant ses jambes sous toutes les coutures. D'énormes araignées poilues grosses comme des soucoupes !

— Les araignées sont inoffensives tant qu'on ne les provoque pas, le rassura Pradesh en lui servant un verre de thé. En revanche, fais attention aux cobras. Les Kóya utilisent des racines antivenimeuses, mais je n'ai jamais réussi à en trouver.

— Il y a toujours le Beretta de Jack, fit remarquer Costas.

— Ce n'est pas bon pour le karma de tuer des serpents, dit Pradesh. Mais ne t'inquiète pas, nous n'allons pas traverser la jungle à pied. Jack voulait marcher sur les traces de son ancêtre, mais je l'ai convaincu de faire le trajet en hélicoptère. Il a accepté. Pour ta sécurité.

— Ma sécurité ? Ce serait une première !

Il s'essuya le visage et écrasa un moustique.

— Enfin, grommela-t-il, au moins, nous avons tous suivi un traitement antipaludisme.

— Ça, il ne faut pas s'y fier ! prévint Pradesh. Il n'est pas toujours efficace ici. Mais je connais quelqu'un qui pourra nous faire un rappel au village.

Jack regarda de nouveau le paysage et essaya de remonter le temps.

— Que sais-tu à propos du 20 août 1879 ? demanda-t-il à Pradesh.

— Eh bien, tu as raison concernant ce qui s'est passé ici.

— Tu fais allusion aux sacrifices humains ?

— Comme je te l'ai dit, j'ai grandi près du Godavari, à Dowlaishweram. Mon grand-père était kóya. Il était d'ici. Les événements d'août 1879 étaient devenus une sorte de légende, gardée secrète. Même les anthropologues qui sont venus ici n'en ont jamais rien su. Ce que je vais vous confier n'a, à ma connaissance, jamais été révélé à une personne extérieure à la tribu.

Chapitre VIII

— On t'écoute.

— Les rebelles ont fait une véritable démonstration de force. Ils ont exécuté les agents de police qu'ils avaient capturés sur cette plage, sous les yeux des sapeurs qui se trouvaient à bord d'un bateau à vapeur échoué sur cette barre de sable. Mais ils ont également galvanisé le reste du peuple kóya en l'abreuvant d'alcool et peut-être de drogues. La tribu a accompli trois sacrifices ce jour-là, une *Mériah* complète : un homme, une femme et un enfant.

— Un enfant aussi ? murmura Jack.

— Plus tard, les autorités indiennes ont refusé de croire qu'il s'agissait d'un sacrifice. Elles ont pensé que les rebelles avaient donné aux exécutions l'apparence d'une *Mériah* pour les rendre encore plus terrifiantes, comme s'ils avaient voulu ressusciter une pratique éradiquée par les Britanniques des années auparavant. Mais elles ont eu tort. Il s'agissait bien d'une *Mériah*. Aujourd'hui, les Kóya sacrifient des singes langurs et des poulets, mais le rituel de la *Mériah* est encore dans tous les esprits. Et il ne faudrait pas grand-chose, une simple étincelle dans la poudrière, pour le remettre au goût du jour.

— Mais que s'est-il passé exactement ? insista Jack. Pourquoi mon arrière-arrière-grand-père a-t-il mis fin à son journal ce jour-là.

— Je ne sais pas. Quelque chose l'a peut-être traumatisé. Ça a dû être horrible de voir les victimes, surtout l'enfant, puis cette foule qui leur arrachait des lambeaux de chair alors qu'elles étaient encore en vie... Il s'est peut-être senti impuissant. Tu m'as dit qu'il avait un enfant, lui aussi. Et qu'il vivait en Inde pendant la révolte des Cipayes, qui a donné lieu à de terribles massacres. De vieux souvenirs ont peut-être refait surface lorsqu'il a été témoin de la *Mériah*. C'était un excellent officier, un soldat résistant. Alors ce qu'il a vu ou fait a dû être particulièrement atroce.

— Que sais-tu de plus ?

— Je sais où il est allé ce jour-là, en compagnie du lieutenant Wauchope.

— Où ça ?

Pradesh sortit de sa chemise un pendentif suspendu à un vieux cordon en cuir.

— C'est une griffe de tigre, annonça-t-il. C'est mon grand-père qui a tué ce tigre. C'était un *muttadar*, un des chefs du village, mais aussi une sorte de prêtre. Le tigre s'apprêtait à se jeter sur un petit garçon qui jouait au bord du fleuve. Mon grand-père l'a tué avec un vieux mousquet de la Compagnie des Indes orientales qu'il avait volé des années auparavant à la police locale. Mais les tigres sont sacrés ici et, en abattant celui-ci, mon grand-père est devenu un paria. Il a été contraint de quitter la jungle. Puis il a rencontré ma grand-mère, qui vivait dans la plaine, et ils se sont installés à Dowlaishweram. Mais leur fils, mon père, est devenu officier forestier du district. Il m'amenait ici quand j'étais petit. Les habitants du village de Rampa m'ont adopté et j'ai appris le dialecte kóya. La tribu aimait beaucoup mon père. En général, les officiers affectés ici étaient des habitants des plaines. Or, ceux-ci étaient traditionnellement considérés comme des prêteurs sur gages corrompus qui traitaient les Kóya avec mépris. Mon père, lui, est allé à Dehli défendre la cause de la tribu en matière de droits forestiers.

— Il doit être fier de son fils.

— Peut-être l'aurait-il été, soupira Pradesh. Je ne le saurai jamais. Depuis l'époque du Raj britannique, la cause des peuples de la jungle a toujours été récupérée. Il y a cent ans, le mouvement nationaliste indien a prétendu que les soulèvements tribaux s'inscrivaient dans la lutte pour l'indépendance contre les Britanniques. Et aujourd'hui, ça recommence avec les maoïstes et ce qu'ils appellent le « Groupe armé du peuple ». La tribu était de nouveau en colère en raison de la vente par le gouvernement de concessions minières. Les terroristes du GAP ont pris son parti. En réalité, ils s'en fichent complètement. Tout ce qu'ils veulent, c'est mettre les peuples tribaux dans leur poche, afin de pouvoir utiliser la jungle comme base arrière pour planifier leurs attaques terroristes. Mon père leur a tenu tête et il s'est fait tuer.

— Je suis désolé.

Chapitre VIII

— C'est pour ça que je n'ai jamais été affecté ici, déclara Pradesh avec amertume. Mon colonel connaît mon histoire familiale. Je suis trop impliqué.

— Tu n'as pas l'air d'être du genre à te venger, observa Costas.

— C'est ce que tu crois ! répliqua-t-il avec un air de défi.

Costas montra la griffe que Pradesh portait autour du cou.

— Ça ne risque pas de nous attirer des problèmes avec les Kóya ? Les tigres sont toujours sacrés, non ?

— Quand un tigre meurt, son esprit le quitte, répondit Pradesh. La peau et les griffes ont une grande valeur. La peau est revêtue par le *muttadar* lors des danses rituelles et des cérémonies, et les griffes sont réparties entre les jeunes hommes du village. Ce sont des amulettes qui éloignent les esprits en colère lorsque les hommes chassent dans la jungle.

Costas avala son thé d'un seul trait.

— Je crois que je préférerais un fusil d'assaut.

— Ça aide aussi, reconnut Pradesh en souriant.

— Dis-nous ce que tu sais, l'encouragea Jack, ce que les Kóya ont retenu de ce jour-là.

— C'est mon grand-père qui m'a tout raconté quand j'étais petit, reprit Pradesh. Ici, cette histoire fait désormais partie de la tradition, comme un mythe fondateur, mais il y est bien question de votre arrière-arrière-grand-père.

— Bien.

— Les objets les plus sacrés des Kóya étaient les *vélpus*, c'est-à-dire les idoles. Chaque famille, chaque clan en possédait un. Il s'agissait généralement de petits objets, courants pour nous mais exotiques aux yeux des Kóya, comme un morceau de fer forgé. Chaque *vélpu* était placé à l'intérieur d'un tronçon de bambou creux d'environ trente centimètres. On le conservait dans un endroit secret et on ne le sortait qu'à de rares occasions pour lui rendre un culte. Le plus grand de tous les *vélpus*, le suprême *vélpu*, portait le nom de Lakkála Rámu. Il avait été déposé dans un temple troglodyte au cœur de la jungle. Personne n'avait jamais ouvert le bambou qui le contenait. On racontait que la divinité qui reposait à l'intérieur était si éblouissante qu'elle aurait aveuglé quiconque aurait posé les yeux sur elle. Peut-être s'agissait-il d'un morceau de verre, d'une pierre précieuse, d'un objet exotique provenant du monde extérieur, qui était parvenu aux Kóya des générations auparavant? Le suprême *vélpu* abritait l'âme du peuple kóya. Sans lui, la tribu aurait vécu dans les ténèbres, à la merci des esprits malins qui hantaient la jungle, notamment l'esprit du tigre, la redoutable *konda devata*. Or, c'est le cas depuis 1879.

— Que s'est-il passé? demanda Costas.

Pradesh regarda autour de lui et parla plus bas.

— Mon grand-père, le chef du village, était *muttadar* à titre héréditaire, expliqua-t-il. La tradition voulait que le chef du village de Rampa soit aussi le gardien du temple de la jungle, où était caché le Lakkála Rámu sacré. En 1879, le *muttadar* était le grand-père de mon grand-père. Mais il n'a pas survécu à la rébellion. Je sais ce qui lui est arrivé. Des rebelles déployés dans la jungle, des hommes de mon propre clan, ont vu ce qui s'est passé. Et après la rébellion, lorsqu'ils sont rentrés chez eux, ils ont tout raconté à leurs enfants. Tu m'as montré les derniers mots du journal de John Howard, Jack. Ce jour-là, le *muttadar*, cerné par les rebelles, a été criblé de flèches. Ils savaient ce qu'il avait fait.

— C'est-à-dire? insista Costas.

— Le *muttadar* craignait que Chendrayya, le chef des rebelles, ne s'empare du Lakkála Rámu et ne l'utilise pour manipuler le peuple à des fins personnelles. Chendrayya appartenait à un autre clan, en conflit avec celui du *muttadar* depuis des générations, à la suite d'une lutte acharnée pour le contrôle du temple. Les officiers britanniques, forts de leur expérience à la frontière nord-ouest de l'Inde, savaient qu'il existait des querelles tribales. Et ils les utilisaient à leur avantage.

— Le *muttadar* est venu trouver les Britanniques, murmura Jack.

— Il a retiré le *vélpu* du temple pour le mettre en sécurité. Puis il a pris un risque énorme: il a proposé ses services en tant que guide et interprète, à la condition que les officiers britanniques l'aident à redéposer le *vélpu* dans le temple lorsque tout serait terminé. D'après la copie du journal que tu m'as envoyée par e-mail, il était, le 20 août 1879, à bord du bateau à vapeur avec les sapeurs. Ça colle parfaitement avec ce qu'on m'a raconté. Ce jour-là, des coups de feu ont été échangés et des dizaines de rebelles ont été tués ou blessés. Pendant ce temps, les sapeurs restés à bord du bateau ont été témoins du sacrifice accompli le long du fleuve. Le *muttadar* l'a vu, lui aussi. Et il a eu peur ; il a craqué. Il a dû avoir l'impression que les esprits malins de la jungle se rassemblaient autour de lui pour le punir d'avoir pris le *vélpu*. Rien dans le journal de Howard ni dans les archives régimentaires de Bangalore n'indique ce qui s'est passé ensuite. Apparemment, la plupart des officiers qui sont revenus du Rampa ont préféré tirer un trait sur cette histoire. Mais mon grand-père m'a raconté une anecdote intéressante. Un fonctionnaire britannique qui accompagnait les sapeurs, un certain Bebbie, est tombé malade et n'a pas pu rejoindre le bateau. Howard et Wauchope ont donc formé un détachement pour aller le chercher. Lorsqu'ils sont arrivés, ils ont trouvé Bebbie allongé près du temple, déjà mort. Le *muttadar* s'était porté volontaire pour les escorter, à condition de pouvoir emporter l'idole avec lui. Les officiers britanniques se sont probablement dit qu'ils n'avaient pas le choix. Il aurait fallu être suicidaire pour s'aventurer à dix dans la jungle face à des centaines de rebelles, même moins bien armés. Ils ont compté sur la présence de l'idole pour tenir leurs adversaires à l'écart. Une fois arrivé au temple, le *muttadar* a refusé d'y entrer, terrifié à l'idée d'être frappé par une vengeance divine. C'est là qu'il a été tué. Et c'est Howard qui a lui-même déposé l'idole dans le temple.

— Mais Chendrayya l'a volée, suggéra Jack.

— Non, Howard a tenu la promesse qu'il avait faite au *muttadar*. Mais ensuite, Wauchope et lui ont dû se rendre compte qu'ils n'avaient qu'une chance de ressortir vivants de la jungle : reprendre l'idole pour se protéger, comme l'avait fait le *muttadar* à l'aller. Dès qu'ils sont sortis du temple, ils ont été attaqués. Mais lorsqu'ils ont vu qu'ils avaient encore le bambou, les rebelles ont battu en retraite. Les deux officiers ont ainsi pu rejoindre le fleuve sains et saufs avec les sapeurs. Et ils avaient également pris autre chose dans le temple, une autre relique sacrée. C'était une épée brisée, dotée d'un gantelet doré en forme de tête de tigre. Les Kóya pensaient que c'était celle du grand dieu Rama.

— Ça alors ! s'écria Jack.

— Tu sais de quoi il s'agit ?

— Il y a quelque chose que je ne t'ai pas encore montré, un héritage familial.

— Tu l'as ? demanda Pradesh, stupéfait.

— C'est un gantelet en cuivre, pas en or, mais c'est sans doute celui dont tu parles. Howard l'a donné à son fils, mon arrière-grand-père, et j'en ai hérité.

Jack savait que ce gantelet venait d'ici, mais il venait de faire une découverte extraordinaire. Il exultait. Puis il pensa à Katya, à la réaction qu'elle avait eue lorsqu'il lui avait parlé de cet objet, et à Hai-Chen, son oncle, l'anthropologue qui avait disparu dans la jungle près de quatre mois auparavant. C'était aussi pour cette raison qu'il était ici. Il scruta la jungle du regard. Peut-être Hai-Chen était-il simplement parti ou avait-il eu un accident ? D'autres anthropologues qui s'étaient aventurés seuls dans la jungle avaient disparu avant lui. Jack se mordit les lèvres. Non, tout portait à croire qu'il se passait quelque chose d'étrange ici, mais il ne savait pas encore quoi.

Pradesh murmura quelques mots dans une langue à la fois douce et cliquetante. Il regarda Jack, une lueur d'espoir dans les yeux.

— Tu ne sais pas ce que cela signifierait pour les Kóya de récupérer cet objet, souffla-t-il. J'ose à peine te poser la question, mais est-ce que tu as aussi le *vélpu* ?

Jack hocha la tête.

— Non, je n'en avais jamais entendu parler jusqu'à aujourd'hui.

Pradesh ferma les yeux un instant et poussa un long soupir.

Chapitre VIII

— La rébellion du Rampa a duré encore des mois, reprit-il, mais ce jour-là a été un tournant. Les rebelles n'ont plus jamais été aussi nombreux. Chendrayya n'a pu rassembler que quelques dizaines de fidèles, dont la plupart étaient déjà des exclus et des criminels. Au départ, la majeure partie des rebelles étaient d'honnêtes forestiers, des Kóya et des Reddis. Lorsqu'ils ont vu le meurtre du *muttadar* et compris que Chendrayya convoitait le *vélpu* sacré, ils se sont désintéressés de la rébellion. De plus, l'idole était entre les mains des Britanniques. Ils ont dû penser qu'ils ne la récupéreraient que s'ils mettaient fin à la rébellion.

— Mais ils ne l'ont jamais récupérée, soupira Costas.

— Ce temple, il est près du village de Rampa ? s'enquit Jack.

— Oui, répondit Pradesh, à environ douze kilomètres au nord, au milieu de la jungle. Il porte le nom du dieu Rama.

— Rama, répéta Jack à voix basse.

— Je croyais que Rama était un dieu hindou, dit Costas.

— Exact, confirma Pradesh, c'est l'image de l'homme parfait, élevé au rang de divinité, la septième incarnation de Vishnu. Mais c'est un parvenu, ici. Les croyances des Kóya n'ont rien d'autre en commun avec la religion hindoue. La légende du prince Rama, ses pérégrinations et sa quête de rédemption spirituelle sont connues dans tout le sud de l'Inde. Les Kóya croient qu'il a trouvé ici, au cœur de la jungle, le royaume qui l'attendait.

— Dans cet enfer ? s'étonna Costas en regardant les collines impénétrables, avant de chasser le nuage de moustiques qui l'entourait.

— C'est là que tu veux nous emmener ? demanda Jack à Pradesh. Au temple ?

Pradesh acquiesça en jouant avec son pendentif.

— J'y suis allé quand j'étais petit. C'était interdit mais, ayant grandi dans les plaines, je n'étais pas superstitieux. Aucun Kóya n'y est jamais retourné depuis 1879. D'après ce que mon grand-père m'a raconté, il y a eu un orage terrible ce jour-là et un tremblement de terre a condamné l'entrée du temple après le départ des deux officiers. Les

Kóya ont interprété cela comme un signe et pensé qu'il leur arriverait malheur s'ils revenaient au temple. Aujourd'hui, ils ont une autre raison de ne pas s'en approcher. Il se trouve près d'une rivière, dans une clairière qui sert désormais de base arrière à la guérilla maoïste. Les terroristes m'y ont surpris un jour. Ils m'ont emmené dans leur camp. Et ils m'en ont fait voir, vous pouvez me croire. C'était avant qu'ils ne tuent mon père. J'ai toujours eu envie d'y retourner depuis.

— Jack et toi semblez avoir une mission à remplir, murmura Costas.

— Ton ancêtre, le *muttadar*, voulait lui aussi se rendre au temple lorsqu'il se trouvait aux côtés du lieutenant Howard, ici même, sur un bateau à vapeur, ajouta Jack.

— Je ne me mettrai jamais à la place d'un prêtre kóya, déclara Pradesh. Même si c'était mon ancêtre, ce n'est pas mon but.

Ses traits se durcirent brusquement.

— Ma mission n'a rien à voir avec les dieux, les esprits, ni les idoles de l'époque. Elle s'inscrit dans le présent. C'est celle d'un fils à la mémoire de son père assassiné.

Jack hocha la tête et passa les jambes par-dessus bord pour remettre le canot à flot. Pradesh remit le contact.

— Il nous reste cinq heures avant le coucher du soleil, annonça-t-il. L'hélicoptère devrait être ici dans trois quarts d'heure. Cela nous laisse le temps d'aller au village qui se trouve sur la rive d'en face. J'aimerais vous montrer quelque chose.

— Allons-y ! s'écria Jack. D'après ce que tu nous as dit, mieux vaut ne pas traîner ici de nuit.

Costas se fit une grosse tache de sang sur la nuque en écrasant un moustique.

— Message reçu ! s'exclama-t-il.

Chapitre IX

Pradesh dirigea le canot vers la rive d'en face, tandis que Jack s'agenouillait à l'avant, l'amarre à la main. Au dernier moment, il fit ronfler le moteur et échoua l'embarcation sur la plage qui longeait la jungle. Jack sauta sur le sable chaud et alla fixer l'amarre autour d'une souche de tamarinier. Pradesh coupa le moteur, puis débarqua à son tour. Aidé de Costas, il tira le bateau le plus loin possible sur la plage. Jack serra fermement l'amarre. Il observa le sable, immaculé, aussi blanc que sur n'importe quelle plage. Il avait presque espéré trouver quelque chose dès son arrivée, un indice de ce qui s'était passé en 1879. Il l'avait redouté aussi, craignant de réveiller une sorte de traumatisme atavique hérité de son ancêtre. Mais le sable ne portait aucun stigmate de sacrifice. Chaque année, les eaux de crue de la mousson l'emportaient et créaient une nouvelle plage.

Jack regarda la gorge et se rappela la remarque d'un ingénieur victorien qui avait vu le Godavari pendant la mousson : « Il bouillonne en emportant tout sur son passage à une vitesse et avec une violence auxquelles aucune embarcation ne pourrait résister. » Seules quelques centaines de mètres le séparaient de la rive sud, mais il avait l'impression d'avoir franchi une frontière sacrée pour pénétrer dans un autre monde. Même l'air, plus piquant, plus organique, n'avait pas la même odeur. Et la lumière, au-dessus de la voûte végétale, donnait à la jungle une aura particulière, comme si l'air se teintait de vert et de bleu à l'intersection des arbres et du ciel.

Pradesh avança vers un sentier menant aux maisons de roseau et de bambou, bâties au-dessus du niveau de l'eau en période de crue, qu'ils avaient vues depuis la rive opposée.

— C'est une des pistes tracées par les sapeurs lors de la rébellion de 1879, indiqua-t-il, mais elle a été négligée après leur départ. Le corps des sapeurs ne disposait pas de ressources suffisantes pour construire des structures permanentes dans la jungle.

Costas lui emboîta le pas, suivi de Jack. Puis il sortit un flacon de lotion antimoustique et s'en aspergea généreusement, avant de le tendre à son ami.

— Un petit pas pour l'homme… murmura-t-il en écrasant un moustique gorgé de sang, qui l'avait piqué à travers sa chemise.

Tout à coup, une énorme araignée leur passa entre les jambes. Jack se figea et retint sa respiration.

— Réaction animale normale, observa Pradesh. C'est la première chose qu'on apprend au centre d'entraînement militaire. Dès qu'on met un pied dans la jungle, on perd instantanément le vernis de la civilisation. On redevient un animal sauvage. On s'en sert à notre avantage. On a une conscience accrue. Mais cet état réveille la peur primale, l'instinct de survie. Face aux araignées, notamment, et aux serpents.

— Et aux tigres, ajouta Costas. Je crois que j'ai besoin d'un verre…

— C'est aussi un bon moyen de tenir le coup ici, admit Pradesh. Malheureusement, le peuple kóya en a abusé.

Ils remontèrent le sentier entre les immenses racines de tamariniers et de tecks entrelacées. Puis ils entendirent un bruissement au-dessus d'eux, comme si le vent soufflait dans les feuilles. Une bande de singes se mit à pousser des cris. Au bout de quelques minutes, les trois hommes atteignirent une clairière et passèrent devant plusieurs maisons, faites de piquets de bambou surmontés d'un toit de feuilles de palmier. Elles étaient entourées d'une étroite véranda composée de tiges de bambou et de queues de feuilles de palmier tissées à l'aide de germes de haricots. Costas repéra un symbole rouge sur un mur.

— C'est étrange de voir ça ici, dit-il.

— Le marteau et la faucille, constata Jack.

— Les maoïstes considèrent les Kóya comme leurs alliés ! s'écria Pradesh avec dédain. Mais on ne gagne pas la faveur de quelqu'un en profanant sa maison. Lorsqu'ils sont sobres, les Kóya les méprisent. Seulement, ils sont acculés et cherchent des appuis pour se défendre contre les sociétés d'exploitation minière. L'idéologie des maoïstes n'a aucun sens pour eux et ce symbole disparaîtra bientôt.

Ils avancèrent jusqu'au bout de la clairière, où la jungle se refermait autour du village, et commencèrent à gravir une colline au milieu d'un enchevêtrement de broussailles. Ils virent des nuages de fumée provenant de feux, des bûches en cours d'empilement, des jouets en bois sculpté, autant de signes de vie qui ne trompaient pas, mais aucun Kóya.

— Où sont-ils ? demanda Costas à voix basse.

— Ils nous observent, répondit Pradesh. Chez eux, l'invisibilité est une seconde nature. La jungle nous apprend aussi à nous fondre dans le paysage. Ils me connaissent, mais ils ont reçu la visite de prospecteurs miniers récemment, alors ils se méfient des étrangers.

Il conduisit Jack et Costas jusqu'à une toute petite clairière, cernée de gigantesques troncs de bois de rose, de bois de citronnier, de palmiers et de tecks. Il s'accroupit au pied d'un vieux tamarinier chenu et leur montra une plaque de grès ocre rouge d'environ cinquante centimètres de large. Elle s'était retrouvée prisonnière du tronc et s'était détachée du sol à mesure que l'arbre avait grandi.

— C'est une des pierres sacrées dont tu nous as parlé ? demanda Costas en s'agenouillant à côté de Pradesh.

— Regarde de plus près… C'est ce que je voulais vous montrer.

— Ah, je vois ! Il y a une inscription.

Jack s'accroupit de l'autre côté de l'arbre et observa la plaque dans un rayon de lumière. Il posa la main sur la pierre rugueuse, couverte de condensation, sur laquelle plusieurs lignes avaient été grossièrement gravées. L'inscription était en anglais. Il la lut :

— « William Charles Bebbie. Adjoint au commissaire des provinces centrales. Abattu par les rebelles. Le 20 août 1879 à l'âge de 41 ans. »

— C'est le fonctionnaire qui a conduit les sapeurs dans la jungle alors qu'il n'y avait jamais mis les pieds auparavant, n'est-ce pas Jack ? dit Costas.

— Oui, c'est lui, confirma Jack en caressant la pierre.

— C'est assez laconique, pas de formule du genre « Qu'il repose en paix ».

— Il a déjà de la chance d'avoir une plaque. Celle-ci a dû être gravée par les sapeurs sur ordre de Howard après leur incursion dans la jungle. Ils ont dû enterrer Bebbie sur place, près du temple. Ils ne l'ont sans doute pas beaucoup regretté.

— Un enterrement rapide, pour dissimuler les preuves.

— Qu'est-ce que tu insinues ?

— Bebbie a peut-être été descendu par les sapeurs. Qui sait ? Des coups de feu étaient tirés de toutes parts. Les gars étaient acculés et désespérés. Il a dû les prendre de haut et mettre leur vie en danger. Un officier comme Howard aurait compris et fermé les yeux, préférant être loyal envers ses sapeurs qu'envers un officier civil gênant.

— Possible, murmura Jack. De plus, un enterrement rapide n'aurait pas attiré l'attention. En Inde, on ensevelissait les morts le jour même du décès. Edward, le petit garçon de Howard, a été enterré à Bangalore quelques heures seulement après avoir été emporté par la maladie, des mois avant que son père ne puisse se recueillir sur sa tombe.

Costas poussa un cri et recula brusquement. Jack fixa avec la fascination de l'horreur ce qui venait de surgir à quelques centimètres de son propre visage. C'était un énorme serpent, un cobra marron et jaune avec des anneaux noirs, qui s'était dressé tout droit pour sortir d'un trou camouflé entre les racines. Il baissa la tête et regarda Costas en dardant la langue, en sifflant et en oscillant d'un côté et de l'autre.

— Bon, qu'est-ce qu'on fait maintenant ? demanda Jack sans desserrer les dents ni bouger le moindre muscle.

— On reste absolument immobiles, répondit Pradesh.

Costas se balança légèrement.

— Tous, précisa Pradesh. Peu importe la distance à laquelle on se trouve. Ces bestioles attaquent de très loin.

— J'essaie de m'imprégner de l'esprit du serpent, expliqua Costas.

— Ce n'est pas une chose à faire ici, murmura Pradesh, les yeux rivés sur le cobra.

L'animal ouvrit la gueule, les crochets dégoulinants de venin. Costas arrêta de se balancer.

— Je t'ai eu, dit-il.

Pradesh tendit lentement la main vers une gourde coincée entre les racines et renversa une partie du contenu dans sa paume. Il leva le bras au-dessus du serpent et le recouvrit de poudre de vermillon. Le serpent commença à se baisser en s'enroulant, visiblement apaisé. Puis il bondit sur le côté en se raidissant comme un piquet, et s'élança dans les broussailles qui bordaient la clairière. Il était parti. Jack et Costas restèrent immobiles et gardèrent le silence.

— C'est une astuce que j'ai découverte quand j'étais gosse, déclara Pradesh en souriant, quand je venais ici avec mon père. J'avais un serpent comme animal de compagnie.

— Comme animal de compagnie, souffla Costas, prostré.

— C'est un présage, annonça Pradesh. Le serpent qui se dresse indique le début de la fête du *Thota Panduga*, qui va avoir lieu ici.

Il montra la terre tassée de la clairière.

— Les Kóya viennent danser au pied de cet arbre, parce que c'est un endroit sacré, pas à cause de Bebbie. En 1858, les chefs de la tribu ont été pendus ici par les Britanniques pour avoir accompli des sacrifices humains. Les Kóya n'oublient pas ce genre de choses. Ils sacrifient encore des volatiles dans cette clairière, sous les palmiers qui produisent leur alcool favori. Ils ont dû préparer des victuailles hier soir et les déposer entre les racines en vue de la fête d'aujourd'hui.

Jack commença à se détendre et s'assit lourdement en regardant autour de lui. Des geckos qui couraient le long d'un rocher gravirent une termitière. Il y avait des insectes partout, pas seulement des moustiques, mais des libellules et des papillons, qui se posaient sur les fleurs penchées vers la lumière sur le pourtour de la clairière. Tout à coup, la jungle sembla plus bruyante. Dans les feuillages, Jack aperçut des roussettes qui ployaient et déployaient les ailes. Il remarqua aussi que les singes langurs qu'ils avaient entendus tout au long du sentier depuis la plage les avaient suivis jusqu'ici. Assis sur les racines des arbres, ils se mirent brusquement à jacasser et à pousser des cris. Derrière eux, Jack discerna peu à peu des visages humains, des hommes, des femmes, des enfants, par dizaines, qui le regardaient en silence.

— Nous avons un nouvel ami, chuchota Costas.

Un homme s'était mystérieusement matérialisé à la lisière de la clairière. Pradesh lui dit quelques mots en kóya et alla le saluer. L'homme, brun de peau, était sec et musclé. Vêtu d'un pagne blanc, maintenu par une torsade de plantes rampantes, et coiffé d'un turban peu serré, il marchait pieds nus. Il avait les pommettes hautes et le nez plus large que les habitants des plaines qu'ils avaient vus le long du fleuve. Ses yeux semblaient noirs comme le jais. Il portait un arc et une poignée de flèches ; une dague à lame recourbée brillait à sa ceinture. Pradesh fit signe à Jack et à Costas de le rejoindre.

— Je vous présente Murla Rajareddy, dit-il. Il est producteur d'alcool de palme.

Il désigna du doigt un vieux pneu de voiture et une corde posés contre un palmier que l'homme utilisait sans doute pour se hisser en haut des troncs.

Chapitre IX

— Avec son couteau, il entaille la base des feuilles de palmier et recueille la sève dans des gourdes, commenta-t-il. C'est le meilleur moment de l'année pour le faire. C'est aussi pour ça que son peuple prépare une fête.

Jack constata que l'homme avait le torse couvert de cicatrices. Certaines étaient anciennes mais d'autres, des zébrures parallèles d'un rouge vif, étaient visiblement récentes et recouvertes d'une sorte d'onguent. Pradesh posa une question au Kóya, qui lui répondit sans agressivité en lui montrant ses cicatrices.

— Il est aussi l'unique chasseur de tigres du village, le seul qui soit autorisé à les abattre, rapporta-t-il. Il dit qu'un tigre est venu ici il y a environ dix jours et que celui-ci a failli le tuer ; l'animal avait emporté et mangé un enfant d'un autre village. Il pense que c'était un présage des événements qui se sont déroulés ensuite. Je lui ai demandé ce qui s'est passé et il m'a répondu que des étrangers sont venus ici récemment. C'est pour cette raison qu'il se méfie de nous.

Jack et Costas s'approchèrent du Kóya et lui serrèrent la main. Il inclina légèrement la tête, sans les quitter des yeux. Il empestait l'alcool. Un nuage de moustiques flottait autour de lui, mais cela ne semblait pas le déranger.

— Comment les Kóya luttent-ils contre le paludisme ? demanda Costas.

— Ils fabriquent des pilules contre la fièvre, expliqua Pradesh. C'est une sorte de pâte composée d'écorce d'*Alstonia scholaris*, d'écorce de racine d'*Ophioxylon scrobiculatum*, et de racine, de tige et de feuilles d'*Andrographis paniculata*.

— Et tu y crois, toi ?

— Ça a marché sur moi, en tout cas. Sir Ronald Ross a démontré le rôle des moustiques dans le paludisme après avoir traité des vétérans du Rampa, mais il y avait bien d'autres choses à apprendre de cette région. Aujourd'hui encore, les médecins des plaines considèrent que les remèdes des peuples de la jungle sont l'œuvre de sorciers ! Ce sont leurs propres superstitions qui les empêchent de bénéficier du savoir des Kóya.

Le producteur d'alcool de palme ramassa une gourde derrière un arbre. De gros rats noirs détalèrent dans la jungle, puis se retournèrent pour regarder Costas d'un air vorace. Pétrifié, Costas lança un regard désespéré à Jack. Puis il se rendit compte que l'homme lui tendait la gourde.

— Il semble que tu sois l'élu, annonça Pradesh.

— Qu'est-ce que je dois faire ? s'enquit Costas.

— C'est une sorte d'appât pour tigre, répondit Pradesh en souriant. Ceux qui en mangent acquièrent des pouvoirs magiques, qui leur permettent d'ensorceler le tigre et de le soumettre à leur volonté. Lorsque la fête sera terminée, tu seras déshabillé et envoyé nu dans la jungle à la recherche du tigre. C'est une façon de t'accueillir…

— Bon, quand est-ce qu'il arrive, cet hélicoptère ?

— Dans vingt-cinq minutes, évalua Pradesh après avoir consulté sa montre.

— Je crois que je vais aller l'attendre sur la plage.

— Quand on est initié à un rituel tribal, on ne doit jamais se défiler. Cela ne se fait pas. N'importe quel anthropologue te le dira.

— L'anthropologie ! s'exclama Costas. L'archéologie ! C'est du pareil au même pour moi. Moi, je suis ingénieur. Un ingénieur censé être en vacances !

Il jeta un coup d'œil à la gourde.

— Et d'abord, qu'est-ce qu'il y a là-dedans ? demanda-t-il.

— Des tamarins, des fruits de tamarinier. Ce sont de grosses fèves vertes soyeuses dont on aspire la pulpe. Les Kóya les mélangent avec de l'essence de palmier et des noyaux de mangue. En prévision de la fête, ils ont déjà cassé les fèves entre leurs dents et recraché la pulpe. Mêlée à leur salive, celle-ci forme une espèce de pâte. Ce n'est pas mauvais.

— Je vais faire comme si je n'avais rien entendu, décréta Costas, pâle comme un linge.

Chapitre IX

— C'est un mets très délicat chez eux.

— Suis-je vraiment obligé ?

— Estime-toi heureux. Tu aurais pu être désigné pour un sacrifice.

— Ils en font toujours ?

— On ne sait jamais. Les mauvaises habitudes ont la vie dure... Et ils ont été provoqués, récemment, comme en 1879. Je te suggère d'accepter ce cadeau.

Costas prit la gourde en souriant à l'homme en signe de reconnaissance. Il y plongea un doigt, le lécha et hocha la tête d'un air enthousiaste. Il regarda tour à tour Jack et Pradesh, puis avala le contenu de la gourde d'un seul trait. L'espace d'un instant, il eut l'air d'un enfant sur le point de vomir.

— Dis-lui que c'est excellent ! lança-t-il à Pradesh d'une voix rauque, sans cesser de sourire. Tu as quelque chose pour faire passer ça ?

— Ça vient, répondit Pradesh.

L'homme ramassa une autre gourde et la tendit à Costas. Pradesh lui retint le bras et la sentit.

— C'est du *kallu*, annonça-t-il, de l'alcool de palme, fermenté au soleil. Parfois, les Kóya y ajoutent des feuilles de pavot ou de la marijuana. Mais aujourd'hui, il doit être pur pour la fête.

Il lâcha le bras du producteur. Costas but une petite gorgée d'alcool, puis en aspira une grande lampée qu'il fit tourner dans sa bouche avant de l'avaler.

— Pas mauvais ! s'écria-t-il en regardant la gourde d'un air satisfait. C'est un peu comme du cidre.

— J'ai vérifié qu'il ne s'agissait pas d'arack, précisa Pradesh. C'est ce qu'on obtient quand on distille cette boisson, un mélange explosif d'alcools méthylique et amylique. C'est un des nombreux moyens que les habitants des plaines ont trouvés pour exploiter ce peuple. Il y a une distillerie d'arack dans chaque village désormais. Si l'alcool de palme a toujours aidé les Kóya à s'en sortir, l'arack les détruit.

Lorsque Costas lui rendit la gourde, le producteur lui fit signe de la garder. Puis il prit Pradesh par la main et le conduisit jusqu'à un groupe de Kóya, qui s'étaient faufilés jusqu'à la clairière pour s'asseoir à l'ombre d'un vaste tamarinier. Pradesh se retourna.

— Je vais les interroger à propos des maoïstes, dit-il à Jack et Costas. Je dois savoir où les terroristes se cachent.

Il s'assit à côté du groupe. Au début, ses questions restèrent sans réponse, puis le producteur d'alcool de palme s'anima, posa deux doigts de part et d'autre de ses yeux et se tira sur la peau. Il déversa un flot de paroles en gesticulant des poignets et des avant-bras, comme s'il dessinait quelque chose. Enfin, il sortit une petite bourse en cuir de son pagne et la donna à Pradesh. Les autres Kóya reculèrent immédiatement, affolés, la main sur leur arc et leur lance. Pradesh posa encore quelques questions, puis posa la main sur l'épaule de l'homme et se releva. Il revint vers Jack et Costas, l'air préoccupé.

— Il faut que je le suive quelque part, déclara-t-il. Il ne veut pas parler davantage ici. Retournez à la plage. Je vous rejoins.

Un quart d'heure plus tard, Jack et Costas étaient de retour sur la plage, assis à l'ombre du canot. Le soleil, désormais bas sur l'horizon occidental, au-dessus de la gorge du fleuve, était moins brûlant. Il leur restait environ trois heures avant la tombée de la nuit.

Jack tambourinait contre le canot. Pour la première fois, ce n'était pas lui qui contrôlait la situation, mais Pradesh semblait savoir ce qu'il faisait et savait mieux que lui combien de temps il fallait pour aller au temple et revenir jusqu'ici. Il se détendit un peu et se laissa glisser contre le canot, les coudes dans le sable. Il regarda son ami en silence avec un sourire amusé.

Costas était assis dans le sable, les jambes pliées. Son short bâillait amplement. Un crabe, qui y avait repéré un coin douillet, avançait à toute allure vers lui. Costas se redressa au dernier moment et le crabe passa sous ses jambes, avant de disparaître de l'autre côté du canot à une vitesse prodigieuse. Voyant que Jack le regardait, il agita la gourde d'un air innocent.

— Quoi ? demanda-t-il.

— Je pense que tu as eu ta dose.

— Je n'en ai bu que deux gorgées. Et puis, je suis en vacances ! Sur une plage, enfin !

Costas but une autre gorgée d'alcool de palme et s'essuya la bouche.

— D'accord, concéda-t-il, c'était juste pour oublier ma déception.

Il renversa la gourde sur le sable et vida une bouteille d'eau.

— Pendant qu'on attend Pradesh, tu pourrais peut-être me parler de ce Bebbie, proposa-t-il. Qu'est-ce qu'il faisait là ? Et pourquoi cette rébellion ?

Jack s'allongea, les mains derrière la tête, et regarda les palmiers qui bordaient la plage. Il aperçut un autre producteur d'alcool de palme le long d'un tronc.

— La rébellion du Rampa a été déclenchée à la suite de la taxation de cette boisson, expliqua-t-il en tapotant sur la gourde. Une taxe complètement inutile, qui n'a pas rapporté grand-chose, à part un conflit avec les Kóya. Du reste, c'est comme ça que la plupart des conflits coloniaux ont commencé. Dans un climat général de mécontentement, la moindre bévue administrative prenait des proportions catastrophiques. En 1879, avec la guerre en Afghanistan, cette rébellion est tombée au mauvais moment. Le gouvernement a eu une réaction classique : après des années d'indifférence envers les tribus, il a géré le conflit de manière contre-productive, précisément parce que les Britanniques ne connaissaient ni les peuples tribaux ni la jungle. Bien sûr, certains responsables ont fait preuve d'une grande intelligence et d'une remarquable rectitude morale, mais Bebbie était un petit fonctionnaire relégué dans un coin perdu. Les tribus ont parfois accueilli des étrangers, à qui elles ont fini par rendre un culte, comme le légendaire prince Rama. Mais de toute évidence, Bebbie n'était pas le bienvenu.

Un son retentit au loin. Un coup de gong ou bien le tintement d'une sorte de carillon. Peut-être était-ce simplement le vent qui jouait dans les arbres ? Puis le bruit devint plus distinct. Cette fois, c'était un battement de tambour provenant du village : trois battements, un silence, puis trois autres, de plus en plus sonores à mesure que d'autres instruments venaient s'ajouter.

Jack aperçut des hommes en pagne, qui portaient de longs tambours à deux membranes et émergeaient de la jungle de part et d'autre du sentier. À chaque série de battements, ils faisaient un pas en arrière puis avançaient de nouveau. Des femmes apparurent également. Les oreilles ornées de grelots, elles secouaient la tête vigoureusement et tapaient du pied à l'unisson. De plus en plus nombreuses, elles progressaient en une seule ligne entre les joueurs de tambour. Des voix s'élevèrent et s'éteignirent dans un chant plaintif. Puis la ligne se divisa pour laisser passer un homme coiffé d'un crâne de bison. Celui-ci était entouré d'un sari rouge et agrémenté de plumes de paon. Ses immenses cornes recourbées luisaient de sang. D'autres hommes à cornes suivirent et tous formèrent un cercle sur le sable en chantant et en frappant le sol.

— Des cornes de gaur, murmura Jack, l'autre animal redouté de la jungle. Elles sont couvertes de sang.

— De sang de poulet, j'espère ! lança Costas. Ça n'en reste pas moins terrifiant. Imagine qu'il s'agisse d'un sacrifice humain et mets-toi à la place d'un soldat britannique observant la scène depuis un bateau à vapeur. Ce spectacle a dû ressembler à l'image que les pasteurs victoriens donnaient de l'enfer. Ces hommes cornus ont dû être perçus comme de véritables incarnations du diable.

Pradesh surgit au bout du sentier en compagnie du producteur d'alcool de palme. Laissant celui-ci à la lisière de la jungle, il franchit la ligne de joueurs de tambour pour rejoindre Jack et Costas. Il consulta sa montre, leva les yeux vers le ciel et se tourna vers l'est.

Chapitre IX

— C'est la danse du bison, annonça-t-il. C'est ainsi que la fête commence. L'alcool de palme coule déjà à flots. C'est le moment de nous éclipser.

— Avant qu'ils me déshabillent et m'envoient faire un tour dans la jungle, c'est ça ? ajouta Costas.

— Alors, tu as obtenu des informations ? s'enquit Jack.

— Tu as vu les gestes du producteur d'alcool de palme dans la clairière ? Il s'est tiré sur la peau du visage pour me décrire un homme aux yeux bridés qui est venu ici avant la mousson, il y a environ quatre mois.

— L'oncle de Katya ? demanda Costas.

— Possible, murmura Jack. Hai-Chen a un type mongol très marqué. Autre chose ?

— Cet homme a dit aux Kóya qu'il était un ami de Christoph von Fürer-Haimendorf, poursuivit Pradesh. C'est un anthropologue qui est venu ici avec sa femme dans les années trente, vers la fin de la souveraineté britannique. Il a vécu dans la jungle pendant plusieurs mois et défendu la cause des tribus. Il s'est lié d'amitié avec mon père, encore jeune à l'époque. Les Kóya en parlent toujours avec beaucoup de respect.

— Ils se souviennent encore d'un homme qui est venu ici il y a près de quatre-vingts ans ? s'étonna Costas.

— Absolument. Et ils se souviennent aussi du lieutenant Howard, l'arrière-arrière-grand-père de Jack. Après la défaite des rebelles et le retrait des principales forces armées, Howard et ses sapeurs sont restés sur place pour commencer à construire des routes. Apparemment, Howard s'est donné beaucoup de mal pour aider les villageois en améliorant leur approvisionnement en eau et leurs conditions d'hygiène, et en leur montrant des méthodes de construction. Il n'était pas comme les missionnaires qui remontaient parfois le fleuve. Il a dit aux Kóya qu'ils ne devaient rendre de culte qu'à leurs propres dieux. Et ils ne l'ont pas oublié. À un moment donné, l'épuisement a fini par le rendre malade. Les villageois l'ont accueilli chez eux pour le soigner. Il était plein de sollicitude envers les enfants. Pendant sa convalescence, il leur a fabriqué des jouets. Un jour, le bateau à vapeur est venu le chercher. Ce jour-là, il a appris que son fils était mort. Inconsolable, il est venu jusqu'ici, sur cette plage, là où les rebelles avaient convaincu le peuple kóya d'accomplir un sacrifice, et notamment celui d'un enfant. Ce spectacle l'avait sans doute profondément bouleversé.

— C'est probable, dit Jack. Il était très dévoué à ses enfants, ceux qu'il a eus par la suite.

— Mais il n'a jamais rendu le *vélpu* sacré ni le gantelet en forme de tigre, fit remarquer Costas.

— Pour une raison obscure, Wauchope et lui ont décidé de les garder, reconnut Jack. Howard avait peut-être l'intention de retourner au temple et d'essayer d'en rouvrir l'accès. Mais il n'a pas dû oser s'aventurer au cœur de la jungle après sa maladie.

— Tu te demandais comment les Kóya pouvaient se souvenir de tout cela, reprit Pradesh en s'adressant à Costas. En fait, ils n'ont pas de notion de chronologie. Pour eux, les étrangers qui ont vécu ici il y a cent ans ou mille ans sont tous venus « à l'époque de leurs ancêtres ». Au fil du temps, les voyageurs les plus anciens acquièrent une dimension mythologique et certains deviennent des dieux.

— En prétendant être un ami de von Fürer-Haimendorf, Hai-Chen a employé la vieille tactique des anthropologues, saisit Jack. C'est de cette façon qu'il a gagné la confiance des Kóya.

— Apparemment, il leur a parlé dans la langue khond du nord de la jungle, indiqua Pradesh. Et il a réussi à se faire comprendre. Le kóya est un dialecte khond.

— C'est bien lui ! s'exclama Jack. Katya m'a dit que son oncle était un linguiste émérite. Il a étudié les langues tribales dès qu'il a commencé à s'intéresser aux peuples de la jungle indienne. Qu'as-tu appris d'autre ?

— Cet homme a posé de nombreuses questions aux Kóya à propos de leur mythologie, de leurs traditions anciennes et de leurs artefacts. Le producteur d'alcool de palme lui a parlé des *vélpus* et il a voulu en voir un. Il a fini par accepter de lui montrer celui de sa famille, qui n'était déjà plus dans son bambou. Depuis la disparition, en 1879, du plus sacré des *vélpus*, le Lakkála Ráma, les *vélpus* ont perdu beaucoup de leur pouvoir. Et ceux qui sont disséminés dans les familles sont ceux qui en ont le moins. Malgré tout, les autres villageois ont désapprouvé le geste du producteur d'alcool de palme. C'est pourquoi vous les avez vus reculer lorsque celui-ci m'a donné son *vélpu*.

Pradesh sortit l'objet en question de sa poche. Costas siffla d'admiration.

— J'ai déjà vu ça quelque part, déclara-t-il. Sur l'épave que nous avons trouvée en mer Rouge. C'est une pièce romaine.

— Un denier impérial, précisa Jack en prenant celui-ci pour le regarder de plus près. Il date du début de l'empire. Contrairement aux pièces que nous avons vues sur le site de l'épave, il n'est pas en or, mais en argent. Il est très usé, mais frappé à l'effigie d'Auguste, cela ne fait aucun doute. C'est incroyable.

— On trouve des spécimens comme celui-ci dans tout le sud de l'Inde, affirma Pradesh. Une numismate d'Arikamedu en fait une étude exhaustive. Elle connaît John Howard. Celui-ci collectionnait les pièces romaines trouvées en Inde quand il était petit et sa fille a légué sa collection à la Survey of India. En général, il s'agit de pièces neuves, qui n'ont jamais été mises en circulation. Elles ont été exportées par les Romains en tant que métal précieux. Celle-ci est usée parce qu'elle a dû passer de main en main pendant des générations, au sein du peuple kóya. Elle a sans doute été utilisée comme bijou, avant de devenir sacrée et d'acquérir le statut de *vélpu*. Le producteur d'alcool de palme affirme que le portrait est celui de Rama. Il ne me quitte pas des yeux depuis tout à l'heure. Je dois lui rendre cette pièce avant que nous ne partions.

— Rama… répéta Jack d'un air songeur. Autre chose ?

— Oui, murmura Pradesh, et c'est assez troublant. Cet homme, Hai-Chen, est venu juste avant la mousson et voulait explorer la jungle le plus possible avant qu'elle ne devienne impraticable. Il est arrivé au village de Rampa avec un guide et, de là, il s'est rendu seul jusqu'au temple. Aucun Kóya n'a voulu l'accompagner. Et quelques jours plus tard, d'autres hommes aux yeux bridés sont venus ici.

— D'autres Chinois ? demanda Jack.

— Oui, mais ils étaient différents. Ils étaient sept ; ils sont arrivés en hélicoptère. Ils ont affirmé être des prospecteurs miniers et se sont montrés très agressifs. Les villageois étaient extrêmement inquiets. Des sociétés minières ont déjà envoyé des prospecteurs dans le coin et les Kóya les détestent. Les collines sont riches en bauxite et toute la région est menacée. Mais c'est autre chose qui a terrifié les villageois : les hommes avaient tous un tatouage sur le bras, le même. Et il représentait un tigre.

— Un tigre ?

— Le producteur d'alcool de palme s'en veut beaucoup. Il pense que la *konda devata* est venue le punir pour avoir montré son *vélpu* à Hai-Chen. Il croit que ces hommes sont tapis dans la jungle, autour du village, et qu'ils attendent le bon moment pour frapper. Du reste, il a des raisons de s'inquiéter.

— Pourquoi ?

— Les prospecteurs ont eu une approche légèrement différente de celle de l'anthropologue pour soutirer des informations aux Kóya. Ils ont pris une petite fille et lui ont braqué un pistolet sur la tempe. Ils voulaient savoir où l'autre Chinois était allé.

— Et le producteur d'alcool de palme leur a dit.

— Oui, c'était il y a plus de trois mois. Les maoïstes ont déjà ordonné aux Kóya de ne pas s'approcher du temple. Ils veulent les tenir à l'écart de leurs camps et, de toute façon, le temple est un endroit tabou depuis longtemps. Mais désormais, il y a autre chose. Depuis la disparition de l'anthropologue chinois, les Kóya pensent qu'un esprit diabolique s'est réveillé.

— Pourquoi ne pas envoyer la police ou l'armée ? demanda Costas. C'est une raison suffisante, non ?

Chapitre IX

— Le gouvernement ne croira jamais à cette histoire, répondit Pradesh. Les autorités locales et le système judiciaire se composent essentiellement d'habitants des plaines, qui méprisent encore les tribus. Et si l'on apprenait qu'ils ont pris des prospecteurs à partie sur la base d'une histoire racontée par les Kóya, ils se feraient taper sur les doigts. Certaines personnes puissantes au sein du gouvernement ne verraient pas d'inconvénient à ce que les tribus soient dépossédées. Ces collines ne tarderaient pas à se transformer en une gigantesque mine à ciel ouvert. Les enjeux financiers sont énormes. Seul un faux pas des maoïstes dans la jungle pourrait justifier une intervention militaire. Or, les terroristes sont extrêmement prudents. La jungle est leur refuge. Ils ont tué mon père à Dowlaishweram, pas ici. S'ils s'attaquaient à l'armée, les affrontements prendraient une ampleur fédérale. Des hélicoptères de combat mettraient la jungle à feu et à sang. Ce n'est pas en provoquant une deuxième guerre du Viêtnam qu'on aidera les peuples tribaux. Il faut être prudent. Officiellement, je suis ici en vacances et les deux sapeurs qui vont nous rejoindre par hélicoptère sont des gardes du corps privés à votre service.

— Et tu veux tuer les maoïstes toi-même, sur ton temps libre, devina Costas. Pour venger ton père.

Jack regarda Pradesh, qui baissa les yeux sans rien dire.

— Et l'anthropologue, Hai-Chen ? s'enquit Costas.

— Personne ne l'a revu depuis, répondit Pradesh.

Le bruit sourd d'un hélicoptère étouffa les battements de tambour qui résonnaient sur la plage. Pradesh sortit sa radio et dit quelques mots en hindi. L'hélicoptère se cabra et s'éloigna, avant de descendre sur la rive d'en face. Pradesh fit un signe de la main au producteur d'alcool de palme, qui faisait de grands gestes en direction de l'hélicoptère.

— Je leur ai dit d'atterrir de l'autre côté du fleuve, expliqua-t-il. Les Kóya méritent un peu de tranquillité après ce qui s'est passé la dernière fois qu'ils ont vu un hélicoptère ici. Mieux vaut éviter qu'ils ne perdent leur sang-froid et nous prennent d'assaut.

Jack se retourna vers les danseurs.

— À mon avis, ils sont déjà trop ivres pour se rendre compte de quoi que ce soit, estima-t-il.

Il se dirigea vers la souche autour de laquelle il avait attaché l'amarre. Costas le suivit, sa gourde à la main.

— Je vais dire au revoir à mon ami ! lança-t-il.

— Ne le laisse pas t'entraîner dans la jungle ! cria Jack. Si tu as des pouvoirs magiques contre les tigres, nous en aurons peut-être besoin, nous aussi.

Costas serra la main du producteur d'alcool de palme en lui montrant la gourde d'un air approbateur. Pradesh le rejoignit et rendit la pièce romaine à son propriétaire. L'homme la rangea avec précaution dans sa petite bourse de cuir attachée à son pagne.

— L'hélicoptère ne semble pas l'inquiéter, remarqua Costas.

— Il s'est peut-être habitué à en voir, dit Pradesh. Les Chinois n'ont pas été les premiers à venir ici. Parfois, les Kóya sont même employés comme guides. Les prospecteurs les paient en barrettes de haschich. C'est leur façon de les remercier, de leur montrer qu'ils sont aux petits soins pour eux…

Jack s'approcha à son tour, réfléchit un instant, et retira les jumelles Nikon qu'il portait autour du cou. Il avait vu plusieurs Kóya les regarder avec curiosité tout à l'heure. Elles ne lui seraient d'aucune utilité au beau milieu de la jungle. Il les tendit au producteur d'alcool de palme. L'homme les prit, regarda à travers les lentilles, et les lui rendit. Il le remercia d'un hochement de tête et se tourna vers Pradesh pour lui dire quelques mots.

— Il dit que si tu n'en as pas besoin, lui non plus, traduisit Pradesh. Et qu'il voit aussi loin qu'il veut voir.

Jack regarda le Kóya dans les yeux et hocha la tête à son tour.

— Très bien, murmura-t-il.

— Règle numéro un de l'anthropologie ? dit Costas.

— Je t'écoute.

— Ne pas embêter les autochtones !

Chapitre IX

— Merci, monsieur l'ingénieur.

Les trois hommes retournèrent au canot. Pradesh et Costas poussèrent l'embarcation et Jack lança l'amarre par-dessus bord.

— Prêts ? demanda Pradesh.

— Prêts ! répondit Costas.

Jack prit son vieux sac kaki et y plongea la main pour sentir son Beretta. Il se passait quelque chose d'encore plus grave que ce qu'il croyait. Il pensa à Katya et éprouva brusquement le besoin de lui parler. Dans quatre heures, le Lynx viendrait les chercher à Rajahmundry pour les ramener à bord du *Seaquest II.*

Costas scruta la jungle d'un air inquiet.

— Tu n'aurais pas d'autres griffes de tigre ? demanda-t-il à Pradesh en louchant sur son pendentif.

— Tu n'en auras pas besoin. Tu as des pouvoirs magiques, maintenant. Mais ne t'inquiète pas, je ne te mettrai pas à l'épreuve. Au moindre signe de danger, mes deux sapeurs n'hésiteront pas à tirer.

— Je préfère ça.

— Allons-y ! s'écria Jack.

Chapitre X

— Regardez en bas ! s'exclama Pradesh. Vite, avant qu'ils ne disparaissent dans la jungle !

Jack regarda par la porte ouverte de l'hélicoptère et l'air balayé par le rotor lui fouetta le visage. Costas, assis de l'autre côté, fit de même. Au début, ils ne virent que la végétation luxuriante, drapée autour des collines comme un tapis de haute laine. Puis Jack perçut un mouvement dans l'obscurité, sous la voûte végétale, une onde galopante, comme si le Godavari était sorti de son lit et dévalait les ravins de la jungle. Des formes individuelles se détachaient à l'avant et semblaient marteler le sol. Jack n'entendait que le bruit de l'hélicoptère, mais il sentit des vibrations semblables à celles du tonnerre. C'était un troupeau de bisons, qui traversait la jungle à toute allure vers une destination inconnue.

— Ce sont des gaurs ! indiqua Pradesh, assis à la place du copilote. Les Kóya les craignent presque autant que les tigres. Avec un troupeau de cette taille dans les parages, nous avons bien fait de prendre l'hélicoptère au lieu de suivre le sentier de la jungle.

Jack se redressa sur son siège. Costas et lui étaient assis à l'arrière, en face des portes. L'hélicoptère était un vieux Huey de l'armée indienne, qui ne servait désormais qu'à approvisionner les villages isolés de la jungle des Ghâts orientaux. Pradesh avait préféré ne pas utiliser un hélicoptère de son unité pour éviter d'inquiéter les Kóya et les terroristes maoïstes. Quant au Lynx de l'UMI, il ressemblait trop aux appareils des prospecteurs miniers. Mais Jack se sentait en sécurité et leur incursion dans la jungle ne durerait pas plus de deux heures. Ils seraient donc partis avant le coucher du soleil.

Les deux sapeurs de Pradesh, également assis à l'arrière, faisaient partie de la compagnie d'assaut du corps des ingénieurs de Madras. Jack observa leur visage, leur moustache et leur regard perçant, et se demanda s'ils avaient eu, eux aussi, des ancêtres impliqués dans les événements de 1879.

— Nous ne sommes plus qu'à dix minutes, annonça Pradesh. La clairière où se trouve le temple est juste devant nous et le village de Rampa se situe à environ un kilomètre à l'est, là où l'on voit de la fumée s'élever au-dessus des arbres.

Les sapeurs chargèrent leur fusil d'assaut AK-74 et firent signe à Jack et Costas de reculer leur siège le long des rails, loin des portes ouvertes. Pradesh se retourna.

— C'est juste au cas où on nous tirerait dessus, précisa-t-il. D'après les Kóya que nous venons de voir, les maoïstes ne se rassemblent plus dans cette clairière depuis un bon moment, mais personne n'a osé aller vérifier. Apparemment, les habitants du village de Rampa ont entendu des coups de feu le jour où les prospecteurs miniers sont venus ici. Je ne sais pas ce qui nous attend.

— Que signifie le nom « Rampa » ? demanda Costas.

— Il vient de Rama, répondit Pradesh, le prince qui est entré dans le culte hindou. Selon le Rāmāyana – une épopée ancienne en sanskrit – le prince Rama, qui venait de l'Oudh, a passé dix ans en exil dans la jungle. Le temple vers lequel nous nous rendons a toujours été connu sous le nom de « temple de Rama ».

— J'ai beaucoup pensé à ça depuis que nous avons vu cette pièce romaine élevée au rang de *vélpu*, confia Jack. Les Romains d'Arikamedu étaient appelés *yavanas*, ce qui signifie « Occidentaux ». Mais le nom de *raumanas* apparaît également dans la littérature brahmanique. Ce n'est peut-être qu'une coïncidence.

Chapitre X

— Depuis quand crois-tu aux coïncidences ? plaisanta Costas.

— C'est une possibilité fascinante, admit Pradesh. En tant qu'Hindou, j'ai pris le Rāmāyana au pied de la lettre, mais je sais par mes ancêtres kóya que l'édification d'un temple à la gloire de Rama est tout à fait contraire aux croyances des peuples de la jungle. Ceux-ci n'élèvent pas de temples à leurs dieux. Ils n'ont pas de sanctuaires sacrés, ni même de couleurs sacrées. Leurs dieux sont partout autour d'eux, immanents au monde. Nous, les Hindous, nous intégrons des légendes qui concernent des étrangers, car notre religion est ouverte au monde. Mais les croyances animistes des Kóya ne s'inscrivent pas dans cette démarche. Et si ce n'est pas le prince Rama qui est venu ici, c'est un homme tout aussi charismatique qui a laissé une trace indélébile de son passage.

— Peut-être un autre étranger, suggéra Costas.

— Nous arrivons, annonça Pradesh.

L'hélicoptère ralentit, s'inclina légèrement à bâbord et commença à décrire un large cercle autour d'une tache brumeuse au milieu de la jungle.

Jack regarda le ravin qu'ils avaient survolé, dont les flancs déchiquetés s'élevaient de part et d'autre d'une coulée de boue rouge foncé provoquée par la mousson. À travers la végétation dense, il voyait à quel point l'eau avait creusé le sol entre les rochers enchevêtrés. C'était visiblement le seul chemin qui menait au temple depuis le fleuve, situé à quinze kilomètres au sud. Et c'était sans doute celui que Howard et Wauchope avaient pris avec leurs sapeurs en 1879. Ils avaient dû être totalement exposés aux coups de feu. Jack ne comprenait pas comment ils avaient pu échapper aux rebelles. Puis il se souvint de l'histoire du *vélpu*, de la promesse que Howard avait faite au *muttadar*. C'était la seule explication.

La rivière qui coulait au milieu de l'immense ravin longeait la clairière à l'est après avoir traversé un éboulement de rochers en amont. Jack aperçut une petite cascade devant les rochers, puis trois énormes pierres plates, dont une reposait sur les deux autres tel un gigantesque linteau préhistorique.

— Voilà le temple ! s'écria Pradesh. L'entrée se situe sous le linteau, mais elle a été condamnée par le tremblement de terre qui a eu lieu après le passage des deux officiers britanniques, le jour de la disparition du suprême *vélpu*. D'après mon grand-père, ce séisme a été le châtiment de la *konda devata*, l'esprit du tigre. Les Kóya ont toujours eu peur de cet endroit, car les tigres viennent boire à la rivière pendant la nuit. Et après le tremblement de terre, ils n'ont quasiment jamais remis les pieds ici, y compris dans la clairière.

— Comment est-ce qu'on va faire pour entrer ? demanda Costas.

— D'après ce que m'a dit mon grand-père, on peut passer par-derrière, du côté de la cascade, mais il faut être petit et souple. Il l'a fait une fois, quand il était gosse. Et il a vu de terribles démons à l'intérieur. Au village de Rampa, les anciens ont raconté la même chose à leurs enfants. Je suis venu traîner ici avec d'autres gamins à l'époque, mais cette histoire de démons nous a dissuadés d'essayer d'entrer.

— Fouilles archéologiques dans une cascade ! s'exclama Costas. Encore une nouveauté…

Pradesh se retourna, une petite corde à la main.

— Il existe un autre moyen.

— Un cordeau détonant ! L'archéologie comme je l'aime !

Le pilote positionna l'appareil au centre de la clairière, à environ cinquante mètres des rochers, et amorça la descente. Le rotor avait dissipé la brume, mais soulevait désormais un tourbillon de poussière et de feuilles mortes. Jack se pencha vers la porte pour jeter un coup d'œil. Soudain, un bruit métallique retentit et l'hélicoptère s'inclina sur le côté. Des coups de feu ! Jack les entendait même à travers son casque. Une salve de balles déchira l'air, fusa à travers la porte et frôla les passagers. Jack protégea instinctivement Costas en l'obligeant à baisser la tête. Le pilote tira sur le levier de pas collectif et l'hélicoptère s'éleva dans les airs. Jack aperçut trois hommes en treillis avec un bandana rouge. Lorsque le pilote eut stabilisé l'appareil, les deux sapeurs s'agenouillèrent près de la porte ouverte et épaulèrent leur fusil. Ils envoyèrent à leurs adversaires une rafale de tirs automatiques, puis s'arrêtèrent quelques secondes, avant de tirer trois balles en visant leurs cibles avec précision. Ils rechargèrent aussitôt. Jack vit les trois hommes étendus sur le sol, dans une mare de sang.

— Des maoïstes ! s'exclama Pradesh. À mon avis, ce n'est pas à nous qu'ils réservaient cet accueil. Ils n'avaient aucun moyen de savoir que nous allions venir dans cette clairière. C'était un détachement. Les autres doivent être à plusieurs heures d'ici. En général, ils partent en reconnaissance par groupe de trois. Ils ont dû paniquer en voyant qu'on s'apprêtait à atterrir.

— Et que fait-on maintenant ? demanda Jack, encore sous le choc.

— On continue. Tu as vu mes hommes à l'œuvre. Les autres maoïstes sont sans doute assez loin pour ne pas avoir entendu les coups de feu. La jungle absorbe les sons. Le pilote va nous déposer et retourner vers le sud afin de ne pas éveiller les soupçons. Les maoïstes doivent avoir l'habitude de voir ce vieux coucou aller de village en village pour approvisionner les tribus.

Il fit un signe de tête au pilote et l'appareil alla directement se poser au milieu de la clairière. Les deux sapeurs sautèrent avant même que le train d'atterrissage n'ait touché le sol et donnèrent des coups de pied aux corps en scrutant le périmètre.

Jack et Costas détachèrent leur ceinture et sortirent en courant tête baissée sous le rotor. Pradesh les suivit, son sac sur le dos. Puis le moteur rugit et le Huey s'éleva dans un nuage de poussière jusqu'à la cime des arbres, avant de mettre le cap vers le sud.

Quelques instants plus tard, le bruit disparut. Jack jeta son sac kaki sur son épaule en regardant Costas du coin de l'œil. La poussière retombait sur les corps, quelques mètres plus loin, et absorbait le sang. Les trois hommes retirèrent et empilèrent leurs casques. Jack était encore fébrile. Il remarqua que Pradesh, son revolver Magnum tendu à bout de bras, était également nerveux, à l'affût comme un animal en chasse. Les échanges de coups de feu n'avaient duré que quelques secondes, mais il revoyait la scène au ralenti. Ce n'était pas la première fois qu'il passait à deux doigts de la mort. Costas se dirigea vers un rocher, derrière lequel les maoïstes s'étaient visiblement rassemblés. Il trouva des sacs à dos et se baissa pour observer le sol.

— Attention aux serpents ! cria Pradesh.

Costas souleva une longue mue de cobra en décomposition.

— Je t'ai eu ! plaisanta-t-il.

Il la lâcha, écrasa un moustique et ramassa autre chose.

— Regardez ! s'écria-t-il. Ces maoïstes étaient armés de kalachnikovs et il y a des tas de douilles par terre, trop par rapport aux balles que nous avons reçues. Des coups de feu ont déjà été tirés ici, assez récemment à en juger par l'état du cuivre. Et ça ! C'est une douille beaucoup plus ancienne. Elle doit venir d'une arme de gros calibre, qui appartient peut-être à un chasseur de gros gibier. Il y en a d'autres, mais elles sont enfoncées dans le sol. Elles doivent être là depuis longtemps.

Jack le rejoignit.

— Incroyable, murmura-t-il. Calibre 577. C'est une douille de Snider-Enfield, l'arme des sapeurs de Madras en 1879.

— Tu plaisantes ?

Costas ramassa une autre douille et l'étudia longuement.

— Et maintenant, fouilles archéologiques sur un champ de bataille ! annonça-t-il. D'autres l'ont fait avant nous à Little Big Horn pour reconstituer le dernier combat de Custer. C'était à peu près à la même époque.

Il se releva et regarda autour de lui.

— C'est peut-être contre ce rocher que Bebbie a rendu son dernier souffle, entouré des sapeurs qui l'escortaient. La falaise est juste derrière. C'était le meilleur abri dont ils disposaient pour se protéger des rebelles en attendant que Howard et Wauchope viennent les chercher.

Chapitre X

— Je crois que je sais ce que ces terroristes faisaient lorsque nous les avons surpris, déclara Pradesh. Ils n'étaient pas en reconnaissance. Ils nettoyaient le site.

Il était passé de l'autre côté du rocher, son arme au poing. Costas et Jack le suivirent prudemment. L'odeur devint plus forte, différente de celle qui émanait des corps allongés sur le sol. Jack sut de quoi il s'agissait avant même de l'avoir vu. Un amas d'ossements et de vêtements déchirés avait été poussé dans une crevasse du rocher. Certains crânes étaient blancs, mais d'autres retenaient encore quelques cheveux. Des tendons étaient visibles entre les articulations des membres. Pradesh s'approcha en se pinçant le nez, puis recula pour respirer.

— Eh bien, voilà un mystère de moins à résoudre, souffla-t-il. Ce sont les Chinois que les Kóya ont vus arriver il y a trois mois. Regardez, on peut lire INTACON sur leur chemise. C'est le nom de la société minière. Les maoïstes ont dû leur tendre une embuscade. Cela explique la présence de toutes ces douilles de kalachnikov.

Il ramassa un bâton, avec lequel il souleva un pan de vêtement.

— Et regardez ça, continua-t-il. Cela correspond tout à fait à ce que les Kóya ont décrit.

Sur un morceau de peau encore intact d'un des cadavres, ils aperçurent les vestiges d'un tatouage. C'était sans doute ce qui avait permis à la peau de se conserver plus longtemps. Jack éprouva une bouffée d'angoisse. Il ne s'agissait plus de simples hypothèses. C'était la réalité. Ce qu'il voyait était à moitié décomposé mais, cela ne faisait aucun doute, c'était un tatouage en forme de tigre.

Pradesh fit signe aux deux sapeurs et montra du doigt l'endroit où étaient entassés les cadavres. Puis il leva six doigts et passa son pouce en travers de sa gorge. Comme il retournait à proximité des corps allongés au milieu de la clairière, suivi de Jack et Costas, un bruit assourdissant retentit. Des gouttes de sang jaillirent de l'épaule de Costas. Jack eut juste le temps de voir un des terroristes pointer un pistolet avant que celui-ci ne reçoive une balle en pleine tête. Dès le premier coup de feu, Pradesh avait achevé sa victime. Mais il continuait à tirer, lentement et méthodiquement, en réduisant peu à peu l'homme en charpie. Jack posa une main ferme sur le bras de son ami, qui tira une dernière fois et la balle ricocha contre les rochers.

— Ça suffit, dit Jack.

Pradesh le fixa les yeux écarquillés, comme enragé. Il sentait la sueur fraîche, l'adrénaline. Jack le lâcha et le regarda droit dans les yeux.

— Tu l'as eu, dit-il à voix basse. Pour ton père.

Il se tourna aussitôt vers Costas, qui épongeait sa plaie à l'épaule.

— Ça va ?

— Oui, répondit Costas avant de lever les yeux vers Pradesh. Merci.

Pradesh inspira profondément, hocha la tête et se dirigea vers deux autres corps auxquels il donna des coups de pied, tout en rechargeant son revolver. Les sapeurs avaient encore leur fusil braqué sur eux. Puis, sur un signe de Pradesh, ils retournèrent se cacher à la lisière de la jungle, au bout du sentier. Pradesh claqua des doigts, montra ses yeux et tapota sur sa montre, avant de faire un grand geste en direction de la jungle. Un des sapeurs disparut dans le sentier.

— Je l'ai envoyé en reconnaissance, dit-il. Si ces trois maoïstes faisaient partie d'un détachement, le gros de la troupe va arriver. Les terroristes suivent toujours les sentiers, car la jungle n'est pas leur environnement habituel. Celui-là vient de Chodavaram, un village situé non loin d'un de leurs lieux de prédilection. Ils ne restent jamais plus de quelques nuits au même endroit et se déplacent sans cesse. Ils se prennent pour des héros de Bollywood, pour des Robin des Bois, mais ce ne sont que des lâches et des assassins. Leur idéologie est lamentable. Je les déteste.

— C'est ce qu'on a vu, murmura Costas en prenant un bandage dans le sac de Jack, avant de l'enrouler autour de sa blessure.

Jack posa la main sur l'épaule de Pradesh et sentit qu'il tremblait.

— Ça va ? demanda-t-il.

— Je ne me suis jamais senti aussi bien, répondit Pradesh.

Chapitre X

— Tu viens de tuer un homme…

— Ce n'était pas un homme. Et ce n'était pas la première fois. J'ai fait la campagne du Cachemire. J'ai tué un ingénieur de l'armée pakistanaise qui essayait de faire sauter un pont de montagne que nous venions de construire. Les Pakistanais nous ont tiré dessus ; on leur a tiré dessus. Je l'ai fait pour mes hommes. J'aurais pu faire semblant de manquer cet ingénieur, mais je l'ai tué. Ce jour-là, j'ai vomi sur mes pompes. Mais pas aujourd'hui.

Jack hocha la tête. Il avait eu les mêmes raisonnements à une époque et savait ce que Pradesh traversait. Ses oreilles bourdonnaient encore sous l'effet de l'adrénaline et des coups de feu. Il fallait qu'ils se concentrent sur leur objectif, qu'ils gardent leur sang-froid. Il désigna le temple d'un geste de la main. Pradesh, après avoir jeté un dernier coup d'œil aux corps, lui donna son revolver et ouvrit son sac. Il en sortit une petite charge d'explosif C4 et le cordeau détonant qu'il avait montré à Costas dans l'hélicoptère.

— L'entrée est obstruée par un petit rocher, annonça-t-il. Si nous parvenons à le fendre en deux, nous pourrons peut-être pénétrer dans le temple.

Les trois hommes traversèrent la clairière. L'éboulement de rochers, qui s'étendait sur au moins quinze mètres, ressemblait à une tombe mégalithique. Il était pourtant complètement naturel et résultait d'un glissement de terrain remontant à la préhistoire. Avec l'érosion, les rochers avaient fini par être exposés à nu. Ils étaient plus grands qu'il n'y paraissait depuis l'hélicoptère. Ceux de l'entrée du temple faisaient deux fois la taille de Jack. Les deux parois verticales et le linteau formaient un passage, bloqué par le petit rocher dont Pradesh avait parlé. Des éclats de roche étaient éparpillés sur le sol. Pradesh s'agenouilla pour en ramasser un.

— Cela vient d'être fait, déclara-t-il. Ce rocher a été attaqué avec un pic très récemment.

Costas s'accroupit à côté de lui.

— Par les maoïstes ?

— Plutôt par les prospecteurs, à mon avis. Ils ont dû être surpris par les maoïstes avant d'avoir le temps d'achever leur tâche, à moins qu'ils n'aient trouvé une autre façon d'entrer.

— C'est peut-être l'oncle de Katya qui a fait ça, murmura Jack.

— En tout cas, cela va nous faciliter la tâche, se réjouit Pradesh.

Il glissa la main dans l'entaille pratiquée dans le rocher et y coinça l'explosif. Il fixa le cordeau détonant et le déroula en reculant d'environ dix mètres jusqu'à un autre rocher, derrière lequel il s'abrita. Lorsque Jack et Costas l'eurent rejoint, il ficha l'autre extrémité du cordeau dans un petit détonateur électronique. Puis il fit signe au sapeur posté à l'entrée du sentier pour le prévenir.

— Bouchez-vous les oreilles, recommanda-t-il.

Ils se tapirent derrière le rocher, les mains sur les oreilles, et Pradesh appuya sur le détonateur. Une seconde plus tard, la pierre avait explosé. Ils levèrent les yeux et virent un nuage de poussière à l'entrée du temple. Pradesh s'empressa d'aller évaluer les dégâts. Il attendit que la poussière se dépose et se faufila dans le passage.

— Tout ce qu'il fallait, c'était un peu d'explosif pour faire sauter ce rocher ! cria-t-il d'une voix étouffée. C'est parfait !

— Beau travail, admit Costas en jetant un coup d'œil à l'intérieur.

— Il y a un trou d'environ un mètre carré. C'est suffisamment large, même pour toi.

— Qu'est-ce que je suis censé comprendre ? maugréa Costas.

— Que tu es invité à entrer, répondit Jack.

Il sortit sa torche de plongée de son sac et s'agenouilla sous le linteau. Il mesurait environ quinze centimètres de plus que Pradesh et le trou n'était pas tout à fait aussi gros que celui-ci l'avait annoncé. Il se faufila dans la faille ouverte par l'explosif. À l'intérieur, les parois rocheuses étaient lisses. Il se trouvait dans un passage. Derrière lui, il entendit un juron et, soudain, le bruit d'un tissu qui se déchire.

— Ma chemise ! s'exclama Costas. Ma super chemise hawaïenne !

Chapitre X

— Je t'en achèterai une autre quand nous serons là-bas, le rassura Jack en lui tendant la main pour l'aider à se dégager.

Il suivit Pradesh à tâtons dans l'obscurité. Plus loin, il repéra un puits de lumière vacillant. Il s'arrêta un instant et se retourna vers le trou qui débouchait sur la clairière. Le soleil couchant se reflétait sur les feuilles de palmier et donnait l'impression que la jungle s'était subitement embrasée.

Le sapeur faisait le guet en serrant son fusil contre lui. Les corps étaient encore étendus dans la poussière. Jack pensa à Rebecca. Il avait bien fait de lui interdire de l'accompagner. Au dernier moment, il avait failli céder. Il consulta sa montre. Il leur restait une heure, pas plus. Il scruta de nouveau l'obscurité à l'intérieur du passage et sentit monter en lui l'excitation qu'il éprouvait toujours face à l'inconnu. Il posa la main sur l'épaule de Costas. Puis il eut une pensée pour Katya. Il lui avait promis de découvrir ce qui était arrivé à son oncle. Elle devait attendre de ses nouvelles. Il fallait qu'il trouve des réponses.

Chapitre XI

Lac Yssyk-Köl, Kirghizistan.

Katya Svetlanova s'adossa contre le rocher, chercha une position plus confortable et étendit les jambes sur le sol brûlant. Elle posa son appareil photo numérique reflex et noua ses cheveux derrière sa nuque. Puis elle tourna la tête pour observer le rocher. Des motifs curvilignes étaient sculptés dans la pierre : des léopards des neiges, des bouquetins bondissants et un mystérieux symbole solaire. À l'origine, ils avaient été peints avec des colorants naturels, du sang et de l'ocre. Érodés par le vent, desséchés par le soleil, ils étaient désormais à peine visibles. C'était l'œuvre de chasseurs scythes, qui avaient parcouru ces steppes plus de deux mille ans auparavant. Les Scythes, des nomades investis de pouvoirs chamaniques, étaient les ancêtres des Kirghiz, qui vivaient toujours ici, les ancêtres de la mère de Katya. Et cet endroit était sacré. C'était un site funéraire, où Katya pouvait encore sentir l'odeur des chevaux, des moutons et de la sueur. Mais c'était aussi un lieu de passage, traversé par des hommes extraordinaires, des aventuriers, des marchands, des guerriers qui venaient de très loin, de l'Est comme de l'Ouest. Et il devait aussi y avoir des traces de leur présence ici. Katya avait photographié les motifs gravés dans la pierre dans la lumière rasante de la fin d'après-midi. La journée avait été dure, comme toujours. Chaque rocher contenait la promesse d'une découverte fantastique, mais la jeune femme n'avait toujours pas trouvé celui qu'elle cherchait.

Elle vacilla légèrement ; les motifs disparurent et réapparurent comme un hologramme. Elle était épuisée. Elle avait travaillé sans relâche pendant cinq semaines et il ne lui restait plus que quelques jours. Elle pensa aux grands explorateurs de la route de la Soie, qui avaient passé des dizaines d'années, leur vie entière, à chercher des trésors perdus : des royaumes légendaires ou le trésor d'Alexandre. Les chamans avaient peut-être raison. Cet endroit était une enclave céleste, dont les plus grands secrets n'étaient accessibles qu'à ceux qui avaient un pied dans l'au-delà. C'était peut-être aussi le postulat de l'archéologie. Lors de sa quête de l'Atlantide, en compagnie de Jack Howard, Katya avait vécu quelque chose de magique. Depuis lors, elle n'avait pas pu se contenter d'une carrière à l'Institut paléographique de Moscou, où elle se bornait à étudier les découvertes des autres. Jack l'avait prévenue, mais elle avait besoin de faire ses propres expériences. Elle voulait savoir si, elle aussi, elle aurait la chance de faire une découverte.

Elle but une grande gorgée d'eau. Au-delà de la rive rocailleuse située quelques mètres plus loin, elle regarda le lac Yssyk-Köl, remarquablement bleu. C'était une sorte de mer intérieure, qui s'étendait vers le sud jusqu'aux monts Tian shan, dont les cimes enneigées offraient un spectacle époustouflant. De l'autre côté, se trouvaient l'Afghanistan, le relief imposant des montagnes de l'Hindū Kush et les passes qui menaient vers l'Inde : celle de Khaybar, à l'est, et celle de Bolan, à l'ouest. Mais les montagnes entouraient le lac comme les remparts d'un château imprenable et il semblait inconcevable que quiconque ait pu les franchir. On était davantage tenté de se tourner vers l'est ou vers l'ouest et de suivre la route de la Soie, la plus grande route commerciale du monde. À l'est, les montagnes descendaient vers le désert du Taklamakan et la cité légendaire de Xian, au cœur de la Chine. À l'ouest, la route traversait le Kirghizistan, l'Ouzbékistan et la Perse pour atteindre le rivage de la Méditerranée.

Chapitre XI

Le soleil couchant projetait une lumière rosée sur le lac et le couvrait de zébrures rouges. Katya se tourna vers le canyon qui menait vers l'ouest. Elle avait toujours été mal à l'aise à l'idée de parcourir cette route, empruntée par les voyageurs de l'Antiquité. Sa grand-mère kirghize lui avait parlé de guerriers démoniaques, montés sur de noirs coursiers. Tapis dans les ravins, ils étaient prêts à s'abattre sur tous ceux qui osaient s'aventurer sur leur territoire. Katya savait que ces mythes nomades étaient fondés sur la mémoire collective d'un peuple, balayé par des ouragans humains venus d'Orient, frappé de plein fouet par les conquêtes brutales des Huns et des Mongols. Ceux-ci étaient aussi les ancêtres de Katya, du côté de son père. Elle avait pensé à lui récemment, à ce guerrier moderne qu'elle avait vu mourir en mer Noire, deux ans auparavant, aux côtés de Jack. Elle avait essayé de se souvenir de lui tel qu'il avait été avant que la tentation ne l'enserre et ne l'emporte, comme les vagues de cupidité et de violence qui avaient jadis déferlé sur les versants de ces montagnes. Son sang coulait dans ses veines, mais elle ne parvenait pas à le pardonner. Et elle savait qu'elle était ici en quête de rédemption, pour retrouver du courage dans ses origines kirghizes, pour entendre les paroles des chamans dans les symboles sculptés dans la pierre.

— Katya !

Un homme grand et élancé apparut au-dessus des rochers, une centaine de mètres plus loin.

— Nous sommes prêts !

Elle se leva d'un bond, fit un signe de la main et ramassa son appareil photo. Elle appréciait beaucoup Altamaty, son enthousiasme effréné. Elle ne lui avait pas encore dit ce qu'elle cherchait vraiment. Ne sachant pas comment elle vivrait un éventuel échec, elle était sur ses gardes. Mais voir Altamaty lui donnait des ailes.

Une fois debout, elle vit l'énormité de sa tâche, une mer de rochers qui s'étendait sur des kilomètres le long de la rive du lac, et sur des centaines de mètres le long de la montagne dont ils s'étaient détachés au fil des siècles, à la suite d'inondations et de séismes. Avec l'aide d'Altamaty, elle avait déjà répertorié trois cents pétroglyphes. Mais il lui restait des dizaines de kilomètres carrés à explorer. Elle examinait les rochers un par un et certains devaient être en partie déterrés. Elle avait peut-être eu les yeux plus gros que le ventre.

Elle pensa de nouveau à Jack, à sa proposition de lui confier un poste de recherche à l'UMI. Elle bénéficierait d'une liberté totale, de ressources illimitées, et pourrait continuer à travailler ici. Mais elle était la seule à l'Institut paléographique de Moscou à pouvoir défendre ses collègues contre la bureaucratie et la corruption. C'était son père, à l'époque professeur et historien de l'art, qui avait fondé l'Institut. En réalité, la plaie était encore trop à vif. Il lui était impossible d'accepter quoi que ce soit venant de Jack. Son père était devenu l'incarnation de ce contre quoi elle luttait, un ponte du marché noir des antiquités, un guerrier qui avait revêtu l'habit de ses ancêtres. Il était devenu son ennemi, et Jack l'avait détruit. Mais elle éprouvait toujours la loyauté indéfectible d'une fille à l'égard de son père, un attachement tribal envers le clan guerrier. Lorsqu'elle avait revu Jack au congrès de la Transoxiane, tous ces sentiments avaient refait surface. Elle devait faire la paix avec elle-même avant de prendre la main qu'on lui tendait.

Elle passa son appareil photo autour du cou et se mit à escalader les rochers. Elle se remémora les paroles de Jack : « Il te faudra de la chance, mais tu devras aussi prendre des risques, être capable de tout mettre de côté pour suivre ton instinct. » Pour Jack, cela signifiait s'en remettre à son navire de recherche, à son équipe, à Costas, à tout son matériel d'exploration sous-marine.

Elle regarda l'amas de rochers autour d'elle, semblable à un cimetière de géants, et sa petite tente au bord du lac. Pour atteindre son objectif, il lui aurait fallu toute une armée d'ouvriers et un campement de la taille d'une base militaire. Il était peut-être temps d'accepter cette offre, après tout. Elle n'avait pas ménagé sa peine. Altamaty et elle avaient fait tout ce qui était humainement possible. De toute façon, elle devait prendre contact avec Jack pour lui demander s'il avait retrouvé la trace de son oncle dans la jungle. L'angoisse la rongeait depuis des semaines et elle avait besoin de savoir. Et puis, elle avait envie d'entendre sa voix. Elle établirait une communication par satellite ce soir.

Un moteur toussota et s'installa dans le halètement régulier d'un quatre cylindres diesel. Katya escalada un rocher et vit Altamaty, coiffé de son chapeau *chlopak* en feutre. Il était assis à côté du seul engin dont ils disposaient, un vénérable tracteur britannique Nuffield, acheminé depuis l'Inde par la route de la Soie, qui avait retrouvé une nouvelle jeunesse après la chute de l'Union soviétique. Malgré son vacarme incessant et ses bouffées de fumée noire, ce vieux cheval de bataille était une bénédiction. Tant qu'il démarrait, il y avait de l'espoir.

Katya jeta un coup d'œil à la chaîne recouverte d'une gaine en cuir qui allait du tracteur à un rocher à moitié enterré. C'était le rituel de la fin de journée. Tous les jours, Altamaty approchait le tracteur d'un rocher plein de promesses, qu'ils avaient repéré pendant leurs recherches. Katya observa le candidat du jour. Cette fois, ce n'était pas lui qui allait être déplacé, mais un autre rocher, qui s'était éboulé contre lui. L'espace entre les deux était rempli de terre durcie par le temps, qu'Altamaty avait passé la majeure partie de l'après-midi à creuser afin de pouvoir passer la chaîne autour du rocher.

Katya s'accroupit et regarda attentivement le cuir de cheval qui entourait la chaîne pour protéger la pierre. Il commençait à être usé, mais ça irait pour aujourd'hui. Si la chaîne tenait bon. Altamaty l'avait trouvée dans un vieux bateau de patrouille échoué au bord de l'eau, un vestige de l'époque où le lac était la base secrète d'expérimentation navale des Soviétiques. Conscrit dans la marine dans les années quatre-vingt, il avait fait ses classes ici, avant d'être envoyé sur le front en Afghanistan. D'après lui, le matériel soviétique, même rouillé, était plus solide que tout ce qui pouvait se fabriquer dans l'actuelle Russie. Katya avait bien été obligée de le croire.

Elle leva le pouce et recula pour aller se mettre à l'abri derrière un autre rocher. Il s'abrita à son tour derrière une rangée de plaques de métal, qu'il avait posées contre la vitre du tracteur au cas où la chaîne céderait. Katya baissa la tête et croisa les doigts. C'était la loterie à chaque fois et ses chances de succès étaient toujours les mêmes. Mais ils se trouvaient près du canyon érodé qui venait de l'Ouest. Si un voyageur avait laissé une inscription, c'était forcément à cet endroit, là où les caravanes devaient se reposer, et non en haut du versant, où avaient été gravés la plupart des pétroglyphes scythes.

Katya ferma les yeux. Elle entendit Altamaty passer la marche arrière et appuyer lentement sur l'accélérateur tout en embrayant. Le moteur rugit dans un crescendo qui fit bientôt vibrer le sol. Katya rouvrit les yeux. Le tracteur recula d'un mètre, puis de deux. Brusquement, il s'arrêta et les roues avant décollèrent du sol. Le bruit décrut petit à petit et l'engin retomba lourdement.

Altamaty fit signe à Katya, qui s'approcha du rocher. Redressé, celui-ci reposait désormais contre une autre pierre. Il était impossible de le dégager complètement. Mais le rocher qui les intéressait semblait accessible. Seule une couche de terre en masquait la surface. Altamaty serra le frein à main, éteignit le moteur et rejoignit Katya, une truelle et une brosse à la main. De toute évidence, le rocher avait été dressé à la verticale, avant d'être poussé par celui qu'il venait de déplacer, probablement délogé lors d'une crue subite. La surface mise au jour était plate sur au moins un mètre. C'était très encourageant. Katya empoigna son appareil photo tout en se préparant à une éventuelle déception. Ses collègues de l'Institut lui avaient dit que sa quête était sans espoir. Les Bactriens, les Sogdiens et autres marchands qui passaient par ici ne gravaient pas d'inscriptions dans la pierre. Mais Jack disait qu'il fallait suivre son intuition. Elle croisa les doigts de nouveau.

Altamaty nettoya la pierre, puis se redressa. Il tournait le dos à Katya et lui bouchait la vue. Elle posa la main sur sa vieille veste de treillis et se rendit compte qu'elle lui serrait l'épaule. L'espace d'un instant, ils restèrent immobiles. Elle le sentit frémir, tressaillir. Elle l'avait déjà touché, mais elle n'avait jamais éprouvé une telle émotion. En fait, il riait... Elle se détendit et le lâcha aussitôt. Tout à coup, elle se mit à rire, elle aussi, pour la première fois depuis une éternité. Quelque chose céda en elle. Pourtant, elle n'avait pas encore vu la pierre. Altamaty se retourna et elle vit son beau visage fin lui sourire.

— Je ne suis pas un expert en latin, dit-il en kirghiz, et je ne suis jamais allé plus loin qu'en Afghanistan mais, quand j'étais gosse, j'ai lu des tas de livres sur les Romains. Et j'ai déjà vu ça quelque part.

Elle regarda la pierre, resta bouche bée et reposa la main sur l'épaule d'Altamaty pour ne pas perdre l'équilibre. Elle s'agenouilla et s'efforça de suivre les conseils de Jack : « Les premiers instants sont primordiaux. Tu ne reverras peut-être jamais ce que tu as sous les yeux. Oublie l'euphorie du moment. Agis en scientifique. »

Le soleil était bas dans le ciel et la moindre ondulation à la surface de la pierre était visible. Katya prit rapidement une dizaine de photographies avec trois réglages différents. Puis elle se figea, de peur que l'image ne disparaisse. C'était un aigle. Elle sortit un bloc de son sac et le feuilleta jusqu'à ce qu'elle arrive à une page sur laquelle figurait un dessin. Celui-ci avait été fait par son oncle dans une grotte d'Ouzbékistan, à plus de quatre cents kilomètres à l'ouest d'ici. À côté, Jack avait pris quelques notes lorsqu'ils l'avaient étudié ensemble lors du congrès, trois mois auparavant. Elle observa la pierre, puis le dessin. Il n'y avait aucun doute. C'était le même motif. Gravé de la même main.

— Je retourne à la yourte, annonça-t-elle d'une voix fébrile. Il faut que je passe un appel par satellite.

— Qu'est-ce que c'est ? l'interrogea Altamaty. Qu'est-ce qu'on a trouvé ?

Elle regarda son visage tanné, ses yeux bleus enchanteurs. Elle le serra dans ses bras, respira l'odeur de son gilet en peau de mouton, de sa sueur, et sentit sa barbe contre sa joue. Elle éprouva un bien-être extraordinaire. Puis elle relâcha son étreinte et mit son sac sur son épaule. Elle était aussi extrêmement fatiguée. Elle devait passer cet appel avant de s'effondrer, mais elle voulait qu'Altamaty soit le premier à entendre la nouvelle.

— Au fil de tes lectures sur les Romains, demanda-t-elle, es-tu déjà tombé sur l'histoire des légionnaires perdus de Crassus ?

Chapitre XII

Jack se retourna une dernière fois vers l'entrée du temple, puis orienta sa torche vers la paroi du tunnel. Il y avait juste assez de place pour Costas, Pradesh et lui. Il vit des traînées vertes, probablement des algues. Une forte odeur d'humidité et de décomposition s'ajoutait à celle qui provenait de l'extérieur. Pradesh éclaira le mur de gauche et s'arrêta subitement en découvrant un motif effrayant sur la pierre. C'était un horrible démon, dont les yeux exorbités étaient à la hauteur des siens. Il avait un bec crochu et de redoutables crocs. Jack approcha avec sa torche.

— Ça alors ! souffla-t-il. Il a des ailes, comme un griffon. Si on m'avait montré ce motif, j'aurais dit qu'il venait de Perse. Il a peut-être été gravé par quelqu'un qui a passé beaucoup de temps à regarder des images comme celle-ci. Je sais que l'art indien te passionne, Pradesh. Qu'en penses-tu ?

Pradesh posa la main sur la pierre.

— J'ai convaincu mes professeurs en ingénierie que c'était un bon prétexte pour étudier la technologie lithique mais, en réalité, seul l'art m'intéressait, avoua-t-il. Il existe beaucoup de points communs entre l'art perse et l'art indien, mais ce motif a quelque chose de particulier. Il s'en dégage une certaine assurance. Tu as peut-être raison. Il pourrait avoir été gravé par une personne connaissant la sculpture monumentale perse, de la période parthe peut-être.

Costas posa la main avec précaution sur les yeux exorbités et la retira aussitôt.

— Pas étonnant que les Kóya ne soient jamais entrés ici! lança-t-il.

— Il y a un décor derrière, remarqua Pradesh.

Jack pointa sa torche au-delà de la queue du démon. Là, les lignes étaient moins profondes mais bien visibles. C'était une sorte de scène narrative, dans laquelle apparaissaient des êtres humains: des personnages décapités, un couteau suspendu au-dessous du corps; des têtes au bout de piquets; des prisonniers attachés. Toute la scène était gravée au-dessus d'une bande marbrée de rouge, mouchetée de pyrite. L'artiste semblait avoir choisi son endroit de façon à donner à cette extrusion naturelle l'apparence d'une mare de sang. De sang humain…

— Cette scène représente un sacrifice, affirma Jack. Une *Mériah.*

— Oui, confirma Pradesh, mais elle n'a pas été gravée par un autochtone. La gravure sur pierre ne fait pas partie de la culture des Kóya. Et il y a un motif plus ancien au-dessous de cette scène.

En effet, Jack discerna un pétroglyphe beaucoup plus ancien, visible uniquement en lumière rasante. Il s'agissait de cercles concentriques, dont le plus grand mesurait environ un mètre de diamètre. Au centre, quatre lignes parallèles partaient d'une ligne verticale à la manière d'un râteau. Un deuxième râteau semblait gravé de façon symétrique de l'autre côté, mais il était en grande partie dissimulé par la scène du sacrifice.

— Le symbole du labyrinthe! s'exclama Pradesh. On le trouve aussi dans le reste de l'Inde et en Asie centrale, parfois dans des grottes. Les spécimens les plus anciens remontent au Néolithique et datent d'il y a au moins cinq mille ans. La plupart comportent un motif rectiligne au milieu, mais je n'en avais jamais vu d'aussi complexes que celui-ci.

Costas effleura la pierre et regarda Jack droit dans les yeux.

— Corrige-moi si je me trompe, commença-t-il, mais…

— Incroyable! le coupa Jack. Le symbole de l'Atlantide…

Chapitre XII

Il l'avait vu la veille, sur la couverture de la monographie qui se trouvait dans sa cabine, à bord du *Seaquest II*. Il fit basculer sa torche d'avant en arrière, ce qui créa une image presque holographique. Le labyrinthe apparaissait et disparaissait sous les images violentes du sacrifice. Jack se demanda si ce symbole, celui d'une civilisation fondatrice, était l'œuvre d'un étranger, témoin d'une scène primitive atroce, représentée plus tard en superposition par un autre artiste. L'imbrication des deux motifs donnait au symbole ancien une place concrète dans la scène. C'était un labyrinthe gorgé de sang humain…

— Il y en a d'autres, observa Pradesh. Beaucoup d'autres.

Il continua à avancer dans le passage, le dos voûté, et s'accroupit cinq mètres plus loin, avant d'être rejoint par Jack et Costas.

— On retrouve le même style artistique, déclara-t-il, mais il ne s'agit pas de scènes narratives. Là, c'est un lingam, un phallus, le symbole de Shiva. Et sur le mur d'en face, c'est un cobra enroulé sur lui-même, qui darde sa langue, la tête tournée vers la sortie. C'est peut-être un symbole hindou, mais les dieux serpents sont aussi des vestiges de cultes préaryens. Les Kóya craignent le *giringar*, l'esprit du cobra. Ce motif a dû leur faire une peur bleue. Le serpent et le lingam sont en quelque sorte des gardiens, chargés d'empêcher quiconque d'entrer ici.

Ils avancèrent encore. Cette fois, Pradesh repéra quelque chose au plafond. C'était une tache bleue, fine à certains endroits – où les pigments s'étaient effrités – et épaisse comme de la laque à d'autres.

— La couleur de Shiva, murmura Pradesh. Dans l'imagerie hindoue, le bleu est le symbole de l'éternité.

Il passa un doigt sur la pierre pour prélever un peu de pigments.

— C'est du lapis-lazuli d'Afghanistan, affirma-t-il, le minéral qu'on broyait pour fabriquer cette couleur. Rien d'aussi précieux n'a jamais été troqué en pleine jungle. Celui qui a fait ceci a donc apporté lui-même du lapis-lazuli jusqu'ici.

Jack posa la paume à plat sur le plafond, à un endroit où la tache bleue était aussi épaisse que de l'émail. Il se rappela ce que son grand-père lui avait dit à propos du petit éléphant qu'il gardait précieusement dans sa malle et cela correspondait tout à fait à la version de Pradesh : le lapis-lazuli était la couleur de l'immortalité.

Ils poursuivirent leur chemin et aboutirent dans une salle d'environ huit mètres de large. Elle était couverte de motifs gravés dans la pierre. Des hommes, des animaux, des monstres se mêlaient à d'étranges symboles. Pradesh éclaira les murs d'un geste circulaire.

— Je reconnais certains de ces personnages, dit-il. Il y a Vishnu, qui triomphe d'un démon ; Parvati, la femme de Shiva, avec son air ravi, que l'on distingue de par sa couleur rouge ; et Padmapani, la porteuse de lotus, légèrement déhanchée, dont émane la sérénité, la tranquillité.

— Et un éléphant ! intervint Costas avec enthousiasme en montrant un pilier sculpté comme un tronc, d'où émergeaient des yeux exorbités et de grandes oreilles. C'est étrange, ces oreilles écartées m'évoquent un éléphant d'Afrique plutôt que d'Asie. C'est ainsi que cet animal aurait été représenté par une personne issue du monde méditerranéen et habituée aux jeux de l'amphithéâtre de Rome.

Pradesh acquiesça et désigna deux autres piliers sculptés.

— Là, ce sont des stûpas bouddhiques, surmontés de taureaux. Et il y en a un autre, avec une roue. Mais ce n'est pas tout ! Regardez derrière nous : des *bodhisattvas*, des êtres éveillés ! Ils portent la moustache et sont coiffés d'un turban et parés de bijoux. On voit aussi des créatures monstrueuses qui ressemblent à des nains. Ce sont des *yaksas* et des *yaksis*, des génies masculins et féminins, des divinités appartenant à des religions beaucoup plus anciennes que l'hindouisme. Le gros qui a l'air d'un bouddha est Kubera, un *yaksa* qui était considéré comme le dieu des Richesses, le gardien de l'esprit du trésor.

— Tout a été gravé de la même main, remarqua Jack en balayant la pièce du regard. Même style, mêmes techniques.

— Je reconnais les personnages mais pas le style, avoua Pradesh. Je n'ai jamais rien vu de tel dans le sud de l'Inde.

Chapitre XII

— Cela rappelle l'art gandharien, l'art de la Bactriane, le royaume fondé par les successeurs d'Alexandre le Grand en Afghanistan. Un mélange de style indien et de style grec.

— Mais ce que l'on constate ici, ce n'est pas tant un mélange de styles que la représentation de l'iconographie indienne dans un style étranger. On dirait qu'une personne imprégnée d'une tradition artistique totalement différente a essayé de copier ce qu'elle a vu en Inde, ou peut-être en Perse, en utilisant ses propres techniques et conventions.

Jack passa le doigt sur la sculpture d'éléphant.

— C'est une œuvre techniquement réussie mais pas remarquable, estima-t-il. Si je devais la comparer à l'art gréco-romain, je dirais qu'elle a été réalisée par un sculpteur cantonné aux sarcophages, aux autels domestiques, aux inscriptions et à la décoration architecturale de base. Je crois qu'on la doit à un artisan plutôt qu'à un artiste.

— Il y a quelque chose qui cloche dans tout ça, murmura Pradesh en regardant autour de lui.

— Cet endroit ne semble pas à sa place au milieu de la jungle, c'est ça ? suggéra Costas. Je repensais à ce que tu disais tout à l'heure, aux esprits, aux dieux de la jungle. Les Kóya n'ont pas besoin de représenter leurs dieux : ils les voient.

— En effet, confirma Pradesh, mais même si l'on admet qu'un culte hindou, bouddhique et animiste a été rendu ici, ça ne colle toujours pas.

— Qu'est-ce qui te choque ? demanda Jack.

— Lorsque j'ai été affecté à la Survey of India, il y a deux ans, j'ai effectué ma première mission à Badami, un complexe de grottes situé à environ trois cents kilomètres à l'ouest d'ici. J'avais étudié les technologies minières anciennes pour mon mémoire d'ingénierie et j'étais chargé d'évaluer la sécurité au sein des grottes. Celles-ci sont renommées pour leurs peintures et leurs sculptures, qui datent essentiellement du VIe siècle. Il s'agit de scènes mythologiques classiques, comme celle de Vishnu triomphant d'un démon. Mais elles forment un tout cohérent, une iconographie affirmée. Dans ce temple, les scènes sont fragmentées, comme des ingrédients qu'on n'aurait pas encore mélangés. L'artiste de Badami connaissait la mythologie et y croyait. Ici, on dirait une série de photos prises par un touriste. Il n'y a pas d'âme dans ces motifs, pas de profondeur. L'hindouisme a absorbé beaucoup d'autres traditions et intégré toutes sortes de dieux, mais là c'est vraiment trop. C'est un ensemble d'éléments disjoints. Je suis un Hindou pratiquant et je peux vous dire que je ne me reconnais pas dans tout ça.

— On dirait que quelqu'un a voulu s'assurer que personne n'entre ici, déclara Costas. Toutes ces divinités que craignaient les autochtones ne seraient alors qu'un prétexte.

— Y compris le motif qui semble correspondre à la culture parthe, murmura Jack.

— Quelque chose a peut-être été caché ici, suggéra Pradesh.

Costas se dirigea vers le mur du fond, où des espaces sombres étaient visibles entre les rochers.

— Il y a peut-être une autre pièce derrière ce mur, souffla-t-il. Kubera, le dieu des Richesses, était peut-être l'ultime gardien. Ce dieu appartient à la religion la plus ancienne. L'auteur de ces œuvres a dû penser que le peuple de la jungle craindrait davantage les divinités anciennes que celles de l'hindouisme et du bouddhisme. En tout cas, il a sans doute eu des contacts avec les autochtones. Il les a vus accomplir des sacrifices. Et il a obtenu des informations d'une façon ou d'une autre.

— Les Kóya du village de Rampa avaient pour tradition de laisser chaque jour de la nourriture devant le temple en guise d'offrande, expliqua Pradesh. Ils pensaient que le dieu Rama se trouvait à l'intérieur, entouré des esprits de la jungle, et que, tant qu'ils le nourrissaient, il ne sortirait pas. Chaque soir, les offrandes disparaissaient. Le *muttadar* venait probablement ramasser ce que les animaux avaient laissé pour entretenir cette croyance. Les rats devenaient très gros par ici. Selon la légende, si on négligeait de faire une offrande, Rama risquait de se venger sur les Kóya en prenant l'apparence de la *konda devata*, l'esprit du tigre, et en les transperçant de sa grande épée brisée.

— Une épée brisée ! s'exclama Costas. Ça me rappelle quelque chose.

— Si l'on cherche un fondement historique à la mythologie, ce culte a un sens, admit Pradesh. Rama est arrivé dans la jungle dans l'Antiquité. C'est un prince, qui sera ensuite déifié. À ce moment-là, les Kóya résistent à l'intrusion de l'hindouisme dans leur environnement spirituel. Le temple focalise leur volonté de conserver leur identité culturelle. Ils y hébergent Rama. Leurs dieux l'empêchent d'en sortir. En 1879, ce lieu devient un point de ralliement pour les instigateurs de la rébellion, le centre de la lutte contre les étrangers. Les rebelles y tuent les agents de police en faisant croire à un sacrifice. Dans l'esprit des Kóya, Rama est ensuite enfermé à l'intérieur du temple à la suite du séisme et les offrandes cessent peu à peu. De plus, en 1879, le *vélpu* disparaît. Ce n'est alors plus Rama prenant la forme de la *konda devata* que les Kóya redoutent, mais *la konda devata* elle-même, l'esprit du tigre.

— Et où se trouve la représentation de Rama dans toute cette iconographie ? s'enquit Costas. C'est son temple, non ?

— Dans la tradition hindoue, Rama est le descendant d'une vieille dynastie solaire. Il est peut-être représenté par cette image de Vishnu ou par un soleil. Il faudrait pouvoir chercher davantage.

Jack observa Kubera et reconnut une technique artisanale qu'il connaissait bien. Il recula et éclaira les murs en s'attardant sur certains détails. Sa formation l'incitait à renier ce qu'il voyait, mais sa carrière d'archéologue, émaillée de découvertes incroyables, lui avait appris que tout était possible. Il pensa à l'Égypte, au *Périple*, mis au jour par Hiebermeyer, aux premiers indices qui l'avaient guidé sur cette piste. Une découverte extraordinaire était en train de prendre forme sous ses yeux, une empreinte du passé, qui resurgissait de plus en plus clairement.

— De quand date tout ça, à ton avis ? demanda Costas.

— Les *yaksas* et les *yaksis*, comme le *naga*, le serpent, sont des idoles d'esprits de la terre, issues de la religion qui a précédé l'hindouisme et le bouddhisme, répondit Pradesh. Les premières représentations de *yaksas* datent du IIIe siècle av. J.-C., mais celles-ci doivent dater du Ier siècle av. ou apr. J.-C. C'est l'époque à laquelle sont apparus les dieux des premiers Hindous, ceux que l'on voit ici. Ensuite, l'hindouisme a absorbé ou annihilé les cultes primitifs. Et il n'y a aucune représentation de Bouddha, seulement des symboles bouddhiques : le taureau au-dessus du pilier et la roue. C'est un peu comme au début du christianisme, lorsque les fidèles ont utilisé des symboles avant de représenter le Christ de façon anthropomorphique.

— On pourrait donc situer ceci, disons, à la fin du Ier siècle av. J.-C., en conclut Costas.

— Cela serait compatible avec le style artistique des sculptures, fit remarquer Jack. Si l'on admet une influence gréco-romaine, certains détails techniques et stylistiques rappellent la fin de la période républicaine de Rome.

— Essayons de procéder par élimination, proposa Pradesh. Le site romain d'Arikamedu n'est qu'à six cents kilomètres au sud d'ici. Aucun Romain ne serait jamais allé dans la jungle sans avoir une bonne raison de le faire, mais nous ne pouvons pas écarter cette possibilité.

— Je n'imagine pas un sculpteur à Arikamedu, objecta Jack. Il n'y avait que des maisons en pisé ou en bois, purement fonctionnelles. Même à Bérénice, au bord de la mer Rouge, on n'a retrouvé quasiment aucun bâtiment en pierre. Un sculpteur n'aurait rien eu à faire à Arikamedu.

— C'était peut-être un ancien marin ou un ancien marchand reconverti, suggéra Costas. Une fois en Inde, il a décidé de s'y installer. Il a trouvé un refuge dans la jungle et renoué avec une vieille passion pour la sculpture. Jack, tu dis toujours que tout est possible.

Jack réfléchit un instant mais n'était pas convaincu.

— La sculpture, la taille de la pierre étaient des métiers héréditaires, affirma-t-il, et on ne changeait pas de secteur aussi facilement dans l'Antiquité. De plus, si nous nous situons bien à l'époque d'Auguste, cela aurait été de la folie de quitter Rome. Auguste a reconstruit toute la cité en pierre. Ce fut un des projets de construction les plus ambitieux de l'Histoire.

Il avait néanmoins des soupçons qui rejoignaient l'idée de Costas.

— Cela dit, tu n'as peut-être pas tout à fait tort, ajouta-t-il. Il existait un horizon qui attirait des hommes issus de tous les corps de métiers.

— L'armée, comprit Pradesh.

— C'était peut-être un citoyen-soldat, dit Jack, mais il ne faut pas oublier la date. À l'époque d'Auguste, l'armée était devenue professionnelle. Elle recrutait des hommes de dix-huit ans pour un service de vingt ans. Le concept de citoyen-soldat remonte aux guerres civiles et, avant cela, à la République, époque à laquelle des hommes de tout âge pouvaient s'engager pour une période plus courte, de six ans maximum. Cela nous ramène donc au milieu du Ier siècle av. J.-C., voire plus tôt, soit plusieurs dizaines d'années avant qu'Arikamedu ne devienne florissante. Et il y a un autre problème. Dans l'état actuel de nos connaissances, Rome n'a jamais envoyé de légionnaires en Inde.

— Peut-être un mercenaire, proposa Costas. Ou un déserteur. D'après ce que tu m'as raconté, des officiers français et britanniques dissidents ont dirigé des armées indiennes au XVIIIe siècle et ont été élevés au rang de princes. Il est peut-être arrivé la même chose à l'époque romaine.

— Possible, convint Jack. Le *Périple* fait référence à des gardes armés, qui défendaient les navires contre les pirates.

Mais Jack savait en réalité à qui il avait affaire. Il en était convaincu.

— Je pense plutôt à quelqu'un d'autre, dit-il. À un prisonnier de guerre en fuite.

Costas se dirigea vers le fond de la pièce et regarda à travers les espaces qui se trouvaient entre les rochers, à côté de la sculpture de Kubera.

— J'avais raison, annonça-t-il, une main sur le ventre du dieu. Il y a un autre passage, et sans doute une autre pièce.

Un appel étouffé leur parvint depuis l'entrée du temple. Quelques mots prononcés en hindi. Pradesh répondit en hurlant pour se faire entendre. Il regarda dans la direction de Costas, consulta sa montre et secoua la tête d'un air déçu.

— Il faut que j'y aille, dit-il. Le sergent Amratavalli est revenu de sa reconnaissance. Je dois aller m'entretenir avec lui. Restez le plus longtemps possible, mais je ne peux pas vous accorder plus d'une heure. Le pilote de l'hélicoptère ne traînera pas. C'est un ancien camarade d'armée, mais il n'exposera pas son appareil à d'autres coups de feu. Nous devons partir avant que les maoïstes n'arrivent. Bonne chance !

Pradesh dégaina son revolver et disparut dans l'obscurité. Jack fit quelques pas en avant et passa entre deux rochers. Costas se faufila à son tour dans le passage en glissant contre la pierre humide, comme lubrifiée. Lorsque Jack se retourna pour éclairer son chemin, il constata que la chemise de Costas était maculée d'épaisses traînées marron.

— Elle est fichue, pesta Costas. Complètement fichue !

Jack tendit sa torche à bout de bras. La pièce était approximativement de la même taille que la première, mais les murs n'avaient pas le même aspect. Les rochers avaient été taillés et polis afin que leur surface soit plane comme une toile. Jack aperçut une forme derrière lui mais se concentra sur le mur qu'il avait vu en entrant. Sa mémoire était encore chargée d'images issues de la pièce précédente : des dieux et des démons indiens, des sculptures audacieuses, presque en ronde-bosse. Or, le mur qui se trouvait en face de lui, le flanc d'un immense rocher d'au moins cinq mètres de long et trois mètres de haut, était recouvert de motifs complètement différents. Quasiment toute la surface était occupée par un bas-relief composant une scène narrative, dans laquelle apparaissaient des soldats et des armes. Cela n'avait plus rien à voir avec la mythologie indienne. Jack avait l'impression d'être entré dans un musée d'art romain, dans un édifice situé en plein cœur de Rome.

Chapitre XII

— Ça alors ! s'exclama-t-il. On dirait la bataille d'Issos, une des plus célèbres batailles d'Alexandre le Grand, livrée contre les Perses.

— Cette bataille remonte au IVe siècle av. J.-C., déclara Costas. Quand tu as parlé d'un prisonnier de guerre tout à l'heure, j'ai pensé à la bataille de Carrhae, qui a eu lieu au Ier siècle av. J.-C. C'est bien là que tu voulais en venir, non ?

— Les légionnaires qui ont marché sur Carrhae ont sans doute beaucoup pensé à Alexandre. Il est d'ailleurs probable que Crassus se soit lui-même présenté comme un nouvel Alexandre. Il a peut-être même fait d'Issos un cri de ralliement. Après la défaite de Carrhae, la victoire du plus grand conquérant de l'Histoire contre les Perses a dû acquérir une dimension mystique. De plus, les prisonniers romains en fuite ont forcément vu les traces laissées par leur héros lors de son expédition en Orient, les autels décrits dans le *Périple*. Ils ont vécu une aventure extraordinaire, avec la vie d'Alexandre en toile de fond. L'un d'eux, un citoyen-soldat, sculpteur de son état, est allé de Rome à Carrhae, avant d'être emprisonné à Merv et de prendre la fuite en direction de l'Asie centrale. Après avoir suivi la route empruntée par Alexandre et ses soldats macédoniens trois siècles auparavant, il a pu marcher jusqu'à ce temple, dans la jungle du sud de l'Inde.

— D'accord, mais comment sais-tu qu'il s'agit de la bataille d'Alexandre ? demanda Costas en montrant le bas-relief.

— La bataille d'Issos figure sur la mosaïque d'Alexandre retrouvée à Pompéi. Elle a sans doute toujours été représentée de cette façon. Alexandre, nu-tête et cheveux ondulés, est à gauche. Il se lance dans la bataille sur son cheval Bucéphale et porte une cuirasse à l'effigie de Méduse. Il est placé plus bas que son adversaire, Darius, qui surplombe les soldats perses et se tourne vers lui. Les Perses sont plus nombreux que les Macédoniens. C'est une façon de mettre en avant l'ampleur de la victoire d'Alexandre, qui s'élance vers l'armée apparemment invincible du roi. Darius, lui, prend la fuite. Après avoir ordonné à son aurige de fouetter les chevaux, il regarde Alexandre, les yeux remplis de crainte. Il tend le bras droit vers lui, comme s'il venait d'envoyer une lance, à moins qu'il ne s'agisse d'un geste de soumission. Il reconnaît le vainqueur.

— Et comment expliques-tu qu'une mosaïque de Pompéi ait été copiée par un sculpteur au beau milieu de l'Inde ?

— Voici ma théorie : notre homme est un soldat, qui a été sculpteur dans le civil. Sa technique est conforme à l'école romaine du Ier siècle av. J.-C. en matière de sculpture funéraire. Je pense à des sculptures réalisées pour des clients modestes, à des bas-reliefs sur des plaques posées devant les urnes cinéraires ou éventuellement à des scènes plus ambitieuses destinées à des sarcophages. Mais même un petit sculpteur devait connaître les grandes œuvres d'art de son époque. Rome regorgeait d'œuvres pillées lors de la conquête de la Grèce au IIe siècle av. J.-C. La mosaïque d'Alexandre a été réalisée à peu près à la même époque pour un riche mécène de Pompéi. Mais c'était une copie d'une célèbre peinture d'un artiste grec, Apelle ou Philoxène d'Érétrie, à laquelle Pline l'Ancien fait référence dans son *Histoire naturelle*. Cette peinture a dû être exposée à Rome et celui qui a sculpté ce bas-relief a dû l'étudier pendant son apprentissage.

— Mais ces soldats n'ont l'air d'être ni grecs ni perses.

Jack approcha sa torche du mur.

— Tu as raison. Les soldats de gauche sont des Romains, pas des Grecs. Ils portent une cotte de mailles et sont coiffés d'un casque du début de l'époque romaine. Ils sont armés d'un *pilum*, une lance romaine, et d'un *gladius*, une épée d'estoc. Ce sont des légionnaires du Ier siècle av. J.-C., de l'époque de Crassus.

— Je vois des chiffres romains, dit Costas en regardant de près un étendard flottant au-dessus des soldats. Le nombre XV, suivi des lettres « AP ».

— XVe Apollinaris ! s'écria Jack.

Il avait déjà fait le lien avec cette légion, mais la preuve qu'il avait sous les yeux n'en restait pas moins époustouflante.

— C'est la légion mentionnée dans l'inscription que l'oncle de Katya a identifiée en Ouzbékistan, rappela-t-il. Le sculpteur a reproduit la bataille d'Issos en remplaçant les Grecs par des Romains. Il s'agit sans aucun doute de l'armée romaine qui a marché sur Carrhae.

— Et le grand type qui se trouve à la place d'Alexandre, c'est Crassus, le général ? l'interrogea Costas.

— Sûrement pas ! Les légionnaires qui ont survécu à la bataille de Carrhae et réussi à s'échapper de leur prison devaient être des hommes exceptionnellement résistants. Ils avaient peut-être combattu aux côtés de César en Gaule et en Bretagne quelques années auparavant. Or, Crassus était un chef incompétent comparé à l'illustre César. Les soldats devaient le mépriser. Un vétéran de Carrhae n'aurait jamais représenté Crassus dans le rôle d'Alexandre. Et je doute que ce soit un autoportrait du sculpteur. Cela ne correspondrait pas à la tournure d'esprit des légionnaires. Ils trouvaient leur identité dans le groupe, dans le *contubernium*. Ils avaient donc des liens très forts avec leurs pairs. Les membres d'un *contubernium* s'appelaient mutuellement *frater*. Ce personnage n'est pas vêtu comme un général. C'est peut-être un *optio*, un second, ou un centurion à la rigueur. C'est le *primus inter pares*, un chef, certes, mais que les hommes considèrent comme un des leurs.

— Mais il est plus grand que nature.

Jack regarda attentivement le bas-relief.

— Non, il est grand, c'est tout. Les proportions anatomiques sont les mêmes que chez les autres. Il a seulement de plus grands membres. Et regarde son visage. Globalement, les œuvres des sculpteurs funéraires étaient stéréotypées, mais les visages étaient travaillés comme de véritables portraits. Parmi les soldats, on reconnaît des hommes d'Italie centrale, de Campanie, du Latium et d'Étrurie, de robustes montagnards, fermiers ou pêcheurs. Ces portraits sont ceux d'individus que le sculpteur a connus. Ils ont tous des traits particuliers. L'homme plus grand que les autres a le visage plus long, plus fin, et les pommettes plus hautes. Il a les cheveux attachés derrière la nuque, sous son casque, et porte la barbe. Aucun autre légionnaire ne lui ressemble. C'est un Gaulois, originaire des Alpes, peut-être, ou un ancien ennemi recruté par César. On peut lire la détermination, le courage dans son expression, et même déceler une pointe d'humour dans son regard, l'humour noir du soldat. Il y a beaucoup de choses à admirer dans ce visage. Cet homme devait être un ami proche du sculpteur, son *frater*.

— En tout cas, notre homme semble s'y connaître en perspective, remarqua Costas. Il y a dix légionnaires autour du grand type mais, au-dessus, on peut voir toute une légion en plus bas-relief, censée être plus loin.

— C'est justement ce qui a attiré mon attention, avant même d'avoir vu l'armée ennemie.

— Pourquoi ?

— Tous ces soldats que tu vois au-dessus des autres ne se situent pas dans un second plan, déterminé par une perspective grossière. Ils sont dans une autre dimension. C'est une légion fantôme.

— Une légion fantôme ?

— L'étendard que tu as repéré, celui de la XVe légion, n'est pas porté par un légionnaire vivant, mais par un soldat de la légion fantôme. Et regarde le motif représenté en haut de l'étendard : c'est l'*aquila*, l'aigle sacré. Les dix soldats du bas, en revanche, n'ont pas d'étendard du tout. Et ça, c'est vraiment bizarre. Une légion avait toujours son aigle pendant la bataille. Un sculpteur romain qui a appris toutes les règles et conventions de l'iconographie ne peut pas l'avoir omis, *a fortiori* lorsqu'il a également été soldat. C'est inimaginable.

— Ce sont les légionnaires qui ont perdu leurs aigles à Carrhae, murmura Costas.

— Exactement. Et c'est pour cette raison que ce bas-relief ne représente pas la bataille de Carrhae mais une autre bataille, ultérieure. L'iconographie est parfaite. Les soldats du haut, la légion fantôme, sont ceux qui sont tombés à Carrhae, avec leur aigle. Les soldats du bas sont les survivants. Ils se sont échappés de Merv. Et puis, loin à l'est, ils ont livré une autre bataille, digne des conquêtes légendaires d'Alexandre, au point d'inciter le sculpteur à s'inspirer de la bataille d'Issos.

Chapitre XII

— Mais ils sont en tenue de légionnaire. Comment ont-ils pu conserver leur équipement après des années d'emprisonnement ?

— Après s'être enfuis, ils ont dû s'emparer d'armes en chemin, récupérer tout ce qu'ils pouvaient. Quoi qu'il en soit, ils se considéraient encore comme des légionnaires romains. Et lorsqu'ils allaient au combat, c'était ainsi qu'ils se voyaient. C'est donc ainsi que le sculpteur les a représentés.

— D'accord, alors observons l'ennemi, maintenant, les autres guerriers.

Jack orienta la torche vers la droite. Les personnages semblaient invraisemblablement différents des légionnaires romains. Soudain, Jack se revit devant une représentation quasiment identique, lors d'une exposition itinérante au British Museum, à laquelle il avait emmené Rebecca peu de temps après leur rencontre. Il éclaira l'armée entière en déplaçant lentement sa torche et revint au personnage central, qui faisait face au grand légionnaire. Il n'y avait aucun doute…

— Je me trompe peut-être, dit Costas, mais ce ne serait pas les guerriers de terre cuite ?

Jack sentit son cœur s'emballer.

— Regarde les armures ! s'exclama-t-il. Elles ressemblent à des écailles de poisson. Quant aux armes, ce sont de longues épées, des hallebardes élaborées, des arcs et des flèches très particuliers. Dans l'Antiquité, seule une armée était équipée de la sorte. Et pas n'importe quelle armée chinoise. Les détails sont précis, très bien observés. Le sculpteur a forcément fait partie des soldats romains. Il connaissait son affaire. C'est une représentation d'une bataille entre des légionnaires romains du Ier siècle av. J.-C. et des guerriers portant l'armure de la dynastie des Qin, celle du premier empereur de Chine, antérieure de deux siècles à l'époque de Crassus !

— Comment des Romains ont-ils pu voir les guerriers en terre cuite ?

— Ce sont de vrais guerriers qu'ils ont vus. Notre sculpteur est capable de réaliser des portraits ressemblants. Et ce sont des individus bien distincts les uns des autres qu'il a représentés. J'ai vu les guerriers de terre cuite avec Rebecca. Il y a plusieurs types de visages, mais ceux-ci donnent seulement l'illusion de l'individualité, un peu comme une armée en images de synthèse dans un film. Les traits sont uniformes, typiques de la Chine centrale. On ne remarque quasiment aucune différence ethnique parmi ces visages arrondis. Mais regarde bien ces hommes.

Jack éclaira la rangée de personnages qui semblaient jouer des coudes pour apparaître au premier plan. Ils brandissaient leurs armes, jambes écartées. Ils avaient les traits durs, la mine renfrognée, le regard intense, de longues moustaches, et les cheveux tressés et ramenés en chignon au-dessus du crâne.

— Ils ressemblent à Gengis Khān, dit Costas, ou au père de Katya, dont le visage est resté gravé dans ma mémoire.

— Tout à fait. Ce sont des hommes des steppes, des nomades venus des territoires septentrionaux de la Chine. Voilà à quoi devaient ressembler les guerriers qui ont accompagné le premier empereur de Chine jusqu'à la victoire. Contrairement aux Romains, ils n'ont aucune humanité dans les traits. Ils ont le visage d'hommes sur le point de tuer. C'est ainsi que le sculpteur les a vus au cours de la bataille.

— Et le personnage central ?

Jack orienta de nouveau sa torche vers le personnage qui se retournait en direction du grand légionnaire. L'homme montait un cheval musculeux avec de grands yeux qui semblaient fixer le ciel. Le sculpteur avait essayé de représenter l'animal de trois quarts, comme le char de Darius, qui s'éloignait des Macédoniens dans la mosaïque d'Issos. La perspective était maladroite, mais la sensation de mouvement saisissante. Le cheval et les guerriers étaient maculés de rouge, comme si le mur avait été aspergé de peinture. Costas passa un doigt sur la pierre et sentit le dépôt humide qui lui était resté sur la peau.

— Base ferreuse, annonça-t-il, comme de l'ocre.

— Le sculpteur aurait pu fabriquer d'autres pigments à partir des minéraux présents dans la jungle, comme les Kóya le font pour leurs peintures corporelles. Et nous avons vu sur le plafond qu'il avait du lapis-lazuli. Mais il semble n'avoir utilisé que du rouge ici. Cela crée une ambiance très impressionnante, comme si on regardait un film en noir et blanc à travers un filtre rouge. La scène est réduite à l'essentiel : les visages, les armes, les armures et la couleur du sang.

— C'est un souvenir de bataille.

— Et de ce guerrier à cheval. Regarde sa coiffure. Dans la mosaïque d'Alexandre, Darius porte la *mitra*, qui lui passe sous le menton et monte haut au-dessus de sa tête. Cette coiffure était sans doute en feutre et protégeait à la fois du soleil et du froid des steppes. Celle de ce guerrier semble similaire, mais observe-la de plus près.

Jack tendit la torche à Costas, qui la tint au-dessus de son front, le faisceau lumineux vers le bas, pour accentuer les ombres.

— Je vois des yeux, commenta Costas. Et des crocs, énormes. C'est une tête d'animal. Un lion.

— Un tigre, rectifia Jack.

— Un tigre…

— Un tigre de Chine méridionale, une espèce rare dont il ne reste aujourd'hui que quelques dizaines d'individus dans la nature. À l'époque du Premier Empereur, elle était probablement florissante.

Costas tendit la torche plus haut et l'orienta sur la gauche, au niveau de la légion fantôme. Il y avait autre chose au-dessus des soldats romains, une sorte de cartouche d'environ un mètre de large contenant deux visages en bas-relief.

— Avant qu'on arrive à Arikamedu, murmura Costas, tu me parlais de l'avènement du christianisme dans cette région du monde. Cela ressemble furieusement à la Vierge et l'Enfant.

— J'ai vu ces portraits dès que nous sommes entrés ici. Je voulais d'abord étudier l'ensemble de la scène mais, maintenant, je n'ai plus le moindre doute. Cette œuvre est trop ancienne pour faire référence au christianisme. Je crois qu'elle a été réalisée au cours des dernières décennies du Iᵉʳ siècle av. J.-C. Et le cartouche a été sculpté de la même main. Ce n'est pas un ajout ultérieur. Les deux portraits représentent également des personnes connues du sculpteur. La femme n'est pas vraiment belle. Elle a les mâchoires un peu fortes, le nez crochu. Le petit garçon a les oreilles décollées et les yeux trop rapprochés. Mais ces détails sont rendus avec soin. Le sculpteur aimait cette femme et cet enfant.

— Sa femme et son fils, comprit Costas.

— Le cartouche est aussi un genre sculptural romain, généralement funéraire. Le sculpteur l'a mis au même niveau que la légion fantôme, comme si la femme et l'enfant étaient au ciel. Ce fut peut-être pour lui une façon d'admettre la vérité. Il est peut-être venu jusqu'ici dans l'espoir de retrouver les siens. Il a traversé un continent entier pour rejoindre ses semblables. À Arikamedu, les Romains ont vu arriver un vagabond, le visage tanné, qui venait du Nord. Et ils lui ont dit ce qu'il savait déjà, que la vie qu'il avait laissée derrière lui des années auparavant, à l'autre bout du monde, était finie pour du bon. Dès lors, un seul chemin lui permettrait de retrouver sa femme et son fils.

— Tu crois vraiment que c'était un des légionnaires de Crassus.

— Oui, affirma Jack. Il est arrivé ici des dizaines d'années après avoir vu sa famille pour la dernière fois, après avoir quitté Rome pour Carrhae. Trente, peut-être quarante ans avaient passé. Rome avait été ravagée par la guerre civile. Il en a entendu parler à Arikamedu et il s'est retiré ici. Il a peut-être espéré que son fils avait suivi ses traces et qu'il était devenu sculpteur ou légionnaire à son tour. Quoi qu'il en soit, il a compris que cette femme et cet enfant n'avaient survécu que dans sa mémoire. Et il a su qu'il ne retournerait jamais à Rome. Il a été plus facile pour lui d'imaginer les siens dans l'Élysée. Cette scène tient de la catharsis. Les soldats combattaient les uns pour les autres, pour l'honneur de la légion, mais aussi pour leur famille. En plaçant le cartouche au-dessus de la bataille, le sculpteur a voulu montrer qu'il n'avait pas abandonné ceux qu'il aimait. Cela a dû le rassurer dans ses moments de doute.

Jack pensa à son arrière-arrière-grand-père. John Howard avait-il vu ce bas-relief en 1879 ? Avait-il pensé à son propre enfant, qui ne vivrait plus jamais que dans son souvenir ? Avait-il ressenti cette scène comme un funeste présage ? C'était peut-être surtout pour son fils qu'il avait eu peur au moment de sortir du temple.

Costas abaissa la torche et éclaira le bras du guerrier chinois, tendu en direction du grand légionnaire. Entre les deux personnages, la pierre avait été noircie et creusée par un filet d'eau, qui s'était infiltré par une ouverture dans le plafond. Il inclina la torche d'avant en arrière.

— Le guerrier semble montrer le poing aux Romains, mais sa main est en réalité recouverte d'une sorte de gant, observa-t-il. En lumière rasante, on voit qu'il brandit une épée.

Jack suivit le faisceau lumineux du regard.

— C'est un gantelet, annonça-t-il d'une voix rauque. Une épée à gantelet. Une *patta*.

— Comme celle dont tu as hérité ? demanda Costas.

Jack lui prit la torche des mains et orienta la lumière dans différentes directions. Soudain, il vit les oreilles dressées, la gueule, les crocs à découvert.

— C'est exactement la même, murmura-t-il. Le Romain a dû l'arracher au guerrier au cours de cette bataille. Et il l'a apportée ici. Ensuite, Howard s'en est emparé en 1879.

Il passa la main sur le gantelet sculpté, comme il l'avait fait la veille sur le véritable gantelet, dans sa cabine à bord du *Seaquest II*. Il connaissait la forme de l'objet depuis sa plus tendre enfance, depuis que son grand-père le lui avait donné. Le temps sembla se contracter tout à coup. Jack eut l'impression d'être aux côtés du sculpteur, de ce vieil homme presque dépouillé de sa romanité, qui avait vécu ici ses derniers jours, en achevant le portrait des siens avant de les rejoindre dans l'Élysée. Il repensa aux fragments du *Périple*, aux premiers indices de cette aventure incroyable qui se déroulait sous ses yeux. Alors c'était vrai...

Un bruit retentit dans la pièce d'à côté et Pradesh apparut en jurant, son revolver à la main. Il resta figé devant le bas-relief, les yeux écarquillés.

— Ça alors ! s'écria-t-il.

— Tu veux un résumé de la situation ? proposa Costas.

— Pas le temps ! Mon sapeur affirme qu'un détachement de maoïstes approche dans notre direction. D'après lui, ils sont quinze. Ils ne sont qu'à vingt, vingt-cinq minutes d'ici. J'ai appelé le pilote de l'hélicoptère. Il faut qu'on y aille. J'ai fixé une barre de C4 à l'entrée du temple. Je la ferai exploser dès que nous serons sortis pour condamner l'accès jusqu'à ce que nous puissions revenir.

— Cinq minutes ! implora Jack en sortant aussitôt son appareil photo.

— Pas plus, répliqua Pradesh.

Il regarda une dernière fois la sculpture d'un air stupéfait, puis se dirigea vers la sortie. Jack tendit la torche à Costas.

— Ferme les yeux, je vais utiliser le flash, le prévint-il.

Il commença à photographier le bas-relief de façon méthodique en attendant quelques secondes entre chaque cliché pour que le flash se recharge. Costas trébucha et tomba en arrière. Il se releva péniblement.

— Éclaire le mur ! s'impatienta Jack. Il faut que je voie ce que je prends en photo.

— Tu vas peut-être aussi vouloir voir ce sur quoi je viens de trébucher…

Jack se retourna et resta bouche bée. Il avait aperçu une forme derrière lui lorsqu'il était entré dans la pièce, mais il avait pensé qu'il s'agissait d'un rocher. En réalité, c'était une sculpture d'environ deux mètres et demi de long et cinquante centimètres de haut, taillée dans le roc. Jack l'étudia attentivement, estima ses dimensions, et se mit à sourire en secouant la tête. C'était la bonne taille. Et la surface était un couvercle de pierre.

— C'est un sarcophage ! s'écria Jack. Tu as trouvé son sarcophage. Cet endroit n'est pas un temple, mais une tombe.

Costas passa les doigts sous le couvercle.

Chapitre XII

— Notre homme a réalisé son propre cercueil, dit-il, sculpté le bas-relief funéraire et, après avoir regardé les siens une dernière fois, il est entré là-dedans et il a refermé le couvercle au-dessus de lui...

— Ce fut l'ultime démonstration de courage du plus brave parmi les braves, d'un légionnaire qui avait survécu aux carrières perses de Merv.

— Il a soufflé sur sa bougie ; il s'est allongé ; et il a fermé les yeux, en gardant à jamais sous ses paupières l'image de sa femme et de son fils.

— Il est retourné à Rome auprès des siens, murmura Jack, oubliant qu'il était à l'autre bout du monde, en train de mourir à petit feu dans un trou perdu au milieu de la jungle du sud de l'Inde.

— Et il doit encore être là.

Jack remarqua un détail étrange sur le couvercle. Le grès était imprégné d'une substance translucide, semblable à de la résine. De toute évidence, il s'agissait d'un dépôt calcaire, qui s'était formé au fil des siècles avec la condensation. Au centre, il y avait un creux dans le dépôt, comme si quelque chose avait été retiré. Jack approcha sa torche. Une fine couche de concrétions recouvrait le creux et le dépôt plus épais qui entourait celui-ci. Ce qui se trouvait au centre avait donc été retiré des dizaines d'années, peut-être un siècle, auparavant. Jack recula, les yeux rivés sur le cercueil. Bien sûr... C'était arrivé le 20 août 1879.

— C'est là que se trouvait l'épée, murmura-t-il. On voit la forme du gantelet et de la lame, apparemment cassée.

Costas passa la main sur la pierre humide.

— Il me paraît incroyable qu'une lame ait survécu depuis l'Antiquité.

— Si c'était de l'acier chinois de bonne qualité et recouvert de chrome, c'est possible, affirma Jack.

— Chinois ? Tu crois ?

— D'après mon grand-père, la *patta* avait bien une lame, mais celle-ci était déjà brisée lorsque Howard l'avait trouvée. Il aurait jeté ce qu'il restait de cette lame dans le Godavari après être sorti de la jungle pour ne garder que le gantelet.

— Pourquoi a-t-il pris cette épée? C'était un temple kóya et le gantelet faisait peut-être partie des objets sacrés, des *vélpus* du peuple de la jungle.

— Howard et Wauchope étaient des soldats. D'abord soldats, ensuite ingénieurs et accessoirement anthropologues. Ils avaient été entraînés à combattre à l'épée. Ils avaient leurs propres armes, mais Howard a décidé de s'emparer de cette épée, alors même qu'elle était brisée. Il s'est sans doute dit qu'en cas d'attaque, ils n'auraient peut-être pas le temps de recharger leur revolver et que deux armes valaient mieux qu'une. C'était déjà un miracle qu'ils soient arrivés jusqu'ici sains et saufs. Howard a dû penser à sa propre survie, mais aussi à celle de sa femme et de son fils. Le respect de la culture locale n'a pas dû peser lourd à cet instant de sa vie. Et puis, ils n'ont sans doute pas passé beaucoup de temps ici. Les tambours de guerre résonnaient à l'extérieur.

— Comme aujourd'hui, Jack.

— D'accord, allons-y.

— Oh! s'exclama Costas. J'ai parlé trop vite.

— Qu'y a-t-il?

— Une inscription, juste sous ma main. J'avais l'impression que la pierre était piquetée.

Ils entendirent le moteur de l'hélicoptère. Le son se mit à vibrer à l'intérieur de la pièce. Jack brandit sa torche à l'endroit que Costas lui indiquait. Stupéfait, il discerna cinq lignes de texte en latin.

Hic iacet
Licinius optio XV Apollinaris
Sacra iulium sacularia
In sappheiros nielo minium
Alta Fabia frater ad Pontus ad aelia acundus.

Ci-gît

Chapitre XII

Licinius, *optio* de la XVe légion Apollinaris
Gardien du joyau céleste
Dans les mines de *sappheiros* foncé
L'autre est avec le *frater* Fabius, au-delà du lac
vers le soleil levant.

— *Sappheiros* ! s'exclama Costas. Ce mot figurait dans le *Périple*. Il signifie « lapis-lazuli », c'est ça ?

Une voix appela depuis l'entrée du temple :

— Il faut y aller !

Costas éclaira une dernière fois la pièce d'un geste circulaire. Il y avait encore une cavité sombre dans le mur du fond, là où ils avaient entendu de l'eau ruisseler. Il hésita et passa la tête de l'autre côté en se retenant d'une main au mur. Il resta pétrifié, la torche à la main.

— Jack! cria-t-il. C'est un cauchemar ! Sors-moi de là !

Un bruit retentit au-dehors. Cette fois, c'étaient des coups de feu. Jack rejoignit Costas et regarda dans le faisceau lumineux. Dans un premier temps, il crut voir une autre sculpture, blanche, une extrusion rocheuse. Mais c'était autre chose. Il constata avec horreur qu'il s'agissait d'un corps humain, inerte sous la cascade, les bras derrière le dos, la tête penchée en avant. Le cou n'était plus qu'os et tendons. Le visage, grotesquement adipeux, était méconnaissable.

Costas vacilla légèrement. Jack le retint par l'épaule et s'efforça de regarder une nouvelle fois. La tête était retenue par une corde, attachée à un rocher surplombant la cascade. L'homme semblait avoir été pendu avec juste assez de corde pour rester en vie tant que ses pieds trouvaient une prise sur le rocher. Il avait peut-être survécu pendant des heures, voire des jours. De longues formes noires figuraient les jambes ; les tibias étaient à nu. La chemise de l'homme avait été arrachée et une zone de peau était visible sur l'épaule gauche. Jack repéra un tatouage en forme de tigre... Il comprit aussitôt ce que cela signifiait. Le tatouage était différent de ceux qu'il avait vus sur les corps entassés dans la clairière. Il était plus élaboré. Jack se souvint de ce que Katya lui avait dit à propos de celui son oncle. Elle savait qu'il risquait de le retrouver mort...

— C'est Hai-Chen, annonça-t-il d'une voix faible, l'oncle de Katya.

Il en avait assez vu. Il entendit une autre salve de tirs automatiques. Il retourna Costas et le tira de l'autre côté du mur. L'esprit en ébullition, il jeta un dernier coup d'œil au bas-relief. Des Romains. *Raumanas.* Rama. Le temple de Rama. Il regarda le grand légionnaire du milieu. Était-ce Fabius ? Il éclaira la cuirasse, l'étui de l'épée, les ornements. Il avait besoin de revoir un détail qu'il avait jugé sans importance. Il avait cru qu'il s'agissait d'une simple décoration militaire de la République romaine, oubliée par l'Histoire. Mais maintenant, il savait ce que c'était. Il le retrouva. C'était un objet que le légionnaire portait à sa ceinture. De forme arrondie, il semblait projeter des rayons comme le soleil. C'était un joyau... Pradesh appela encore une fois. D'autres coups de feu retentirent. Jack dégaina son Beretta et l'arma aussitôt.

— Sortons de là !

Chapitre XIII

Près de la rive du lac, surplombé par les monts Tian shan, le sniper voyait distinctement les deux individus immobiles au milieu des rochers, qui marquaient l'entrée de l'Empire céleste. Il les avait observés tout l'après-midi en attendant que le soleil descende sur l'horizon et découpe leur silhouette. Il avait analysé leur comportement en étudiant chacun de leurs mouvements, comme sa grand-mère le lui avait appris. L'homme, osseux, était maladroit à en juger par ses gestes brusques, notamment quand il conduisait le tracteur. Il avait tendance à regarder la femme lorsqu'elle était occupée à gratter, nettoyer ou photographier. Dans ces moments-là, il restait figé pendant très longtemps, parfois une demi-heure, comme s'il ne voulait pas que la femme sache qu'il la regardait. Le sniper fit une moue dédaigneuse. Les Kirghiz étaient des nomades des steppes, comme ses ancêtres, mais ils avaient abandonné la tradition des guerriers et se conduisaient désormais comme des moutons. Il les méprisait. Il aurait bien pris l'homme pour cible, mais c'était pour la femme qu'il était là. Elle avait les cheveux noirs comme du jais. Lorsqu'elle s'accroupissait, le Lycra de son pantalon lui moulait les cuisses. Elle était athlétique mais bien faite. Elle l'excitait, ce qui ne faisait qu'accroître son ardeur. Le clan de cette femme s'était écarté du droit chemin. La confrérie exécuterait son châtiment.

La lumière était idéale désormais. Le sniper leva les yeux vers la chaîne de montagnes aux cimes enneigées, de l'autre côté du lac, puis se concentra de nouveau sur les deux silhouettes. Il fallait toujours commencer par l'horizon, lui avait appris sa grand-mère. Ensuite, tout se mettait en place : les distances, les rapports entre les choses, tout un réseau d'angles et de dimensions. Il se rappela sa grand-mère, une belle Kazakhe dont le visage avait orné les timbres-poste et les peintures murales de la patrie. Elle avait incarné mieux que personne la marche soviétique vers le progrès. Son unité de production, c'était la mort. Son maître, Zaïtsev, l'appelait *Zaïchata*, « jeune lièvre », mais les Allemands l'appelaient *Todesengel*, « ange de la mort ». À Stalingrad, elle avait tué des centaines d'hommes. Elle avait reçu l'Étoile d'or des Héros de l'Union soviétique. Le sniper se remémora ce qu'elle lui avait dit sur son lit de mort, tout en haut des montagnes de la frontière chinoise, dans le berceau familial : elle n'avait pas tué pour une cause ; elle avait tué parce qu'elle était faite pour ça. Et elle avait vu dans ses yeux qu'il était comme elle, tandis qu'il la dévisageait, sans la moindre émotion, avec le seul désir de la voir redevenir comme avant.

C'était l'arme de sa grand-mère qu'il avait aujourd'hui. Il recula un peu, à plat ventre derrière la saillie rocheuse. Il ouvrit le grand étui marron. Le cuir, imprégné d'huile d'arme, était encore souple soixante-dix ans plus tard. Il soupesa le fusil, le fût dans la main droite, en veillant à ne pas toucher la lunette. Il passa la main gauche sur le bois, sous la carcasse, et sentit les entailles et les cicatrices de guerre, des blessures qui n'avaient pas affaibli mais fortifié l'arme.

Les tireuses d'élite soviétiques donnaient toujours un nom à leur arme. Celle-ci s'appelait Dragon de feu. Il y avait une inscription sur le métal : « Mosin-Nagant 1917, fabriqué sur commande à Williamsburg, Maryland. » Ironie du sort, pendant toute la guerre froide, Zaïchata avait formé des générations de snipers à combattre les Américains. Mais selon elle, les engins de mort ne connaissaient pas d'allégeance. Lorsqu'elle était morte, son petit-fils lui avait pris son fusil, qu'il connaissait désormais à la perfection. Elle lui avait dit que chaque tir était pareil à un acte d'amour avec un amant. Plus il tirerait, plus il connaîtrait les besoins de son arme et plus elle ferait partie de son âme.

Il ouvrit la culasse et passa le doigt sur la couche fraîche d'huile d'arme. Il sortit deux cartouches d'un étui en cuir. Il les avait remplies lui-même en utilisant la même poudre et en respectant les quantités au microgramme près. C'était elle qui lui avait appris à le faire. Il avait poli les balles jusqu'à ce qu'elles brillent. Il enfonça les cartouches dans le chargeur et rabattit la culasse. Puis il se remit à plat ventre, s'appuya sur les coudes, et épaula.

Il s'était enduit le visage de terre et de poussière ; il n'y avait rien de réfléchissant sur le fusil. Il serait invisible dans le soleil couchant. Il regarda de nouveau les deux individus. Ils étaient à huit cent quatre-vingts mètres. Il le sentait. C'était son don. Il avait déjà réglé la lunette en fonction de la distance et de la dérive. L'air était rare et il n'y avait pas beaucoup de vent. La cible était en contrebas ; la gravité attirerait la balle vers le sol. Il avait déjà compensé tous ces paramètres en ajoutant un huitième de la distance. Il avait vu le miroitement de l'air autour du moteur du tracteur, évalué la distorsion optique. Il viserait le rocher comportant des inscriptions, situé à un mètre à gauche de la tête de la femme. Celle-ci n'entendrait même pas la détonation. La balle l'atteindrait en moins d'une seconde. Elle lui perforerait la gorge et lui traverserait la moelle épinière. Il inspira profondément, expira et arrêta de respirer. Il ralentissait son rythme cardiaque. *Cœur et âme doivent s'accorder*, se disait-il. Il referma le doigt autour de la détente et regarda à travers la lunette. *Grande est la vertu du Souverain Empereur, qui a maintenu et affermi les quatre extrémités du monde !*

Il interrompit son geste. Il recula et bascula sur le dos, le visage tourné vers le ciel, son arme contre la poitrine. Il ouvrit la culasse. Il avait répété la scène des dizaines de fois et le ferait jusqu'à la dernière seconde. C'était ce que sa grand-mère appelait *shiatse*, l'« autodiscipline ». Il s'était déjà occupé de l'oncle de la femme, celui dont il prendrait bientôt la place parmi les douze. L'homme n'avait évidemment pas parlé. Il avait été formé dans la tradition du guerrier-tigre. Le sniper l'avait donc laissé mourir dans des conditions sordides, dans le temple de la jungle, où il l'avait livré en pâture aux rats. Assisté de son équipe, il avait trouvé l'inscription. Il avait eu le temps de la lire avant l'arrivée des maoïstes et d'en déduire où la quête du trésor sacré allait le conduire. Mais avant d'aller plus loin, il avait dû venir ici pour observer la femme et essayer d'obtenir d'autres indices. La confrérie savait qu'elle était au courant des recherches de son oncle, des découvertes qu'il avait faites. Elle avait des yeux et des oreilles partout. Et elle avait déjà décidé du sort de cette femme. Lorsqu'un des douze trahissait la cause, sa famille devait payer. Cela avait toujours été ainsi. Mais le sniper ne devait pas oublier qu'il n'était pas ici uniquement pour tuer, mais aussi pour espionner et suivre sa cible. C'était son épreuve, la tâche qu'on lui avait assignée, un rite de passage préalable à son intégration dans la confrérie.

Il remonta sa manche et regarda le tatouage qu'on lui avait fait sur le bras. Sa peau était encore irritée et gonflée de sang. Il s'approcha de son cheval, qui, caché derrière la saillie rocheuse, respirait de manière presque imperceptible, les yeux mi-clos, cerclés de rouge. Il posa son tatouage contre le flanc de l'animal et tout son bras se colora de sang, suintant comme de la sueur. Il exulta. Ils avaient mêlé leurs sangs, qui ne faisaient plus qu'un. Le sang du coursier céleste. Et le sang du guerrier-tigre.

L'avion traversa un trou d'air et fit rugir ses moteurs avant de retrouver l'équilibre. Jack se réveilla en sursaut. Il serra davantage sa ceinture. Rebecca, assise à ses côtés, lisait tranquillement. En face de lui, Costas et Pradesh sommeillaient. Il jeta un coup d'œil à la carte de navigation affichée à l'écran, puis regarda par le hublot de droite. La vallée de l'Indus avait disparu au profit des contreforts irréguliers du Baluchistan, province nord-occidentale du Pakistan. Ils approchaient de la frontière afghane et survolaient des zones tribales qui n'avaient quasiment pas changé depuis la domination britannique.

Chapitre XIII

Leur destination, l'ancienne République soviétique du Kirghizistan, se situait au-delà de l'Afghanistan, entre les montagnes qui menaient à la Chine d'un côté et à la Russie de l'autre. Elle était à cheval sur les routes des caravanes et les cols montagneux qui composaient l'axe nord de la route de la Soie. Jack se cramponna aux bras de son siège. Katya était là quelque part, dans une des régions les plus inhospitalières du monde. D'ici, la perspective de la retrouver semblait inconcevable. Et pourtant, si tout se passait bien, il serait auprès d'elle dans quelques heures.

Il se tourna vers ses deux compagnons. Costas portait une autre chemise hawaïenne, qu'il avait dû sortir de ses bagages à bord du *Seaquest II* pour remplacer celle qu'il avait déchirée dans la jungle. Il y avait un renflement au niveau de l'épaule droite, là où un pansement recouvrait la blessure que lui avait faite le terroriste maoïste. Par chance, ce n'était qu'une égratignure. Pradesh portait une tenue kaki de l'armée indienne dépouillée de tout insigne, une sage précaution en vue de traverser l'espace aérien pakistanais. La veille, ses deux sapeurs et lui avaient tenu les maoïstes à distance pendant que l'hélicoptère atterrissait dans la clairière. Quelques balles avaient ricoché sur le fuselage, mais tout le monde s'en était sorti. Pradesh savait ce qu'il faisait et Jack lui en était très reconnaissant. De retour à bord du *Seaquest II*, ils avaient pu prendre une douche et se changer, mais ils n'avaient pas eu le temps de dormir. Le jet Embraer de l'UMI était arrivé d'Angleterre et, dès l'aube, le Lynx les avait déposés sur un terrain d'aviation militaire à proximité de Chennai.

Jack consulta sa montre. Ils étaient partis depuis quatre heures. Ils arriveraient à la base américaine de Bichkek, au Kirghizistan, en milieu de matinée.

L'image de l'horrible corps pendu dans la cascade était encore gravée dans l'esprit de Jack. Ce cadavre en décomposition était sans aucun doute celui de Hai-Chen. Le tatouage était plus élaboré que celui des autres Chinois entassés derrière le rocher, mais il représentait également un tigre redoutable, presque un dragon. De toute évidence,

Hai-Chen n'était pas une victime innocente, un anthropologue naïf qui s'était trouvé au mauvais endroit, au mauvais moment. Quelqu'un l'avait laissé mourir lentement, avec une cruauté calculée. L'oncle de Katya s'était lancé sur une piste qui semblait correspondre de plus en plus à celle que Jack suivait. Sa mort en était d'autant plus inquiétante. Il y avait ici d'autres enjeux qu'une simple spéculation minière. Jack allait devoir discuter avec Katya seul à seul. Il fallait qu'elle lui dise tout ce qu'elle savait.

Il s'efforça de chasser ses soucis et de se concentrer sur l'archéologie. Il était encore sous le choc de la découverte. Une tombe romaine dans le sud de l'Inde ! Près du site d'Arikamedu, cela aurait été concevable. Il aurait pu s'agir d'un marchand ou d'un capitaine de navire. Mais ils avaient trouvé la tombe d'un légionnaire romain, qui avait survécu à la bataille de Carrhae. Cette découverte allait dans le sens du fragment du *Périple* mis au jour en Égypte. C'était la preuve que des légionnaires s'étaient enfuis vers l'est, en direction de l'Asie centrale. Si celui qui avait sculpté cette scène de bataille dans la jungle avait bien fait partie des hommes de Crassus, il avait dû marcher vers le sud depuis la route de la Soie et parcourir le même chemin que le jet dans l'autre sens. Et puis, la tombe comportait une inscription extraordinaire. Jack essaya de voir l'Afghanistan à travers le hublot, mais il ne discernait encore rien au travers de la brume matinale. Dans cette inscription, un mot ne cessait de le hanter : *sappheiros*, lapis-lazuli. Le légionnaire avait trouvé un objet si précieux qu'il avait laissé un indice sur sa tombe. Un objet qu'un autre légionnaire, Fabius, son frère d'armes, le soldat du bas-relief, avait possédé lui aussi et emporté avec lui. Un objet en deux parties, donc. Jack se mit à tambouriner sur le bras de son siège. Il ne s'agissait pas seulement de reconstituer une fuite et une aventure extraordinaires, qui avaient eu lieu deux mille ans auparavant. Cette quête était devenue une véritable chasse au trésor !

— P'pa ! dit Rebecca en donnant un coup de coude à son père. Ce bouquin est vraiment dingue !

Chapitre XIII

Jack lut le titre à la lumière de la lampe de Rebecca : *Un voyage à la source de l'Oxus*, lieutenant John Wood, armée du Bengale. Il redressa le dossier de son siège.

— C'est un de mes livres préférés, confia-t-il avant de boire une gorgée d'eau. Son auteur l'a écrit dans les années 1830, avant l'intervention des Britanniques en Afghanistan. Les premiers explorateurs ont tissé de véritables liens avec le peuple de cette région. Wood était écossais et disait qu'il le comprenait parce qu'il était né dans les montagnes et y avait grandi. Mais c'est aussi un grand livre d'aventures, qui suit les traces d'Alexandre le Grand. Ton arrière-arrière-arrière-grand-père y tenait beaucoup. Il l'a longuement étudié. Quand j'ai ce livre entre les mains, je me sens proche de lui.

— Moi aussi, dit Rebecca.

Elle referma le livre en y laissant un marque-page et prit un manuscrit dont Jack lui avait également conseillé la lecture.

— Et ta biographie du colonel Howard est géniale aussi ! déclara-t-elle. J'ai failli pleurer au moment où son petit garçon tombe malade et meurt à Bangalore, alors qu'il se trouve à des centaines de kilomètres de lui, au beau milieu de la jungle. C'est atroce. Je n'ose pas imaginer ce que sa femme a éprouvé lorsqu'elle a vu l'enfant qu'elle tenait dans ses bras le matin à son réveil être enterré le soir même sous ses yeux.

Rebecca parlait à voix basse pour ne pas réveiller Costas et Pradesh, mais elle semblait très émue.

— On ne parle jamais des femmes dans ces livres, fit-elle remarquer. Les aventures, les guerres ne sont que des histoires d'hommes. Pourtant, les femmes devaient faire face à l'angoisse et à la perte d'êtres chers. Ce n'est pas parce que le taux de mortalité infantile était élevé qu'elles vivaient bien tous ces deuils. À mon avis, elles restaient dignes parce qu'elles n'avaient pas le choix.

— Tu as raison. Les Britanniques ont vécu une aventure extraordinaire ici, mais leur vie ne tenait qu'à un fil. La maladie, notamment le choléra, la diphtérie et la fièvre bilieuse, pouvait les frapper sans prévenir et les emporter dans la journée. La distinction victorienne en Inde, le rituel du thé, le croquet et les conversations guindées sous les vérandas, tout cela n'était qu'un vernis. En réalité, on se réveillait le matin sans savoir si on allait retrouver son lit le soir ou être enterré avant la fin de la journée. Il fallait aimer prendre des risques et marcher sur le fil du rasoir pour vivre ici.

— Et c'est pour ça que tu adores cette histoire, hein ? Tu aurais bien aimé faire partie de ces officiers des ingénieurs royaux, c'est ça ? Tu aurais connu la guerre, l'aventure ; tu aurais mené tes hommes à la baguette ; tu aurais même fait de l'archéologie si tu avais été officier géomètre et tu aurais eu des tas de permissions pour aller explorer les montagnes et chercher des trésors perdus. Le rêve !

Jack ne put s'empêcher de rire.

— J'ai la chance de pouvoir faire tout ça aujourd'hui encore. Je peux même remonter le temps. Quand on suit les traces de quelqu'un, il faut savoir se mettre dans sa tête, faire preuve d'empathie.

— Costas dit que tu te disperses, que tu cours toujours plusieurs lièvres à la fois. Il dit que tu as besoin d'une femme qui te stabilise et t'aide à te recentrer.

— Il peut parler ! lança Jack en désignant la créature avachie qui ronflait en face de lui.

— Est-ce qu'il a quelqu'un dans sa vie ?

— Eh bien, il m'a, moi, et toute l'équipe de l'UMI.

— Ce n'est pas ce que je veux dire... Est-ce qu'il a une copine ?

— Tu plaisantes ! Les femmes ne tiennent jamais plus de dix secondes avec lui. Et on les comprend.

Rebecca secoua la tête en soupirant.

— Les hommes sont stupides. Ils ne savent même pas ce qui les rend séduisants aux yeux d'une femme.

— Hé, c'est mon meilleur ami ! Et il fait aussi partie de tes amis, maintenant. C'est ton oncle !

Chapitre XIII

Rebecca se contenta de sourire. Soudain, les lumières s'allumèrent en vacillant et la voix du pilote se fit entendre à travers les haut-parleurs.

— Jack, vous avez demandé à être réveillé à la frontière afghane. Nous sommes à moins de deux heures de notre destination.

Costas et Pradesh remuèrent sur leur siège et se réveillèrent. L'avion entra dans une nouvelle zone de turbulences. Pradesh se pencha devant Costas pour regarder par le hublot. Il était 4 heures du matin, heure locale, et il faisait encore nuit. Au sol, des lumières scintillaient.

— Il y a toujours des turbulences à cet endroit, affirma Pradesh. Nous avons dépassé Quetta, au Pakistan, et nous devons être au-dessus de la passe de Bolan. Nous survolons l'Afghanistan.

— À l'action ! s'écria Costas en bâillant et en s'étirant de tout son long.

Il redressa le dossier de son siège et prit un jus d'orange dans le réfrigérateur situé à côté de lui.

— J'ai mal à la tête, se plaignit-il. J'ai dû me déshydrater dans la jungle.

Il vida la brique d'un seul trait et en sortit une autre.

— C'est l'alcool de palme, rectifia Jack. Je t'avais prévenu.

— Je n'en ai bu que quelques gorgées. Mais à partir de maintenant, je ne dérogerai plus à mes principes : plus d'alcool en opération.

Il vida la seconde brique et la jeta à la poubelle.

— J'apprécierai d'autant plus ma première tequila sur la plage, ironisa-t-il. Quand nous arriverons à Hawaï. Demain.

Il gratifia Jack d'un regard voilé, légèrement accusateur.

— On va y aller, assura Jack. On fait un petit détour, c'est tout.

— Oui, c'est ça ! maugréa Costas. Par le Kirghizistan, en Asie centrale.

Dans moins de deux heures, ils atterriraient à l'aéroport de Bichkek. Et quelques heures plus tard, Jack pourrait enfin retrouver Katya. De retour de la jungle, lorsqu'il était remonté à bord du *Seaquest II*, il avait trouvé un message dans lequel elle lui disait qu'elle avait fait une découverte extraordinaire. Il l'avait rappelée immédiatement et lui avait annoncé la nouvelle concernant son oncle. Sa réaction fut sobre, comme il s'y attendait, mais elle lui avait semblé distante. Il avait changé de sujet pour parler d'archéologie. Après lui avoir décrit sa découverte dans les grandes lignes, elle lui avait dit qu'elle avait besoin de ses conseils. Cela aurait été une raison suffisante pour que Jack repousse ses projets initiaux, mais il avait aussi une autre idée derrière la tête.

— Bon, Jack, revenons-en à ton ancêtre, proposa Costas. Howard et l'autre type, l'officier américain d'origine irlandaise, Wauchope, ont réussi à s'enfuir de la jungle. Et à mon avis, ce qui s'est passé ensuite a quelque chose à voir avec notre petit tour en avion. Et avec l'inscription que nous avons trouvée sur la tombe. Nous ne sommes pas là uniquement pour aller rendre visite à Katya.

— Tu as raison, dit Jack. Howard, Wauchope et les sapeurs ont pu retourner à bord du *Shamrock*, leur bateau à vapeur. Auparavant, ils ont enterré Bebbie en pleine jungle, pas dans le village où nous avons vu sa plaque commémorative. Mais aucun d'entre eux n'a laissé le moindre témoignage. Le lieutenant Hamilton a fait le récit de son incursion dans la jungle et Pradesh a eu accès à la mémoire collective du peuple kóya. Mais Howard, qui était à la tête du détachement de sapeurs, n'a fait aucun commentaire sur cette journée. Son journal se termine brusquement à ce moment-là. Cela semble contraire à son professionnalisme et c'est ce qui m'a intrigué.

— Il a peut-être voulu couvrir les sapeurs, si ce sont vraiment eux qui ont tué Bebbie, suggéra Costas.

— Possible, mais ce n'est pas tout. Le sacrifice humain dont il a été témoin depuis le *Shamrock* a dû lui causer un traumatisme profond. Ensuite, Wauchope et lui ont sans doute vu la même chose que nous à l'intérieur du temple. Ils avaient forcément appris le latin à l'école. On sait même que Wauchope lisait des classiques grecs et latins lorsqu'il était en campagne. Je pense que l'inscription ne leur a pas échappé et qu'ils se sont promis de n'en parler à personne. Après être sortis du temple, ils ont vu le séisme en condamner l'entrée. Ils étaient les seuls à connaître le secret.

— Et qu'est-ce qu'ils ont fait après la rébellion ?

— Wauchope a quitté le corps des sapeurs de Madras pour rejoindre le Service géodésique des Indes, l'actuelle Survey of India, alors très convoitée par les officiers ingénieurs. Au cours des vingt années qui ont suivi, il a passé le plus clair de son temps à la frontière nord-occidentale, où il a travaillé pour le compte de la Commission des frontières, sur ce qui allait devenir la ligne Durand, la frontière de l'Afghanistan. Ses balises frontalières, du Baluchistan au nord-est du pays, sont encore là aujourd'hui, pareilles aux autels d'Alexandre le Grand. Renommé pour son aptitude à l'escalade et son endurance, c'était un montagnard-né. Mais le paludisme, qu'il avait contracté au Rampa, l'a rattrapé et l'a contraint à prendre sa retraite prématurément, en 1900. Après cinq ans de convalescence dans les montagnes suisses, il a enfin pu retourner en Inde, où il a exploré les vallées méconnues de la frontière et vécu dans les tribus, vêtu de l'habit traditionnel. On a perdu sa trace à Quetta, au début de l'été 1909. Il était alors âgé de cinquante-cinq ans.

— Et Howard ?

— Il fut le dernier officier à sortir indemne du Rampa, des mois plus tard, le seul à avoir survécu au paludisme, sans doute parce qu'il avait passé son enfance en Inde. La mort de son fils Edward à l'âge de dix-huit mois, tandis qu'il se trouvait dans la jungle, lui a porté un coup terrible. Il était promis à une grande carrière militaire, mais il a opté pour l'ingénierie et intégré le département des Travaux publics de l'Inde. Puis il est retourné en Angleterre, à l'École du génie militaire de Chatham, où il a enseigné la géodésie à de jeunes officiers et s'est immergé dans la vie de l'école. Il a fait partie des fervents supporters d'un mouvement qui allait donner naissance à la langue universelle, l'espéranto. Peut-être cette ambition était-elle née de son expérience au Rampa, où il n'avait pas pu communiquer avec les Kóya sans l'intervention d'un interprète. Un acte d'expiation, en quelque sorte. Il n'est rentré en Inde que lorsque ses enfants ont eu l'âge d'aller en pension. J'ai toujours pensé que ce choix de carrière avait été étroitement lié à la mort de son fils, à sa volonté d'offrir une vie meilleure à ses autres enfants, en Angleterre. Mais je crois désormais qu'il y a eu une autre raison, qui remonte à ce qui s'est passé dans la jungle en 1879. Et je ne pense pas à ce qu'il a découvert dans le temple, mais à quelque chose qu'il aurait vu ou fait, et qui l'aurait traumatisé. Pradesh a peut-être raison. Il s'agit peut-être du sacrifice humain, d'un événement qu'il n'a pas pu empêcher.

— Ce n'est pas très glorieux comme carrière militaire, observa Costas.

Pradesh remua dans son siège et s'éclaircit la gorge.

— Je le comprends, déclara-t-il. Le pire, pour un soldat, c'est d'être envoyé en mission dans un endroit où rien n'est possible, faute de volonté politique et de ressources. J'en ai fait l'expérience, lors d'une mission de maintien de la paix en Afrique. Je n'ai rien pu faire pour interrompre le génocide. Quand on intervient, on peut alléger la souffrance d'une personne, mais cela ne fait que renforcer notre sentiment d'impuissance. Un de mes sapeurs a achevé une femme qui avait été horriblement mutilée. Dès lors, le visage de cette femme n'a cessé de le hanter. Tous les visages qui ne faisaient qu'un et représentaient un peuple tourmenté sont brusquement devenus de véritables individus. Et cela a été insoutenable pour lui. Il faisait des cauchemars dans lesquels toutes ces personnes lui demandaient pourquoi il n'avait pas abrégé leurs souffrances à elles aussi. Il n'a pas pu le supporter. Il s'est tiré une balle dans la tête.

Jack prit la main de Rebecca, émue par ce récit.

— C'est peut-être ce qui est arrivé à Howard, dit-il. On en sait si peu sur les réactions psychologiques des soldats qui ont vécu un traumatisme à l'époque victorienne. Et pourtant, ces hommes qui avaient une idée presque romanesque de leur rôle en Inde ont vu et fait des choses atroces. Ils ont intériorisé leur expérience toute leur vie et se sont fondus dans le moule victorien de l'homme viril et courageux pour tenir le coup. Ils ont refoulé leurs émotions jusqu'au bout.

— Tu disais qu'Howard était revenu en Inde, lui rappela Costas.

— Oui, et c'est là que ça devient vraiment intriguant. Il est retourné au département des Travaux publics, où il a construit des ponts, des canaux, des routes. Il a également été principal d'une école d'ingénierie civile indienne. Et en 1905, à l'âge de cinquante ans, il a fini par renouer avec sa carrière militaire en devenant commandant des ingénieurs royaux de la division de Quetta de l'armée indienne, près de la frontière afghane, au Baluchistan. C'était un des endroits les plus dangereux de l'Empire britannique. Il s'est véritablement régalé. À ce moment-là, il semble avoir rattrapé le temps perdu. Mais en 1907, désormais colonel, il a brusquement mis un terme à sa carrière.

— Quetta, murmura Costas. C'est aussi là que se trouvait Wauchope.

— Absolument ! C'est l'élément central de l'histoire. Après Rampa, les deux hommes ont suivi des chemins différents. Ils ont peut-être conclu un pacte dans la jungle et décidé de se retrouver plus tard. Ils se sont revus plusieurs fois, d'abord en 1889, lorsque Wauchope a fait un stage de remise à niveau à l'école de Chatham. Ensuite, ils ont cosigné un article sur les pièces romaines du sud de l'Inde. Ils devaient le présenter ensemble à l'Institut royal des services unis, à Londres, mais Wauchope a été rappelé par l'armée. Enfin, ils ont été vus ensemble à Quetta, près de vingt ans plus tard, en 1907, alors qu'ils avaient tous deux quitté l'armée. Et là tout s'enchaîne : ils sont invités à dîner au mess des officiers ; ils rencontrent l'explorateur Aurel Stein ; ils passent des heures dans les bazars à discuter avec les voyageurs et s'équipent. Un matin d'avril 1908, ils s'en vont, fin prêts : souliers cloutés et bandes molletières, jodhpur en tweed, manteau en peau de mouton, turban, sac à dos et revolver. Deux anciens colonels sur le départ pour leur ultime aventure. Ce ne sont pas les premiers à Quetta. Huang-li, le serviteur tibétain de Howard, leur dit au revoir. Il était resté aux côtés de Howard depuis que celui-ci, encore enfant, avait trouvé refuge au Tibet, pendant la révolte des Cipayes. Personne ne le reverra, lui non plus. Les deux hommes partent en direction de l'Afghanistan et disparaissent dans les montagnes. On n'entendra plus jamais parler d'eux.

— C'est trop cool ! s'exclama Rebecca. C'est exactement comme dans *L'homme qui voulut être roi*, de Kipling. Maintenant, je comprends pourquoi tu l'as mis en haut de la pile de livres que tu as laissée dans ma cabine, à bord du *Seaquest II*. Deux soldats britanniques disparaissent dans les montagnes pour aller chercher un trésor.

— Un trésor ? s'étonna Costas.

— Je crois que Rebecca a une longueur d'avance sur nous, précisa Jack.

— Il ne faut pas brûler les étapes ! s'écria Pradesh en souriant.

— Alors qu'est-ce qui a bien pu attirer ces deux types en Afghanistan ? demanda Costas.

— L'aventure ! s'exclama Pradesh. La guerre !

Il ouvrit une petite boîte sur ses genoux. À l'intérieur, étaient alignées huit médailles : trois étoiles à gauche et trois médailles du service à droite, dont deux étaient agrémentées de plusieurs agrafes de campagne.

— Ce sont les médailles de Wauchope, annonça Pradesh. Avant de disparaître, il a légué tous ses effets militaires au corps des sapeurs de Madras. Il a souhaité qu'ils soient vendus aux enchères aux officiers et que le produit de la vente soit réparti parmi les associations de lutte contre la famine. Lorsqu'il n'était encore qu'un jeune officier, avant d'être envoyé au Rampa, il avait été témoin de la terrible famine qui avait frappé Madras en 1877 et ce fléau l'avait profondément touché. En 1924, une enquête a été ouverte sur la disparition des deux hommes et ceux-ci ont officiellement été déclarés morts. Mais avant cette date, personne ne s'est vraiment intéressé à ces médailles. Elles ont moisi pendant des années dans la réserve du musée de Bangalore. Puis j'ai pensé que leur véritable place était à l'ancien siège de la Survey of India, où elles pourraient être exposées avec les effets personnels des autres pionniers. Aujourd'hui, ces deux hommes sont entrés dans l'Histoire pour leurs travaux cartographiques et les progrès qu'ils ont apportés au peuple. Leurs successeurs indiens et pakistanais se souviennent d'eux avec reconnaissance et fierté.

— Mais le siège de la frontière nord-ouest se trouve dans l'actuel Pakistan, non ? fit remarquer Costas.

— C'est aussi pour ça que je vous accompagne au Kirghizistan, dit Pradesh. Un contingent de sapeurs pakistanais est attaché à la base de Bichkek. J'ai acheté les médailles moi-même en respectant la volonté de Wauchope et j'ai veillé à ce que l'argent aille bien aux associations caritatives. Je vais les confier au commandant des sapeurs pakistanais, qui les fera acheminer au musée.

— Je croyais que vous étiez en guerre, s'étonna Costas.

— Nos pays oui, mais pas nous ! s'exclama Pradesh. Le commandant Singh et moi sommes de vieux amis. Nous avons été affectés en même temps à l'École du génie militaire de Chatham en tant qu'instructeurs spécialistes de la jungle. C'est là, en consultant les archives, que j'ai su ce qu'étaient devenus Howard et Wauchope. J'ai été très surpris d'apprendre que Jack s'intéressait à la rébellion du Rampa. Je ne savais pas qu'il était de la famille de Howard.

Costas observa les médailles.

— Les deux de droite, celles qui ont des agrafes, est-ce qu'elles correspondent à différentes campagnes ?

— Oui, répondit Pradesh. Ce sont des médailles du Service général aux Indes, avec des agrafes pour l'Hazara, le Waziristan et le Tirah. En tant qu'officier du Service géodésique des Indes, Wauchope a participé à presque toutes les expéditions menées à la frontière afghane dans les années 1880 et 1890.

— Mais pas d'agrafe pour le Rampa, observa Jack.

— Le gouvernement a considéré la rébellion comme une émeute civile, expliqua Pradesh. C'était une affaire de politique intérieure, qu'il ne fallait pas ébruiter, surtout après la révolte des Cipayes.

L'intervention a été prise en compte dans le service actif des sapeurs, mais aucune médaille n'a été décernée.

— Et celle-ci ? l'interrogea Costas en montrant la troisième médaille de campagne.

— Guerre afghane de 1878 à 1880, répondit Pradesh. Wauchope y a participé en tant qu'assistant ingénieur dans la vallée du Bazar, avant d'être envoyé au Rampa.

Il sortit la médaille et la retourna. Costas écarquilla les yeux.

— Un éléphant ! s'écria-t-il.

— Il faut l'excuser, dit-il en souriant à Pradesh, il fait une fixation sur les éléphants. Nous en avons trouvé en mer Rouge, au large de l'Égypte.

— Dans la mer ! s'exclama Pradesh, incrédule. Ai-je bien entendu ? Vous avez trouvé des éléphants sous l'eau ?

— On te racontera, promit Jack.

Rebecca se pencha pour toucher la médaille.

— Cela me rappelle l'histoire d'Hannibal dans les Alpes, murmura-t-elle. Ma mère me l'a racontée un jour. J'ai même fait un dessin. Alors en Afghanistan aussi, on utilisait des éléphants. C'est trop cool !

Jack lui sourit et observa à son tour la superbe médaille, suspendue à un ruban rouge et vert. Sur l'avers, figurait un portrait de la reine Victoria, impératrice des Indes. Et sur le revers, une colonne d'infanterie et de cavalerie marchait au pas derrière un éléphant transportant des canons démantelés sur son dos. À l'arrière-plan, se dressait une immense chaîne de montagnes. L'exergue comportait l'inscription suivante : « Afghanistan 1878-1880 ». C'était la médaille que John Howard aurait reçue s'il avait rejoint les forces de campagne de Khaybar, comme prévu, après son intervention dans la jungle. Si la rébellion du Rampa n'avait pas duré si longtemps. S'il n'avait pas été le seul officier à résister à la fièvre. Si son fils Edward n'était pas tombé malade et si un autre officier n'avait pas pris sa place en Afghanistan pour lui permettre de rester plus près de sa famille. Cette sollicitude n'avait servi à rien, car son fils était mort rapidement, alors qu'il était encore dans la jungle. Pour Jack, cette médaille représentait les caprices du destin et l'angoisse de la perte d'un être cher. Mais beaucoup d'officiers du corps des sapeurs avaient trouvé la mort en Afghanistan. Aussi, si Howard y était allé, Jack n'aurait peut-être pas été là aujourd'hui.

Soudain, Costas repéra quelque chose et colla son nez au hublot.

— Qu'est-ce qui se passe en bas ? s'écria-t-il.

Ses collègues suivirent son regard. Des lueurs rouges scintillaient au-dessous d'eux dans la nuit.

— C'est un raid aérien, murmura Pradesh. Ce sont des avions de guerre américains, britanniques ou pakistanais qui volent à basse altitude. Nous survolons le repaire des talibans. L'État voyou...

— Est-ce qu'on dispose de contre-mesures ? s'inquiéta Costas en se tournant vers Jack. De lance-paillettes ?

— Nous sommes à plus de 40000 pieds, le rassura Pradesh. Les talibans ne peuvent pas nous atteindre. Ils n'ont que des Stinger. Dans les années quatre-vingt, les Américains n'ont rien fourni de plus puissant aux moudjahidin. Et il n'y en a presque plus.

— C'est vrai ! s'exclama Costas. J'oubliais qu'on les avait armés nous-mêmes...

— Avant l'arrivée des Russes, rappela Pradesh, les Afghans n'avaient que de vieilles armes britanniques, des vestiges du Grand Jeu : des fusils Lee-Enfield, des Martini-Henry, et même des Snider-Enfield des années 1860. Ils ont fabriqué des répliques de ces armes, comme les fusils dits « de la passe de Khaybar ». Elles sont encore en circulation aujourd'hui et ne doivent pas être sous-estimées. Armés d'un Jezail, une arme à poudre de leur fabrication, les Afghans se sont révélés être d'excellents tireurs d'élite. Alors avec les fusils britanniques, ils ont vraiment été redoutables. C'est un pays de snipers, car il y a d'immenses panoramas visibles depuis les hauteurs. En Afghanistan, les tireurs d'élite traditionnels méprisent les recrues des talibans, qui arrosent l'ennemi de salves de kalachnikov en criant des slogans djihadistes, tant pour leur manque d'adresse que pour leur fanatisme wahhabite. Dans la société afghane, la mort violente est omniprésente mais il existe un code de l'honneur à respecter. Les guerriers afghans ne souhaitent pas mourir. Ils n'ont que mépris pour les kamikazes. Ils détestent le fondamentalisme. La mentalité de martyr et la kalachnikov sont les deux points faibles des talibans.

— Les Afghans pourraient gagner cette guerre pour nous, dit Costas.

— Quelques centaines de montagnards afghans armés de fusils snipers pourraient aisément maîtriser les talibans, confirma Pradesh. Il suffirait que la coalition les persuade que les talibans sont leurs pires ennemis. Et qu'elle leur promette de les aider à reconstruire leur pays.

— C'est là qu'interviendraient les sapeurs, comprit Costas.

— Nous sommes déjà prêts, lança Pradesh avec enthousiasme. Mes collègues officiers et moi avons étudié toutes les archives de la guerre de 1878, lors de laquelle les sapeurs de Madras ont bâti des ponts dans la passe de Khaybar. Nous pourrions faire la même chose.

Le copilote s'approcha et fit signe à Pradesh.

— C'est mon tour de piloter, annonça celui-ci en se levant. Je ne voudrais pas perdre la main. À plus tard !

— P'pa, il y a un truc bizarre là, dit Rebecca à son père. C'est une note griffonnée au crayon dans la marge, mais elle est presque effacée.

— C'est quoi, ce livre ? s'enquit Costas.

— *Un voyage à la source de l'Oxus*, de Wood, répondit Jack. C'était à Howard. Je te l'ai montré dans ma cabine.

— Ah oui ! s'exclama Costas. Ce truc fascinant sur l'exploitation minière.

— Pendant que tu ronflais, j'ai avancé jusqu'au passage où Wood découvre les mines de lapis-lazuli, déclara Rebecca. C'est palpitant ! On dirait un roman d'aventures. Wood définit trois sortes de lapis-lazuli, écoute : « Il y a le *nili* ou bleu foncé, l'*assemani* ou bleu clair et le *sabz* ou vert. » D'après lui, le *nili* est le plus précieux de tous : « On trouve les couleurs les plus riches dans la roche la plus foncée ; et plus la rivière est proche, plus la pierre est réputée pure. »

— *Nili*, murmura Costas. Cela ressemble à *nielo*, un des mots de l'inscription figurant sur la tombe, *sappheiros nielo minium*.

— C'est le même mot en pachtou qu'en latin, expliqua Jack. Il doit avoir une racine indo-européenne. Si ma théorie est la bonne, notre sculpteur romain est allé dans les mines d'Afghanistan. S'il a choisi d'employer ce terme pour indiquer la couleur foncée, c'est peut-être parce qu'il a eu des contacts avec des autochtones, qui décrivaient ainsi la variété la plus précieuse de lapis-lazuli.

Il se pencha vers Rebecca.

— Cette note dans la marge, où est-elle ? lui demanda-t-il.

— À côté du paragraphe que je viens de lire, répondit-elle.

Jack plissa les yeux.

— Tu as raison, dit-il, je ne l'avais pas remarquée. Howard en a pris tellement. Et puis, je ne me suis pas attardé sur cette page.

Il prit le livre, l'orienta vers la lumière et observa la note attentivement.

— C'est bien l'écriture de Howard. Elle est facilement reconnaissable, même quand le crayon est presque effacé.

Il y regarda de plus près et déchiffra lentement :

— « On dit que, lorsqu'on met ensemble du péridot et du lapis-lazuli, on obtient le secret de la vie éternelle. Les cristaux doivent avoir la forme idoine. Vieux précepte chinois, que m'a rapporté mon *ayah*. »

Jack laissa retomber le livre sur ses genoux.

— Ça alors ! souffla-t-il.

— Du péridot et du lapis-lazuli ! s'exclama Costas. Encore cette combinaison !

— C'est qui, Aya ? s'enquit Rebecca.

— Sa nourrice, répondit Jack, celle qui l'a gardé quand il était petit, dans le Bihar, où son père avait une plantation d'indigo près de la frontière du Népal. C'était la grand-tante de son serviteur, Huang-li, qui l'a vu partir à Quetta en 1908. Pendant la révolte des Cipayes, alors qu'il n'était encore qu'un petit garçon, elle l'a emmené dans l'Himalaya. Plus tard, elle a été l'*ayah* de ses enfants et de ses petits-enfants. Personne n'a jamais su quel âge elle avait, mais elle a vécu bien au-delà de cent ans. Dans les années trente, elle est partie vivre le reste de sa vie dans les montagnes du Tibet. Et on ne l'a jamais revue. Elle disait que ses ancêtres venaient de très loin en Orient, du nord de la Chine. Quand mon grand-père était petit, elle lui racontait l'histoire du Premier Empereur, le grand empereur Qin qui avait unifié la Chine au IIIe siècle av. J.-C. Elle lui disait qu'elle descendait du gardien de la tombe du Premier Empereur. C'était peut-être une légende, mais celle-ci a véritablement captivé mon grand-père. Parmi les livres qu'il m'a donnés, il y avait aussi les *Mémoires historiques*, l'histoire de la dynastie des Qin. Ce livre a également appartenu à John Howard. Il a été retrouvé dans son bureau après sa disparition.

— En parlant de légendes familiales, l'histoire de la disparition de Howard a dû, elle aussi, captiver les enfants, présuma Costas. Tu as dû te demander si Wauchope et lui n'avaient pas trouvé un trésor et vécu comme des rois dans un repaire de montagne, exactement comme dans le roman de Kipling.

— Une rumeur a effectivement circulé dans la famille. C'est la femme de Howard, mon arrière-arrière-grand-mère, qui l'a lancée. À l'exception de mon grand-père, personne ne l'a crue, parce qu'elle était malade. Howard a fait tout ce qu'il a pu pour elle mais, dès que ses enfants sont devenus adultes, elle s'est laissée aller. Elle ne s'est jamais remise de la mort de son fils aîné. Ses sœurs ont pris soin d'elle, mais elle a fini par être placée dans une institution. Howard disposait de la fortune que son père avait amassée dans sa plantation d'indigo et n'a reculé devant aucune dépense pour son bien-être. Ce n'est que lorsqu'il a su qu'il n'y avait plus d'espoir qu'il est retourné en Inde. Il est néanmoins allé la voir à plusieurs reprises en Angleterre avant sa disparition. La dernière fois, c'était en 1907, juste avant qu'il ne mette un terme à sa carrière militaire. Il l'a emmenée passer quelques jours dans un cottage sur la côte galloise. Ce fut sans doute un bref moment de bonheur. C'était le début de l'été. Il faisait beau et ils se sont promenés sur les collines. C'est en tout cas le souvenir qu'elle avait gardé de cette escapade lorsque, dans un moment de lucidité, elle l'a raconté à mon grand-père, venu lui rendre visite à l'hôpital, des années plus tard. À partir du moment où il a rejoint Wauchope à Quetta, Howard ne l'a jamais revue. Mais elle a vécu encore très longtemps, dans son monde, jusqu'en 1933.

— A-t-elle raconté autre chose à ton grand-père? demanda Rebecca, de nouveau très émue.

— Elle lui a dit aussi que, lorsqu'elle fermait les yeux en serrant fort les paupières, elle se retrouvait main dans la main avec son fils Edward dans un endroit de toute beauté, une sorte de grotte magique. Edward était plus vieux qu'à sa mort. C'était un petit garçon, plus un bébé. Ensuite, elle voyait Howard. C'était un beau jeune homme en uniforme et au regard malicieux, le père du petit Edward, son cher époux. Alors le petit garçon se mettait à courir les bras tendus en criant « Papa! », un mot qu'il avait à peine eu le temps d'apprendre dans sa courte vie. Elle disait que, dans ces moments-là, elle était dans un monde idéal. Elle a passé beaucoup de temps les yeux fermés dans cet hôpital...

Rebecca était en larmes. Jack lui prit la main.

— Et elle a dit autre chose, ajouta-t-il. Ses proches n'y ont pas fait attention parce que l'hôpital était dirigé par des religieuses. Ils ont pensé qu'elle ne faisait que répéter une sorte de litanie. Elle a dit que son mari était allé chercher le « Fils du Ciel ».

— Dans un couvent chrétien, c'est ce que les religieuses devaient dire aux veuves, fit remarquer Costas.

— C'est en effet ce que tout le monde a pensé. Mais mon grand-père, alors jeune officier de marine, n'a jamais oublié cette histoire, qui l'a beaucoup marqué. Cinquante ans plus tard, devenu à son tour un vieillard, il m'a téléphoné à l'école. Très excité, j'ai tout laissé tomber et je suis immédiatement allé lui rendre visite. C'est là qu'il m'a donné les *Mémoires historiques*. En les feuilletant, il était tombé sur l'expression « Fils du Ciel ». Et il s'était brusquement souvenu d'un endroit où il l'avait vue écrite en toutes lettres. Lorsqu'il était élève officier, il était allé à Shanghai. De là, il s'était rendu à Xian pour voir la tombe légendaire du Premier Empereur. Il en avait pris une photo, qui, en 1924, avait été une des premières à parvenir en Occident. Et c'était là qu'il avait vu l'expression « Fils du Ciel ». C'était le titre traditionnel du premier empereur de Chine.

— Je l'ai vue, moi aussi, à l'exposition sur les guerriers de terre cuite, dit Rebecca en s'essuyant les yeux.

— Mais ce n'est pas tout, poursuivit Jack. Avant de me téléphoner, mon grand-père avait ressorti sa vieille photo du grand tumulus, aussi imposant qu'une pyramide égyptienne. Il l'avait prise des années avant les premières fouilles et la découverte des guerriers en terre cuite. Puis il avait relu les *Mémoires historiques*, notamment le passage qui décrivait ce qui se trouvait à l'intérieur de la tombe du Premier Empereur, Shi Huangdi, « Fils du Ciel » : de fabuleux trésors, une réplique du monde en miniature, une représentation du ciel, surplombé par une grande lumière qui inondait la tombe. Il avait longuement réfléchi, puis il m'avait appelé pour me faire part de sa conclusion : la femme de Howard ne disait pas *Fils du Ciel* mais « feu du ciel ». Le feu, le soleil au milieu du ciel, la lumière censée assurer l'immortalité de l'empereur, c'était le joyau céleste. Ce qu'elle avait voulu dire, c'était que Howard était parti à la recherche du joyau perdu.

— Je le savais ! s'exclama Costas. Une chasse au trésor !

— Et ensuite, tu as reconstitué toute l'histoire, murmura Rebecca. C'est trop cool.

— Tout ce que j'ai fait, c'est ouvrir une vieille malle et écouter ce qu'elle avait à me dire.

Une lumière rouge s'alluma au-dessus d'eux. Jack vérifia que Rebecca avait bouclé sa ceinture et regarda l'aube se lever à travers le hublot.

Chapitre XIII

La descente jusqu'à l'aéroport de Bichkek fut cahoteuse, freinée par de forts vents contraires. Entre les nuages, Jack aperçut le sol, un désert morne et plat, puis les pistes d'atterrissage. Une rangée de C-7 Galaxy, de grands avions de transport, attendait sur le tarmac que l'aviation civile partageait avec la base de transit américaine. Les moteurs de l'Embraer s'emballèrent brusquement. L'avion avait été poussé trop bas et faisait un circuit avant d'atterrir.

Jack s'adossa et ferma les yeux. Il était si fatigué qu'il aurait pu s'endormir aussitôt. Une image de son grand-père lui vint à l'esprit. Il repensa au jour où ils s'étaient retrouvés. Ils avaient analysé ensemble les *Mémoires historiques*. Son grand-père lui avait parlé de la quête séculaire de la vie éternelle, des expéditions du Premier Empereur pour trouver les îles des Immortels. Jack n'était encore qu'un enfant, mais il lui avait dit que, lorsqu'il serait grand, il se mettrait lui aussi en quête de trésors comme celui-ci. C'était la dernière fois qu'il l'avait vu et, avant de partir, le vieil homme lui avait fait une confidence : il avait parcouru plus d'un million de kilomètres en mer au cours de sa vie et ce qu'il avait le plus aimé, c'étaient les voyages et non les destinations. Aujourd'hui, des années plus tard, après avoir passé la moitié de sa vie à essayer de mettre au jour les plus grands trésors du monde, Jack comprenait ce qu'il avait voulu dire. Il revit son grand-père le chahuter en faisant semblant d'être un vieux sage chinois : « Prends garde aux îles des Immortels ! La quête de l'immortalité mène à la folie. Le Premier Empereur était le plus grand de tous les fous. Si tu t'approches trop près, tu t'exposes à un danger mortel ! »

L'avion subit une violente secousse. Jack sursauta et ouvrit les yeux. En voyant Costas le regarder d'un air amusé, il lut dans ses pensées.

— Tu es impatient de voir Katya ?

— Je suis impatient de voir ce qu'elle a découvert, répondit Jack.

— P'pa ! soupira Rebecca en le gratifiant d'un regard dédaigneux.

— D'accord. Je suis impatient de la voir. Mais si elle est venue dans ce trou perdu, c'est parce que c'est moi qui le lui ai suggéré. Je suis donc là à titre professionnel. Je m'intéresse à ce projet depuis le début.

— Rebecca, quand tu rencontreras Katya, ne parle pas d'elle comme de la « petite amie de ton père », la prévint Costas. Tu risquerais de réveiller le Gengis Khān qui est en elle.

— Oh ! ça va, s'exclama Rebecca. Pour qui vous me prenez, tous les deux ? Redescendez sur terre. Katya et moi, on est des femmes. On peut se parler.

— Par chance, tu ne verras pas Katya aujourd'hui, de toute façon, déclara Jack en souriant gentiment à sa fille. Après tous les cadavres que nous avons trouvés dans la jungle, je préfère ne prendre aucun risque. Katya était proche de son oncle et impliquée dans ses recherches. Si Hai-Chen était sur la liste noire, Katya y est peut-être aussi, ce qui met tout son entourage en danger.

— Tu lui as annoncé la nouvelle concernant son oncle ? l'interrogea Costas.

— Oui, juste avant de prendre l'avion. Et elle m'a dit qu'elle avait aussi du nouveau de son côté.

— Alors je ne peux pas venir avec vous ! s'indigna Rebecca.

— Tu vas rester à la base avec Ben et Andy et les aider à décharger le matériel, répondit Jack. Ensuite, tu monteras à bord d'un Chinook de l'US Air Force et tu iras avec eux de l'autre côté du lac Yssyk-Köl. Des ruines submergées ont été découvertes là-bas. J'ai promis d'aller y jeter un œil une fois que j'aurai vu ce que Katya a trouvé. Tu t'occuperas de la logistique et tu nous attendras là-bas.

— Alors je vais encore tout rater, se lamenta Rebecca.

— Tu vas être avec une unité des forces spéciales de l'US Navy, précisa Costas. C'est déjà pas mal !

— Rebecca, tu parles russe, non ? s'enquit Jack.

La jeune fille acquiesça et se tourna vers Costas.

— Les gens chez qui ma mère m'a envoyée vivre à New York sont russes, expliqua-t-elle. Petra et Michael sont passés à l'Ouest au milieu des années quatre-vingt, à l'occasion d'un congrès aux États-

Unis. Ils sont paléontologues tous les deux. Petra avait obtenu l'autorisation de faire des études en Italie. C'est là-bas que ma mère est devenue copine avec elle. C'était avant de te connaître, p'pa. Ensuite, Petra est retournée à Moscou, où elle a rencontré Michael à l'Institut paléographique.

— C'est là que Katya travaille, non ? s'écria Costas.

— J'ai entendu parler de Katya bien avant de te rencontrer, p'pa, signala Rebecca. La première fois que je vous ai vus, Costas et toi, c'était à la télévision, dans la résidence secondaire de Petra et Michael, dans les Hamptons. On regardait un documentaire sur l'Atlantide. C'était Katya qui était interviewée.

— Le monde est petit, murmura Costas.

— Comme tu dis ! s'exclama Jack.

Il se tourna vers le hublot, brusquement accablé de toutes sortes d'émotions. Il lui semblait inconcevable d'avoir rencontré sa fille, déjà adolescente, seulement quelques mois auparavant. Ils avaient tant de choses à rattraper... Il respira profondément et s'enfonça dans son siège. Ils approchaient de la piste d'atterrissage, cette fois. L'avion était toujours secoué par les turbulences. Jack regarda de nouveau Rebecca.

— Tes connaissances en russe vont nous être très utiles, c'est sérieux, affirma-t-il. L'endroit où tu vas aller au bord du lac est un centre militaire russe d'essais sous-marins, qui vient d'être ouvert à l'emplacement d'une ancienne base soviétique. Nous avons eu beaucoup de mal à convaincre les Russes d'autoriser une équipe de l'UMI à intervenir dans cette zone. Et pour l'armée américaine, ce n'est pas juste un camp de vacances pour les forces spéciales envoyées en Afghanistan. Nous avons donc besoin d'une personne qui ait du tact, du sang-froid et du charme. Ce sera ta première mission officielle au sein de l'UMI.

— Mais Costas ne m'a pas encore appris à plonger, se plaignit Rebecca.

— C'est parce que Costas n'a pas encore pu t'emmener à Hawaï, soupira l'intéressé.

— Tu pourras conduire le bateau, lui proposa Jack.

— Quel genre de bateau ?

— Il est dans la soute, indiqua Jack en pointant le doigt vers le plancher. Canot gonflable Zodiac ; six mètres cinquante ; moteur Evinrude 80 ; navigation, détermination de la position et reconstitution du profil topographique sous-marin par GPS.

— Cool ! s'écria Rebecca.

Les roues de l'avion touchèrent le tarmac et l'appareil se stabilisa à l'horizontale. Les réacteurs passèrent en poussée inversée.

— Alors quand est-ce qu'on va se revoir ? cria Rebecca par-dessus le bruit des moteurs.

— Je ne sais pas, répondit Jack, dont la voix tremblait au rythme des trépidations. Peut-être plus tard dans la journée, à moins que je ne sois obligé de faire un petit détour.

— Un petit quoi ?

— Un petit détour.

Costas regarda sa chemise hawaïenne d'un air découragé et leva les yeux vers Rebecca.

— Maintenant, tu sais ce que ça veut dire, lui cria-t-il.

Chapitre XIV

Jack et Costas firent signe au conducteur du camion militaire, qui s'éloigna vers l'est en passant les vitesses une à une, avant de disparaître derrière une colline. Après avoir laissé Pradesh et Rebecca à la base aérienne, ils avaient effectué un trajet épuisant de quatre heures depuis Bichkek, entassés dans la cabine du camion avec le conducteur et son garde du corps. L'hélicoptère Chinook de l'armée américaine, qui devait les conduire jusqu'au lac, avait été immobilisé en raison d'un problème mécanique. Plutôt que de prendre le risque de perdre une journée à attendre à Bichkek, ils avaient préféré monter dans le camion de ravitaillement qui se dirigeait vers le centre d'essais navals, situé de l'autre côté du lac. Pendant la dernière heure du trajet, ils avaient traversé un paysage extraordinaire de collines et de ravins, engendré par la grande cataracte qui s'était jadis écoulée depuis le lac, et désormais modelé par les vents. Avec une impatience grandissante, Jack avait imaginé ce qu'avaient dû éprouver les voyageurs qui s'étaient aventurés jusqu'ici. À chaque recoin, ils avaient couru le risque de tomber sur une bande de pillards, prêts à leur faire subir le sort effroyable que tant d'autres avaient connu sur la route de la Soie. Lorsque le camion avait enfin gravi la dernière colline, le lac Yssyk-Köl était apparu dans toute sa splendeur, devant les monts Tian shan aux sommets enneigés. Le conducteur s'était arrêté brusquement, avant de faire un geste en direction d'une yourte, tente traditionnelle des Kirghiz, perdue au milieu d'une étendue rocheuse.

Debout au bord du lac, Jack vit les pétroglyphes qui avaient captivé Katya. Ces motifs curvilignes semblaient aussi vieux que les pierres elles-mêmes. Il posa la main à plat sur un des rochers et eut la sensation de remonter le temps, jusqu'à deux mille ans auparavant.

— C'est un cimetière ? l'interrogea Costas. On dirait des pierres tombales.

— Possible, mais il y avait aussi une grande culture chamanistique ici. Les rochers ont dévalé les collines et se sont éparpillés sur des kilomètres jusqu'à la rive du lac. Katya pense que les pétroglyphes les plus anciens datent de l'âge du bronze, de la fin du deuxième millénaire av. J.-C. Mais les nomades gravaient encore la pierre alors que la route de la Soie était déjà fréquentée et l'ont fait jusqu'à la fin du premier millénaire de notre ère. Les marchands se dirigeant vers l'est ou l'ouest ont emprunté cette route pendant des siècles, eux aussi. Ils s'arrêtaient ici après avoir franchi le col ou avant de s'y aventurer. Par conséquent, en marge de l'art nomade, il y a peut-être des inscriptions gravées par des Bactriens, des Sogdiens, des Perses, des Chinois ou que sais-je encore. Ce sont les marchands qui ont donné à cette route sa place dans l'Histoire. Et pourtant, ils n'ont laissé pratiquement aucune trace de leur passage. La moindre découverte pourrait être une énorme révélation.

La main en visière, Jack balaya du regard la mer de rochers, le lac, puis le col. Le soleil de la fin d'après-midi lui brûlait les yeux. Il ne voyait pas grand-chose. La lumière se reflétait sur la pierre lissée par les intempéries ; les ravins étaient plongés dans l'ombre. Il aurait été facile de se perdre dans cet endroit sans jamais y être retrouvé.

— Les voilà ! s'exclama Costas. Je vois Katya. Viens !

Avec son short ample, sa chemise hawaïenne, ses chaussures de marche et ses lunettes d'aviateur profilées, il avait l'air un peu décalé. Pourtant, il sauta avec agilité d'un rocher à l'autre. Un grand homme coiffé d'un feutre vint le saluer. Jack approcha et lui serra la main à son tour. Les yeux verts, le visage tanné par le soleil et le vent comme les nomades des steppes, l'homme avait à peu près son âge. Katya se tenait derrière lui et semblait avoir pris, elle aussi, un teint de circonstance. Elle se tourna vers Jack et lui sourit, mais son expression ne trahit aucune émotion.

— Voici Altamaty, annonça-t-elle. C'est le conservateur du musée des pétroglyphes à ciel ouvert de Cholpon-Ata. Outre le kirghiz, sa langue natale, il parle russe et pachtou, mais il vient seulement de commencer à apprendre l'anglais. Il a fait de la plongée dans la Marine soviétique et souhaite participer aux fouilles sous-marines de l'autre côté du lac. Je t'en ai déjà parlé, Jack.

— Il est où, ce musée ? demanda Costas.

— Tout autour de toi, répondit Katya en faisant un geste circulaire de la main. C'est sans doute le plus grand musée du monde. Et celui qui manque le plus de ressources. Altamaty le gère pratiquement seul.

Jack observa Katya. Vêtue d'un treillis décoloré et d'un tee-shirt kaki, elle avait les avant-bras couverts de poussière. Ses longs cheveux bruns étaient attachés en arrière et son hâle faisait ressortir ses pommettes hautes. Elle avait le visage plus marqué et semblait plus fatiguée que lorsqu'il l'avait vue au congrès, trois mois auparavant, mais son bronzage lui allait bien. Il trouva qu'elle ressemblait au grand Kirghiz qui l'accompagnait et se souvint que sa mère était originaire de cette région.

— J'ai prévenu l'équipe de l'arrivée d'Altamaty, indiqua-t-il. Dès que le Chinook sera en état de vol, Ben et Andy iront directement de Bichkek à l'ancienne base navale soviétique. Les Américains sont déjà opérationnels et je veux que nos plongeurs interviennent le plus tôt possible pour leur montrer de quoi nous sommes capables. Rebecca sera sur place également.

— Ta fille est avec toi ? l'interrogea Katya.

Jack lui avait parlé de Rebecca au congrès.

— Je voulais l'amener ici, mais j'ai changé d'avis après ce qui est arrivé à ton oncle dans la jungle, confia-t-il. Cet endroit est potentiellement dangereux. Et elle aura assez à faire à l'autre bout du lac. C'est sa première expédition avec l'UMI et je tiens à ce que ce soit une bonne expérience pour elle, d'autant qu'elle vient de perdre sa mère.

— Je suis impatiente de la rencontrer, dit Katya.

— D'après la maintenance, l'hélicoptère va être immobilisé pendant encore une journée, déclara Jack. J'espère que l'équipe sera sur place à temps pour que tout soit prêt à notre arrivée. La dernière fois que nous avons plongé, c'était en Égypte, il y a une semaine. Je n'ai jamais plongé dans un lac d'Asie centrale. J'ai hâte d'y être !

— Ne compte pas sur moi tant que je n'aurai pas passé un compteur Geiger au-dessus de l'eau, le prévint Costas. Les Soviétiques ont testé leurs submersibles et leurs torpilles dans ce lac pendant une quarantaine d'années. Je sais quelle source d'énergie ils utilisaient. C'était le sujet de mon mémoire à l'Institut technologique du Massachusetts.

— Le pire, ce sont les anciennes stations de préalerte soviétiques disséminées dans les montagnes, dit Katya. Elles fonctionnaient à l'énergie nucléaire, de sorte que le personnel ne soit pas obligé de rester sur place. Des Kirghiz y ont fait une descente et en sont ressortis les poches remplies d'uranium. Ils sont morts dans la semaine. Le risque, c'est que la marchandise soit revendue au marché noir. C'est pour cette raison que les Américains sont si pressés de nettoyer le site. Ce n'est pas tant pour des raisons environnementales que pour lutter contre le terrorisme.

Jack crut voir une lueur au loin. Il scruta attentivement les rochers : un rayon de soleil semblait s'être reflété sur une surface en verre ou en métal. Il embrassa le paysage aride du regard et se tourna vers Katya.

— Il y a quelqu'un d'autre ici ? lui demanda-t-il.

— On voit parfois un chasseur. Il disparaît derrière les rochers et ne s'approche jamais.

Elle expliqua ce qui se passait à Altamaty, qui suivit le regard de Jack et fit un commentaire dans sa langue.

Chapitre XIV

— Altamaty a des yeux de lynx, déclara-t-elle. Il dit qu'il a vu le souffle d'un cheval lorsqu'il faisait froid, tôt ce matin, tout en haut des rochers. Les chasseurs restent parfois au même endroit pendant des jours, à l'affût d'un cerf.

— Tu es sûre que c'est un chasseur ? l'interrogea Jack.

— Qui d'autre ?

— Tu es armée ? s'enquit Costas.

— Altamaty a son vieux pistolet Makarov de service et un fusil SKS qu'il a pris dans les stocks de la base navale après l'effondrement du bloc soviétique, répondit Katya. On va chasser ensemble pour changer un peu du mouton, qui est l'aliment de base ici.

— J'avais oublié que nous avions affaire à une paléolinguiste experte en armement, murmura Costas pour lui-même.

Katya indiqua un ensemble de rochers situé environ cinquante mètres plus loin, derrière lequel le toit d'un tracteur dépassait à peine.

— Venez ! s'écria-t-elle. La lumière est parfaite, comme hier, lorsque nous avons fait cette incroyable découverte. Et Altamaty fait mijoter un ragoût devant la yourte. Vous allez avoir droit à un repas traditionnel kirghiz, ce soir.

— Je meurs de faim ! s'exclama Costas. Et je sais que Jack adore le mouton.

Jack lui lança un regard mauvais. C'était la seule chose qu'il avait redoutée en venant ici. Son estomac supportait presque tout, sauf le mouton bouilli. Enfant, il avait vécu quelques années en Nouvelle-Zélande. Un jour, il avait abusé de ce mets délicieux et, depuis, la simple odeur du mouton lui donnait la nausée. Il devait à tout prix surmonter son dégoût. Sa virilité était en jeu ! Il sourit à Altamaty et suivit Katya. Le sol était dur, cuit comme de la brique. Seules quelques touffes de végétation avaient poussé çà et là, entre les rochers. Il semblait qu'une coulée de boue et de pierres avait glissé le long de la montagne, avant de se solidifier autour des rochers pour les enchâsser dans le sol. Jack aperçut d'autres pétroglyphes. Certains étaient si érodés qu'on les voyait à peine. Il s'arrêta pour en observer un de plus près et Costas le doubla pour rejoindre Katya.

— Je voulais te dire, murmura Costas à l'oreille de Katya, je suis désolé pour ton oncle.

La jeune femme hocha la tête en silence et poursuivit son chemin. Costas la suivit jusqu'à ce qu'ils arrivent près du tracteur. À cet instant, il s'arrêta net, comme un petit garçon qui venait de recevoir le cadeau de ses rêves.

— Un Nuffield 65 chevaux quatre roues motrices ! s'exclama-t-il, béat d'admiration. C'est à cause de ça que je me suis lancé dans l'ingénierie. C'est le premier diesel quatre cylindres que j'aie démonté. C'était pendant un job d'été au Canada.

Altamaty ouvrit le capot et les deux hommes se penchèrent au-dessus du moteur.

— Je crois que je vais bien m'entendre avec ce type, cria Costas à Jack. Nous venons de trouver un langage commun.

— Oublie ça ! répliqua Jack. Nous ne sommes pas venus ici pour démonter un tracteur.

Costas soupira, regarda Altamaty d'un air déçu et lui donna une tape dans le dos avant de suivre Jack jusqu'à un rocher devant lequel Katya s'était agenouillée. Le rocher, en partie enterré, avait visiblement été protégé des intempéries par un autre, redressé à l'aide du tracteur. Une zone de fouilles d'environ deux mètres sur quatre avait été délimitée. Au centre, se trouvait un tas de pierres d'un mètre de large sur deux mètres de long. Jack s'accroupit et observa le rocher fraîchement exposé.

— Incroyable, murmura-t-il.

— Encore un pétroglyphe, dit Costas. Il a l'air mieux conservé que les autres.

— Ce n'est pas un pétroglyphe ! jubila Jack. C'est une inscription !

Chapitre XIV

Katya lui en avait parlé au téléphone, mais il n'en croyait pas ses yeux. Il effleura la pierre et se sentit envahi par le passé. Des lettres en latin…

— C'est le même nombre que sur la tombe du temple de la jungle, souffla-t-il, la même abréviation : XV AP. La XVe légion Apollinaris.

Costas s'agenouilla à côté de lui.

— Et c'est aussi la légion mentionnée dans l'inscription que l'oncle de Katya a identifiée dans la grotte d'Ouzbékistan, rappela-t-il.

— Ces deux inscriptions sont de la même main, affirma Katya. J'ai photographié celle-ci et je l'ai confrontée à celle d'Ouzbékistan. L'homme a une façon très particulière de réaliser ses lettres. Il termine chaque ligne en retournant le ciseau pour faire sauter un petit éclat triangulaire de roche.

— C'était un citoyen-soldat, déclara Jack. Il n'avait pas oublié son savoir-faire et pratiquait encore son art avec soin. C'était donc à lui que revenait la tâche de réaliser des inscriptions.

— À mon avis, celle de la grotte d'Ouzbékistan, dans laquelle il a indiqué son nom « Licinius », est plus informelle, avança Katya. C'est peut-être dans cette grotte que les légionnaires ont eu le sentiment de s'être définitivement échappés de la forteresse de Merv. Après avoir traversé le désert d'Ouzbékistan, ils sont arrivés aux portes de l'Asie centrale. De là, ils n'ont eu qu'à suivre les gorges et les défilés de la route de la Soie pour arriver jusqu'ici. Mais cette inscription, au bord du lac, a été faite pour une autre raison. On voit à peine la première ligne, au-dessus du nom de la légion, mais elle indique un autre nom : « Appius », je crois. Et regardez ces deux lettres tout en bas.

— « DM », constata Jack, *Dis Manibus*. Cela signifie « donné à Dis », le dieu des Enfers. C'est une inscription funéraire.

Il se retourna vers la pile de pierres, située à proximité du rocher.

— C'est une tombe, comprit-il.

Costas se pencha vers l'inscription.

— Il y a un motif au-dessus du texte, remarqua-t-il. C'est un aigle, comme celui que nous avons vu dans le temple de la jungle.

— La même légion, murmura Jack. C'est extraordinaire !

— C'est exactement ce que je rêvais de découvrir, confia Katya. Des hommes ont jubilé à l'idée d'être arrivés jusqu'ici et se sont arrêtés pour récupérer avant de poursuivre leur chemin. Mais d'autres sont morts sur place. La route de la Soie a dû faire beaucoup de victimes parmi les marchands perses, bactriens, sogdiens ou chinois. Seulement cet homme était romain. C'est incroyable...

— As-tu trouvé quelque chose dans sa tombe ? demanda Costas.

— Non, répondit Katya, il a été enseveli à la hâte. Le sol est dur comme du roc et il n'y a pas assez de bois ici pour allumer un bûcher. Le corps a simplement été recouvert de pierres et peut-être de tourbe. Un maçon qualifié n'a pas dû mettre plus d'une heure à graver cette inscription.

— Un maçon qualifié ? répéta Costas. Tu en es sûre ?

— Cela ne fait aucun doute, déclara Jack en passant la main sur les lettres. Il avait trouvé le moyen de se fabriquer un ciseau de la bonne largeur et savait précisément où faire porter chaque coup. Il connaissait les caractéristiques de ce genre de roche. Il savait que celle-ci résisterait à des coups obliques sans se fragmenter à la surface. Comme on l'a déjà constaté dans le temple de la jungle, c'était un citoyen-soldat.

— Tu crois que c'est le même type ? l'interrogea Costas.

— Attendons de voir ce que Katya a encore à nous montrer.

Katya indiqua du doigt une caisse en bois posée un peu plus loin.

— Le sol est très alcalin et les ossements ont probablement disparu depuis longtemps, prévint-elle. Mais lorsque le tracteur a redressé le rocher d'à côté, nous avons trouvé ceci.

Elle souleva un pan du morceau de tissu qui recouvrait la caisse en bois. Costas se mit à siffler.

— Ça, c'est une arme !

C'était une magnifique tête de hallebarde de couleur argentée, verte par endroits à cause de la corrosion. Elle possédait deux redoutables lames : une d'environ vingt-cinq centimètres, recourbée, et une autre, droite et moins large, de la forme d'un rasoir à main.

— J'en ai vu une comme celle-ci au British Museum ! s'exclama Jack. Fin de la période des Royaumes combattants, début de la dynastie des Han occidentaux ?

— Exact, confirma Katya. La lame en forme de rasoir a les mêmes proportions que les épées de l'époque des Han, qui ressemblent à celles des samouraïs japonais

— N'est-ce pas du bronze ? demanda Costas. Dans ce cas, elle serait trop ancienne.

— Pas forcément, répondit Katya. Le fer a été introduit en Chine au ve siècle av. J.-C., mais les premiers outils en fer forgé se brisaient facilement. Le bronze avait donc toujours cours. De plus, cette arme bénéficie d'un revêtement en chrome qui l'a rendue plus solide et plus facile à aiguiser.

— Elle a dû être très précieuse et transmise de génération en génération, conjectura Jack en caressant la lame. Elle pourrait avoir été fabriquée au début de l'époque des Han, peu de temps après le règne du Premier Empereur, et utilisée pendant encore deux siècles, voire plus, jusqu'à l'époque de nos légionnaires romains.

— Mais que fait cette prestigieuse arme chinoise ici ? l'interrogea Costas. Un guerrier de l'Empire chinois qui passait par là l'a déposée sur une tombe romaine ? Je ne comprends pas.

Katya le fixait avec un regard étincelant.

— Ah ! s'écria-t-il. Ce regard ressemble étrangement à celui de Jack lorsqu'il n'a pas encore tout dit. Cela signifie que tu as trouvé autre chose...

Katya lui montra un petit plateau en plastique qui se trouvait derrière la caisse.

— La hallebarde était au centre de la tombe, expliqua-t-elle, comme si elle avait été placée sur le torse de la dépouille. Ces deux objets se trouvaient à l'emplacement de ce qui devait en être la tête.

C'étaient deux pièces, l'une en argent et l'autre verte de corrosion, percée d'un trou carré en son centre. Jack prit la première et l'observa dans le soleil déclinant.

— Une tétradrachme d'Alexandre le Grand ! jubila-t-il.

— Qui n'a jamais été mise en circulation, précisa Katya, comme les pièces romaines du sud de l'Inde dont tu m'as parlé, troquées en tant que métal précieux.

Jack tendit la pièce à Costas. Elle portait sur l'avers l'effigie bien connue d'Alexandre, doté d'une crinière de lion. D'une certaine façon, elle ancrait dans la réalité l'idée que des voyageurs venant du monde gréco-romain aient pu aller aussi loin vers l'est, à la frontière même de la Chine. Costas l'observa attentivement, mais il était toujours perplexe.

— Si j'ai bien retenu mes leçons d'histoire, Alexandre le Grand a vécu à la fin du IVe siècle av. J.-C., soit cent ans avant le Premier Empereur et trois cents ans avant nos Romains, dit-il. Des pièces grecques auraient pu arriver jusqu'ici après avoir été troquées comme bijoux ou métal précieux, mais elles auraient été usées.

Il se tourna d'un air sceptique vers l'inscription latine gravée sur le rocher.

— Est-ce que cela veut dire que ce n'est pas un Romain qui est enterré ici, mais un soldat d'Alexandre ?

— Tu as lu *Le Périple de la mer Érythrée* ? lui demanda Katya.

— Guide d'un marchand grec d'Égypte, écrit au Ier siècle av. J.-C., récita Costas. Je commence à devenir un expert.

— L'auteur indique qu'on trouvait encore d'anciennes pièces grecques à Barygaza, comme tu le suggères, lui rappela Katya. Mais nous disposons désormais d'un nouveau passage, trouvé en Égypte sur le chantier de Hiebermeyer, qui mentionne les légionnaires de Crassus. Jack m'en a parlé au téléphone. Il y est dit clairement que ceux-ci sont passés, au cours de leur fuite vers l'est, devant un autel érigé par Alexandre. Ils se trouvaient en Ouzbékistan, près de la grotte qui abrite la première inscription. Comme tous les soldats romains, ils devaient avoir entendu parler des trésors légendaires d'Alexandre. Lorsqu'ils ont atteint cet autel dans le désert et aperçu les montagnes d'Asie centrale devant eux, ils ont probablement pensé qu'ils ne seraient pas poursuivis plus loin. Tout danger étant écarté, ils ont creusé et fouillé autour de l'autel. Alexandre avait forcément laissé des offrandes. Et quoi de mieux que des pièces à sa propre effigie. À mon avis, c'est là que les légionnaires ont trouvé cette pièce. Et ils l'ont emportée avec eux.

Jack reprit la pièce des mains de Costas et la retourna.

— Ensuite, ajouta-t-il, ils l'ont placée sur un des yeux de la dépouille à titre d'offrande à Charon, le passeur du Styx.

— Et l'autre pièce ? demanda Costas. Posée sur l'autre œil, je suppose. On dirait qu'elle vient de Chine.

Katya prit la pièce percée d'un trou carré sur le plateau.

— On peut voir trois symboles chinois, commenta-t-elle, un à droite du trou carré et deux à gauche. C'est une pièce de la dynastie des Han, un *wu-chu*, ce qui signifie « cinq grains », soit quatre grammes, le poids d'une drachme grecque ou d'un denier romain. Des millions de pièces comme celle-ci ont été mises en circulation et on en trouve beaucoup en Asie centrale chinoise.

— Sais-tu de quand elle date ? l'interrogea Costas.

— Les symboles de gauche représentent le souverain, à l'instar d'une effigie sur la monnaie romaine. Et comme à Rome, chaque nouvel empereur remplaçait les pièces existantes par d'autres. Il était même dangereux d'être vu en possession d'anciennes pièces, qui n'avaient de toute façon plus aucune valeur puisqu'il ne s'agissait ni d'or ni d'argent. Par conséquent, celle-ci n'a pas pu rester en circulation au-delà du règne de l'empereur qu'elle mentionne. Il s'agit de Cheng, empereur des Han de -32 à -5.

— Parfait ! s'exclama Jack. Je pense que les légionnaires de Crassus se sont enfuis vers -19 ou -18. Cela faisait une dizaine d'années qu'Auguste était empereur de Rome. Il venait de faire la paix avec les Parthes et de se voir restituer les aigles des légions perdues.

— Et comment nos légionnaires se sont-ils retrouvés en possession d'une pièce chinoise ? demanda Costas.

— C'étaient des hommes désespérés, entraînés à tuer, qui n'avaient plus rien à perdre, répondit Jack. Sans les aigles pour les guider, ils n'avaient plus de sens moral. Après des années de torture et de privations, c'étaient de véritables brutes. Peut-être avaient-ils volé de l'or aux Parthes avant de s'enfuir, mais il fallait bien qu'ils mangent. Les marchands qui sillonnaient la route de la Soie emportaient tout ce dont ils avaient besoin avec eux. Les Romains ont dû s'abattre sur toutes les caravanes qu'ils ont croisées, tuer les marchands, à part peut-être un dont ils se sont servis comme guide, manger leurs provisions et voler tout ce qu'ils pouvaient transporter. Cette pièce se trouvait peut-être dans la sacoche d'un marchand sogdien infortuné. Mais elle n'avait aucune valeur intrinsèque puisqu'elle n'était pas faite de métal précieux. Les légionnaires l'ont donc laissée sur la dépouille de leur compagnon, afin de payer son passage dans l'au-delà.

— Et la hallebarde ? s'enquit Costas. C'était un sacrifice beaucoup plus important.

— Un guerrier était toujours enterré avec son arme, murmura Jack. Après la perte de l'aigle de la légion, nos Romains n'avaient plus rien mais rêvaient sans doute de pouvoir marcher de nouveau auprès de leurs frères défunts dans l'Élysée. Cela les a obligés à réduire leurs moyens de défense, mais ils n'auraient jamais enterré un des leurs sans arme, même si celle-ci ne faisait pas partie de l'équipement classique d'un légionnaire.

— Tu crois qu'ils ont aussi volé la hallebarde à un marchand ?

— Les Romains se sont armés avec ce qu'ils ont trouvé. Leurs armes favorites étaient l'épée d'estoc et la lance, mais ils n'ont pas eu le choix.

Costas passa la main sur la lame recourbée.

— Drôle d'arme pour un marchand...

— Il n'y avait pas que des marchands sur la route de la Soie, dit Katya. Il y avait aussi des mercenaires, employés comme gardes par les caravanes ; des bandes de pillards qui s'abattaient sur les caravanes comme des bandits de grands chemins. C'était comme l'Ouest sauvage, ici. Les steppes et les montagnes d'Asie centrale constituaient l'un des endroits les plus inhospitaliers du monde. Seuls les plus meurtriers survivaient. Il n'y avait de pitié pour personne.

— Cette route était aussi empruntée par des guerriers venant de l'est, dit Jack en coulant un regard entendu à Katya. Des guerriers portant un tatouage en forme de tigre.

Katya leva furtivement les yeux vers Jack et se concentra de nouveau sur la hallebarde.

— En effet, admit-elle, outre les pillards qui traînaient dans le coin, il y avait aussi des guerriers envoyés par l'Empire chinois. C'étaient les plus redoutés de tous. Superbement armés et équipés, ils se déplaçaient toujours à cheval, au son d'un tambour dont le rythme s'accélérait lorsqu'ils fondaient sur leur proie. Ils semblaient invincibles. Pour les nomades qui vivent ici et dont ma mère a fait partie, le son d'un battement de tambour au loin est resté une source d'angoisse. Quelque part, je sais ce qu'ils éprouvent.

— Les Chinois s'attaquaient à leurs propres marchands ? s'exclama Costas sur un ton incrédule.

— Pour comprendre leurs raisons, il faut se pencher sur la nature de la société chinoise, expliqua Katya. L'empire était un État totalitaire, replié sur lui-même, un univers à part. Les hommes avides de pouvoir ont besoin d'une frontière entre le monde qu'ils peuvent dominer et le monde extérieur, craint et rejeté. Il n'y a pas de milieu. Il ne faut pas l'oublier lorsqu'on regarde la Grande Muraille de Chine. Dans des cas extrêmes, la frontière peut devenir un mur de prison. Aussi, le souverain étend ses tentacules pour ramener quiconque s'aventure à l'extérieur. À certaines époques, c'est ce qui s'est passé en Chine.

— Mais alors pourquoi les marchands chinois partaient-ils sur la route de la Soie ?

— Ils n'y allaient pas. Officiellement, en tout cas. Mais ils avaient une physionomie similaire à celle des peuples d'Asie centrale et de

Chine occidentale. Les plus intrépides pouvaient passer inaperçus. Ils étaient probablement nombreux à se cacher parmi les Sogdiens. Le commerce sur la route de la Soie pouvait rapporter gros et les tentations étaient grandes.

— Donc, les marchands chinois étaient traqués ?

— Oui, mais c'était un peu plus compliqué que ça. L'élite chinoise aimait le luxe. Comme tous les mégalomanes, les empereurs avaient leurs petites faiblesses. Or, ils ne pouvaient se procurer les matériaux les plus prisés, comme les pierres précieuses, notamment le lapis-lazuli et le péridot, qu'à l'étranger. Aussi fermaient-ils les yeux sur le commerce extérieur, à condition que les marchands ne se fassent pas remarquer. Mais dès que quelqu'un se faisait repérer, on le poursuivait aussitôt. Les *Mémoires historiques*, les annales de l'Empire chinois, sont remplis d'histoires de jeunes dissidents cherchant à faire fortune ailleurs, en terres étrangères. En cela, les dynasties royales chinoises étaient comme toutes les autres. Mais ce qui les distinguait, c'était cette volonté farouche de ramener et de punir ceux qui avaient essayé de partir.

Katya désigna l'arme posée dans la caisse.

— Cette hallebarde est une arme impériale chinoise, annonça-t-elle. Elle a autant de valeur que l'épée d'un officier. On ne l'aurait jamais vue entre les mains d'un simple garde protégeant une caravane. Elle a été apportée ici par un guerrier chinois.

— Et comment un Romain a-t-il pu mettre la main dessus ? l'interrogea Costas.

— J'ai ma petite idée, mais ce n'est qu'une hypothèse : de robustes prisonniers en fuite, d'anciens légionnaires romains, se dirigent vers l'est. Ils sont de moins en moins nombreux. Ils sont régulièrement attaqués. Ici, ils n'ont pas affaire à de vulgaires pillards, mais à de vaillants guerriers, des adversaires à leur mesure. Les Romains combattent vaillamment et s'emparent de quelques armes. Mais ils sont en difficulté. Un de leurs compagnons meurt. Ils l'enterrent rapidement et poursuivent leur route vers l'est.

Chapitre XIV

— Mais pourquoi des guerriers chinois se seraient-ils attaqués à des Romains ?

— Remontons un jour ou deux avant l'événement. Des marchands sogdiens transportant de la soie viennent de traverser le lac et se dirigent vers l'ouest. Ils laissent leurs bateaux ici et prennent les chameaux qui les attendaient. Ils suivent le canyon et, peu de temps après, se font attaquer par une bande de hors-la-loi aussi effrayants que redoutables, les Romains. Ils sont tous massacrés, sauf un, que les légionnaires gardent en vie afin qu'il les guide le long du canyon. Seulement, ce marchand n'est pas sogdien. Il est chinois. Et il est suivi. Car il s'est écarté du droit chemin.

— Il est parti avec quelque chose qu'il n'aurait pas dû avoir en sa possession, comprit Jack. Avec l'objet mentionné dans l'inscription du temple : un joyau.

Katya lui lança un regard perçant, qu'il soutint un instant. Costas se tourna vers la caisse.

— Autre chose ? s'enquit-il.

Katya sortit un autre plateau.

— Eh bien, oui, nous avons fait une découverte assez fantastique. Je gardais le meilleur pour la fin.

Elle retira le morceau de tissu et sortit quelque chose qui ressemblait à une grosse pelure de fruit flétrie qu'on aurait laissée sécher.

— C'est du cuir de chameau, affirma-t-elle. Du chameau de Bactriane. La peau non traitée a été retirée juste après la mort de l'animal. D'après Altamaty, les nomades qui font ça trempent le cuir dans de l'urine afin qu'il reste souple. On sent encore l'acide urique. C'est sans doute pour cette raison que ceci a survécu, sous les pierres, là où le corps devait se trouver.

Elle sortit un bloc et montra à ses collègues un motif composé de triangles et de parallélogrammes, semblable à une figure découpée dans du papier plié.

— J'ai trouvé ça dans un rapport de fouilles concernant une forteresse de la légion sur la frontière allemande. Un soldat romain qui avait appris à faire quelque chose le faisait toujours ensuite de la même façon, surtout un objet aussi courant.

Costas fixa le motif un instant.

— Bon, je donne ma langue au chat, déclara-t-il.

— Précieux chameaux ! s'écria Jack avec un grand sourire. Quand un légionnaire romain a tout perdu, lorsqu'il voit un chameau, il ne pense pas à le chevaucher ni à lui faire porter un chargement, mais à en faire des chaussures.

— Des chaussures ! s'exclama Costas. Bien sûr ! Les pointes qui dépassent servaient à faire passer les lacets.

— Ce sont des *caligae*, dit Jack. Tous les légionnaires en portaient, où qu'ils soient. Le modèle classique a été dessiné à l'époque de Jules César.

Il sentit le cuir. Katya avait raison : il avait encore une forte odeur, chargée d'un passé extraordinaire. Pendant une fraction de seconde, il sentit à la fois la sueur, l'adrénaline, la peur, l'odeur nauséabonde de la décomposition, la puanteur animale que les hommes acquièrent à l'approche de la mort. Il tourna la tête et constata qu'Altamaty avait disparu. D'autres effluves parvinrent jusqu'à lui depuis la yourte. Il se figea. Il s'était toujours interdit de boire pendant le travail, mais c'était le moment ou jamais de faire une entorse. Il aurait sans doute besoin d'un remontant. Rien ne l'empêchait de porter un toast au peuple kirghiz. Katya le regarda d'un air amusé.

— Est-ce que tu es prêt à faire honneur au ragoût de mouton qu'Altamaty a préparé dans le respect des traditions, en signe d'estime envers nos invités ? demanda-t-elle.

Jack rassembla son courage et hocha la tête. Elle savait... Elle retrouva son sérieux et le regarda droit dans les yeux.

— Ensuite, nous monterons en haut de la colline qui se trouve derrière nous. J'ai autre chose à te montrer. Tu as raison à propos de ce marchand, Jack. Il détenait quelque chose qu'il n'aurait jamais dû avoir. Un objet d'une valeur incalculable. Nous sommes sur la piste d'un trésor absolument fabuleux.

Chapitre XV

Deux heures plus tard, Jack et Costas suivirent Katya en haut d'une colline rocailleuse. D'un côté, ils voyaient le lac et, de l'autre, un paysage de défilés et de ravins fracturant la plaine centrale du Kirghizistan. Le soir tombait et le soleil avait presque disparu derrière l'horizon, mais c'était la pleine lune. Déjà, le lac était baigné d'une lumière crépusculaire.

Katya s'assit sur une saillie rocheuse. Jack et Costas la rejoignirent et s'abîmèrent dans le scintillement du lac. Quelques centaines de mètres plus loin, vers le nord, un moteur diesel expulsa un nuage de fumée. Altamaty venait de mettre en route le tracteur pour le ramener près de la yourte. L'engin cahota sur le chemin accidenté et s'éloigna lentement du site de la sépulture romaine. D'immenses rochers étaient enchâssés dans la terre le long des versants de la colline, comme des soldats s'efforçant de se relever du champ de bataille.

Jack pensa aux hommes qui étaient passés par ici plus de deux mille ans auparavant. Ils avaient juré allégeance à l'aigle de la légion, qu'ils avaient gravé sur la pierre tombale de leur compagnon. Ici, ils étaient les seuls à connaître ce symbole. Jack se rappela ce que Pradesh lui avait dit à propos du Cachemire, où son unité avait combattu les troupes pakistanaises pour la domination d'un morne plateau de montagne : on ne se battait pas pour une cause mais pour ses camarades, pour ses hommes. Tous les soldats le savaient. Il se demanda si les légionnaires, le visage fouetté par le vent, avaient eu la sensation de se rapprocher du ciel. L'espace d'un instant, son esprit vagabond lui fit entrevoir toute une légion en marche. Des guerriers de l'ombre avaient suivi les survivants loqueteux depuis le champ de bataille de Carrhae. Ils n'avaient jamais été aussi proches d'eux qu'ici, dans cette antichambre de l'Élysée.

Costas tendit à Jack une tasse qu'il avait emportée après le repas.

— Non merci, dit Jack en secouant vigoureusement la tête.

L'odeur du lait fermenté lui soulevait le cœur. Par chance, il avait échappé à la disgrâce lors du dîner en acceptant les morceaux de choix caoutchouteux issus de la tête du mouton et réservés à l'invité d'honneur. Puis Rebecca avait abrégé ses souffrances en lui passant un appel par satellite juste au moment où Altamaty servait le ragoût. Il était sorti de la yourte avec son assiette, le récepteur collé à l'oreille, en donnant l'impression qu'il était trop impatient de goûter pour attendre. Il était revenu avec quelques morceaux de nerfs rassemblés au bord de son assiette, qu'il avait replongés dans le chaudron afin de les attendrir, dans le pur respect de la tradition. Après l'avoir regardé faire avec un air innocent, Costas s'était emparé de son assiette et de la louche. Jack l'avait fusillé du regard. Il s'en était sorti sans mal, mais cela ne durerait pas éternellement. Maintenant qu'il avait fait semblant d'apprécier, on ne manquerait pas de lui resservir la même chose. Il s'imagina cerné de Kirghiz, les yeux rivés sur lui, en train de remplir son assiette de mouton bouilli baignant dans la graisse. Il consulta sa montre : l'hélicoptère serait là dans une heure. Impatient, il se tourna vers Katya.

— Tu avais autre chose à nous montrer ? demanda-t-il.

Katya regarda la couverture du livre qu'elle avait apporté et s'éclaircit la gorge.

— En effet. Lorsque les légionnaires ont quitté l'Italie, Rome était une république. Les guerres civiles n'avaient pas encore eu lieu. Mais lorsqu'ils se sont échappés de la forteresse parthe, plus de trente ans après, Rome était le plus grand empire que l'Occident ait jamais connu. Elle était dirigée par le premier et le plus grand de tous les empereurs : Auguste. Ces légionnaires n'étaient pas des émissaires de l'empire et n'étaient peut-être même pas au courant de ce changement de régime. Mais inconsciemment, ils ont dû faire le lien entre Rome et le plus grand empire d'Orient, fondé en Chine deux siècles auparavant. C'était l'époque du roi Zheng de la dynastie des Qin, le chef de guerre qui a unifié la Chine et régné de -221 à -210, celui qui est entré dans l'Histoire sous le nom de Shi Huangdi, le Premier Empereur.

— Le type aux guerriers de terre cuite, se rappela Costas.

— Oui, confirma Katya, ces guerriers ont été enterrés avec lui autour d'une tombe immense qui n'a pas encore été fouillée. Pour nos légionnaires, cette tombe légendaire représentait peut-être le bout du tunnel, un lieu abritant des richesses inimaginables. Et c'est peut-être pour cette raison qu'ils sont partis vers l'est après avoir échappé aux Parthes. Mais j'y reviendrai plus tard. Jack, que sais-tu des *Res Gestae* ?

— Cela signifie « les choses faites ». Il s'agit des hauts faits d'Auguste, inscrits sur des plaques de bronze érigées dans tout l'empire. C'est une liste de conquêtes, de projets de construction, d'actes de bienfaisance, et cetera, le testament politique d'un homme qui se considérait comme le *primus inter pares*, un citoyen assumant temporairement la responsabilité de restaurer la république. À l'époque, c'était surtout un moyen de célébrer la paix, la *pax romana*, qui a inspiré la *pax britannica*, un idéal défendu par des hommes comme mon arrière-arrière-grand-père, convaincus de servir une cause noble.

— Shi Huangdi a, lui aussi, fait graver ses hauts faits sur des plaques de bronze et de pierre, disséminées dans les montagnes, dans des lieux sacrés où il venait accomplir des sacrifices en l'honneur des forces cosmiques. En revanche, contrairement à Auguste, il n'a pas souhaité énumérer ses ennemis vaincus mais célébrer l'ordre maintenu au sein de l'empire. Il était fier d'avoir créé un État policier totalitaire. L'empire d'Auguste, comme l'Empire britannique, était cosmopolite et tolérait la diversité culturelle, qui était le pilier du système impérial. En Chine, c'était différent. Le Premier Empereur a fondé un empire pour le peuple chinois uniquement. L'existence du monde extérieur était à peine reconnue. Auguste était avant tout un citoyen, romain jusqu'au bout des ongles. Le Premier Empereur, lui, était un étranger aux yeux du peuple chinois, un guerrier qui s'était emparé de son territoire, comme Gengis Khān le ferait des siècles plus tard. Mais si Gengis Khān a dépensé toute son énergie en conquêtes interminables, Shi Huangdi s'est arrêté aux frontières géographiques de la Chine. Toujours animé par la passion guerrière, il a trouvé un exutoire dans l'abus de pouvoir. Il n'a pas dirigé l'empire. Il l'a dit lui-même. Il a unifié la Chine. Il l'a créée. Avant lui, ce n'était qu'un ensemble chaotique d'États en guerre, qu'il a mis d'accord en les soumettant tous à son autorité.

— Classique, murmura Jack.

Katya ouvrit son livre.

— Presque tout ce que nous savons de lui nous vient des *Mémoires historiques* de Sima Qian, écrits environ un siècle après sa mort, précisa Katya. Cet ouvrage recense les admonitions, les édits et les lois inlassablement promulgués par le Premier Empereur. Shi Huangdi a fixé des règles pour tout, « les dix mille choses ». Il a calculé les saisons et les mois, rectifié les jours, uniformisé les sons et les mesures. Selon lui, tout ce qui se trouve sous le ciel est l'œuvre d'un seul esprit, d'une seule volonté. Écoutez ça : « Son grand gouvernement a purifié les mœurs ; le monde reçoit son influence et a le bonheur de subir sa direction bienfaisante. La postérité recevra avec respect ses lois ; c'est un gouvernement perpétuel qui n'aura pas de fin. » Il a même banni le concept de doute.

Costas siffla.

— C'était l'incarnation de l'abus de pouvoir ! s'exclama-t-il.

Katya acquiesça.

— Le credo d'Auguste, c'était la confiance, reprit-elle. C'était le credo de l'âge d'or. Celui du Premier Empereur était l'ordre, la certitude. Et par conséquent, la négation de tout ce qui ne pouvait être contrôlé, la négation du monde extérieur. Voici un autre passage : « En la vingt-sixième année, il réunit pour la première fois le monde ; il n'est personne qui ne soit obéissant et soumis. » Et puis : « Partout où atteignent les pas des hommes ; il n'est personne qui ne se soit déclaré son sujet. » Ce sont des mensonges patents et quiconque avait franchi les frontières le savait. Pour résoudre ce problème, l'empereur a donc interdit au peuple de sortir du pays.

— Et y avait-il des dieux ou bien ce type incarnait-il la divinité à lui tout seul ? s'enquit Costas.

Katya posa son livre et sortit un sachet en plastique contenant la pièce chinoise percée d'un trou carré qu'elle avait trouvée dans la sépulture.

— Cette pièce présente deux symboles cosmologiques chinois très importants, annonça-t-elle. Le carré représente la terre et le cercle, le ciel. Le ciel apparaît donc comme un espace fini, bien délimité.

Elle remit le sachet dans sa poche.

— Les habitants des steppes, sans doute impressionnés par l'immensité qui les entourait, ont accepté cette définition du monde. Les Chinois ont tenté de rationnaliser le ciel, de le mettre à leur portée. Regardez la yourte d'Altamaty. Elle est en forme de dôme, comme un planétarium. C'est une représentation du ciel. Quand on est assis à l'intérieur, au milieu des vastes steppes, on a le sentiment d'avoir ramené les frontières du ciel vers soi, de contrôler l'espace. C'est pourquoi les villes et les palais du Premier Empereur ressemblaient au ciel, tout comme le monde souterrain qu'il a créé pour sa vie éternelle.

— Tu peux nous en dire plus sur cette notion de vie éternelle ? demanda Costas.

— Sur ce point, Romains et Chinois étaient également très différents. Auguste a été déifié après sa mort, mais il a vécu en tant que mortel. Le Premier Empereur n'avait que faire de l'au-delà. Il avait créé le ciel sur la terre. Lorsqu'il allait accomplir des sacrifices en l'honneur des forces cosmiques, dans les montagnes, c'était pour lui qu'il le faisait. Il ne supportait pas l'idée d'être mortel.

— Tu veux parler du *wu di*, du concept de non-mort ? intervint Jack.

— En effet, répondit Katya. Dans la Chine ancienne, il n'y avait pas de monde spirituel au-delà du présent. Les morts formaient une communauté sur terre, analogue à celle des vivants. À certains endroits, là où la terre et le cosmos étaient proches l'un de l'autre, où l'illusion se mêlait à la réalité, les vivants et les morts pouvaient même se retrouver. Les plateaux situés en haut des montagnes, comme ici, étaient particulièrement propices. Pour l'empereur, le *wu di* était aussi un moyen de contrôle. Chacun conservait à jamais son rôle. Les soldats restaient soldats ; les courtisanes demeuraient courtisanes ; et l'empereur jouissait d'un pouvoir éternel.

— Shi Huangdi a tout de même essayé de prolonger sa vie parmi les vivants, non ? dit Costas.

— Eh oui ! s'écria Katya avec ironie. Il a envoyé des expéditions à Penglaï, les îles mythiques des Immortels où vivaient les bienheureux. Il mangeait dans de la vaisselle en or et en jade, des matières censées éviter la déchéance corporelle. Il avait recours à des sortilèges pour combattre les démons considérés comme responsables du vieillissement. Et d'après Sima Qian, il buvait du mercure, autre prétendue panacée. C'est sans doute ce qui l'a tué.

— Ce qui nous amène à sa tombe, dit Jack.

Katya ouvrit son livre à une page qu'elle avait marquée.

— C'est le passage le plus connu des *Mémoires historiques* de Sima Qian, affirma-t-elle avant de lire celui-ci : « Le neuvième mois, on enterra Shi Huangdi dans la montagne Li. Dès le début de son règne, Shi Huangdi avait fait creuser et arranger la montagne Li. Puis, quand il eut réuni dans ses mains tout l'empire, les travailleurs qui y furent envoyés, furent au nombre de plus de sept cent mille ; on creusa le sol jusqu'à l'eau ; on y coula du bronze et on y amena le sarcophage ; des palais, des bâtiments pour toutes les administrations, des ustensiles merveilleux, des joyaux et des objets rares y furent transportés et enfouis et remplirent la sépulture. Des artisans reçurent l'ordre de fabriquer des arbalètes et des flèches automatiques ; si quelqu'un avait voulu faire un trou et s'introduire dans la tombe, elles lui auraient soudain tiré dessus. On fit avec du mercure les cent cours d'eau, le Kiang, le Ho, et la vaste mer ; des machines le faisaient couler et se le transmettaient les unes aux autres. En haut étaient tous les signes du ciel ; en bas toute la disposition géographique. »

— Fascinant ! s'exclama Costas. Et tout est encore là ?

Katya lui tendit une photo sur laquelle figurait un grand tumulus recouvert d'arbres.

— Nous n'avons aucune raison de douter de la description de Sima Qian, dit-elle, même s'il est né après la fermeture de la tombe. Au contraire, la découverte des guerriers en terre cuite laisse penser que son récit concernant la chambre funéraire n'est pas exagéré. Des scientifiques chinois équipés d'instruments de télédétection ont même repéré des concentrations élevées de mercure sous le tumulus.

— Donc, l'empereur ne se serait pas préparé pour l'au-delà mais pour une sorte d'existence parallèle, résuma Costas.

— Le Premier Empereur avait déjà tout organisé au cours de sa vraie vie. Ses palais et ses temples à Xian, la capitale, étaient des reproductions du ciel, dans lesquelles le fleuve Wei représentait la Voie lactée. Il avait aligné l'ordre politique sur l'ordre cosmologique, comme il l'avait proclamé dans ses édits. Les plans de ses palais tenaient également compte de la disposition des étoiles, ce qui impliquait la présence d'un être suprême dans le cosmos.

— Et cet être suprême, c'était lui, comprit Costas.

— Exact. Nous en arrivons à la raison pour laquelle je vous ai fait venir ici.

Elle lut un autre passage du livre :

— « Quand le cercueil eut été descendu, quelqu'un dit que les ouvriers et les artisans qui avaient fabriqué les machines et caché les trésors savaient tout ce qui en était et que la grande valeur de ce qui avait été enfoui serait donc divulguée ; quand les funérailles furent terminées et qu'on eut dissimulé et bouché la voie centrale qui menait à la sépulture, on fit tomber la porte à l'entrée de cette voie et on enferma tous ceux qui avaient été employés comme ouvriers ou artisans à cacher les trésors ; ils ne purent pas ressortir. On planta des herbes et des plantes pour que la tombe eût l'aspect d'une montagne. »

Elle referma doucement le livre.

— Tout ce que je vous ai dit jusqu'à présent est attesté par des sources reconnues, continua-t-elle à voix basse. Mais je vais vous révéler quelque chose qu'aucun Occidental n'a jamais su, ni même aucun Chinois, en dehors d'un petit cercle de privilégiés dont ma famille fait partie.

— Nous y voilà, murmura Costas en regardant Katya dans les yeux.

— Il existe un mythe ancien, confia-t-elle.

Jack mesura à quel point sa décision de révéler une information tenue secrète pendant des générations par ses ancêtres avait été difficile à prendre. Elle leva les yeux vers lui ; il hocha la tête pour l'encourager. Elle respira profondément et poursuivit :

— Ce mythe concerne deux pierres précieuses rassemblées dans la tombe du Premier Empereur au point culminant du ciel. Cette paire de pierres émettait une lumière éblouissante qui était censée garantir l'immortalité de l'empereur. Et la légende raconte que le gardien de la tombe s'en est secrètement emparé avant la fermeture de la chambre funéraire. Ceux qui avaient juré de protéger la tombe, d'assurer le règne éternel de l'empereur, ont poursuivi ce gardien et ses descendants sans relâche, au fil des générations, mais n'ont jamais retrouvé les joyaux volés.

— L'inscription dans le temple de la jungle… murmura Jack.

— Deux mille ans plus tard, poursuivit Katya, dans le brouillard de l'Angleterre victorienne, les membres de l'Institut royal des services unis se réunissent comme chaque jeudi, à Londres. Après le sherry et les sandwichs, vient l'heure de la conférence.

Chapitre XV

Elle sortit un article de journal décoloré, qu'elle avait glissé dans une pochette en plastique. Elle le tendit à Jack, qui le fixa un instant, d'un air stupéfait.

— Ça alors ! s'écria-t-il.

Il le lut :

— « Conférence illustrée à l'Institut royal des services unis, jeudi 26 novembre 1888, à 19 h 30 : *Antiquités romaines dans le sud de l'Inde.* Projections de lanterne magique et exposition d'artefacts. Par le capitaine J.-L. Howard, Ingénieurs royaux, École du génie militaire, ancien officier de la Compagnie du génie des sapeurs et mineurs de Madras. »

Jack se tourna vers Katya avec une expression d'incrédulité.

— Où as-tu trouvé ça ? J'avais entendu parler de la conférence, mais je n'avais jamais vu cet article.

— On discerne des caractères chinois dans la marge, observa Costas. On dirait que quelqu'un a pris des notes au crayon, mais elles sont presque effacées.

— Elles ont été prises par un diplomate chinois, Wu Che Sianghu, un Kazakh de Mongolie, dit Katya. Il avait été affecté l'année précédente à l'ambassade de Chine à Londres et assistait régulièrement aux conférences publiques. Il connaissait bien l'Inde, car il y avait été envoyé par le gouvernement chinois pour enquêter sur le commerce de l'opium, toujours florissant malgré l'opprobre victorien dont cette drogue faisait l'objet. Il s'intéressait en particulier à la généralisation de la consommation d'opium parmi les tribus vivant à proximité du Godavari, après la rébellion du Rampa et le départ des troupes, début 1881. Mon oncle est entré en possession des documents qui lui appartenaient. C'est pour cette raison que je suis au courant.

— Ton oncle ? s'étonna Costas. Celui dont nous avons retrouvé le corps dans la jungle ?

— Oui. Mais cet article de journal n'aurait sans doute jamais été conservé si Howard n'avait pas fait une révélation intriguante lors de la conférence. C'est à cause de cette révélation, consignée au crayon dans la marge, que mon oncle est parti et mort dans la jungle.

— On t'écoute, l'encouragea Jack.

Elle retira l'article de la pochette en plastique.

— Ces caractères chinois signifient « bas-relief de style militaire romain trouvé dans la jungle », déclara-t-elle. Et ceux-ci : « temple troglodyte ? » La première note fait référence à la révélation de Howard. La seconde est une hypothèse formulée par Wu Che. Toutes les sculptures découvertes dans le sud de l'Inde à l'époque venaient de temples troglodytes. C'était donc une conjecture raisonnable.

— C'est incroyable, murmura Jack. Il n'existe aucun brouillon de la conférence et celle-ci n'a jamais été publiée. Dans les papiers de Howard, j'ai trouvé une correspondance avec le rédacteur en chef du journal de l'Institut, qui lui réclamait un document écrit. Or, la conférence avait été préparée en collaboration avec Robert Wauchope, qui avait été, entre-temps, renvoyé à la Survey of India. Howard a donc prétexté qu'il ne pouvait pas fournir un manuscrit à quatre mains en l'absence de son confrère. L'affaire a traîné jusqu'à ce qu'un nouveau rédacteur en chef soit nommé, quelques années plus tard. Cela m'a toujours paru étrange que Howard ne publie pas ses travaux. Sa collection de pièces romaines en provenance d'Inde était une véritable passion pour lui. Mais je comprends mieux. Apparemment, quelque chose le retenait.

— Tu crois qu'il a révélé une information dont il n'aurait pas dû parler, lors de cette conférence ? demanda Costas.

— En bas de cet article, indiqua Katya, Wu Che a écrit : « Conversation en privé avec le capitaine Howard après la conférence, pas d'informations complémentaires. » Mais je pense qu'il a essayé de reprendre contact avec Howard par la suite.

— Mais oui ! s'exclama Jack. Je me souviens maintenant. Il y avait une autre lettre dans la correspondance de Howard, dans la malle qui se trouve à bord du *Seaquest II*. Elle datait de 1891, quelques années après la conférence. Elle avait été écrite par un membre du personnel de l'ambassade de Chine à Londres, qui cherchait des informations concernant la rébellion du Rampa. C'est pour ça que je m'en souviens. Son auteur s'intéressait prétendument à la consommation d'opium. Il savait que Howard avait servi très longtemps au Rampa et lui demandait s'il connaissait des rituels lors desquels les peuples de la jungle avaient recours à l'opium. Il pensait notamment à des cérémonies dans des grottes, des temples...

— Il essayait d'en savoir plus sur le temple, en conclut Costas.

— Wu Che a dû se renseigner, après la conférence, pour déterminer où se trouvait Howard lorsque celui-ci servait en Inde parmi les sapeurs de Madras, conjectura Jack. L'affectation des officiers était publiée chaque année par l'armée. Il a dû voir que Howard avait été affecté au Rampa en 1879 et 1880. Ce n'était pas loin de la zone occupée par les Romains dans le sud de l'Inde. Ce territoire, où des centaines de kilomètres carrés de jungle n'avaient jamais été cartographiés, n'avait quasiment pas été exploré par les Européens. Des soldats en patrouille pouvaient tout à fait être tombés sur un ancien temple. Les officiers des ingénieurs royaux et les sous-officiers des sapeurs de Madras étaient les seuls militaires britanniques présents au Rampa. Et au moment de sa conférence, Howard était peut-être même le seul vétéran revenu vivre en Angleterre. Wu Che a dû jouer là-dessus. Il devait s'attendre à ce que Howard s'empresse de répondre à toute question concernant la campagne. Mais sur le courrier de Wu Che, Howard a écrit : « Laissé sans réponse. » Cette décision a peut-être été une erreur. En négligeant de répondre, il n'a fait qu'attirer davantage l'attention.

— Mais je croyais que Howard ne voulait plus entendre parler de la rébellion, de toute façon, qu'il avait vécu une sorte de traumatisme là-bas, intervint Costas.

— Wu Che ne pouvait pas le savoir. Il a dû penser que Howard refusait de lui répondre pour éviter d'avoir à parler de ce qu'il avait découvert.

— Howard a dû regretter sa gaffe et se jurer de ne plus jamais faire référence au bas-relief, songea Katya. Lorsqu'il a reçu la lettre, il s'est peut-être souvenu d'avoir rencontré Wu Che après la conférence. Cela l'a incité à rester sur ses gardes. Jack pense qu'il avait conclu un pacte avec Wauchope et promis de garder le secret. C'est peut-être pour cette raison qu'il n'a pas voulu publier la conférence.

Costas semblait perplexe.

— Mais qu'est-ce qui a bien pu pousser un diplomate chinois à s'intéresser à un bas-relief romain situé dans un temple de la jungle du sud de l'Inde ? demanda-t-il. Quel est le rapport avec l'opium ?

— En réalité, il y a un rapport avec le Premier Empereur, répondit Katya. C'est pour ça que je vous en ai parlé. Ce que je vais vous dire est absolument stupéfiant, et vous allez être les premiers étrangers à l'entendre.

Elle prit une profonde respiration avant de poursuivre :

— Lorsqu'il a organisé sa vie éternelle, le Premier Empereur a confié sa tombe à ses gardes les plus fidèles, des hommes de son clan, qui avaient traversé les steppes du Nord avec lui, depuis la terre des Qin jusqu'à la Chine. C'étaient des Mongols, de valeureux cavaliers nomades. Ils étaient de ceux qui engendreraient un jour Gengis Khān et l'armée la plus terrifiante du monde. En tant que gardes de l'empereur, ils portaient une peau de tigre par-dessus leur armure. Ils étaient armés de grandes épées. Ils se désignaient eux-mêmes sous le nom de guerriers-tigres.

— Continue, dit Jack, qui l'écoutait attentivement.

— Ils étaient douze et formaient la garde rapprochée de Shi Huangdi. Le chiffre sacré de l'empereur était le six et tous les multiples avaient également une valeur sacrée. Les guerriers-tigres agissaient en secret et ne se montraient qu'aux ennemis de leur maître, à ceux qu'ils pourchassaient, à ceux qui ne vivraient pas assez longtemps pour dire ce qu'ils avaient vu. Au fil du temps, l'un d'eux est devenu le tueur officiel, le garde le plus proche de l'empereur. Il fut le seul à conserver le titre de guerrier-tigre. Sur son lit de mort, Shi

Chapitre XV

Huangdi confia aux douze la défense extérieure de sa tombe. La garde du sanctuaire serait assurée par un gardien, qui vivrait dans l'enceinte de la tombe et transmettrait son titre de façon héréditaire. Les douze jurèrent d'infiltrer la société de Xian, la cour et l'armée, pendant les générations à venir. En échange, l'empereur leur promit l'immortalité, à travers la réincarnation éternelle. Les guerriers en terre cuite dont sa tombe est entourée représentent sa garde terrestre éternelle. Pendant plus de deux mille ans, les guerriers-tigres ont protégé cette tombe des pilleurs, des autres empereurs, puis des archéologues. Et pourtant, elle a été profanée.

— Quelqu'un s'est emparé de quelque chose, murmura Jack.

— Parmi toutes les merveilleuses richesses de la tombe, il y avait, au point culminant du ciel, juste au-dessus de la sépulture, un trésor dont seuls le gardien et les douze connaissaient l'existence. Sima Qian, l'auteur des *Mémoires historiques*, n'était pas au courant.

— Une paire de pierres précieuses, comprit Jack. Des pierres qui interagissaient en produisant une lumière, comme une étoile dans le ciel. Un joyau double. Le joyau de l'immortalité.

Katya acquiesça.

— À la fin du rite funéraire, reprit-elle, le gardien est resté seul dans la tombe. Puis il a quitté la salle centrale et s'est dirigé vers l'entrée, avant de fermer la chambre funéraire pour l'éternité. À ce moment-là, les guerriers l'ont soupçonné d'avoir volé le plus grand de tous les trésors. Et leurs soupçons se sont renforcés lorsqu'ils ont constaté qu'il vivait toujours à plus de cent ans. Ce n'était pas rare chez les Mongols des steppes, mais cela a suffi à les convaincre qu'il s'était emparé d'un trésor qui prolongeait la vie et aurait dû rester dans la tombe pour faire revivre l'empereur et les libérer de leur servitude. Ils ne l'ont jamais vu mourir. Il est retourné dans les steppes du Nord, après avoir transmis son rôle de gardien à son fils. Mais des années plus tard, le fils a lui-même disparu. Seulement, il n'était pas reparti dans les steppes. Il s'était enfui vers l'ouest, au-delà de la frontière de l'empire qu'il n'était pas autorisé à franchir. Les douze ont donc décidé d'agir en envoyant le guerrier-tigre à ses trousses.

— Laisse-moi deviner, murmura Jack. C'était en -18, peut-être un peu plus tôt.

Katya soutint son regard.

— Le fils du gardien s'est déguisé en marchand sogdien, avant de se mêler aux caravanes pour suivre la route de la Soie, poursuivit-elle. Le guerrier-tigre et ses hommes l'ont pourchassé à travers le désert du Taklamakan, en haut des monts Tian shan et au-delà du lac Yssyk-Köl, dans les défilés de la plaine. Ils ont fini par le rattraper, mais les choses ont mal tourné.

— D'anciens légionnaires romains sont intervenus, souffla Jack.

— La tradition orale et secrète des douze s'est souvenue d'eux sous le nom de *kauvanas*, terme chinois qui signifie « Occidentaux ». Mais mon oncle affirmait qu'il savait de qui il s'agissait.

— Je me demandais quand ton oncle allait apparaître dans l'équation, avoua Costas.

— C'est lui qui a reconstitué toute l'histoire. Et elle correspond à ton scénario, Jack. Les Romains attaquent la caravane et capturent le prétendu marchand sogdien. Ils l'épargnent pour s'en servir comme guide. Les guerriers se rendent compte qu'il est entre les mains des Romains et passent à l'attaque. Mais ils sont mis en échec. Ils ne se sont jamais frottés à d'aussi redoutables adversaires. L'un d'eux meurt dans le défilé. Un Romain périt également. Altamaty et moi retrouverons sa tombe. Les légionnaires ne sont plus qu'une dizaine. Le guerrier-tigre et ses hommes les poursuivent jusqu'ici. Ils les voient s'embarquer sur le lac et ramer vers l'est. Ils retrouvent le corps du gardien, mais pas le trésor. Alors ils suivent les Romains le long de la rive, jusqu'à ce que leur bateau disparaisse dans une tempête à l'autre bout du lac. Mais ils se rendent compte qu'ils sont moins nombreux. Il en manque un. Alors ils retournent à l'ouest du lac, là où gît le corps du gardien. Et ils se lancent à la poursuite du Romain manquant, en suivant le sang qui a goutté de son arme. Ils l'aperçoivent dans un col de montagne, en direction du sud. Ils le suivent sans relâche pendant des semaines, des mois. À certains moments, ils le tiennent presque. À d'autres, ils le perdent de vue. Ils parcourent derrière lui les vallées de l'Afghanistan, franchissent la passe de Khaybar, entrent en Inde et longent le Gange jusqu'au golfe du Bengale. Puis, dans les jungles du Sud, ils perdent sa trace pour de bon. Ils savent qu'il est là quelque part, mais la jungle semble l'avoir absorbé. Ils ne renoncent pas pour autant. Ils infiltrent le comptoir romain d'Arikamedu en se faisant passer pour des marchands de soie. Pendant des générations, leurs descendants restent là. Ils observent. Ils attendent. Mais les Romains s'en vont et, avec la conquête musulmane, le commerce maritime touche à sa fin. Les Chinois rentrent chez eux et l'histoire de leur quête devient un mythe, celui d'une obscure société secrète qui semble avoir disparu.

— Désormais, affirma Jack, grâce à l'inscription du temple de la jungle, nous connaissons le nom des deux légionnaires romains : Fabius, celui qui était à la tête du groupe et s'est dirigé vers l'est après avoir traversé le lac ; et son ami Licinius, celui qui a fui vers le sud. Nous savons également qu'ils avaient le trésor. Fabius avait le péridot et Licinius, le *sappheiros*, le lapis-lazuli. Ils se sont peut-être quittés sans avoir conscience de ce qu'ils s'étaient partagé, sans soupçonner le pouvoir des joyaux réunis. Les Chinois ont dû penser que Licinius possédait les deux parties du trésor et qu'il avait fui ses compagnons afin de garder le joyau pour lui, dans l'espoir de devenir empereur dans son propre monde.

— L'oncle de Katya a dû voir l'inscription du temple avant d'être assassiné, supposa Costas. Et ceux qui l'ont tué aussi...

— Que sont devenus les douze et le guerrier-tigre ? demanda Jack.

— Ils ont tenu leur serment, répondit Katya. Ils ont tout fait pour protéger la tombe et retrouver le trésor au cours des vicissitudes de l'histoire de la Chine. Malgré toutes les dynasties que se sont succédé et les tentations de pillage de chaque nouvel empereur, la tombe est restée inviolée. Ils ont entretenu le culte du Premier Empereur, le mysticisme qui entoure son nom jusqu'à aujourd'hui. Wu Che, le diplomate chinois qui a assisté à la conférence de Howard, en faisait partie. Historien passionné, il a couché sur le papier l'histoire que je viens de vous raconter, la tradition orale transmise lors des réunions secrètes des douze. Dans la seconde moitié du XIXe siècle, les chercheurs européens ont découvert *Le Périple de la mer Érythrée*, qui venait d'être traduit, et la présence de marchands romains dans le sud de l'Inde. À partir de ce moment-là, Wu Che est resté à l'affût de toute information insolite, de tout ce qui pouvait suggérer, parmi les découvertes archéologiques, le passage d'un Romain différent des autres, un légionnaire. Lorsque Howard a mentionné le bas-relief romain du temple de la jungle, il y a vu une piste.

— Et c'est pour ça que tu es là, au bord du lac Yssyk-Köl, murmura Jack. Ce n'est pas juste pour répertorier des pétroglyphes et chercher des inscriptions sur la route de la Soie. Tu veux retrouver ce Romain. Tu t'es lancée dans la quête, toi aussi. Comme ton oncle.

— Ton oncle faisait partie des douze, c'est ça ? demanda Costas.

— Mon oncle et mon père connaissaient tous deux cette histoire, qui leur avait été transmise par leurs ancêtres, admit Katya. Mon père a hérité des documents la concernant mais ne s'est jamais intéressé à la mythologie de la confrérie. Pour lui, le joyau, si toutefois il avait existé, avait été perdu à jamais. Le marché noir des antiquités était bien plus lucratif. C'est mon oncle qui m'a donné le goût des langues anciennes et de l'archéologie. Il y a deux ans, lorsque mon père est mort en mer Noire, il s'est empressé d'aller fouiller dans ses documents, dans sa résidence du Kazakhstan, avant l'arrivée d'Interpol. Et il est tombé sur l'article annoté par Wu Che. Il avait déjà fait le lien entre la légende du guerrier-tigre et les légionnaires perdus de Crassus. Il a donc repris la quête là où Wu Che l'avait laissée. Il s'est rendu à Londres pour aller consulter les archives de l'India Office. Il a parcouru les *Opérations militaires de Madras* et déterminé où se trouvait Howard pendant la rébellion du Rampa.

Chapitre XV

— Exactement comme moi ! s'exclama Jack.

— Vous avez tous deux suivi la même piste. Dans un index géographique, il a repéré un temple dédié à Rama. Il a tout de suite eu le déclic. Et c'est là que vous avez trouvé son corps.

— As-tu parlé à Katya de ta théorie à propos de Rama, Jack? demanda Costas.

— « Rama » ressemble à « Romain », c'est ça ? intervint Katya. Mon oncle y avait déjà pensé. Il m'en avait parlé, mais nous cherchions des indices concrets, car cette similitude semblait presque trop évidente.

— Rien n'est trop évident dans cette affaire, dit Jack en regardant Katya d'un air entendu. Y a-t-il autre chose que tu ne nous aies pas dit ?

— Mon oncle s'est toujours montré très secret, et pour cause ! Il savait que, s'il se faisait repérer, toute sa famille serait menacée. Lorsqu'un des douze s'écartait du droit chemin, son clan devait payer. C'était la vision que le Premier Empereur avait de la justice. Or, mon oncle n'avait pas d'autre famille que moi.

— Je suppose que Jack t'a parlé des types tatoués que nous avons retrouvés morts à proximité du temple, dit Costas.

— En effet, combien étaient-ils ?

— Nous avons compté six corps, répondit Costas. Apparemment, sept hommes étaient arrivés dans la jungle par hélicoptère. Ils étaient tous chinois et portaient une chemise avec le logo d'une société minière, INTACON. La spéculation minière va bon train au Rampa. Les Kóya ont l'habitude de voir défiler les prospecteurs qui veulent créer des mines de bauxite à ciel ouvert. Tout cela ne fait que les pousser davantage dans le camp des maoïstes, qui utilisent la jungle comme base arrière. De temps à autre, les terroristes s'attaquent aux représentants des mines pour conserver l'appui des peuples tribaux. Par conséquent, la police ferme les yeux lorsque les prospecteurs entrent dans la jungle armés jusqu'aux dents. À mon avis, les Chinois sont entrés dans le temple, où ils ont trouvé et tué ton oncle. Puis ils sont tombés dans une embuscade lorsqu'ils en sont ressortis. Ils ont été déshabillés et mutilés par les maoïstes, et nous avons pu voir qu'ils avaient tous le même tatouage noir en haut du bras gauche.

Katya fit un dessin sur son bloc-notes.

— Comme ça ?

— Exactement comme ça, comme une tête de tigre.

— Des guerriers-tigres ? suggéra Jack

— Seul un homme parmi les douze porte ce titre désormais, répondit Katya, celui qui est entré le dernier dans la confrérie. C'est lui qui fait le sale boulot, à titre de rite d'initiation. Les Chinois que vous avez vus étaient de simples serviteurs, de modestes membres du clan nés pour servir la confrérie.

— Nous nous sommes retrouvés nez à nez avec trois maoïstes, dont l'un n'était pas tout à fait mort, précisa Costas en montrant son épaule bandée. Je suis censé être en vacances, pas en convalescence. Alors dis-nous tout ce que tu sais, Katya.

— Si vous n'avez retrouvé que six corps, c'est qu'un des hommes s'est échappé.

— Apparemment, il a réussi à regagner la rive du fleuve, où l'hélicoptère avait atterri. Les Kóya à qui nous avons parlé ne l'ont pas trouvé différent des autres Chinois, mais ils ont indiqué qu'il transportait un fusil à lunette et à culasse mobile dans un vieil étui en cuir. Drôle d'arme, pas très appropriée dans la jungle.

— Cette arme n'a rien d'étrange, murmura Katya, pas pour lui.

— Tu sais de qui il s'agit ?

Katya se tourna vers Jack.

— Tu crois qu'il a vu ce que vous avez vu ? Ce qui se trouvait dans le temple ? Le bas-relief, l'inscription ?

— C'est possible, répondit Jack à voix basse. Et ton oncle a pu lui parler. Il a peut-être été torturé.

— Ça, c'est certain…

— Lorsqu'il a gravé l'inscription sur sa tombe, Licinius vivait déjà dans son monde. Dans son esprit, le joyau devait faire partie d'une iconographie représentant son dévouement envers Fabius, le compagnon d'armes qu'il a presque déifié dans la scène de bataille. Qu'il ait été conscient ou non d'avoir laissé un indice à d'éventuels chasseurs de trésors, Licinius a choisi d'employer le mot *sappheiros* pour lapis-lazuli. Pour tous ceux qui étaient sur sa piste, ce terme ne trompait pas.

Costas observa les sommets qui se découpaient sur le ciel à peine éclairé par le soleil couchant.

— Et ce type, le septième, celui qui a échappé aux maoïstes, s'enquit-il, est-il ici, maintenant ? Sommes-nous dans la ligne de mire ?

— INTACON a des concessions minières au Kirghizistan, dans les monts Tian shan, déclara Katya en montrant les cimes enneigées au loin. Les hommes dont vous avez trouvé le corps dans la jungle étaient des employés de la société. Ceux-ci font tous partie de clans qui ont un lien avec la confrérie. Ils disposent, en plus de leurs hélicoptères, de chevaux résistants, d'une race particulière originaire de Mongolie, qu'ils montent lors de leurs expéditions de prospection. Si le septième homme est là, il doit nous observer. Il a besoin de savoir ce que j'ai trouvé et où nous allons nous diriger ensuite. Il ne nous tuera pas pour l'instant.

— Super ! s'écria Costas. Vraiment super ! Nous avons donc bien affaire à une société minière. Est-ce le visage moderne de ces guerriers ?

— INTACON a été la plus rentable de toutes leurs opérations, répondit Katya.

Elle se tourna vers Jack.

— Combien de temps avons-nous ?

— Un hélicoptère Apache de la Marine américaine va venir nous chercher dans trente minutes, annonça Jack après avoir consulté sa montre. L'Embraer a dû être ravitaillé. Il nous attend à l'aéroport de Bichkek avec tout l'équipement dont nous avons besoin.

— Bien, dit Katya avant de reprendre son récit. Les chevaux dont je viens de parler sont ceux de la mythologie chinoise : des chevaux célestes qui suent le sang. D'après la légende, quiconque les chevauche ne sera jamais vaincu lors d'une bataille. Très appréciés par le Premier Empereur, ils ont contribué à convaincre ses sujets de son invincibilité.

— Qui suent le sang ? répéta Costas sur un ton incrédule.

— Ce sont des Akhal-Teke. Cette race incroyablement rare est l'une des plus pures qui ait survécu depuis l'Antiquité. Ces chevaux sont renommés pour leur rapidité et leur résistance. On pense que cette impression qu'ils suent le sang provient d'une maladie parasitaire propre à la race, mais ce n'est qu'une hypothèse.

— Tu en as déjà vu ? demanda Costas.

Katya le gratifia d'un regard légèrement hautain.

— Mon père était un guerrier kazakh, tu te souviens ? Il a veillé à ce que j'apprenne à monter ces chevaux quand j'étais petite. Les Akhal-Teke vivent dans des vallées isolées du Kazakhstan, du Turkménistan et de l'Afghanistan. Ils sont élevés en secret par des familles qui assurent la pureté de la race. L'éleveur qui était au service de mon père disait que sa lignée remontait à l'époque du Premier Empereur. Celui-ci avait envoyé des émissaires dans les vallées pour faire jurer aux éleveurs une vigilance éternelle, afin que les chevaux célestes soient prêts pour sa garde, lorsqu'il réintégrerait le monde des mortels. En Chine, aujourd'hui, cette race est devenue un symbole d'unité et de puissance nationale, hérité de l'ère précommuniste.

— Et ton professeur d'équitation t'a-t-il transmis autre chose à propos de ces chevaux ?

— Il disait que ceux qui avaient le sang du tigre dans les veines pouvaient sentir les Akhal-Teke et que ceux-ci les sentaient également. Lorsqu'ils se préparaient à combattre, les guerriers venaient jusqu'ici, de l'autre côté des monts Tian shan, au bord du lac Yssyk-Köl, et ils les appelaient avec leurs tambours de guerre. Les Akhal-Teke les rejoignaient au galop. Écumants, suants, ils franchissaient les cols de montagne et longeaient les rives du lac en projetant des gouttes de sang autour d'eux.

Chapitre XV

— De mieux en mieux, soupira Costas. Et toi aussi, tu as ça dans les gènes ?

Katya regarda le lac avec un air pensif.

— Je sens des choses, ici. C'est peut-être parce que l'air est plus rare. Je ne dors pas bien ; le rêve et la réalité s'entremêlent. Une nuit, je me suis réveillée avec l'impression que les pulsations de mon cœur étaient des battements de tambour et des bruits de sabots qui faisaient trembler le sol. Comme si les guerriers s'élançaient vers moi.

— Tu as dû réveiller le Gengis Khān qui est en toi, plaisanta Costas.

Katya lui adressa un sourire fatigué et son regard se perdit de nouveau dans le lac.

— La nuit, quand je dors d'un demi-sommeil, je revois des images de mon père de l'époque où j'étais petite, lorsqu'il était encore professeur d'histoire de l'art à Bichkek. Je n'avais quasiment pas pensé à lui depuis notre expédition en mer Noire, il y a maintenant près de deux ans. Mon esprit l'avait occulté.

Jack leva les yeux vers Katya et pensa aux émotions contradictoires qu'elle avait dû éprouver depuis la mort de son père : chagrin, soulagement, colère contre elle-même, son père ou même contre lui. Il jugea préférable de ne rien dire et de la laisser faire son travail de deuil à son rythme. Voyant la réticence de Jack, Costas prit l'initiative de rappeler à Katya ce que son père était devenu.

— À la fin de sa vie, déclara-t-il, ton père a fait main basse sur un sous-marin russe englouti, truffé de missiles balistiques intercontinentaux, qu'il avait l'intention de revendre à des organisations terroristes, dont Al-Qaïda. Grâce à nous, beaucoup de vies ont été épargnées.

Il se leva en s'étirant, épousseta son short et se dirigea vers un trou.

— Bon, si vous voulez bien m'excuser, je m'éclipse un instant ! s'exclama-t-il avant de se retourner vers Jack. Ça doit être toute cette graisse de mouton…

— Sois prudent, lui recommanda Katya.

Jack remarqua qu'Altamaty avait garé le tracteur à côté de la yourte et que le feu qu'il avait allumé pour faire son ragoût était éteint. Deux sacs à dos étaient posés côte à côte près de la tente.

— Il me semble que cela fait une éternité que nous étions assis tous les deux au bord de la mer Noire, murmura-t-il.

Katya hocha la tête sans rien dire. Jack garda le silence un instant et pointa le doigt vers les sacs à dos.

— Tu es toujours décidée à venir avec nous ?

— Oui, répondit Katya. Et Altamaty aussi. Il respecte ton parcours militaire, mais il dit que ce n'est pas la même chose en Afghanistan. Il a combattu dans la vallée où nous allons nous rendre, en tant que conscrit dans la marine, pendant la guerre afghano-soviétique des années quatre vingt. Son hélicoptère a été abattu. Seul survivant, il a essuyé des attaques répétées, puis il a été à court de munitions. Les moudjahidin l'ont épargné parce qu'il était kirghiz. Il a vécu avec eux dans les montagnes pendant plus d'un an.

— Bien. Il y aura aussi quelqu'un d'autre avec nous : Pradesh. Il dirige les fouilles sous-marines d'Arikamedu. Il nous a accompagnés jusqu'à Bichkek. Il est capitaine dans le corps des ingénieurs de l'armée indienne. Il a combattu au Cachemire. Il est également expert en technologies minières traditionnelles. Il était avec nous dans la jungle. J'aimerais vraiment que l'UMI puisse s'implanter ici. Si Altamaty est prêt à prendre en charge les fouilles sous-marines de l'autre côté du lac, Pradesh et lui pourraient nous être d'une aide précieuse. Pradesh parle russe. Je suis impatient de voir s'ils vont bien s'entendre.

Ils entendirent des pierres rouler derrière eux.

— Hé ! cria Costas. Venez voir !

— Tu es sûr que ça mérite le déplacement ? plaisanta Jack.

— Évitez le couloir sur votre gauche. Je suis un peu plus bas.

Katya et Jack se levèrent et se frayèrent un chemin entre les rochers. Jack, qui avait sa torche de plongée sur lui, l'alluma. Costas était penché au-dessus d'une crevasse. Ils le rejoignirent en descendant le long d'un éboulis. Ils se trouvaient dans une cavité sur un flanc de la colline. Le lac était à peine visible au nord. À l'ouest, derrière eux, se trouvaient les défilés de la plaine et, au sud, les sommets enneigés des montagnes.

— Alors ? s'enquit Jack en s'accroupissant avec précaution aux côtés de son ami.

— Je suis allé me laver les mains dans le ruisseau, expliqua Costas, et j'ai vu ça en remontant.

Il montra deux rochers enchâssés dans la colline, séparés par un espace étroit.

— Il y a un truc en métal coincé là-dedans, annonça-t-il. C'est probablement un objet moderne, mais je n'arrête pas de voir des épées anciennes depuis que Katya nous a montré cette hallebarde chinoise.

Katya s'agenouilla et Jack orienta sa torche dans la direction indiquée par Costas. Le morceau de métal ressemblait effectivement à une portion de lame brisée. Katya passa la main entre les deux rochers et essaya de le sortir, mais il ne bougea pas d'un centimètre.

— Regardez le dépôt argenté que j'ai sur les doigts ! s'exclama-t-elle. C'est du chrome. Au-dessous, le métal est oxydé, mais c'était autrefois de l'acier de bonne qualité, forgé à la main. En Chine, les meilleures lames étaient plaquées de chrome pour éviter la rouille. C'est une lame d'épée datant de la Chine ancienne. Fantastique découverte, Costas !

— Oh ! dit Costas avec une fausse modestie, il suffit de me faire boire un bol de graisse de mouton et de m'envoyer faire un tour dans les collines. On dirait que quelqu'un l'a coincée là exprès pour la casser, afin qu'elle soit plus courte.

Jack réfléchissait à cent à l'heure.

— Quel genre d'épée ? demanda-t-il à Katya.

Katya passa les doigts sur la lame.

— Je vois tout à fait de quoi il peut s'agir. C'était une épée de cavalerie à lame longue et droite. Ce modèle, très apprécié des Mongols, n'était utilisable qu'à cheval. Donc, un homme à pied qui cherchait désespérément une arme a pu casser celle-ci pour en faire une épée d'estoc.

Jack était stupéfait. Il repensa au temple de la jungle. Il revit le guerrier représenté dans le bas-relief, l'adversaire des Romains dans la scène de bataille, coiffé d'une tête de tigre.

— Tu ne penses tout de même pas à une épée à gantelet ? murmura-t-il. À une *patta* ?

Katya hocha lentement la tête.

— J'ai grandi avec des images d'épées de ce genre tout autour de moi, confia-t-elle. Le gantelet, toujours doré et étincelant, était en forme de tigre. C'est ce qui se trouvait au bout de cette lame. C'est pour cette raison que j'ai été si surprise, au congrès de Merv, lorsque tu m'as dit que tu en possédais un. Je savais que ta *patta* était certainement l'épée d'un guerrier-tigre, mais je n'étais pas sûre qu'il existe un lien avec nos recherches. Eh bien, nous avons devant nous la lame de cette arme ! J'en suis convaincue. Le gantelet qui lui correspond est celui que John Howard a trouvé dans le temple de la jungle.

— Je n'arrive pas à y croire, souffla Jack.

Katya passa de nouveau les doigts sur la lame et poussa un long soupir.

— Alors la légende était vraie, murmura-t-elle.

— Quelle légende ? intervint Costas.

Katya se retourna pour regarder autour d'elle.

— Nous ferions mieux de ne pas rester ici.

Elle ramassa une pierre plate et la redressa contre les deux rochers pour dissimuler l'espace dans lequel la lame était coincée. Puis elle entraîna ses amis en haut de la colline, où ils étaient assis quelques minutes plus tôt.

— Je parle de la légende de celui qui a poursuivi le gardien de la tombe pour avoir franchi la frontière avec le joyau, précisa-t-elle. Celui qui a traqué sa proie sans relâche à travers les montagnes et la jungle, et dont les successeurs ont cherché pendant des siècles le trésor dérobé à l'empereur. Celui que l'on appelle le guerrier-tigre.

Chapitre XV

— Et l'épée ? l'interrogea Jack.

— L'épée à gantelet du premier guerrier-tigre lui a été arrachée au cours d'une bataille avec les *Raumanas*, les Romains. D'après la légende, lorsqu'elle sera retrouvée, le guerrier-tigre surgira de nouveau, vaincra tous ses adversaires et retrouvera ce qu'il cherche.

— Le gantelet est dans ma cabine, à bord du *Seaquest II.* Il est en sécurité.

— Un jour, tu m'as dit que tu avais l'impression de remonter dans le temps lorsque tu touchais un objet ancien. C'est exactement ce que j'éprouve en ce moment. Je l'avais déjà ressenti lorsque je fouillais cette mer de rochers avec Altamaty, à la recherche de pétroglyphes gravés par mes ancêtres. Mais je me sens grisée depuis que j'ai touché cette lame.

— Et c'est là que vous me faites peur, murmura Costas.

Jack se tourna vers le lac. La lumière des étoiles scintillait à la surface, comme le sillage phosphorescent d'un bateau, une trace laissée par le passé. Il sentit un picotement sur sa peau. Un jour, dans l'Arctique, un chasseur innu lui avait dit que cette sensation était la caresse du vent divin, un vent d'une vitesse si prodigieuse qu'on le sentait à peine tant l'air était rare. Un autre Innu avait éclaté de rire en déclarant que c'était seulement le froid. Jack y avait souvent repensé lorsqu'il était allé en haute montagne. Peut-être était-ce simplement un effet du manque d'oxygène ? Cette fois, il trouvait ce picotement, qui lui hérissait les poils sur la nuque, presque désagréable.

Il regarda les montagnes au sud, un mur de pierre et de neige impressionnant. C'était sans doute par là que Licinius était parti. Il imagina ce que le légionnaire avait éprouvé en cet instant : il avait jeté un dernier coup d'œil à ses compagnons, qui disparaissaient vers l'est à la surface du lac, et couru à travers les cols de montagne, chaque muscle de son corps bandé à l'extrême, au bord de la rupture. Jack se retourna en direction des défilés obscurs de la plaine. Un battement sourd se transforma progressivement en un rugissement retentissant. Les phares d'atterrissage de l'hélicoptère balayèrent la colline et l'appareil se dirigea vers la rive du lac. Katya se leva avec une expression déterminée.

— Allons-y! s'exclama-t-elle. Nous avons encore beaucoup de choses à découvrir sur la version moderne de la confrérie du Tigre.

Jack se tourna vers Costas.

— Tu es déjà allé en Afghanistan?

Chapitre XVI

— Bonjour, ici le pilote. Nous entrons dans l'espace aérien de l'Afghanistan.

Jack remua, s'étira et appuya sur la télécommande pour redresser le dossier de son siège. Il avait dormi par intermittence pendant trois heures dans la cabine avant du jet Embraer de l'UMI, dont deux heures et demie au sol, à l'aéroport de Bichkek, au Kirghizistan, pendant que le capitaine d'aviation attendait le meilleur moment pour décoller. Celui-ci voulait arriver à l'aube et retourner à Bichkek aussitôt. Or, le vol à destination de Faizabad, dans le nord-est de l'Afghanistan, ne durait qu'une heure et demie. Il ne faisait pas bon traîner dans les aéroports afghans, même lorsqu'ils étaient sous le contrôle de l'ISAF, la force de l'OTAN. L'Embraer serait donc ravitaillé afin de revenir chercher l'équipe depuis Bichkek dès que Jack appellerait.

Jack tenait un bloc sur lequel il avait noté l'inscription de la tombe. Il regarda le texte en latin et s'attarda sur le mot *sappheiros*. Il ne pouvait s'agir que de lapis-lazuli extrait de la vallée inhospitalière de Koran, au milieu des montagnes de l'Hindū Kush, en Afghanistan. Une des pistes du trésor menait à la rive orientale du lac Yssyk-Köl, au Kirghizistan, où Jack commençait à penser qu'un bateau avait peut-être fait naufrage lors d'une tempête survenue deux mille ans auparavant. L'autre, celle qu'il avait décidé de suivre, menait en plein cœur de l'Afghanistan.

Il relut l'inscription : « *Hic iacet Licinius optio XV Apollinaris. Sacra iulium sacularia in sappheiros nielo minium. Alta Fabia frater ad Pontus ad aelia acundus.* » Il la traduisit mentalement : « Ci-gît Licinius, *optio* de la XVe légion Apollinaris. Gardien du joyau céleste, dans les mines de *sappheiros* foncé. L'autre est avec le *frater* Fabius, au-delà du lac vers le soleil levant. » Ainsi, Licinius n'avait pas emporté son joyau avec lui jusque dans la jungle. Le *vélpu*, le bambou sacré des Kóya que Howard et Wauchope avaient emporté pour se protéger, était peut-être devenu sacré en raison de son lien avec le *Raumanas*, celui qui était venu dans la jungle, avant de mourir dans le temple. Mais il ne contenait qu'un trésor fantôme. Licinius avait caché le véritable trésor ici, au fin fond de l'Afghanistan, au cours de sa fuite vers le sud. Le joyau se trouvait quelque part dans les mines de lapis-lazuli, où les précieux filons bleus étaient exploités depuis l'époque des pharaons égyptiens.

Jack repensa à quelque chose qui lui avait traversé l'esprit pendant qu'il sommeillait. La vallée des mines constituait un détour vers le sud par rapport à la route que Licinius aurait dû suivre depuis le lac Yssyk-Köl pour gagner l'Inde et la communauté de marchands romains. Le légionnaire avait peut-être deviné que ses poursuivants s'intéressaient à ce qu'il avait dérobé au prétendu marchand sogdien. Il connaissait peut-être la valeur de son butin. Le marchand avait dû lui révéler le pouvoir du joyau lorsque celui-ci était réuni avec l'autre, celui que Fabius avait emporté de l'autre côté du lac. Il avait dû parler dans l'espoir d'être épargné. Ou bien il avait prévenu Licinius. Il lui avait dit quelque chose qui l'avait incité à se débarrasser du trésor : il serait pourchassé sans relâche mais, s'il cachait le joyau dans les mines, le pouvoir de la pierre serait absorbé par son environnement d'origine ; là-bas, le trésor n'attirerait plus ceux qui allaient le poursuivre, le traquer tel un tigre, comme mus par un sixième sens.

Jack pivota dans l'allée, enfila ses chaussures et se dirigea vers la cabine principale, où plusieurs volets de hublots étaient relevés. Le jet avait tourné dans le sens inverse des aiguilles d'une montre et survolé le Tadjikistan pour arriver à Faizabad par l'ouest. Jack voyait

Chapitre XVI

les premières lueurs de l'aube au-dessus des monts Pamir et, au-delà, l'étendue désolée du désert du Taklamakan. Il se pencha au-dessus des sièges et admira l'imposant paysage montagneux. Ici, les obstacles à l'existence humaine paraissaient insurmontables. Mais ceux qui les avaient franchis obtenaient pour récompense une vie entre ciel et terre. Il se redressa et alla rejoindre les autres au bout de l'allée.

Altamaty et Pradesh, assis l'un à côté de l'autre, bavardaient en russe. Il s'assit en face d'eux et prit une tasse sur le chariot pour se servir un café. Lorsque Jack était parti s'allonger, Costas était encore en train de leur décrire avec force détails son cher service d'ingénierie sur le campus de l'UMI, en Cornouailles. Mais il était parti dormir, lui aussi, non sans laisser à ses deux nouveaux collègues quelques catalogues d'équipements de plongée qui se trouvaient à bord du jet.

Jack était impatient de plonger de nouveau. Il pensa à Rebecca. Elle avait passé une demi-heure avec lui sur le tarmac de l'aéroport de Bichkek à lui lire les notes qu'elle avait prises sur *Un voyage à la source de l'Oxus*, de Wood. Elle lui avait laissé le livre, avant de l'embrasser et de disparaître en direction du lac à bord de l'hélicoptère Apache de la Marine américaine. Il sourit en la revoyant coiffée de son casque de vol et entourée de quatre gaillards des forces spéciales de l'US Navy. Elle était aux anges. Si tout se passait bien, ils se retrouveraient sur la rive orientale du lac Yssyk-Köl dans moins de vingt-quatre heures. D'ici là, l'équipement de l'UMI que Costas avait demandé serait arrivé. Les ruines englouties dans le lac devaient regorger de trésors et constituaient peut-être l'une des plus grandes découvertes de la route de la Soie. En outre, le lac avait été traversé par de nombreux marchands et il était toujours possible de trouver une épave. Jack eut une pensée pour Fabius et ses compagnons, qui avaient ramé vers l'est dans l'espoir de sauver leur propre vie.

Il jeta un coup d'œil à Katya, assise seule quelques rangées plus loin, le nez contre le hublot. Peut-être trouveraient-ils aussi des pétroglyphes sous l'eau, si les rochers avaient dévalé jusque dans le lac ? Ils avaient désormais un grand projet commun en perspective. Jack se voyait bien passer un peu plus de temps ici. Il regarda par le hublot et se rappela brusquement leur destination. Tout se passerait pour le mieux, s'ils s'en sortaient dans les prochaines vingt-quatre heures...

Costas tituba le long de l'allée et vint s'effondrer à côté de Jack. Tous deux penchés vers le hublot, ils virent clairement l'ondulation des montagnes et des vallées, et les sommets recouverts de neige. Costas déploya l'écran qui se trouvait sur le bras de son fauteuil et afficha la carte.

— Ça y est, nous avons franchi la frontière de l'Afghanistan, annonça-t-il. Nous devrions atterrir d'ici une demi-heure.

— On discerne la vallée du Pandjchir, qui s'étend vers l'est sous un voile de brume, remarqua Jack. C'est la vallée de l'Oxus, le célèbre fleuve qui marque la limite orientale de l'expédition d'Alexandre le Grand. Il se jette dans la mer d'Aral, un lac situé à huit cents kilomètres d'ici en direction de l'ouest. Il traverse Merv, où les légionnaires de Crassus ont été emprisonnés. Ceux qui se sont enfuis l'ont peut-être suivi mais, une fois arrivés au pied des montagnes, ils ont dû bifurquer vers le nord pour rejoindre la branche de la route de la Soie qui traversait le Kirghizistan jusqu'au lac Yssyk-Köl.

— Et Howard et Wauchope ? Tu crois qu'ils sont remontés jusqu'ici lorsqu'ils ont disparu en Afghanistan en 1908 ?

— En tout cas, ils étaient suffisamment aguerris pour le faire. Ils connaissaient bien la région de la frontière afghane, où ils avaient tous deux été affectés. Wauchope avait découvert le pays des années auparavant, pendant la deuxième guerre afghane.

— C'est là qu'il a reçu la médaille avec l'éléphant que Pradesh nous a montrée.

— Oui, en 1879, juste avant de rejoindre Howard dans la jungle. C'était l'époque du Grand Jeu, qui a opposé la Grande-Bretagne et la Russie, celle de toutes les défaites. Le dernier combat de Custer contre les Sioux a eu lieu en 1876. Les Britanniques ont été vaincus par les Zoulous à Isandlwana et à Rorke's Drift. Puis en 1880, lors de la bataille de Maiwand, en Afghanistan, près de mille soldats britanniques et indiens sont tombés non loin de Kandahar, après avoir combattu jusqu'à la fin. Les Afghans ont profané les corps, comme l'avaient fait les Sioux et les Zoulous avant eux. Trente ans auparavant, au cours de la première guerre afghane, l'armée britannique de l'Indus avait été massacrée pendant sa retraite vers la passe de Khaybar. Seul un Britannique avait survécu. Tous ces événements ont été présentés comme des défaites héroïques, afin d'exalter les vertus guerrières du peuple. Beaucoup d'officiers britanniques ont été faits chevaliers. J'ai tous les « romans de Waverley » de sir Walter Scott. Ils ont appartenu à John Howard. Mon arrière-arrière-grand-père a vécu dans ce monde lorsqu'il était enfant et, dans les années 1880, il les a rachetés dans une nouvelle édition, comme pour s'en réapproprier le côté romanesque après avoir été confronté à la dure réalité. Les Britanniques auraient dû y réfléchir à deux fois avant d'entrer en conflit avec l'Afghanistan. Plusieurs de leurs compatriotes s'étaient déjà aventurés dans ce pays, des explorateurs comme James Wood. Ils connaissaient bien les obstacles géographiques et le peuple afghan.

— Quelle était la situation en 1908 ?

— La paix était difficile à maintenir et les Britanniques n'étaient pas les bienvenus. Howard et Wauchope ont dû marcher pendant des semaines, voire des mois, depuis Quetta. Pour se nourrir, ils dépendaient du bon vouloir des Afghans qu'ils croisaient sur leur route. Wauchope avait déjà eu affaire aux peuples tribaux de la frontière, mais ils ont sans doute été contraints de négocier longuement, d'observer les coutumes, de suivre leurs guides en faisant des détours pour contourner les territoires en conflit. Une fois dans la vallée du Pandjchir, s'ils sont arrivés jusque-là, ils ont dû se retrouver seuls. C'était probablement le début de l'hiver et ils ont sans doute eu beaucoup de mal à franchir les montagnes pour se rendre là où je pense qu'ils sont allés.

Pradesh, qui avait suivi la conversation, se pencha en avant.

— Qu'est-ce qui te fait croire qu'ils sont allés là-bas ? demanda-t-il à Jack.

— La vallée du Pandjchir mène aux mines de lapis-lazuli.

— Bien sûr ! murmura Pradesh. *Sappheiros.* Ils avaient vu ce mot dans l'inscription du temple de la jungle des années auparavant et cherchaient l'endroit où Licinius avait caché son joyau.

Jack inclina l'écran de son fauteuil de sorte que tous puissent voir la carte. Il montra une série de sommets qui s'étendait vers le sud à partir de la vallée principale.

— Les mines se trouvent là, indiqua-t-il, dans une vallée étroite, au milieu de la chaîne de l'Hindū Kush. Il y a environ vingt puits, dont certains sont ouverts depuis des milliers d'années. C'est d'ici que provient le lapis-lazuli qui orne le sarcophage de Toutankhamon, le pharaon d'Égypte. Il a été troqué en Occident plus de mille ans avant que les Romains ne viennent jusqu'ici.

— Les Romains ? s'étonna Costas. Je croyais qu'il ne s'agissait que de Licinius.

— Il était seul lorsqu'il est venu cacher le joyau, après s'être enfui vers le sud depuis la rive du lac Yssyk-Köl, admit Jack. Mais comment a-t-il su où se trouvaient les mines ? À mon avis, les légionnaires sont passés par ici lorsqu'ils se sont échappés de Merv. C'est peut-être dans la vallée du Pandjchir qu'ils ont été contraints de remonter vers le nord, jusqu'au Kirghizistan. Quand on lit *Un voyage à la source de l'Oxus*, on comprend pourquoi. Telles que Wood les décrit, les montagnes situées à l'extrémité orientale de la vallée semblent absolument infranchissables, comme si on arrivait au bout du monde. Mais avant de bifurquer vers le nord, les légionnaires romains se sont peut-être suffisamment enfoncés dans la vallée pour entendre parler des célèbres mines, ou même les voir de leurs propres yeux. Si Licinius a décidé d'aller déposer le joyau dans ces mines, sur le conseil du prétendu marchand sogdien, c'est peut-être parce qu'il savait où aller.

Katya vint s'asseoir à côté de ses collègues.

— Et lorsqu'il est arrivé dans la jungle, il n'a pas eu besoin de dessiner une carte au trésor, fit-elle remarquer. Il lui a suffi d'inscrire le mot *sappheiros* sur sa tombe. En Inde, tout le monde sait que le lapis-lazuli vient d'Afghanistan. En Afghanistan, tout le monde sait qu'il vient de la vallée du Pandjchir. Et dans la vallée, il y aura toujours quelqu'un pour vous indiquer la direction des mines, où un mineur pourra même vous montrer le puits correspondant au gisement le plus foncé, le *nielo*. Mais c'est un peu comme Shangri-La. En réalité, personne n'a jamais vraiment eu envie d'y aller, car ceux qui s'aventuraient dans ces territoires avaient peu de chances de survivre. Seuls les hommes désespérés ou les vieux aventuriers comme Howard et Wauchope ont été tentés de prendre le risque.

— Mais Jack, comment peux-tu être sûr que Howard et Wauchope ont vraiment suivi cette piste ? insista Costas.

— *Un voyage à la source de l'Oxus*, lieutenant John Wood, armée du Bengale, lança Jack en levant son livre. Il s'agit de l'exemplaire personnel de Howard, qui semble l'avoir longuement étudié. Il est couvert de notes. Je l'ai trouvé dans le dernier tiroir de la malle familiale. Il était empaqueté comme un objet précieux qu'on veut mettre à l'abri des regards indiscrets. La partie sur la vallée du Pandjchir et les mines de lapis-lazuli est si densément annotée qu'elle en est presque indéchiffrable.

— Il semblerait que certaines notes aient été prises par une autre personne, observa Costas, penché au-dessus du livre.

— Robert Wauchope, déclara Jack. J'ai vu des documents écrits de sa main à la bibliothèque de l'India Office, à Londres. L'écriture est la même.

— C'est étrange qu'ils n'aient pas emporté ce livre lors de leur dernier voyage, songea Costas.

— Ils le connaissaient probablement par cœur. Et ils n'ont dû emporter que le strict nécessaire. On ne peut pas gravir l'Hindū Kush chargé de livres.

— Mais tu dis que celui-ci contient un indice précieux.

— Oui, et c'est Rebecca qui l'a trouvé ! Pendant que nous étions au bord du lac Yssyk-Köl, elle a travaillé d'arrache-pied pour déchiffrer ces notes. Elle pense avoir identifié, parmi tous les puits de mine de la montagne, celui vers lequel Howard et Wauchope se sont dirigés.

— Elle est douée pour les recherches !

— Elle est très attentive aux détails. Et elle a de la patience. Elle tient vraiment de sa mère pour ça.

— Est-ce que tu le lui as dit ? s'enquit Katya.

— C'est encore trop tôt. Je le lui dirai quand ce sera le moment.

— Je voudrais lui parler. Nous avons toutes deux perdu un de nos parents de façon violente. Fais-moi signe quand cela te paraîtra opportun.

Jack hocha la tête et se tourna vers le hublot. L'avion avait perdu de l'altitude et descendait progressivement, dominé par les sommets situés de part et d'autre de la vallée. Jack aperçut les lumières des maisons et les phares de quelques véhicules sur la route que Wood avait dû prendre deux siècles auparavant. Il referma le livre.

— Ce qui rend le livre de Wood très intéressant, reprit-il, c'est qu'il est antérieur au Grand Jeu. Pour comprendre l'Afghanistan, il faut remonter à l'époque des voyageurs venus ici avant l'intervention des grandes puissances. Dans les notes qu'il a prises à la fin du récit, Robert Wauchope affirme que, livrés à eux-mêmes, les Afghans auraient oublié en un instant les événements provoqués par l'ingérence de pouvoirs extérieurs.

Les haut-parleurs se mirent de nouveau à grésiller :

— Ici le capitaine. Atterrissage prévu dans trente-cinq minutes. Nous allons être à portée des missiles SAM. Les lance-paillettes sont armés. Simple précaution.

Costas émit un grognement approbateur et vérifia que sa ceinture était bien attachée.

— Je lui en ai touché deux mots lorsque nous avons atterri à Bichkek, confia-t-il. Les ex-pilotes de chasse ont tendance à oublier qu'ils sont aux manettes d'un vieux coucou.

Jack se tourna vers Katya.

Chapitre XVI

— Nous serons bientôt sur place. Si tu as autre chose à nous révéler, c'est le moment de le faire.

Katya but une gorgée d'eau.

— D'accord, revenons à la confrérie du Tigre, proposa-t-elle. À la fin du XIXe siècle, époque du diplomate Wu Che, celui qui a assisté à la conférence de John Howard, la confrérie faisait partie des nombreuses sociétés secrètes de la Chine. Mais elle était plus mystérieuse que les autres. C'était la seule qui prétendait avoir été fondée par le Premier Empereur. De plus, elle n'avait jamais cherché à multiplier ses membres. Le Premier Empereur venait de la famille Qin. Lorsqu'il était arrivé au pouvoir, il avait anobli ses frères et ses cousins et leur avait donné des terres en fief. En échange, ils avaient juré de servir l'empereur tout au long de sa vie et même dans la mort. Puis ils avaient donné à leur clan le nom de leur fief. Ils étaient douze : les Xu, les Tan, les Ju, les Zhongli, les Yunyan, les Tuqiu, les Jiangliang, les Huang, les Jiang, les Xiuyu, les Baiming et les Feilian. Ils constituaient la garde initiale de l'empereur. Lorsqu'un homme mourait, la confrérie le remplaçait par un membre de son clan. Avec le temps, elle a fini par représenter toutes les facettes du pouvoir en Chine. Elle a accueilli de riches propriétaires, des seigneurs, mais aussi des généraux, des diplomates ou des ministres d'État. Ceux-ci avaient, dès leur naissance, été initiés aux arts du guerrier-tigre. Chaque clan formait un groupe de garçons parmi lesquels serait choisi « le remplaçant ». Ils apprenaient, parmi d'autres arts martiaux, à manier la grande *patta* et à ne faire qu'un avec les Akhal-Teke. Celui qui entrait dans la confrérie siégeait au conseil des douze. Les autres devenaient ses guerriers et le restaient toute leur vie. Ils étaient une centaine, parfois plus, et pouvaient être sollicités à tout moment pour défendre le credo du Premier Empereur. L'élu, celui qui avait été choisi, le dernier arrivé au sein de la société secrète, devenait le guerrier-tigre. À ce titre, il devait exécuter les ordres de la confrérie. C'était un rite initiatique. Le diplomate Wu Che était issu du clan des Jiang et faisait partie des douze. Mon père et mon oncle appartenaient au clan des Huang. Mes ancêtres avaient été sélectionnés pour endosser le rôle du guerrier-tigre.

— Et aujourd'hui ? demanda Costas. Sommes-nous confrontés au crime organisé ?

— Les douze s'étaient donné pour objectif de défendre la tombe de l'empereur. Jusqu'à l'arrivée du communisme, ils ont conservé leurs terres et leurs privilèges et n'avaient nul besoin d'autres richesses. Pendant des générations, ils ont tiré les ficelles depuis Xian. Officiers de l'armée, conseillers de l'empereur ou bureaucrates, ils ne s'éloignaient jamais de la tombe – dont le tumulus était visible depuis la cité – afin qu'elle demeure sacrée. Ce sont eux qui ont lancé toutes les superstitions concernant la profanation de l'héritage du Premier Empereur. Et elles ont toujours cours aujourd'hui, y compris parmi les archéologues chinois. Ils ont fait en sorte que la tombe ne soit jamais fouillée. Ce n'étaient pas des brutes. Le diplomate Wu Che était emblématique de la confrérie, telle qu'elle était au XIXe siècle. C'était un homme cultivé, qui avait à cœur de représenter les intérêts de la Chine à l'étranger. Mais c'est à cette époque que les choses ont commencé à changer. Pendant près de deux mille ans, depuis qu'elle était revenue les mains vides, après avoir perdu la trace de Licinius dans la jungle indienne, la confrérie a fait partie d'une société fermée, coupée du reste du monde. Wu Che, lui, a relancé la quête du joyau. Et la confrérie est retournée en guerre. La quête a ravivé la passion, l'obsession. Mais ce n'est pas tout. Sans le vouloir, Wu Che a soumis les douze à une dangereuse tentation, à laquelle certains membres de la génération suivante n'ont pas su résister.

— Laisse-moi deviner, murmura Jack. L'opium.

— En effet, répondit Katya. Lors de ses voyages en Inde, Wu Che a essayé de découvrir les différents usages de l'opium, de repérer les fournisseurs et de convaincre le gouvernement britannique de mettre un frein au commerce de cette substance. Ses documents montrent qu'il avait des préoccupations d'ordre moral allant bien au-delà des intérêts officiels de la Chine. Il s'est rendu dans la jungle du Rampa quelques années après la rébellion. Là-bas, il a constaté la gravité de l'addiction des tribus, devenues des proies faciles pour les dealers après le départ des troupes. Il a dû trouver une oreille compatissante en la personne de John Howard. Par ailleurs, en tant que diplomate attaché à Londres, il s'est rendu dans les fumeries d'opium qui fleurissaient dans toutes les villes portuaires d'Europe. Lorsqu'il est retourné en Chine pour la dernière fois, dans les années 1890, il a emporté avec lui un énorme corpus documentaire, à partir duquel il a établi un état des lieux détaillé de la consommation et de la fourniture d'opium dans le monde occidental. Il y avait là de quoi mettre facilement un terme au commerce de l'opium. Mais les travaux de Wu Che ont été détournés et exploités par d'autres, qui en ont profité pour prendre le contrôle de ce commerce.

— Nous sommes à l'époque de la montée du communisme, c'est ça ? s'enquit Costas.

— Absolument. La Chine était divisée ; la république a été proclamée en 1912. Le parti nationaliste, qui n'est pas parvenu à s'imposer, a dû composer pendant des années avec le parti communiste. La majeure partie du pays était dirigée par des seigneurs de guerre. Dès l'abdication du dernier empereur, en 1912, la confrérie du Tigre a revêtu tous les atours de la modernité. Le couronnement de l'empereur, après la période des Royaumes combattants, constituait son mythe fondateur. Les événements des années vingt et trente ont marqué un tournant, comme si le retour de l'empereur avait de nouveau été possible. Le mythe fondateur a commencé à évoluer, à intégrer de nouvelles facettes. Et puis les douze ont perdu leurs fiefs, confisqués par l'État. Il leur a fallu une nouvelle source de revenus.

— L'opium, dit Jack.

— Wu Che, victime des purges de la cour impériale de Chine, a été tué en 1912. C'est son fils qui lui a succédé au sein de la confrérie. Et pour la première fois, un des douze a failli diriger la confrérie à lui seul. Ayant hérité de tous les travaux de son père, il a bâti, dans le plus grand secret, le plus vaste empire de la drogue que le monde ait jamais porté. Si la complicité britannique dans le commerce de l'opium avait pratiquement ruiné la Chine au XIXe siècle, il a renversé la vapeur en utilisant tous les réseaux existants. Il a inondé l'Occident d'opium et favorisé l'explosion de l'héroïne à partir des années cinquante.

— Et le principal fournisseur était l'Afghanistan, risqua Costas, le doigt pointé sur la carte.

— Exact ! Pendant des siècles, les guerriers de la confrérie sont venus chercher des pur-sang ici. Quiconque voulait un jour faire partie des douze devait apprendre à monter les chevaux célestes. C'était un rite de passage essentiel. Dans les années vingt, le commerce de chevaux est devenu une couverture pour le trafic de drogue. L'opium était acheminé vers le sud jusqu'en Inde et vers l'ouest, en Europe. La confrérie a alors transféré son siège hors de Chine, d'abord à Hong-Kong et en Malaisie, puis en Occident, à Londres et aux États-Unis. Issus de riches familles d'expatriés originaires de Hong-Kong et de Singapour, venues former leurs fils dans les écoles prestigieuses d'Europe et d'Amérique, les douze se sont intégrés facilement. Ils n'ont eu aucun mal à s'implanter dans l'infrastructure capitaliste de l'Occident.

— S'ils ont été impliqués dans le trafic de drogue jusqu'au cou, ils ont forcément été repérés, estima Costas.

— Tu plaisantes ! Ils étaient rusés. Ce n'étaient pas de simples gangsters comme on en voyait dans les autres sociétés secrètes chinoises. Pour la confrérie, le commerce de l'opium n'était pas tant une entreprise criminelle qu'une façon de rendre la monnaie de sa pièce à l'Occident, qui avait été complice dans l'exportation d'opium vers la Chine au XIXe siècle. Les douze se faisaient une idée assez romantique de leur allégeance à leur pays, à une Chine qui n'existait déjà plus. Mais leur incursion dans le monde criminel n'a pas servi leur objectif. Après la Seconde Guerre mondiale, ils se sont progressivement retirés du trafic de drogue pour investir dans la prospection et l'exploitation minières. Cette reconversion s'est révélée extrêmement rentable, notamment après l'effondrement de l'Union soviétique. Les nouvelles républiques d'Asie centrale sont devenues les cibles privilégiées des investisseurs étrangers. INTACON a connu un tel essor qu'elle a éclipsé les autres activités commerciales de la confrérie.

— Et que s'est-il passé en 1949 lorsque Mao Tsé-toung, avec l'arrivée des communistes au pouvoir, a rétabli l'ordre en Chine ? demanda Jack.

— Le communisme était en partie responsable de la disparition de l'ancien monde dans lequel la confrérie avait existé pendant des siècles, en particulier de la confiscation des terres. Mais en 1949, ce régime a représenté le retour de l'ordre après le chaos, comme l'avènement de la dynastie des Qin avait mis fin à la période des Royaumes combattants. La certitude et le contrôle avaient des vertus pour la confrérie. En outre, le régime communiste avait sa propre structure au sein du pouvoir, sa propre hiérarchie. Dès lors, les douze ont retrouvé leur place en Chine, où ils ont redoublé de vigilance. Ils ont alimenté le culte de Mao Tsé-toung, qui a presque égalé celui du Premier Empereur. Mais à la mort de Mao, ils sont retournés avec une passion renouvelée à leur credo initial.

— Retour à la mythologie, murmura Jack.

— Selon le *wu di*, le concept de non-mort, le Premier Empereur n'a pas totalement disparu. Il existe encore dans un monde parallèle. Les douze attendent une sorte de glissement de notre réalité dans ce monde, le monde du *wu di*. Dès lors, la volonté de l'empereur sera faite dans tout l'Univers. Après 1912, cet espoir mystique est devenu un dogme absolu au sein de la confrérie. Seule la fusion des deux mondes parallèles rétablira l'ordre. Les douze cherchent des signes dans le mythe ancien des cinq vertus. Le Premier Empereur a été couronné par la vertu de l'eau, *shuide*, qui a vaincu la vertu du feu. Aujourd'hui, ils pensent que la nouvelle ère de l'empereur sera annoncée par l'avènement de la vertu de la lumière, *siandhe*.

— Je vois, c'est pour ça qu'ils veulent retrouver les deux pierres composant le joyau, déclara Jack. Pour libérer la vertu de la lumière…

— C'est le diplomate Wu Che qui a ravivé la légende du joyau perdu de la tombe, le joyau céleste, dont les deux parties doivent s'unir pour inonder le sarcophage de l'empereur d'une lumière éblouissante et briser la frontière du *wu di*. Ce n'est que lorsque le joyau sera retrouvé que le *siandhe*, l'âge de la lumière, pourra commencer.

— Et quand cela est-il censé arriver ? demanda Costas.

— Le Premier Empereur avait associé la vertu de l'eau, *shuide*, au chiffre 6, ainsi qu'à l'hiver, l'obscurité, la dureté et la mort. La confrérie compte douze membres, un multiple de six. Avec le temps, elle s'est persuadé que l'âge de la lumière viendrait soixante-six générations après la fermeture de la tombe.

— C'est-à-dire maintenant, je suppose, murmura Costas.

— Oui, c'est pour cette raison que tout s'accélère. Mon oncle s'est confié à moi. Il savait que je connaissais suffisamment bien l'histoire de la confrérie pour partager ses craintes. Et que la piste archéologique qu'il suivait nécessiterait une expertise à la hauteur de la sienne. Il a fait de moi son poulain. Il avait une grande confiance en moi. Il savait que ses jours étaient comptés, mais je ne pensais pas que tout irait si vite.

Katya baissa les yeux un instant et poursuivit :

— Mon oncle a repris les recherches là où Wu Che les avait laissées. Mais quand il a compris que le joyau pouvait réellement être retrouvé, il a commencé à en redouter les conséquences. Il y a une dizaine d'années, la confrérie a perdu le représentant du clan des Feilian, qui est mort subitement. Celui-ci a été remplacé par son fils, Shang Yong. À ce moment-là, la Chine était encore en train d'évoluer. Le communisme s'érodait ; le capitalisme s'imposait. Ce changement a profité à certains, mais il y a eu beaucoup de laissés-pour-compte. En Russie, les nostalgiques considèrent l'époque des tsars comme un âge d'or mythique. En Chine, c'est la même chose avec le Premier Empereur. Shang Yong fait partie de ces nostalgiques, ce qui ne l'a pas empêché de profiter largement des nouvelles opportunités. Mon oncle a remarqué des signes inquiétants chez lui. Les Feilian sont à la tête d'INTACON. Au fur et à mesure que la société s'est enrichie, Shang est devenu mégalomaniaque. Il a fait de la confrérie son propre conseil de guerre. C'est lui qui a entraîné INTACON dans une exploitation abusive des mines, sur les territoires aborigènes du monde entier, notamment dans la jungle du Rampa, en Inde. L'exploitation des mines de bauxite, au cœur de la jungle, aurait rapporté une fortune. Mon oncle s'est violemment opposé à ce projet. Anthropologue engagé dans les causes humanitaires, il faisait partie des membres de la confrérie qui ne s'étaient pas laissé consumer par le dogme. Il avait résisté dès le départ à l'influence de Shang. Mais il était naïf. Lorsqu'il a pris conscience du danger, il était trop tard. Quand il m'a raconté toute l'histoire au congrès, il y a trois mois, c'était déjà un homme traqué.

— Et il a payé le prix fort, dit Jack.

— Comme le diplomate Wu Che, il a involontairement ouvert la boîte de Pandore, constata Costas. Wu Che a donné à la confrérie la clé du commerce de l'opium. Et en se lançant dans la quête du joyau, ton oncle l'a conduite jusqu'à un filon qu'elle n'a plus qu'à exploiter.

— Ça aussi, mon oncle l'a compris trop tard, admit Katya. Et je crains qu'il n'ait essayé de négocier avec les rebelles maoïstes. Il n'avait personne d'autre vers qui se tourner. Le gouvernement était sur le point de conclure un contrat avec INTACON et les Kóya n'avaient aucun moyen de résister. Cela aurait été suicidaire, mais il se savait condamné à mort de toute façon. Et je sais qu'il avait renié la confrérie. D'après lui, elle n'était plus fidèle au Premier Empereur mais à Shang Yong. Apparemment, celui-ci se considère comme l'empereur Shi Huangdi réincarné.

— Et où se trouve-t-il maintenant ? l'interrogea Jack.

— De l'autre côté des monts Tian shan, dans le désert du Taklamakan, cent mille kilomètres carrés de sables mouvants et de terres pelées, écorchées par des vents violents. Pour les voyageurs qui se dirigeaient vers l'est en suivant la route de la Soie, le Taklamakan était le dernier grand obstacle à franchir avant d'atteindre la Chine centrale et la destination finale, Xian, source de la soie et lieu de sépulture du Premier Empereur. Quiconque s'éloignait de la route risquait de se perdre à tout jamais. Ceux qui contrôlaient les forts du désert pouvaient s'abattre sur les caravanes à tout moment. Le Taklamakan reste une des dernières grandes zones de non-droit du monde. Même les communistes n'ont pas pu le contrôler. On y trouve beaucoup de forteresses en ruine, à moitié ensablées, bâties à côté d'oasis asséchées depuis longtemps. C'est dans l'une d'elles que Shang Yong s'est installé, à des centaines de kilomètres de la route la plus proche. Il a fait construire une piste d'atterrissage et créé un monde à l'image de ses fantasmes. Pour la confrérie, le Taklamakan a toujours eu une forte valeur symbolique. C'est un bastion contre le monde extérieur, un endroit où l'on croit pouvoir affirmer, comme le Premier Empereur, qu'il n'y a rien au-delà. Pour Shang Yong, c'était aussi l'endroit idéal pour implanter le siège des sociétés minières d'Asie centrale. Mais mon oncle a également découvert autre chose : les prospecteurs d'INTACON ont trouvé d'immenses réserves de pétrole dans le sous-sol du désert. Aujourd'hui, le Taklamakan est le fief de Shang. Et il n'est plus tourné vers l'intérieur. Shang est en passe de contrôler toute la Chine occidentale et d'exercer une influence dramatique sur le reste du monde.

— C'était donc ça, le véritable combat de ton oncle, murmura Jack.

— Qu'est-ce que tu entends par « un monde à l'image de ses fantasmes » ? demanda Costas.

— Un monde dans lequel le joyau représente un véritable danger, répondit Katya. La dernière fois qu'il s'est réuni avec les autres membres de la confrérie, mon oncle a été transporté par avion jusque dans le désert du Taklamakan. Au centre de la forteresse en ruine, se dressait un bâtiment surmonté d'un dôme, une ancienne église nestorienne. Mon oncle a été conduit le long d'une galerie en pente. Puis il a franchi une grande porte en bronze et s'est assis dans la quasi-obscurité autour d'une table basse en compagnie des onze autres, dont Shang Yong. Ce qu'il a vu à ce moment-là l'a stupéfié et horrifié. Shang Yong avait reconstitué à l'intérieur de l'église la tombe du Premier Empereur, telle qu'elle était décrite dans les *Mémoires historiques* de Sima Qian. Pour l'ancienne confrérie, cela aurait été une hérésie inimaginable. Sur le dôme était représenté le ciel, au-dessus de rivières, de montagnes et de palais. Les douze étaient entourés par les guerriers de terre cuite, des images de synthèse projetées par des consoles holographiques ultrasophistiquées. Ils entendaient le bruit de l'eau, du vent, le hennissement des chevaux, comme s'ils se trouvaient dans un planétarium. Au fil des jours, Shang a passé de plus en plus de temps seul dans cette salle. Il avait déjà un comportement préoccupant lorsqu'il était enfant. Il était accro aux jeux sur ordinateur, à ce monde de certitudes et de plaisirs immédiats où la moralité et l'humanité sont superflues. À cette occasion, mon oncle s'est rendu compte qu'il n'était plus un simple joueur devant un écran. Shang Yong était entré dans le jeu. Il en faisait partie.

— C'est un de ces gosses fondus du monde virtuel qui ne savent plus distinguer la réalité de l'imaginaire, maugréa Costas, qui grandissent, font fortune et pensent qu'ils peuvent se hisser au-dessus du lot. Ils s'absorbent dans un monde qu'ils croient contrôler, car ils n'ont jamais rien pu contrôler dans la réalité.

— Exactement, confirma Katya. Dans l'esprit de Shang Yong, cet espace virtuel est une extension du *wu di*, un avant-goût de la fusion du monde des vivants et du monde des morts, qui aura lieu grâce au joyau céleste, à la vertu de la lumière. Mais Shang semble avoir déjà trouvé le portail qui ouvre sur cette nouvelle dimension. D'après mon oncle, il aura un atout redoutable s'il met la main sur le joyau, même si celui-ci n'a pas les pouvoirs que la légende lui prête. S'il le considère comme la clé de son apothéose, de son identification avec le Premier Empereur, il risque de sombrer dans une mégalomanie absolument terrifiante. C'est ce que mon oncle craignait le plus. C'est pour cette raison qu'il a décidé de mener ses recherches en cavalier seul et d'essayer de découvrir le joyau par lui-même.

— Mais Shang Yong le savait, conjectura Jack. Ton oncle n'a survécu que jusqu'à ce qu'il trouve où le joyau pouvait être caché.

— Alors à ton avis, qui est-ce qui nous suit ? demanda Costas à Katya.

— Vous m'avez dit que les Kóya avaient vu sept hommes d'INTACON entrer dans la jungle et seulement un en ressortir, avec un fusil à lunette. Le survivant était l'initié. Le meurtre de mon oncle était son épreuve initiatique. Il fait désormais partie de la confrérie. En cas de trahison, la tradition veut que le fautif et sa famille proche soient éliminés. Celui qui a remplacé mon oncle a été choisi au sein d'une autre famille, dans le même clan. Il a été sélectionné pour ses exploits martiaux par les onze autres membres de la confrérie.

— Et cette nouvelle recrue est le guerrier-tigre, comprit Jack.

— En plus tordu, précisa Katya. C'est un psychopathe. Et il a une particularité non négligeable : sa grand-mère, qui a sévi pendant la Seconde Guerre mondiale, était une tireuse d'élite kazakhe de l'armée Rouge. Elle avait des centaines de crimes à son actif. Elle lui a tout appris. C'est un professionnel. Il a perfectionné son art en Bosnie, en Tchétchénie et en Afrique. À l'heure qu'il est, il a peut-être même fait plus de victimes que sa grand-mère, dont il utilise le vieux fusil Mosin-Nagant.

— Un tireur d'élite tient à son arme comme un peintre à son pinceau favori, dit Jack. Un vieux fusil à culasse mobile de l'époque soviétique est aussi efficace que le tout dernier Barrett.

— Une question, osa Costas. Ta famille fait partie de cette confrérie depuis l'époque du Premier Empereur, soit soixante-six générations. Comment pouvons-nous être sûrs que tu n'es pas du côté des méchants ?

Katya le regarda d'un œil torve.

— Parce que les douze ont tué mon oncle ! Parce qu'il ne lui restait pas d'autre famille que moi. Parce que mes ancêtres ont fait une promesse il y a plus de deux mille ans. Et que le credo de Shang Yong n'a rien à voir avec la véritable histoire de la confrérie. C'est une abomination ! Et parce que cet homme va essayer de me tuer, de nous tuer, dès que nous l'aurons conduit jusqu'au joyau. C'est aussi simple que ça.

— Et cette vallée vers laquelle nous nous dirigeons, reprit Costas en se tournant vers Jack, c'est la planque idéale pour un sniper. Est-ce qu'on va avoir la protection de la force de l'OTAN ?

— Même si un bataillon des forces spéciales, les rangers et les SAS passaient les montagnes au peigne fin, ils ne verraient pas un sniper aussi entraîné, répondit Jack.

Pradesh, qui avait suivi la conversation, expliqua la situation à Costas :

— Jack et moi en avons déjà discuté. Si nous lançons l'ISAF aux trousses d'un sniper, nous ne nous en sortirons pas. Il y a ici des seigneurs de guerre suffisamment puissants pour faire face aux talibans. Les commandants de la force de l'OTAN savent qu'il faut les laisser se débrouiller seuls et ne pas se les mettre à dos. Les talibans se sont rendus responsables de nombreux meurtres et viols dans cette vallée lorsqu'ils étaient au pouvoir. Les Afghans n'ont pas la mémoire courte. Nous ne disposerons que d'une assistance réactive limitée, avec évacuation sanitaire d'urgence. Dès que nous sortirons de la base aérienne de Faizabad, nous serons seuls jusqu'à ce que nous retrouvions le seigneur de guerre local, l'ancien moudjahid qu'Altamaty a rencontré dans les années quatre-vingt. Ensuite, nous devrons traverser une série de villages, où se trouveront peut-être des agents infiltrés des talibans. L'usage d'engins explosifs improvisés et les attentats-suicides ne sont donc pas à exclure. Mais si Altamaty obtient le concours du seigneur de guerre, nous aurons fait un grand pas en avant.

— Quelle est notre couverture ? demanda Costas. Les talibans risquent de croire que nous sommes de la CIA, non ?

— Nous sommes une équipe de tournage, annonça Jack. Comme James Wood en 1836, nous cherchons la source de l'Oxus. Nous avons même son bouquin pour prouver notre bonne foi !

— Un projet que tu rêves de réaliser, on dirait ! s'exclama Katya.

— Un jour, peut-être, reconnut Jack en souriant. J'adorerais ça. On verra quand les conflits seront terminés.

Costas se pencha vers la carte.

— Comment s'appelle la vallée où se trouvent les mines, déjà ?

— La vallée de Koran, répondit Jack.

L'avion vira à gauche et ils entendirent le train d'atterrissage se déployer. Altamaty était resté le nez collé au hublot mais, lorsqu'il entendit les mots prononcés par Jack, il se tourna vers Katya et récita quelque chose à voix basse :

— *Agur janub doshukh na-kham buro, Zinaar Murrow ba janub tungee Koran.*

— Ce qui veut dire ? demanda Costas.

— C'est du pachtou, répondit Katya avec une expression figée. C'est un adage qu'Altamaty a appris lorsqu'il a été fait prisonnier ici par les moudjahidin : « Si tu ne veux pas courir à ta perte, évite la vallée étroite de Koran. »

L'avion rebondit sur la piste.

— Parfait, ironisa Costas. Encore un lieu de vacances privilégié !

Chapitre XVII

Afghanistan, 22 septembre 1908.

Les deux hommes dévalèrent la coulée d'éclats de roche qui bouchait à moitié l'entrée de la mine en cherchant à tâtons des prises pour se retenir. Ils tentèrent tant bien que mal de ne pas perdre l'équilibre, mais se retrouvèrent allongés côte à côte en bas de la pente. Ils voyaient toujours l'entrée de la mine, quelques mètres plus loin, le ciel gris au-dehors, simple tache de lumière au-dessus du tas de pierres. Au-dessous d'eux, le puits s'enfonçait dans les ténèbres. À plus de trois mille six cents mètres d'altitude, l'air était rare et ils respiraient difficilement en toussant dans le nuage de poussière qu'ils venaient de soulever. John Howard se tourna vers son ami, cligna des yeux et essaya de voir la paroi du puits. La roche était couverte de traces de pic. Un rai de lumière en provenance de l'entrée éclaira le plafond. Il y avait bien des marbrures bleues avec des mouchetures dorées. Cela ne faisait aucun doute. Howard se mit à rire, ou à pleurer, il ne savait plus très bien, et fut pris d'une douloureuse quinte de toux.

— Robert, murmura-t-il. Tu as vu ? C'est du lapis-lazuli.

— Je viens d'en ramasser un spécimen, répondit Wauchope.

Lorsqu'il entendit la voix de son ami, son accent irlandais avec ce nasillement américain qu'il avait gardé malgré des années de service dans l'armée britannique, Howard se détendit. Après la lutte acharnée qu'ils avaient menée au-dehors, il s'était demandé s'il la réentendrait un jour.

Il cligna encore des yeux et s'efforça de faire l'inventaire de la situation. Il était couché à plat ventre, bras et jambes écartés. Les mains tendues en avant, il tenait fermement son vieux Colt, qui fumait encore, après les coups de feu qu'il avait tirés quelques instants auparavant. De l'autre main, il serrait le vieux bambou, noirci et lustré par le temps. Wauchope et lui l'avaient sorti pour lire le papyrus qui se trouvait à l'intérieur juste avant d'être attaqués. C'était tout ce qu'ils avaient emporté, lorsqu'ils avaient caché leurs sacs au fond de la vallée et escaladé la montagne jusqu'au puits, en cherchant un passage que le cheval de leur poursuivant ne pourrait pas atteindre.

Wauchope roula sur le dos. Il ouvrit son revolver Webley, éjecta les cartouches vides et rechargea l'arme avec de nouvelles munitions tout en regardant vers l'entrée du puits. Puis il ramassa quelque chose sur le sol. C'était un éclat de roche bleue. Il posa son revolver et s'appuya du coude sur le sol rocailleux pour fouiller dans une petite bourse en cuir qu'il portait autour du cou. Il sortit un vieux monocle rayé et le plaça devant son œil gauche, avant d'examiner attentivement le fragment, le cou tendu en avant.

— Il s'agit bien de la qualité supérieure, annonça-t-il. Le scintillement doré provient de mouchetures de pyrite. C'est le *nielo* mentionné par Licinius.

Il retira son monocle et se laissa retomber sur le dos. Pendant un instant, Howard n'entendit plus que le bruit de sa propre respiration, rauque et haletante. Il regarda son souffle se cristalliser dans l'air froid de la montagne. Wauchope tourna la tête vers lui.

— Tu sais ce que cela signifie ?

— Cela signifie que, par le truchement de je ne sais quelle providence divine, ces démons nous ont précipités dans le bon puits de mine ! s'exclama Howard. D'après Wood, il n'y avait qu'un filon de qualité supérieure. Regarde les traces de pic sur le plafond et la suie provenant des feux allumés pour fissurer la roche. Ce puits est exploité depuis des milliers d'années.

Il ferma les yeux. Les éclats de roche sur lesquels il était allongé étaient tranchants, mais il les sentait à peine. C'était étrange. Il rouvrit les yeux et regarda Wauchope. Depuis qu'ils étaient partis de Quetta en direction de la frontière afghane pour disparaître dans cet environnement inhospitalier, trois mois s'étaient écoulés. Ils étaient méconnaissables, mais ils étaient là, tous les deux, trente ans après s'être échappés du temple de la jungle. Le visage vieilli, brûlé par le soleil et taillé à la serpe, à l'image des vallées de ces montagnes, ils portaient une barbe grise et mal entretenue. Ils étaient coiffés d'un turban imprégné de poussière et emmitouflés dans un lourd manteau ceinturé en peau de mouton, dont la laine retournée à l'intérieur les protégeait du froid glacial qui s'était abattu sur eux lorsqu'ils étaient arrivés à proximité des mines. Sous le col remonté de Wauchope, Howard vit le baudrier en cuir de son ceinturon Sam Browne et le tissu kaki de son uniforme, orné de ses galons de colonel. Ils avaient tous deux quitté l'armée, mais ils savaient que, s'ils sortaient sans uniforme, ils seraient considérés comme des espions par les Afghans et subiraient un sort pire que la mort. Ils avaient été officiers dans le corps des ingénieurs royaux pendant trente-cinq ans et il leur semblait tout naturel de porter, pour leur dernière grande aventure ensemble, l'uniforme qu'ils avaient revêtu pendant toute leur vie d'adulte.

Le regard de Howard accrocha celui de Wauchope. Les deux hommes se sourirent puis se mirent à rire de façon incontrôlable. Ils avaient réussi… Howard toussa brusquement et cracha du sang sur le sol.

— Bon Dieu ! s'écria Wauchope en se levant aussitôt pour venir se pencher au-dessus de lui. Tu es blessé !

— J'ai reçu un coup d'épée, souffla Howard, le goût métallique du sang sur les lèvres. Le cavalier qui nous a suivis le long de la piste. Celui qui avait une épée à gantelet. Quand nous avons escaladé les rochers pour monter jusqu'ici. Dans le dos. Côté gauche.

Howard sentit son ami dénouer la ceinture de son manteau en peau de mouton retournée, prendre le bambou qu'il tenait encore de la main gauche et sortir son bras de la manche.

— Doucement, murmura Wauchope.

Il souleva le manteau et sentit une tache poisseuse sur le corps, contre le flanc. Il rhabilla Howard avec précaution en remettant son bras dans la manche, avant de le redéposer doucement dans sa position initiale. Puis il posa la main sur son épaule droite. Howard sentit à quel point il était tendu.

— C'est grave, n'est-ce pas ? dit-il à voix basse.

— Le foie n'est pas touché, c'est sûr. La lame a peut-être traversé la cavité pleurale, sous le poumon. J'ai vu des hommes se remettre d'une blessure comme celle-là en un rien de temps.

— Le poumon est atteint, Robert. Mon sang est mousseux. J'ai le souffle court.

Wauchope se redressa, regarda vers l'entrée du puits et respira profondément. Il dénoua sa ceinture et retira son manteau. Puis il rajusta sa ceinture Sam Browne, remit son étui en place et brossa le devant de sa tunique. Howard ferma les yeux. Ils étaient si près du but…

— Nous savons que ce que nous cherchons se trouve quelque part là-dedans, déclara Wauchope en faisant un signe de tête vers le fond du puits.

— Eux aussi.

— Ils ne savent pas dans quel puits nous nous sommes cachés. Quand j'ai vidé mon chargeur sur eux, ils ont battu en retraite. Cela nous a fait gagner un peu de temps. Et quand ils nous trouveront, ils n'auront aucun moyen de savoir qu'il s'agit du bon puits. Ils ne peuvent pas deviner que nous sommes tombés par hasard sur celui que nous cherchions, où Licinius a caché le joyau il y a deux mille ans.

— Ils les fouilleront tous. Ils nous trouveront. Et ils trouveront le joyau.

Le joyau… Howard sentit le sang lui monter dans la gorge. Il avait l'impression de se noyer lentement. Mais il ne montrerait pas sa peur.

Chapitre XVII

Il regarda le cylindre de bambou, que Wauchope avait déposé à côté de lui. Le *vélpu*, la relique sacrée dont ils s'étaient emparés trente ans auparavant, leur avait permis de sortir de l'enfer qu'ils avaient vécu ce jour-là, gravé à jamais dans sa mémoire comme si tout s'était passé la veille. Howard l'avait gardé, ainsi que le gantelet à tête de tigre, identique au motif qu'ils avaient repéré sur le bras de leur poursuivant seulement quelques heures auparavant. Ils savaient qu'ils étaient suivis, mais leur ennemi n'avait frappé qu'au fond de la vallée, lorsqu'ils avaient atteint les mines légendaires de lapis-lazuli de Sar-e-Sang. Howard avait vu le guerrier, caché derrière un masque de dragon-tigre, qui avait conduit la phalange d'hommes armés jusqu'à eux. Il avait aperçu la lueur dorée qui avait jailli de son poignet lorsqu'il avait dégainé sa grande épée à gantelet, semblable à celle qu'Howard avait prise sur la tombe de la jungle.

Il n'avait pas ce gantelet sur lui, mais Wauchope et lui avaient apporté le *vélpu* en raison de ce qu'il contenait. Dix ans après leur incursion dans la jungle, leurs chemins s'étaient de nouveau croisés à l'École du génie militaire de Chatham. Une nuit, ils s'étaient enfermés dans la bibliothèque et ils avaient ouvert le bambou. Ce qu'ils avaient trouvé à l'intérieur n'était pas une idole ni une divinité, mais un rouleau de papyrus, du papier fabriqué à partir de roseaux pressés. Howard en avait vu un au British Museum lorsqu'il était enfant. Du papyrus égyptien dans la jungle du sud de l'Inde… C'était déjà incroyable mais, en outre, il n'était pas vierge. Wauchope avait reconnu le style des lettres, identique à celui de l'inscription gravée sur la tombe, dans le temple de la jungle. Mais le texte du papyrus était plus long. Et ce qu'il disait était très étonnant. Howard ne l'avait jamais oublié.

En compagnie de Wauchope, il avait fait appel à ses connaissances en latin pour déchiffrer le message, à la lueur d'une bougie. Ces mots l'avaient ramené à ses rêves d'enfant, à son goût de l'aventure. Ils semblaient l'avoir sorti des ténèbres dans lesquelles son âme avait sombré après les événements de la jungle. Ils lui avaient donné une raison d'aller de l'avant, autre que la rédemption pour un acte qu'il n'était même pas sûr d'avoir commis. Un acte qui l'avait hanté, parfois inconsciemment, tout au long de sa vie depuis qu'il avait appuyé sur la détente à bord du bateau à vapeur.

Il repensa à ce petit Kóya, ce petit garçon en pleurs qu'il n'avait pas pu supporter de voir souffrir, alors que son propre fils vivait ses dernières heures en l'appelant à ses côtés... Arrivé au bout du voyage, étendu dans le puits de mine, Howard leva les yeux vers Wauchope et murmura les derniers mots du papyrus qu'ils avaient lus pour la première fois cette nuit-là : *Cave tigris bellator*, « Attention au guerrier-tigre ».

Il avait la tête qui tournait. Il déglutit et sentit le sang redescendre dans sa gorge. Il avait vu le tatouage en forme de tigre sur le bras du cavalier lorsque celui-ci avait foncé sur eux dans la vallée. D'une façon ou d'une autre, ceux qui avaient repoussé Licinius jusque dans sa cachette au milieu de la jungle, deux mille ans auparavant, existaient toujours. Et ils traquaient les hommes qui étaient tombés par hasard sur la piste menant à ce que Licinius avait trouvé et caché. Tandis qu'il escaladait la montagne à la hâte, Howard s'était demandé comment Wauchope et lui avaient été repérés par ces guerriers. À Quetta, avant de partir, ils avaient décidé de dire à ceux qui leur poseraient des questions qu'ils projetaient de marcher sur les pas de Wood pour découvrir la source de l'Oxus, dans la vallée du Pandjchir, dans le nord de l'Afghanistan. Ils avaient demandé conseil à l'explorateur Aurel Stein sans rien dévoiler de leurs véritables intentions. Stein leur avait dit qu'il était suicidaire d'aller dans l'Hindū Kush sans porteur ni guide, mais il leur avait souhaité bonne chance. Ils étaient passés pour de vieux colonels excentriques, qui s'apprêtaient à vivre leur ultime aventure dans la plus pure tradition britannique.

Puis Howard avait compris ce qui s'était passé. Tout avait commencé des années auparavant, lorsqu'il était retourné en Angleterre après avoir servi dans le corps des sapeurs de Madras. Il avait essayé de faire oublier à sa femme, Helen, le chagrin que lui avait causé la mort du petit Edward, de reprendre avec elle une nouvelle vie. Récemment promu capitaine, il enseignait la géodésie à l'École du génie militaire. Il avait donné une conférence à l'Institut royal des services unis, à Londres, sur les antiquités romaines du sud de l'Inde, un sujet qui l'avait toujours passionné. Enfant, il collectionnait les pièces d'or et d'argent romaines, que son père et ses oncles lui achetaient dans les bazars de Madras et de Bangalore. Il avait dit qu'une rumeur, rien de plus, circulait à propos d'un temple troglodyte dans lequel se trouvait un bas-relief pouvant être d'origine romaine. Il avait voulu montrer qu'il était possible que des soldats romains, et pas seulement des marchands, aient pu aller jusque dans le sud de l'Inde. C'était une perspective extraordinaire. Une découverte fascinante.

Il s'était laissé emporter par son enthousiasme. Aujourd'hui, il comprenait qu'il avait voulu retirer quelque chose de positif de son expérience traumatisante dans la jungle et qu'il avait baissé sa garde. Il n'avait rien dit de plus, rien laissé entendre concernant l'emplacement du temple, ni donné le moindre détail permettant de comprendre qu'il ne s'agissait pas d'une simple hypothèse. Wauchope et lui s'étaient promis de ne jamais parler de ce qu'ils avaient découvert. Pourtant, au cours de la conférence, son enthousiasme, la petite lueur qu'il avait dans les yeux, cette partie refoulée de lui-même avide d'annoncer la nouvelle au monde entier, avaient peut-être révélé quelque chose à un spectateur attentif.

Un représentant de l'ambassade de l'Empire chinois était venu le féliciter après la conférence et l'interroger sur ses sources. Howard l'avait poliment éconduit en répétant qu'il ne s'agissait que d'une simple rumeur. Mais il y avait déjà vingt ans de cela. Était-il possible qu'il ait été suivi par cet homme, observé pendant tout ce temps, jusqu'à ce qu'il fasse un geste susceptible de dévoiler ce qu'il savait ? Le *vélpu* avait été caché dans une pièce fermée à clé, à l'École du génie militaire, parmi tout un bric-à-brac d'artefacts exotiques ramenés par différents officiers. Howard était le seul à posséder la clé. Personne d'autre que lui n'avait pu avoir connaissance de l'existence du *vélpu*.

Il se mit à penser à ceux qui avaient été à son service au fil du temps. Le seul à l'avoir accompagné tout au long de sa vie avait été le fidèle Huang-li, petit-neveu de sa chère *ayah* tibétaine. Huang-li avait été à ses côtés de Bangalore à Chatham, puis lorsqu'il était retourné en Inde. Il n'avait jamais cessé de fréquenter ses amis orientaux, des coolies, des marins, des hommes qu'il rencontrait dans les fumeries d'opium le soir. Mais Howard avait fermé les yeux, sachant qu'il valait mieux tolérer les sociétés secrètes et les rituels que les interdire. Huang-li avait été là jusqu'au bout. À Quetta, quand Wauchope et Howard s'étaient mis en route pour l'Afghanistan, il avait rempli leurs sacs à dos de nourriture et les avait regardés partir en leur faisant signe de la main. Il s'était montré enthousiaste, peut-être trop pour un homme qui ne reverrait peut-être jamais son maître. Il avait bourré leurs sacs de remèdes chinois, d'herbes médicinales : des paquets superflus dont ils s'étaient débarrassés rapidement. Il avait fait tout son possible pour qu'ils restent en vie jusqu'à ce qu'ils atteignent leur destination. Howard avait été touché par la sollicitude de son fidèle serviteur. Mais désormais, il était assailli par le doute. Huang-li s'était-il assuré qu'ils arrivent à bon port uniquement pour qu'ils conduisent d'autres hommes jusqu'au joyau ?

Howard se remit à tousser. Tout cela n'avait plus aucune importance, maintenant. Il essaya de bouger la tête et eut un haut-le-cœur. La bouche de nouveau pleine de sang, il s'efforça de déglutir. La douleur était insoutenable. Il se souvint que Huang-li avait mis du laudanum dans leurs sacs et regrettait de l'avoir jeté. Wauchope se pencha au-dessus de lui pour lui soutenir la tête.

— Je n'ai pas encore rendu l'âme, murmura Howard d'une voix rauque. Il faut encore que nous trouvions ce joyau.

Wauchope fit un signe de tête en direction du fond du puits.

— Il est quelque part par là. J'en suis sûr.

— Et il y a aussi l'autre joyau, celui qu'a emporté l'autre Romain mentionné dans l'inscription, Fabius.

— Chaque chose en son temps, mon vieux.

Chapitre XVII

Howard grimaça de douleur.

— L'immortalité, souffla-t-il. C'est le secret du joyau céleste, n'est-ce pas ? On en aurait bien besoin en ce moment.

Wauchope jeta un coup d'œil anxieux vers l'entrée du puits, puis regarda de nouveau Howard.

— C'est peut-être ce que s'est dit Licinius à la fin de sa vie, dans la jungle, dit-il. Je me demande quel genre d'homme il était, si nous lui ressemblons. Parfois, j'ai l'impression que c'est la seule chose qui justifie cette quête mystérieuse dans laquelle nous nous sommes lancés. Tous les indices dont nous disposons, l'inscription de la tombe, le message du *vélpu*, la géographie, tout ce que nous avons reconstitué ensemble au fil des ans n'aboutit pas à grand-chose si l'on n'essaie pas de comprendre l'homme.

Howard lui adressa un sourire fatigué. Il toussa, essaya d'avaler, de respirer lentement pendant un moment pour se calmer, puis se remit à parler. Sa voix n'était plus qu'un murmure.

— Tu te souviens du bas-relief de la femme avec l'enfant, sur le mur du temple ? Chercher l'immortalité, c'est vouloir prolonger une vie où le deuil et le chagrin durent éternellement. À quoi bon, si les êtres qui nous sont chers sont partis avant nous et que l'on n'a plus d'amour à donner. Je crois que Licinius a parié sur la mortalité. L'Élysée était peut-être un meilleur choix, après tout.

— Alors que faisons-nous ici, toi et moi ? Dans cette mine ?

— La même chose que Licinius et Fabius. C'était peut-être l'Élysée qu'ils cherchaient. Ils ont préféré mourir couverts de gloire que de goûter à l'immortalité. La possibilité d'être immortel s'est peut-être présentée à eux par hasard, en chemin. Licinius n'a dû en avoir connaissance qu'après le départ de Fabius. Il devait avoir sous la main l'homme qui avait apporté le joyau depuis l'Orient, peut-être un marchand qu'ils avaient volé et fait prisonnier pour l'utiliser comme guide. Si les Romains avaient été au courant dès le début, je ne vois pas pourquoi Licinius et Fabius se seraient séparés en éloignant les deux parties du joyau l'une de l'autre.

— Les dieux n'ont peut-être pas voulu que l'homme trouve le secret de l'immortalité.

— Ce n'était peut-être pas dans notre intérêt.

— Mais tu n'as toujours pas répondu à ma question : que faisons-nous ici ?

Wauchope fixait son ami avec un regard intense et plein d'inquiétude. Howard savait qu'il essayait de l'aider à lutter, à rester conscient, pour qu'ils vivent leur amitié jusqu'au bout, profitent au mieux de ces derniers instants. Il le regarda à son tour.

— Nous faisons ce que ces Romains ont fait lorsqu'ils sont partis pour leur dernier voyage, dit-il. Tu te souviens de l'inscription que nous avons vue il y a des années dans le temple de la jungle ? La XVe Apollinaris… Ils ont marché pour la gloire de leur légion, dans l'ombre de leurs camarades tombés sur le champ de bataille, en allant à la rencontre du coup du sort qui les précipiterait de l'autre côté après une mort glorieuse. Ils ont fait ce qu'ils avaient appris à faire. C'étaient des soldats. Et c'est peut-être pour cela que nous sommes là, nous aussi. Pour la gloire de notre légion, le corps des ingénieurs royaux. Pour tous ceux qui sont partis avant nous, tous ceux qui sont tombés. *Ubique.*

— *Ubique*, répéta Wauchope à voix basse. Voilà qui est digne d'un vrai sapeur.

Howard sentit son champ de vision se rétrécir, comme s'il regardait à travers un tunnel, dont les parois devenaient sombres et floues. Il ne voyait plus que la tête barbue et coiffée d'un turban de Wauchope, tel un vieux portrait sépia encadré. Il eut l'impression d'être en lévitation, piqué par un millier d'aiguilles, une sensation qui n'était pas désagréable. Il avait le sentiment de devoir bouger, mais il se demanda s'il n'était pas en train de rêver et si le mouvement n'allait pas rompre le charme. Cependant, s'il restait immobile, il risquait de s'élever et d'être attiré au bout du tunnel, vers la lumière.

— Robert, murmura-t-il. Je ne vois plus très bien.

Chapitre XVII

Wauchope lui prit la main et la serra fermement. Soudain, ils entendirent un bruit au-dehors, des hennissements et le tambourinement de sabots. Ils regardèrent tous deux vers l'entrée de la mine. Un souffle chaud, cristallisé, parvint jusqu'à eux, comme celui d'un dragon qui aurait enfoui la tête dans le puits. Lorsque leurs yeux se furent habitués à la clarté, ils virent la silhouette d'un cheval, qui se découpait contre le soleil rouge. Dans la lumière du levant, la sueur de l'animal luisait comme du sang. Lorsqu'il secouait la crinière, il projetait des gouttes cramoisies autour de lui. L'homme qui le montait portait un masque de tigre terrifiant, une cuirasse et une épée à gantelet étincelante, couverte de traînées de sang à peine coagulé. Le sang de Howard… Celui-ci sentit son cœur s'emballer et sa bouche se remplir d'une écume au goût métallique. Puis il entendit un battement de tambour, lent, insistant, de plus en plus fort, en provenance de la vallée.

— Ce cavalier ne peut pas entrer ici, le rassura Wauchope. Mais les autres, ceux qui suivent à pied, vont bientôt nous rattraper. Il ne nous reste que quelques minutes.

Howard se cramponna à la main de son ami et leva les yeux vers lui.

— Ai-je seulement fait quelque chose de bien dans ma vie ? J'ai construit des canaux, des ponts et des routes. J'ai montré aux autres comment cartographier les terres. Mais ai-je fait quelque chose de bien ?

— Tu as élevé une famille. Tu as été un père aimant. Il n'y a rien de mieux qu'un homme puisse faire.

Howard s'effondra brusquement.

— Mon fils Edward ! Mon petit garçon ! Je n'aurais jamais dû le laisser à Bangalore. J'aurais dû être auprès de lui dans ses derniers instants.

— Tu étais officier chez les sapeurs. Et tu faisais ton devoir envers la reine.

— Mon devoir ? Dans la jungle ? Qu'avons-nous fait là-bas ?

Wauchope serra la main de Howard.

— Tu te souviens de notre ami, le docteur Walker ? Il a parlé de la terrible fièvre qui a décimé nos hommes au médecin-chef Ross. Et Ross est venu dans la jungle pour évaluer lui-même la situation. Si tu n'avais pas fait part de ta théorie sur les moustiques à Walker, il ne serait peut-être jamais venu. Sir Ronald Ross, prix Nobel de médecine ! Juguler la rébellion a été une tâche ingrate, mais il en est ressorti quelque chose, pour le bien de tous.

— Le bien de tous ! s'exclama Howard entre deux quintes de toux. Les Kóya étaient déjà immunisés contre la fièvre. Nous les avons tués par dizaines. Nous avons brûlé leurs villages. Les routes que j'ai tracées avec mes sapeurs sont encore là, inachevées, recouvertes par la végétation. Seules quelques-unes ont été terminées et elles n'ont servi qu'à acheminer l'argent des prêteurs sur gages, l'opium et la maladie. Si nous étions là, c'était uniquement parce que le gouvernement voulait se faire de l'argent sur le dos des Kóya. Et si nous avons échoué dans notre tâche, c'est parce qu'il n'a pas voulu s'encombrer d'un territoire aussi peu rentable. On fait de grandes choses avec de grands idéaux, Robert, mais celui-ci n'en était pas un. Et pourtant, il a façonné toute ma vie.

Howard fut soudain pris de convulsions et de violentes quintes de toux. Du sang coulait le long de son menton. Il appuya la main sur son flanc poisseux, le sang bouillonnait hors de son poumon. Le teint gris, il regarda Wauchope dans les yeux.

— Je ne sens plus mes jambes, Robert, murmura-t-il.

Le battement de tambour se fit plus sonore. Wauchope posa la main sur l'épaule de Howard et se pencha au-dessus de lui pour essuyer du revers de la manche le sang qui ruisselait de sa bouche.

— Tiens bon, mon vieux ! dit-il.

Howard se cramponna de nouveau à lui.

— Trouve le joyau, supplia-t-il. Apporte-le à Licinius, dans la jungle. Et rends le *vélpu* sacré aux Kóya. Il est à eux.

Sa voix était faible. Il toussa encore.

Chapitre XVII

— Retourne au temple, murmura-t-il. Et dépose-le dans son sarcophage.

— Chaque chose en son temps, répondit Wauchope. J'aurai besoin de toi pour soulever le couvercle.

— Regarde à la base du sarcophage. Tu trouveras un trou, à peu près de la taille du bambou. Licinius était tailleur de pierre, tu te souviens ? Les sarcophages romains ont toujours un trou pour que les gaz de décomposition s'échappent et que l'âme puisse s'envoler librement.

— J'ai toujours pensé que tu aurais dû être archéologue, confia Wauchope.

Howard s'efforça de sourire. Ses dents luisaient de sang.

— Nous avons vécu une grande aventure, n'est-ce pas ?

— Ça, tu peux le dire !

Wauchope prit le bambou d'une main et, de l'autre, dégaina son Webley.

— Et ce n'est pas fini ! lança-t-il.

Il montra du doigt le pistolet que Howard avait encore à la main.

— Il reste des chambres chargées ? demanda-t-il.

— Deux, répondit Howard.

— Je n'arrive pas à croire que tu utilises encore ce vieux machin à percussion. À notre époque ! Tu devrais vraiment te procurer un revolver à cartouches.

— Tu me l'as déjà dit il y a trente ans dans la jungle. Depuis, je n'ai jamais tiré sous le coup de la colère. Cette arme m'a été bien utile.

— Mais il faut faire attention à ce que la poudre reste sèche.

— Un soldat veille toujours sur son arme, Robert.

— Tu es toujours un soldat. Le meilleur.

— Mais je n'ai pas toujours été un preux chevalier, murmura Howard.

— Et c'était bien, tout à l'heure, de tirer de nouveau sous le coup de la colère ?

— J'ai toujours aimé l'odeur de la poudre.

— Alors nous allons voir si nous pouvons rattraper le temps perdu, d'accord ?

— *Hann til Ragnaroks.*

— Qu'est-ce que tu dis ? demanda Wauchope.

Howard leva la main gauche. Ses doigts étaient repliés comme s'ils tenaient encore le bambou, mais il ne les sentait plus.

— Regarde ma chevalière, les armoiries familiales, avec l'ancre. C'est de l'art viking, de l'argent. Elle a été apportée en Angleterre par mes ancêtres nordiques. *Hann til Ragnaroks* était leur devise. Cela signifie « Jusqu'à nos retrouvailles au Ragnarok », au Walhalla.

— Comment sais-tu cela ? s'étonna Wauchope.

Howard parvint à esquisser un sourire.

— Je me suis toujours passionné pour l'histoire de ma famille. Mais plus personne ne s'y intéresse. Ce sera fini après moi. Mais au moins, je saurai quoi dire quand je serai arrivé là-bas. À ceux qui sont partis avant moi.

— Eh bien, si je dois aller au Walhalla, ce sera avec mon arme à la main !

— Robert, ma main. Tu as vu ? Elle ne tremble plus. Pendant des années, depuis la jungle, elle a toujours été secouée par un tremblement. Depuis que j'ai appuyé sur la détente. Maintenant, je ne la sens même plus.

Wauchope se pencha et arma le Colt de Howard, avant de refermer la main de celui-ci autour du pistolet.

— Je pars en reconnaissance, annonça-t-il. Toi, tu tires sur tout ce qui bouge à l'entrée du puits.

— D'accord, murmura Howard d'une voix à peine audible. Soldat d'abord, ingénieur ensuite.

— *Quo fas et Gloria ducunt.* Nous sommes des soldats.

— Des guerriers, souffla Howard. Des chevaliers.

— Comment était-ce déjà ? *Hann til Ragnaroks.*

— *Hann til Ragnaroks.*

Chapitre XVII

Howard prit une profonde respiration, rauque, qui lui fit de nouveau monter le sang à la bouche, et s'agrippa au bras de Wauchope. Il tremblait de nouveau, le souffle court.

— Est-ce que je l'ai fait ? demanda-t-il. Dans la jungle ? Est-ce que je l'ai fait ? Est-ce que j'ai tiré sur ce petit garçon ?

Il levait vers Wauchope des yeux implorants, mais il ne le voyait plus. Il ne voyait qu'un disque de lumière au bout du puits et l'aura bleue de la roche tout autour. Wauchope lui prit la main et la serra contre lui. Puis il sortit de la poche intérieure de la tunique de Howard une vieille photo d'une jeune femme qui tenait un bébé. Il savait qu'elle se trouvait là. Il la posa dans la main couverte de sang de son ami et la recouvrit de la sienne. Howard pleurait, pour la première fois. Des larmes coulaient de ses yeux aveugles.

— Je le vois, murmura-t-il. Mon cher Edward.

L'enfant était avec sa mère. Il les regarda sortir de la lumière, au bout du tunnel, et avancer vers lui. Le petit garçon se mit à courir et se jeta dans ses bras. Howard le souleva au-dessus de sa tête en riant, en pleurant de joie. Wauchope se pencha au-dessus de lui et l'embrassa sur le front. Puis il se redressa et se leva en tenant son Webley d'une main et le bambou de l'autre.

La silhouette avait disparu. Howard ne voyait plus que la lumière aveuglante du soleil levant, qui éclipsait tout le reste. Le bleu des parois s'éclaira et renvoya les rayons du soleil dans un faisceau d'énergie qui sembla le soulever et l'emporter. Les tambours, dont l'écho résonnait contre la pierre, étaient plus proches. Une bouffée d'air glacial s'engouffra dans le puits. Howard sentit le froid lui transpercer le corps comme des flèches. Puis plus rien.

Chapitre XVIII

Jack descendait en chute libre au fond de l'eau, bras et jambes écartés, emporté par le poids de son propre corps. Il avait nagé par paliers, de sorte à expulser petit à petit l'air qui lui restait dans les poumons par la bouche et équilibrer la pression dans ses oreilles. Désormais, il pouvait sentir le goût de l'eau, fraîche, piquante et salée. Il voyait le fond du lac, gris et plat, sans la moindre ondulation contrairement aux lits marins. Puis il aperçut la forme qui avait attiré son attention, les contours d'un bateau ancien, à moitié enseveli par les sédiments. Lorsqu'il toucha le fond, il enfonça le bras profondément dans le limon et en ressortit un objet. C'était un joyau étincelant, vert olivine, du péridot provenant de l'île située au large de l'Égypte. Il dégageait de la chaleur et une lumière qui enveloppait tout le corps de Jack. Celui-ci eut brusquement envie de dormir, comme s'il avait trouvé ce qu'il avait cherché toute sa vie et n'avait plus d'autre but. Entraîné vers le fond par le joyau, il ne voulait plus qu'une seule chose : s'abîmer dans le limon et dormir éternellement. Mais il revint à lui, le cœur battant à tout rompre. Il devait remonter à la surface. Il avait quelque chose d'encore plus précieux là-haut.

Il donna une impulsion pour remonter, le joyau à la main, et nagea vers la lumière du soleil qui inondait le lac. « Je suis calme », se disait-il. « Je vais y arriver. » Il répétait mentalement ce mantra, mais c'était inutile. Il ne manquait pas d'oxygène ; il n'éprouvait pas le besoin de respirer. Pourtant, lorsqu'il vit le bateau de plongée, les silhouettes ondoyantes penchées au-dessus de lui, qui le regardaient, il eut de nouveau une sensation de lourdeur. Un picotement lui montait le long des membres. Le joyau, déjà lourd au fond du lac, était devenu un fardeau trop pesant. Jack discerna le visage de Rebecca tourné vers lui, ses cheveux flottant à la surface du lac. Il tendit la main vers elle, mais le joyau l'entraînait vers le bas. Il ouvrit la bouche, inspira, remplit ses poumons d'eau, et sombra avec une terrible sensation de vide, sans savoir s'il criait, les mains tendues vers une silhouette qui recula dans le scintillement du soleil jusqu'à disparaître complètement.

— Jack, réveille-toi ! Katya et Altamaty reviennent.

Jack sentit une main le secouer et se réveilla en sursaut. Il était assis près de Costas à l'avant de la Jeep, côté passager. Il entendit quelque chose se froisser et constata qu'une couverture de survie avait été dépliée sur lui. Costas avait dû la trouver parmi les accessoires de secours de la Jeep. Jack sentit la circulation revenir peu à peu au bout de ses doigts. Il se rappela à quel point ses amis et lui avaient eu froid lorsqu'ils étaient arrivés, peu après l'aube, tandis que le sol était encore couvert de rosée.

Il sortit sa main gauche et consulta sa montre. Il était presque midi. Cela faisait environ trois heures qu'ils étaient là et il en avait passé deux à dormir. Auparavant, ils avaient étudié le récit du lieutenant Wood sur son dernier voyage vers les mines de lapis-lazuli, enfouies quelque part dans la vallée qui s'ouvrait devant eux. Jack se souvint avoir fermé les yeux lorsque Pradesh était allé faire bouillir de l'eau pour le thé. Il jeta un coup d'œil à Costas. Celui-ci portait un vieux pardessus vert de l'armée, sur une laine polaire foncée, et une chapka en peau de mouton de conducteur de char soviétique qu'il s'était solidement vissée sur la tête. N'étant pas équipés contre le froid, ils avaient simplement passé ce qu'ils avaient trouvé à l'arrière de la Jeep par-dessus leurs vêtements. Jack repoussa la couverture et s'éclaircit la gorge.

— Désolé, je me suis assoupi.

Chapitre XVIII

— J'avais remarqué ! lança Costas. On aurait juré que le moteur était encore en route.

— Je ne ronfle pas.

— Bien sûr que non.

Pradesh apparut à côté de la portière de la Jeep.

— Tu avais besoin de dormir, déclara-t-il.

Il portait également une chapka en mouton et un pull vert de l'armée indienne. Il s'accroupit à côté d'un petit réchaud et tendit une tasse fumante à Jack.

— Thé fraîchement infusé. Le meilleur Darjeeling. J'en ai toujours sur moi. C'est une tradition militaire que nous avons héritée de vous, les Britanniques. Maintenant, nous ne pouvons plus nous en passer.

— Merci, dit Jack en prenant la tasse en métal des deux mains.

Il regarda la vallée, droit devant lui. Les montagnes de l'Hindū Kush, d'immenses murs de pierre désolés, blancs de poussière et couronnés de neige dans les hauteurs, se dressaient tout au fond. Jack porta les jumelles compactes suspendues autour de son cou à ses yeux. Sur un sentier longeant la vallée, il aperçut Katya et Altamaty, accompagnés d'un homme en tenue afghane. Il baissa les jumelles et se tourna vers Pradesh, qui hocha la tête. Tout semblait se dérouler comme prévu.

Ils étaient arrivés à l'aéroport de Faizabad, dans le nord de l'Afghanistan, à l'aube. Ils étaient passés directement de l'avion à la Jeep. Jack avait un vieil ami qui dirigeait une organisation humanitaire à Faizabad. Celui-ci s'était débrouillé pour lui trouver un véhicule, sur lequel les lettres « TV » avaient été peintes sur le toit et les portières. Ils étaient entrés avec discrétion sur le territoire, préférant éviter d'être reçus officiellement par l'OTAN. Il y avait une équipe de reconstruction de l'ISAF dans la région mais, après un échange téléphonique avec le colonel danois, ils avaient décidé de ne pas demander d'escorte. Le colonel les avait prévenus des risques qu'ils encouraient : les talibans pouvaient attaquer n'importe où, y compris ici, dans le nord du pays. Mais le seigneur de guerre local était un indépendant, un fidèle de l'ancienne Alliance du Nord et ils ne voulaient pas se le mettre à dos. Le colonel danois leur avait promis un hélicoptère d'évacuation sanitaire d'urgence en cas de nécessité mais, en dehors de cela, ils étaient livrés à eux-mêmes.

Jack regarda de nouveau à travers ses jumelles et scruta l'autre versant de la vallée, à l'affût de reflets, de signes de mouvement au milieu des rochers, tout en sachant qu'il ne verrait rien. Quelque part devant eux, se cachait le sniper qui les avait sans doute observés au bord du lac du Kirghizistan. Tant qu'ils ne savaient pas précisément où aller, tant qu'ils ne trouvaient pas ce que la confrérie cherchait, ils ne risquaient rien. Mais chaque pas qui les rapprochait de leur but les rendait plus vulnérables. Jack se sentait impuissant face au danger, mais il était conscient de ne pas avoir d'autre choix que de jouer le jeu en espérant trouver un moyen d'échapper au destin. Et les autres membres de l'équipe savaient également à quoi s'en tenir. Tout allait dépendre de ce que Katya et Altamaty avaient obtenu au cours de ces deux dernières heures, depuis qu'ils étaient partis en reconnaissance dans la vallée.

Pradesh replia le réchaud et le rangea dans son sac à dos.

— Allez, les gars, en selle ! s'exclama-t-il.

Costas sortit les jambes de la Jeep.

— Je me demande où tu as appris ce genre d'expression, Pradesh, dit-il.

— À l'École du génie militaire de Fort Leonard Wood, dans le Missouri. J'y ai été affecté pour six mois l'année dernière.

— C'est vrai ? demanda Costas, l'air surpris. As-tu eu l'occasion de rencontrer Jim Praeder ?

— Technologie des submersibles, également professeur à l'École navale. J'ai suivi ses cours.

Stupéfait, Costas se tourna vers Jack.

— Il nous faut ce type ! lança-t-il en montrant Pradesh du doigt. À tout prix. Il doit faire partie du personnel permanent de l'UMI.

Chapitre XVIII

Jack sourit à Pradesh et sortit de la Jeep en s'étirant. Il portait pardessus sa tenue un Goretex vert doublé en polaire et une casquette en laine bleue à laquelle il tenait particulièrement. Elle lui avait été offerte dans sa jeunesse par un membre de l'équipe du capitaine Cousteau. Il jeta son vieux sac kaki sur son épaule. À l'intérieur, il sentit l'étui de son revolver. Cela le rassura, mais son arme ne lui serait pas d'une grande utilité dans cet environnement. Il regarda en direction du sentier et vit l'Afghan qui accompagnait Katya et Altamaty les quitter et disparaître derrière les rochers. Jack respira profondément et pria en silence. Altamaty avait vécu ici vingt ans auparavant. Il avait su où aller. Katya et lui parlaient tous deux le dari, la langue principale de l'Afghanistan, et connaissaient le code pachtoun. Il avait été préférable qu'ils établissent seuls le premier contact. Trop d'Occidentaux, qui avaient promis paix et assistance, n'avaient apporté ici que la trahison et la mort. Ils avaient déjà un sniper à leurs trousses. Alors s'ils se mettaient le seigneur de guerre local à dos, ils ne ressortiraient jamais vivants de cette vallée.

Il se pencha dans la Jeep et sortit son exemplaire du *Voyage à la source de l'Oxus*. Il ouvrit le vieux livre à la page qu'il avait marquée et observa les notes presque effacées de John Howard, puis celles prises sur un feuillet intercalaire par Rebecca. Il semblait y avoir une continuité dans tout cela, comme si ce livre avait jeté des ponts entre les générations. Il regarda le texte, la phrase qu'il avait à l'esprit lorsqu'il s'était endormi : « Après une longue et pénible marche, nous arrivâmes au pied des montagnes de *lazvard.* » Il savait que *lazvard* signifiait « lapis-lazuli » en persan et que ce mot désignait l'endroit où se trouvaient les mines. Ils étaient précisément là où se tenait Wood en cet instant, tout au bout de la route. La Jeep ne pouvait pas aller plus loin. Désormais, ils devraient poursuivre leur chemin à pied, comme Howard et Wauchope l'avaient fait, s'ils étaient vraiment allés aussi loin.

Jack referma le livre et le fourra dans son sac. Il pensa à Rebecca, qui était restée avec l'équipe de plongée au bord du lac Yssyk-Köl.

Son rêve à propos d'elle était encore vivace, ancré dans son esprit. Il se souvint de ce que Katya avait dit à propos des rêves que l'on faisait ici, sur le toit du monde : ils étaient plus difficiles à distinguer de la réalité, comme si l'on avait toujours un pied dans un monde onirique. Elle avait expliqué que c'était parce que l'air était plus rare et qu'on dormait d'un sommeil agité. Jack secoua la tête et garda les yeux rivés sur Katya et Altamaty qui arrivaient à la Jeep. Il était temps de se concentrer sur la dure réalité.

Katya était emmitouflée dans une épaisse veste d'alpinisme mais semblait dans son élément.

— Bon, voici où nous en sommes, dit-elle. La bonne nouvelle, c'est que nous avons pu prendre contact avec le vieil ami d'Altamaty.

— Le moudjahid qui l'a fait prisonnier pendant la guerre afghano-soviétique ? demanda Costas.

— Oui, confirma Katya, il s'appelle Rahid, Mohamed Rahid Khan. Des rumeurs avaient déjà annoncé notre arrivée, ou plutôt celle d'une équipe de tournage. Il connaît ton nom, Jack. Il sait qui tu es. Il avait même entendu dire qu'il y avait des Kirghiz parmi nous. L'information circule incroyablement vite dans cet endroit où l'on ne croise jamais personne.

— A-t-il vu quelqu'un d'autre ? l'interrogea Pradesh.

— Je ne le lui ai pas demandé. Il a d'autres soucis en tête. Ce matin, les talibans ont attaqué un village dans la vallée d'à côté, au nord. C'était une vengeance à l'encontre d'une cousine de Rahid, une institutrice, à propos de faits qui remontent à l'époque où ils étaient au pouvoir, avant le 11 Septembre. Je vous passe les détails sordides. Rahid a envoyé tous ses hommes sur place, avec la plupart de ses armes. Quant à lui, il va partir dans moins d'une heure.

— Nous ne pouvons donc pas compter sur son soutien, en déduisit Costas.

— Peut-être que si, le rassura Katya. Je lui ai expliqué ce que Jack voulait. Je ne lui ai pas indiqué la raison de notre présence ici, mais il n'est pas stupide. Jack Howard ne vient pas en zone de guerre pour tourner un documentaire. Mais ce genre d'homme sait qu'il est parfois préférable de ne pas poser de questions. Les Pachtouns ne vont jamais droit au but. Ils se jaugent et essaient de deviner leurs intentions mutuelles. D'après Rahid, parmi les quelques personnes qui vivent dans la vallée, il n'est pas exclu qu'il y ait des sympathisants des talibans. Lorsqu'il y a une attaque, comme ce matin, le climat est tendu et l'arrivée d'étrangers peut être perçue comme une provocation. Rahid nous conseille de suivre le sentier le plus haut et d'éviter le fond de la vallée. Lorsque je lui ai fait part de ta demande, Jack, il m'a demandé si quelqu'un parmi nous savait se servir d'un fusil Lee-Enfield. Je lui ai parlé de ton expérience dans les rangers canadiens.

— Les rangers canadiens ? répéta Pradesh.

— Mon père était peintre, dit Jack, et nous avons passé deux étés dans l'Arctique canadien quand j'étais ado. Les rangers canadiens sont des réservistes. Ce sont essentiellement des Innus et des Inuits. Ils sont armés de vieux fusils Lee-Enfield, qu'ils utilisent pour chasser. Ce sont eux qui m'ont appris à tirer.

— Ils ont fait de toi un véritable tireur d'élite, Jack, rectifia Costas. Je l'ai vu de mes yeux.

— Je ne dirais pas ça devant un seigneur de guerre afghan. Les Pachtouns savent tirer avant même d'apprendre à marcher. Quoi qu'il en soit, Pradesh sait, lui aussi, se servir d'un fusil Lee-Enfield. Cette arme est encore courante en Inde. Il tire probablement mieux que moi.

— Tu es notre chef de file, Jack, avança Pradesh. Et il le sait. Les seigneurs de guerre pachtouns ne respectent que les chefs capables de manier eux-mêmes la gâchette.

Katya se tourna vers Jack.

— Rahid se trouve dans un complexe de grottes à environ vingt minutes d'ici, reprit-elle, en haut du versant que vous l'avez vu gravir lorsqu'il nous a quittés. Nous ne devons pas le manquer. Allons-y !

Elle conduisit aussitôt ses collègues jusqu'à Rahid. À un détour du sentier, qui surplombait la vallée rocailleuse, ils tombèrent sur une épave. Des débris métalliques informes étaient éparpillés autour de morceaux de fuselage et d'un rotor, qui gisait comme une immense fleur flétrie. Les débris étaient recouverts d'une peinture écaillée couleur camouflage. En deux endroits, une étoile rouge était encore visible.

— C'est l'hélicoptère Hind d'Altamaty, dit Katya à voix basse, celui dans lequel il se trouvait pendant la guerre afghano-soviétique, alors qu'il n'avait que dix-huit ans. Il a été le seul à en ressortir vivant. Deux de ses compagnons étaient encore en vie, mais ils ont été abattus par Rahid.

— Le type si sympathique auquel nous allons rendre visite? demanda Costas.

— C'est comme ça, ici, déclara Pradesh. Pas de quartier!

Jack leva les yeux vers Altamaty. Celui-ci se fraya un chemin parmi les décombres. Imperturbable, il regardait au-delà de l'épave, concentré sur le sentier. Quelque part au loin, ils entendirent le grondement d'avions à réaction survolant une autre vallée à basse altitude. Lorsque le bruit eut disparu, l'épave était déjà derrière eux. Ils ne voyaient plus que le sentier étroit et escarpé, la roche nue et les cailloux.

Dans ces montagnes inhospitalières, l'Histoire semblait être une intruse, prête à surgir de temps à autre, comme une vague d'aspirations humaines qui s'abattait sur la vallée, puis reculait en ne laissant que des détritus et un écho déclinant. La guerre menée aujourd'hui aurait pu être n'importe quelle guerre, celle qui avait opposé les Afghans aux Britanniques ou bien aux Soviétiques. Les conflits se succédaient dans les vallées mais n'atteignaient pas les montagnes, indemnes et presque inchangées depuis le jour où John Wood était venu voir les mines en 1836. Ici, les êtres humains semblaient minuscules, insignifiants, et même les cultures et les villages paraissaient éphémères, comme s'ils pouvaient être balayés en un clin d'œil. Pradesh avait dit la même chose à propos de la jungle et du Godavari. La jungle et les montagnes n'épargnaient personne. Jamais les hommes ne pourraient les dominer.

Chapitre XVIII

Jack prit de l'avance sur les autres. La pente était de plus en plus abrupte et le sentier de moins en moins visible, mais il n'avait aucun doute quant à l'itinéraire à suivre. Il voyait les zones lustrées par les pas, les prises trouvées par tous ceux qui les avaient précédés. Le sol, composé de schiste et de dolomie, était dur comme la pierre du nord du pays de Galles, où il avait appris à faire de l'escalade. Grisé par le froid, l'air qui lui picotait les poumons, Jack avançait avec célérité en s'aidant de ses mains. Il se sentait purifié, revitalisé. En montagne, il était aussi à l'aise que sous l'eau.

Environ vingt minutes plus tard, il arriva au-dessous d'une saillie, près du sommet du versant. Il s'arrêta pour reprendre sa respiration et regarda vers le haut. Un homme se tenait à quelques mètres de lui. Coiffé d'un turban, il portait une robe afghane sous une grosse veste en mouton. Il fixait Jack de ses yeux verts perçants, qui illuminaient son visage brun et sec, allongé par une barbe grisonnante. Jack se dit qu'il devait être de la même génération que lui, mais il semblait sans âge, comme les montagnes qui l'entouraient. Il le rejoignit et lui serra la main.

— Mohamed Rahid Khan ! lança-t-il. *Salam.*

— *Salam*, docteur Howard, dit Rahid.

— Vous me connaissez ?

— Nous avons la chaîne Histoire, vous savez, répondit Rahid d'un air narquois. Je suis allé en pension en Angleterre, avant que la guerre afghano-soviétique ne me ramène ici. Mon père a été ministre dans l'ancien gouvernement afghan. Depuis qu'il a été assassiné, c'est moi qui dirige ce territoire.

— Je sais que vous n'avez pas beaucoup de temps, déclara Jack.

Il sortit son exemplaire d'*Un voyage à la source de l'Oxus* et le tendit à Rahid.

— J'ai lu ce livre, dit Rahid en le parcourant en silence pendant quelques instants. Mais je ne l'ai jamais vu avec autant de notes. Je crois que vous ne suivez pas seulement les traces du lieutenant Wood, docteur Howard, mais aussi celles d'autres hommes.

— Deux officiers britanniques, des officiers à la retraite. Ils sont venus ici en 1908. L'un d'eux était mon arrière-arrière-grand-père. Nous pensons qu'ils ont exploré cette vallée.

— Alors nos chemins se sont déjà croisés. Ceux de vos ancêtres et des miens.

— Je sais.

— Il existe un vieux proverbe à propos de cette vallée.

— *Agur janub doshukh na-kham buro, Zinaar Murrow ba janub tungee Koran*, se rappela Jack. « Si tu ne veux pas courir à ta perte, évite la vallée étroite de Koran. »

Rahid plongea les yeux dans les siens.

— Comment le connaissez-vous ? demanda-t-il.

— C'est un ami kirghiz qui me l'a appris, répondit Jack en faisant un signe de tête en direction de ses compagnons.

Rahid regarda Altamaty monter le long du sentier.

— Il a bonne mémoire, murmura-t-il.

— Vous a-t-il dit pourquoi nous sommes venus ici ?

Rahid plissa les yeux.

— Mon grand-père n'a jamais oublié ce qui s'est passé dans cette vallée, il y a un siècle. Les hommes de notre tribu savaient que les deux voyageurs étaient ici. Ils ont vu leurs poursuivants les traquer dans la vallée jusqu'aux mines. Ensuite, mon grand-père est allé aux puits. Il est revenu en disant qu'il s'était passé quelque chose de terrible, que les puits des sommets étaient hantés et que personne ne devrait jamais y retourner. Je suis le seul à avoir eu le courage d'y aller, quand j'étais petit.

— Nous pensons que nous sommes suivis, nous aussi. Quelqu'un qui est déjà là nous observe, embusqué quelque part.

Rahid se mordit les lèvres et balaya la vallée du regard.

— Cette terre est comme ma peau. Je sens la vermine qui y rampe. Vos ennemis sont mes ennemis. *Inch Allah !* Mais aujourd'hui, mes hommes sont au combat. Nous allons nous venger.

— Vos ennemis sont mes ennemis.

Chapitre XVIII

Rahid soutint le regard de Jack un instant, puis plongea la main dans sa veste pour en sortir une photographie.

— Avez-vous des enfants ? demanda-t-il.

— J'ai une fille.

— Voici ma fille, dit Rahid en tendant la photo à Jack.

C'était une jeune Afghane souriante, non voilée, dont les cheveux noirs tombaient librement sur les épaules.

— Si je ne les combats pas, expliqua Rahid, un jour, ils feront à ma fille ce qu'ils ont fait à ma cousine. Ils la fouetteront pour être sortie sans voile. Ils la mutileront pour avoir lu des livres. Et ils la violeront parce que ce sont des bêtes.

— Ce ne sont pas des hommes, souffla Jack. Ils n'ont rien à voir avec Allah.

— Les talibans ? Al-Qaïda ? Les wahhabites sont ici depuis l'époque des Britanniques. Ils essaient de nous pousser à la révolte. Ils n'ont rien à voir avec l'Afghanistan. Et maintenant, leurs recrues viennent d'Occident. Ce sont de jeunes musulmans, qui fréquentent ce qu'ils appellent des camps d'entraînement. Ils pensent qu'on apprend à tirer en jouant aux jeux vidéo et arrosent les collines de balles en récitant des versets sacrés. Ce sont des garçons stupides, gros et gras, qui ont les yeux trop rapprochés. Ils ne font même pas de bonnes cibles. Ils meurent trop facilement.

Katya et Altamaty arrivèrent en haut de la saillie rocheuse, suivis de Pradesh et Costas. Celui-ci retira ses moufles et serra la main de Rahid.

— Costas Kazantzakis, dit-il, à bout de souffle.

— Ah ! s'exclama Rahid en s'inclinant légèrement. L'expert en submersibles décoré de la croix de la marine.

— Jack vous a parlé de moi ?

— Je lis les journaux.

Jack se tourna vers Costas.

— Rahid et moi discutions des talibans, confia-t-il, nos ennemis communs.

— Nous sommes du même bord, je suppose ! lança Costas.

Rahid fusilla Costas du regard.

— Quand un Pachtoun se fait tirer dessus, il tue son adversaire, déclara-t-il. Quand les Britanniques sont venus, nous les avons tués. Quand les Soviétiques sont venus, nous les avons tués. Maintenant que les talibans sont là, nous les tuons.

— Et pourtant, fit remarquer Costas, il y a vingt ans, vous avez épargné Altamaty.

— Il nous arrive de prendre des otages. Et il était kirghiz, pas russe. Mais j'aurais peut-être dû le tuer.

— Vous en avez de nouveau l'occasion…

— Je ne peux pas. Il m'a apporté une tête de mouton.

— Quoi ?

— Elle est dans le sac, là-bas. Il me l'a donnée lorsqu'il est venu avec la femme, Katya.

Jack repensa à l'odeur qui l'avait incommodé pendant tout le vol et tout le trajet en Jeep. C'était donc ça ! Heureusement, ils n'auraient pas le temps de la faire bouillir.

— Quand nous l'avons fait prisonnier pendant la guerre contre les Soviétiques, reprit Rahid, c'est ce que je lui ai donné à manger. Il s'en est souvenu.

— C'est pour ça que vous l'avez épargné à l'époque, devina Costas. Quand vous l'avez fait prisonnier, vous l'avez jaugé. Vous avez su qu'il ferait ça si un jour il revenait.

— Cet homme me plaît, dit Rahid à Jack.

— En Grèce aussi, on se comporte en hommes, affirma Costas.

— Les hommes sont stupides, murmura Katya.

Rahid rangea la photo de sa fille.

— Bon, assez bavardé ! lança-t-il. Je dois partir dans peu de temps. Suivez-moi.

Il conduisit l'équipe jusqu'à une grotte, dissimulée derrière un tas de rochers imitant un éboulis naturel. Ils franchirent une porte et entrèrent dans un corridor taillé dans le roc.

Chapitre XVIII

— C'est une grotte naturelle, que mes ancêtres ont burinée pour en faire un refuge à l'époque de la première guerre afghane, dans les années 1840, indiqua Rahib. Les hommes qui l'ont aménagée travaillaient dans les mines de lapis-lazuli, alors ils savaient ce qu'ils faisaient. Nous avons vécu ici pendant la guerre contre les Soviétiques. Nous avons un groupe électrogène, qui fonctionne à l'énergie solaire. Les Soviétiques ont tenté de détruire cette grotte par voie aérienne, mais ils n'avaient pas de bombes antibunker. Alors ils ont lancé des attaques terrestres, sans relâche. C'est à cette occasion qu'Altamaty a été fait prisonnier. Mais la montagne est truffée de mines, aujourd'hui encore. Si vous êtes arrivés vivants en haut de ce sentier, c'est parce que je savais que vous alliez venir.

Il ouvrit une porte coulissante en acier au bout du corridor, alluma une lampe et débrancha le déshumidificateur qui vibrait dans un coin.

— Cette pièce est notre arsenal. Mes hommes ont emporté les armes les plus modernes, mais il en reste assez pour couvrir vos besoins.

Ils entrèrent en file indienne derrière Rahid. Les murs étaient couverts de râteliers en bois, dont la plupart étaient vides. Il restait néanmoins plusieurs dizaines d'armes. Une odeur d'huile d'entretien flottait dans l'air et tout était impeccable. Jack avança jusqu'au râtelier le plus proche. Tout en haut, trônait un long fusil très travaillé, qui se chargeait par le canon, lequel était orné d'anneaux en métal. La crosse était exagérément recourbée.

— Un Jezail, souffla Jack. Fusil à mèche et à canon lisse, début du XIXe siècle.

Rahid le regarda d'un air approbateur.

— Vous vous y connaissez en armes, constata-t-il.

— C'est une tradition familiale.

— Ces fusils sont ceux que mes ancêtres ont utilisés pour lutter contre leurs ennemis. Ils sont encore en bon état.

— Je vois.

Sous le Jezail étaient rassemblés plusieurs mousquets à percussion, des armes à canon lisse de la Compagnie des Indes orientales semblables à celle que Jack avait dans sa cabine, à bord du *Seaquest II*. En bas, se trouvait une demi-douzaine de fusils Martini-Henry, dont la carcasse était ornée du monogramme de la reine Victoria. Et au milieu, Jack repéra un Snider-Enfield qui se chargeait par la culasse. L'année 1860 était indiquée sur le cran de sûreté. Pradesh pointa le doigt vers la crosse.

— Regardez ça ! s'écria-t-il. L'insigne de la Compagnie du génie des sapeurs et mineurs de Madras. Mon régiment, et celui de John Howard. Ton arrière-arrière-grand-père pourrait l'avoir eu entre les mains, Jack.

— Toutes ces armes ont été prises aux Britanniques, déclara Rahid. Le Snider-Enfield a été récupéré sur le champ de bataille de Maiwand, en octobre 1880. Il appartenait à un sergent, un certain O'Connell, qui s'est battu jusqu'à la dernière balle, alors que tous ses sapeurs indiens avaient été tués. C'est ce que signifie l'inscription en persan sur la crosse. Elle a été gravée par les hommes de notre tribu, qui ont trouvé le nom du soldat sur ses médailles. Nous avons du respect pour nos ennemis, lorsque ceux-ci font preuve de bravoure. C'est un honneur pour nous de posséder et d'utiliser leurs armes.

— Certains sapeurs ont été redéployés ici après la rébellion du Rampa, quelques mois après les événements d'août 1879, dit Pradesh à l'intention de Jack. Ce type pourrait avoir fait partie des sous-officiers de Howard.

Jack effleura la crosse du fusil et constata qu'elle avait été réparée près de la culasse : une pièce de bois d'origine indienne, plus foncée, avait été enfoncée dans le noyer d'Angleterre. Il songea un instant aux sapeurs qui se trouvaient sur le Godavari en 1879, à des milliers de kilomètres d'ici. Il recula un peu. Tous les autres fusils étaient des Lee-Enfield : des Mark 3 « nez de cochon », fabriqués par l'arsenal d'Ishapore, en Inde ; et des Mark 4 plus récents, issus de la fabrique

Long Branch, au Canada, mais rénovés pour la plupart avec de l'acajou d'Inde.

— Nous les utilisons encore, précisa Rahid. Les 303 sont plus efficaces que les cartouches militaires réglementaires d'aujourd'hui. Et les Lee-Enfield sont très précis. En outre, ils ont une cadence de tir remarquable pour des armes à culasse mobile. Depuis l'époque des Jezail, nous avons appris à tuer avec une seule balle. Armé d'un Lee-Enfield, n'importe lequel de mes hommes peut abattre tout un détachement de talibans. Ceux-ci ont l'avantage d'avoir des armes automatiques, mais ils ne savent pas s'en servir. Ils ne sont pas comme le sergent du corps des sapeurs. Nous n'avons que mépris pour ce genre d'ennemis, dont nous profanons les corps et dédaignons les armes.

Jack observa les armes et un fusil à lunette attira son attention.

— Long Branch, numéro 4 Mark 1, 1943, murmura-t-il. C'est le fusil avec lequel j'ai appris à tirer.

Il le sortit du râtelier, évalua la longueur de la crosse et retira les capuchons en cuir des lentilles.

— Modèle de lunette 1918, continua-t-il. Numéro 32 Mark 1. Grossissement 3,5.

Il retira la sûreté, désengagea la tête de culasse et tira sur la culasse. Puis il se tourna vers la lumière et regarda à l'intérieur du canon.

— Alésage parfait ! lança-t-il.

— Nous prenons soin de nos armes, dit Rahid.

Jack replaça la culasse, remonta la crosse, arma le fusil en poussant la culasse en avant et vers le bas, et appuya sur la détente. Puis il répéta le processus en laissant la culasse en arrière, avant de la rabattre tout en appuyant sur la détente. Il ouvrit le magasin et abaissa l'élévateur, actionné par un ressort. Rahid lui tendit une cartouchière kaki. Jack la passa par-dessus son épaule gauche et sentit le poids des munitions. Il sortit une lame-chargeur de cinq cartouches.

— .303 British, Mark 7, reconnut-il.

Il tira sur la culasse du fusil, glissa la lame-chargeur dans la carcasse et introduisit les cartouches dans le magasin d'une simple pression du pouce. Puis il recommença avec une autre lame-chargeur, referma la culasse et enclencha la sûreté.

— Je suppose que la lunette est zérotée, dit-il.

— Je l'ai zérotée moi-même à trois cents mètres, indiqua Rahid.

— Ce n'est pas énorme, murmura Costas.

— Armés de Jezail, nous n'avions pas de lunette quand nous avons anéanti l'armée britannique de l'Indus, en 1841, rétorqua Rahid.

— C'est vrai, admit Costas.

Pradesh approcha, prit un des fusils Ishapore rangés juste au-dessus et l'observa rapidement.

— Je vous emprunte celui-ci, si vous n'y voyez pas d'inconvénient.

Jack donna deux lames-chargeurs de sa cartouchière à Pradesh, qui les vida dans son fusil. La radio de Rahid s'alluma. Il prononça quelques mots et l'éteignit, avant de fournir à Jack un vieux turban gris et une paire de moufles en mouton.

— Camouflez le fusil à l'aide de ce tissu et ne laissez pas le soleil se refléter sur la lunette. Gardez ces moufles jusqu'à ce que vous deviez appuyer sur la détente. Je dois y aller, maintenant.

Il raccompagna l'équipe à l'entrée de la grotte et se tourna vers Jack.

— Je vais vous dire tout ce que vous avez besoin de savoir, annonça-t-il à voix basse. Quand j'étais gosse, je jouais avec mes amis dans les mines de lapis-lazuli. Je les connais toutes, dans les moindres recoins. J'ai traversé chaque galerie. Juste au-dessous du sommet le plus élevé, se trouvent trois puits, invisibles depuis la vallée. Ils sont alignés au-dessus des chantiers principaux, loin des gisements exploités plus récemment. Ce sont de vieux puits, très anciens, où l'on ne trouve plus de lapis-lazuli de qualité. D'après ce que j'ai entendu dire quand j'étais petit, ce sont ceux qui étaient exploités à l'époque de l'Égypte ancienne et pendant le règne d'Alexandre le Grand. C'est là que mon grand-père m'a dit de ne jamais aller, sous peine d'être dévoré par un démon qui gardait les lieux. Mais comme je vous l'ai dit, j'y suis allé une fois. Ce que vous cherchez se trouve dans le puits du milieu, que vous discernerez à peine depuis le sentier à flanc de montagne.

— Personne d'autre n'y est jamais allé ? demanda Jack.

— Nous avons contrôlé les mines pendant des générations, répondit Rahid. Pendant la guerre contre les Soviétiques, nous avons vendu du lapis-lazuli pour acheter des armes. L'exploitation des gisements a toujours été soumise à mon autorité et à celle de mes ancêtres. C'étaient nous qui faisions la loi. Quiconque se rendait dans les anciens puits risquait la peine de mort. C'était mon grand-père qui l'avait voulu. Mais depuis l'arrivée des talibans, notre attention s'est relâchée. Nous avons été trop occupés à défendre nos villages, comme celui qui a été attaqué de l'autre côté de la vallée. Cela dit, je suis certain que personne n'y est allé. Désormais, seuls les puits les plus bas mènent à des gisements de lapis-lazuli de qualité supérieure. Et ceux qui vivent dans ces montagnes ne montent jamais plus haut que besoin. Ils ne trouveraient que la mort.

Soudain, un hennissement retentit un peu plus bas, suivi d'un étrange hurlement et d'un bruit de sabots. Katya parut stupéfaite.

— Vous avez des Akhal-Teke ! s'écria-t-elle.

Rahid la fixa, interloqué.

— Vous les reconnaissez, murmura-t-il. Bien sûr, vous m'avez parlé de votre famille kazakhe.

— Aucun autre cheval ne produit ce genre de son. C'est le cri de guerre des Akhal-Teke.

— Ils courent librement dans la vallée, dit Rahid. Vous êtes dans un des rares endroits où ces animaux sont restés purs. C'est aussi une des raisons pour lesquelles nous tenons les étrangers à l'écart.

— Vous en faites l'élevage ? l'interrogea Costas.

— Je suis l'héritier mâle direct de Qais Abdur Rashid, répondit Rahid avec gravité, l'ancêtre de toutes les tribus pachtouns. Il descendait lui-même du clan qui vivait dans cette vallée avant l'époque d'Alexandre le Grand. Mes ancêtres ont fait l'élevage d'Akhal-Teke pour le Premier Empereur de Chine, Shi Huangdi, après que ses guerriers sont venus les voir ici.

Katya le regarda, bouche bée.

— Vous appartenez au clan des éleveurs impériaux ! Nous pensions qu'il avait entièrement disparu.

— Nous en sommes les derniers représentants. Nos Akhal-Teke sont désormais les seuls pur-sang.

— Est-ce que vous honorez toujours la demande des guerriers ?

— Un Pachtoun tient toujours sa parole. Mon ancêtre a donné la sienne il y a soixante-six générations.

— Quand sont-ils venus ici pour la dernière fois ? Jack vous a-t-il dit que nous pensions être suivis ?

— Nous avons juré le secret.

— J'ai senti la présence d'un Akhal-Teke près du lac Yssyk-Köl. J'ai entendu du bruit et reconnu l'odeur de ce cheval.

— Nous avons prêté serment envers Shi Huangdi et ceux qui sont en mesure de prouver qu'ils sont ses gardiens éternels.

— La confrérie du Tigre, souffla Costas.

Katya sortit une photo de la poche avant de sa veste.

— Une preuve comme celle-ci, par exemple ? demanda Katya. Comme ce tatouage ?

Rahid garda le silence, les yeux rivés sur la vallée. L'atmosphère devint brusquement tendue. Jack décocha un regard à Costas pour l'empêcher d'intervenir. Katya rangea sa photo, avant de s'approcher de Rahid.

— Vous savez que la confrérie est corrompue, déclara-t-elle. Celui qui la dirige actuellement a succombé à la tentation et se prend pour la réincarnation de Shi Huangdi. Il a par là même rompu son serment envers l'empereur. Votre clan ne lui doit rien.

Rahid la regarda sans rien dire avant de prendre la parole à son tour.

— Il y a deux semaines, confia-t-il, des représentants d'une société minière sont venus dans la vallée. Ils m'ont dit que je leur devais allégeance. Ils étaient huit. C'étaient des prospecteurs. Ils voulaient que je les conduise aux mines de lapis-lazuli.

— Une société minière, murmura Jack. Chinoise ?

— INTACON.

Jack retint sa respiration.

— Qu'avez-vous fait ? demanda-t-il.

— Je vous ai dit ce que l'on fait ici, répondit Rahid en désignant du menton le fusil que Jack avait entre les mains. Mes ancêtres ont donné leur parole à l'empereur, à la vraie confrérie, pas à ces brutes. Je les ai tous tués.

— Et l'autre ? Celui qui est venu ensuite, qui est ici en ce moment même et nous attend ?

Rahid posa la main sur le fusil et leva les yeux vers Jack.

— Vos ennemis sont mes ennemis. Que Dieu soit avec vous. *Inch Allah !*

Jack soutint longuement le regard de Rahid. Il avait confiance en lui. Ils entendirent le bruit saccadé de tirs automatiques au loin, puis le cri du cheval, un son étrange, inquiétant. Katya semblait encore troublée par cet écho de son passé.

— Puis-je le toucher ? demanda-t-elle. Je n'en ai pas touché depuis mon enfance.

— Pas maintenant, décréta Rahid, à votre retour, quand vous me rapporterez ce fusil avec une balle en moins.

Il montra le sentier qui montait vers les montagnes.

— C'est par là, indiqua-t-il.

Jack lui tendit la main.

— *Tashakkurr*, je vous dois une faveur, dit-il.

— Le *Pachtounwali*, notre code social, exige que nous offrions l'hospitalité aux voyageurs, expliqua Rahid en lui serrant la main.

— Mais pas à tous, observa Costas.

— Non, pas à tous, admit Rahid en lui donnant une tape dans le dos. Vous avez eu de la chance ! *Salam*. Allez-y, maintenant.

Il s'éloigna et disparut derrière la saillie. Quelques instants plus tard, Jack et ses compagnons entendirent un hennissement, puis le retentissement de sabots sur la pierre. Le bruit diminua progressivement pour céder la place au murmure du vent entre les rochers, un vent sec en provenance des sommets de l'Hindū Kush.

Jack mit son fusil en bandoulière et scruta la vallée. Il sortit son Beretta de son sac et le tendit à Costas. Pradesh, également armé d'un fusil, prêta son revolver à Altamaty. Katya avait toujours son pistolet sur elle. Costas arma le Beretta en actionnant la culasse et enclencha la sûreté du percuteur.

— Je suis prêt, annonça-t-il en glissant le pistolet dans la poche intérieure de son vieux pardessus.

— Je pars devant, déclara Jack.

— Non! s'écria Pradesh, qui passa prestement devant lui pour ouvrir la marche.

Jack le laissa faire et consulta sa montre.

— D'après Rahid, nous en avons pour deux heures, ce qui veut dire que nous arriverons en milieu d'après-midi. Et c'est le temps que mettent les Afghans qui vivent dans ces montagnes. L'air est rare et nous n'avons pas l'habitude. Dépêchons-nous, sinon nous risquons de nous laisser surprendre par la tombée de la nuit à notre retour.

— Allons-y! lança Costas en enfilant ses moufles.

Chapitre XIX

Un peu plus de deux heures plus tard, Jack posa son fusil et s'assit sur un rocher en attendant que les autres le rejoignent. Impatient, il était arrivé le premier. Il ne faisait plus aussi froid qu'au petit matin, mais il ne faudrait pas qu'il reste assis plus de quelques minutes, d'autant qu'il manquait de sommeil et n'avait pas mangé depuis longtemps.

Il sortit ses jumelles et observa la vallée, à l'affût de signes indiquant une présence, d'un reflet sur une surface en métal. Toujours rien. Il rangea les jumelles et se promit de ne plus les utiliser qu'en cas d'extrême nécessité. S'il voulait se servir de ce fusil, il allait falloir qu'il s'habitue à ce qu'il était capable de voir à l'œil nu, qu'il puisse évaluer les distances, percevoir la différence à mille mètres entre la roche et un objet animé. Il regarda au loin, les yeux plissés dans le soleil éblouissant. Au fur et à mesure qu'ils s'étaient enfoncés dans les montagnes, la vallée était devenue plus étroite et plus encaissée. Désormais, elle ne mesurait pas plus de deux cents mètres de large. La roche nue était recouverte d'éboulis des deux côtés ; le sol était sec et craquelé. Se fiant aux conseils de Rahid, ils avaient suivi le sentier le plus élevé.

Jack ramassa une pierre. Malgré l'air froid, elle était chaude, cuite par le soleil. Elle n'était pas striée de bleu mais irrégulière. Les éboulis qu'il voyait étaient peut-être des éclats de roche provenant des mines, des débris issus de milliers d'années d'exploitation. Les mineurs allumaient des feux pour fragiliser la pierre et faire apparaître les précieuses veines bleues. Il examina attentivement le paysage. Celui-ci correspondait en tous points à la description faite par le lieutenant Wood dans son livre. Jack comprit qu'il avait peut-être sous les yeux les légendaires mines de lapis-lazuli de Sar-e-Sang. Son rythme cardiaque s'accéléra. Il allait bientôt atteindre son but.

Ses quatre compagnons finirent par arriver. Costas se laissa tomber à côté de lui et Pradesh s'assit contre un rocher, son fusil sur les genoux. Altamaty pointa le doigt en direction d'un nuage de poussière, au-dessus du plancher de la vallée. Katya monta sur un rocher et suivit son regard. Depuis qu'ils avaient quitté Rahid, elle était attentive à tout ce qui pouvait venir d'un Akhal-Teke. Pour l'instant, elle n'avait rien remarqué de suspect, mais Altamaty avait vu des indices auxquels son enfance parmi les nomades l'avait rendu sensible.

Jack scruta à son tour le fond de la vallée. Il ne vit aucun cheval, mais deux personnes : un homme et un jeune garçon. Ils se trouvaient près d'une tente, montée entre les rochers, au pied du versant d'en face. Ils étaient emmitouflés dans des vêtements en peau de mouton, et de minces volutes de fumée s'élevaient devant eux. Jack estima qu'ils se trouvaient à environ six cents mètres de lui, peut-être sept cents, et mémorisa leur taille à cette distance. Puis il laissa ses yeux vagabonder au-dessus d'eux, entre les aspérités et les reliefs, où un sniper pouvait se cacher, tout en évaluant le degré de la pente et l'augmentation de la distance jusqu'au sommet, situé à environ cinq cents mètres du plancher de la vallée.

— On va leur dire bonjour, proposa Costas en frottant ses moufles l'une contre l'autre pour se réchauffer, avant de les faire disparaître sous sa polaire.

— Rahid nous a dit de ne parler à personne, répondit Jack. Ici, les mineurs utilisent de la dynamite. Certains des hommes qui travaillent pour eux ravitaillent également les talibans lorsque la saison d'exploitation minière est terminée. Ils fabriquent des engins explosifs improvisés. C'est probablement ce que nos deux amis sont en train de faire en ce moment. Il fait trop froid pour exploiter les gisements et il y a de l'argent à se faire dans les vallées. Les talibans aiment se fournir ici car, si quelque chose tourne mal, en cas d'accident, personne ne saura rien ou, du moins, personne ne s'en souciera. Les bombes sont essentiellement utilisées à Kaboul et dans le sud du pays mais, depuis peu, les talibans de Faizabad s'en prennent aussi aux Occidentaux. Par conséquent, nos amis pourraient bien être tentés de nous faire sauter. Ils n'ont pas de terre, pas d'autre source de revenus. Quand on est désespéré, l'attentat-suicide est un moyen facile d'accéder au paradis. Nous allons devoir faire attention.

— Ne risquent-ils pas de voir nos armes ? s'inquiéta Costas.

— Tout le monde est armé ici, le rassura Katya. Ils nous prendront sans doute pour des prospecteurs. Nous ne sommes pas les premiers à nous diriger vers les mines.

— Tu as raison, admit Costas. Et il y a aussi cet homme qui nous traque.

— Lui, il est invisible, affirma Katya. C'est un sniper. L'homme et le jeune garçon ont dû nous repérer, mais ils n'ont certainement pas vu notre poursuivant.

— Relisons une dernière fois le passage où Wood décrit l'emplacement des mines, proposa Costas. Nous devons déterminer si nous sommes au bon endroit et continuer à avancer.

Il claquait des dents. Pradesh lui tendit le thermos de thé qu'il avait préparé à côté de la Jeep. Costas le prit avec reconnaissance et dévissa le couvercle. Tandis que son ami remplissait la tasse, Jack sortit *Un voyage à la source de l'Oxus* et lut une des pages qu'il avait marquées :

— « Les gisements de lapis-lazuli sont visibles à un endroit où la vallée de la Kokcha mesure environ deux cents mètres de large. De chaque côté, les montagnes sont hautes et stériles. L'entrée des mines se trouve à flanc de montagne, sur la rive droite de la rivière et à environ quatre cent cinquante mètres du niveau de l'eau. Il s'agit d'une formation de calcaire noir et blanc, non stratifiée, mais généreusement striée de veines. Le sommet des montagnes est déchiqueté et leurs versants, dépourvus de terre et de végétation. Le sentier qui mène aux mines est escarpé et dangereux. »

Costas termina son thé et rendit le thermos à Pradesh en considérant le chemin qui les attendait.

— « Escarpé et dangereux », murmura-t-il. Intéressant...

— On voit quelques puits de mine sur le versant un peu plus loin, de notre côté de la vallée, observa Katya.

Jack remit son fusil en bandoulière et se leva. Le froid le transperçait désormais de part en part. Cet endroit était d'une beauté saisissante, mais extrêmement dangereux. Il n'épargnait personne. Il monta sur le rocher, à côté de Katya, et regarda dans la direction qu'elle indiquait. Au-dessus des amas de débris rocheux, il aperçut au moins une demi-douzaine de mines. Chaque entrée formait un trou noir dans la roche. Plus haut, juste au-dessous du sommet, se cachaient les trois puits qu'ils cherchaient.

— Si Howard et Wauchope sont venus jusqu'ici, dit Jack, ils n'ont eu aucun moyen de savoir dans quel puits était enfoui ce qu'ils cherchaient.

— Tu veux parler du joyau, dit Costas, de la partie qui était en lapis-lazuli.

— Oui. D'après ce que nous avons pu déduire, le seul indice dont ils disposaient était l'inscription du temple de la jungle indiquant que Licinius avait caché son trésor quelque part par ici, dans les mines, après avoir quitté la route de la Soie pour se diriger vers le sud, jusqu'en Inde. Ils ont peut-être passé des jours à fouiller tous les puits. Du reste, il serait sage que nous fassions semblant de faire comme eux. Personne ne doit voir que nous savons où aller. Si notre poursuivant est celui auquel Katya pense et s'il a son fusil, mieux vaut ne pas marcher tout droit vers le puits identifié par Rahid. Sinon, ce sera notre dernier voyage.

— Et que va-t-il se passer s'il voit clair dans notre jeu ? demanda Costas. Il ne nous laissera pas repartir d'ici, de toute façon.

Jack descendit du rocher.

Chapitre XIX

— Altamaty est venu ici un jour, révéla-t-il, quand il était prisonnier de Rahid. Il se souvient avoir vu des *sangars*, réalisés par les moudjahidin, des abris faits d'empilements de pierres qui offrent une protection en cas d'attaque aérienne. Pradesh m'en a parlé en chemin. Dès qu'il en aura trouvé un, il s'y postera avec son fusil. Ces abris se situent au milieu du versant. Plus bas, se trouvent les puits principaux, ceux qui sont encore exploités. Je suggère que Katya et Altamaty les explorent. Costas et moi monterons plus haut que Pradesh dans l'espoir de trouver les trois puits les plus anciens. Notre sniper sera quelque part sur le versant d'en face et verra chacun de nous. Si nous nous séparons, Katya et Altamaty en bas, Pradesh au milieu, et Costas et moi en haut, nous diviserons son attention. Il ne saura pas lequel d'entre nous prendre pour cible. Et il ne pourra pas se concentrer sur ceux qui risquent de le mettre en joue. S'il est là, il nous a vus et il sait que deux d'entre nous sont armés.

— D'accord, mais qu'est-ce qu'on cherche exactement ? demanda Costas.

— Rahid semblait savoir de quoi il s'agissait et m'a indiqué un des puits du sommet, répondit Jack.

— A-t-on un indice ? Une carte au trésor, par exemple...

— Il m'a dit tout ce que j'avais besoin de savoir. Nous devons aller dans le puits du milieu. Il y est allé quand il était petit. Personne d'autre n'y va désormais. Les habitants de la vallée pensent que la galerie est hantée.

— Super ! Il aurait vu le joyau, mais ne l'aurait pas pris ? Et il ne nous a pas fourni davantage d'informations concernant l'endroit où il est caché, à l'intérieur de la galerie...

— Il m'a dit tout ce que j'avais besoin de savoir, répéta Jack. Je lui fais confiance.

— Tu crois vraiment qu'on va trouver quelque chose là-haut ?

— Il ne s'agit pas seulement de ce qu'on va trouver, intervint Katya. Il ne faut pas oublier Shang Yong. Il pense que nous sommes sur la piste du joyau emporté par Licinius, que nous allons le conduire jusqu'à lui. C'est ce que le sniper est censé vérifier de ses propres yeux. Pendant des années, les douze ont pensé que le joyau était caché dans la jungle. Après la conférence de John Howard, à Londres, ils ont eu vent de l'existence du temple. Et maintenant, ils suivent la même piste que nous, les mêmes indices. Même si mon oncle n'a pas parlé sous la torture avant de mourir, ils ont peut-être vu l'inscription de la tombe, le mot *sappheiros*, lapis-lazuli, qui mène jusqu'ici. Le guerrier-tigre va nous tuer, sauf si nous le tuons les premiers. Si nous réussissons, nous réduirons le pouvoir de Shang Yong à néant. En l'absence de son homme de main, il verra la confrérie se soulever contre lui pour lutter contre son système corrompu. Les douze pourront reprendre leur rôle de gardes éternels du Premier Empereur.

— Et si nous rebroussons chemin maintenant ? demanda Costas.

— Nous serons de nouveau confrontés au guerrier-tigre à un autre moment, paria Katya. Mais alors, nos chances seront encore plus minces. Si nous laissons Shang Yong penser qu'il a gagné, il se croira intouchable. Pour lui, le joyau céleste est un état d'esprit. C'est précisément ce qui faisait peur à mon oncle. Dans le monde qu'il a créé à l'image de la tombe du Premier Empereur, dans ce paradis éternel, Shang Yong s'est déjà presque convaincu de la présence du joyau au-dessus de sa tête, du retour à sa juste place du précieux attribut de l'immortalité. Si nous abandonnons notre quête, l'illusion sera sans doute complète. Il doit croire que le joyau peut encore être retrouvé. Nous devons entretenir le doute, tenir en éveil cette partie de lui qui sait que ce qu'il a créé n'est qu'une illusion. Il faut que cette porte reste ouverte. S'il s'enferme dans son délire, le monde entier en subira les conséquences. Nous devons faire tout ce qui est en notre pouvoir pour empêcher ce triste retour de Shi Huangdi. Il ne s'agit pas simplement de retrouver un joyau perdu. L'enjeu est beaucoup plus important.

Jack lança un regard déterminé à Katya, se tourna vers le sommet et empoigna son fusil.

— Il ne nous reste que trois heures avant la tombée de la nuit, annonça-t-il après avoir consulté sa montre. Allons-y !

Chapitre XIX

Une heure plus tard, Jack et Costas étaient assis sur un éboulis, non loin du sommet. Ils avaient suivi un chemin périlleux et escaladé des pentes abruptes sur une roche fragile. Ils se trouvaient désormais à plus de trois mille six cents mètres d'altitude. Jack se boucha le nez et souffla pour équilibrer la pression dans ses oreilles. Pendant toute l'ascension, ils avaient été conscients d'être observés, peut-être même à travers la lunette d'un fusil, mais ils s'étaient dit qu'ils ne risquaient rien tant qu'ils ne donnaient pas l'impression d'avoir atteint leur but. Ils étaient à moins de cent mètres des trois puits dont Rahid avait parlé à Jack.

Ils descendirent dans un couloir formé par des éclats de roche, qui les rendit invisibles depuis le versant d'en face. Jack s'agenouilla sur le tapis de roche et rampa jusqu'au bout du couloir, son fusil à ses côtés. Il aperçut Pradesh dans une dépression, environ cent cinquante mètres plus bas. Celui-ci se tenait prêt, son arme appuyée contre un rocher. Plus bas, Katya et Altamaty exploraient les premiers puits.

— « On tire sur des fantômes cachés derrière les rochers dans la montagne », murmura Jack.

— Quoi ? demanda Costas.

— C'est ce qu'a écrit un soldat britannique pendant la première guerre afghane, répondit Jack.

Costas se coucha lourdement sur le ventre à côté de lui et se redressa sur les coudes. Il haletait et voyait son souffle se cristalliser dans l'air immobile.

— J'aurais dû apporter mon télémètre laser, maugréa-t-il.

— Les rangers canadiens m'ont appris à évaluer les distances dans la toundra, où la cible ressort sur le fond blanc. Leur étalon était la parcelle standard de cent acres, soit une aire de près de sept cents mètres de côté. Les Canadiens s'habituent dès l'enfance à cette distance, car c'est ainsi que les terres sont divisées. Selon les rangers, c'est la distance maximale pour un tir de 303 à l'œil nu. Au-delà, on a peu de chances de discerner une forme humaine immobile, surtout sur un fond rocailleux comme celui-ci.

— À moins d'avoir des yeux de lynx, comme notre sniper.

Jack consulta l'altimètre de sa montre.

— J'ai téléchargé une carte topographique avant notre départ de Bichkek. Ce versant s'élève à environ cinq cents mètres au-dessus du fond de la vallée. Le lieutenant Wood ne s'était pas trompé en 1836. Nous devons nous situer à un peu plus de cent mètres du sommet et l'angle de la pente doit être de quarante-cinq degrés en moyenne.

— Triangle isocèle. Cela nous situe à environ six cents mètres du plancher de la vallée. Mais le sniper peut se trouver n'importe où sur le versant d'en face et il faut tenir compte de la distance latérale.

— Nous devons essayer de nous mettre à sa place. Partons du principe que, lorsqu'il est arrivé ici, il a eu largement le temps de choisir sa position. Il veut pouvoir voir tous les puits, n'est-ce pas ? Il ne sait pas encore lequel l'intéresse. Les puits vers lesquels nous nous dirigeons sont les plus éloignés. Rahid a dit qu'ils étaient à peine visibles depuis le sentier à flanc de montagne, celui que nous avons suivi au départ. Cela indique la distance minimale par rapport à la cible potentielle la plus éloignée. Notre homme a donc dû se positionner à un point équidistant sur l'autre versant. La zone de probabilité correspond à cette grande crevasse que l'on voit au-dessus du sentier longeant le versant d'en face.

— D'après Katya, ce type est un sniper hors pair. Si tu peux voir à sept cents mètres, il peut peut-être tirer à neuf cents, onze cents mètres, voire plus.

— Il va également tenir compte des paramètres de contre-*sniping*. Il a vu que nous étions armés, mais il pense probablement que nous ne sommes pas entraînés. Lorsque Rahid nous a parlé des recrues des talibans, il a souligné leur manque d'adresse au tir. Où qu'il ait officié dans le monde, ce type a essentiellement eu affaire à des adversaires de ce genre, à des enfants-soldats ou à des terroristes arrosant leurs ennemis de tirs automatiques. Il ne s'est jamais senti menacé. Le contre-*sniping* consiste à trouver la faiblesse du sniper. Et la sienne, c'est de croire qu'il maîtrise tout dans cette vallée.

— En tout cas, tu as tout intérêt à t'en persuader.

— C'est la psychologie du sniper. Il faut avoir totalement confiance en soi. C'est ce qui fait sa force, mais aussi sa faiblesse. La confiance peut mener à l'excès de confiance.

Costas recula sur les éclats de roche à l'intérieur du couloir.

— J'espère que tu n'auras pas la tremblote. Moi, je claque déjà des dents et ce n'est peut-être pas seulement à cause du froid. Je vais aller jeter un coup d'œil dans le puits qui se trouve juste au-dessous de nous. Mais je vais d'abord descendre voir Pradesh. Il faut que je lui parle de cette zone de probabilité.

— D'accord, plus notre adversaire nous verra nous déplacer, plus nous aurons de temps devant nous.

— Combien de temps nous reste-t-il ?

— Pas beaucoup. Il va probablement frapper avant la tombée de la nuit. Il a dû voir que nous n'étions pas équipés pour passer la nuit ici. En ce moment, il est à l'affût du moindre signe indiquant que nous avons trouvé ce que nous cherchions.

— Tu crois qu'il sait qu'on le surveille ?

— Il a certainement reconnu Katya. Il doit se douter qu'elle nous a parlé de lui. Et il nous a vus nous séparer. Il en a peut-être deviné la raison.

— Si je tourne la tête vers toi, c'est que j'ai besoin que tu me couvres.

— Compris.

Transi de froid, Costas se frotta les bras et se fraya un chemin à travers les rochers pour aller rejoindre Pradesh, posté dans un *sangar*. Il dévala la pente sur les éboulis, complètement à découvert. Jack était beaucoup plus inquiet qu'il ne l'avait avoué. Même s'il ne se révélait pas aussi performant que Katya l'avait laissé entendre, le sniper prendrait d'abord pour cible ceux qui étaient armés. Pour lui, abattre les autres ne serait ensuite qu'un jeu d'enfant.

Jack ferma les yeux et essaya de se mettre à la place de son adversaire, caché quelque part dans la crevasse. Il l'imagina en train d'observer tour à tour Katya et Altamaty, Pradesh, lui-même, puis Costas, qui redescendait. Il rouvrit les yeux et scruta l'autre versant. Il ne voyait toujours rien. Le bruit des cailloux qui s'entrechoquaient sous les pas de Costas résonna dans la vallée. Jack pria pour que le fusil soit d'abord braqué sur lui, et non sur Pradesh. Il respira profondément et trouva la force de se lever, son arme entre les mains, afin d'être la cible la plus visible pendant quelques instants, puis il se recoucha derrière les rochers. Son fusil avait une lunette, mais pas celui de Pradesh. Il retira ses moufles en peau de mouton en pensant à ce que Rahid lui avait dit : il devait les garder le plus longtemps possible, car le froid allait lui engourdir les doigts. Aussi, par cet acte, il se préparait mentalement à la tâche qui l'attendait. Il devait se dire que son adversaire était prêt lui aussi. Il retira le turban qui enveloppait le Lee-Enfield. Il essaya de faire abstraction de tout ce qui l'entourait pour se concentrer uniquement sur son arme et sa cible. Il s'efforça de ralentir son rythme cardiaque en respirant lentement, profondément, et en retenant son souffle de temps à autre avant d'inspirer de nouveau. Il soupesa le fusil, sentit l'huile de lin sur la crosse en noyer. Il étala le turban sous ses coudes pour éviter de s'enfoncer des éclats de roche dans la peau. Il enroula la bretelle autour de son bras, sans trop serrer, car il savait que le simple battement de ses artères pouvait lui faire rater sa cible à cette distance.

Jack retira les capuchons en cuir de la lunette, mais camoufla la lentille avant avec une extrémité du turban pour réduire les risques de réflexion. Le moindre reflet, le moindre mouvement pouvaient le trahir. Si son adversaire découvrait qu'il était en position de tir, ses compagnons deviendraient aussitôt des cibles. Il ne pouvait pas se permettre de les mettre en danger. Il retira le cran de sûreté, tira sur la culasse, vit la cartouche se mettre en place en face de la chambre et la chambra en repoussant la culasse. Il souleva légèrement le canon en veillant à ce qu'il ne dépasse pas au-dessus des rochers. Puis il rampa jusqu'au bout du couloir et coinça la crosse contre un rocher en visant le sentier sur le versant d'en face. Il regarda le long de la lunette pour essayer d'évaluer la distance à l'œil nu. Il se fixa sur le rocher qu'il avait repéré avec Costas. Huit cents mètres. La cible se situait plus bas que lui, mais l'air était rare, sec, et la faible résistance compenserait la gravité. Il régla le tambour de hausse. Il n'y avait pas de végétation à observer pour évaluer la vitesse du vent, mais celui-ci était quasiment inexistant. Jack ne sentait qu'un picotement froid. Il tourna le tambour de dérive jusqu'à la première incrémentation. Puis il laissa sa main glisser jusqu'à la garde de la détente, enfonça fermement la crosse dans son épaule et appuya sa joue contre le bois. Les deux yeux ouverts, il regarda de l'œil droit à travers la lunette et recula légèrement de l'oculaire. Le réticule en croix ne comportait aucune graduation et, malgré le grossissement de trois fois et demie, le versant d'en face semblait excessivement éloigné.

Jack se remémora ce qu'il avait appris. Il projeta son esprit en avant et imagina la silhouette sombre d'un corps au milieu des rochers, la balle qui fonçait vers elle et devenait de plus en plus petite au fur et à mesure que la cible grossissait. Sans bouger la tête, il regarda sur les côtés. La cible était peut-être visible à travers la lunette mais située hors de son point de visée. Il replia l'index autour de la détente, appuya légèrement, sentit sa résistance. Il inspira à fond, s'imprégna de l'odeur âcre et métallique de la roche et expira partiellement, avant de retenir son souffle, immobile.

Il avait l'œil rivé sur la lunette. *Montre-toi...*

Tout à coup, de l'œil gauche, Jack perçut un mouvement au fond de la vallée. Son cœur s'emballa. Il s'efforça de le maîtriser. Une forme avait émergé d'un nuage de poussière. C'était un cheval, sans cavalier, qui galopait le long du lit asséché de la rivière. Il passa devant la tente que Jack et ses compagnons avaient repérée au milieu des rochers et s'arrêta environ cent mètres plus loin en piaffant et en secouant la tête. Jack ne bougea pas d'un cil. Soudain, il aperçut une autre silhouette, qui descendait le long du versant en direction du cheval. Il retira son œil de la lunette, stupéfait. C'était Katya. Elle avançait les mains tendues, à découvert. Elle semblait presque en transe. Puis Jack repéra autre chose, un éclair, un reflet sur le versant d'en face. Cette fois, c'était bon ! Il s'empressa d'acquérir sa cible, qui se trouvait environ vingt mètres au-dessus de son point de visée. Il releva à peine le canon du fusil. Le sniper s'était laissé déconcentrer par le cheval, par Katya, tout comme Jack. Il avait dû se rendre compte aussitôt de son erreur. Et il allait la réparer dès maintenant.

Jack serait la première cible.

Il entendit un bruit sec au-dessus de sa tête, le son d'un ricochet contre un rocher. La détonation et son écho semblèrent presque simultanés et disparurent rapidement. Jack se sentit abasourdi. *Concentre-toi...* Il avait vu le flash de l'arme à feu. Il appuya à mi-chemin sur la détente, inspira profondément et expira en douceur.

Il se rendit compte alors qu'il n'y avait pas que Katya au fond de la vallée. Une autre silhouette était apparue. C'était le jeune garçon afghan, qui courait en trébuchant depuis la tente. Katya, qui avait rejoint le cheval, flattait l'encolure de l'animal. Le gosse se rapprochait d'elle à toute allure. Cent mètres. Quatre-vingts. Elle ne le voyait pas. Le cheval lui bouchait la vue. Jack eut brusquement envie de vomir. Le jeune Afghan avait les bras tendus devant lui, autour d'un objet volumineux qu'il portait autour de la poitrine. Il se mit à crier, d'une voix qui n'avait pas complètement mué et résonnait dans la vallée. C'était un cri de guerre. « *Allah Akbar ! Allah Akbar !* »

Jack fut pris d'un vertige.

Le cri des kamikazes !

Il savait ce qui allait se passer. Il devait prendre une décision. Maintenant. Il était peut-être la seule chance de Katya.

Une autre balle fusa au-dessus de sa tête, heurta violemment un rocher et l'aspergea d'une pluie d'éclats de roche. Cette fois, Katya entendit la détonation et leva la tête. Désormais, elle tenait fermement le cheval, qui avait cessé de piaffer. Elle devait aussi entendre le jeune Afghan, mais ne semblait pas le voir. Jack avait la bouche sèche; son rythme cardiaque s'accélérait malgré lui. C'était une cible comme une autre... Il orienta son fusil vers le bas sans prendre garde à ses mouvements. Il était déjà repéré de toute façon. Il n'avait pas le choix. Il s'approcha de la lunette. La cible se déplaçait. Ce serait presque impossible à cette distance. Soudain, le jeune garçon trébucha et tomba, avant de se redresser sur les genoux. C'était le moment ou jamais. Jack visa le torse. Katya bondit sur le cheval, qui se cabra. Un coup de fusil retentit un peu plus bas. Pradesh! Jack l'aperçut à plat ventre à côté de Costas dans le *sangar*, son fusil pointé en direction du gamin.

Il regarda de nouveau au fond de la vallée. Le jeune Afghan était effondré sur le sol. Katya avait déjà lancé l'Akhal-Teke au galop. Altamaty courut la rejoindre et bondit derrière elle. Soudain, un nuage de feu et de poussière émergea au-dessus du garçon. Une seconde plus tard, Jack entendit une explosion. Le cheval s'emballa, emportant Katya et Altamaty avec lui. Un autre éclair sur le versant d'en face! Le sniper, à découvert, tirait sur l'animal. Jack avait toujours sa cible en ligne de mire. Complètement immobile, il appuya sur la détente. Le fusil recula contre son épaule et la balle sembla tout attirer autour d'elle, comme si elle entraînait toute l'énergie qu'elle pouvait rassembler pour atteindre sa cible. Huit cents mètres. Une seconde et demie. Jack avait les oreilles qui bourdonnaient. Il n'entendait plus rien. Mais il vit encore un éclair en face et perçut un mouvement: quelque chose avait volé dans les airs. Il saisit ses jumelles. C'était le fusil qui dégringolait sur les rochers. Jack regarda dans l'ombre, les yeux plissés: le sniper était étendu, immobile, une tache sombre derrière la tête. Il ferma les yeux et poussa un long soupir. Il se mit à trembler de façon incontrôlable. Il ne ressentait plus que le froid, un froid glacial. Il remit ses moufles et croisa les bras contre sa poitrine, les mains sous les aisselles, couché sur les cailloux.

— Un homme à terre! cria Costas depuis le *sangar*.

Jack se ressaisit aussitôt, se leva d'un bond et dévala la pente. Quelques secondes plus tard, il avait rejoint Costas, qui avait ouvert le sac de Pradesh et déchirait un grand morceau de pansement. Pradesh, encore conscient, le regarda et esquissa un sourire. Jack vit le sang couler derrière son dos et s'agenouilla à côté de lui, haletant.

— Ça va ? demanda-t-il.

— Ce n'est pas trop grave, murmura Pradesh en claquant des dents.

Costas s'arma d'une paire de ciseaux, découpa le tissu de sa veste et découvrit un trou sanguinolent sous son épaule droite. Il versa un coagulant sur la plaie et appliqua le pansement, avant de retourner lentement Pradesh et de recommencer le processus du côté où la balle était ressortie.

— La blessure de sortie est propre, annonça-t-il. Tu as eu de la chance. Je pense que c'était une balle de 7,62 millimètres. À cette distance, la profondeur de la plaie et les lésions sont moins importantes. À première vue, aucune artère n'a été touchée. La balle a simplement traversé les chairs. Quelques centimètres plus bas et la blessure était mortelle.

Pradesh leva les yeux vers Jack.

— Et le sniper ? demanda-t-il.

— Une balle dans la tête, répondit Jack.

Pradesh ferma les yeux, hocha la tête et les rouvrit en fixant le sol, brusquement accablé de chagrin.

— Le gosse, dit-il, le visage défait. C'est moi qui ai tiré.

— L'explosion a eu lieu quelques secondes après qu'il a été touché par ta balle. Il a peut-être paniqué et déclenché la bombe lui-même lorsqu'il a vu Katya s'enfuir à cheval.

— C'est de ma faute. Soit je l'ai tué, soit mon coup de feu l'a effrayé et il s'est fait sauter.

— Moi aussi, j'avais mon fusil braqué sur lui. C'est un hasard que tu aies tiré le premier. Il serait mort de toute façon. Quant à Katya, tu lui as sauvé la vie.

— Et tu as pu descendre le sniper.

— Nous avons rempli notre mission.

Chapitre XIX

Pradesh posa sur Jack un regard impénétrable et grimaça de douleur.

— J'ai une radio dans mon paquetage, indiqua-t-il. Tu peux demander un hélicoptère d'évacuation sanitaire. Je pense qu'on peut considérer que nous avons été confrontés à des talibans. La force de l'OTAN va sans doute envoyer une équipe. Je suppose qu'elle surveille l'attaque menée par Rahid contre les talibans dans la vallée d'à côté. Des hélicoptères doivent se tenir prêts à décoller à Faizabad.

Costas se tourna vers la vallée, le visage couvert de poussière blanche.

— Qu'est-ce qui peut bien pousser un enfant à faire ça ? murmura-t-il.

À travers le nuage de poussière, il vit l'homme de la tente errer sans but, en levant les bras comme s'il cherchait quelque chose, là où le jeune garçon était parti en fumée.

— Ce n'est pas l'enfant qui a fait ce choix, c'est son père, rectifia Jack. Cet homme a attaché une bombe autour du torse de son fils et l'a envoyé à la mort.

— Il a l'air complètement égaré.

— Les djihadistes ne préparent pas leurs combattants à cela.

— J'espère que l'ISAF va libérer cette zone des talibans, qui ont conduit ce pauvre homme directement en enfer.

— Je pense que Rahid y parviendra seul, dit Pradesh d'une voix faible. Il y a déjà eu suffisamment d'interventions extérieures ici. Où sont Katya et Altamaty ?

— Ils sont tous deux partis à cheval en direction de l'entrée de la vallée, répondit Costas. On les récupérera avec l'hélico quand il sera venu te chercher.

— D'accord, souffla Pradesh. Ça va prendre au moins une demi-heure, ce qui vous laisse le temps d'aller voir s'il y a vraiment quelque chose là-haut.

— Est-ce qu'on peut faire autre chose pour toi ? demanda Jack.

— Un peu de morphine ne me ferait pas de mal, répondit Pradesh.

Costas sortit une seringue du sac, lui donna quelques coups secs et l'enfonça dans la cuisse de Pradesh.

— Ça devrait te soulager.

Il sortit une couverture de survie et l'étendit sur le blessé. Jack retira sa veste et la posa par-dessus la couverture.

— Ça va mieux, beaucoup mieux, murmura Pradesh en fermant les yeux et en leur faisant signe de partir. Vous pouvez partir. Il est temps d'aller jeter un coup d'œil dans ce puits de mine.

Vingt minutes plus tard, Jack et Costas se trouvaient à l'entrée du puits central et regardaient à travers le trou noir, au-dessus d'un grand tas d'éclats de roche qui obstruait partiellement le passage. Costas, qui avait *Un voyage à la source de l'Oxus* entre les mains, lut le paragraphe sur les mines de lapis-lazuli :

— « Le puits par lequel on descend dans la galerie mesure environ trois mètres carrés et n'est pas perpendiculaire au point qu'on ne puisse y entrer à pied. La galerie, en pente douce, mesure quatre-vingts pas et se termine brusquement par un trou de six mètres de diamètre et de profondeur. La largeur et la hauteur de la galerie, bien qu'irrégulières, peuvent être estimées à environ trois mètres cinquante. Néanmoins, par endroits, le plafond s'est effondré, ce qui oblige à avancer à genoux. Les accidents semblent avoir été fréquents et une partie de la mine abrite les noms de quelques malheureux accidentés, qui ont été écrasés par l'effondrement du haut de la galerie. Aucune précaution n'a été prise pour soutenir à l'aide d'étais le plafond, formé de blocs serrés les uns contre les autres. Toute nouvelle intervention ferait courir d'énormes risques aux mineurs. »

Il referma le livre et le rendit à Jack, qui le rangea dans son sac kaki. Puis il se mit à escalader le tas de débris en glissant vers l'arrière à chaque pas.

Chapitre XIX

— Bon ! lança-t-il. Rien de plus dangereux que ce qu'on a fait jusqu'à présent ! Tu es sûr que personne ne vient jamais ici ?

— C'est ce que m'a dit Rahid, répondit Jack. Les habitants de la vallée pensent que cette mine est hantée.

Il suivit Costas. Brusquement rattrapé par la fatigue, il se sentait lourd et chaque pas exigeait de lui un effort monumental, comme s'il marchait dans la neige. Ses pieds glissaient sur les éclats de roche et il avait l'impression qu'il n'arriverait jamais nulle part. Son objectif semblait reculer pour rester à jamais en dehors de sa portée, comme dans un rêve. Finalement, il parvint en haut du tas de débris. En tendant le bras, il pouvait toucher le plafond de l'entrée du puits. Costas était déjà dix mètres plus loin, à l'intérieur. Jack le vit sortir une lampe de poche et éclairer les parois de chaque côté : la roche était foncée, presque noire. Il se souvint des descriptions qu'il avait lues, de l'épaisse couche de carbone provenant des feux allumés pendant des milliers d'années par les mineurs pour fissurer les filons de lapis-lazuli. Il regarda de nouveau l'entrée. La lumière donnait aux parois une aura bleue, de la couleur du ciel. Costas, qui avait avancé de quelques pas, était accroupi en bas du tas de débris, qui se prolongeait à l'intérieur du puits. Immobile, il semblait fixer les éclats de roche éparpillés à ses pieds. Il se redressa et se retourna.

— Jack ?

— Je suis là.

Costas garda le silence un instant et se racla la gorge.

— Le vieux revolver Colt de John Howard, celui que son père avait pendant la révolte des Cipayes…

— Oui, dit Jack d'une voix voilée, comme s'il s'entendait parler de loin.

— Est-ce que tu sais où il a été fabriqué ?

Jack avait la sensation d'avoir la tête vide. Il s'efforça de réfléchir.

— Peut-être à la manufacture de Londres. L'adresse devait être estampée sur le canon.

Costas éteignit sa lampe de poche et revint sur ses pas.

— Je sais ce que Rahid a trouvé, annonça-t-il en regardant son ami droit dans les yeux. Je sais pourquoi personne ne doit jamais remettre les pieds ici.

Jack posa la main sur l'épaule de Costas, qui lui tendit sa lampe. Il secoua la tête et plongea la main dans son sac quelques instants. Puis il descendit à son tour dans le puits en dérapant sur les éclats de roche, qui glissaient sur le sol gelé. Lorsqu'il atteignit l'endroit où Costas se trouvait quelques secondes plus tôt, il tomba à genoux. Il laissa à ses yeux le temps de s'habituer à l'obscurité. Puis il vit ce que Costas avait vu : il était à moitié enseveli dans les éclats de roche, mais il n'y avait aucun doute possible. Le revolver avait été bien huilé. Il n'était donc pas rouillé, mais il avait pris une couleur lie-de-vin. L'adresse était effectivement estampée sur le canon : *Col. Colt, Londres*. La garde de la détente était entourée de lambeaux de tissu, qui s'étendaient jusqu'au-dessous des éclats de roche pour ressortir quelques centimètres plus loin. En prenant un peu de recul, Jack discerna une forme symétrique. Il se sentit vaciller. Il s'agissait de deux bras tendus. Il regarda vers la main qui ne tenait pas de pistolet. Tout près, il y avait un creux, la trace de quelque chose. Cela pouvait être n'importe quoi : une main compatissante qui s'était retirée après la mort, une autre arme, une épée peut-être. Mais il pouvait également s'agir du bambou, du *vélpu* sacré, disparu entre-temps.

La gorge serrée, Jack se mit à pleurer sans vraiment savoir pourquoi. Il inspira profondément, retint son souffle et poussa un long soupir en clignant des yeux. Il repensa à ce qu'il savait de cet homme, à son amour pour ses enfants, sa famille. Il espérait qu'ils avaient été avec lui, d'une manière ou d'une autre. Que ce qui l'avait tourmenté, l'angoisse, le deuil, s'était dissipé dans ses derniers instants. Qu'il avait trouvé ce qu'il avait cherché pendant des années, après son séjour dans la jungle, ce grand trésor empreint de mystère.

Jack essuya ses larmes et regarda en direction de l'entrée. Un bruit provenant de l'extérieur résonnait dans le puits. C'était la trépidation d'un hélicoptère, qui survolait la vallée. Jack entendit les débris crisser sous les pieds de Costas. Celui-ci l'avait laissé seul avec le corps pendant quelques minutes, puis il s'était mis à explorer la mine dans tous ses recoins.

— J'ai vérifié, annonça-t-il, la galerie s'étend sur encore vingt mètres et plonge dans une cavité d'environ six mètres. S'il a bien caché le joyau ici, Licinius a dû le jeter au fond du trou. Il y a des prises le long des parois, sans doute taillées par les mineurs, mais j'ai regardé et il n'y a absolument rien qui traîne. On dirait même que quelqu'un a nettoyé méthodiquement la surface. Si le joyau s'est trouvé ici, il n'y est plus.

Jack se racla la gorge.

— Regarde cette main, dit-il d'une voix rauque, celle qui est vide. On dirait qu'elle tenait le bambou des Kóya, le *vélpu*. Je crois que Howard et Wauchope l'avaient apporté avec eux. Mais il a disparu également. Et Robert Wauchope aussi. Apparemment, il n'y a pas d'autre corps ici. Il se peut que le *vélpu* ait été vide au départ et plein lorsqu'il est ressorti d'ici. Wauchope l'a peut-être pris des mains de Howard avant de s'enfuir. Ils ont peut-être trouvé le joyau…

Costas se tourna vers Jack.

— Nous avons trouvé ce que nous étions venus chercher, non ?

Jack ne répondit pas mais replongea la main dans son sac et en sortit l'objet qu'il avait touché juste avant d'entrer dans le puits.

— Je sais qu'on doit y aller, murmura-t-il. Laisse-moi juste un instant.

— Tu veux que je te laisse seul ?

— Non, reste.

Jack ouvrit la main. Il tenait le petit éléphant en lapis-lazuli. C'était le jouet que John Howard avait reçu dans son enfance. Il était usé à force d'avoir été manipulé par de petites mains, y compris celles de Jack. Il portait un ruban brillant, que Rebecca lui avait noué autour du cou lorsqu'elle l'avait emporté dans sa cabine, à bord du *Seaquest II*. Jack le serra dans sa paume : le lapis-lazuli, issu de cette montagne, allait y retourner. Il posa l'éléphant sur les débris et le poussa doucement vers les lambeaux de tissu, au creux de la main vide. Il l'effleura une dernière fois et le laissa là, avec John Howard.

L'hélicoptère était tout près désormais. Jack se releva et remit son sac sur son dos. Il inspira profondément et expira une dernière fois dans les entrailles de la mine en regardant son souffle se perdre dans l'obscurité. Puis il posa la main sur l'épaule de Costas et pensa à Pradesh. Il était temps de partir.

Chapitre XX

Deux jours plus tard, Jack traversait les eaux immobiles du lac Yssyk-Köl à bord d'un bateau de patrouille de l'US Navy, dont le sillage dessinait un grand V d'écume. La vue était fantastique. D'une superficie de trois mille kilomètres carrés, soit cinq fois la taille du lac Léman, ce lac de montagne était le plus profond du monde. Le sillage du bateau évoquait à Jack une gigantesque flèche pointant vers l'est, l'ultime poussée du massif d'Asie centrale vers les déserts de Chine. Au sud, les montagnes contre lesquelles le lac était lové surgissaient avec superbe de la brume. Les sommets enneigés semblaient flotter au-dessus de la terre, suspendus comme un mirage. À l'ouest, s'étendait la rive jonchée de rochers où Jack et Costas étaient venus voir la découverte de Katya et Altamaty, cinq jours auparavant. L'équipe de l'UMI y avait redéposé Katya le matin même, afin qu'elle consigne toutes les informations concernant le site funéraire romain, avant de rejoindre ses collègues en hélicoptère. Jack souhaitait emmener son équipe quelque part de l'autre côté du lac, au-delà du désert du Taklamakan, dans les derniers kilomètres de la route de la Soie. Mais comme ce voyage allait demander quelques jours de préparation, il allait d'abord s'offrir une petite plongée. L'occasion ne s'était pas présentée depuis que le *Seaquest II* avait quitté la mer Rouge, près de deux semaines plus tôt. Il avait hâte.

Il pensa à Pradesh, à la balle qu'il avait reçue en Afghanistan. Celui-ci allait être en soins intensifs pendant des semaines, mais le pronostic était encourageant. Il était entre de bonnes mains, à l'hôpital militaire américain de Bichkek et serait bientôt transféré à Landstuhl, en Allemagne. Après être rentrée d'Afghanistan avec lui, l'équipe de l'UMI s'était rendue en hélicoptère au bord du lac, où un bateau de patrouille était venu la chercher depuis l'ancienne base navale soviétique, située sur la rive orientale. Jack avait tenu à suivre l'itinéraire des Romains conduits par Fabius de l'autre côté du lac, après le départ de Licinius vers le sud, en direction des montagnes. Le bateau de patrouille approchait désormais de sa destination.

La traversée, à vitesse maximale, avait duré près de dix heures. Elle semblait inaccessible à des hommes qui s'étaient embarqués, deux mille ans auparavant, sur une simple barque, après avoir effectué un voyage harassant depuis la forteresse parthe de Merv. Il était impossible de savoir jusqu'où les légionnaires étaient allés, ni s'ils avaient atteint la rive orientale. Jack se dit qu'ils avaient dû se battre jusqu'au bout, contre les éléments, contre l'épuisement et contre leurs ennemis, qui les avaient peut-être attendus à terre. Ils avaient été entraînés pour relever tous les défis susceptibles de se présenter. Aussi avaient-ils sans doute lutté jusqu'au dernier pour l'honneur de leur légion et pour gagner leur place parmi les rangs sacrés de leurs défunts frères d'armes. Fabius ne savait peut-être même pas qu'il possédait l'autre joyau. Il avait peut-être partagé le butin avec Licinius sans en connaître le contenu. Jack fixa l'eau bleu acier et ne vit que le reflet du ciel, criblé de minuscules nuages. Le joyau céleste était peut-être là, dans les débris d'une épave, comme il l'avait vu en rêve.

Le moteur ralentit et l'eau chaude du sillage gicla sur le pont du bateau. Il n'y avait plus un souffle d'air. Il faisait frais. Jack se retourna et vit la rive occidentale disparaître dans l'horizon courbe de la terre. Il avait l'impression que la balance venait de pencher de l'ouest vers l'est, comme s'il avait atteint un point où la route de la Soie allait bientôt aboutir en Chine. Il savait que ce n'était qu'une illusion, car il fallait encore traverser le désert du Taklamakan, extrêmement inhospitalier. Mais pour les voyageurs venus d'Occident, le col de la montagne qui se dressait au bout du lac avait sans doute représenté une lueur d'espoir.

Costas se trouvait encore dans le rouf, où il s'était enfermé dès le matin pour observer les écrans de navigation et échanger des informations par radio avec l'équipe de l'US Navy. Droit devant, les rives du lac convergeaient enfin. Jusqu'à présent, elles avaient semblé desséchées, érodées, mais ici, le vent d'ouest, chargé d'humidité, avait tapissé les collines et les vallées d'une végétation vert olive. Des bâtiments, de mornes structures en béton et les vestiges délabrés de quais et d'embarcadères étaient nichés contre la rive orientale. Autour du bateau, la surface du lac se mit à scintiller, à se troubler, puis redevint calme. Jack se demanda s'il y avait eu une secousse sismique. Il leva de nouveau les yeux vers la rive. Rebecca devait être là-bas, avec les membres de l'UMI et de l'US Navy. Ils avaient déjà fait une découverte : le profilage sous-marin avait révélé un tracé pouvant correspondre à d'anciens murs. Cela suffirait à justifier la présence de l'UMI dans cette zone. Jack et Costas s'apprêtaient donc à aller voir ça de plus près, avant que Katya ne les rejoigne pour leur voyage vers l'est, qui les mènerait jusqu'en Chine.

Costas sortit du rouf et enjamba le matériel de plongée, rassemblé à proximité. Il prit les deux combinaisons environnementales posées sur le canon de 20 millimètres et en jeta une à Jack.

— On ferait bien de s'équiper, dit-il. On approche du site. Rebecca et deux membres de l'équipe viennent nous rejoindre en Zodiac. On sera sur place avant eux.

— Rebecca ne va pas être contente...

— Ce n'est pas un endroit pour apprendre à plonger ! Pas question ! Je me méfie des lacs d'une manière générale et celui-ci est particulièrement dangereux.

Jack prit un peu d'eau par le dalot.

— L'eau est légèrement salée, indiqua-t-il. Le sel contribue à la purifier. Et le lac fait plus de six cents mètres de profondeur en son centre. Le fond est recouvert d'une immense couche de limon. Toute substance toxique déversée ici est sans doute profondément enterrée.

Costas, qui était en train d'enfiler sa combinaison, interrompit son geste avec un air incrédule.

— Tu plaisantes ! s'écria-t-il. Les Soviétiques testaient leurs submersibles dans ce lac ! Quand j'étais dans la marine, j'ai surveillé des sites comme celui-ci. J'aurais pu me réchauffer les mains au-dessus des images satellites. Et il ne s'agissait pas forcément d'armes ou de réacteurs. À l'époque, les Soviétiques auraient pu utiliser de l'uranium pour faire marcher une brosse à dents !

— Altamaty a dit à Katya qu'ils testaient essentiellement des torpilles ici et que, lorsqu'ils en perdaient une, ils faisaient tout leur possible pour la retrouver. C'est comme ça que les murs repérés par notre équipe ont été découverts pour la première fois. Altamaty a eu accès à certains fichiers en 1991 lorsqu'il était réserviste à la base, au moment de l'effondrement de l'Union soviétique. D'après lui, toutes les torpilles manquantes ont été jugées irrécupérables et sont probablement mieux là où elles sont.

— Voilà qui est rassurant, maugréa Costas en passant la tête par le col en latex de sa combinaison. Tu as d'autres remarques intéressantes à faire avant qu'on se fasse irradier ?

— D'après Katya, les Kirghiz pensent que ce lac regorge de trésors mais, pour eux, il est sacré. Certains d'entre eux affirment même que Gengis Khān y a été enseveli. Leurs sagas mentionnent un cercueil doré sur une mer d'argent. Ils prétendent également qu'il existe un monastère nestorien englouti au large de la rive nord. Ils savent que leurs ancêtres ont vu passer énormément de richesses le long de la route de la Soie, mais les eaux du lac sont sacrées depuis la nuit des temps et certains hésitent même à s'y baigner.

Chapitre XX

— Je les comprends ! s'exclama Costas en passant les manches de la combinaison. Dans un cas comme celui-ci, je me fierais à la sagesse populaire.

— Certaines de ces légendes sont peut-être vraies. Quand on observe la rive, on constate que le niveau du lac a varié. Cet endroit est étrange. Des centaines de rus de montagne s'y déversent, mais il n'y a jamais d'inondations. Le niveau monte, puis redescend dans les périodes de forte évaporation, comme en ce moment. En outre, le lac se trouve dans une zone fortement sismique.

Costas acheva d'enfiler sa combinaison et vint s'asseoir à côté de Jack avec un porte-bloc qu'il avait rapporté du rouf.

— J'ai pris des notes à ce propos, dit-il. Les gars de la marine ont été briefés sur les risques de séisme. Au moins trois grands tremblements de terre ont été répertoriés au cours de l'Histoire : un vers -250, le Grigorevka ; un autre en 500, le Toru-Aigir ; et un autre en 1475, le Balasogun. On pense qu'ils avaient probablement une magnitude de 8 à 9 sur l'échelle de Richter. Ce n'est pas rien !

Il tourna le dos à Jack pour qu'il remonte la fermeture Éclair de sa combinaison. Jack s'exécuta et lui donna une tape dans le dos.

— Le deuxième séisme, celui de l'an 500, pourrait coïncider avec l'histoire du monastère englouti, fit remarquer Jack. Mais en ce qui concerne l'ensevelissement de Gengis Khān, ça ne colle pas. Celui-ci est mort au XIIIe siècle. Ses successeurs n'ont jamais révélé l'emplacement de sa dernière demeure. Ils ont même tué tous ceux qui ont croisé leur chemin pendant la procession funéraire. D'après une légende mongole, des chevaux auraient piétiné le site de la tombe pour la dissimuler. À mon avis, Gengis Khān a bien été enterré là où l'Histoire l'indique : dans les montagnes de Burkhan Khaldun, en Mongolie, à des centaines de kilomètres à l'est d'ici.

— C'est peut-être un piège... S'ils tenaient tant à garder le secret, les successeurs de Gengis Khān ont peut-être lancé différentes rumeurs concernant l'emplacement de la tombe. Cela expliquerait la légende du peuple kirghiz.

— C'est possible, reconnut Jack. Et ça vaut pour toutes les tombes, même quand elles n'ont pas été cachées. C'est toujours l'apparence extérieure qui compte pour la postérité. C'est ce que les générations ultérieures retiendront de la personne. Mais l'intérieur a plus d'importance pour le défunt, qui emporte avec lui son passeport pour l'éternité. Par conséquent, le mobilier funéraire et le corps peuvent être cachés ailleurs. Après tout, même les pyramides d'Égypte ont été pillées.

— Et la tombe du Premier Empereur aussi, murmura Costas. Si l'histoire du joyau est vraie, elle a été pillée par le gardien.

Jack se leva et regarda s'il voyait le Zodiac arriver mais ne vit rien à l'horizon. Il se rassit et commença à enfiler sa combinaison.

— Alors où va-t-on, exactement ? demanda-t-il.

Costas tourna la page de son bloc.

— J'ai imprimé ça après avoir consulté l'ordinateur de navigation. C'est à environ deux heures par rapport à l'axe que nous suivons, à cinq cents mètres de la rive. Il y a une crique avec quelques bâtiments.

— Je vois, dit Jack, la main en visière.

— C'est là que le profileur a révélé la présence de vieux murs.

— Ça correspond au rapport que les Soviétiques avaient fait lors de leur découverte ?

— Ça correspond à la version d'Altamaty, telle qu'elle m'a été rapportée par Katya, répondit Costas. Je ne pense pas que Katya ait quoi que ce soit à cacher...

Jack leva les sourcils et garda le silence un instant.

— Si ça peut te rassurer, Altamaty a également discuté avec Rebecca, en russe, déclara-t-il. Il a dit que les premiers rapports de fouille sous-marine concernant cet endroit avaient été effectués par des explorateurs russes au XIXe siècle. Tu te souviens de sir Aurel Stein, l'explorateur de la route de la Soie ? Eh bien, des Russes envoyés par la Société de géographie de Moscou ont pris le train en marche. Cela a donné lieu à une sorte de « Grand Jeu » archéologique : les Russes contre les Britanniques. Personne ne peut dire avec certitude ce que les Russes ont trouvé. De nombreuses archives ont disparu après la révolution de 1917. Mais nous savons que deux explorateurs russes sont venus ici : Prjevalski et Piotr Semionov-Tian-Shanski. Ils avaient tous deux entendu parler de ruines englouties, de cités sous le lac. Semionov était allé à Venise, où il avait trouvé une carte du XIVe siècle sur laquelle figurait, au bord du lac, un monastère arménien. La légende de la tombe de Gengis Khān semble être uniquement locale et les habitants ont sans doute dit aux Russes ce qu'ils voulaient entendre, mais ils leur ont aussi montré d'authentiques artefacts trouvés par des pêcheurs.

— Et que s'est-il passé pendant la période soviétique ?

— Les explorateurs sont partis, mais les légendes ont pris de l'ampleur, répondit Jack en remontant sa combinaison. Des illuminés nazis se sont mis en tête que cet endroit était la patrie des Aryens. Ils s'appuyaient sur des légendes selon lesquelles le lac était un lieu de pureté, une sorte de paradis sur terre. Plus tard, dans les années cinquante, les Soviétiques sont venus tester leurs torpilles ici. Et des plongeurs ont exploré le fond pour la première fois. Comme nous le savons, ils ont trouvé quelque chose, alors qu'ils cherchaient une torpille, et le ministre de la Sécurité intérieure a commencé à s'intéresser à l'affaire. Mais tout s'est terminé sous Khrouchtchev, au début des années soixante, quand l'intensification de la guerre froide a détourné l'attention des Soviétiques. Pourtant, plus les années ont passé, plus les rumeurs et les légendes se sont répandues. Un professeur de Bichkek a commencé à parler de l'Atlantide. C'est là que le père de Katya est entré dans l'équation.

— Encore un lien familial ! s'exclama Costas. J'aurais dû m'en douter.

— Le professeur avait tort, évidemment. Quant au père de Katya, il n'a jamais pu venir ici. Il avait l'intention de le faire lorsque nous avons mis fin à ses projets, il y a deux ans.

— Altamaty sait-il autre chose à propos de ce que les Soviétiques ont découvert ?

— Les rapports n'indiquent que des coordonnées géographiques. Il y a une énorme quantité de limon au fond du lac et on ne sait pas si la torpille a été retrouvée. Mais des rumeurs ont circulé dans la ville de Karakol, où vivait le personnel de la base soviétique. D'anciens murs avaient été trouvés sous le limon. Ils étaient ornés de bas-reliefs de style chinois et semblaient converger vers une grande entrée. À Karakol, une mosquée en bois a été bâtie il y a une centaine d'années par les Dungan, des musulmans chinois qui ont fui la persécution dont ils étaient victimes dans leur pays. Cette mosquée ressemble à un temple chinois. Il y a des dragons sur la corniche. Les Dungan semblent avoir entretenu la légende de la tombe de Gengis Khān. D'après Katya, d'ici quelques années, le ministère du Tourisme pourrait bien récupérer cette idée et ériger d'immenses statues de Gengis Khān dans le plus pur style soviétique sur la place de la ville. Katya aimerait que le gouvernement investisse dans les pétroglyphes, dans les véritables chantiers archéologiques, et non dans un mythe avec le simple objectif de créer une attraction internationale.

Costas replia la feuille derrière son porte-bloc et montra à Jack une autre impression.

— Je ne sais pas ce que les plongeurs ont vu, mais cela correspond aux images du profileur sous-marin, affirma-t-il. Au départ, notre équipe a repéré des striations en provenance de la rive. Elle a pensé qu'elles étaient dues à l'écoulement d'une rivière, qui avait creusé le fond du lac. C'est Rebecca qui a remarqué la régularité des lignes, qui convergent en formant un V depuis la rive.

— C'est Rebecca qui est à l'origine de cette découverte ? Elle ne me l'avait pas dit...

— Elle est modeste, comme toi.

— Elle est trop occupée à se faire dorloter par quinze types des forces spéciales de l'US Navy, tu veux dire !

— Tous des gentlemen... précisa Costas.

Jack reprit son sérieux.

Chapitre XX

— Je ne tiens pas à ce que les plongeurs de la marine viennent avec nous, confia-il. Je préférerais qu'on y aille que tous les deux.

— Ils ont trop à faire, de toute façon. Il y a de véritables bombes à retardement dans l'ancienne zone portuaire soviétique : des réacteurs nucléaires dans des coquilles vides. Officiellement, la zone dans laquelle nous allons plonger est interdite. La marine va mettre des mois à décontaminer jusqu'ici. Nous allons être tranquilles. N'oublie pas que si les plongeurs soviétiques sont venus dans le coin, c'était dans l'espoir de mettre la main sur une torpille égarée. Or, ils ne l'ont sans doute jamais retrouvée.

Jack plongea la main dans le lac et aspergea son casque d'eau.

— Elle est chaude, observa-t-il, comme tu l'aimes.

— Si elle l'est de plus en plus au fur et à mesure qu'on descend, je remonte illico. Je ne veux pas me transformer en compteur Geiger !

— Nous avons les combinaisons environnementales. C'est toi qui les as conçues.

— Après ça, il nous faudra tout de même un bon bain.

— Un bain de mer à Hawaï ?

Le visage de Costas s'éclaira.

— C'est la première fois que tu prononces ce mot, sans même que j'en aie parlé !

Jack se pencha au-dessus de l'eau. Dans la baie, elle était d'un beau bleu, comme le lapis-lazuli et l'aura qui émanait de la mine d'Afghanistan. Mais ici, loin de la rive, elle avait un aspect différent. Le soleil éclairait directement la surface et lui donnait des reflets irisés. La nature de l'eau, ou peut-être l'intensité du soleil, donnait l'impression que le lac absorbait la lumière avant de la refléter quelques mètres plus bas, comme si une couche de liquide argenté flottait au-dessous de la surface. Jack ne voyait même pas son propre reflet. La couche en suspension semblait bien réelle, telle une nappe de mercure en provenance d'une source souterraine. Il aperçut un héron, immobile à l'entrée de la crique, quelques centaines de mètres plus loin. L'oiseau était serein, pareil à une sculpture. Soudain, il plongea le bec dans l'eau. Jack se rappela l'exposition des guerriers en terre cuite qu'il avait vue quelques mois plus tôt, à Londres, en compagnie de Rebecca. Il avait admiré un oiseau élancé en bronze, qui avait jadis orné la rive d'un modèle réduit de lac dans la tombe du Premier Empereur. Il se tourna vers les montagnes, saisissantes et grandioses. La main en visière, il était ébloui par le reflet du soleil sur les sommets enneigés, qui semblaient flotter dans le ciel comme s'ils appartenaient à une autre dimension.

— Il y a quand même quelque chose qui me turlupine depuis que nous sommes revenus d'Afghanistan, avoua Costas. Nous savons ce qui est arrivé à Howard, mais pas à Wauchope. Dans la mine de lapis-lazuli, nous n'avons pas retrouvé le *vélpu* sacré, que, d'après toi, ils avaient emporté avec eux. Howard le tenait peut-être encore lorsqu'il est mort, mais quelqu'un le lui a pris. Et si le coupable avait été un des douze, la confrérie aurait trouvé le joyau et nous n'en serions pas là aujourd'hui. Shang Yong trônerait dans sa forteresse du désert avec le joyau de l'immortalité au-dessus de la tête. Et il dominerait peut-être déjà le monde.

Jack hocha la tête. Depuis qu'ils étaient rentrés d'Afghanistan, il avait d'abord été obsédé par l'état de santé de Pradesh. Et lorsqu'il avait été sûr que celui-ci était tiré d'affaire, il s'était mis à penser à l'homme qu'il avait tué et au jeune kamikaze. La mort du tireur d'élite le laissait indifférent. Quant à la fin tragique du jeune Afghan, Jack ne réalisait pas vraiment ce qui s'était passé, comme s'il avait vu l'explosion au journal télévisé. L'onde de choc lui parviendrait plus tard. Le souvenir de la dépouille de son arrière-arrière-grand-père était encore très présent à son esprit. Il était trop tôt pour qu'il puisse en tirer des conclusions. Mais il s'était posé des questions concernant le sort de Wauchope dès qu'ils avaient débuté leur traversée du lac. Les chemins des légionnaires romains, de Howard et Wauchope, et des explorateurs de la route de la Soie semblaient tous converger vers ce point mystique au-delà de l'horizon, du côté du soleil levant :

Chrysê, la légendaire Terre d'or citée dans l'extrait du *Périple* retrouvé par Hiebermeyer.

— Tu sais à propos du *Voyage à la source de l'Oxus* annoté par Howard et Wauchope, dit-il, Rebecca a attiré mon attention sur une flèche tracée sur une carte, au début du livre. Cette flèche va de la vallée de l'Oxus à un point situé au nord-est, dans la marge, où sont écrits au crayon les noms « Yssyk-Köl » et « Prjevalski ».

— L'explorateur russe ? demanda Costas.

— Oui. Prjevalski est mort ici, du typhus, en 1888. Rebecca a fait quelques recherches. Il se trouve qu'il est allé à Londres auparavant et qu'il a fait une conférence à l'Institut royal des services unis, où Howard a donné la sienne sur les Romains dans le sud de l'Inde. C'était juste avant que Wauchope ne soit rappelé par l'armée. Howard et lui ont assisté à cette conférence, axée autour d'une race très rare de chevaux suant du sang, que Prjevalski avait découverte en Mongolie. À cette occasion, l'explorateur a parlé des trésors légendaires du lac Yssyk-Köl et de son voyage jusqu'ici. Il a fait allusion aux monts Tian shan et à ses expéditions au cœur des montagnes. Passionné de montagne, Wauchope a dû être électrisé par ce récit.

— Alors tu crois que c'est là qu'il est allé ?

— Tian shan signifie « monts célestes ». Depuis le désert du Taklamakan, ceux-ci semblent plus proches des cieux que n'importe quel sommet de Chine. Le Premier Empereur était obsédé par les montagnes. Il voulait toujours ériger ses proclamations dans les endroits les plus élevés. Il a dû se rendre dans les monts Tian shan, où il a sans doute eu conscience de sa propre mortalité. Si Wauchope a survécu après avoir trouvé la mine, il a peut-être continué à suivre les traces de Licinius en remontant jusqu'au lac Yssyk-Köl. Ensuite, il a pu franchir les montagnes. Comme les Romains, il avait le sentiment qu'il ne retournerait jamais dans le monde d'où il venait. Howard et lui n'ont peut-être jamais eu l'intention de revenir. Les vallées décrites par Prjevalski n'avaient rien à voir avec celles d'Afghanistan, mornes et inhospitalières. Au contraire, elles étaient luxuriantes, généreuses, atemporelles, comme Shangri-La. Même si Howard et Wauchope n'ont pas trouvé ce qu'ils cherchaient, ce genre de récit avait dû les attirer pour les mêmes raisons que la légende du joyau céleste.

— Autre version possible, proposa Costas, ils ont trouvé le joyau dans la mine et Wauchope l'a rapporté dans la jungle. Il l'a mis à l'intérieur du bambou, puis il a rendu le *vélpu* sacré au peuple kóya. Il a trouvé un moyen d'entrer dans le temple de la jungle en passant par l'arrière, sous la cascade, et il l'a caché là, peut-être à l'intérieur de la tombe de Licinius. Dans ses derniers instants, Howard a pensé à ce qu'ils avaient fait en 1879. L'imminence de la mort appelle l'expiation, la rédemption. Il a fait promettre à Wauchope de retourner là-bas. C'est le genre de choses que peuvent faire des amis. Ils étaient soldats, frères d'armes, comme Licinius et Fabius.

— Possible, murmura Jack.

— Nous y sommes presque !

Le bateau ralentit et traça un grand arc de cercle en direction de la rive.

— Ce que nous avons sous les yeux est tout aussi intriguant, déclara Costas.

— C'est-à-dire ?

— As-tu remarqué que, lorsqu'il y a du vent, celui-ci ride à peine la surface du lac ?

— Oui, répondit Jack, l'eau semble stagnante, lourde, comme du métal en fusion.

— C'est parce que le vent d'ouest est canalisé vers le haut lorsqu'il approche des terres. Et pourtant, il y a quelques minutes, la surface a tremblé.

— Réplique sismique ?

— Pire : douleurs d'accouchement. Il y a déjà eu un gros tremblement de terre, mais un autre se prépare certainement. Nous allons y avoir droit aujourd'hui ou demain. Ce n'est pas l'idéal pour plonger, mais c'est peut-être notre chance. Nous avons affaire à des dépôts proximaux et distaux, à un épandage fluvio-glaciaire incisé par des rivières convergeant vers le lac. Il y a de nombreuses couches de sédiments.

— Tu crois qu'il pourrait y avoir du changement ?

— Un glissement de sédiments n'est pas à exclure. Et cela ferait apparaître ces murs, s'ils existent vraiment. Ils pourraient être visibles un instant et recouverts de nouveau à la suite d'une autre secousse sismique, d'un autre glissement de sédiments. S'il y a quelque chose là-dessous, on aura peut-être juste le temps de le voir.

— Tu te souviens de notre dernière plongée ?

Costas poussa un long soupir.

— C'était il y a deux semaines, dans la mer Rouge. Il y avait des récifs coralliens, c'était magnifique. Le paradis ! Et il y avait des éléphants...

— C'est à ça que je pensais, à tes éléphants. Est-ce que tu connais la vieille histoire hindoue des aveugles et de l'éléphant ?

Costas regarda Jack d'un air amusé.

— Trois aveugles sont conduits auprès d'un éléphant et doivent dire de quoi il s'agit. Le premier touche la queue et pense que c'est une corde. Le deuxième touche la trompe et pense que c'est un serpent. Le troisième touche une défense et pense que c'est une lance.

— Je n'arrivais pas à voir cet éléphant dans la mer Rouge. J'étais trop près. Souviens-toi de ça quand nous serons en bas.

— Qu'allons-nous voir, cette fois ? se demanda Costas. Une couche marron, de plus en plus foncée, chaude, bouillante ! Nous allons devenir tout rouges ! Et puis la mafia russe va nous repêcher et nous vendre aux terroristes comme composants radioactifs pour fabriquer une bombe sale !

Jack éclata de rire.

— Tu sais, d'après les géologues, le lac se vide progressivement.

— Comment ?

— On ne sait pas ce que deviennent les eaux glaciaires qui proviennent des sommets des monts Tian shan. Ce lac est une immense fontaine qui ne déborde jamais, comme s'il y avait une bonde au fond.

— Raison de plus de ne pas plonger là-dedans ! s'exclama Costas. Je n'ai pas envie d'être aspiré dans un trou noir.

— En parlant de noir, on raconte que la peste noire est venue d'ici. Tu le savais ?

— Quoi ?

— La peste noire qui a eu lieu au XIVe siècle. Elle aurait été transmise par les rats le long de la route de la Soie.

— Tu plaisantes ! La peste noire vient du lac dans lequel je m'apprête à plonger !

— Il n'y a pas de quoi s'inquiéter. Personnellement, je pense que c'est encore un mythe, créé de toutes pièces pour que personne ne s'approche de cet endroit. Raison de plus pour aller voir de plus près, non ?

— Hawaï, murmura Costas, les mains en prière. Pourquoi me fais-tu vivre un nouveau cauchemar à chaque fois que je vois une lumière au bout du tunnel ?

— Parce que tu es mon partenaire de plongée, répondit Jack en lui donnant une tape dans le dos. Il faut que tu veilles sur moi.

Le moteur du bateau était coupé. Jack huma l'air. Celui-ci avait une odeur inattendue. Dépourvu des relents habituels qui planaient au bord d'un lac, il sentait les herbes, la lavande, les feuilles sèches. Ici, le vent venait toujours de l'ouest et balayait la surface comme une armée de fantômes, mais l'odeur restait typiquement orientale. Jack avait aperçu des remparts au loin et le minaret d'une mosquée en ruine, renversée par un séisme. Il sentait l'emprise de l'Orient, au-delà du col montagneux, dans les contreforts de la Chine. La rive occidentale du lac, où Katya et Altamaty avaient étudié les pétroglyphes, était un endroit désolé, que l'on ne traversait que par nécessité. La rive orientale, à l'inverse, était ancrée dans la permanence. De nombreux peuples avaient choisi de s'y établir : les marchands han de l'Antiquité, les Sogdiens, les fidèles mongols de Gengis Khān et les Dungan.

Chapitre XX

Un des membres de l'équipage sortit du rouf et vint rejoindre Jack et Costas.

— J'ai des nouvelles de l'équipe, annonça-t-il, les données sismiques sont stables, mais on reste en alerte orange. Les plongeurs de la marine ont dû déblayer une jetée qui s'est effondrée. C'est pour cette raison que le Zodiac est en retard. Ils espèrent pouvoir partir d'ici un quart d'heure. Nous sommes juste au-dessus des coordonnées GPS. Il est déconseillé de plonger mais, si vous y tenez vraiment, faites-le tout de suite. Restez à au moins dix mètres du fond. Et évitez les gorges profondes. Je vous le répète : il est déconseillé de plonger.

— Compris, Brad, dit Costas en enfilant péniblement son *backpack*.

Brad s'approcha pour l'aider.

— Jack et moi avons plongé dans un tunnel de lave, tu sais, reprit Costas, dans un volcan en activité, en Atlantide.

— Ça a dû être chaud ! s'exclama Brad.

— Chaud bouillant ! plaisanta Costas.

Brad montra l'eau d'un air sceptique. Costas et lui avaient passé la majeure partie de la traversée dans le rouf, à discuter des torpilles et des fuites radioactives.

— Ne dis rien, Brad, dit Costas. Je préfère ne rien savoir.

— Je voulais juste vous souhaiter bonne chance, capitaine.

— Capitaine ? Moi ?

— Capitaine de corvette de l'US Navy, si je ne m'abuse, précisa Jack.

— Je m'occupais des détails techniques. Je faisais partie de l'équipage. Et je n'ai jamais fait valoir ma position hiérarchique !

— C'est parce que tu es un leader-né et que tout le monde t'écoute toujours ! lança Jack en le poussant du coude.

— Sauf toi, fit remarquer Costas.

— Je n'ai pas besoin d'écouter, je n'ai qu'à te suivre.

Il fit signe à Brad, qui descendit la visière du casque de Costas et verrouilla toutes les fermetures, avant de faire la même chose pour lui. Les deux plongeurs vérifièrent leur système de survie et l'affichage numérique de leur casque. Chacun procéda ensuite aux mêmes vérifications sur son partenaire. Brad montra les cinq doigts de sa main, puis sa montre. Jack hocha la tête. Départ dans cinq minutes. Le moteur redémarra et le bateau glissa lentement sur l'eau pour se repositionner. Pendant quelques instants, n'ayant pas encore activé son interphone, Jack se sentit coupé du monde. Il n'entendait plus que sa propre respiration, le battement de son cœur et un léger bourdonnement dans ses oreilles, vestige du coup de feu qu'il avait tiré en Afghanistan. Il repensa à Wauchope, puis aux Romains. Un des légionnaires avait peut-être survécu, atteint la rive, franchi le col et poursuivi sa route jusqu'à Chrysê, la Terre d'or. C'était peut-être Fabius lui-même. Jack se demanda s'il le saurait un jour. Il ne pouvait se fier qu'à son instinct et celui-ci lui disait que cette histoire ne s'était pas terminée dans les eaux du lac.

Il se pencha au-dessus de la surface et vit de nouveau la couche semblable à du mercure, dans laquelle le soleil se reflétait. Il s'efforça de ne pas y penser et alluma son interphone. Il se tourna vers Costas, qui lui donna le signal du départ. Il entendit son détendeur aspirer l'air et vérifia une dernière fois l'affichage numérique des niveaux. Puis il se laissa glisser dans l'eau aux côtés de Costas. Il s'immergea totalement, avant de remonter à la surface. Une fois de plus, il était dans son élément. Soudain, il eut la certitude d'être au bon endroit. Son instinct était en éveil. Il regarda Costas, qui flottait à côté de lui. Il posa la main sur la soupape de flottabilité et appuya sur l'interphone.

— On y va ? demanda-t-il selon leur habitude, comme s'il s'agissait d'une formule magique qui leur portait bonheur.

— On y va ! répondit Costas.

Trois minutes plus tard, ils étaient à plus de vingt mètres de profondeur. Ils ne voyaient pas le fond mais, d'après la boussole de Jack, ils se trouvaient face à la pente qui remontait en direction de la rive, située cinq cents mètres plus loin à l'est. Au départ, l'eau avait été remarquablement transparente. En descendant, Jack avait vu la coque sombre du bateau et les silhouettes ondulantes de deux membres de l'équipage, penchés au-dessus d'eux. Soudain, il traversa une thermocline. Dans sa combinaison environnementale, il ne l'avait pas sentie, mais l'affichage de son casque indiquait un changement brutal de température.

— L'eau devient plus froide, dit-il à travers l'interphone. Nous ne sommes peut-être pas dans une soupe radioactive, finalement.

— L'activité sismique risque de remuer la soupe pour nous, prévint Costas, d'une voix rendue métallique par l'augmentation de la pression. Comme l'a dit Altamaty, mieux vaut que tout ce qui se trouve là-dessous y reste.

— Je ne manquerai pas de te le rappeler quand on tombera sur une bombe non désamorcée.

Ils continuèrent à descendre. Sous la thermocline, la visibilité se réduisit considérablement, en raison de la présence de particules grises et marron en suspension dans l'eau. Un peu plus bas, l'obscurité était encore plus profonde. Jack alluma sa lampe frontale, mais regretta immédiatement son geste. La lumière, qui s'était reflétée dans les particules en suspension, l'avait ébloui. Il éteignit sa lampe, cligna des yeux le temps de se réhabituer à l'obscurité et consulta son profondimètre. Trente-cinq mètres. Il aperçut enfin le fond, à environ huit mètres. C'était une plaine désertique qui remontait en ondulant vers la rive.

— Je retire ce que j'ai dit à propos de la radioactivité, murmura Jack. Quelque chose a causé la mort de ce milieu.

Il neutralisa sa flottabilité deux mètres au-dessus du fond pour éviter de provoquer un tourbillon de sédiments.

— La surface n'est pas du tout aussi solide qu'elle en a l'air, observa Costas. Cette soupe a été provoquée par l'activité sismique. Si on descendait les yeux fermés, on la traverserait sans s'en rendre compte. Au bout d'un moment, les particules s'aggloméreraient et on se retrouverait coincés. Enfin, au moins, on ne se ferait pas bouffer par les tarets. Même eux ne survivraient pas dans un milieu aussi hostile.

— On risque d'avoir du mal à remarquer des ruines antiques là-dedans, tu ne crois pas ? demanda Jack.

— Ça dépend. Le séisme a tout remué. Les sédiments qui recouvrent habituellement les protubérances du fond et autres reliefs solides ont peut-être glissé le long de la pente. Si l'on se fie au voile marron qui trouble l'eau, il y a eu du mouvement. D'un autre côté, tout est encore instable. Une masse de sédiments poussés en amont pourrait redescendre et ensevelir tout ce qui a été découvert.

— Alors les murs, les traces que Rebecca a vues sur l'écran du sonar sont peut-être visibles.

— Le profilage sous-marin a été effectué il y a plus de vingt-quatre heures. D'après les coordonnées que j'ai saisies sur mon ordinateur de plongée, nous sommes censés suivre cette courbe sur environ cinquante mètres en direction du sud. Elle devrait nous mener au-dessus de la gorge perpendiculaire à la rive de la crique. D'après les rapports sismologiques soviétiques, il y a deux mille cinq cents ans, la rive se trouvait au niveau de cette courbe. Tout ce qui était en amont se situait hors du lac. Apparemment, un tremblement de terre violent et localisé, survenu il y a deux mille deux cents ans, aurait immergé toute cette zone.

Jack et Costas nagèrent doucement vers le sud, enveloppés dans un linceul de sédiments en suspension qui les empêchait de voir au-delà de cinq ou six mètres. Jack scrutait les eaux grises au-dessous de lui dans l'espoir de repérer quelque chose de solide, une protubérance quelconque. Au bout d'une vingtaine de mètres, Costas s'arrêta brusquement.

— Là ! s'écria-t-il. Je vois quelque chose.

Jack le rejoignit et constata que le fond du lac était plus irrégulier. Il tendit doucement la main. C'était de l'argile, qui avait laissé une trace sur son gant.

Chapitre XX

— Il y a une sorte de crête, perpendiculaire à la rive, annonça Costas. Il pourrait s'agir de pisé décomposé, mais on ne voit aucune trace de maçonnerie.

Il s'éloigna un peu.

— Regarde ! s'exclama-t-il.

Un objet était enchâssé dans l'argile. Costas retira les sédiments dont il était recouvert. Jack alluma sa lampe frontale et resta bouche bée.

— Une poignée en bronze, souffla-t-il.

Costas tira sur la poignée, fixée à un disque de la taille d'une assiette. Jack prit l'objet et retira l'argile qui s'y était incrustée.

— C'est un miroir ! lança-t-il. La surface s'est oxydée, mais il est intact.

— Étrange découverte dans un lieu comme celui-ci.

Jack retourna le miroir.

— Des pêcheurs ont déjà trouvé des bronzes comme celui-ci dans cette zone : des miroirs, des pièces de harnais, des chaudrons. C'est ce qui a attiré l'attention de Prjevalski, l'explorateur russe. Tous ces objets étaient indemnes. C'était de l'artisanat de très haute qualité, pas le genre de choses dont on se débarrasse facilement. C'est ainsi qu'est née la rumeur d'un palais englouti, d'une ville submergée.

— Il pourrait aussi s'agir d'une tombe.

— C'est ce que mon instinct me dit. Mais ces découvertes ne collent pas avec l'histoire de Gengis Khān. Les tombes mongoles étaient dissimulées dans des endroits discrets. Et je ne vois pas un miroir ni un chaudron dans la tombe d'un guerrier mongol. C'est autre chose. Mais je suis prêt à parier que cet objet a été projeté par le tremblement de terre hors d'un site funéraire prestigieux. Cela expliquerait également les découvertes précédentes. Je ne pense pas qu'il s'agisse des vestiges d'un pillage de tombe datant de l'époque où cette zone se trouvait sur la terre ferme. Les pilleurs de tombes n'abandonnent pas des biens de cette valeur.

Costas montra du doigt la poignée, ornée de volutes dessinant d'étranges animaux aux yeux exorbités.

— Ces motifs me rappellent la hallebarde que Katya a trouvée dans la sépulture romaine, de l'autre côté du lac, dit-il. On dirait de l'art chinois.

— C'est vrai. La population locale se compose en partie de réfugiés chinois, de musulmans originaires de la bordure du désert du Taklamakan. Et il y a eu d'autres vagues d'immigrations auparavant, parmi les Ouïgours. Ce miroir semble avoir plus de deux mille ans. À l'époque, cette rive du lac devait être un véritable creuset ethnique, un relais entre l'Occident et l'Orient. De prestigieux artefacts chinois ont très bien pu être acheminés jusqu'ici. Mais je ne crois pas que cela explique la présence de ce bronze dans le lac. Celui-ci n'a pas pu être jeté à l'eau sans le moindre discernement. C'était un peuple de marchands qui vivait ici.

Jack reposa le bronze et Costas plaça une balise électronique miniature juste à côté. Ils continuèrent à suivre la courbe, à quarante mètres de profondeur. Ils ne voyaient toujours pas à plus de quelques mètres mais devinaient la crête d'argile, qui se courbait vers la gauche, et le fond du lac, incliné vers la droite.

— Nous devons être au bord de la gorge qui mène à la crique, estima Costas. L'érosion a creusé un ravin au fond du lac. Cela correspond aux données du profileur sous-marin. Cette gorge doit avoir une profondeur de dix mètres et mesurer environ vingt mètres de large. Normalement, elle devrait être tapissée de sédiments, mais le séisme a fait le ménage. Il doit s'agir du tracé aux lignes convergentes que Rebecca a repéré. Apparemment, ce n'est pas une construction.

— Allons voir un peu plus loin pour nous en assurer.

— Le miroir est une belle découverte, Jack. Quand on le remontera, on aura l'air de chasseurs de trésors victorieux et Rebecca sera ravie.

Jack avait déjà recommencé à nager.

— J'ai un pressentiment, murmura-t-il.

Chapitre XX

— Oui, moi aussi, un mauvais pressentiment. Tu as vu ça ?

L'eau venait d'être traversée par une onde.

— Jack, insista Costas. Il y a un mur de sédiments qui s'élève à trois mètres au-dessus de toi. C'est pour cette raison que la gorge est dégagée. Mais il va s'effondrer d'une minute à l'autre. Il faut qu'on sorte de là. Tout de suite.

Jack leva les yeux vers le mur sombre, puis regarda de nouveau vers le bas. Bras et jambes écartés, il était immobile. La secousse sismique avait soulevé un voile de sédiments qui réduisait considérablement la visibilité. Derrière, la lueur de la lampe frontale de Costas s'estompait au fur et à mesure que celui-ci remontait vers la surface. Jack savait que son ami ne s'éloignerait pas de plus de quelques mètres avant d'être sûr qu'il le suivrait. Il alluma sa propre lampe frontale et consulta sa boussole. Il était allé suffisamment loin. Il n'y avait rien d'autre à voir.

— J'arrive, annonça-t-il.

Il activa le système de flottabilité de sa combinaison environnementale. Costas avait raison. Il valait mieux ne pas traîner ici.

Une autre onde parcourut l'eau. Jack prit brusquement conscience de son environnement. Il avait le sentiment de faire partie des forces en action, de risquer de provoquer lui-même le prochain séisme par un simple mouvement. Il regarda la soupape de flottabilité, à l'avant de sa combinaison, et s'assura qu'elle n'était pas bloquée par les sédiments. C'était un défaut de conception qu'il avait remarqué auparavant et dont il devrait faire part à Costas. Il posa la main droite sur la soupape et leva la tête. Son casque heurta quelque chose. Il roula sur lui-même et ne vit plus que le reflet de la lumière sur les sédiments. Cela ne ressemblait pas à Costas de se mettre juste au-dessus de lui, alors qu'il savait qu'il remontait. Il devait s'agir d'autre chose. Jack tendit la main gauche et sentit un objet solide, orienté dans sa direction. Il avait l'impression que c'était un tronc d'arbre. Soudain, il se souvint de la torpille. Mais la surface, très irrégulière, ressemblait à l'écorce d'un vieil érable. Il tâta l'objet des deux mains jusqu'à l'extrémité. S'il s'agissait d'un vieux tronc d'arbre, celui-ci était chenu, tordu, avec des restes de branches de chaque côté. Jack arriva près du sommet : le tronc rétrécissait et grossissait de nouveau pour se terminer en une sorte d'excroissance bulbeuse.

Il se figea. Il avait vu quelque chose.

— Ça va ? demanda Costas. Tu t'es arrêté ?

— J'ai trouvé quelque chose, bredouilla Jack.

— Lâche ça ! Sors de là immédiatement !

— Message reçu.

Une autre secousse sismique emporta tous les sédiments d'un seul coup comme un banc de poissons. Pendant un instant, l'eau devint tout à fait transparente. Et Jack vit clairement ce qu'il avait à peine discerné.

Une tête d'homme...

C'était une statue en pierre plus grande que nature, couchée, en suspension dans l'eau. Le visage ressemblait à un masque funéraire : yeux mi-clos, bouche tombante. Pommettes hautes, nez plat, longue moustache fine et tressée. La légende kirghize revint à l'esprit de Jack : un cercueil doré sur une mer d'argent. Mais c'était la légende de Gengis Khān. Jack ne l'avait pas prise au sérieux. Avait-il pu se tromper à ce point ? Il regarda de plus près. Ce qui ressemblait à de l'écorce était en réalité une armure d'écailles superposées. L'homme tenait une épée à longue lame, finement sculptée dans la pierre. L'arme était dotée d'une garde arrondie, qui recouvrait complètement la main. Jack regarda de nouveau le visage et comprit de quoi il s'agissait. Ce n'était pas une garde, mais un gantelet... Il osait à peine y croire. Il descendit un peu pour s'approcher. Tout était là : les oreilles de félin, les yeux en amande, la gueule ouverte pour laisser passer la lame. Il fixa avec stupéfaction la sculpture couchée au-dessus de lui.

Une épée à gantelet.

Un guerrier-tigre...

Jack regarda vers le haut et vit Costas lâcher une bouée de balisage. Soudain, il entendit un rugissement sourd qui semblait provenir des entrailles de la terre, mêlé au grondement d'un moteur de bateau. Il se tourna vers le mur de sédiments et se rendit compte que celui-ci était sur le point de s'effondrer. Les sédiments se mirent à danser dans l'eau. Il sentit une force l'attirer vers le bas de la pente. Il se retrouva au bord d'un trou noir. La secousse cessa et il sombra.

Il était maintenant à cinquante mètres de profondeur. La couche d'argile qui avait bouché le trou venait de se briser sous le séisme. Désormais, ce dernier se remplissait de sédiments. Jack vit un objet blanc dans le faisceau de sa lampe frontale. C'était un crâne ! Un crâne humain ! Et il y en avait d'autres. Il y en avait partout, ballottés d'un côté et de l'autre, des rangées entières, orbites vides, mâchoires pendantes, disloquées. Au-dessous, Jack aperçut des reflets verts et marron. Il descendit un peu plus bas, dans un recoin au milieu du puits. Les reflets provenaient d'un objet en bronze, cela ne faisait aucun doute. C'était une armure. Des dizaines de squelettes, tout un régiment, étaient enterrés debout dans le puits. Ils portaient une armure segmentée en bronze, celle des guerriers de la Chine ancienne. Jack n'en revenait pas. Il s'approcha encore. Chaque squelette avait une corde autour du cou, parfaitement préservée par l'eau douce du lac. C'était une armée éternelle. Une armée qui était allée délibérément au-devant de sa propre mort.

Jack réfléchissait à cent à l'heure. La statue… Le guerrier devait être un gardien. Il regarda de nouveau les crânes, qui disparaissaient devant lui dans une cascade de sédiments. Il repensa au récit de Sima Qian : « Des ustensiles merveilleux, des joyaux et des objets rares y furent transportés et enfouis et remplirent la sépulture. » Il leva les yeux vers la statue, à peine visible dans l'obscurité. Et il comprit. Le guerrier-tigre n'était pas un garde. C'était un bourreau… Jack se tourna de nouveau vers les squelettes. Les véritables gardiens, c'étaient eux, les fidèles soldats, les serviteurs, ceux qui avaient construit la tombe et porté le corps, ceux qui s'étaient soumis aux caprices de leur chef et avaient juré de garder le secret, un serment qui ne les avait pourtant pas protégés. Ils ne formaient pas une armée éternelle, prête à mourir. Ils avaient été les victimes d'un massacre... Ils avaient été tués non pour satisfaire la vanité d'un homme qui pensait régner éternellement, mais pour assouvir la soif d'immortalité de ceux qui s'étaient cru les plus dignes de confiance. Car en devenant les gardiens du secret, ceux-ci s'étaient assuré un pouvoir éternel. Jack eut soudain la certitude que Rebecca avait raison. Il y avait quelque chose ici : le secret de la tombe du Premier Empereur.

Une nouvelle secousse tellurique ! Jack fut aspiré vers le bas. Il se mit à nager de toutes ses forces. Pour la première fois, il était tenaillé par la peur. Maintenant qu'il avait vu ce qu'il n'aurait pas dû voir, allait-il, lui aussi, être enfermé dans la tombe ? Tout à coup, il se rendit compte qu'il n'allait nulle part, que le lit du lac s'était entièrement déplacé pour glisser le long de la pente. La statue et le puits avaient disparu. Une force puissante l'entraîna hors de la gorge et l'eau devint miraculeusement transparente.

Baigné par la lumière du soleil, il flottait au-dessus d'une tempête de sédiments. Il aperçut Costas quelques mètres plus loin et constata qu'un signal lumineux clignotait à l'intérieur de son casque. Son interphone était hors service. Il fit un signe du pouce à Costas, qui lui répondit de la même façon. Puis il se tourna de nouveau vers le bas, respira profondément et attendit que son pouls ralentisse avant de remonter.

Il ferma les yeux. Il avait vu autre chose... Cela n'avait duré qu'une seconde, lorsque les sédiments avaient été emportés dans un tourbillon laissant apparaître le fond du lac. Il avait vu des murs, de grands murs de pierre, qui convergeaient vers une entrée pratiquée dans le sol et recouverte d'une pierre. Il rouvrit les yeux. Il en était sûr. Il repensa à tout ce qu'il avait découvert, touché de ses propres mains. Puis il regarda vers la surface à travers l'eau désormais parfaitement claire. À moins de vingt mètres de profondeur, il vit, côté sud, une chaîne ondoyante de montagnes enneigées au-dessus d'une surface argentée scintillante de lumière. Une fois de plus, il se remémora le récit de l'historien chinois : « On fit avec du mercure les cent cours d'eau, le

Kiang, le Ho, et la vaste mer ; des machines le faisaient couler et se le transmettaient les unes aux autres. En haut étaient tous les signes du ciel ; en bas toute la disposition géographique. » Là-bas, dans la tombe de Xian, tout n'était qu'artifice. Ici, les monts célestes, le lac dont l'eau était épaisse comme du mercure étaient bien réels. Le royaume des cieux était visible à l'horizon. Cet orbe réunissant le ciel et la terre était devenu le domaine d'un empereur.

Un empereur… Jack retint son souffle. Il ne s'agissait pas de Gengis Khān, mais d'un homme beaucoup plus puissant, qui régnait sur tout ce qui se trouvait sous le ciel.

Shi Huangdi. Le Premier Empereur.

Jack se rappela le marchand sogdien, l'homme qui, sans le savoir, l'avait conduit jusqu'ici et dont l'existence même n'était pas tout à fait réelle. Qui était cet homme ? Avait-il vraiment volé le joyau céleste en trompant la vigilance des guerriers-tigres de Xian ? Ou bien avait-il tenu une promesse, celle que le premier gardien avait faite à l'empereur mourant : retirer le joyau de Xian pour l'apporter ici, dans la véritable tombe ? Les guerriers-tigres avaient-ils perdu la confiance de l'empereur ? Celui-ci avait-il anticipé l'avenir, compris que son pouvoir serait usurpé par ceux qui prétendaient le préserver ? La confrérie du Tigre avait-elle vécu dans un mensonge basé sur le meurtre ? Ses membres s'étaient-ils arrogé ce rôle de gardiens pour assouvir leur cupidité et leur soif de pouvoir ?

Jack pensa au joyau céleste, au trésor insaisissable qui l'avait incité à faire ce voyage extraordinaire. Ce joyau avait-il été placé au-dessus du sarcophage vide, sous la montagne Li, dans l'optique d'être récupéré par le gardien ? Les guerriers-tigres auraient juré de le protéger, mais le descendant du gardien aurait eu pour mission de l'emporter dans la vraie tombe. Jack songea à l'oncle de Katya, à l'histoire des guerriers-tigres que la jeune femme lui avait racontée, à tout ce savoir transmis de génération en génération depuis le passé le plus reculé. Y avait-il eu une personne, au sein de la confrérie, une seule en qui Shi Huangdi avait eu suffisamment confiance pour la charger de détourner les regards de la vérité ? Les douze avaient-ils protégé pendant soixante-six générations une tombe que seul un d'entre eux savait vide ? L'oncle de Katya s'était-il mis en quête du joyau non seulement pour éviter qu'il ne tombe entre les mains de Shang Yong, mais aussi pour l'apporter en secret jusqu'ici ? Katya avait déclaré que son oncle avait fait d'elle son poulain. Avait-elle dit tout ce qu'elle savait ? Qui était le gardien de la tombe aujourd'hui ?

L'interphone de Jack se mit à grésiller.

— Jack, tu me reçois ? cria Costas.

— Cinq sur cinq ! répondit Jack.

— Je n'ai plus de voix à force de t'appeler ! Tu vas devoir respecter un palier de décompression de dix minutes. La secousse tellurique risque d'avoir augmenté la pression et compromis la remontée sans palier.

— Cinq minutes à vingt mètres, cinq à dix.

— Message reçu.

— L'interphone a dû subir des interférences électromagnétiques.

— C'est bien ce qui m'inquiète, avoua Costas. Le séisme a peut-être délogé la torpille et réactivé quelque chose dans le système électronique.

— Il va falloir mettre en place un cordon de sécurité autour de cette zone. Toute cette portion du lac devra être interdite d'accès. Ce sera notre condition pour travailler avec l'OTAN et les Russes. Nous allons financer nous-mêmes les opérations de décontamination ; les Russes pourront suivre toutes les formations nécessaires. Quand tout sera terminé, d'ici deux à trois ans, nous pourrons commencer les recherches. En attendant, accès interdit pour raisons de sécurité et de santé publique.

— C'est ça, comme si la sécurité et la santé publique faisaient partie de tes priorités ! Qu'est-ce que tu as trouvé, Jack ? Je suppose qu'il n'y avait pas qu'un miroir en bronze là-dessous.

— Nous sommes sur un canal sécurisé ?

Chapitre XX

— Oui, il n'y a que toi et moi. Le bateau de la marine n'avait pas le bon récepteur et nous n'avons pas pu en faire livrer un à temps.

Jack s'éclaircit la gorge.

— J'ai trouvé une statue et quelques ossements.

— J'ai dit : qu'est-ce que tu as trouvé, Jack ?

— Ça, c'est ce que je suis sûr d'avoir vu, touché de mes mains.

— Mais encore ?

— D'accord, j'ai peut-être trouvé une tombe.

— Celle de Gengis Khān ?

— Je ne suis sûr de rien. Il faut qu'on fasse davantage de recherches.

— Tu n'as quand même pas trouvé le joyau ? L'autre, celui en péridot ?

— Non, mais il est peut-être ici. Si Fabius et ses compagnons sont arrivés jusqu'ici avant de disparaître dans une tempête, l'épave ne doit pas être loin. Tout ce qu'ils avaient sur eux est peut-être sous nos pieds, enfoui sous les sédiments. Sauf si Fabius s'en est sorti. Dans ce cas, il a pu emporter le joyau avec lui jusqu'à Xian, en Chine.

— Ce qui nous ramène à la tombe du Premier Empereur.

— À ce que l'Histoire appelle « la tombe du Premier Empereur », rectifia Jack.

Costas garda le silence un instant.

— Est-ce que tu es en train de me dire que…

— Je ne l'ai vue que l'espace d'une seconde, avoua Jack. Une fraction de seconde. Mais j'en suis sûr.

Costas consulta la vieille montre de plongée Rolex qu'il portait pardessus sa combinaison et fit signe du pouce à Jack. Celui-ci remonta de dix mètres en regardant défiler les chiffres de son profondimètre à l'intérieur de son casque. Puis, il acquit une flottabilité neutre. Costas se retourna pour lui faire face.

— Alors, demanda-t-il, comment comptes-tu expliquer à ta fille qu'elle est à l'origine d'une des plus grandes découvertes archéologiques du monde, susceptible de changer notre vision de l'histoire de l'Asie, mais que nous n'allons pas en parler et raconter à la place une affaire de torpille ou, au mieux, bredouiller deux ou trois mots à propos de Gengis Khān ?

— Personne ne doit être au courant, insista Jack. Pour la raison que tu viens de donner : l'histoire de l'Asie. L'enjeu est trop important. Il s'agit d'un mythe national. Les Chinois ont peut-être besoin de perpétuer ce mythe. Il est peut-être préférable que le monde continue à croire que la tombe du Premier Empereur se trouve à Xian et qu'elle regorge de trésors. Si on révélait la vérité, on déclencherait une dangereuse vague de contrôles en Chine.

— Ce n'est pas ça qui te tracasse. Je ne t'ai jamais vu abandonner un trésor sans faire de fouilles pour préserver un mythe national.

— D'accord, je veux juste attendre que l'activité sismique se calme un peu. Cela risque de prendre plusieurs années, ce qui nous laissera le temps de mettre au point l'équipement nécessaire pour traverser cette montagne de sédiments. Et quand je dis « nous », je veux parler de toi et moi, bien sûr.

— Je réfléchissais justement à un nouvel excavateur sous-marin pendant que tu furetais au fond. J'étais sûr que tu avais trouvé quelque chose et qu'on reviendrait plus tard. Et Rebecca ?

— Dans deux ou trois ans, quand nous serons prêts à mener des fouilles ici, je lui dirai ce que j'ai vu. Mais j'aurais préféré que sa première grande découverte ne risque pas de bouleverser l'ordre du monde.

— Les gosses savent toujours tout. Dès qu'elle aura vu ton regard, elle te harcèlera de questions. Et cite-moi ne serait-ce qu'une de nos découvertes qui n'ait pas changé le cours de l'Histoire. Si elle reste avec nous, il va falloir qu'elle s'y habitue. Elle doit déjà être sur le bateau à l'heure qu'il est. Je parie que tu vas le lui dire dès que nous serons remontés à la surface.

Jack regarda vers le haut. Ils n'avaient plus que quelques minutes. Il sentit le goût légèrement salé du lac et se souvint d'une histoire que Katya lui avait racontée. C'était une vieille légende kirghize, selon laquelle les nomades éloignaient les esprits de leurs ancêtres en pleurant dans le lac, le long de la rive où se trouvaient les pétroglyphes témoignant de leur passage. Lorsque les pleureurs versaient leurs larmes, les eaux montaient autour des esprits, qui se noyaient. Aujourd'hui, il n'y avait plus assez de pleureurs pour s'en souvenir. Jack avait vu l'ancienne ligne des eaux, à quelques mètres de la rive actuelle, qui avait reculé. Désormais, il allait falloir que les montagnes elles-mêmes pleurent, qu'elles déversent toute l'eau de la fonte des neiges, pour tenir à distance l'esprit du lac, celui du Premier Empereur.

Sur la légendaire route de la Soie, il ne restait que des mythes et des légendes, des histoires qui avaient perduré parce que rien ne les avait contredites.

Mais ce qui se trouvait sous le lac était bien réel.

Une autre secousse, plus violente cette fois, vint obscurcir complètement le fond du lac. Jack consulta son ordinateur de plongée. Il était temps de remonter. Costas leva le pouce en direction de la surface. Jack leva la tête et vit la silhouette du bateau de patrouille, auquel était amarré un Zodiac. Plusieurs visages étaient penchés au-dessus de la poupe du bateau de patrouille, autour de l'échelle vers laquelle Costas se dirigeait. Mais un seul visage le regardait depuis le Zodiac. Les coques étaient pareilles à des nuages noirs et les visages, illuminés par la surface argentée de l'eau, ressemblaient à des étoiles, dont la plus brillante se trouvait juste au-dessus de lui. Il remonta à la surface, ouvrit la visière de son casque et se cramponna au Zodiac en regardant le visage encadré de longs cheveux bruns qui était tourné vers lui. Il se hissa au-dessus du plat-bord et s'assura que personne d'autre ne pourrait l'entendre. Puis il se laissa retomber et fit signe à Rebecca de s'approcher. Il s'ébroua dans l'eau et s'éclaircit la gorge. Il était plus excité que jamais.

— Tu te souviens de l'exposition des guerriers en terre cuite, à Londres, dit-il. Eh bien, tu ne vas pas me croire quand je vais te dire ce que j'ai découvert.

— Dis toujours, p'pa !

Épilogue

Province du Gansu, Chine.

Quarante-huit heures plus tard, Jack se trouvait au milieu de ruines devant un petit mur, vestige d'un rempart qui avait jadis mesuré plusieurs mètres d'épaisseur. Il s'agenouilla et toucha la surface friable du bout des doigts. C'était de la terre de moulage, de l'argile compactée avec des fragments de granit rose et gris. Il aurait fallu qu'il pleuve davantage mais, désormais, ce mur était si desséché que la pluie ne ferait que hâter sa destruction au lieu de le renforcer. La terre de moulage ressemblait au béton utilisé dans l'Antiquité, à du mortier, mais ça n'en était pas. Ce n'était pas un mur romain.

Jack fit signe à Costas, qui gravissait péniblement la côte derrière lui, avec une légère expression de tristesse. Plus loin, il vit Katya et Rebecca se frayer un chemin entre les pierres, puis un nuage de poussière provoqué par le rotor du Lynx. L'hélicoptère les avait transportés jusqu'ici par étapes. Du lac Yssyk-Köl, au Kirghizistan, ils s'étaient dirigés vers l'est en franchissant le col des monts Tian shan. Puis ils avaient longé la frange nord du désert du Taklamakan et suivi le corridor du Gansu jusqu'au cœur de l'ancien empire de Chine. Le voyage avait été magnifique. Après avoir survolé la route de la Soie, ils avaient campé dans un ancien caravansérail, abandonné de longue date. Le lendemain matin, ils avaient volé juste au-dessus d'une portion de la Grande Muraille de Chine construite pendant la dynastie Han, deux mille ans auparavant. Ils n'étaient qu'à quelques heures de Xian, le point d'ancrage oriental de la route de la Soie, qui abritait la tombe du Premier Empereur. Mais la quête de Jack se terminait ici. C'était là que se trouvait le dernier indice d'un voyage extraordinaire, commencé dans un monde incroyablement éloigné, à l'ouest.

Une bouffée d'air apporta un parfum exotique, presque entêtant, qui provenait peut-être des cultures de la vallée. Puis l'air devint immobile et Jack ne sentit plus que l'odeur poussiéreuse du délabrement et de l'abandon, si familière aux archéologues. Il inspira avec délectation. Si seulement Maurice Hiebermeyer avait été là, il l'aurait aidé à faire parler ces murs, cet enchevêtrement de ruines. Mais peut-être la vérité était-elle enfouie trop profondément et n'y avait-il rien d'autre à glaner que ce que l'on avait sous les yeux.

Jack regarda autour de lui et admira la beauté sauvage de l'endroit. Il avait vu des maisons délabrées, des murs de pisé blanchis à la chaux, entourés de cultures de maïs et d'orge qui semblaient condamnées à perdre leur bataille contre le soleil brûlant. Des chemins sillonnés d'ornières conduisaient à des champs caillouteux, où les cicatrices du labour et les canaux d'irrigation asséchés depuis longtemps étaient cuits par le soleil. Au loin, quelques chèvres et moutons penchés vers le sol trouvaient malgré tout de quoi se nourrir entre les graviers. Même le ciel, sans couleur, semblait desséché. La plupart du temps, Jack ne voyait pas au-delà du plateau sur lequel il se trouvait. Mais lorsque le vent venu des hauteurs parvenait à disperser la poussière, le ciel se striait de lignes rouges. Dans ces moments-là, Jack apercevait les contreforts des monts Xaipan, de grands plissements qui dessinaient un horizon déchiqueté. Au nord, se dressait une autre chaîne de montagnes, plus lointaine, et, entre les deux, la route de la Soie se faufilait dans le corridor du Gansu. Jadis, le passage des caravanes avait soulevé d'énormes nuages de poussière, qui semblaient s'être déposés au fond de la vallée pour s'envoler de nouveau, comme si le passé refusait de s'ancrer dans l'Histoire.

Épilogue

Jack avait déjà vu des paysages de ce genre au pied de l'Atlas au Maroc, dans le nord du désert de Syrie, en Andalousie. Des peuples y avaient prospéré, en périphérie, mais l'épuisement de la terre avait eu raison de ceux qui avaient exploité les rares parcelles cultivables, rayées de la carte par les caprices du climat et de l'érosion. Ici, il pleuvait de moins en moins. L'agriculture, qui avait fait vivre le village, avait été balayée par le vent. Bientôt, même ces murs anciens feraient partie des nuages de poussière qui tourbillonnaient le long de la route de la Soie, prisonniers de chaînes de montagnes interminables, du corridor qui avait jadis relié les grands empires d'Orient et d'Occident.

Jack s'assit sur un revêtement en pierre. Costas, couvert de poussière, le rejoignit en s'essuyant le visage et regarda le mur d'un air sombre.

— C'est à ça qu'on reconnaît un véritable archéologue ! lança-t-il. Une des plus belles découvertes de l'Histoire, la tombe du Premier Empereur et son armée de guerriers en terre cuite, se trouve juste de l'autre côté de l'horizon. Mais nous, nous venons nous asseoir devant un mur effrité au milieu de nulle part, dans une poussière étouffante et une chaleur accablante, affamés, assoiffés, fatigués et privés de vacances !

Jack lui tendit sa bouteille d'eau.

— Mais je ne m'en sortirais jamais sans toi. C'est toi qui m'aides à garder les pieds sur terre.

Costas but une grande gorgée d'eau et rendit la bouteille à Jack.

— Bon, alors qu'est-ce qu'on fait ici ? C'est ça que tu voulais nous montrer ?

Jack sortit une feuille de sa poche.

— J'ai imprimé ça sur l'ordinateur de l'hélicoptère ce matin. Je savais que tu aurais besoin d'un antidote contre les murs en ruine. Ce sont les gros titres de CNN. Ton navire transporteur d'éléphants, tu te souviens ? C'est aussi passionnant que les guerriers en terre cuite, tu ne trouves pas ? Et c'est nous qui l'avons découvert !

Costas se pencha sur la photo de l'article et son visage s'éclaira aussitôt.

— Regarde, c'est une photo de mon nouveau submersible, le ROV-6 ! J'ai demandé à l'équipe de tournage de l'UMI de faire un cliché pour le dossier de presse. On voit même les feux à éclats, c'est parfait !

— Et les éléphants, Costas, les éléphants...

— Oui, ils y sont aussi !

Ils admirèrent un instant la silhouette incrustée de corail d'un des éléphants qu'ils avaient vus de leurs propres yeux deux semaines auparavant, au beau milieu de la mer Rouge. Costas lut la légende :

— « L'égyptologue Maurice Hiebermeyer annonce la découverte d'une épave exceptionnelle. » Je n'y crois pas ! Nos noms ne sont même pas mentionnés. Il n'y en a que pour Hiebermeyer.

— Il faut bien que notre archéologue terrestre ait son heure de gloire, plaisanta Jack. Après tout, c'est lui qui nous a fait venir en Égypte.

— Il s'est passé exactement la même chose quand nous avons découvert l'Atlantide ! maugréa Costas. J'avais préparé une démonstration du scaphandre ADSA et toute la presse s'est agglutinée autour de Hiebermeyer et de ses fichues momies !

— Ah ! L'égyptologie.

— Et puis, c'est toi qui devrais être interviewé.

— Maurice est bien meilleur que moi à ce jeu-là. Il est si communicatif ! Et il est moins compromettant.

— Compromettant ? Laisse-moi deviner : tu ne veux pas que le monde sache qu'il existe un véritable Indiana Jones, c'est ça ? Les méchants risqueraient de devenir méfiants. Tu préfères te faire petit ?

— Absolument !

— Mais tu n'as pas répondu à ma question. Qu'est-ce qu'on fait ici ?

— Tout est là, répondit Jack en montrant le mur effrité. Il y a quelques années, des archéologues chinois ont constaté que ces murs dataient de la dynastie Han, contemporaine de l'Empire romain. Ils ont pensé qu'ils avaient peut-être trouvé le site de Lijian, un village du corridor du Gansu mentionné dans les annales des Han. *Lijian* en chinois de l'époque des Han, aurait signifié « Occidental », un mot désignant tout individu établi au-delà de la Perse. Plus tard, ce village aurait été rebaptisé *Jielu*, ce qui pourrait vouloir dire « prisonniers capturés dans l'attaque d'une ville ». Il était courant chez les Han de rassembler des prisonniers de guerre dans des villages, qui étaient ensuite nommés d'après leur origine. Aussi, certains chercheurs n'ont pas hésité à faire le lien entre ce site et la théorie selon laquelle les Huns auraient recruté des mercenaires romains, des survivants des légions de Crassus ayant fui la Perse.

— Nous y voilà, murmura Costas. Alors c'est pour ça que tu nous as amenés ici.

— Nous n'avons aucune certitude. L'histoire de Fabius et de ses compagnons s'est peut-être terminée au fond du lac Yssyk-Köl. Mais peut-être pas. Il y a une autre possibilité. Vraiment fascinante...

— Je t'écoute.

— Les survivants romains de la bataille de Carrhae ont été faits prisonniers à Merv en -53, rappela Jack. Licinius, Fabius et leurs frères d'armes se sont échappés environ trente ans plus tard. D'autres Romains avaient peut-être déjà essayé de s'enfuir auparavant. Imagine que certains d'entre eux aient réussi. Les prisonniers restés à Merv ont dû finir par apprendre ce qu'ils étaient devenus. Ils savaient qu'un avenir de mercenaires leur tendait les bras en Orient et qu'ils pouvaient devenir riches. C'est peut-être ce qui a incité Licinius et Fabius à marcher vers l'est... L'histoire de cet endroit fait référence à une bande de fugitifs. D'après l'*Histoire de la dynastie des Han antérieurs*, en -36, des soldats combattant aux côtés d'un renégat hun se sont déployés en une formation semblable à celle de la tortue, qui consiste à avancer les boucliers emboîtés au-dessus de la tête. Toute la théorie des chercheurs repose sur cet indice. À partir de là, ceux qui ont été séduits par cet argument ont vu dans Lijian un établissement romain. Voilà où nous en sommes.

— Des artefacts romains ont-ils été retrouvés ? demanda Costas en fouillant le sol poussiéreux du pied.

Les deux femmes les rejoignirent. Rebecca continua son chemin pour aller se promener dans les ruines et observer les murs. Costas se poussa pour faire une place à Katya.

— Comme l'a dit Katya lorsqu'elle nous a montré la sépulture romaine près du lac Yssyk-Köl, il est improbable qu'on retrouve des artefacts romains, répondit Jack. Si des Romains sont arrivés jusqu'ici, ils n'avaient plus rien sur eux qui ait appartenu à leur ancienne vie. Ils avaient dû être totalement dépouillés sur le champ de bataille ou à Merv. Mais cet endroit a quelque chose de fascinant. Et il ne s'agit pas d'artefacts ni de ruines, mais de personnes. Il existe ici une proportion importante de personnes qui ont les cheveux blonds et fins, les yeux verts et le nez fort. Au départ, les chercheurs chinois ont vu dans ces traits le type asiatique occidental, puis l'un d'eux s'est rappelé la présence possible de Romains dans cette province et l'idée a fait son chemin.

— Et les gens qui vivent ici, qu'en pensent-ils ? l'interrogea Costas.

— Difficile à dire, murmura Jack. Il se pourrait qu'ils aient gardé de vagues souvenirs de leurs ancêtres. Mais ils sont si pauvres qu'ils sont peut-être tentés de répandre cette théorie pour attirer l'argent des touristes.

— La génétique pourrait trouver des traces de différents peuples tout au long de la route de la Soie, intervint Katya. Perses, Sogdiens, Bactriens, Indiens et également Grecs et Romains. Ces traces pourraient remonter au début du Néolithique et même aux peuples indo-européens. Cela ne prouverait donc rien.

— En effet, confirma Jack, des tests ADN ont été effectués mais n'ont pas été concluants. De plus, au départ, cette idée reposait sur une méconnaissance des Romains, que les Chinois imaginaient blonds aux yeux bleus. L'ironie de la chose, c'est que les légionnaires romains du cœur de l'Italie devaient ressembler davantage aux guerriers de la dynastie han. Ils étaient petits, trapus et bruns aux yeux marron. L'idée que s'en faisaient les Chinois correspondait plutôt aux types celtique et nordique. Cela dit, à l'époque de Jules César et de Crassus, il y avait beaucoup de Celtes du nord de l'Italie, de Gaulois et même de Bretons dans les légions. Les Huns n'étaient pas les seuls à recruter des mercenaires.

— Quelle est ton intuition ? demanda Costas.

Jack se mordit les lèvres. Au loin, il aperçut un agriculteur qui tentait de creuser le sol. À chaque coup, son outil rebondissait sur la terre dure comme du roc. Les montagnes, avec leurs vallées plongées dans l'ombre, ressemblaient à du papier froissé.

— Mon intuition, confia Jack, c'est que cet endroit a dû être plus fertile dans l'Antiquité, plus propice à l'agriculture, mais peu hospitalier, juste assez bon pour des prisonniers de guerre.

Rebecca revint vers eux. Elle avait retiré sa laine polaire et arborait un tee-shirt gris du corps des marines.

— Je vois que tu t'es fait de nouveaux amis, observa Jack.

— Hoo-ah ! s'exclama Costas en poussant le cri de ralliement des marines.

— Hoo-ah ! répliqua Rebecca, avant de lui donner une tape dans la main.

Jack la regarda avec stupéfaction. Elle se laissa tomber à côté de lui et retira sa casquette en s'essuyant le front.

— Il fait une chaleur du diable ! s'écria-t-elle.

— Je te demande pardon ? lança Jack, incrédule.

— Il fait une chaleur du diable. C'est ce que John Howard aurait dit. Je l'ai lu dans une lettre qu'il a écrite à sa femme quand il était dans la jungle. Quand leur petit garçon était malade. C'était une de ses expressions favorites. Je pense souvent à lui. Il mourait d'envie d'être avec sa femme et son fils, mais il ne pouvait pas. J'espère qu'il a fini par les retrouver.

Jack lui passa un bras autour du cou en souriant. Il revit la mine de lapis-lazuli, le corps. L'espace d'une seconde, il imagina Howard et Wauchope, non pas en vieillards vêtus d'une peau de mouton, mais en jeunes officiers portant un casque blanc, une tunique kaki, et scrutant l'horizon, leur longue-vue et leurs cartes à la main. Il serra Rebecca contre lui.

— Tu as eu des nouvelles de Bichkek, non ? demanda-t-il. Comment va Pradesh ?

— Il va bien, répondit Rebecca d'un air grave. Altamaty et moi sommes allés le voir à l'hôpital militaire américain de Bichkek, juste avant notre départ pour la Chine. La balle n'a touché aucun organe vital mais, sans les soins d'urgence qu'il a reçus, il serait mort d'une hémorragie. Il t'est reconnaissant de lui avoir sauvé la vie.

— C'est Costas qui s'est occupé de sa blessure, précisa Jack. Et je ne lui ai pas sauvé la vie. C'est moi qui l'ai mis en danger.

— D'après le médecin militaire, reprit Rebecca, s'il s'était agi d'une balle explosive ou d'une balle de Browning de calibre 50, il serait mort sur le coup. Lorsqu'elle a touché Pradesh, la balle avançait à une vitesse subsonique et devait avoir été tirée d'incroyablement loin, à l'aide d'un vieux fusil. Elle était placée à deux doigts du cœur. Le médecin a dit qu'il n'avait jamais vu ça.

— Il ne le reverra jamais, murmura Costas.

— Et Pradesh, ses lectures archéologiques avancent-elles ? demanda Jack.

— Il dévore tous tes livres et en réclame d'autres, dit Rebecca. Il voit les découvertes sur le site romain d'Arikamedu d'un autre œil désormais et pense que l'histoire de l'Inde a été influencée par le commerce, la société et les croyances de Rome et de l'Égypte. Il est impatient de retourner là-bas.

— À la bonne heure ! s'écria Jack.

Il se tourna vers Katya.

— Et Altamaty ? s'enquit-il.

— Il va rester avec Pradesh jusqu'à ce qu'il soit rapatrié, répondit-elle. Notre blessé essaie de lui apprendre l'anglais. Ils s'entendent comme larrons en foire. Altamaty lui a même apporté du ragoût de mouton. D'après lui, ça soigne tout !

— Jack, tu as peut-être envie de te joindre à eux, plaisanta Costas. Tu reprendrais bien un peu de babine de mouton.

— Quoi ! s'exclama Rebecca d'un air dégoûté.

— C'est la vérité, insista Costas. Au Kirghizistan, quand nous avons rencontré Altamaty, il a mangé de la babine de mouton. Ton père a mangé de la babine de mouton.

— C'est pas vrai... souffla Rebecca.

— J'étais obligé, protesta Jack. Si je ne l'avais pas fait, cela aurait été insultant pour Altamaty. Il ne m'aurait plus jamais adressé la parole.

— Je croyais que tu détestais le mouton, s'étonna Rebecca.

— C'est la seule chose que je ne puisse pas avaler.

— Mais tu n'aurais pas pu choisir un autre morceau ? Il fallait vraiment que tu prennes de la... babine ?

— Je n'ai pas eu le choix, se défendit Jack en jetant à Katya un regard désespéré. C'était de la babine ou rien !

— J'ai le père le plus répugnant du monde, se lamenta Rebecca à voix basse.

Jack lui adressa un large sourire.

— Il va falloir mettre Pradesh et Altamaty au parfum, dit-il pour changer de sujet. Ils ont besoin d'un cours de rattrapage sur le campus de l'UMI et d'un peu d'expérience à bord de nos navires de recherche. Je vais demander au commandant du corps du génie de Madras d'autoriser Pradesh à effectuer une mission parmi nous. Notre ami va être en convalescence de toute façon et les Cornouailles lui feront le plus grand bien. Quant à Altamaty, sa formation sera prise en charge par l'UMI dans le cadre des fouilles sous-marines du lac Yssyk-Köl et du projet d'étude des pétroglyphes. On mettra une équipe temporaire sur le terrain pendant son absence.

— Un financement de l'UMI, murmura Katya. Ça serait merveilleux.

— Je te l'avais promis, dit Jack. Tu risques de me revoir là-bas d'ici peu.

— De toute façon, si Altamaty n'est pas là, Katya va avoir besoin de compagnie, fit remarquer Rebecca.

Costas toussa bruyamment.

— Quand Costas m'aura enfin appris à plonger à Hawaï, poursuivit-elle, ce qu'il m'a promis de faire, j'apprendrai à Altamaty tous les termes techniques qu'il devra connaître pour pouvoir commander le matériel dont il aura besoin à l'UMI sans avoir à passer par Costas. Je lui ai dit que Costas était un type bien mais un peu obsédé par ses histoires de submersibles et que s'il avait besoin de quelque chose, il valait mieux qu'il s'adresse à moi.

Elle se pencha vers Costas et le gratifia d'un regard de biche.

— Ravi de voir que tu as déjà tout organisé, Rebecca ! lança Jack en levant les yeux vers Costas.

— Le problème avec toi, p'pa, c'est que tu te disperses trop. C'est ce que Hiemy m'a confié en Égypte. Lui, quand il trouve quelque chose, il l'étudie de près. Il essaie d'en tirer le maximum d'informations, de manière quasi obsessive.

— Ça, c'est bien vrai, murmura Costas.

— Il dit que c'est lui le véritable archéologue, insista Rebecca. Lorsqu'il a trouvé les tessons de poterie du *Périple*, il les a mis de côté, car il ne voulait pas s'emballer pour rien.

— Il m'a téléphoné environ dix secondes plus tard ! s'indigna Jack. Tu te souviens, Costas ? Il est même venu nous rendre visite quand on faisait des fouilles dans le port d'Istanbul dans l'espoir de retrouver la *menora*. Et c'est moi qui étais trop occupé pour me disperser.

— Il a dit que s'il n'avait pas passé des mois à fouiller minutieusement la maison romaine située au bord de la mer Rouge, toute cette aventure n'aurait jamais eu lieu. Qu'il faisait toujours tout le travail pendant que tu passais ton temps à chercher le Saint-Graal ou je ne sais quoi. Il a même dit que tu étais passé « du côté obscur de la Force », comme dans *Star Trek*. Je lui ai précisé que c'était dans *Star Wars*, pas dans *Star Trek*, mais il n'a vu ni l'un ni l'autre, à mon avis. Bref, il pense que tu es devenu un chasseur de trésors, mais il croit encore en ton potentiel et s'il dit ça, c'est uniquement pour ton bien.

— Je vais devoir avoir une petite discussion avec ce bon vieux Hiemy, murmura Jack en réprimant un sourire.

— Inutile, répliqua Rebecca, Aysha s'en occupe. D'après elle, ce qu'il faut à Hiemy, c'est une famille. Des gosses, tout ça. Elle dit qu'elle y travaille.

Costas faillit s'étouffer.

— Qu'elle y travaille ? répéta-t-il.

— Jour et nuit, affirma Rebecca.

— Sacré veinard ! s'écria Jack.

— Pour moi, la prochaine étape, c'est le sud de l'Inde, décréta Rebecca.

— Pour toi, la prochaine étape, c'est le lycée, rectifia Jack.

— Depuis que j'ai vu tous ces trucs dans la vieille malle, je suis fascinée par l'histoire de notre famille, confia Rebecca. Pradesh m'a proposé de m'emmener au temple de la jungle pour que je puisse voir le bas-relief, moi aussi. Il pense qu'il faut ouvrir la tombe pour savoir ce qui se trouve à l'intérieur. Il dit que le gouvernement indien fait actuellement construire de nouvelles routes ou plutôt goudronner les pistes réalisées par Howard et ses sapeurs au XIXe siècle.

— Et INTACON ? demanda Costas en se tournant vers Katya. Est-ce qu'on en a fini avec Shang Yong maintenant que le sniper est mort en Afghanistan ?

— Sans son homme de main, répondit Katya, Shang Yong sera désavoué par la confrérie. Mais les douze vont continuer à croire que leur mission est de protéger l'héritage et la tombe de Shi Huandgi.

— Combien de temps cela va-t-il durer ? l'interrogea Costas.

— L'héritage du Premier Empereur n'est pas en danger, pour l'instant, déclara Katya.

Jack la regarda dans les yeux, puis répondit à son tour à Costas.

— La société INTACON appartenait à Shang Yong en personne et elle a été fermée, révéla-t-il. Pradesh a fait un rapport auprès de ses supérieurs de Bangalore dès que nous sommes sortis de la jungle. Il s'est fait taper sur les doigts pour s'être rendu sans autorisation et avec deux sapeurs dans une zone contrôlée par des terroristes, mais le colonel a immédiatement envoyé une brigade d'assaut aérienne sur place. Cet échange de coups de feu avec les maoïstes était le prétexte dont l'armée avait besoin pour intervenir avec fermeté.

— Pradesh dit que le gouvernement indien a annulé tous les contrats d'exploitation minière dans la jungle, annonça Rebecca. Grâce à nous, les peuples tribaux vont enfin pouvoir respirer un peu, mais Pradesh craint que cette mesure ne soit que temporaire. Il va falloir continuer à se battre. Nous devons convaincre le gouvernement que le tourisme aventurier peut rapporter plus que l'exploitation de la jungle par des sociétés étrangères. D'après Pradesh, tout va dépendre du niveau de corruption des fonctionnaires. En matière de pots-de-vin, les start-up qui se lancent dans l'écotourisme risquent de ne pas faire le poids à côté des multinationales de l'industrie minière.

— Tu devrais travailler dans une ONG, Rebecca, suggéra Katya en souriant.

— J'allais justement t'en parler, p'pa ! Il serait temps que l'UMI montre un autre visage. Ce n'est pas la première fois qu'une de tes découvertes provoque un raz-de-marée. Et nous ne pouvons pas nous contenter de partir en laissant les autres régler le problème à notre place.

— Quand tu iras dans la jungle, j'aimerais que tu y ramènes quelque chose, dit Jack.

— Le gantelet en forme de tigre ? demanda Rebecca.

Jack hocha la tête.

— Nous ne pouvons pas rendre le *vélpu* sacré, puisque nous ne l'avons pas trouvé. Mais le gantelet, déposé dans le temple il y a deux mille ans, était aussi vénéré par les Kóya. C'était l'arme de Rama, le dieu qui a jadis vécu parmi eux. Bien sûr, ce n'est pas le joyau de l'immortalité, mais ce n'est pas rien. J'aimerais que tu fasses ça pour ton arrière-arrière-arrière-grand-père.

— Peut-être trouvera-t-il enfin la paix, murmura Rebecca.

— Que veux-tu dire ?

— Katya me parlait de ça tout à l'heure quand on remontait le chemin jusqu'ici. Elle me disait, à propos de ma mère, qu'on ne peut jamais anticiper le chagrin et qu'on ne doit jamais laisser personne nous dire comment ça va se passer. Howard a vécu dans le chagrin pendant la majeure partie de sa vie, probablement à cause de ce qui lui est arrivé dans la jungle. C'est étrange, j'ai l'impression de ressentir ce qu'il a éprouvé. On hérite peut-être des problèmes non résolus de ses ancêtres. Il n'a jamais trouvé la paix de son vivant, mais c'est sans doute à notre tour de la trouver maintenant.

Jack se tourna vers Katya. Leurs regards se croisèrent un instant, puis il baissa les yeux. Elle avait dit à Rebecca des choses qu'il ne savait pas comment exprimer. Il savait que Katya était toujours sous l'emprise de la colère que lui avait inspirée la mort de son père et que Rebecca avait encore un immense vide à combler. Cependant, il eut l'impression qu'il y avait désormais entre elles un lien transcendant qui les protégeait.

— Une fois que je serai allée au temple, reprit Rebecca, Pradesh aimerait que j'étudie les tessons de poterie que son équipe a trouvés sous l'eau, à côté du site d'Arikamedu. Aysha pourrait peut-être me rejoindre et m'aider à analyser les artefacts romains et égyptiens.

Costas se racla la gorge.

— Si Hiemy peut se passer d'elle, précisa-t-il.

— Il va peut-être avoir besoin de repos, dit Rebecca avec un air pince-sans-rire.

Jack sourit en la voyant rejeter ses cheveux en arrière.

— En tout cas, je pense que c'est là-dessus que je vais faire mon doctorat, déclara-t-elle.

— Attends, tu n'as même pas fini le lycée, lui rappela Jack.

— Le lycée ? Après une aventure pareille ? Tu plaisantes ! Je viens de vivre les meilleurs moments de ma vie. Maintenant, je sais ce que tu veux dire quand tu me parles de tes expéditions, des liens que cela crée avec les gens. J'ai l'impression de t'avoir toujours connu.

Brusquement submergé par l'émotion, Jack détourna le regard, la gorge serrée. Il pensa à la joie qu'il avait éprouvée dans le lac, lorsqu'il avait levé la tête pour remonter et vu le visage de Rebecca, penché au-dessus de lui. Costas lui posa la main sur l'épaule et se leva en s'étirant, les yeux rivés sur les ruines. Il donna un coup de pied dans une pierre et la ramassa, avant de la frotter entre ses doigts pour la nettoyer. Jack se rendit compte que le sol était jonché de fragments de poterie et de morceaux de brique, qui s'effritaient pour aller rejoindre le voile de poussière derrière lequel l'Histoire était en train de disparaître.

— Je me demande s'ils ont réussi, songea Costas.

— Les Romains ? l'interrogea Jack. Fabius et ses compagnons ?

— Nous sommes à mille cinq cents kilomètres à l'est du lac Yssyk-Köl. Et encore faut-il qu'ils ne se soient pas noyés dans le lac. Mais imaginons qu'un d'entre eux ait survécu, sans que ses poursuivants s'en rendent compte, qu'il ait été rejeté sur la rive après le naufrage et qu'il se soit mêlé aux caravanes de marchands se dirigeant vers Xian, comme le fils du gardien, déguisé en marchand sogdien.

— C'est possible.

— Cet endroit n'est pas le paradis dont il devait rêver.

Jack balaya les ruines du regard et repensa aux autres sites qu'il avait vus en Afrique du Nord, en Allemagne, dans les vallées du pays de Galles, à la périphérie de l'Empire romain. Dans tous ces endroits, un œil exercé pouvait repérer de rares indices sur le sol, des bosses révélant la présence de murs enterrés, des tessons de poterie, un morceau de cotte de mailles rouillée. Partout, les vétérans avaient laissé des traces de leur passage.

— Les légionnaires étaient entraînés pour vivre dans ces conditions, murmura Jack. À un moment donné, quand il devient vieux, un soldat ne songe plus à mourir glorieusement au combat. La légion fantôme de ses compagnons tombés sur le champ de bataille ne le suit plus. Elle est partie l'attendre dans l'Élysée. Il n'a plus rien à se prouver. Il sait qu'il rejoindra ses frères d'armes à un moment ou à un autre, qu'il en a assez fait.

— C'étaient justement les vieux soldats, les vétérans, qui donnaient à l'empire sa véritable force, en s'installant aux frontières, fit remarquer Katya.

— Absolument, dit Jack. Ils s'établissaient quelque part avec des femmes, puis chacun fondait une famille et se construisait une maison sur une petite parcelle de terre. Cela leur suffisait.

— Mais ils devaient avoir entendu dire que la tombe du Premier Empereur, remplie de fabuleuses richesses, se trouvait juste au-delà de l'horizon, insista Costas.

— Peut-être que pour un vieux soldat, un aventurier, le trésor se trouve toujours juste au-delà de l'horizon, murmura Katya. Quand on a passé toute son existence à chercher, ça devient un mode de vie.

— Et si le rescapé était Fabius, il avait déjà le trésor, indiqua Rebecca. Les légionnaires portaient sur eux tout ce qu'ils avaient pu emporter : ce qu'ils avaient volé aux Parthes, à Merv, et aux marchands sur la route de la Soie. Fabius avait donc encore le joyau en péridot.

Tout à coup, un petit garçon surgit au milieu des ruines.

— Regarde, Jack ! s'écria Costas. Voici un échantillon de cheveux blonds !

L'enfant s'approcha d'eux et inclina la tête sur le côté. Il les entendait mais ne les comprenait pas. Il se remit à marcher dans la poussière, puis réapparut au-dessus du mur de terre, depuis lequel il les observa prudemment. Il avait des cheveux de lin, roux plutôt que blonds. Ils lui firent signe en souriant. La main en visière, Jack examina son visage : il avait de magnifiques yeux verts, presque olive, et quelque chose d'inhabituel dans les traits, qui lui était pourtant familier. Le gamin passa par-dessus le mur, sauta devant eux, mais garda ses distances. Il était en haillons et marchait nu-pieds. Finalement, il avança avec l'insouciance des enfants. Il leur sourit et tendit la main.

— Que peut-on donner à un enfant comme lui ? murmura Katya.

Costas avait toujours à la main la pierre qu'il avait ramassée. Il la montra au gamin. Une lueur éblouit Jack. Celui-ci constata que la pierre reflétait le soleil brumeux qui commençait à percer. Il l'observa plus attentivement. Elle avait une teinte orangée, translucide, comme de l'ambre. Il se pencha en avant. C'était de l'ambre... Il aperçut un insecte, un moustique, à l'intérieur. La pierre était percée d'un trou en son centre. De toute évidence, elle avait jadis été portée en pendentif. Elle était vieille, usée. Jack remarqua des marques, une sorte de motif curviligne, un animal, une créature toute en volutes. Son rythme cardiaque commença à s'accélérer. Il tendit la main.

Trop tard. Costas ne l'avait pas vu. Il lança la pierre au petit garçon, qui l'attrapa, la regarda et sembla ravi. La lumière traversa de nouveau la pierre. Cela ne faisait aucun doute. C'était de l'ambre, qui pouvait provenir d'un pays situé à des milliers de kilomètres de là. De l'ambre de la Baltique... Jack imagina tous les scénarios possibles. Ce bijou avait-il appartenu à un légionnaire romain ? Originaire du Nord celtique, de Gaule, de Germanie ou même de Bretagne ? Jack revit Fabius, tel qu'il était représenté sur le bas-relief du temple : grand, avec une queue-de-cheval. Était-ce possible ? Pouvait-il s'agir d'un héritage de famille, que le légionnaire avait réussi à cacher pendant toutes ses années de captivité ? D'un autre côté, toutes les richesses du monde avaient transité par la route de la Soie...

Le gamin gratifia Jack d'un sourire espiègle. Il l'avait vu tendre la main. Mais la pierre était à lui. Il le fixa d'un regard impénétrable et s'en alla en courant au milieu des ruines. Ses cheveux de lin semblaient désormais en parfaite harmonie avec la couleur des montagnes, de la poussière qui volait dans la vallée, de la route de la Soie. Jack en était sûr maintenant, un Romain s'était établi ici. Il inspira profondément et poussa un long soupir. *Ave atque salve, frater.*

— Je me demande si nous ne venons pas de voir les yeux d'un légionnaire romain, dit-il.

— Tu penses que le joyau a pu se trouver ici ? demanda Rebecca.

Jack se frotta le menton.

— Nous venons peut-être de le voir, en la personne de ce petit garçon.

— Elle parle du vrai joyau, Jack ! s'impatienta Costas.

— Il vaut peut-être mieux qu'il reste toujours au-delà de l'horizon, murmura Jack.

— C'est ça ! s'écria Costas. Ne me dis pas que tu n'avais pas envie de le trouver ! Que tu n'aurais pas aimé mettre les deux joyaux ensemble pour voir ce qui allait se passer !

— Je ne sais pas, répondit Jack. Vraiment, je n'en sais rien.

— Ça aurait quand même été marrant d'essayer, non ? insista Costas. Juste une fois. Pour voir comment c'est, l'immortalité ! Ensuite, tu aurais pu exposer les deux joyaux au musée de l'UMI, à Carthage, aux deux extrémités d'une salle, mais suffisamment près l'un de l'autre pour qu'il en émane une chaleur apaisante. Les gens auraient afflué au musée pour se ressourcer. Et ils auraient fait des dons !

Jack se tourna vers Rebecca et désigna Costas d'un signe de tête.

— Tu vois ! lança-t-il. Ce type ramène toujours tout à des considérations bassement matérielles.

Costas sourit.

— Cela dit, précisa-t-il, j'ai un labo et je peux étudier les propriétés du péridot et du lapis-lazuli. Pradesh a dit que ça l'intéresserait de voir ça de plus près. Il y a sans doute quelque chose là-dessous, pas le secret de l'immortalité, certes, mais pas non plus un simple effet lumineux. Quelque chose qui canalise l'énergie. Une propriété réfractive.

Une propriété réfractive... Jack leva la tête vers le soleil, les yeux fermés. Les événements de ces derniers jours n'avaient été que réfractions, entre le passé et le présent, entre le XIXe siècle et la fin du Ier siècle av. J.-C., entre des vies qui semblaient avoir suivi des trajectoires parallèles. Jack avait l'impression de ne faire qu'un avec Licinius, le légionnaire romain, et John Howard, son ancêtre, comme s'ils avaient tous été animés par le même désir. La quête du joyau, de l'immortalité, entraînait peut-être les hommes au-delà de l'éphémère.

— Je crois que je vais me contenter de la mortalité pour l'instant, déclara Jack en passant le bras autour des épaules de Rebecca.

Costas regarda sa chemise froissée avec un air découragé.

— L'immortalité nous laisserait peut-être le temps d'aller à Hawaï.

— C'est vrai, reconnut Jack en se levant.

— Maintenant, je comprends ce que Costas voulait dire, intervint Rebecca.

— À propos de quoi ? demanda Jack.

— De tes détours. Il dit que chacune de tes expéditions n'est qu'une suite de détours et que tu ne sais jamais où ils vont t'emmener. Il dit que c'est ce qui l'oblige à rester vigilant.

Jack plongea la main dans son sac, puis se souvint qu'il n'avait plus le petit éléphant en lapis-lazuli. Il pensa à tout ce qu'ils avaient traversé et se demanda s'il avait changé.

— Cette fois, c'était plus qu'un simple détour, murmura-t-il avec un sourire fatigué.

— Alors, où va-t-on maintenant ? l'interrogea Costas.

— Tu as une idée ? s'enquit Jack.

— Je me disais qu'on pourrait peut-être essayer de trouver les îles des Immortels, dont Katya nous a parlé, avoua Costas. Le Premier Empereur a envoyé des hommes à la recherche de ces îles, situées quelque part dans l'océan, à l'est de la Chine, au milieu du Pacifique pour être exact. De chouettes petites îles volcaniques.

— *Aloha !* s'écria Rebecca.

— *Aloha !* répondit Costas.

Il fit tournoyer son doigt dans les airs et montra l'hélicoptère. Jack se frotta le menton en regardant le visage brûlé par le soleil de son ami, qui avait l'air d'une victime fraîchement secourue par une équipe de sauveteurs.

— Tu sembles effectivement avoir besoin de te prélasser quelques jours sur une plage, admit-il.

— Tu l'as dit ! s'exclama Costas.

— Mais Rebecca veut aller dans la jungle, voir le temple, lui rappela Jack.

— Ça peut attendre, décréta Costas. De toute façon, il n'y a probablement pas grand-chose d'autre à voir. Quand on y était, j'ai senti un trou à la base du sarcophage. Je me suis souvenu des sarcophages de pierre que tu m'avais montrés à Rome. Ils étaient, eux aussi, percés d'un trou pour l'échappement des gaz de décomposition. Si Licinius se trouvait bien dans ce cercueil, il n'en reste sans doute pas grand-chose à l'heure qu'il est.

— Un trou ? répéta Jack.

— À peu près gros comme ça, indiqua Costas en arrondissant les doigts de la main.

— Assez gros pour y glisser une baguette de bambou, en conclut Jack, l'esprit en ébullition.

— Oui, confirma Costas, une petite baguette.

Jack s'était rappelé une possibilité évoquée par Rebecca. Celle-ci lut dans ses pensées et se tourna vers lui.

— Robert Wauchope, murmura-t-elle. Le *vélpu*...

Était-ce possible ? Wauchope avait-il pu retourner là-bas ? Parcouru d'un frisson d'excitation, Jack sentit son cœur battre la chamade. Il jeta son vieux sac kaki sur son épaule.

— Oh ! non, s'écria Costas. Je connais ce regard. Pas question !

— Il faut bien qu'on retourne à bord du *Seaquest II* de toute façon. Il est toujours dans le golfe du Bengale. Ce ne serait qu'un petit détour.

— Qu'est-ce que je te disais ! dit Costas en fixant Rebecca avec un air désespéré.

Rebecca passa le bras autour du cou de Jack.

— T'inquiète pas, p'pa. Il te suivrait n'importe où.

Jack interrogea Costas du regard.

— Alors ? lança-t-il.

— Tu crois vraiment qu'on va le trouver ? demanda Costas.

— Je ne te promets rien.

Costas soupira. Désappointé, il se pencha de nouveau sur sa chemise hawaïenne et lorgna Jack du coin de l'œil. Ils se dévisagèrent sans rien dire. Puis un large sourire éclaira le visage de Jack. Costas baissa les yeux en secouant la tête.

— Qu'est-ce que je peux dire ? se lamenta-t-il.

— On y va ?

— On y va.

Note de l'auteur et remerciements

L'idée de ce roman remonte à l'époque où, étudiant en archéologie, j'ai visité les ruines de Harran, dans le sud de la Turquie, près de la frontière syrienne. Il faisait une chaleur étouffante, le ciel était bas, et la poussière, soulevée par le vent, cachait la lumière du soleil. Ce site très inhospitalier m'a fait une forte impression. C'est là qu'a eu lieu la bataille de Carrhae, où les légions romaines de Crassus ont été vaincues par les Parthes dans des conditions catastrophiques, en 53 av. J.-C. Il m'a semblé inconcevable de livrer une bataille dans une telle chaleur. J'avais lu des récits à propos de prisonniers romains qui s'étaient échappés en direction de l'est et dont on n'avait plus jamais entendu parler. Je me suis demandé si cette rumeur était vraie et si des légionnaires avaient pu marcher jusqu'en Chine. Dans les années qui ont suivi, j'ai été amené à voyager en Asie centrale, le long de la route de la Soie, et à suivre les traces des marins romains qui avaient navigué jusqu'au golfe du Bengale. Par ailleurs, j'étais fasciné par les premiers pas de l'exploration archéologique en Inde sous la domination britannique, et par la vie de mes ancêtres, soldats et aventuriers qui avaient vécu dans ce pays au XIXe siècle. Et pendant tout ce temps, j'ai toujours eu à l'esprit l'histoire des légionnaires de Crassus. Y avait-il un lien entre tout cela ? Ces hommes avaient-ils vraiment joué le tout pour le tout dans l'espoir de trouver Chrysê, la Terre d'or décrite par les marchands ? Quelles légendes avaient-ils entendues à propos des fabuleuses richesses de l'Orient ? Qu'est-ce qui avait pu les motiver ?

Le sort des légionnaires perdus de Crassus, vaincus à Carrhae, est l'un des mystères les plus palpitants de l'histoire ancienne, qui a piqué l'imagination des Romains. Le poète Horace demandait « Soldat de Crassus, eh quoi ! d'une étrangère tu vécus l'époux infâme ? L'on put voir [...] vieillir aux champs d'un hostile beau-père [...] » (*Odes* III.

5, trad. comte Ulysse de Séguier). La restitution des étendards des légionnaires a été un des grands triomphes du règne de l'empereur Auguste, qui a négocié la paix avec les Parthes en -20. Cet événement a été commémoré par une série de pièces d'or et d'argent sur lesquelles on peut lire *Signis Receptis*, « étendards restitués ».

D'après Plutarque, Crassus « se mit en marche le long de l'Euphrate avec sept légions d'infanterie, un peu moins de quatre mille chevaux, et à peu près autant de troupes légères », soit environ quarante mille hommes (*Vie de Crassus*, XXIV). On ne connaît pas l'identité exacte des légions, mais Plutarque indique que le corps de cavalerie comptait mille hommes donnés par César. Il s'agissait sans doute de vétérans des récentes campagnes de César en Gaule et en Bretagne. À cette époque, les légionnaires étaient encore des citoyens-soldats et non des militaires de carrière. Ils étaient tenus d'effectuer un service de six ans maximum. Les souvenirs de campagne décrits dans le prologue, notamment les mauvais présages au moment de la traversée de l'Euphrate, la mort de Crassus et l'humiliation de Caïus Paccianus, correspondent aux récits de Plutarque (*Vie de Crassus*, XXIV, XLI, XLII) et de Dion Cassius (*Histoire romaine*, livre XL, 17, 27). Selon Plutarque, Crassus est tué par un Parthe ; selon Dion Cassius, il périt avec son armée, « soit qu'un des siens lui ait donné la mort pour qu'il ne fût pas pris vivant, soit qu'il ait été tué par les Parthes, après avoir reçu de graves blessures ». Ensuite, « les Parthes, du moins à ce qu'on rapporte, versèrent dans sa bouche de l'or fondu, en l'insultant par des sarcasmes ». Plutarque précise que « cette expédition coûta aux Romains vingt mille morts et dix mille prisonniers ».

La seule allusion au sort des prisonniers se trouve dans l'*Histoire naturelle*, de Pline l'Ancien. Lorsqu'il évoque la Margiane, située à l'est de la mer Caspienne, l'encyclopédiste indique : « C'est là qu'Orode avait conduit les Romains faits prisonniers lors de la défaite de Crassus » (Livre VI, 18). Merv, dans l'actuel Turkménistan, était une forteresse parthe érigée aux portes de l'Asie centrale. Les prisonniers romains pourraient avoir été affectés à la construction des murs de cette forteresse, dont les remparts friables sont encore visibles aujourd'hui. Ces murs ont été reconstruits à de nombreuses occasions et il est intrigant de constater que les Romains, en Italie, ont été les premiers à mettre au point des techniques de construction au béton à cette époque – d'où l'idée, dans le roman, de la possibilité d'un sabotage.

L'hypothèse selon laquelle des survivants de la bataille de Carrhae pourraient s'être échappés de Merv en prenant la direction de l'est est issue d'une interprétation controversée de documents chinois, publiés pour la première fois dans les années cinquante. En -36, les Han ont organisé une expédition contre les Xiongnu, les Huns, qui étaient en train de s'établir en Sogdiane, en Asie centrale. L'*Histoire de la dynastie des Han antérieurs* contient un récit du siège de la forteresse des Xiongnu par les Han, sans doute fondé sur des peintures de l'époque. Ce récit fait allusion à « plus de cent fantassins alignés dans une formation en écailles de poisson » (chapitres IX, XXIV, XXV). Certains chercheurs ont rapproché cette formation de celle de la tortue, *testudo*, dans laquelle les boucliers sont emboîtés les uns dans les autres, comme l'indique Plutarque dans son récit de la bataille de Carrhae (*Vie de Crassus*, XXXIX). Par ailleurs, l'armée des Han a trouvé une double palissade en bois autour de la forteresse, ce qui pourrait rappeler les techniques de fortification romaines. Ces deux détails ont conduit certains chercheurs à penser que l'armée des Huns pouvait compter des mercenaires romains.

Aucune preuve archéologique permettant d'étayer cette thèse n'a été trouvée en Asie centrale. La découverte la plus intriguante qui ait été faite dans cette région est une inscription, décelée dans le sud de l'Ouzbékistan, à environ cinq cents kilomètres à l'est de Merv. Cette inscription, similaire à celle du chapitre III, pourrait faire référence à la XVe légion, qui correspond peut-être à une légion impériale fondée en 62 apr. J.-C., mais aussi à une légion portant le même numéro créée au siècle précédent. À mille kilomètres au nord-est de là, se trouve Cholpon Ata, l'extraordinaire champ de pétroglyphes situé au bord du lac Yssyk-Köl, au Kirghizistan. Les motifs gravés dans la pierre illustrent principalement la vie spirituelle de la population locale, mais Yssyk-Köl était une étape importante sur la route de la Soie et, d'après les observations que j'ai pu faire sur place, on pourrait tout à fait découvrir d'autres inscriptions. Dans une vallée située plus au sud, j'ai eu l'occasion de monter un cheval qui descendait peut-être des légendaires Akhal-Teke, les chevaux célestes suant le sang de la mythologie chinoise. Quant au lac, il abrite d'anciens bâtiments et artefacts immergés. Il existe de nombreuses rumeurs à propos de cités englouties et de tombes, notamment celle de Gengis Khān. La plongée archéologique actuellement en cours pourrait donner lieu à de merveilleuses découvertes dans un avenir proche.

Plus de mille cinq cents kilomètres au sud-est, de l'autre côté du désert inhospitalier du Taklamakan, se trouve le village de Zhelaizhai, dans la province du Gansu, en Chine. Certains chercheurs pensent qu'il s'agit de Lijian, où des hommes faits prisonniers lors d'une bataille contre les Huns, en -36, auraient été rassemblés. Le nom de *Lijian*, peut-être dérivé d'Alexandre, pourrait avoir signifié « Occidental ». Aujourd'hui, force est de constater que la population abrite un nombre important de personnes aux yeux verts et à la peau claire. Néanmoins, les tests ADN destinés à déceler une éventuelle origine occidentale n'ont pas été concluants. Les voyageurs de la route de la Soie ont dû passer par cet endroit vers la fin de leur périple à destination de Xian, site de la tombe de Shi Huangdi, le Premier Empereur, construite en dehors de la ville, sur le mont Li. La confrérie du Tigre est fictive, mais l'idée s'inspire d'autres sociétés secrètes chinoises et les fiefs sont ceux de la famille du Premier Empereur (Sima Qian, *Mémoires historiques*, « Les T'sin », chapitre 5). La garde personnelle de l'empereur Tsao-Tsao, au IIIe siècle de notre ère, s'appelait la « cavalerie du tigre ». Il s'agissait peut-être d'une réplique d'une garde antérieure. Ses membres auraient pu être armés de hallebardes en bronze semblables à celle du roman, inspirée de la hallebarde exposée au British Museum (OA 1949.5-18 1,2). La tombe du Premier Empereur aurait été gardée par vingt familles, qui seraient à l'origine des vingt villages situés autour du mont Li. L'idée d'un gardien héréditaire est donc issue de l'histoire de ce site extraordinaire, une merveille de l'Antiquité qui, comme d'autres, n'a encore jamais fait l'objet de fouilles.

Le Périple de la mer Érythrée nous est parvenu sous la forme d'un manuscrit du xe siècle, appartenant au fonds de la bibliothèque de Heidelberg. Il s'agit d'une copie d'un texte grec, écrit environ mille ans plus tôt. Ce document, un des plus remarquables de l'Antiquité, décrit le commerce maritime depuis l'Égypte romaine jusqu'au Zanzibar, en suivant les côtes de l'Afrique, et jusqu'au golfe du Bengale, à travers l'océan Indien. Depuis quelques dizaines d'années, l'archéologie du *Périple* connaît un véritable renouveau, notamment depuis les fouilles effectuées dans les principaux sites portuaires de la mer Rouge : Bérénice et Myos Hormos. Dans ce roman, la maison du marchand est fictive, mais les artefacts mentionnés sont représentatifs des véritables découvertes faites sur ces sites, en particulier les amphores à vin italiennes recyclées pour le transport de l'eau, les milliers de grains de poivre en provenance de l'Inde, les pierres de lest originaires d'Arabie et d'Inde, le bois indien comme le teck provenant d'anciennes membrures de navires, et les poteries du sud de l'Inde. Un des tessons retrouvés porte une inscription en tamoul ; il s'agit d'un nom de personne également attesté à Arikamedu, dans le sud de l'Inde. Beaucoup d'autres *ostraca* ont été découverts. À Myos Hormos, l'un d'eux fait référence à un certain Maximus Priscus. Dans le roman, les *ostraca* constituant un brouillon du *Périple*, ainsi que le passage inconnu du texte mentionnant les légionnaires de Crassus, sont fictifs. Néanmoins, les tessons de poterie constituent un support d'écriture plausible pour un brouillon, avant que le texte définitif ne soit copié sur un papyrus. L'auteur du *Périple* est probablement un marchand grec d'Égypte, qui a peut-être rédigé ce guide maritime avant de se retirer de son activité. De toute évidence, il a vu ce qu'il décrit et se montre généralement prudent lorsqu'il fait part d'informations rapportées par d'autres. Aussi, l'idée qu'il ait mentionné les légionnaires de Crassus dans son brouillon puis supprimé ce passage est compatible avec sa méthode de travail.

Le site ancien d'Arikamedu, au sud de Pondichéry, a été fouillé pour la première fois par sir Mortimer Wheeler, directeur du service archéologique de la Survey of India dans les années quarante. Il fait l'objet de nouvelles fouilles depuis le début des années quatre-vingt. De nombreux chercheurs pensent, comme Wheeler, que les tessons d'amphores et de vaisselle fine de facture romaine retrouvés sur le site indiquent la présence de marchands originaires de ports égyptiens, comme Bérénice. Arikamedu aurait été une plaque tournante commerciale où les Occidentaux auraient rencontré des marchands établis de l'autre côté du golfe du Bengale ou en Asie centrale, qui apportaient des marchandises exotiques, comme de la soie et du lapis-lazuli. Des plongeurs du service archéologique de la Survey of India ont commencé à fouiller les milieux sous-marins autour d'Arikamedu et les autres sites mentionnés dans le *Périple*. De plus en plus d'archéologues considèrent les échanges avec l'Inde comme un processus culturel qui aurait influencé à la fois l'Orient et l'Occident. On peut donc s'attendre à découvrir d'autres sites illustrant le commerce décrit dans le *Périple*, récit d'une des plus grandes aventures maritimes du monde.

À environ trente milles nautiques de la péninsule de Ras Banas, en mer Rouge, se trouve l'île Saint-Jean (Zabargad pour les Arabes), qui, dans l'Antiquité, abritait le seul gisement connu de péridot. Cette pierre précieuse est sans aucun doute le *topazai* issu d'une île proche de Bérénice auquel Strabon et Pline font référence. Ptolémaïs Thérôn, dit aussi « Ptolémaïs des Chasses », port de la mer Rouge mentionné dans le *Périple*, n'a pas encore été identifié de manière concluante. Par ailleurs, aucun *elephantegos*, navire transporteur d'éléphants, n'a été retrouvé. Cependant, plusieurs épaves romaines contenant des amphores à vin ont été découvertes dans la mer Rouge. Il s'agissait vraisemblablement de navires à destination de l'Arabie et de l'Inde.

Le *Périple* indique clairement que les pièces d'or et d'argent étaient les principaux biens exportés par les Romains : « Pour le commerce avec la côte de Malabar, nous sommes exhortés à prendre de la monnaie en grande quantité. » Cela correspond à la réaction de l'empereur Tibère, qui se lamente de voir partir les trésors de l'empire (Tacite, *Annales*, Livre III, 54 et Pline, *Histoire naturelle*, Livre VI, 101 et Livre XII, 84). En outre, des milliers de pièces d'or et d'argent ont été découvertes dans le sud de l'Inde. Il ne fait aucun doute qu'une épave romaine contenant autant d'or que les épaves de la mer des Antilles sera un jour retrouvée dans la mer Rouge ou dans l'océan Indien.

La rébellion du Rampa, qui a eu lieu de 1879 à 1881, a été le plus grand soulèvement tribal de l'Inde centrale à l'époque du Raj britannique. Elle a été jugulée par un corps expéditionnaire de l'armée indienne de la taille d'une brigade. Cette rébellion a éclaté après l'imposition de l'alcool de palme, une boisson alcoolisée à base de sève de palmier, dans un climat de mécontentement lié aux réglementations forestières et à la corruption de la police locale. Ce fut une campagne très longue, entravée par la terrible « fièvre de la jungle ». Elle n'a jamais été retracée de manière officielle. Le récit qui en est fait dans ce roman se fonde sur les rapports quotidiens recueillis dans les *Opérations militaires de Madras* et les *Opérations judiciaires de Madras*, sur la correspondance privée de soldats, les archives régimentaires, et des éléments biographiques concernant les officiers britanniques impliqués (dans certains récits de l'époque, Rampa est orthographié « Rumpa », une transcription phonétique plus proche). On ne dispose d'aucun souvenir personnel de la campagne, mais on peut s'en faire une idée en consultant *The Lushai Expedition* 1871-1872, du lieutenant Woodthorpe, officier du corps des ingénieurs royaux, qui décrit une expédition punitive en Birmanie. Les événements dramatiques du début de la rébellion du Rampa ont été rapportés dans le *London Times* et le *New York Times*, notamment l'attaque d'un bateau à vapeur, le *Shamrock*, par plus de mille rebelles et le combat du lieutenant Hamilton dans la jungle. Mais la presse s'est désintéressée de la rébellion au fur et à mesure que les Britanniques se sont enlisés dans la maladie et la mousson. Le récit du combat de Hamilton est directement tiré du rapport de l'officier, daté du 20 août 1879 et publié dans les *Opérations militaires de Madras*. D'après ce rapport, les sapeurs ont utilisé 1 050 balles et tué au moins dix rebelles. La description de la fièvre de la jungle, faite par le docteur Walker au chapitre V, s'inspire d'un rapport du médecin-chef J. Bilderbeck, 36e régiment d'infanterie de Madras, daté de mai 1880. Tous les officiers britanniques et les trois cinquièmes des Cipayes de ce régiment ont été terrassés par la fièvre, que les Kóya traitaient avec le remède décrit au chapitre IX (*Notes sur l'agence du Rampa, district du Godavari oriental*, Madras, 1931, page 31). Le district du Rampa n'a quasiment pas changé depuis les années 1880. La jungle de l'Inde orientale est devenue un repaire de terroristes maoïstes et attire les prospecteurs miniers soutenus par les investisseurs étrangers.

Un récit de 1876 décrit les *vélpus* sacrés, notamment le puissant « Lakkála (ou Laka) Rámu ». Les *vélpus* étaient des morceaux de bambou. Les esprits animistes de la jungle, les *konda dévatulu*, comptaient parmi eux un dieu-tigre. Le tome sur le Godavari de *l'Index impérial de l'Inde* indique que, près du village de Rampa, « à côté d'une cascade de près de huit mètres de haut, se trouve un temple constitué de trois grands rochers, dont deux forment une sorte de toit, appuyé contre une paroi taillée dans le roc. L'eau de la cascade coule en permanence entre les rochers. Un lingam et autres emblèmes sacrés sont gravés dans la pierre ». Dans mon temple fictif, l'iconographie indienne s'inspire des pétroglyphes de Badami et de différentes sculptures présentes en Inde, comme les *yaksa* et les *yaksi*. Plusieurs policiers prisonniers des rebelles ont été exécutés dans le temple de Rampa en 1879. Un autochtone, témoin d'une des scènes, a indiqué qu'il s'agissait d'un « sacrifice » : « Chendrayya lui a lui-même coupé la tête avec une épée. Il a été sacrifié à Gudapu Mavili » (*Opérations judiciaires de Madras*, 5 septembre 1879). D'autres témoignages font état de *Mériahs* et de corps retrouvés décapités. La scène du sacrifice au bord du fleuve est un récit fictif inspiré de ces événements et d'autres du même genre, rapportés par le général John Campbell dans *Les Mériahs ou sacrifices humains dans le Khondistan ou Ghondwana (Inde anglaise)*, d'où est extrait le passage cité au chapitre IV concernant l'intervention du capitaine Frye pour sauver une jeune fille du sacrifice.

Plusieurs personnages de ce roman s'inspirent de personnes qui ont véritablement existé, dont le nom a parfois été modifié. Joseph Fawcett Beddy était adjoint au commissaire des provinces centrales. Il a accompagné Hamilton lors de son incursion dans la jungle. D'après le rapport officiel transmis au gouvernement de l'Inde, Beddy est « mort de la fièvre » après les combats (*Opérations judiciaires de Madras*, 14 décembre 1881), mais l'inscription gravée sur sa tombe, à Wuddagudiem, indique qu'il a été « tué à la fin de la rébellion du Rampa » (H. Le Fanu, *Liste des tombes européennes comportant des inscriptions dans le district du Godavari*, Cocanada 1895). Le docteur George Lemon Walker, médecin dans le corps des sapeurs et mineurs de Madras pendant la rébellion du Rampa, est effectivement né à Kingston, au Canada. Il a fait ses études de médecine à l'Université royale de Belfast. À partir de 1884, son supérieur au sein du corps des sapeurs de Madras a été le médecin-chef Ronald Ross, célèbre pour avoir prouvé que le paludisme était transmis par les moustiques anophèles. Ross a probablement soigné des vétérans de la rébellion du Rampa atteints de la redoutable fièvre de la jungle.

Parmi les sapeurs de Madras, le sergent O'Connell est un personnage fictif inspiré du sergent John Brown, qui a embarqué pour l'Inde en 1860. Après avoir servi dans la campagne de Perak, en Malaisie, en 1875-1876, celui-ci est devenu intendant militaire adjoint en 1881. Le sapeur Narrainsamy a servi en Birmanie et participé aux expéditions au Chin-Lushai à la fin des années 1880. Au rang des officiers subalternes, Robert Ewen Hamilton, « considérablement affaibli par de nombreux accès paludéens pendant la guerre afghane et la rébellion du Rampa », est mort en 1885 du choléra. Le lieutenant Wauchope s'inspire de Robert Alexander Wahab (qui écrira plus tard son nom irlandais Wauhope). Issu d'une famille irlandaise ayant des parents en Amérique, Wahab a également souffert du paludisme. C'est pour cette raison qu'il s'est retiré de l'armée en 1905. À cette date, alors colonel, il avait participé à presque toutes les expéditions militaires de la frontière nord-occidentale de l'époque.

Le lieutenant Howard est le double de mon propre arrière-arrière-grand-père, le lieutenant Walter Andrew Gale. Parmi les officiers des sapeurs de Madras, Gale est celui qui a servi le plus longtemps à Rampa. Fin 1879, il avait été affecté en Afghanistan, mais il est resté à Rampa jusqu'à la fin de la rébellion, en 1880. Son fils Edward est mort à Bangalore en avril 1880, à l'âge d'un an et cinq mois. Après avoir quitté les sapeurs de Madras en 1881, Gale s'est spécialisé, de même que Wahab, dans la géodésie, développant ainsi un savoir-faire qu'il avait acquis dans la jungle du Rampa. En 1885, il est retourné avec sa famille en Angleterre, où il est devenu instructeur en géodésie à l'École du génie militaire de Chatham. À cette époque, il a publié les *Archives professionnelles du corps des ingénieurs royaux*. En tant que secrétaire de l'Institut des ingénieurs royaux, il a probablement assisté à des conférences dont le thème dépassait le cadre purement militaire, comme l'archéologie, qui est devenue une discipline à part entière au sein du Service géodésique des Indes. Le sujet de la conférence fictive de Howard à l'Institut royal des services unis, à Londres, aurait pu figurer parmi les nombreux centres d'intérêt des officiers ingénieurs de l'époque. Cet institut abritait la seule collection connue d'artefacts issus de la rébellion du Rampa : deux mousquets à mèche, deux épées et un fourreau, deux flèches en bambou, une flèche à tranchant transversal, un bouclier, et quatre pointes de flèche. Ces artefacts avaient fait l'objet d'un don de la part d'un officier des sapeurs de Madras, vétéran du Rampa, le lieutenant A.C. Macdonnell, Ingénieurs royaux, en 1882 (*Journal de l'Institut royal des services unis*, XXV, page 31). Le musée a été fermé en 1962 et les artefacts qui faisaient encore partie de la collection ont dû être dispersés.

Gale et Wahab se sont retrouvés en 1889, lorsque Wahab est allé faire un stage à Chatham. La disparition des deux colonels en Afghanistan est fictive. Cependant, les deux hommes connaissaient parfaitement la frontière afghane et auraient eu les moyens de se lancer dans une telle aventure. Au sein du Service géodésique des Indes, Wahab a passé près de vingt ans à délimiter la frontière séparant l'Inde de l'Afghanistan, du Baluchistan à la passe de Khaybar et au-delà. C'était un montagnard renommé et ses balises frontalières sont encore visibles aujourd'hui. Gale est retourné en Inde, où il est devenu commandant des ingénieurs royaux de la division de Quetta de l'armée indienne et ingénieur en chef de la province du Baluchistan, y compris de la région frontalière alors instable. Dans l'administration du Baluchistan, il comptait parmi ses collègues Aurel Stein, célèbre explorateur de la route de la Soie, recruté par la suite en tant qu'archéologue par le gouvernement. Les travaux de Stein et de Gale apparaissent ensemble dans le *Rapport de l'administration du Baluchistan* de 1904-1905. Robert Wahab était également un ami personnel de Stein. Outre qu'il partageait sa passion pour l'histoire classique, il est à l'origine de l'identification la plus probable du rocher d'Aornos, pris par Alexandre le Grand. Wauhope (selon la nouvelle orthographe adoptée) est remercié chaleureusement dans *On Alexander's Track to the Indus*, de Stein (1929). Vingt ans avant la publication de ce livre, certaines régions d'Afghanistan étaient encore si isolées que pratiquement aucun Européen n'y avait mis les pieds. C'était le cas de la vallée des mines de lapis-lazuli décrite dans *Un voyage à la source de l'Oxus*, du lieutenant John Wood (1841), dont plusieurs extraits sont cités aux chapitres XIII, XV (y compris l'adage en pachtou), XVIII et XIX. À différentes époques de leurs carrières respectives, et peut-être même ensemble, Gale et Wahab ont sans doute admiré, depuis la passe de Bolan, cette imposante faille dans les montagnes, la route menant vers l'Afghanistan, qui a attiré tant de soldats et d'aventuriers en quête de gloire et de richesses, si souvent happés par la mort.

D'après un document publié par le capitaine W.A. Gale dans les *Archives professionnelles du corps des ingénieurs royaux* de 1889 (Colonel E. Wood, I.R., « Les devoirs des ingénieurs royaux sur le terrain », tome XV, 69-96), les officiers des ingénieurs royaux étaient exhortés à être « des soldats d'abord, des ingénieurs ensuite ». Ils recevaient le même entraînement que les soldats d'infanterie. En Inde, les officiers qui n'étaient pas en campagne passaient beaucoup de temps à chasser et maniaient parfaitement les armes à feu. Beaucoup d'entre eux étaient même des tireurs d'élite. Dans ce roman, le revolver Colt de 1851 avec l'abréviation du Haut-Canada est une pièce authentique que j'ai eu l'occasion d'essayer, tout comme les fusils Snider-Enfield et Lee-Enfield. Les revolvers Colt étaient très répandus parmi les officiers britanniques lors de la révolte des Cipayes, en 1857-1858. Les revolvers à percussion étaient encore appréciés, des dizaines d'années plus tard, par les aventuriers tels que sir Richard Burton, dans les régions où il n'était pas facile de se procurer des munitions. En 1879, les sapeurs de Madras étaient armés de fusils Snider-Enfield, bien que l'armée britannique ait adopté les Martini-Henry plusieurs années auparavant. Beaucoup de vieux fusils de l'armée, notamment des Lee-Enfield fabriqués à Long Branch, au Canada, ont été retrouvés à la frontière nord-ouest et en Afghanistan, où ils sont encore utilisés de nos jours. Les Lee-Enfield et les Mosin-Nagant à lunette ont été très prisés des tireurs d'élite pendant la Seconde Guerre mondiale. Le Mosin-Nagant était l'arme des tireuses d'élite soviétiques, appelées *zaïchata*, « jeunes lièvres », d'après le nom de leur mentor Vassili Zaïtsev. Dans ce roman, la grand-mère du tireur d'élite s'inspire de Ludmila Pavlichenko, héroïne de l'Union soviétique qui a abattu plus de trois cents cibles à distance.

Les extraits du *Périple de la mer Érythrée* sont retraduits à partir de l'original grec (*Göteborgs Högskolas Årsskrift*, H. Frisk, 1927) : 63-6 pour la première épigraphe; 41 et 63 pour le chapitre III. La seconde épigraphe est extraite des *Mémoires historiques*, de Sima Qian (trad. Édouard Chavannes), chapitre VI. C'est aussi de cet ouvrage que sont extraits l'éloge des vertus de l'empereur (transcription d'une inscription que Shi Huangdi a fait graver sur une pierre, sur le mont Langye), reproduit au chapitre IV, et le passage cité au chapitre XV. La citation de Cosmas Indicopleustès à propos du Sri Lanka, chapitre III, est extraite de la *Topographie chrétienne* (365-8). Le passage du journal fictif du lieutenant Howard sur les difficultés de la géodésie, chapitre IV, est extrait de la préface du capitaine W.A. Gale au tome XIV des *Archives professionnelles du corps des ingénieurs royaux* (1888). Ce commentaire a sans aucun doute été influencé par l'expérience de mon arrière-arrière-grand-père au Rampa. Le passage suivant est extrait du rapport de David F. Carmichael, chargé d'évaluer la situation dans la jungle du Rampa après la rébellion et de faire des recommandations (*Opérations judiciaires de Madras*, 14 décembre 1881, 1027-1053).

L'épée à gantelet en cuivre décrite dans le roman fait partie des artefacts que le colonel Gale a rapportés d'Inde. Une *patta* en cuivre similaire est exposée au British Museum (OA 1878. 12-30, 818). Cette arme rare pourrait dater des invasions mongoles en Inde, voire d'une époque antérieure. Son utilisation est illustrée dans une scène de bataille du XVIIe siècle, dans laquelle on voit le prince marathe Shivaji brandir une longue *patta* (gravure reproduite dans *Monuments anciens et modernes de l'Hindoustan*, L. Langlès, 1821). La composition de cette scène rappelle la mosaïque d'Alexandre de Pompéi, qui a inspiré le bas-relief du roman. Mon grand-père avait entendu dire que le colonel Gale avait rapporté sa *patta* d'une « rébellion », mais nous ne savons rien d'autre à ce sujet. Cet artefact, ainsi que la malle en camphrier, la longue-vue, les armes, les pièces anciennes et les vieux livres mentionnés dans ce roman, sont visibles sur mon site : www.davidgibbins.com

*

Avec tous mes remerciements à mon agent, Luigi Bonomi de LBA, et à mes éditrices, Harriet Evans de Headline et Caitlin Alexander de Bantam Dell ; à Gaia Banks, Alexandra Barlow, Alison Bonomi, Chen Huijin Cheryl, Raewyn Davies, Darragh Deering, Sam Edenborough, Mary Esdaile, Pam Feinstein, Emily Furniss, George Gamble, Sîan Gibson, Tessa Girvan, Janet Harron, Jenny Karat, Celine Kelly, Nicki Kennedy, Stacey Levitt, Kim McArthur, Tony McGrath, Taryn Manias, Peter Newsom, Amanda Preston, Jenny Robson, Barry Rudd, John Rush, Emma Rusher, Jane Seller, Molly Stirling, Adja Vucicevic, Katherine West et Leah Woodburn ; aux équipes de Headline et de Bantam Dell, et à mes nombreux éditeurs dans d'autres langues. Je tiens également à remercier Ann Verrinder Gibbins, Angie et Molly, ainsi que mon frère Alan pour la gestion de mon site Web : www.davidgibbins.com

Concernant les recherches que j'ai effectuées pour ce roman, je dois beaucoup au défunt Alan Hall, de l'Institut britannique d'archéologie d'Ankara ; au président de la Commission sciences et technologies de la vie de l'OTAN, qui m'a invité au Kirghizistan ; et au conservateur du musée des pétroglyphes à ciel ouvert de Cholpon-Ata, près du lac Yssyk-Köl. Ma fascination pour *Le Périple de la mer Érythrée* remonte à l'époque où j'étais étudiant à l'université de Cambridge. Deux hommes y ont contribué : le défunt James Kirkman, officier de l'Ordre de l'Empire britannique, ancien conservateur du musée de Fort Jésus à Mombasa, et mon grand-père, le capitaine Lawrance Wilfrid Gibbins, qui a passé sa vie à sillonner les routes maritimes empruntées par les marins du *Périple*. Ils m'ont tous deux aidé à me représenter la réalité extraordinaire du commerce maritime, tel qu'il était pratiqué il y a deux mille ans.

Je remercie également le professeur Guogong Lu pour ses conseils sur les noms chinois ; John Denner et David Hurlbut, qui m'ont aidé à acquérir et à utiliser un fusil Snider-Enfield ; le personnel de l'India Office de la British Library, le musée et la bibliothèque du corps du génie royal, à Chatham, les Archives nationales du Royaume-Uni et le département sud-asiatique de la bibliothèque de l'université du Michigan, pour leur soutien dans mes recherches sur la rébellion du Rampa de 1879 ; le lieutenant-colonel Prabhat Kumar du musée des Sapeurs de Madras, à Bangalore ; le lieutenant-colonel Edward de Santis, du corps des ingénieurs de l'armée américaine ; et, pour son amitié lorsque j'étais enfant, le défunt lieutenant-colonel John Ancrum Cameron, des ingénieurs royaux, sapeur à Madras de 1927 à 1948, qui m'a donné une image très vivante de l'époque de mon arrière-arrière-grand-père, le colonel Walter Andrew Gale, des ingénieurs royaux, sapeur à Madras, vétéran du Rampa, et dont l'épée à gantelet m'a inspiré ce roman.

Enfin, j'exprime ici toute ma reconnaissance à la défunte Rosemary Hobbs, dont l'héritage m'a permis d'acquérir les éditions originales des *Mériahs ou sacrifices humains dans le Khondistan ou Ghondwana (Inde anglaise)* de John Campbell et du *Voyage à la source de l'Oxus* de John Wood, et qui m'a toujours soutenu pendant toutes mes expéditions et diverses aventures.

Le manuscrit qui pourrait
ébranler la civilisation occidentale...
DAVID
GIBBINS
LE DERNIER
ÉVANGILE
Thriller
POCKET
544 p. – 7,80 €
Par l'auteur de ATLANTIS
DAVID
GIBBINS
ATLANTIS
DAVID
GIBBINS
POCKET
Il y a toujours un Pocket à découvrir
www.pocket.fr

Impression réalisée par

CPI
Brodard & Taupin
La Flèche
en octobre 2009
pour le compte
des Éditions First

N° d'impression : 54719
Imprimé en France